1847

JANE EYRE

簡愛

Charlotte Brontë 夏綠蒂・勃朗特

陳錦慧——譯

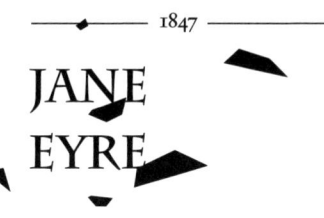

導讀

《簡愛》的女性意識面面觀

台大外文系教授 劉亮雅

以十九世紀中葉英國約克夏為背景的《簡愛》（*Jane Eyre*，一八四七），迄今仍是膾炙人口的世界名著。全書情節曲折，人物鮮活並充滿強烈感情。以第一人稱敘述，書裡描寫孤女簡愛寄人籬下再被送往寄宿學校的悲酸，擔任家庭女教師的卑微，以及與男主人的不倫之戀的種種波折與道德掙扎。作者夏綠蒂·勃朗特（Charlotte Brontë）的寫實主義筆法，在意識流大師維吉妮亞·吳爾芙（Virginia Woolf）看來太過樸拙，卻也因為它的通俗而老少咸宜。結合了羅曼史、女性成長小說和哥特式恐怖小說等文類，《簡愛》如今早已是女性主義文學經典。在它看似質樸的敘述裡，卻蘊含了性別、階級和帝國主義等主題。甚至由於書中把女主人描寫成來自加勒比海的瘋女人，而引起加勒比海女作家金·萊絲（Jean Rhys）改寫《簡愛》，以男女主人為主角寫下《夢迴藻海》（*Wide Sargasso Sea*，一九六六）。而女性主義學者姞爾柏（Sandra M. Gilbert）和古芭（Susan Gubar）也從《簡愛》的女主人得到靈感，寫下關於十九世紀英美女性文學的專論《閣樓上的瘋女人》（*The Madwoman in the Attic*，一九七九）。《簡愛》的影響力和引發的不同面向思考可見一斑。

《簡愛》細膩刻畫兩性戰爭、女性成長和女性情誼，乃是它成為女性主義經典的主因。十九世紀中葉的英國社會，基本上仍是男尊女卑。中產階級女性受教育和就業機會十分有限，大抵仍以結婚取得經濟保障。有些中產階級女孩因家境清寒被送往女子寄宿學校，以便日後成為家庭女教師。而家庭女教師也是中產階級女性唯一能從事的工作，但這個職位介於老師和保母之間，頗為卑微。既然女子寄宿學校旨在培訓家庭女教師，這類學校所提供的教育，在品質和深度上當然遠不及紳士所受的古典教育。不但如此，這類學校也成了規訓女性服從父權律法的場域。像簡愛所就讀的學校，男校長對她們極其嚴苛，服裝儀容上多所限制，並經常辱罵她們，強制勞務。伙食的寒傖粗劣，更讓學生處於半挨餓狀態，導致後來學生集體病倒，多人死亡。在這苦難的生活裡，幸好副校長是位慈藹溫柔的女士，有如及時雨般照顧簡愛和她的好友海倫，提供實質和精神的食糧，而她們三人之間的女性情誼也平撫了簡愛的憤怒，讓她調整內在自我和社會角色的衝突。

吳爾芙認為《簡愛》一書受限於作者的憤怒，乃至於無法像珍・奧斯汀（Jane Austen）《傲慢與偏見》（*Pride and Prejudice*，一八一三）那麼世故圓熟。確實，出自於女性對父權的憤怒貫穿《簡愛》，成了主導情緒，也突顯了兩性戰爭的主題。不論簡愛幼年寄住的舅媽家、寄宿學校，甚至任教的宅邸，對簡愛而言都是牢籠。勃朗特對這些空間的描述，加入了哥特式恐怖小說手法，突顯了當時女性困限於婚姻家庭制度之下的幽閉恐懼症和恐怖感，同時也暗示她們內心的反抗與憤怒。最顯著的例子莫過於被關在閣樓裡的女主人羅徹斯特夫人，被刻畫為憤怒、縱火的瘋女人，有如野獸般不能發出人語。宅邸名為「荊棘地」（Thornfield，本書譯為「棘園」），更暗示在羅曼史的反面，婚姻對女人是個陷阱。簡愛最初以為宅邸有個禁地鬧鬼，經過離奇的火警事件，以及夜半一個鬼魅女子扯破她的婚紗，與她訂婚的男主人羅徹斯特先生才揭露他將元配囚禁於此。儘管羅徹斯特先生言之鑿鑿，說他在加勒比海受騙結婚，娶了個淫蕩、酗酒、有精神病的女子，他是婚姻受害者，但簡愛幾經掙扎，卻仍選擇逃婚。姑爾柏和古芭兩位學者認為羅徹斯特夫人乃是簡愛內心裡不能被父權馴化的非理性自我，但這個憤怒的自我顯然會遭到父權懲罰、宰制、囚禁。關在閣樓裡的羅徹斯特夫人呼應了小時候被舅媽關在「紅房間」（Redroom）裡的簡愛。那時，簡愛在怒火攻心和幽閉恐懼症交相作用下，彷彿見到了鬼，嚇得瘋狂哭叫。自小桀驁不馴的簡愛，經過寄宿學校的洗禮，似乎完全社會化，舉止內斂溫和，但她隱然依舊對於羅徹斯特先生所具有的性別和階級優勢感到憤怒。

耐人尋味的是，簡愛逃婚乃是在破雲而出的月亮的指引下，而此時的月亮已幻化為某種母性的形體與聲音。這點暗示父權制度下，母女知識傳承對於女性趨吉避凶的重要性，雖然此處的「母親」只是一種象徵性的感知。勃朗特對結尾的安排則似乎彰顯某種女性主義正義，可能讓一些男性讀者坐立難安、大感吃不消。原來，簡愛在小說中既是孤女、沒錢沒勢，又長得嬌小平凡，僅以才德取勝。羅徹斯特先生每每帶著高大的貴族美女回家，讓身為家庭女教師的簡愛自愧弗如。羅徹斯特先生向她求婚因此顯得降尊紆貴，直到她發現他早有元配才改變了他們之間的態勢。簡愛離開羅徹斯特先生後，飽受流離之苦，也曾愛上聖約翰．里弗斯，最後卻突然得到一筆遺產，身價看漲。也在此時，彷彿心電感應，她聽到羅徹斯特先生的求救聲，奔回「荊棘地」，發現宅邸已遭羅徹斯特夫人焚毀，夫人自己葬身火窟，羅徹斯特先生則雙眼近盲，一臂殘缺，不論在容貌、體能、歷練、財力和階級上早已不復當年優勢。簡愛因此欣然嫁給他，婚後美滿幸福。在象徵意義上，作者等於在結尾「閹割」了羅徹斯特先生，以便讓他馴服於婚姻生活，不再是個浪子。

這樣的結尾，似乎羅徹斯特夫人也暗助了簡愛，然而羅徹斯特夫人在書中無疑被犧牲掉，難以為自己辯白。她身為加勒比海歐裔女子的身分被連結到瘋狂和淫蕩，等於被「他者化」。

金·萊絲的《夢迴藻海》特別為羅徹斯特夫人翻案，突顯性別與帝國主義的糾葛。原來，當時英國中上階級只有長子能繼承家業，其餘兒子往往只得從軍或當牧師。羅徹斯特先生雖然家世好，卻不是長子，因此跑到加勒比海設法撈錢，娶了羅徹斯特夫人。由於他從寒帶英國去到熱帶加勒比海有著強烈的文化不適應，再加上失寵於父親帶給他的男性焦慮，他和羅徹斯特夫人之間因為文化差異和強烈不安全感而誤會頻生，而他的大男人主義結合了英國帝國主義，竟始亂終棄讓羅徹斯特夫人精神崩潰，接收她的財產，再強把她帶回英國，終身囚禁在寒冷的「荊棘地」。《簡愛》裡隱然已有此主題，不過透過羅徹斯特先生的版本，畢竟不夠清楚。另一方面，聖約翰·里弗斯曾向簡愛求婚，要她跟他去印度傳教，這份傳教工作隱含世俗野心，與帝國主義也有連結。簡愛感到他的冰冷、嚴厲、野心勃勃，適合當英雄、立法者、政治家和征服者，卻不適合當丈夫。聖約翰要一個賢慧、乖巧、無我的妻子，來成就他個人的志業。換言之，他把簡愛工具化，他們的關係毫不對等。

勃朗特最早出版《簡愛》時，因為不滿當時女作家不受重視而故意用了男性筆名，顯現她對兩性不平等的關注。同樣的，在小說裡，當簡愛快要離開寄宿學校時，她對外面的世界充滿好奇，渴望自由、改變和刺激，但受限於教育和工作機會，她能闖蕩的空間並不大。她的兩次愛情經驗幾乎讓她臣服於年長、權威、有閱歷或野心的男人，這顯示她內在對知識、智慧和家的嚮往。然而勃朗特和簡愛都拒絕臣服。小說結尾，陰性化了的羅徹斯特先生仰賴著理性溫柔的簡愛，兩性戰爭終於圓滿收場，達到對等、和諧的關係。另一方面，簡愛的生活焦點仍放在愛情和家庭上，以今日女性的角度，則她的視野和歷練都未免太過狹窄。

專文推薦

我愛．我恨．我要．我存在

鍾文音

簡．愛，Jane Eyre，是誰一開始就這樣音譯的？這字詞於是和內容有了絕妙的對應，顯得很有趣。Eyre，愛，愛是人生尋尋覓覓的終極價值，一切的體現。

「簡．愛」一個女子為了愛，卻一點也不簡。

這愛，是一個女人終其一生的執著實踐，這愛，是以勇氣膽識來作為對生命總體的禮讚；也因為通過愛，才能將俗世的一切全兜攏在一塊，以愛來作為對不斷消逝青春的一種抵抗、一種見證生命存在的呼應。

一百五十多年流逝了，「簡．愛」裡那個嬌小不起眼的女人依然在愛情荒原咆哮著吶喊著，企圖衝破世俗陳規圍籬，熱情勇敢迎向所憧所憬的愛。

一百五十多年流逝了，我懷疑人類對愛情的心智行為有多少長進？男女雙方合抱復合抱，還有多少變化足供生命的神秘夾層縫細呼吸？屬於女人的「簡．愛」，有多少男人還愛這類的「簡．愛」女人？或者該說，有多少女人還勇於當另類的「簡．愛」？

「簡．愛」若活在當代，會不會因為自己不夠美貌而跑去塑身整型？「簡．愛」若活在當代，還有沒有勇氣面對去愛情的各種困頓？「簡．愛」若活在當代，還有沒有能力接受一個被火燒瞎的舊愛？

我從不認為時間可以增加智慧：「時間常讓人頑固更甚」，時光流逝經年也不代表就足以讓女人解脫，甚且我懷疑當今女子未必有許多人可以活得像「簡・愛」般。看看我們最流行的行業是美容瘦身就可知我們當今女子甚且走在十九世紀的「簡・愛」之後，我們當今女子自以為前衛——「也許身體裸露得多一些而已」；但一旦碰到愛情，我們當今女子可能舉旗投降，整容美白瘦身揭諸了我們當今女子的諸多身體不自由，許多人仍受限於愛情來自於「面貌」的勝利。

於是當「簡・愛」是全憑自己的堅毅與靈性而爭取到愛情的善終故事時，我們聽了會不會有一種傳說之慼，若有傳說之慼升起時，豈不意味著我們被時代遠遠拋在後頭了。

我們選擇什麼樣的愛情客體，揭露了我們的主要性格面向。在愛情面前，我們可以見到我們最脆弱的人性，見到我們最匱乏的黑暗。

「簡・愛」女子於今看來仍很了不起。但也誠如維吉尼亞・吳爾芙在《普通讀者》裡所說的「簡愛」有非常強烈的感情，但卻沒有超出我們一般人的經驗之上。也就是說，在「簡・愛」這樣的通俗劇情，「建構在奇遇上的愛情，於今看來是有點過於電視劇版本的浪漫劇情」能提供給我們當代人什麼樣的感情領受與生活領悟呢？

有趣的是，假設夏綠蒂把「簡・愛」塑造成一個美麗柔弱、任憑際遇差遣的女子的話，反而「簡・愛」是絕對不可能獲得經典的位置。「簡・愛」之所以成為女性關注的文本，乃在於主人翁的在曲折命運下猶仍自我抵抗與嚴厲要求，主人翁長得不甚好看而仍獲致愛情幸福，無疑是生命向上昇華的生機展現。

假設沒有曲折的愛情過程，「簡・愛」絕對無法至今仍受到經典矚目。「簡・愛」獲得普遍的認同絕不在於她的成長坎坷，而是那使得嚴苛人生裡獲得美好的「愛情」終曲，是愛情的力量使得那不討喜的女主角討喜了，也使得絕大多數有缺憾人生者有了希望的眺望。

缺憾的人生，曲折的際遇，完美的結局，「簡愛」三部曲。妳看了不禁自問，妳還相信人生在歷經險阻或無數的挫敗後還可獲致這樣的完美結局嗎：「瞎子可以重見光明，親眼見到複製了自己眼睛的嬰孩出世」？

別忘了，小說在此畫下句號。夏綠蒂可沒繼續寫愛情結合所落到俗世生活所引起的幻滅。或者我們該說一切的完美結局都只是作者在現世生活苦痛後的理想投射。

看看夏綠蒂真實的悲慘人生即知寫作者自己身歷了死境幻滅，卻回過頭來對我們甜美一笑，拋下大片大片的愛情故事，要我們好生打起精神以面對一站又一站的際遇。

是的，下一站，際遇，在前方等待。「簡．愛」如是，遇到所愛又被迫離開所愛，面對新歡求婚她又不肯放掉自我以掉入那只為了求安全感的婚姻陷阱，她知道自己心未死，還可以再愛，她不願「拋掉一半的天性，扼殺一半的才能」而投入婚姻之網。

「簡．愛」揭櫫的是：女人不當為安全感結婚，女人應當因愛而愛而婚。

在十九世紀，那是多麼藐視習俗的自我抉擇，是何等的勇氣。雖然這樣的勇氣，於今聽來仍有神話感。「不過，愛情本身就是要具有這種超生超俗的特質才感人。」

「簡．愛」裡的愛，落實人性有些難以實踐。想想簡．愛再遇舊愛羅徹斯特時，羅徹斯特已然眼瞎了，且簡．愛還很有錢了，她卻仍堅持所愛，願為愛人做一切，當他的眼當他的手。故事尾聲，這個小女子，依靠艱苦奮鬥，克服一切「連神恩都得剔除」，她追求自己認定的幸福生活「而非眾人所認為的」。她，從一個弱者成了強者，獨立自主的人，和愛人羅徹斯特完全對等，甚且在財力與青春上，男女互換，最後故事還隱喻著自此大男人得依靠小女人生活了，愛情如此結尾，可說是夏綠蒂在十九世紀寫出最前衛的愛情段落，也是她對於男女平權的一種奢想和渴望。

說來，「簡・愛」簡直是女性版的「堂吉訶德」，只是女性想要改造的是自己的命運與愛情，而男性如堂吉訶德者想要改造的多是政局與社會。

我自我提問，如果是我，我會怎麼做？妳呢？妳怎麼做？

先不管妳我。

我們來看看近代的幾個女性，終生追尋愛情與探索自我才華者不在少數。我念念在茲的文學情人莒哈絲、西蒙波娃、吳爾芙……，或者我心儀的墨西哥女畫家芙烈達卡蘿、美國女畫家歐姬芙……，她們都以一種絕對的意志來面對自我的人生與愛情客體，這些都是近代版的「簡・愛」現身說法。

莒哈絲中年酗酒面容已毀，但絕對的自信讓她從來沒有匱乏過愛情，愛情不會因為年齡增長或面貌毀朽而消失或自棄「誰能六十七歲時還有二十七歲的情人」，西蒙波娃和歐姬芙亦然，都是在年屆五旬之後再遇絕對的愛情客體，生命與之共舞，純粹參與，絕不對俗世價值或僵化陳規繳械對自我生命的期許與對愛情的歡愉可能。

也就是說，面貌並非決定女人生活的核心，而是來自於心靈的自信決定了女人的生活內容。西蒙波娃說：「一個有才華的女性具有決定自己命運的能力。」我念念在茲的一句話，不斷地把這句話拋給女人，但我常得到的回應是虛空。

絕大多數的女人即使走到了當代，仍泰半被普世的男性價值箝制，因此女人對於自己的身材面貌無限擔憂，整頓身體遠遠比挖掘靈性的功夫要來得多，十九世紀的「簡・愛」，女人的老祖宗品種，卻已然走得比我們都要獨立且自我，追求愛情的終生幸福從未輕言放棄。

夏綠蒂在二版自序寫道：「因循舊俗不等同於道德；自詡正義不等同於宗教。攻擊前者，未必是詆毀後者；摘除偽善者的面具，未必是對耶穌荊冠伸出褻瀆之手。」

我屢屢讀著這段自序，想著僅活三十九歲的夏綠蒂，在寂寥的荒原上所做的人性呼喚，那人性的呼喚也就是對愛情的深切呼喚。

讀著「簡．愛」，我的愛情翅膀又飛翔了起來，揭掉羅曼蒂克的甜蜜紗幕，愛情剩下什麼？我在愛情的鏡子前看見了自我，美麗與醜陋的都是我，慾望與希望的都是我。

一如我少女時期讀「簡．愛」時，就不斷聽見夏綠蒂那緣於對自我的深切瞭解而不斷發出的吶喊：我愛，我恨，我要，我存在……。

幾世紀以來，女人終於有了「我」。

也因為那麼強烈的「我」，而使得「簡．愛」從來沒有過時之虞，她掙脫傳說，依然熾熱地活在我們的心中。就像吳爾芙說的：「作者拉住我們的手，迫使我們跟她一路同行，讓我們看見她所見到的一切；她一刻也不離開我們，不許我們把她忘記。最後，我們就完全沉浸在夏綠蒂．勃朗特的天才、激情與義憤之中了。」

我但願在我生活的周遭，仍不時地見到夏綠蒂的影子。見到夏綠蒂的影子，也就是見到了「簡．愛」。

妳是嗎？我想妳是，我也但願我是，當一個夏綠蒂的信徒，當一個愛情的信徒。讓心中的理想永遠燃燒，前方總是有路，即使路難行，即使愛情的客體也常缺席，但因我們擁有自己，接受自己，擁抱生命，所以我們不匱乏，不匱乏愛，不匱乏對愛的熱情與想像。

我在尋找妳，無數個簡．愛，在荒原裡，在城市裡，在黑暗裡，在光亮裡，我看見了簡．愛：破繭的簡．愛，飛翔的簡．愛。

前言

初版《簡愛》不需要序言，因此我沒寫。第二版卻有必要附記一筆，既表達謝忱，也發抒幾點雜思隨想。

我要向三方面人士致上謝忱：

感謝大眾，他們以寬容的耳朵聆聽一段不加藻飾的平凡故事。

感謝媒體，他們公允正直地評論一名初出茅廬、名不見經傳的作家。

感謝我的出版商，他們以素有的機智圓融、活力衝勁、務實觀點與熱誠奉獻，對一個沒沒無聞、乏人引薦的作家伸出援手。

媒體與公眾對象廣泛，因此我必須用廣泛的語辭向他們致謝。我的出版商卻是極明確的對象，同樣地，部分寬宏大量的評論家也是如此。承蒙他們賜予我諸多金玉良言，唯有仁慈高尚的胸懷才懂得如此嘉勉力爭上游的陌生人。對於他們，亦即我的出版商與特定評論家，我由衷地說一聲：先生們，真心感激您。

向那些提攜我、認同我的各界人士致謝之後，我還要對另一群人說幾句話。這個族群據我所知為數不多，卻也不容忽視。我指的是少數束手束腳、吹毛求疵之輩，他們質疑《簡愛》這類書籍的旨趣。在這些人心目中，與眾不同是一種錯誤，他們把對「偏執」這個萬惡之母的批判視為對虔敬的污蔑、視為對上帝威信的不敬。我要向這些質疑者提出幾點顯而易見的區辨，提醒他們一些簡單明瞭的事實。

因循舊俗不等同於道德；自詡正義不等同於宗教。攻擊前者，未必是詆毀後者；摘除偽善者的面具，未必是對耶穌荊冠伸出褻瀆之手。

上述二端理念行為實屬南轅北轍，其間的差別好比惡行之於美德，人們卻慣常將之混雜一氣。此二者不該被含混以待，表象不能被誤認為真實，而那些只推崇頌揚少數人的狹隘世俗教條，不能拿來取代普世奉行的基督教義。我重申一遍，這二者截然不同，一清二楚地畫出界線只能是好事，不會是壞事。

世人或許不樂見這些觀點變得涇渭分明，因為大家習慣將它們混為一談。人們為圖一時之便，將外在假象看成純正價值，以為潔白粉牆內必是清淨聖殿[1]。他們會痛恨那個敢於細察披露、敢於刮除虛飾鍍金塗層、揭露基底金屬的人；他們會痛恨那個敢於洞穿墳塋，掘出塚穴遺骸的人。他們雖會憎惡那人，卻也受惠於他。

亞哈王不喜歡米該雅，因為米該雅給他的預言只有災禍、從無好運。亞哈王也許更欣賞基納拿的諂媚兒子。然而，倘若亞哈王能拒聽阿諛之語，察納忠貞雅言，或許能免於戰死沙場[2]。

我們這個時代也有這麼一位先生，他不會奉承巴結投他人所好。在我心目中，他比社會上的大人物更可敬，正如音拉之子先知米該雅較之猶大與以色列兩地諸王更高貴。此人坦言深切的事實，擁有先知般的偉大力量，行事作為無所畏懼、膽識過人。這位創作《浮華世界》（*Vanity Fair*）的諷刺作家[3]是否受到上流社會青睞？這點我並不確知。然而，倘使那些被他投以譏諷火舌、遭他譴責的閃電擊中的人能夠及時接納忠告，他們與他們的後世子裔或許能避過命喪基列拉末般的噩運。

我為何提起這位先生？讀者呀，我之所以論及這位先生，是因為我在他身上見識到當代人士未能辨識、一種深奧且獨特的才智；也因為我視他為當今引領風騷的社會改革先驅，視他為奮力撥亂反正的改革志士宗師；更因為我認為所有評論他作品的人士至今還沒能找出最妥當貼切的語詞來形容他，沒能說出最能彰顯他才華的字句。他們說他像費爾丁[4]，以此比喻他的機智、幽默和喜劇功力。他與費爾丁的差別就像老鷹之於禿鷹：費爾丁會趨食腐肉，薩克萊卻不屑一顧。薩克萊有聰敏的機智、動人的幽默感，然而，相較於他的真正天賦，那些就像是在夏日雲層邊緣輕浮搖曳的片狀閃電，而非埋藏雲層深處的奪命電光。最後，我之所以提及薩克萊先生，是因為我將這第二版《簡愛》獻給他，倘使他願意接受陌生人的獻辭。

柯勒・貝爾

一八四七年十二月二十一日

1. 參考《聖經》〈馬太福音〉第二十三章第二十七節，耶穌以「刷了白灰的墳墓」比喻抄經士與法利賽人等虛偽之輩，說他們「外表好看，裡面卻是裝滿死人骨骸和不潔之物。」

2. 以色列一分為二後，北國歷經九個朝代統治，亞哈王為第三個朝代建國者暗利之子，在撒馬利亞統治北以色列二十二年。本段典故見《聖經》〈列王紀〉與〈歷代志〉，亞哈王與猶大約沙法王合謀進攻基列拉末，為此請示先知。先知米該雅預言亞哈王將會戰死，亞哈王怒而將米該雅囚入牢中，要米該雅親眼見他凱旋歸來，不料亞哈王果真中箭身亡。

3. 此指威廉・梅克比斯・薩克萊（William Makepeace Thackeray），一八一一～六三，維多利亞時代英國小說家，傳世之作為嘲諷虛偽人性的《浮華世界》。

4. 即指亨利・費爾丁（一七〇七～五四）。十八世紀英國傑出諷刺作家，代表作為《湯姆・瓊斯》，以一名棄兒的故事諷喻當時貴族階級社會的庸俗與虛偽。

三版附記

我利用《簡愛》第三版印行的機會，再次向外界略作表述。我在此宣明，作為一名小說家，本書是我至今唯一的創作。因此，假使有其他小說的作者頭銜落在我身上，那就是把榮耀歸給無功之人，想當然爾，那應得之人的功勞反而被抹煞了。

這項說明應當足以修正已成事實的舛錯，進而防止未來的謬誤。

柯勒．貝爾

一八四八年四月十三日

第一章

那天是不可能再出門散步了。其實那天上午我們已經在光禿禿的灌木林裡閒逛了一小時。午餐過後（家裡沒客人時，里德太太總是提早用餐），淒冷冬風帶來了黑壓壓的烏雲，加上綿密雨勢，到處濕答答的，根本沒辦法再從事任何戶外活動。

我很開心。我從來就不喜歡沒完沒了的散步，特別是在冷颼颼的午後時分。我最怕在濕冷的薄暮中返家，手指腳趾全凍僵了別說，還常常被保母貝西罵得心情低落。此外，里德家的伊莉莎、約翰和喬琪安娜更是讓我自慚形穢、黯然神傷。

剛剛提到的伊莉莎、約翰和喬琪安娜此時在客廳裡，團團圍住他們的媽媽。他們的媽媽斜躺在壁爐旁沙發上，被她的寶貝們簇擁著，一副幸福洋溢的模樣。至於我，老早被她排除在外。她說，她很遺憾不得不疏遠我，除非哪天她聽見貝西說（或親眼觀察到）我發自內心地努力培養出更隨和、更坦率的性格，舉止態度也更討人喜歡、更活潑開朗，也就是變得更愉快、更坦率、更自然些，否則，她真的必須拒絕讓我得到那些唯有知足、快樂的小孩才能享有的特權。

「貝西到底告了我什麼狀？」我問。

「簡，我不喜歡無端指控、問東問西的人。再者，小孩子不應該這樣質問長輩。到別處去，如果不能用好口氣說話，就別出聲。」

客廳隔壁有一間早餐室，我溜了進去。裡頭有座書櫃，我迅速拿了一本書，沒忘記要挑選那種附有插圖的。我爬上窗台座位，收攏雙腳，像個土耳其人似地盤腿而坐，再把紅色波紋窗簾拉到幾乎緊閉，安心地遁入這雙重隱蔽的聖地。

層層疊疊的緋紅厚實簾幕遮擋了我右側視野，左邊是清透的窗玻璃，保護我免受十一月陰鬱天氣的侵擾，卻沒有將我與外界隔絕。偶爾，我在翻動書頁時，會抬頭觀看冬日的午後景象。遠處是蒼茫的雲霧，近處有濕濡的草皮和飽受狂風蹂躪的灌木，連綿的雨絲被一陣呼嘯良久的疾風掃得橫七豎八。

我回到書本上，這本是畢威克的《英國鳥類史》[1]。我通常不太用心在文字敘述部分，然而，儘管我年紀幼小，仍然有些特定篇章讓我忍不住費心詳讀。譬如那些介紹海鳥棲息地的文章，描述某些只有海鳥出沒的「荒僻岩石與岬角」，或描述挪威海岸，那裡從最南端的林德納斯（或名納茲）到北角之間綴滿星羅棋布的島嶼。

> 北方之洋滔天巨浪翻滾沸騰，
> 極地杜里那裸露的悽愴島嶼；
> 大西洋的洶湧波濤澎湃高漲，
> 拍擊急風勁雨中的赫布里底。[2]

同樣地，我也無法不去細讀那些描繪拉普蘭、西伯利亞、斯匹茲卑爾根、新地島、冰島、格陵蘭等冷清荒涼海岸的文字，說是「那遼濶的北極地帶，那些遺世獨立的蕭瑟荒域，那裡有無邊無際的嚴霜冰雪，是歷經數百年積累而成的厚實冰層，像釉彩般披覆在高聳參天的山巔，環繞著極地，造就了加倍凜冽的酷寒天候。」對於這些慘白國度，我腦中自有一幅幻想情境，它幽暗朦朧，印象卻格外鮮明，一如那些浮沉在孩童腦海、懵懵懂懂的意念。這些介紹文字自動與後方插圖串連，以至於那孤立在波濤與浪花中的礁石、那擱淺在孤寂海岸的破船、那穿越雲隙斜睨沉船殘骸的蒼白冷月，都顯得異乎尋常了。

荒僻墓地裡的鐫刻墓碑，那一扇大門和兩棵樹木，那被破敗牆垣侷限的狹窄視野，那初升的新月，莫不宣示夜幕的降臨。我說不出那帶給人什麼樣的感受

靜止的海面上漂浮著兩艘船隻。我深信那是海上魅影。

惡魔的指爪扣住小偷背後的包袱。我連忙翻頁，那真夠嚇人的。

同樣嚇人的還有獨坐在岩石上那頭黑黝黝的有角怪物，正眺望著絞刑架周遭的人群。

每一幀圖片都訴說著一段故事。儘管我理解度有所不足，感受力未臻周延，那些故事卻是饒富興味，有趣的程度正如在某些冬夜、貝西心情大好時會講述的故事。她會把燙衣板帶到兒童房壁爐旁，允許我們圍坐在四周，她一面熨平里德太太的蕾絲褶邊或在睡帽帽沿燙出褶痕，一面為專注聆聽的我們講述浪漫探險故事。那些故事多半來自古老童話或民間傳說，或（我後來發現）出自《潘蜜拉》（*Pamela*）[3]與《摩爾蘭伯爵亨利》（***Henry, Earl of Moreland***）[4]。

1. 指湯瑪士・畢威克（一七五三～一八二八）的*History of British Birds*。畢威克是個知名雕刻家，《英國鳥類史》共兩冊，分別出版於一七九七年及一八〇四年。內容除了禽鳥插畫外，也描繪鄉村景致。
2. 摘自英國詩人詹姆士・湯姆森（James Thomson，一七〇〇～四八）詩作《四季》（*The Seasons*）中的〈秋〉。
3. 作者為英國知名作家兼出版商山繆爾・理查森（Samuel Richardson，一六八九～一七六一）。書中敘述身分低微的女僕與仕紳之間不被外界認同的戀情。
4. 原著是愛爾蘭作家亨利・布魯克（Henry Brooke，一七〇三～八三）於一七六五年至七〇年出版的五冊作品 *A Fool of Quality*。後來英國神學家約翰・衛斯理（一七〇三～九一）將之濃縮為兩冊的《摩爾蘭伯爵亨利》，於一七八一年出版。

當時我膝上擺著畢威克的插畫書，心情輕鬆愉快，至少頗為自得其樂。我只擔心被打擾，果不其然，干擾來得很快，早餐室的門開了。

「喂！憂鬱小姐！」是約翰．里德的喊叫聲。他愣住了，因為發現早餐室空空如也。

「她到底上哪兒去了！」他又喊。「莉兒！喬兒！（呼喚他的妹妹們）簡不在這裡。告訴媽媽她又下雨天跑出去了。壞丫頭！」

「幸虧我把窗簾拉上了，」我心想。我多麼希望他別發現我躲在這裡。事實上，約翰．里德絕對沒本事找到我，他眼力和反應都不夠快。可惜伊莉莎探頭進早餐室，馬上說：「約翰，她一定在窗台座位上。」我很怕約翰動手拉我出來，趕緊現身。

「你找我做什麼？」我彆扭又怯懦地問道。

「妳應該說：『您找我做什麼，里德少爺？』」他回答。「我要妳過來。」他坐進扶手椅，打手勢要我走過去站在他面前。

約翰．里德十四歲，已經上學了。我那時才十歲，所以他大我四歲。以他那個年紀的孩子而言，他塊頭算大的，膚色暗沉不健康，遲鈍的五官擠在肥嘟嘟的臉上，四肢粗壯，手腳肥胖。他一上餐桌就狼吞虎嚥，搞得肝氣鬱結，脾氣暴躁，眼神迷離，臉頰鬆垮。這時候他應該待在學校裡，但是他的媽媽一、兩個月前帶他回家，理由是「他體弱多病」。他的老師邁爾士先生再三保證，只要約翰能少吃點家裡送去的蛋糕甜食，身體肯定好得很。可惜，他媽媽愛子心切，聽不進這番嚴苛評語，寧可自欺欺人，說約翰臉色蠟黃全是因為用功過度，或太思念家人。

約翰對媽媽和妹妹們沒什麼感情，對我更是嫌惡。他常欺負我、懲罰我，不是三天兩頭，也不是一日一兩回，而是從不間斷。我渾身上下每一條神經都畏懼他，只要他靠近，我全身骨頭上的每一塊肌肉都痙攣起來。面對他的恫嚇與折磨，我求助無門，經常被他嚇得不知所措。僕人們不肯冒著惹惱少爺的風險為我出頭，里德太太也對這些事視若無睹。儘管約翰經常背著她打我罵我，偶爾更會當她的面欺負我，她總是視而不見、聽而不聞。

我習慣服從約翰，因此乖乖走到他座椅前方。他花了大約三分鐘時間對我扮鬼臉，舌頭伸得老長，只差沒扭傷舌根。我很清楚他馬上會動手，我一面擔心挨打，一面觀看他動手打人之前那副噁心又醜陋的尊容。也許他看懂了我的表情，二話不說、突然猛揮一拳，我一個踉蹌，後退了一、兩步才勉強站穩。

「那是處罰妳剛剛對媽媽不禮貌。」他說，「還有妳偷偷摸摸躲在窗簾後面，再加上妳兩分鐘前用那種眼神看我，妳這壞蛋！」

對約翰的虐待，我老早習以為常，從來不想反駁他。我滿腦子只想著該怎麼承受緊隨這番羞辱而來的毒打。

「妳躲在窗簾後面做什麼？」他問。

「我在讀書。」

「把書拿來。」

我回到窗子旁，把書取出來。

「妳憑什麼拿我們的書。媽媽說妳靠我們養活，妳沒有錢，妳爸爸沒有留給妳半毛錢。妳只配去要飯，不配跟我們這種紳士家的孩子一起住在這裡、吃跟我們一樣的食物、穿媽媽花錢買來的衣服。現在我要教會妳別再亂動我的書櫃，因為那些書櫃本來就是我的，這整棟房子都是我的，至少幾年後就會是。站到門邊去，離鏡子和窗子遠點！」

我照做了。一開始，我並不清楚他想幹什麼，看見他舉起書擺好姿勢，準備用力投擲出來，我本能地驚叫一聲，連忙閃到一旁。可惜不夠快，那本書丟出來了，打中了我，害我摔倒，頭撞上門，劃了一道傷口。傷口開始流血，痛得不得了。我的驚恐已經消退，其他情緒取而代之。

「缺德又殘忍的臭男生！」我叫道，「你根本就是殺人凶手，簡直像虐待奴隸的惡棍，像羅馬暴君！」

我讀過哥德史密斯[5]的《羅馬史》（*History of Rome*），腦子裡對尼祿和卡利古拉之類的暴君有了既定印象。我經常在心裡默默地拿他們比擬約翰，從沒想過會大聲說出來。

「什麼！什麼！」他大吼，「她當真這麼跟我說話嗎？伊莉莎！喬琪安娜！妳們聽見她說什麼了嗎？我一定要告訴媽媽！現在我先……」

他朝我衝過來，我意識到他奮不顧身地抓住我的頭髮和肩膀。我的確覺得他像個暴君，像殺人凶手。我感覺有一、兩滴血從額頭往下流到脖子，伴隨著一股刺痛。這些感覺戰勝恐懼，我發狂地還擊。

我不很清楚自己雙手究竟做了什麼，可是他喊我「壞丫頭！壞丫頭！」還大呼小叫地。他很快來了幫手。伊莉莎和喬琪安娜跑去喊里德太太，里德太太原本已經上樓了，這時又來到事件現場，後面跟著她的侍女阿蓓特以及保母貝西。

我們被拉開來，我聽到這些話：

「天哪！天哪！怎麼對約翰少爺發脾氣！」

「沒見過這麼烈的性子！」

然後，里德太太補了一句：「把她帶到紅房間，鎖在裡面。」馬上有四隻手抓住我，把我拉往樓上。

5. Goldsmith，指奥利佛·哥德史密斯（一七三〇～七四），十八世紀英國小說家、劇作家兼詩人，作品以戲謔方式諷刺時弊。

第二章

我一路抗拒，我以前從沒這樣過。這麼一來，原本已經不喜歡我的貝西與阿蓓特小姐對我成見更深了。事實上，那天我是有那麼一點反常，或者，套句法國人的話，有點錯亂。我很清楚，這一時半刻的叛逆肯定會招來始料未及的懲罰。然而，正如同所有起義造反的奴隸，我走投無路之餘，決心反抗到底。

「阿蓓特小姐，抓穩她的手臂。她簡直像發瘋的小貓。」

「不像話！不像話！」阿蓓特大聲說，「愛小姐，妳竟然打妳的小少爺，打妳恩人的兒子！這種行為實在糟糕至極。」

「少爺！他怎麼會是我的少爺？我是下人嗎？」

「不，妳比下人還不如，因為妳不能供養自己。來，坐下，好好反省自己的過錯。」

此時她們已經把我拉進里德太太指定的那個房間，要我坐在一張凳子上。我本能地像彈簧般從凳子上跳起來，登時被兩雙手逮住。

「如果妳不乖乖坐著，我們只好把妳綁起來。」貝西說，「阿蓓特小姐，把妳的吊帶襪借我，我的三兩下就會被她扯斷。」

阿蓓特小姐轉身過去，從腿上脫下那條用來捆綁我的刑具。我看著她們的舉動，又想到被綁後免不了又是一場恥辱，激動的心情稍稍平息。

「別脫！」我叫道，「我不亂動。」

為了證明所言不假，我用雙手抓緊凳子。

「妳最好別亂動，」貝西說。她確定我肯屈服之後，也鬆開了手。她跟阿蓓特小姐都雙手抱胸站著，生氣又質疑地盯著我，似乎不相信我已經恢復理智。

「她以前沒這樣過。」貝西終於轉頭對阿蓓特說。

「她本來就是這副德性。」阿蓓特說，「我經常告訴太太我對這孩子的看法，太太也贊同我。這小丫頭鬼頭鬼腦的，我從沒見過這年紀的小孩心眼這麼多。」

貝西沒有答腔。過了不久，她對我說：

「小姐，妳應當明白，里德太太有恩於妳，她收養了妳。如果她不肯收留妳，妳就得到救濟院去。」

對於這些話，我無言以對，我聽多了。我生命早期的記憶裡充滿了這類暗示，關於我寄人籬下的這種訓話對我而言早已經是耳邊風：聽在耳裡很痛苦、很傷人，卻只是一知半解。阿蓓特小姐也說話了……

「再者，太太好心地把妳跟里德小姐們、里德少爺一起帶大，妳不可以因此就認為自己可以跟他們平起平坐。他們以後會有很多錢，妳卻身無分文。妳必須學會謙卑，要學會討他們歡心。」

「我們說這些都是為妳好。」貝西又用和緩的口氣說，「妳要想辦法讓自己有點用處，逗別人開心，那麼，或許妳在這裡可以有個家。可是，如果妳暴躁又粗魯，太太會把妳送走，這點我敢肯定。」

「更何況，」阿蓓特小姐說，「上帝會處罰她。說不定會在她鬧脾氣時轟死她，之後她又會到哪裡去呢？貝西，走吧！我們別管她，我絕不要變成跟她一樣壞心腸。愛小姐，等剩下妳自己一個人時，別忘了禱告。如果妳不懺悔，也許會有什麼妖魔鬼怪從煙囪下來把妳抓走。」

她們走出去，關上門，從外面上鎖。

紅房間是個正方形寢室，很少有人睡在裡面。其實我大可以說從來沒人用過這個房間，除非蓋茲海德莊園突然湧進大批賓客，不得不徵用莊園裡所有空房間。然而，這卻是莊園裡最大最豪華的臥室之一。房間正中央擺著一張聖幕[1]似的大床，床的四個角落豎起超大紅木柱，懸掛暗紅色織錦羅帳。有兩扇大窗，窗簾始終垂下，還被同系列織物的綵花與綴飾半掩著。地毯是紅色的，擺在床腳的桌子鋪有緋紅色桌巾；牆壁是柔和的黃褐色，摻揉了些許粉紅色調。衣櫃、盥洗枱和椅子都是拋磨出幽暗光澤的老紅木。這片暗紅色系之中躍出一道醒目亮眼的白，就是床上高高堆疊起的床墊和枕頭，以及床上的雪白馬賽緹花床單。同樣凸出搶眼的還有一張擺在床頭、鋪滿厚墊的安樂椅，也是白色的，加上前方那張腳凳，整體看上去儼然是雪白的王座。

這房間很冷，因為裡面難得升火；很安靜，因為它遠離兒童房和廚房；很肅穆，因為大家都知道這裡很少人來。只有清潔女僕週六時會進來，撣去鏡子和家具上堆積了一星期的靜默塵埃。里德太太久久會進來一趟，查看衣櫃某個祕密抽屜裡的內容物。那裡面藏有各式文件、她的珠寶盒以及她已故丈夫的袖珍肖像。「已故丈夫」這幾個字透露了紅房間的祕密，也點明為何這個房間這般富麗堂皇，卻淪落得如此冷清。

里德先生過世九年了。他在這個房間嚥氣，躺在這裡讓人瞻仰遺容，之後，殯葬業者把他的棺木從這裡抬出去。從那天起，一股陰鬱的神聖感開始守護這個房間，使之免於眾人頻繁出入的侵擾。

貝西和冷酷的阿蓓特要我定定坐在上頭的這個座位，是一張低矮絲絨腳凳，靠近大理石壁爐。那張大床聳立在我面前，我右手邊是那座高大的暗色衣櫃，衣櫃面板映出或深或淺、破碎零散的反光。我左手邊是被窗簾覆蓋的窗戶。衣櫃與窗子之間有一面大鏡子，把原本已經寬敞空蕩的床鋪和室內空間放大一倍。我不確定她們是不是真鎖了門，等我膽敢移動時，趕緊起身過去查看。唉！沒錯，監獄也沒這麼牢固。走回矮凳途中我必須經過那面鏡子，我著迷的視線忍不住瞧一眼鏡中影。那幅空洞影像比真實世界來得更冰冷、更陰暗，而在鏡中凝視我的那個怪異小人影，臉色發白，臂膀暗影斑斑，閃閃發光的驚恐眼珠骨碌碌地轉動，對照出四周的死寂，活像真正的鬼魂。我覺得它很像貝西的晚間故事中那些半妖半仙的小小魅影，它們來自沼澤區那些被荒煙蔓草淹沒的幽谷，總是突然現身在摸黑趕路的旅人面前。我重新坐回腳凳。

當時我滿腦子怪力亂神，只不過，鬼怪還沒完全征服我，我依然熱血沸騰。造反奴隸的激動情緒還勁頭十足地在我體內流竄，新仇舊恨湧上心頭。在這些意念消失之前，我暫時不會被眼前的悲慘景況擊倒。

約翰．里德的殘暴對待、他妹妹們的傲慢冷漠、他母親的嫌惡憎恨、僕人們的不公不義，凡此種種，全都像渾濁深井裡黑糊糊的沉澱物，在我紛亂的大腦裡翻攪。為什麼我總是在受罪、總是擔驚受怕、總是橫遭指控、總是受到譴責？

為什麼我始終開心不起來？為什麼我無論如何也討不了任何人歡心？任性自私的伊莉莎備受寵愛；恃寵而驕的喬琪安娜刻薄惡毒、挑撥是非又厚顏無恥，卻一再被縱容。她的美貌、她的粉嫩雙頰和金色鬈髮似乎人見人愛，讓人不去追究她的過失。約翰向來為所欲為，即使他擰斷鴿頸，虐死孔雀幼鶵，放狗追羊，拔光暖房藤蔓的果實，掐掉溫室裡最珍貴植物的嫩芽，也絕不會受處罰。他還會喊他母親「老女人」，不時取笑她的黝黑膚色，他自己的膚色其實不相上下。他公然違逆母親，經常撕破或扯爛她的絲綢衣裳，但他始終是她的「心肝寶貝」。我從來不敢犯

1. tabernacle，古代猶太人用來遮蔽聖所的布幕。

錯，竭力完成份內之事，卻從早到晚、無時無刻不被人說成調皮惹人厭、愛生氣又鬼鬼祟祟。

我被書本擊中摔倒後的傷口還會痛，也在流血，卻沒有人責罵約翰故意傷害我。而我只為了讓自己免於遭受進一步非理性暴力而出手還擊，卻受到眾人怪罪。

「不公平！不公平！」我的理智吶喊著。那是極度苦惱之下激發出來、一股稚嫩卻短暫的力道。一股決心此時也發酵了，激勵我採取某種非常手段，好掙脫這難以忍受的壓迫，比如說逃走，或者，萬一逃不出去，就從此不吃不喝，死掉算了。

那個悲慘的午後，我的靈魂是多麼驚懼！我滿腦子的思緒多麼紛雜、心情多麼躁動不安！然而，這場內心交戰是何等陰暗、何等愚昧無知！我無法回答心中沒完沒了的問題：我為什麼要受這麼多折磨？如今，經過了這麼多年——我不說多少年——我終於明白了。

我是葛茲海德莊園裡的異類，在那裡我與眾不同。我跟里德太太、她的孩子和她寵信的家僕格格不入。若說他們不愛我，其實我也不愛他們。我無法認同他們或理解他們，我像個異端，無論性情、能力、癖好都與他們唱反調。我毫無用處，既不能有利於他們，也不能增添他們的生活樂趣。我像個害群之馬，對他們的言行懷抱惱怒，對他們的觀點嗤之以鼻。這樣的我，無論如何都得不到他們鍾愛的眼神。我明白，如果我是個聰明樂觀、無憂無慮、謹慎得體、外貌出眾、活潑愛玩的孩子，儘管我還是寄人籬下、孤苦無依，里德太太或許會更樂意容忍我，她的孩子也會以更多平輩的熱情對待我，僕人們也比較不會拿我當兒童房裡的代罪羔羊。

日光開始從紅房間撤退，時間已經過了下午四點，烏雲密佈的午後慢慢蛻變為肅殺的黃昏。我聽到雨點仍然不停歇地敲打樓梯間的窗玻璃，狂風在莊園後方的樹叢怒吼。我身子漸漸凍僵，激昂的情緒一點一滴消沉。我慣有的恥辱感、自我懷疑與淒涼心情像陣陣水氣，澆熄我緩緩消退的怒火。大家都說我壞，也許我真的很壞吧。我剛剛不是才打算餓死自己？那當然是一種罪。

我可以尋死嗎？葛茲海德教堂聖壇底下的墓穴會是我更理想的去處嗎？我聽說里德先生就是埋葬在那樣的墓穴裡。尋思至此，我不禁想起里德先生這個人，而且愈想愈害怕。我記不得他，卻知道他是我的親舅舅。他是我母親的哥哥，我父母過世後，他把我這個失恃失怙的小嬰兒帶回自己家。他臨終前要求里德太太承諾會把我當成親生孩子撫養照顧。里德太太想必認為她已經信守諾言了。事實上，我敢說她確實辦到了，至少在她天性容許的範圍內盡力了。她丈夫亡故後，她怎麼肯容留一個非她族類、與她沒有血緣關係的外人跟自己家人生活在一個屋簷下？她迫於無奈、不得不扮演一個她無法疼愛的古怪小孩的母親，還得眼睜睜看著一個不投她緣的外人長期入侵她的家庭，想必厭煩得不得了。

我腦子忽然生起一個念頭。我相信——從不曾懷疑過——假使里德先生還在人世，他一定會善待我。此刻我坐在這裡望著那張大床和暗影幢幢的牆壁，偶爾著迷地瞥一眼微微發光的鏡子，腦子開始回想先前聽說過的那些關於死人的故事。比如說，亡者因為遺願遭到違背，在墳墓裡氣惱不已，因而重返人世，懲處那些食言的人，替受委屈的人討公道。我想到里德先生的魂魄，說不定因為不滿他妹妹的孩子受盡欺凌，已經離開他的長眠地——不管是教堂墓穴或某個不知名的黃泉——幽幽來到這房間，浮現在我面前。我抹去淚水，壓抑啜泣聲，擔心自己哀痛欲絕的神情會引出某個超自然聲音來安慰我，或從幽暗處喚醒某張光暈圈圍的臉龐，用異樣的憐憫目光俯視我。這些念頭理論上應該很令人慰藉，可是萬一成真，我只怕會嚇得魂不附體。我竭盡全力不再亂想，拚命穩定情緒。我甩開遮擋眼睛的髮絲，抬起頭，勇敢地環視這個陰暗房間，卻見到牆面閃過一道光。我問自己，那是從窗簾縫隙照射進來的月光嗎？不對，月光只會靜靜灑落，那光卻是跳動閃耀。我盯著看時，那光線溜上天花板，在我頭頂晃動。如今的我會猜想那可能是有人提著燈籠橫越草坪，燈籠照射出來的光線。但在當時，我滿腦子揣想著恐怖景象，又因為激動不安而神經緊繃，滿心認定那道倏忽遊移的光束是某種預兆，意味著陰間幻影即將出現。

我心臟怦怦狂跳，額頭發熱，耳朵裡充滿某種聲響，我覺得那是翅膀高速俯衝的聲音。有什麼東西似乎離我很近。我苦惱至極、喘不過氣。我的忍耐力終於崩潰，起身衝到門口，死命地搖晃門鎖。外面走道傳來跑步聲，鑰匙轉動了，貝西和阿蓓特走進來。

「愛小姐，妳不舒服嗎？」貝西問道。

「真是恐怖的吵鬧聲！震得我耳膜都破了！」阿蓓特喊道。

「帶我出去！讓我去兒童房！」我大叫著。

「為什麼？妳受傷了嗎？妳看見什麼了嗎？」貝西又問。

「哦！我看見一道光，好像有鬼魂要來了。」這時我已經抓住貝西的手，她並沒有甩開我。

「她故意尖叫。」阿蓓特語帶嫌惡地說，「鬼叫成那樣！如果她痛得厲害，倒還值得同情，可是她只想騙我們過來，我很清楚她的狡猾詭計。」

「這是怎麼回事？」另一個聲音惡狠狠地質問。里德太太從走廊那邊過來，帽子翻飛開來，長袍振得啪啪作響。「阿蓓特，貝西，我不是叫妳們把簡愛關在紅房間裡，等我親自放她出來。」

「夫人，簡小姐叫得很大聲。」貝西趕緊解釋。

「放開她！」里德太太說，「孩子，放開貝西的手。妳記住，妳不能用這些伎倆蒙混過關。我討厭耍詐，特別是小孩子。我有責任讓妳明白詭計不會得逞。現在妳要在裡面多待一小時，而且妳必須乖乖聽話，安安靜靜待著，到時候我才會讓妳出來。」

「哦，舅媽！求求妳！饒了我吧！我受不了了，用別的方法處罰我好了！我會死掉的……」

「閉嘴！這種壞脾氣最討人厭。」無疑地，她心裡也確實這麼想。在她心目中，我是個早熟的女演員，她真的認為我一肚子壞水、卑鄙陰險又口是心非。

貝西和阿蓓特已經離開了。我還在痛苦哀嚎、猛烈啜泣。里德太太已經很不耐煩，不再多說什麼，一把將我推回房裡，鎖上門。我聽見她快步走開。她走後不久，我猜我大概暈過去了，在昏迷中結束這起事件。

第三章

我接下來的記憶是，醒來時感覺自己做了驚悚的噩夢，眼前出現一道恐怖紅光，一塊塊粗厚黑色木條交叉橫貫其中。我還聽到聲音，是空洞的說話聲，隱隱約約的，彷彿被強風或激流聲干擾。煩亂、憂心與一股凌駕一切的恐懼感混淆了我的感官能力。不久，我才意識到有人碰我，把我抱起來，扶我坐著。過去從來不曾有人如此溫柔地抱我或扶我。我的頭靠著枕頭或手臂，感覺很舒適。

五分鐘過後，那團疑雲消失了。我在自己床上，那抹紅光是兒童房的爐火。已經入夜了，桌上點著一根蠟燭。貝西捧著盆子站在床腳，有位先生坐在靠近我枕頭的椅子上，俯身望著我。

我發現房間裡有陌生人，而且是一個不屬於葛茲海德莊園、與里德太太無關的人，忽然生起一股難以言喻的鬆懈感，很寬慰地相信自己受到保護，安全無虞。我轉身背對貝西（儘管貝西不像其他人——比方說阿蓓特——那麼討人厭），仔細察看那位先生的面容。我認識他，他是洛伊德先生，是個藥劑師。家裡的僕人若是身體不舒服，里德太太便會召他前來。如果是她自己或她的孩子生病，她會找醫生。

「我是誰呢？」他問。

我說出他的名字，向他伸出一隻手。他拉拉我的手，笑著說，「妳很快就沒事了。」然後他讓我躺下，轉頭對貝西說話，細心地叮嚀她夜裡別吵我。他又交代了一些事，說他第二天會再過來，說完就走了，害我悵然若失。因為他坐在我枕頭旁的椅子上時，我有種受到庇蔭，得到友誼的感覺。等他走出去帶上門，整個房間頓時灰暗下來，我的心情又跌到谷底，一股難以言喻的哀愁壓在我心上。

「小姐，妳想睡了嗎？」貝西語氣相當溫柔。

我幾乎不敢回答她，擔心她下一句話又嚴厲起來。「我會試試看。」

「妳想喝點什麼嗎？或者妳吃得下東西嗎？」

「不用。謝謝妳，貝西。」

「那我要去睡了，已經十二點多了。如果妳夜裡有任何需要，隨時喊我一聲。」

真是客氣得叫人感動！我因此壯起膽子發問。

「貝西，我怎麼了？我病了嗎？」

「我猜妳在紅房間裡哭到昏過去。妳很快就會好起來，別擔心。」

貝西走進鄰近的女僕房，離這房間不遠，我聽見她說：

「莎拉，過來兒童房陪我睡，今天晚上打死我也不敢獨自守著那可憐的孩子，她說不定會死掉。她發那種病可真怪呀，不知道是不是看見了什麼。夫人實在太狠心了。」

莎拉跟她一起進來，她們倆都上了床，悄聲聊了半個小時才睡著。我聽見幾句她們的對話，不難從中推敲出她們的談話主題。

「有個穿白色衣服的東西穿過她，然後消失了」；「他背後跟著一條大黑狗」；「紅房間的門叩叩叩響了三聲」；「教堂墓地出現一道光，就在他墳墓正上方」，諸如此類的。

她們終於都睡了，壁爐的火和蠟燭都滅了。至於我，那個漫漫長夜讓我害怕得輾轉難眠，眼睛、耳朵與心靈全被恐懼佔據，那是只有小孩子才感受得到的驚駭。

這起紅房間事件並沒有造成嚴重或久治不癒的疾病，只為我的精神帶來一股強力震撼，直至今日還餘悖猶存。沒錯，里德太太，妳確實讓我經歷了某些飽受驚嚇的痛苦與精神上的折磨，但我應該原諒妳，因為妳根本不知道自己做了什麼。妳撕裂了我的內心情感，卻以為自己只是在根除我的壞脾性。

第二天晌午，我已經起床穿好衣裳，披著圍巾坐在兒童房壁爐旁。我覺得身體虛弱、幾乎垮下來，更糟糕的是，有一股有口難言的自憐自艾，這份感傷惹得我一直默默垂淚。我才擦掉臉頰上鹹鹹的淚水，馬上又落下一滴。不過，我覺得我應該開心才對，因為里德家的孩子不在，全都跟他們母親搭馬車出門去了。阿蓓特也在另一個房間縫衣服，至於貝西，她在房間裡走來走去，收收玩具、理理抽屜，時不時用罕有的友善語氣對我說話。這樣的情境對我來說應當是恬靜得有如天堂，畢竟我的生活向來充滿無窮無盡的責罵和得不到讚賞的苦差事。然而，我的精神早已飽受摧殘，任何恬靜都不足以撫慰我，也沒有任何開心事能讓我雀躍起來。☆1

貝西早先去過一趟廚房，帶回一片餡餅，擺在一只色彩鮮豔的瓷盤上。那只盤子上畫著一隻來自天堂的鳥兒，棲息在牽牛花與玫瑰花編成的花環上。若在平時，這個盤子肯定會讓我興奮地大肆讚美一番。我曾經好幾次央求讓我把這盤子拿在手上仔細欣賞，卻一再被拒，說我不配享有這份殊榮。這只珍貴的盤子此刻擺在我腿上，貝西殷勤地鼓吹我吃盤子上那塊圓圓的美味糕餅。無謂的善意！正如其餘大多數我感受不到、巴望許久的溫情一般，來得太遲！我沒辦法品嘗那塊餡餅，而那鳥兒的豐美羽毛，花朵的鮮麗色彩，似乎都不明所以地失了光彩。我把盤子和餡餅拿開。貝西問我想不想讀書。聽見「書」這個字，我立刻精神一振。我拜託她到書房幫我拿《格列佛遊記》。每回讀這本書我總是非常開心，我覺得書裡的描述全是真的，也從字裡行間體驗到比讀童話故事更大的樂趣。關於童話故事裡的精靈，我曾經在毛地黃的綠葉與鐘形花朵之間搜尋，也曾在蘑菇和披覆古老牆角的金錢薄荷草底下翻找，卻一無所獲。最後，我只得悲傷地相

☆1
This state of things should have been to me a paradise of peace, accustomed as I was to a life of ceaseless reprimand and thankless fagging; but, in fact, my racked nerves were now in such a state that no calm could soothe, and no pleasure excite them agreeably.

信，它們已經離開英格蘭，去到某個蠻荒地域，那裡的樹林更為原始，枝葉更加茂密，人口也稀少得多。然而，在我心目中，小人國和巨人國是地表上的真實國度，我毫不懷疑總有一天我可能會遠渡重洋、親眼見見那片國土上的小田野、小房子和小樹，見見那些迷你人類、迷你牛羊和鳥兒。也能親眼看到另一片土地上有如森林般高大的玉米田、巨型獒犬、怪獸般的貓咪、高塔似的男男女女。可是，等我拿到這本我鍾愛的書籍，等我翻開書頁，查看那些直到如今仍令我著迷的精彩圖畫，我卻只覺得杯弓蛇影、沮喪煩悶。那些巨人變成憔悴的妖怪，那些小個子變成歹毒又可怕的魔鬼，格列佛變成遊蕩在最恐怖、最危險地域的悲慘流浪漢。我闔上書本，把它放在桌上那塊完整如初的餡餅旁，沒膽子再讀它。

這時貝西已經撣完灰塵，整理好房間。她洗過手後，打開一個小抽屜，裡面裝滿琳瑯滿目的絲綢錦緞布條，開始動手幫喬琪安娜的娃娃縫製新帽子。她一面縫、一面哼唱：

我們結伴浪跡天涯，
在很久很久以前。

這首歌我聽過很多次了，總是聽得滿懷欣喜，因為貝西嗓音很好聽，至少我這麼認為。可是現在，儘管她的歌聲依舊悅耳，那旋律聽在我耳裡，卻有股無以名狀的哀傷。她太專注於工作時，唱副歌的聲音變輕、拍子變慢。「在很久很久以前」變成葬禮哀樂中最悲愴的曲調。她換唱另一支民謠，這回是真正的哀歌。

我雙腳疼痛、四肢疲累，

長路迢迢，叢山峻嶺荒野漫漫；
暮色將至，帶來陰鬱無月的夜，
籠罩著苦命孤兒的旅途。

為什麼讓我獨自漂流他鄉，
徘徊在濕冷荒原與亂石野地間？
世人多麼狠心，唯有仁善天使，
照看我這可憐孤雛的步履。

輕柔晚風在遠處吹送，
夜空無雲，星辰綻放微光；
上帝慈悲，庇護苦命孤兒，
賜予溫柔安慰與希望。

即使我摔落斷橋縫隙，
或被魅影引入荒原，迷失方向；
我的天父依然信守承諾與祝福，
將苦命孤兒擁入懷中。

我深信終將獲得力量，

儘管我無處可去，無親可依；
天國就是歸處，我得以安息，
上帝照看我苦命孤兒。

「哎呀，簡小姐，別哭了。」貝西唱完時說道。她倒不如叫壁爐裡的火焰「別燒了！」她又怎能理解我內心承受多麼劇烈的痛楚？那天早上洛伊德先生又來了。

「什麼，妳已經下床了！」他走進兒童房時說道。「保母，她好點了嗎？」

貝西答說我恢復得還不錯。

「那她的表情應該更開心一點才對呀。簡小姐，過來。妳的名字叫簡，對不對？」

「是的，先生，我叫簡愛。」

「嗯，簡愛小姐，妳剛剛哭了，可以告訴我為什麼嗎？妳哪裡痛嗎？」

「不痛，先生。」

「哦，我敢說她會哭是因為不能跟夫人一起搭馬車出去。」貝西多嘴多舌地說。

「當然不是！怎麼可能，她已經長大了，不會鬧這種脾氣。」

我心裡也這樣想，可是貝西的莫名指控還是傷了我的自尊，我馬上回答，「我從來沒有為那種事哭過，我討厭搭馬車出去。我哭是因為我很悲慘。」

「啐，小姐！」貝西生氣了。

好心的藥劑師似乎不太明白。那時我站在他面前，他的目光穩穩落在我身上，灰色小眼睛不太明亮，不過，如今的我肯定會覺得他的眼神很精明。他的五官略顯剛硬，表情卻很和善。他從容地觀察我半晌，才說，「妳昨天為什麼會昏倒？」

「她跌倒了。」貝西又搶著答話。

「跌倒！怎麼可能，小孩子才會跌倒！她這麼大了，難道還不會走路？她至少八、九歲了。」

「我被打才會摔倒！」我自尊受損，急得衝口而出。接著又補一句，「可是我昏倒不是因為那件事。」洛伊德先生捏了一撮鼻菸用力一吸。

他把鼻菸盒放回背心口袋時，正巧僕人的午餐鈴大作，他知道那代表什麼。「保母，那是叫妳的。」他說，「妳下樓去吧。妳不在這段時間，我會好好說說簡小姐。」

貝西寧可留下來，但她不得不離開，因為葛茲海德莊園不容許用餐遲到。

「妳不是摔倒才昏倒的，那妳為什麼會昏倒？」貝西離開後，洛伊德先生繼續追問。

「我被關在一個有鬼的房間裡，一直到天黑以後。」

我看見洛伊德先生又微笑又皺眉。「鬼！什麼！結果妳還是個小嬰兒！妳怕鬼？」

「我怕里德先生的鬼魂。他死在那個房間，從那裡被抬出去。貝西和其他人晚上都不去那個房間。把我一個人孤伶伶鎖在裡面，連根蠟燭都沒有，實在太殘忍了，殘忍到我想我一輩子都忘不了。」

「胡說！所以妳是因為那件事才覺得自己很悲慘嗎？現在是大白天，妳還會害怕嗎？」

「不會，可是晚上很快又會到了。還有，我很不快樂，非常不快樂，為了別的事。」

「別的什麼事？妳可以說點給我聽聽嗎？」

我多麼想一五一十說個清楚！沒想到構思一個答案竟是如此困難！對於內心的感覺，孩子們能夠體會，卻無法分析。即使那些分析在他們的思想裡稍稍成形，他們也不懂得如何用語言表達。然而，這是我第一次、也是唯一的機會可以藉由向人訴苦化解內心的哀戚，我很擔心會失去它，於是，我苦惱萬分地停頓片刻後，勉強想出一個內容貧乏，卻毫不虛假的答覆。

「首先，我沒有爸爸媽媽，沒有兄弟姊妹。」

「妳有仁慈的舅媽和表親啊。」

我又停了一下，然後笨拙地宣告：「可是約翰・里德打我，舅媽把我關在紅房間裡。」

洛伊德先生再次拿出鼻菸盒。

「妳不覺得葛茲海德莊園很漂亮嗎？」他問，「妳能住在這麼好的地方，不覺得很感恩嗎？」

「先生，這不是我的家，何況阿蓓特說我比僕人更沒資格住在這裡。」

「咄！妳不會笨到想離開這麼美麗的房子吧？」

「如果我有地方可去，我會很高興可以離開這裡。可惜我長大之前都沒辦法離開葛茲海德莊園。」

「也許可以，誰曉得呢？除了里德太太之外，妳還有別的親戚嗎？」

「我想沒有了，先生。」

「妳爸爸那邊都沒有親人在？」

「我不清楚。我問過里德舅媽，她說我可能有些地位低下、姓愛的窮親戚，可是她完全不認識那些人。」

「如果妳有這樣的親戚，妳願意去跟他們住嗎？」

我想了一下。對大人而言，沒錢似乎是很悲慘的事，對小孩更是如此。孩子們心目中沒有所謂勤奮、勞動、活得有尊嚴的貧窮。「貧窮」這個詞在他們眼中就等於衣衫襤褸、三餐不繼、無火可升、粗魯舉止和卑劣惡行。在我的認知裡，貧窮就是墮落的同義詞。

「不，我不想跟窮人過日子。」我答道。

「即使他們對妳好也不要？」

我搖搖頭。我不懂窮人怎麼有能力對人好。何況我還得學他們說話、行為舉止也會跟他們相同，不能受教育，長大後變成我見過的那些在葛茲海德村小屋子門口照顧孩子、清洗衣服的婦人。不，我並沒有英勇到可以為了自由拋棄社會地位。

「可是妳的親戚真有那麼窮嗎？他們都是工人嗎？」

「我不知道。里德舅媽說就算我有別的親人，那些人肯定也都是叫化子，我可不想出去討飯。」

「妳想上學嗎？」

我又想了一下。我對學校所知不多，貝西有時候會聊到學校，說那地方的年輕小姐都戴著木枷端坐、穿矯正背板，舉手投足要極度端莊嫻靜、循規蹈矩。約翰．里德討厭學校，還作弄老師。不過，約翰．里德的喜好不值得拿來供我參考。若說貝西描述的那些校規（消息來源是她來葛茲海德之前幫傭那戶人家的年輕小姐）很嚇人，但她也說起過學校裡那些年輕小姐在學業上的成就，聽起來很吸引人。貝西讚不絕口地說，那些小姐們會畫很漂亮的風景和花朵，會唱好聽的歌，彈奏優美的樂曲。她們會編織錢包，會翻譯法文書籍，聽得我一心一意想去效法她們。此外，學校意味著徹底改變，意味著我會遠走他鄉，揮別葛茲海德莊園，邁向新生活。

「我真想去上學。」我深思熟慮後，大聲說出這個結論。

「哎呀！未來的事誰曉得呢？」洛伊德先生邊說邊起身。接著又自言自語地補了一句，「這孩子需要換個氣氛和環境，精神狀態不是很好哪。」

這時貝西回來了，樓下剛巧也傳來馬車駛進碎石子路的聲音。

「保母，那是妳家夫人回來了嗎？」洛伊德先生問，「我離開之前想跟她說幾句話。」

貝西請洛伊德先生到早餐室坐坐，帶著他出去了。此番洛伊德先生和里德太太的晤談，根據後來的發展，我猜洛伊德先生建議里德太太送我進學校。他的意見顯然立刻被採納，因為有一天晚上阿蓓特和貝西在兒童房裡邊做女紅邊談論這個話題，當時我已經上床，她們以為我睡著了。阿蓓特說，「我覺得夫人一定很慶幸終於可以擺脫這個很難調教的煩人小孩。這孩子老是一副在監督大家的模樣，老像在暗地裡使什麼詭計似的。」看來，我在阿蓓特眼中倒成了小小蓋伊・福克斯[1]。

那天晚上，我首度從阿蓓特小姐對貝西說的話當中得知，我父親生前是個窮牧師，我母親的家人覺得他配不上我母親。我母親不顧家人反對，執意下嫁給他。我外祖父為此大發雷霆，斷絕她的經濟來源，一毛錢也不給她。我父母親結婚一年後，我父親到他教區裡某個工業大鎮探訪窮苦人家，不慎感染了當地盛行的斑疹傷寒，不久我母親也被感染，兩人在一個月內相繼亡故。

貝西聽完這番話，嘆息說道，「阿蓓特，可憐的簡小姐也很值得同情。」

「那是當然。」阿蓓特說，「如果她個性溫柔，長相可愛，別人也許還能同情她的身世。可是像她這樣的壞小孩，實在很難讓人心疼。」

「的確，沒辦法太疼愛她。」貝西附和道，「總之，像喬琪安娜小姐這樣的美人兒如果碰上這樣的命運，一定更惹人憐愛。」

「沒錯。我太愛喬琪安娜小姐了！」阿蓓特熱情地讚嘆道，「真是個小親親！長長的鬈髮、藍藍的眼珠子，膚色多麼紅潤，簡直像畫出來的！貝西，真希望晚餐吃威爾斯披薩士司。」

「我也是，再來點烤洋蔥。走吧，我們下樓去。」她們離開了。

1. Guy Fawkes，一五七〇～一六〇五。蓋伊・福克斯是羅馬天主教某組織成員，該組織不滿英王對天主教種種不公平待遇，意圖謀反，計畫在一六〇五年十一月五日這天引爆火藥，炸死國王詹姆士一世並炸毀國會大廈。結果計畫失敗，負責點火的福克斯被捕。之後，英國民眾每年十一月五日夜晚會燃放煙火，以示慶祝。

第四章

根據我與洛伊德先生的對話，加上剛剛提到的那次貝西與阿蓓特的閒談，我內心總算有了一線希望，足以激勵我努力恢復健康。改變似乎指日可待，我靜靜地期盼著、等待著。可惜，它遲遲不來。幾天過去了，幾星期過去了，我的身體康復了，卻再也沒有人提起我滿心期待的那件事。里德太太偶爾會用嚴厲的目光審視我，卻鮮少對我說話。打從我生病後，她在我和她的孩子之間劃下一道更清楚明確的界線，指定我單獨睡在小壁櫥裡，要我自己一個人用餐，整天都得待在兒童房裡，而我的表親們則是長時間待在客廳。她從來沒有透露過送我進學校的訊息，儘管如此，我還是直覺地相信，她絕不肯繼續容忍我跟她共處在一個屋簷下。因為每次她的視線落在我身上時，眼神裡總是流露出一股比以往更根深柢固、更無法動搖的厭惡。

伊莉莎和喬琪安娜顯然遵從她們母親的指示，盡量避免跟我交談。約翰每次見到我就對我吐舌頭扮鬼臉，有一回甚至試圖懲戒我，我憑藉著上回大鬧一場時那股深刻的忿恨和急切的反動意志，當場還以顏色。他見苗頭不對，連忙打消念頭，轉頭跑開，還一路咒罵我，說我打裂他的鼻子。我的確使出了渾身力氣，用我的指關節朝他臉上那個凸出部位狠狠一擊。我發現我那一拳或我的神態嚇退了他時，多麼想乘勝追擊，可惜他已經跑到媽媽身邊了。我聽見他哭哭啼啼地告狀，說「那個可惡的簡愛」像個瘋婆子似地撲向他，卻遭他媽媽厲聲喝止：

「約翰，別跟我提到她！我告訴過你別靠近她，她不值得你理會。我寧可你或你妹妹跟她沒有任何親戚關係。」

這時的我靠在樓梯欄杆，突然不假思索地大聲叫嚷：「他們才不配當我的親戚！」

里德太太是個矮胖婦人，可是，一聽見這個荒唐又大膽的宣言，她行動敏捷地奔上樓梯，像一陣旋風般將我抓進兒童房，砰地把我扔在我的小床床沿，惡狠狠地警告我當天之內不准起身離開，也不准再開口說一句話。

「如果舅舅還活著，他會怎麼說？」我難得主動開口質問她。我說「難得主動」，是因為當時我的舌頭好像沒經過我同意、就擅自發表言論。那些話不聽使喚，直接從我嘴裡溜出去。

「什麼？」里德太太咕噥著。她素來冷靜的灰色眼眸變得憂心忡忡，一副擔心害怕的模樣。她鬆開我手臂，直勾勾盯著我，彷彿她真的弄不懂我究竟是個小孩子，或是魔鬼。這下子我欲罷不能了。

「我的里德舅舅在天國，看得見妳做的事，也知道妳心裡打什麼主意。我爸爸和媽媽也看得見，他們知道妳把我關起來一整天，知道妳巴不得我死掉。」

里德太太很快恢復鎮定。她發狠地搖晃我，打了我兩個耳光，然後悶不吭聲地走出去。貝西用整整一小時的訓話填補接下來的空檔，她信誓旦旦地說，我是天底下最歹毒、最撒野的孩子。我有點相信她，因為我覺得自己滿腦子壞念頭。

十一月、十二月都過去了，一月也過了一半。聖誕節和新年期間，葛茲海德莊園跟往年一樣充滿歡樂的節慶氣氛。人們交換了禮物，午晚餐派對接二連三。當然，這些玩樂的事都沒我的份。我在這些開心事上扮演的角色就是天天冷眼旁觀伊莉莎和喬琪安娜盛裝打扮，看著她們下樓走進客廳，身上穿著細緻的薄棉連衣裙、繫著鮮紅色腰帶，頭髮也悉心弄成漂亮的鬈髮。之後，再聆聽樓下的鋼琴或豎琴彈奏聲，還會聽見管家和僕人來回穿梭的腳步聲，聽見吃點心時玻璃與瓷器的叮噹聲響，聽見隨著客廳門開開關關傳來的斷斷續續談話聲。我聽得厭煩時，就從樓梯口回到孤單寂寞的兒童房。在兒童房裡，我儘管內心哀戚，卻不覺悲慘。坦白說，我一點也不想加入他們，因為人群之中很少有人搭理我，如果貝西友善又和氣，我倒覺得每天晚上跟她靜靜待著是莫大的樂事，總比待在里德太太恐怖的目光底下、擠在一屋子紳士淑女之間來得好。可惜，貝西把她的小姐們打扮好之後，就會去氣氛更熱鬧的廚房或僕人房，通常還把蠟燭一併帶走。我只得獨自呆坐，把娃娃擱在膝頭，看著爐火漸漸變小，偶爾環顧四周，確定沒有比我更嚇人的東西出沒在這陰暗的房間裡。等壁爐裡只剩一抹紅色餘燼時，我就會快速脫去外衣，急急忙忙解蝴蝶結、拉開衣帶，縮進我的小床，躲避寒冷與黑暗。我通常帶我的娃娃上床。人總要有個依戀對象，可惜我欠缺更理想的情感寄託，只得轉而呵護並珍愛一尊破舊得有如迷你稻草人的褪色雕刻人偶。如今回想起來，我不明白當時為什麼如此荒謬地珍視這個小玩具，竟想像它有生命、有感覺。我總要把它藏在睡袍裡，才能安心入睡。看著它安全又暖和地躺在那裡，我很開心，也相信它跟我一樣開心。

等待的時間似乎特別漫長，樓下的賓客遲遲不走，貝西上樓的腳步聲也始終不出現。貝西偶爾會抽空上樓來拿她的頂針或剪刀，或者帶點晚餐的食物給我，比如圓麵包或乳酪蛋糕。她會坐在床上看著我吃，等我吃完，幫我蓋被子，親我兩下，說，「晚安，簡小姐。」她表現得這麼溫柔的時候，我就覺得她是天底下最完美、最漂亮、最善良的人。我非常希望她永遠都這麼好相處，這麼和藹可親，不像她平常那樣把我推來推去，責罵我，或不講理地派我做些苦差事。我猜想，貝西．李一定有天生的好才能，因為她做任何事都很伶俐，也有了不起的說故事本領，至少她那些床邊故事給我這個印象。如果我沒記錯她的臉蛋和她的模樣的話，她長得也很漂亮。我記得她身材苗條，黑髮黑眼珠，挺標緻的五官，好看又淨白的臉蛋。可惜她性情善變易怒，不大注重原則與正義之類的事。儘管如此，在葛茲海德莊園裡我最喜歡的還是她。

那天是一月十五日，上午大約九點鐘，貝西下樓去吃早餐，我的表親還沒被召喚到他們母親身邊。伊莉莎正在戴帽子、穿保暖外套，準備去餵她養的雞。她很喜歡做這件事，也喜歡把雞蛋賣給管家，積攢起賺來的金錢。她很有做生意的本領，存錢的功力更是一流，這些展現在她那些賣雞蛋和雞隻的交易，以及她賣花朵根莖、種子和植物枝條給園丁時那種絕不讓價的氣勢。園丁們聽從里德太太的命令，只要小姐花園裡有任何產品要出售，他們都照單全收。如果賣頭髮能賺一筆大錢，伊莉莎也絕不肯錯失機會。至於她賺來的錢，起初她用碎布或捲髮紙包裹，東塞西藏，結果有些被清掃女僕找出來。伊莉莎唯恐哪天會失去她的珍貴財物，同意交給媽媽保管，還收取大約百分之五十或六十的高額利息。她每三個月索討一次利息，把存款數目準確無誤地記錄在一本小冊子裡。

喬琪安娜坐在高腳凳上，對著鏡子梳理頭髮，把假花和褪色羽毛裝點在鬈髮裡。假花和羽毛是她在閣樓某個抽屜找到的。我正在鋪床，因為貝西嚴格要求我在她回來之前整理好床鋪。近來貝西經常把我當成兒童房的小女僕，指派我做這做那的，比如收拾房間，撣撣椅子上的灰塵。我攤開被子、摺好睡衣後，走到窗台座位去把散放在那裡的幾本圖畫書和扮家家酒的小家具整理好。喬琪安娜突然命令我別動她的玩具，因為那些迷你椅子和鏡子，小巧的碟子和杯子都是她的東西。我只得停下來。之後，我沒別的事做，就彎著腰對籠罩在窗玻璃上的霧吹氣。玻璃出現一圈透明區域，我順勢望出去，戶外的地面覆蓋著一層嚴霜，到處死氣沉沉。

從這個窗子可以看見門房的小屋子和車道。我才剛在遮蔽窗玻璃的那層銀白色霧氣上清除出一塊足以看清外面的區域，就看見大門打開，一輛馬車駛了進來。我淡然地看著馬車駛上車道。經常有馬車造訪葛茲海德莊園，但馬車裡面永遠不會有讓我感興趣的訪客。馬車停在房子前，門鈴大聲響起，來人被請進門。這些事都與我無關，我茫茫無所終的注意力很快找到更有趣的目標，那是一隻飢餓的小小知更鳥，牠飛過來，停在窗外牆邊那棵櫻桃樹光溜溜的枝椏上啁啾啼叫。我早餐吃剩的麵包、牛奶還在桌上，我捏了一小塊麵包捲，拉動窗框，想把麵包屑放在外面窗台上。此時貝西正好跑上樓來，進了兒童房。

「簡小姐，把圍裙脫下來，妳在那裡做什麼？早上妳洗過手臉了嗎？」

我回答之前又用力拉了一下，因為我想確定鳥兒吃得到麵包屑。窗子開了，我把麵包屑撒出去，有些落在石頭窗台上，有些在櫻桃樹幹上。我關上窗子，回答貝西：

「還沒，我剛剛才撣完灰塵。」

「真是麻煩又魯莽的小鬼！妳整張臉紅通通，是不是又搗蛋了。妳剛剛開窗子做什麼？」

我不需要回答，因為貝西好像在趕時間，沒空聽我解釋。她把我拉到盥洗架前，毫不留情地用肥皂、水和粗糙的毛巾使勁刷洗我的手和臉，幸好只洗了一下子。她又拿硬鬃似的梳子耙過我蓬亂的頭髮，脫掉我的圍裙，匆匆忙忙把我推到樓梯口，要我直接下樓，早餐室有人等著見我。

原本我想問問是誰想見我，也想知道里德太太在不在那裡，可惜貝西走掉了，還把我關在兒童房外。我慢慢走下樓梯。最近三個月以來，里德太太從來沒有叫我到她面前過。這麼長的時間一直待在兒童房，如今早餐室、餐廳和客廳這些地方令我望而生畏，想到要踏進去，內心只覺惶恐不安。

此刻我站在空蕩蕩的大廳，眼前就是早餐室的門。我停下腳步，心驚肉跳，直打哆嗦。那段日子裡，恐懼與不公平的責罰竟讓我變成了如此悽慘的膽小鬼！我不敢回兒童房，又不敢上前走進早餐室。我在原地站了十分鐘，苦惱萬分、猶豫不決。早餐室響起催促的鈴聲，我別無選擇，我**必須**進去。

「會是誰要見我？」我一面在心裡自問，一面用雙手轉動緊扣的門把。門把頑強抵抗了一、兩秒，不肯屈服。「裡面除了里德太太，我還會見到什麼人？男人或女人？」門把轉動了，門打開了。我進了門，屈膝行禮，抬起頭時看見了……一根黑色柱子，至少乍看之下給我這種印象。那個穿著黑貂外衣、聳立在地毯上的身影筆直又細瘦，頂端那張陰沉的臉孔像雕刻面具，擺放在柱子上頭充當柱頂。

里德太太坐在壁爐旁她的老位子上，她打手勢示意我上前。我向她走過去，她向那個冷峻的陌生人如此介紹我：

「這就是我向您申請入學的那個小女孩。」

他——因為他是男的——緩緩轉頭面向我站立的位置，用那雙在兩道濃眉底下閃閃發光、好奇的灰眼珠打量過我後，再用低沉的嗓音嚴肅地說：「她個子很小，今年幾歲？」

「十歲。」

「這麼大啦？」語氣略帶質疑。

他又多看了幾分鐘，才開口對我說：「小女孩，妳叫什麼名字？」

「先生，我叫簡愛。」

我邊回答邊抬頭。他看起來身材很高大，不過當時我很矮。他方頭大耳，五官和身體的線條都嚴峻拘謹。

「嗯，簡愛，妳是乖孩子嗎？」

這個問題根本沒有肯定答案，我這小小世界裡就有著相反見解，於是我沉默以對。里德太太意味深長地搖搖頭，算是替我回答，她很快又補充說，「布拉克赫先生，這個問題還是少談為妙。」

「很遺憾聽您這麼說！她跟我得好好聊聊。」他折彎挺直的身軀，落坐在里德太太對面的扶手椅上。「過來。」他說。

我橫越地毯。他讓我站在他前方跟他面對面。那張臉長得可真特別！此刻幾乎與我的臉一般高。他鼻子真夠大！還有那張嘴！好大的暴牙！

「沒什麼比淘氣的孩子更叫人沮喪的了。」他說，「尤其是淘氣的小女孩。妳知道壞人死後上哪兒去嗎？」

「會下地獄。」最簡單的標準答案。

「那麼地獄是什麼？妳能跟我說說嗎？」

「是一個大火坑。」

「妳想要掉進那個坑裡、永遠被火燒嗎？」

「先生，我不想。」

「妳該怎麼避免掉進去？」

我思索了一下。我想好了，我的答案只怕不中聽：「我應該保持健康，不要死掉。」

「妳要怎麼保持健康呢？每天都有比妳年紀小的孩子死去。一、兩天前我才埋葬一個五歲大的孩子，是個好孩子，他的靈魂已經進了天國。如果哪天妳死了，恐怕不一定進得了天國。」

我沒有能力排除他對我的疑惑，只得垂下視線，盯著地毯上那雙大腳，嘆了一口氣，暗暗希望自己能走遠一些。

「我希望那聲嘆息是發自內心，希望那是因為妳懺悔自己曾經惹惱妳這位尊貴的恩人。」

「恩人！恩人！」我在心裡吶喊，「人人都說里德太太是我的恩人。如果是這樣，那恩人真是一種討人厭的東西。」

「妳每天早晚都確實禱告嗎？」那位先生繼續盤問。

「是的，先生。」

「妳讀過《聖經》嗎？」

「偶爾。」

「讀得愉快嗎？妳喜歡《聖經》嗎？」

「我喜歡〈啟示錄〉、〈但以理書〉、〈創世記〉、〈撒母耳記〉、一小部分的〈出埃及記〉，還有〈列王紀〉和〈歷代志〉的某些部分，也喜歡〈約伯記〉和〈約拿書〉。」

「那麼〈詩篇〉呢？希望妳也喜歡？」

「先生，我不喜歡。」

「不喜歡？哦，太令人震驚了！我有個小男孩，年紀比妳小，已經會背誦六章詩篇。假使你問他想吃薑汁餅乾或背詩篇，他會說，『哦！我要背詩篇！天使會唱詩篇。』他說，『我希望在人間當個小天使。』結果他因為小小年紀就這麼虔誠，得到兩塊餅乾做為獎賞。」

「〈詩篇〉很無趣。」我說。

「這就證明妳有一顆邪惡的心，妳必須禱告，求上帝改正它，求上帝給妳一顆全新、潔淨的心，除去妳的石心，賜給妳肉心[1]。」

我正打算發問，想知道換心這件事是用什麼方法進行，里德太太卻打斷我們的談話。她要我坐下，自己接著說起話來。

「布拉克赫先生，我相信我在三星期前寫給你的那封信裡提到過，這個小女孩的品格和性情沒有一點讓我滿意。假使您允許她進羅伍德學校，也要求學校裡的學監和老師們嚴加管教她，那

1. 出自《聖經》〈以西結書〉第三十六章第二十六節。耶和華以此比喻要潔淨人的心靈。

我會很感激。最重要的是，要提防她最要不得的毛病，也就是她說謊的習慣。簡，我當妳的面說這些話，免得妳欺騙布拉克赫先生。」

里德太太天生就是要來殘酷地傷害我，我理所當然會害怕、會討厭她。我在她跟前從來不覺得開心，不管我多麼小心翼翼順從她，不管我多麼努力討好她，我的苦心總是遭到冷漠排斥，得到的總是像剛剛那種評語。此刻，她當著陌生人說出的這些誣陷刺傷我的心，我隱約察覺到，她在替我安排前程的同時，順手摧毀我在下一個人生階段裡的所有希望。儘管我無法清楚以言語形容，但我感覺她正在我未來的路途上埋植反感與刻薄的種子。我看見自己在布拉克赫先生眼中搖身一變，成為狡詐、惡毒的小孩，而我能有什麼辦法補救這個傷害呢？

「真的沒有辦法。」我心想。我強忍住不哭出來，迅速擦去幾滴淚水，那是我內心悲痛的卑微證據。

「對孩子而言，欺騙實在是非常悲哀的缺點。」布拉克赫先生說，「就跟說謊差不多。所有騙子死後都會在那個充滿火焰與硫磺的池子裡遭受磨難。不過，里德太太，她一定會受到嚴密監管，我會轉告譚波老師和其他老師。」

「我希望她受的教育能符合她的未來發展。」我的恩人又說，「希望她能變成有用的人，變得謙卑。至於假期，如果您不反對，就讓她留在學校吧。」

「夫人，您的決定非常明智。」布拉克赫先生答道，「謙遜是基督教的美德，尤其適合羅伍德的學生，因此我要求老師們格外注重這方面的教養。我研究過如何才能有效抑制學生們內心那股世俗的驕氣，幾天前我才驗收了令人滿意的成果。我的次女歐葛絲塔陪她母親視察學校，回家後她說，『哦，親愛的爸爸，羅伍德那些女孩子看起來多麼沉默、多麼樸素呀，頭髮都梳到耳後，穿著長長的圍裙，她們的連衫裙外面還繫著麻布口袋，看起來根本就像窮人家的孩子！還有，』

她說，『她們看著我和媽媽穿的衣裳，表現得像從沒見過絲綢禮服似的。』」

「我很滿意這樣的狀況。」里德太太說，「就算找遍英格蘭，只怕再也找不到比那裡更適合簡愛這種小孩的地方了。一致性，親愛的布拉克赫先生，我做任何事都講究一致性。」

「夫人，一致性正是基督徒的首要本分。羅伍德的大小事物都顯現出一致性：粗茶淡飯、簡樸衣著、素淨住所、勤奮刻苦的習性，整所學校和全體師生都遵循這樣的指導方針。」

「先生，這樣很對。那麼我是不是可以確定這孩子已經獲准入學，可以在那裡接受符合她身分與前途的訓練？」

「夫人，可以的，她會被安置在特選幼苗的培育場裡。她能雀屏中選，獲得這種天大的殊榮，一定會心懷感恩的。」

「那麼，布拉克赫先生，我會儘快送她過去，因為，說實在話，我很期待早日擺脫一樁愈來愈煩人的責任。」

「那是當然，夫人，那是當然。那麼我祝您安好。我預計一、兩星期內返回布拉克赫莊園，因為我的好友，也就是副主教，不准我在那之前離開。我會寫信給譚波老師，提醒她有個新學生，學校那邊才能預做準備。告辭。」

「再見，布拉克赫先生。請代我向布拉克赫太太和布拉克赫小姐問好，還有歐葛絲塔、席奧多，以及布勞登．布拉克赫少爺。」

「我會的，夫人。小女孩，這裡有一本《兒童守則》，每天祈禱的時候讀，特別是有關『瑪莎猝然慘死的故事。瑪莎是個愛撒謊騙人的壞孩子。』」

布拉克赫先生說完，把一本縫了書皮的薄薄小冊子塞到我手裡，再拉鈴傳喚他的馬車，之後就離開了。

早餐室裡只剩我跟里德太太，幾分鐘過去了，誰也沒說話。她在做針線活，而我則注視著她。當時里德太太應該是三十六、七歲，是個體格壯碩的女人，肩膀很寬、四肢結實、身材不高，雖然有點豐滿，卻稱不上肥胖。她的臉有點大，下顎有稜有角的，眉毛長得很低，下巴又大又凸出，鼻子嘴巴十足地普通。她稀疏的眉毛底下閃著一對冷漠無情的眼睛，皮膚黝黑不清透，頭髮接近亞麻色。她身體很健康，疾病從不會找上她。她是個錙銖必較的精明主婦，莊園內外和佃農全都在她掌控之中，只有她的孩子偶爾會違抗她的威權，嘲笑奚落她。她衣著講究，也精心擺出端莊的風姿與儀態來搭襯她的華麗衣裳。

我還坐在矮凳上，離她的扶手椅幾公尺。我研究她的體型，觀察她的長相，手裡拿著那本描述騙子慘死的故事。那是用來告誡我的指定閱讀。剛剛發生的事，里德太太對布拉克赫先生說的話，他們交談的字字句句，還言猶在耳。那些話很刻薄，刺痛我的心靈。每個字我都聽得清楚明白，也敏銳地感覺到它們的殺傷力。此刻我內心激動不已、憤憤不平。

里德太太抬起頭來，視線落在我身上，手指的靈巧活動也停頓下來。

「離開這房間，回兒童房去！」她命令我。她或許覺得我的表情或什麼別的很不禮貌，因為她的語氣流露出一股壓抑的怒氣。我站起來，走到門口。我又折返，走到窗子旁，再橫越房間，走到她面前。

我非得**一吐為快**。我被人蠻橫地踐踏，**一定**要反抗。可是怎麼反抗？我有什麼力量可以向敵人投擲復仇的箭？我一鼓作氣，用這串直率的話語展開報復：

「我才不會騙人！如果我會，我會說我愛妳，可是我大聲宣布我不愛妳。在這個世界上，除了約翰．里德之外，我最討厭的人就是妳。至於這本關於騙子的書，妳可以送給妳女兒喬琪安娜，因為她才是那個愛說謊的人，不是我。」

里德太太的手還擺在針線活上頭，一動不動。她冷冰冰的眼神依然定定望著我。

「妳還有話要說嗎？」她說。她的口氣比較像在對敵人說話，一般人通常不會這麼對小孩子講話。

她那雙眼睛，她說話的聲音激起我內心所有的反感。我渾身發抖、情緒失控、激動莫名，接著又說：

「我很慶幸妳跟我沒有血緣關係，只要我還活著，絕不會再開口喊妳舅媽。我長大以後，絕不會來探望妳。如果有人問我喜不喜歡妳，問我妳對我好不好，我會說我一想到妳就反胃，會說妳極端冷酷地對待我。」

「簡愛，妳怎麼敢說這種話？」

「我怎麼敢？里德太太，我怎麼敢？因為那是**事實**。妳以為我沒有感覺，以為我連一丁點慈愛與仁善都不需要，但我沒辦法這樣過日子。妳毫無同情心，我到死的那一天都會記得妳是怎樣把我推回——粗魯又暴力地把我推回——紅房間，即使我難過得喘不過氣來，痛苦不堪，哭天搶地大喊，『求求妳！可憐可憐我，里德舅媽！』妳還是把我鎖在裡面。妳那麼殘忍地處罰我，只因為妳那可惡的兒子打我，無緣無故把我打倒。只要有人問起，我就會告訴他們事情的真相。人人都以為妳是好女人，可是妳很壞，妳心腸很硬。**妳**才會騙人！」

我說完這段話，只覺內心開始膨脹，覺得欣喜若狂，其中夾雜著某種我從沒體驗過、怪異的解脫感與勝利感。彷彿某種隱形的束縛爆開了，我掙扎著來到意料之外的自由國度。這份心情其來有自，這是因為里德太太一臉恐懼，手中的針線從膝頭滑落。她空舉雙手，身體前後擺盪，甚至面容扭曲，一副差點哭出來的模樣。

「簡，妳弄錯了。妳這是怎麼啦？妳怎麼抖得這麼厲害？要不要喝點水？」

「不用，里德太太。」

「簡，妳想要點什麼嗎？我跟妳保證，我希望當妳的朋友。」

「妳才不。妳告訴布拉克赫先生我個性很壞，說我愛騙人。我會讓羅伍德的人都知道妳是什麼樣的人，知道妳做過什麼事。」

「簡，妳不明白這些事，小孩子的壞習慣需要糾正。」

「我沒有騙人的壞習慣！」我發狂地高聲喊叫。

「可是妳性子太烈，簡，這點妳一定要承認。回兒童房去，這樣才是乖孩子，去躺下來。」

「我才不是妳的乖孩子，我沒辦法躺下來。里德太太，趕快送我去學校，因為我討厭住在這裡。」

「我確實需要儘快送她去上學。」里德太太低聲嘟囔著，說完她收拾起她的針線活，匆匆走出早餐室。

我一個人留在那裡，一個攻城掠地的勝利者。那是我最艱困的抗爭，也是首度嘗到的勝利滋味。我在布拉克赫先生駐足過的地毯呆立半晌，品味著征服者的孤獨。一開始，我對自己一笑，覺得意氣風發。然而，那股強烈的興奮感迅速消退，正如我加速的脈搏急遽減緩一般。小孩子如果像我那樣跟長輩頂嘴，或像我那樣恣意發洩失控的怒氣，事後就會嘗到自責的苦果，會體驗到虛脫後的寒顫。我指控、威脅里德太太時，我內心的最佳寫照就是一片著火的石南山脊，烈焰舞動、火光耀眼、吞噬一切。同一片山脊，火焰熄滅後落得焦黑枯乾，恰足以形容我之後的心境。經過半小時的靜默與省思，我才醒悟到自己的行為何等瘋狂，醒悟到我這種既遭人厭惡、又痛恨他人的處境是何等悲哀。

我首度品嘗到復仇的快感，感覺像是香醇的美酒，入口時溫暖又美味，之後卻苦澀難當，像喝了毒藥似的☆2。此刻我非常樂意去向里德太太請求原諒，但基於經驗與直覺，我很清楚那樣做只會讓她以加倍的輕蔑斥退我，那又會重新引爆我天性中的狂暴衝動。

我寧可找點更好的事做，也不願再怒氣沖沖地說話。我寧可為那些比抑鬱憤怒更平和的情感尋找養分。我拿了一本書，是阿拉伯故事書，坐下來專注閱讀。我看不懂書本裡在說些什麼，我的思緒始終遊移在我和那些向來令我著迷的書頁之間。我打開早餐室的玻璃門，外面的灌木叢毫無動靜。黑暗的寒霜主宰大地，陽光與微風都不能與之抗衡。我用連衣裙邊緣護住頭手，走到室外，在一片隱密的植栽之間漫步。周遭是靜謐的樹木、掉落的冷杉球果、凍結的深秋殘跡、被強風吹送成堆的僵硬枯葉，但這些都不能讓我快活。我靠在一扇門上，望著前方沒有羊兒吃草的空曠田野，上面的青草被嚴霜侵害，轉成慘白。天色灰濛濛地，天空雲層密布，大雪將至的氛圍籠罩四周，間或飄下幾片雪花，落在堅硬小徑和灰白牧草場上，沒有融化。我站在原地，悲慘至極的小孩，喃喃地重複說著，「我該怎麼辦？我該怎麼辦？」

突然間，我聽見清亮的嗓音叫喚著，「簡小姐！妳在哪裡？來吃午餐了！」

我很清楚那是貝西，但我沒有回應。她輕快的腳步從小徑上奔過來。

「妳這調皮的小傢伙！」她說，「聽見人家叫妳，為什麼不過來？」

相較於我腦海裡的思緒，貝西的出現似乎相當可喜，儘管她和往常一樣，有點暴躁。事實上，經歷了和里德太太那場衝突、獲得勝利之後，我對貝西一時的怒氣已經不是很在乎，反倒很樂意沐浴在她青春洋溢的輕快心境裡。我張開雙臂環抱她，說，「好了，貝西，別罵了。」

這個動作比我平素的習性來得更率真、更大膽，她好像挺開心的。

「簡小姐，妳真是個怪孩子。」她低下頭來看我，「遊移不定、獨來獨往的小傢伙，我猜妳要上學去了？」

☆2
Something of vengeance I had tasted for the first time; as aromatic wine it seemed, on swallowing, warm and racy: its after-flavour, metallic and corroding, gave me a sensation as if I had been poisoned.

我點點頭。

「妳要離開可憐的貝西了，會不會難過？」

「貝西才不在乎我，她老是罵我。」

「因為妳實在是個古怪、驚恐又害羞的小東西，妳應該更大膽些。」

「什麼！好挨更多揍嗎？」

「胡扯！不過妳也過得很辛苦，這是肯定的。上星期我媽媽來看我，她說她不想讓她的孩子過跟妳一樣的生活。來吧，我有好消息告訴妳。」

「我不相信妳會有好消息給我。」

「孩子，妳這話什麼意思？妳的眼神好悲傷啊！好吧。夫人、小姐們和約翰少爺下午要出去喝茶，妳要跟我喝下午茶。我會請廚子幫妳烤個小蛋糕，之後妳要幫我看看妳的抽屜，因為我很快就要幫妳打包行李。夫人打算這一、兩天內送妳離開葛茲海德莊園，妳可以挑妳喜歡的玩具帶走。」

「貝西，妳要答應我，在我走之前不可以再罵我。」

「嗯，我答應妳。不過，別忘了妳是個很乖的小女孩，別怕我。我偶爾說話口氣比較尖銳，別一副受到驚嚇的樣子，看起來很氣人。」

「貝西，我想我再也不會怕妳了，因為我已經習慣妳了，何況我很快會有另一群人來讓我害怕。」

「如果妳怕他們，他們就不喜歡妳。」

「跟妳一樣嗎？」

「我沒有不喜歡妳，我覺得我最喜歡的是妳。」

「一點都看不出來。」

「妳這精明的小傢伙！妳現在說話的樣子跟以前不一樣了，妳怎麼突然變得這麼主動又大膽？」

「因為我就要離開妳了，再者，」我原本想透露我和里德太太之間的事，仔細想想，還是不提為妙。

「所以妳很高興可以離開我？」

「一點也不，貝西，我剛剛還覺得有點難過。」

「『剛剛』！而且是『有點』！我的小小姐說得多無情啊！我敢說如果我要妳親我一下，妳一定會拒絕，妳會說妳『有點』不想！」

「我會親妳，而且會很開心。把頭低下來。」貝西彎下腰來，我們互相擁抱。之後，我帶著得到慰藉的心隨她進屋。那天下午在平靜與和諧中度過，晚上貝西跟我說了些最吸引人的故事，為我唱了幾支最迷人的歌曲。悲慘如我，生命中也會有燦爛陽光。

第五章

一月十九日清晨，時鐘還沒敲響五點，貝西拿著蠟燭走進我的小壁櫥，發現我已經起床，衣服也快穿好了。我在她進來之前半小時就醒了，也盥洗完畢。西沉的半輪明月從我床鋪旁的窗照進來，我就著月光換衣服。那天，我即將搭乘六點鐘經過葛茲海德莊園大門的公共馬車離開。整棟房子裡只有貝西醒了，她在兒童房升了火，正在幫我弄早餐。即將出門旅行的孩子哪能吃得下東西，我當然沒胃口。貝西非得要我至少吃幾口她幫我準備的熱牛奶和麵包，我不聽從，她只得用紙幫我包幾塊餅乾，塞進我的袋子裡。她幫我穿上毛皮大衣、戴上帽子，再用披肩裹住自己，帶著我走出兒童房。我們經過里德太太的臥房時，貝西說，「妳要不要進去跟夫人道別？」

「不用了，貝西。昨天晚上妳下樓吃晚餐的時候，她來到我床邊，叫我今天早上不用吵醒她和表哥表姊。她還要我記住，她一直以來都是我最好的朋友，所以要說她的好話，也要感恩她。」

「那妳怎麼回答呢？」

「我沒說話。我用被子蒙住臉，轉身面向牆壁。」

「簡小姐，這樣很不應該。」

「貝西，這樣很應該。妳的夫人從來就不是我的朋友，她是我的敵人。」

「哦，簡小姐！別說這種話！」

「葛茲海德莊園永別了！」經過大廳走出前門時，我大喊一聲。

月亮西沉了，天色很暗。貝西提著燈籠，燈光在積雪新融、濕答答的台階和碎石路上跳動。

真是個寒氣入骨的冷冽冬晨，我匆匆走下車道時，凍得牙齒喀喀作響。門房的小屋傳出火光，我們走近時，門房的妻子正在升火。我的行李前一天晚上就拿下來了，用繩索捆實，立在門邊。距離六點只剩五分鐘，很快地，鐘敲了六響，遠處的轆轆車輪聲宣告公共馬車已經來到。我走到門邊，看著車燈穿透黑暗，迅速馳來。

「她一個人去嗎？」門房的妻子問。

「是。」

「學校多遠？」

「八十公里。」

「這麼遠啊！她一個人去那麼遠的地方，里德太太不擔心嗎？」

馬車來了，它的四匹馬和滿車旅客已經等在大門口，管車人和車伕大聲催促。我的行李被抬上車，我抱著貝西的脖子正在親她，卻被人抱走。

「一定要好好照顧她。」貝西對把我抱進馬車的管車人喊叫。

「會的！」管車人回答。車門「砰」地關上，有個聲音叫喚「好咧！」我們就出發了。我從此跟貝西和葛茲海德莊園分離，快速奔向未知。在我當時的看法，也奔向既遙遠又神祕的國度。

我對那趟旅程印象模糊，只知道記憶中的那天似乎漫長得不可思議，彷彿走了幾百公里路似的。我們經過了幾座城鎮，馬車在其中一座很大的鎮上停下來，馬兒被解開拉走，乘客下車用餐。我被帶進一家小館子，管車人要我在那裡吃點東西。我沒胃口，他就把我留在一個兩端都有壁爐的大房間裡。房間天花板垂著一具美術吊燈，牆上高處有個紅色的小陳列區，裡面擺滿各式樂器。我在房間裡來回走動很長時間，內心充滿怪異的感覺，也擔心得要命，生怕有人來抓我走。我相信世上有綁票犯，他們的種種行徑經常出現在貝西的爐邊故事裡。最後管車人回來了，我重新被塞回馬車裡。我的守護者登上自己的座位，吹響中空的號角。我們出發了，馬車咔噠咔噠地奔馳在L鎮「石板街道」[1]上。

那天下午空氣潮濕，起了點霧。天色漸漸暗了，我開始意識到我們真的離葛茲海德莊園很遠了。我們不再穿越大城小鎮，周邊景物改變了，高大的灰色山陵從地平線上隆起。夜幕低垂時分，我們駛入一座山谷，周圍都是樹林，一片漆黑。等到天色完全變黑，看不見前方道路時，我聽見樹林間颳起一陣颯颯狂風。

呼呼的風聲不無催眠作用，我終於睡著了。過不了多久，馬車突然停頓，把我吵醒。車門開了，有個像僕人的人站在車門邊，我藉著車上燈光看清她的面孔和衣著。

「車裡有個叫簡愛的小女孩嗎？」她問。我應了一聲，「有。」我被抱下車，行李也拿下來，馬車立刻往前奔去。

長時間坐車，我渾身僵硬。馬車的聲響和晃動讓我一時茫然。我努力讓腦子清醒，轉頭環顧一圈。四周風雨交加、黑天暗地，不過，我隱約看出正前方有一堵牆，還有一扇敞開的門。我跟隨我的嚮導穿過那道門後，她轉身關門、上鎖。我眼前赫然出現一間屋舍，或很多間屋舍，因為那屋子往兩旁伸展到遠處。窗子很多，其中有些透著燈光。我們踏上一條寬敞的鵝卵石路，路面被雨水打濕。最後，我們獲准進入另一道門，那名僕人領著我穿過一條走道，進入一間升了火的房間，之後她就走了。

我站在爐火旁烘烤凍僵的手指頭，再環顧一圈。這屋子裡沒有蠟燭，但壁爐的搖曳火光間或照亮貼了壁紙的牆面，照亮地毯、窗簾和閃亮的紅木家具。這是一間客廳，空間大小與華麗程度都比葛茲海德園的客廳遜色，但也夠舒適了。我正想看清楚牆上的一幅畫像，門卻開了，有個人拿著蠟燭走進來，後面緊跟著另一個人。

走在前面那位女士身材很高，深色頭髮、深色眼珠，額頭白皙又寬闊。她大半個身子包在披肩裡，面容嚴肅，儀態端正。

「這孩子年紀太小，不適合自己出門。」她一面說，一面把蠟燭放在桌上。她聚精會神地端詳我一、兩分鐘，又說：「最好趕快讓她上床，她好像很累了。妳累不累？」說著，她把手搭在我肩上。

「有一點，女士。」

「八成也餓了。米勒老師，讓她先吃點東西再上床。小女孩，妳是第一次離開父母進學校嗎？」

我告訴她我沒有父母。她問我父母過世多久了，又問我多大年紀，叫什麼名字，會不會讀書、寫字和縫紉。最後，她伸出食指輕輕碰觸我臉頰，說，「希望妳是個乖孩子。」說完就要我隨米勒老師離開。

剛剛那位女士年紀大概二十九歲左右，跟我一起離開的這位顯然年輕幾歲。那位女士的嗓音、面容和舉止都讓我印象深刻。米勒老師則普通得多，膚色紅潤，卻顯得疲倦不堪，腳步和動作都很匆忙，像是隨時隨地都有很多工作等著她似的。她看起來很像助理教師，事後證實我猜得沒錯。她帶我走過這棟不規則大型建築之中的一區又一區，穿越一條條走道。我們走過那些略顯沉悶的死寂區域，最後總算聽見嗡嗡的說話聲。接著，我們走進一間又長又寬的房間，房裡擺了很多桌子，兩兩並排，每張桌子上都點著蠟燭。一大群女孩圍坐在桌子旁的長椅上，年齡不一，

1. stony street，出自拜倫（Lord Byron，一七八八～一八二四）的長詩 *Childe Harold's Pilgrimage* 第三章，詩文描寫滑鐵盧之役前夕在布魯塞爾的一場晚宴，賓客將戰場鐘聲聽成石板街道上的噠噠馬車聲。

從九或十歲到二十歲都有。在微弱的燭光中，她們的人數好像多不勝數，實際上應該不到八十個，全都穿著造型古怪的棕色羊毛連衣裙，外加一件亞麻長圍裙。當時正是自習時間，她們都在專心準備明天的功課。我聽見的嗡嗡聲就是她們低聲誦讀課文的聲音。

米勒老師示意我坐在近門處一張長椅上，之後，她走到房間一頭，大聲喊道：「班長，把作業收起來放好！」

四名高個子女孩分別從四張桌子旁站起來，來回走動，收齊作業簿，整理好帶走。米勒老師再次發令：「班長，拿晚餐托盤！」

那些高個子女孩走出去，不一會兒又回來，各自端著一個托盤，上面擺放著一份份我無法辨識的東西，托盤中央有一壺水和一只馬克杯。那一份份食物傳遞出去，想喝水的人就用那只馬克杯倒水喝。水壺傳到我面前時，我喝了些水，因為我渴了。我沒有吃東西，因為我既興奮又疲累，根本吃不下。現在我看明白了，那是一塊薄薄的燕麥餅切成很多份。

用餐完畢後，米勒老師帶領禱告。之後各班列隊離開，兩兩並排，走上樓去。到此時我已經累得渾身乏力，根本沒精神去管宿舍是什麼模樣，只知道它跟教室一樣，也很長。今晚我跟米勒老師睡一張床，她幫我脫外衣。我躺下時瞥了一眼那一排排床鋪，每張床都迅速擠進兩個人。十分鐘不到，唯一的一盞燈熄滅了，我在寂靜無聲與全然漆黑中入睡。

那一夜很快就過去了，我累得連作夢的力氣都沒有。半夜裡我只醒來一次，聽見狂風呼呼怒號、滂沱大雨傾注而下，也發現米勒老師已經在我身邊就寢。等我再度睜開眼睛，只聽見空中鐘聲大作，女孩們都起身了，正在著裝。天色還沒破曉，房間裡閃著一、兩盞暗淡燭光，我也百般不情願地起床。天寒地凍，我一面顫抖，一面勉強穿好衣裳，再排隊等臉盆洗臉。這可不容易，因為六個女孩共用一只臉盆，臉盆都放在房間中央的架子上。鐘聲又響，所有人排隊站好，兩兩對齊，就這樣走下樓，進入只有微弱光源的冰冷教室，米勒老師在這裡帶領大家晨禱。結束後她喊道：

「各班就位！」

接下來那幾分鐘一片喧鬧，過程中米勒老師不停叫喚「安靜！」和「守秩序！」等喧嘩聲消退，我發現女孩們圍成四個半圓，面對四張擺在桌子旁的椅子。大家手裡都拿著書，每張桌子上躺著一本類似《聖經》的厚重書籍，就擺在那把椅子前。之後停頓了幾秒，空中充滿模糊的低沉誦念聲。米勒老師在各班之間走動巡視，制止這些隱隱約約的聲響。

遠處響起叮叮噹噹的鐘聲，三名女士隨即進入教室，各自走到一張桌子旁坐下。米勒老師坐在第四張空椅子上，那是最靠近門口的一張，旁邊圍著的都是年紀最小的女孩。我被分配到這個初級班，安置在最後一個座位。

正課開始了，先複誦一遍當天的短禱，再念幾段經文，之後大約用了一小時閱讀《聖經》章節。讀經活動結束時，天色已經大亮。勤奮不輟的鐘聲敲響第四次，各班整隊，魚貫走進另一個房間用早餐。終於有東西吃了！我內心雀躍不已。前一天吃得太少，到這時我已經餓得頭昏眼花了。

食堂是個天花板低矮、光線陰暗的大房間，兩張長桌上擺著盛裝某種熱食、冒著蒸氣的大盆子，可惜飄出來的味道一點也不誘人，真叫人喪氣。當食物的氣味飄進它那些準食客的鼻孔時，我看到清一色的不滿表情。

隊伍前方那些第一班的高個子女孩開始嘰嘰咕咕低聲說：「真噁心！粥又燒焦了！」

「安靜！」有人突然叫喊一聲，不是米勒老師，是某個高年級老師，一個膚色黝黑的矮個子，衣著很考究，可惜看起來有點孤僻。那位老師坐進一張桌子的主位，另一位體態豐盈些的老師落坐在另一桌。我到處找不到前一天夜裡見到的那位女士，她不在現場。米勒老師坐在我這張桌子尾端。一個模樣怪異，看起來像外國人的年長女士坐在另一張餐桌的師長座位，後來我才知道她是法語老師。說完長篇餐前禱告，唱過讚美詩之後，有個僕人幫老師們送來茶點，大家就開動了。

我飢腸轆轆，虛弱乏力，囫圇吞下一、兩湯匙的粥，根本無暇嘗品嘗它的味道。等飢餓感稍稍緩和，我發現湯匙裡裝的東西簡直叫人作嘔。燒焦的粥幾乎跟酸臭的馬鈴薯一樣糟糕，就算肚子餓也難以下嚥。大家手裡的湯匙動得很慢，女孩們都先淺嘗一口，再設法吞下肚，大多數人很快就放棄了。早餐結束了，卻沒人享用了早餐。我們為沒入口的食物感謝上天，唱了第二首讚美詩，之後列隊離開食堂，前往教室。我排在隊伍最後面，經過餐桌時，有個老師先拿了些粥嘗了嘗，再看看其他老師。所有老師的表情都快快不樂，其中身材豐盈的那一個，低聲說：

「太噁心了！真可恥！」

離上課時間還有十五分鐘，這段時間教室裡鬧哄哄地。這似乎是可以不受拘束大聲說話的時段，女孩們也善加運用。早餐是大家的談話焦點，每個人都嚴詞抨擊。真可憐！她們只能如此發洩情緒。這時教室裡只有米勒老師在，一群年紀較大的女孩圍在她身邊說話，嚴肅又生氣地比手畫腳。我聽見有人提起布拉克赫先生，米勒老師不贊同地搖搖頭，但她並沒有進一步制止普遍的憤怒情緒，顯然她也頗有同感。

教室裡的時鐘敲了九響，米勒老師離開那群女孩，站到教室中央，喊道：

「安靜！回座位！」

紀律勝過一切，不到五分鐘，亂鬨鬨的教室就恢復秩序。眾人原本還七嘴八吞、喳喳呼呼，這下子也變得相當安靜。高年級班的老師們準時回到座位，不過，大家似乎還在等。八十個女孩整齊坐在教室兩邊的長椅上，個個正襟危坐、文風不動。她們的外表看上去怪模怪樣的，頭髮都往後直梳，看不到一綹鬈髮；身上穿著褐色連衣裙，前襟做得很高，連接頸部的窄幅領布。連衣裙前面綁著小麻布口袋（形狀類似高地人的布包），是用來充當工作袋的。此外，所有人都穿著羊毛襪和鄉村的手工鞋，用銅釦扣緊。學生之中大約有二十個已經成年的女孩，這些人等於是年輕女子了，這身裝扮穿在她們身上很不協調，即使長相最漂亮的都顯出一副怪相。

我還在觀察她們，偶爾也看看那些老師。老師們沒有一個我看得順眼的，因為體態豐滿那個有點粗魯；黑皮膚那個何止凶惡；那個外國人嚴厲又古怪；還有米勒老師，真是個可憐人！她面色發青、滿臉風霜、過度操勞。我的眼睛正在瀏覽一張張臉孔，所有人突然同步起立，彷彿被同一根發條帶動似的。

怎麼回事？我沒聽見口令呀！我一頭霧水，還沒弄清楚狀況，各班又坐下了，所有人的視線都轉往同一個方向。我的目光跟隨過去，看到前一天晚上接見我那個人。這房間兩頭都有壁爐，她站在長教室尾端，在壁爐前的爐床上，沉默而嚴肅地審視坐成兩排的女孩。米勒老師走過去，問了她一個問題，得到答覆後，重新走回自己的座位，大聲說：

「第一班班長，拿地球儀！」

班長們奉命行事的同時，那位女士慢慢往前移動。看來我很有尊敬人的潛力，因為我至今還記得當時目光追隨她腳步的同時，內心湧起一股欽佩的崇拜感。在大白天裡見到她，覺得她很高大，身材玲瓏有致，褐色眼眸裡閃著仁慈的光波，圍著眼睛的睫毛長而濃密，襯托出白皙的寬闊額頭。她兩側鬢角垂著的深褐色鬈髮，是當時的流行樣式：那時並不時興滑順的髮束或長長的鬈髮。她的紫色衣裳款式也很時尚，用黑色天鵝絨的西班牙飾邊畫龍點睛，腰帶上掛了一只金錶（當時手錶並不如時下這般常見）。若要呈現更完整的畫面，讀者只需再加上秀氣的五官、白皙淨透的膚色、端莊的儀態與舉止，如此就能勾勒出譚波老師的外貌，精準度足堪媲美文字敘述。她叫瑪麗亞．譚波，因為後來我拿到的那本上教堂用的祈禱書裡寫著這個名字。

譚波老師就是羅伍德學校的學監，她在一張擺了兩座地球儀的桌子前坐下，召喚第一班學生到她身邊，開始講授地理課。低年級班也被老師們叫過去，背誦歷史、文法等內容。如此持續大約一小時後，接著上作文課和算術課。譚波老師還教授了高年級音樂。每節的課堂時間以時鐘為依據，這時終於敲了十二下，譚波老師站起來。

「我要跟學生們說句話。」她說

原本教室裡已經充滿下課後的騷動，聽見學監的聲音後瞬間平息下來。她接著說：

「今天早上妳們的早餐難以下嚥，妳們大概都餓了，我已經吩咐廚房準備點心，所有人都可以吃到麵包和乳酪。」

其他幾位老師略顯驚訝地望著她。

「這是我的責任。」她用解釋的口吻對老師們補充說明，說完就離開教室。

麵包和乳酪已經送來，也分配完畢。學生們樂呵呵地，體力也恢復不少。接下來的口令是「去花園！」女孩們各自戴上一頂附有彩色印花棉布帽繩的粗糙草帽，再披上灰色粗呢披風。我也穿戴了同樣服飾，跟在隊伍後頭走到戶外。

花園很寬廣，周邊圍著高牆，阻擋了視野。一座遮雨迴廊通向花園一側，中央區域隔成幾十塊小花圃，旁邊是寬敞的步道。花圃都指派給學生，供她們栽種花草植物，每塊花圃都有個主人。花朵盛開時，這些花圃想必萬紫千紅，煞是好看。但在一月下旬的此時，全是冬季的枯萎與殘敗景象。我站著觀察周遭，冷得直打顫。這種寒冷的天候實在不適合戶外活動，儘管沒有真正下雨，飽含水氣的淡黃霧靄卻讓天色變得昏暗。經過昨天那場豪雨，腳下的地面還濕漉漉的。那些體格比較健壯的女孩們奔來跑去，活力充沛地玩著遊戲，其他那些蒼白瘦弱的、都擠在迴廊裡避寒兼取暖，濕濡的霧氣依舊穿透她們顫抖不已的身軀。我不時聽到人群中傳來陣陣乾咳聲。

到目前為止，我還沒跟任何人說話，好像也沒人注意到我。我獨自站在一旁，幸好這種孤立感我早已司空見慣，並不會因此心情煩悶。我倚著迴廊的柱子，拉緊灰色披風，努力設法忘記從外面侵襲我的凜冽寒氣，以及在體內啃噬著的飢餓感，盡力把心思集中在觀察與思考上。我當時內心的想法很不明確，也太瑣碎，不值得記錄下來。我搞不清楚自己究竟身在何處，葛茲海德莊園和我過去的生活已經悠悠飄向遙不可及的遠方，現在似乎既模糊又怪異，未來根本無法想像。我環顧那修道院般的花園，再抬頭看看房子。那是一棟龐大的建築，其中一半灰撲撲地，相當老舊，另一半卻是十分新穎。新建築裡面有教室和宿舍，牆面上裝點著明亮的輻射狀格子窗，看起來很像教堂。門上的石匾刻著以下文字：

「羅伍德機構。本區建築由本郡布拉克赫莊園的娜歐蜜．布拉克赫贊助重建。」；「讓你的光在人前閃耀，如此人們才能見到你的善行，並把榮耀歸給你在天上的父。」——〈馬太福音〉第五章第十六節。

我反覆誦讀這些文字，覺得應該有個適當的解釋，卻始終想不透徹。我還在思索「機構」這個詞的意思，並設法理解前段文字和後段經文的關係，卻聽見背後傳來咳嗽聲，吸引我轉頭查看。有個女孩坐在附近的石椅上，低著頭閱讀，好像讀得很專注。從我站的地方可以看見書名叫做「雷塞拉斯」[2]，我覺得這書名可真怪異，自然而然很感興趣。她翻頁時碰巧抬起頭，我直接

2. 即 *The History of Rasselas, Prince of Abissinia* 一書，英國作家山繆爾．詹森（Samuel Johnson，一七〇九～八四）的作品，書中描述居住在快樂谷的雷塞拉斯王子感到生活沉悶，於是離鄉背井去尋找快樂之道。

問她：

「那本書好看嗎？」我已經打定主意改天跟她借來看看。

「我很喜歡。」她停頓了一、兩秒，仔細端詳我一番，才開口回答。

「內容在講什麼？」我又問。我搞不懂自己哪來的膽子跟陌生人攀談，這種事不符合我的天性與習慣。不過，我猜她的消遣活動在我內心引發共鳴，因為我也喜歡讀書，儘管還只是孩子氣的草率閱讀，沒辦法消化或理解那些嚴肅又實在的內容。

「妳可以拿去看一下。」說著，那女孩把書遞給我。

我拿過來翻閱，一段簡介告訴我書本內容不如標題那般有趣。以我輕浮的品味而言，「雷塞拉斯」太過枯燥乏味。我發現書裡沒有仙子、沒有精靈，密密麻麻的文字之間也沒有鮮麗的圖案。我把書還給她，她靜靜接過去，不發一語地準備回復到先前的勤奮狀態。我再度打擾她。

「妳能不能告訴我門上那塊石匾的字是什麼意思？羅伍德機構是什麼？」

「妳進來住的這地方就是。」

「那他們為什麼叫它做『機構』？這裡跟其他學校有什麼不同嗎？」

「這裡算是半慈善性質的學校。妳跟我，還有其他所有學生，都是受惠兒童。我猜妳是孤兒，妳爸爸或媽媽是不是過世了？」

「我還沒記憶之前就都去世了。」

「嗯，這裡的女孩子都是無父無母或來自單親家庭，這裡是教育孤兒的機構。」

「我們沒有付學費嗎？他們免費照顧我們嗎？」

「我們有付錢，或親戚朋友付錢，每個學生一年十五英鎊。」

「那麼為什麼叫我們受惠兒童？」

「因為十五英鎊不夠支付住宿和學習費用，不足的部分用各界善款補足。」

「誰付的善款？」

「住在附近或倫敦一些善心的女士或先生們。」

「娜歐蜜・布拉克赫是什麼人？」

「就像石匾上說的，她就是重建那區新建築的人。她兒子負責監督指揮這裡的一切。」

「為什麼？」

「因為他是這個機構的出納兼總管。」

「那麼這個學校不是歸那個戴錶的高個子女士管理囉？就是答應讓我們吃麵包和乳酪那個。」

「歸譚波老師管？哦，不是！但願如此。她無論做什麼事都得聽布拉克赫先生的命令。布拉克赫先生負擔我們吃穿方面的開銷。」

「他住在這裡嗎？」

「不，他住在三公里外，一座大莊園裡。」

「他是好人嗎？」

「他是個牧師，聽說做了很多善事。」

「妳剛剛說那位高個子女士是譚波老師嗎？」

「對。」

「那其他老師叫什麼名字？」

「臉頰紅潤的那個是史密斯老師，她負責監督大家做事，裁剪布料。我們自己做衣服，連衫裙和大衣全都自己做。黑頭髮那個小個子是絲卡翠老師，她教歷史和文法，也負責聽第二班背書。那個圍著披肩，側面用黃色帶子綁著一條手帕的是皮耶荷老師，她家鄉是法國的里耳，在這裡教法語。」

「妳喜歡這裡的老師嗎？」

「還可以。」

「妳喜不喜歡黑皮膚那個小個子，還有那個皮……？我沒辦法像妳一樣念她的名字。」

「絲卡翠老師比較急性子，妳要小心別惹她生氣。皮耶荷老師不是壞人。」

「譚波老師是最好的一個，對不對？」

「譚波老師人很善良，也很聰明。她比其他老師都好，因為她的知識比她們都豐富。」

「妳在這裡很久了嗎？」

「兩年了。」

「妳是孤兒嗎？」

「我媽媽過世了。」

「妳在這裡過得快樂嗎？」

「妳的問題還真多。我已經說得夠多了，現在我想讀書了。」

那時午餐鐘正好響起，所有學生重新回到室內。食堂裡瀰漫的氣味比早餐時我們聞到的好不到哪兒去。午餐裝在兩只巨大的鍍錫盆子裡，這時飄散出一股強烈的腐臭油膩味。我發現那盆料理裡有簡單的馬鈴薯和幾片奇形怪狀的不新鮮肉條，混合煮成一鍋。每名學生都可以分配到相當充足的分量。我盡可能地吃，邊吃邊想著這裡的伙食是不是每天都像這樣。

午餐結束後，我們立刻移師到教室，開始上課，一直進行到五點鐘。

那天下午唯一一起受矚目的事件是，我看見那個在迴廊跟我聊天的女孩被絲卡翠老師趕出歷史課，在偌大的教室中央罰站。在我看來，這項處分似乎格外羞辱人，尤其對象是年紀這麼大的女孩，她看起來差不多十三歲或更大一點。我以為她會顯得苦惱或沒面子，卻驚異地發現她既不哭，也沒臉紅。她在眾目睽睽之下站在那裡，雖然神情肅穆，卻很平靜。「她怎麼能夠這麼沉穩，這麼篤定地承受？」我在心裡自問。「換做是我，八成會希望地球裂開來，把我吞進去。她看起來好像並沒有在想責罰的事，也沒在想自己的處境，而是思索著某種不在周遭、不在眼前的事。我聽過白日夢這種事，她正在做白日夢嗎？她視線盯著地板，但我敢肯定她沒看見地板。她的目光似乎往內探索，深入她的內心。我相信她在看著她腦海裡的事，而不是眼前情景。我好奇她是個什麼樣的女孩，乖巧聽話或調皮搗蛋。」

五點鐘一到，我們又吃了點東西，是一小杯咖啡和半片全麥麵包。我津津有味地吃完我的麵包，喝光咖啡。真希望能多吃一點，因為我還很餓。接下來有半小時的休息時間，之後是晚自習，結束後就是那杯水和燕麥餅、禱告、就寢。這就是我在羅伍德的第一天。

第六章

第二天跟第一天一樣揭開序幕，在昏黃的燭光中起床著裝。只是，今天早上我們不得不省略盥洗步驟，因為大水壺裡的水結凍了。前一天夜裡天氣起了變化，強烈的東北風呼嘯著，從我們宿舍窗子的縫隙吹進來，害得我們整夜縮在被子裡顫抖。寒風也把大水壺裡的水凝結成冰。

長達一小時半的晨禱與讀經時間還沒結束，我已經凍得幾乎沒命。早餐時間終於到了，今天早上粥並沒有煮焦，口味也還不賴，只是份量少了點。我的那一份看起來真是少得可憐！真希望能有兩倍份量。

那天我正式成為第四班的一員，分配了正規課程和任務。在此之前，我只是羅伍德各項活動的旁觀者，現在正式成為參與其中的一份子。起初，由於不習慣默記，課文內容似乎冗長又困難，不停變換的課程項目也讓我頭昏腦脹。下午三點鐘左右，史密斯老師塞給我一塊兩公尺長的棉布邊，連同縫衣針、頂針等等，要我坐到教室一處僻靜角落按照指示縫好褶邊，我才總算鬆了一口氣。那一小時大多數人都在縫紉，只剩一個班級還圍在絲卡翠老師身邊閱讀。由於其他班級都很安靜，很容易就聽見她們的上課內容，也能看出每個學生的表現，以及絲卡翠老師對她們的責難或嘉勉。那是英國歷史課，我在迴廊結識的新朋友也在那些誦讀課文的學生當中。剛上課時，她排在全班第一位，卻由於某個字發音錯誤，或不小心停頓，突然被打發到末端。即使已經坐在最不顯眼的位子，絲卡翠老師依然一直讓她成為矚目焦點，不停對她說這樣的言語：

「伯恩絲，」（這是她的姓，這裡的女學生都以姓氏稱呼，跟其他地方的男孩子一樣），「伯恩絲，妳用鞋子的側面踩著地面，馬上把腳趾伸直。」「伯恩絲，妳的下巴凸出得很礙眼，縮回去。」「伯恩絲，馬上把頭抬高，不准用那種姿勢上我的課。」

一個章節的課文讀過兩遍後，書本就闔起來，女孩們接受問答測驗。課文內容有一部分介紹了查理一世統治時期，有很多關於船舶噸位、稅金與船舶貨幣的問題，大多數學生顯然答不上來。然而，每個小難題一到伯恩絲手上就迎刃而解。她好像記住了全篇課文，每個細節她都瞭若指掌。

我滿心期待絲卡翠老師會讚美伯恩絲如此專心聽課，沒想到，她卻突然叫道：「妳這骯髒討人厭的女孩！妳今天早上沒有清洗指甲縫！」

伯恩絲沒有出聲。我無法理解她的沉默。

「為什麼，」我心想，「她不跟老師解釋今天早上水結凍了，沒辦法洗手洗臉？」

這時我的注意力被干擾了，因為史密斯老師在纏紗線，要我幫她拉線。她不時跟我說話，問我以前有沒有上過學，會不會打版、縫紉、編織等。在她允許我離開之前，我都沒辦法再觀察絲卡翠老師的舉動。等我回到座位，絲卡翠老師剛剛下了一道指令，內容我沒留意到，只見伯恩絲立刻離開班級，走進裡面那個放書的小房間。半分鐘後她重新出現，手裡拿著一束頂端捆綁起來的樹枝。她畢恭畢敬地行個禮，把那個嚇人的教鞭呈給絲卡翠老師，再默默地脫下圍裙。絲卡翠老師馬上狠狠地用那綑樹枝抽打她脖子十多下，伯恩絲眼眶沒有湧出一滴淚水。看到這一幕景象，我義憤填膺，卻無可奈何又無能為力，只氣得手指發抖，不得不停下針線工作。伯恩絲卻是面不改色，依然是平素的沉思表情。

「頑固的女孩！」絲卡翠老師斥責著，「怎麼樣都糾正不了妳這懶散的壞習慣，把教鞭拿走。」

伯恩絲服從指示。她從小書櫥出來時，我仔細觀察她，她正把手帕塞回口袋，瘦削的臉頰上留有一抹晶瑩的淚水。

我覺得夜晚那段休息時間是羅伍德全日活動中最開心的時段。五點鐘吃的麵包和幾口咖啡儘管不足以充饑，卻喚醒了活力，緊繃了一整天的精神得以鬆懈下來。教室感覺比早上來得暖和，因為這時壁爐的火可以燒得旺些，多多少少替代那些尚未點燃的蠟燭。黃昏的霞光、被容許的歡鬧、眾人齊聲喧嘩的聲響，在在予人一種自由的美妙感覺。

我目睹絲卡翠老師鞭打她的學生伯恩絲的那天晚上，照例獨自在那些長板凳、桌子和嬉笑的人群中遊蕩，絲毫不覺得孤單。我經過窗子時，偶爾會拉開窗簾往外探看。窗外雪花紛飛，窗子底部玻璃外側已經積了雪，我把耳朵貼近窗子，可以在室內的笑鬧聲中聽見外頭寒風淒厲地呼號。

如果我剛離開溫暖的家和慈愛的雙親，或許這時我會因為與親人分離而心酸，風聲也會增添我的哀傷，眼前的嘈雜氣氛更會擾亂我的平靜。然而，風聲和周遭氣氛卻讓我感到一絲莫名興奮，輕率又熱切地希望風勢更凌厲些，讓昏暗的天色轉成漆黑，讓周邊的騷動陷入喧囂。

我跳過長板凳，爬過桌子底下，來到一處壁爐邊。在這裡，我發現伯恩絲跪在高高的鐵絲爐圍邊，全神貫注、不發一語，不為外界所動地以書為伴。她藉著黯淡的火光餘燼專注讀著那本書。

「妳還在看『雷塞拉斯』嗎？」我走到她背後時問道。

「嗯，」她說，「快看完了。」

五分鐘後她就闔上書本，我很開心。

我心想，「這下子我可以讓她跟我說說話。」我在她旁邊的地板坐下。

「妳姓伯恩絲，名字呢？」

「海倫。」

「妳從很遠的地方來的嗎？」

「我從很遠的北邊來的，接近蘇格蘭邊境的地方。」

「妳還會回去嗎？」

「希望可以，可是誰曉得以後會怎樣？」

「妳一定很想離開羅伍德。」

「才不！我為什麼想離開？我被送來這裡受教育，目標還沒達成就離開，不就前功盡棄了。」

「可是那個老師，絲卡翠老師，不是對妳很殘忍嗎？」

「殘忍？一點也不會！她很嚴格，她不喜歡我的缺點。」

「如果我是妳，我會討厭她，也會反抗她。如果她用教鞭打我，我會把它搶下來，當她的面把它折斷。」

「妳多半不會做那種事。如果妳真做了，布拉克赫先生會把妳開除，那妳的親人就會很傷心。與其衝動行事，讓妳的親人受到惡果，不如耐心地承受只有妳自己感受得到的刺痛。何況《聖經》教我們要以德報怨。」

「可是被鞭打好像很丟臉，還在大庭廣眾之下被叫到房間中央罰站。妳年紀這麼大了，我比妳小很多歲，連我都沒辦法忍受。」

「但如果事情無法避免，妳就有責任承受。嚷嚷著說妳**沒辦法忍受**命中注定該忍受的事，實在既軟弱又愚蠢。」

她這番話令我萬分驚訝。我無法理解這種忍耐的教條，更加不能理解與認同她對責罵她的人懷抱的那份寬容。儘管如此，我依然覺得海倫．伯恩絲用一種我無法察覺的視角在看待一切。我有點覺得她說得沒錯，覺得我的想法不正確。但我不願意深入去思考這個問題。我跟腓力斯[1]一樣，讓它留待日後自行解決。

「海倫，妳說妳有缺點，妳有什麼缺點呢？我覺得妳很好啊。」

「那就把我當成教材，別以貌取人。就像絲卡翠老師說的，我很懶散，很少把東西收拾整齊，從來不會維持清潔。我很粗心大意，經常忘記規矩。應該溫習功課的時候，我卻在讀閒書。我做事毫無章法，有時候我會跟妳一樣，說自己沒辦法忍受一板一眼的生活模式。在絲卡翠老師眼中，這些習慣很討人厭，因為她天生好整潔、守時、凡事講究。」

「而且粗魯又殘酷，」我追加了一句。可惜海倫不贊同我的意見，默不作聲。

「譚波老師對妳也像絲卡翠老師那麼嚴厲嗎？」

一聽我提及譚波老師，海倫憂鬱的臉龐閃過一抹溫柔的笑意。

「譚波老師好得沒話說。她如果對別人嚴厲，自己會更難受，即使對全校表現最差的學生也一樣。她看見我犯錯，會輕聲地提醒我。如果我做了什麼值得誇獎的事，她會慷慨大方地稱讚我。我這不可救藥的天性還有另一項證據，那就是，即使她那些極其溫和、極其理性的告誡，都沒能矯正我的毛病。就連她那些在我心目中非常珍貴的讚美，也沒辦法激勵我時時專注用心、事事瞻前顧後。」

「那可真奇怪，」我說，「專注用心並不困難呀。」

「我相信對**妳**而言一點也不難。今天早上我觀察妳上課的樣子，發現妳非常專心，米勒老師講課或問妳問題時，妳的心思好像一點也不會飄走。我卻老是心不在焉，我應該要注意聽絲卡翠老師的話，勤勉地記住她講課的內容，我卻經常聽不見她的聲音。我會進入某種像在做夢的情境，有時候我覺得自己身在諾森柏蘭，耳朵裡只聽見我家附近那條穿越迪普丹深谷的小溪汩汩流動的聲音。然後，等輪到我回答問題，旁人就得叫醒我，而我因為聽著想像中的潺潺水聲，根本沒聽見別人念到哪裡，自然而然就答不上來。」

「可是今天下午妳回答得多好呀。」

「那只是碰運氣。那時我們在讀的內容很吸引我。今天下午我沒有神遊迪普丹，而是在納悶著，一個很想把事情做好的人，怎麼會做出一些不公平又不明智的舉動？查理一世有時候就會這樣。我也覺得很可惜，像他這樣正直又認真負責的人，目光卻只看到王位帶來的權勢。如果他能夠把眼光放遠，看清楚人們所謂的時代精神趨向何處，該有多好！不過，我還是喜歡查理，我尊敬他，也同情他，慘遭暗殺的可憐國王。沒錯，他的敵人最可惡，殺了他們無權殺害的人。他們竟敢殺死他！」

此時海倫已經在自言自語，她忘了我不太能理解她的話，忘了我對她談論的話題一無所知，或幾近一無所知。我把她拉回我的程度。

「上譚波老師的課時，妳也會胡思亂想嗎？」

「不，當然，不會很常。因為譚波老師總是有比我自己的幻想更新鮮的事要說，我特別喜歡她的表達方式，而她傳達的訊息往往正好是我想知道的。」

「嗯，那麼妳跟譚波老師上課時表現很優秀。」

「嗯，消極地表現優秀。我沒有努力，我只是隨心所欲。這種優秀不值得鼓勵。」

「很值得鼓勵，妳對那些對妳好的人好，我只想做這樣的人。如果人們一直對那些殘酷又不公平的人和善又聽從，那些壞人就會肆無忌憚，他們永遠不覺得害怕，因此也就永遠不會改正過來，只會變得愈來愈壞。如果我們無緣無故被打，一定要使出全力還擊。我相信我們應該這麼

1. Felix，見《聖經》〈使徒行傳〉第二十四章第二十二節，腓力斯對上帝的教誨知之甚詳，卻遲遲不肯踐履。

做，我們要好好教訓那些打我們的人，讓他們不敢再犯。」

「我希望妳長大以後會改變想法，現在妳只是個還沒受教育的小女孩。」

「可是這是我的感覺。海倫，對於那些不管我怎麼討好、還是固執地討厭我的人，我一定要討厭他們。我一定要反抗那些不公平地處罰我的人。這很自然，就跟我要愛那些給我關愛的人一樣，正如我願意接受應得的懲罰一樣。」

「異教徒和野蠻人都抱持這種教條，可是基督徒和文明國家棄絕這種思想。」

「怎麼會這樣？我不懂。」

「暴力並不是征服憎恨的最佳手段，復仇也不是治癒傷害的良方。」☆3

「那麼什麼才是呢？」

「妳去讀《新約全書》，看看基督怎麼說，看看祂怎麼做。把祂的話當成妳的信條，祂的行為當妳的榜樣。」

「祂說了什麼？」

「愛你的敵人，祝福那些詛咒你的人；善待那些怨恨你、惡意利用你的人。」

「那我就應該愛里德太太，可是我辦不到。我也應該祝福她兒子約翰，那是不可能的事。」

海倫再說話時，要我解釋剛剛的話。我毫不猶豫地用我的口語暢所欲言，把我吃過的苦頭和心裡的怨恨一吐為快。我一激動起來就滿腔憤怒與仇怨，據實說出心裡的感受，既不保留，也不婉轉。

海倫耐著性子聽完，我以為她會發表一點看法，可是她沒說話。

我不耐煩地問道，「里德太太是不是鐵石心腸的壞女人？」

「很顯然，她對妳很不好，因為她不喜歡妳的個性，就像絲卡翠老師不喜歡我的個性一樣。

☆3 *It is not violence that best overcomes hate—nor vengeance that most certainly heals injury.*

可是妳把她對妳做過的事和對妳說過的話記得多清楚呀！她的不公正好像在妳心裡留下非常深刻的印象！沒有任何虐待會像這樣在我心裡留下紀錄。如果妳試著忘掉她的嚴苛、忘掉那份嚴苛挑起的激烈情緒，妳是不是可以過得更快樂？我覺得生命太短暫，不值得拿來懷抱仇恨或指摘過錯。在這世上，我們所有人都是——而且必定是——背負著各種過失。可是再過不久，我相信我們脫離這具罪惡的軀殼時，同樣也能拋棄怨恨。那時瑕疵和罪愆都會隨著我們這具礙事的肉體離開我們，餘下的只有精神的光輝。那就是光明與思想那不可捉摸的本源，純淨得有如它最初離開造物主來啟發萬物的狀態。它怎麼來就會怎麼回去，也許重新傳遞給某種比人類更高等的生物，也許會通過各階段的榮耀，從灰白的人類靈魂變得熠熠生輝，再化身為大天使！相反地，難道那股性靈絕不會淪落到從人變成惡魔嗎？不會，我相信不會。我懷著另一股信念，從來沒人教過我，我也很少提起，可是它讓我感到欣喜，我堅信不移。因為它帶給所有人希望，它讓永恆變成安息處所，變成偉大家園，而不是驚駭或深淵。此外，藉由這股信念，我可以清楚區分罪人和他犯下的罪行，我可以在憎惡罪行的同時，又能真誠地原諒犯下惡行的罪人。有了這份信念，我從來不會讓仇恨侵蝕我的心。我從來就不討厭當眾丟臉，也不會被不公不義擊垮。我活得很平靜，內心仰望著終點。」

向來垂頭喪氣的海倫說完這番話後，頭垂得更低了。她的表情讓我意識到她不想再跟我多說，寧可跟自己的內心對話。

可惜她沒多少時間可以冥想，因為有個班長——舉止粗野的大女孩——走了過來，用濃重的坎伯蘭口音叫喚道：「海倫．伯恩絲，如果妳不馬上去把自己的抽屜整理好，把作業收起來，我就要叫絲卡翠老師來檢查。」

海倫的白日夢潰散了。她嘆了一口氣，二話不說馬上遵照班長的指示去做。

第七章

我在羅伍德的前三個月好像永遠過不完，而且過得不是很快樂。為了適應全新的規定與陌生的功課，生活充滿令人心煩的痛苦與掙扎。過程中，我時時擔心表現不佳，心理壓力比身體上的困頓更惱人，儘管身體上的困頓也非同小可。

一月、二月和三月上旬，道路不是被積雪封閉，就是泡在融化後的雪水裡，無法通行。除了上教堂之外，我們的活動範圍侷限在花園圍牆內。即便只能待在花園裡，我們每天仍然必須在室外活動一個小時。我們的衣物不足以抵禦嚴寒氣候；我們沒有靴子，積雪跑進鞋子裡，在裡面融化；我們沒有手套，雙手凍得麻木，長滿凍瘡，雙腳也沒能倖免。我還清楚記得當時每天早上雙腳紅腫刺痛，還得勉強把腫痛又僵硬的腳塞進鞋子裡，總是弄得忿忿不平苦惱萬分。食物的匱乏更是令人沮喪，發育中的孩子胃口奇佳，我們每天得到的食物份量卻不足以養活一個虛弱的病患。食物供給不足衍生出霸凌問題，年紀較小的學生深受其害。那些飢餓的大女孩只要找到機會，就會哄騙或威脅年幼學生讓出她們的吃食。我經常得跟另外兩名勒索者分享午茶時間那一小片珍貴的全麥麵包，之後，還得把我馬克杯裡的咖啡分一半給第三個人享用，我往往餓得忍不住落淚，伴著淚水喝下杯中僅剩的幾滴。

那年冬季，星期天是最恐怖的日子。我們必須步行三公里去到布拉可橋教堂，那是我們的贊助人任職的教會。我們出門時覺得很冷，到教堂時更冷。做禮拜過程中，大家幾乎凍僵了。教堂離學校太遠，沒辦法回去吃午餐，因此，在兩次禮拜之間我們會分配到冷肉和麵包，份量跟平日在學校的餐點一樣微薄。

下午的禮拜結束後，我們走一條毫無屏障的山坡路回家，冷颼颼的寒風從北方覆著皚皚白雪的山巔吹襲下來，幾乎颳破我們臉上的皮膚。

我還記得譚波老師踩著輕快又敏捷的腳步，走在我們士氣低迷的隊伍旁。她抓緊被冷冽寒風吹得啪答啪答響的格紋披風，一面用口頭勸說，一面以身作則，不停鼓勵我們，提振我們的士氣，要我們像「英勇的戰士」——套用她的話——似地向前挺進。至於其他的老師，真可憐，她們自己已經夠氣餒了，沒有多餘的心力去鼓舞別人。

我們回到學校後，多麼渴望熾烈爐火散發出的光亮與暖意！可惜連這點也被剝奪了，至少對那些年紀小的是如此。教室裡的兩座壁爐前是總是立刻圍上兩圈大女孩，年幼的那些縮成一團躲在她們背後，把饑饉的細瘦臂膀裹在長圍裙裡。

到了茶點時間，我們總算得到些許慰藉，每個人分配到兩倍份量的麵包，是一整片，而不是半片。加上薄薄一點美味奶油。這就是讓我們從這個安息日盼到下一個安息日、每周一次的饗宴。我通常盡力把這份慷慨美食的一半保留給自己，另一半總得無可奈何地讓渡出去。

星期天晚上都在背誦中度過，背誦內容包括教義問答和〈馬太福音〉第五、六、七章，之後會聽一篇冗長的佈道文，由米勒老師負責誦讀。她總是忍不住打呵欠，顯示她已經極度疲累。這些活動中的常見插曲就是五、六個小女生扮演起猶推古[1]：她們因為太過睏倦，常會摔倒在地。即使不是三樓摔下來，至少也從第四班的板凳跌到地上，被扶起來時個個癱軟無力。解決方法就

1. Eurychus，見《聖經》〈使徒行傳〉第二十章第七至十二節，少年猶推古參加聚會，坐在窗台聽保羅演說時睡著，從三樓墜下，被保羅救醒。

是把她們推到教室正中央，要她們在那裡罰站到佈道結束。有時候她們雙腳無力，摔成一團，這時就會有人拿班長的高凳撐住她們。

我還沒談到布拉克赫先生到校視察那件事。我入學後的第一個月裡，那位先生大半時間都不在家，也許又在他那位副主教朋友家多逗留了一陣子。他不出現，我的心情比較輕鬆。很明顯我有害怕他來學校的理由，但他終究還是來了。

某天下午（這時我已經來到羅伍德三星期了），我手拿寫字板坐著，思考一道長除法題目的答案。我心不在焉地抬眼望向窗子，正巧看見有個身影走過去，我幾乎直覺地認出那個瘦削的輪廓。兩分鐘後，所有學生，包括老師，**全都**站了起來，我不需要伸長脖子去查看大家起身迎接的是何許人。他踱著大步來回巡視教室一趟。那根曾經在葛茲海德莊園壁爐地毯上不悅地對我皺眉的黑色石柱、此刻豎立在譚波老師身旁。我側過臉瞥一眼這根建築物件，對，我沒看錯，的確是布拉克赫先生。他裹著一件大衣，整個人顯得更長、更瘦，比過去更加冷峻。

看見這個身影，我有充足的理由驚慌。我清楚記得里德太太對我的品格所做的虛假暗示，也記得布拉克赫先生信誓旦旦地說，要讓譚波老師和其他老師知道我的邪惡天性。我一直擔心這個諾言會實現，每天都留意這位先生的「降臨」，因為他會告訴大家我以往的生活情況和我說過的話，會從此把我標記為壞孩子：如今他來了。

他站在譚波老師身邊，正低聲跟她談話。我深信他在披露我的惡行，只能焦急地看著譚波老師，覺得她那深色眼眸隨時都會轉過來，厭惡又鄙夷地瞅我一眼。我也豎起耳朵聆聽，因為我正巧坐在教室前端。我聽見他大部分的談話內容後，內心的擔憂暫時得以緩解。

「譚波老師，我想我在羅登鎮採買的線應該很合用，當時我突然想到，這線的質料正好適合縫製印花棉布襯衣。我也找了合用的針。妳可以對史密斯老師說，我忘記在備忘錄寫下要買編織針。不過，下星期她應該會收到一些紙張，提醒她絕對不可以一次給學生超過一張，如果她們拿到太多，就會粗心大意弄丟。哦，對了！我希望學生們要更愛惜她們羊毛襪！上次我過來時，到菜園子檢查晾衣繩上的衣服，很多黑色長統襪修補得很草率，從那些破洞可以看得出來，那些襪子並沒有經常妥當縫補。」

他停頓下來。

「先生，您的指示我們一定照辦。」譚波老師答道。

「還有，譚波老師，」他又說，「洗衣婦告訴我有些女孩一星期內用了兩條乾淨的領布。這太多了，規定只能用一條。」

「先生，這點我想我可以說明。上星期四艾格妮絲和凱薩琳・詹斯頓受邀到羅登鎮跟朋友喝下午茶，我同意她們戴乾淨的領布出門。」

布拉克赫先生點點頭。

「嗯，一次倒還無妨，請不要讓這種狀況太常發生。還有另一件事讓我很驚訝。我跟管家對帳時發現，過去兩星期內女孩們吃了兩次麵包加乳酪的點心。這是怎麼回事？我查了校規，裡面並沒有記載點心這種事。這是誰的創舉？又是哪個人授權的？」

「先生，這件事責任在我。」譚波老師說，「因為早餐煮壞了，學生們根本吃不下，我不敢讓她們空著肚子挨到午餐時間。」

「女士，允許我打個岔。妳應該很清楚，我教養這群女孩的目標不是養成她們奢華放縱的習性，而是要訓練她們吃苦耐勞、冷靜沉著、克己奉獻。即使發生了任何影響食慾的小細節，比如伙食煮壞了，或哪一道菜的調味料過多或過少，也不能提供更美味的食物來彌補口腹之慾的損失，那樣只會嬌慣了肉體，抹滅了這個機構的宗旨。本機構的目標應當是啟發學生、教導學生，也就是要利用一時的匱乏來激勵她們表現得更堅忍。這樣的時機最適合來一小段精神訓話，明智的指導者會把握機會提起古代基督徒承受的磨難；提起殉難者受到的苦刑；提起我們敬愛的主召喚祂的門徒揹起他們的十字架追隨祂時的諄諄教誨；提起祂如何告誡世人不能單靠食物活著，而要依循神口中說出的字字句句；還要提起祂的神聖撫慰，『若你們為我忍飢受渴，就會快樂。』哦，女士，當妳放進這些孩子口中的是麵包和乳酪，而不是燒焦的粥，妳或許餵飽了她們的萬惡軀體，卻沒想到自己空乏了她們的不朽靈魂！」

布拉克赫先生又停下來，也許是情緒太過激動。起初他開始說話時，譚波老師的視線低垂向下，但這時她直視前方。她的臉龐天生白皙如大理石，此時似乎也像大理石般冰冷強硬，尤其是她的嘴唇，緊緊抿著，彷彿需要借用雕刻家的鑿子才撬得開，她的眉毛也漸漸顯露堅硬如石的嚴肅感。

在此同時，布拉克赫先生雙手揹在身後、站在爐床上，威風凜凜地審視全校師生。他眼睛突然眨了一下，彷彿見著了某樣令他的瞳孔感到迷惑或震驚的事物。他轉過身來，說話速度比剛剛快了些：

「譚波老師，譚波老師！那個，**那個**女孩為什麼有鬈髮？紅頭髮，還是鬈的，整頭都是鬈的！」他抬起手杖指向那個糟糕至極的標的物，手還不住發抖。

「那是茱莉亞．塞文。」譚波老師極小聲地回答。

「茱莉亞．塞文。女士！那麼她，或者其他女孩，為什麼留著鬈髮？她為什麼違反這所學校每一條戒律和原則，在這個傳布福音的慈善單位公然迎合世俗習氣，留著滿頭鬈髮？」

「茱莉亞的頭髮是自然鬈。」譚波老師更小聲地答道。

「自然鬈？沒錯，可是我們依循的並不是自然法則，我希望這些女孩都是蒙受恩典的孩子，還有，為什麼頭髮又多又蓬？我一而再、再而三提醒，我希望學生把頭髮梳理得緊密、謙卑、簡樸。譚波老師，那女孩的頭髮必須全部剪掉，明天我會派個理髮師來。我還看到有些人頭頂上的累贅物長得太長。那個高個子女孩，叫她向後轉。叫第一班學生全部站起來，面向牆壁。」

譚波老師拿起手帕掩了掩嘴唇，像是要抹去忍俊不住的笑意，不過，她還是下達了指令。第一班學生理解指令內容後，馬上奉命行事。我坐在長椅上稍稍後仰，就能看見那些女學生呲牙裂嘴地扮鬼臉，表達內心對這項操練的不滿。可惜布拉克赫先生看不見，如果看見了，或許他能夠體認到，無論他如何整治杯盤的外表，想改變杯盤的內在卻是超乎他想像的困難[2]。

他審視這些活獎牌的背面大約五分鐘，而後宣布判決，那些話聽起來像是敲響的喪鐘：

「所有髮辮都得剪掉！」

譚波老師似乎不贊同。

「女士，」他又說，「我有個主上需要侍奉，祂的王國不在這個塵世。我的任務是抑制這些女孩的物質欲望，教她們在衣著上展現謙遜和節制，而不是編起辮子、穿著昂貴服飾。我們面前每個女孩的頭髮都有一束辮子，那想必是虛榮心作祟。我重申一次，這些都要剪掉，想想那多浪費時間，多……」

這時布拉克赫先生的話被打斷了，另外三名訪客走進教室，都是女性。她們應該早點進來，才能聽見他剛剛那一番評論衣著的高見，因為她們用天鵝絨、絲綢和皮草把自己裝扮得華麗無比。三位女士之中那兩位年輕小姐（十六歲與十七歲的美麗少女）戴著當時流行的灰色海狸皮草

2. 典出〈馬太福音〉二十三章第二十五、二十六節，耶穌說，瞎眼的法利賽派呀，你們洗淨了杯盤的外表，裡面卻充滿詭詐與暴行。

帽，帽子上裝飾了鴕鳥羽毛，典雅頭飾下緣還垂墜著濃密的淺色長髮，髻度精巧無比。那位年長女士披著貂皮滾邊的昂貴天鵝絨披肩，頭上還戴著鬈曲的法式瀏海假髮。

譚波老師恭敬地稱呼這些女士為布拉克赫太太和小姐，引導她們到教室前方的貴賓席就座。她們似乎是跟她們可敬的親人一同搭馬車前來，他在跟管家洽談公事、盤查洗衣婦、告誡學監時，她們一直在樓上的房間巡檢搜查。此時，她們開始對史密斯老師發表種種評語與不滿，因為布料和宿舍內務是由史密斯老師負責。但我沒時間聽她們說的話，我一直在留意別的事情，聽得入神。

到目前為止，我傾聽布拉克赫先生和譚波老師對話的同時，也沒忘記審慎維護自身安全。我覺得只要不引人注意，應該可以逃過一劫。我坐在全班最後面的位子，為了保持低調，一面假裝專心算術，一面技巧性地用寫字板遮住臉孔。我差點就成功了，只可惜我那不聽話的寫字板不知為何竟滑出我的手，聲勢浩大地摔落地板，現場所有目光頓時轉向我。我知道大勢已去，一面彎腰拾起裂成兩半的寫字板，一面做好準備迎接惡果。惡果果然來了。

「粗心大意的女孩！」說完，布拉克赫先生馬上接著說，「我看見了，是那個新學生。」我還來不及吸氣，又聽見，「我可別忘了要跟大家說說她的事。」接著，他提高音量，聽在我耳裡多麼響亮刺耳呀！「叫那個摔壞寫字板的女孩上前來！」

我絕不可能主動上前去，我已經嚇得不能動彈。坐我身邊那兩名高年級女孩拉我起身，再把我推向那恐怖的判官。接著，譚波老師溫柔地帶我到他面前，我聽見她悄聲安慰我：

「簡，別害怕。我知道那是意外，妳不會受處罰的。」

這番和善的低語像匕首般刺進我心臟。

「再過個一分鐘，她就會唾棄我這個偽君子。」我心想。想到這裡，一股沖著里德太太、布拉克赫先生等人而來的激昂怒火隨著我脈搏跳動。我可不是海倫．伯恩絲。

「把那張凳子拿過來！」布拉克赫先生指著一張很高的凳子，有個班長剛剛起身離開。凳子拿來了。

「把那孩子放在凳子上。」

有人把我抱上凳子，是誰我不清楚，這時的我沒有心思留意細節。我只知道我現在跟布拉克赫先生的鼻子一般高，也知道他離我不到一公尺，更知道有一片鮮麗的橙黃紫紅絲綢皮草大衣和一窩銀白羽毛在我底下伸展飄動。

布拉克赫先生「哼」了一聲。

「女士們，」轉向他的家人，「譚波老師、各位老師、各位同學，大家都看見這女孩了嗎？」

她們當然看見了，因為我感覺得到她們的目光，就像點火石似地直接射向我焦黑的皮膚。

「大家看見她年紀很小，看見她有一副平凡女孩的外表。神仁慈地賜予她跟我們大家一樣的外形，沒有明顯缺陷來揭示性格上的污點。誰能想到，『魔鬼』已經將她納為僕役與代理人。可惜，我很感嘆的地說，事情就是如此。」

他停頓片刻。這時我開始穩定我癱軟的神經，開始感覺到已經越過了盧比孔河[3]，這場怎麼也躲不開的審判必定會如常進行。

「親愛的孩子們！」這位黑色大理石般的牧師繼續激動地說，「這是個哀傷又可悲的景況，因為我有責任提醒妳們，這個女孩，這個或許也是上帝的羔羊的女孩，是個被驅逐的罪人。她不是

3. the Rubicon，古羅馬時代，領兵征戰的將軍依法不得擅自跨越盧比孔河，否則視為反叛。西元前四十九年，凱撒作戰時領兵越過此河，引發內戰。因此，越過盧比孔河引申為無可挽回之意。

真正的羔羊，而且明顯是一名入侵者，是個異類。妳們必須時時提防她，不可以拿她做榜樣。有必要的話，跟她保持距離，不讓她參加妳們的活動，不許她跟妳們交談。老師們，妳們務必看好她，密切留意她的行為，別輕信她的話，嚴加審查她的作為，必要的時候，懲罰她的身體來拯救她的靈魂。因為（我舌頭都打結、說不出口了），這個女生，這個孩子，這個出生在基督國度的人，其實比許許多多對梵天[4]禱告、跪在札格納特[5]面前的小異教徒更低劣，這個女孩是個……騙子！」

全場靜默十分鐘。此時的我已經完全恢復理智，看見布拉克赫家的女性掏出手帕擦擦眼睛，年長的那位身子前後搖晃，那兩個小的低聲說，「太驚人了！」

布拉克赫先生又說話了。

「這些我是從她的恩人口中聽來的，那位虔誠的善心女士收養了這名孤女，把她當自己親生骨肉般撫養長大，而這個悶悶不樂的女孩卻惡劣又差勁地以忘恩負義回報恩人的仁慈與慷慨。最後，這名傑出的監護人只得把這女孩和她自己的小孩隔開，以免這女孩的墮落天性污染了他們的純真。正如古代猶太人把得病的人送入畢士特池的攪動池水中[6]，她把小女孩送到這裡來接受矯正。老師們、學監，我懇請妳們別讓水流在她周遭停滯。」

說出這句精闢的結語後，布拉克赫先生調整了大衣最上面一顆鈕釦，對他的家人低聲說了句話。她們聞言站起來，對譚波老師行了禮，然後一干大人物全都隆重地離開教室。

我的法官在門口轉身，說：「罰她在凳子上再站半小時，今天之內誰都不許跟她說話。」

我高高站在凳子上。先前我還說沒辦法忍受雙腳站在教室中央的恥辱，此時卻當著眾人面前、聳立在污名的凳子上。我的心情沒有言語可以形容。當她們全體起立時，我只覺呼吸困難、喉嚨緊縮。這時有個女孩走過來、經過我身邊。她經過我時眼睛往上看，那眼神裡的光采多麼奇特！那道光采帶給我一股多麼驚人的感受！那股全新感受給了我多大的支撐力量！那種感覺就像一名烈士，或一個英雄，走過奴隸或受害者身旁，在擦身而過時傳送了力量。我克制住漸漸升高的歇斯底里，抬起頭來，穩穩地站在凳子上。海倫走到前面向史密斯老師問了個無關緊要的作業問題，因為多此一問而遭受責罵。她又經過我身邊回座時，對我一笑。多麼動人的笑容！我至今記憶猶新。我知道那笑容流露出的是非凡的才智、是真正的勇氣。那抹微笑讓她斑疤的外貌、瘦削的臉龐和低垂的灰色眼眸頓時容光煥發，像是天使樣貌的映現。可是，那時海倫手臂上掛著「髒亂學生」的臂章，不到一小時前我才聽見她被絲卡翠老師罰明天午餐只能吃麵包配水，因為她抄寫作業時弄髒了紙頁。人類天生如此不完美！即使最清透的星球表面也會有污點，而以絲卡翠老師的器量，只能見到那些微小的缺失，看不見整顆星球的燁燁光輝。

4. Brahma，印度教的創造之神。
5. Juggernaut，印度教三大神之一毗濕奴的化身。
6. troubled pool of Bethesda，見《聖經》〈約翰福音〉第五章，耶路撒冷羊門附近有個畢士特池，猶太人相信，生病的人趁池水攪動時進入池內，病體即可痊癒。

第八章

半小時還沒結束，時鐘敲了五響。課程結束，所有人都到食堂去喝下午茶了，我才敢爬下來。天色已經暗了，我退到教室角落，坐在地板上。到目前為止一直支撐著我的魔力開始消退，正常反應出現。不久，我悲痛得無以復加，整個人臉朝下俯臥在地上。我哭了，海倫不在這裡，沒有任何東西可以鼓舞我。我孤苦無依，自我放棄，任由淚水浸濕地板。我原本想當個好學生，想在羅伍德做很多事，想交很多朋友、想得到尊重、想贏得關愛。我已經有很大進步，那天早上我已經變成全班第一名。米勒老師親切地誇獎我，譚波老師也笑著表示贊同。如果我未來兩個月能夠保持這樣的優良表現，譚波老師會教我畫畫，也會讓我學法文。此外，班上同學也都真心接納我，跟我同年齡的學生都平等對待我，沒有人欺負我。如今，我再次受到打壓，被踐踏得躺在這裡，我還能重新站起來嗎？

「絕不可能！」我心想，寧可死掉算了。我一面啜泣，一面斷斷續續地說出這個念頭。有人靠近我，我坐起來。海倫又出現了，殘餘的爐火照見她從空蕩蕩的長教室走過來的身影。她幫我帶來了咖啡和麵包。

「來，吃點東西。」她說。我把東西推開。以目前的情況，我覺得即使一滴咖啡或一粒麵包屑都會噎住我。海倫看著我，似乎有點驚訝。儘管我努力克制，此刻的我就是壓抑不了煩亂不安的情緒。我繼續號啕大哭。她在我身旁的地板坐下來，雙手抱膝，頭擱在膝蓋上。她不發一語，像個印第安人似地保持這種姿勢。我先開口說話。

「海倫，妳為什麼要跟一個被所有人認定為騙子的人在一起？」

「所有人？簡，怎麼會，只有八十個人聽見人家喊妳騙子，這個世界上有千百萬人。」

「可是那千百萬人跟我有什麼關係？而那八十個人，我知道她們瞧不起我。」

「簡，妳錯了。也許學校裡沒有任何人看不起妳或討厭妳，我相信很多人非常同情妳。」

「她們聽見布拉克赫先生說那種話，怎麼可能同情我？」

「布拉克赫先生不是神，更不是什麼偉大或受尊敬的人。這裡沒有人喜歡他，他也沒做過任何贏得大家愛戴的事。萬一他對妳特別禮遇，妳身邊反而會多出許多或明或暗的敵人。其實，大多數人都願意來安慰妳，只是欠缺勇氣。老師和學生們可能會冷落妳一、兩天，可是她們心裡都藏著友善的感覺，如果妳繼續努力認真，這些暫時被壓抑的情緒遲早會更明顯表達出來。再者，簡，」她停頓下來。

「怎麼樣？」我把手放在她手上。她輕柔地搓揉我的手指，想把它們弄暖和，接著又說，「就算全世界都討厭妳，都相信妳不好，只要妳的良心認可妳，免除妳的過失，妳不會沒有朋友。」

「不對。我知道我應該看重自己，可是這根本不夠。如果別人不喜歡我，我寧可死掉，也不要活下去。海倫，我沒辦法忍受孤孤單單被人討厭。為了從妳、譚波老師、或其他我真心喜歡的人身上得到真正的關愛，我很願意折斷手骨、被公牛撞飛，或者站在踢腿的馬兒後面，讓牠的腳蹄擊碎我的胸膛……」

「別說了，簡！妳把人類的情愛看得太重大，妳太容易衝動、感情太強烈。創造妳的身軀、賦予它生命那雙至高無上的手不只創造了妳這個軟弱的自己，或創造出其他跟妳一樣軟弱的生物，那雙手還給了妳其他寶藏。在這個地球之外，在人類之外，還有另一個隱形的世界，一個靈魂的國度。那個世界就在我們周遭，因為它無所不在；那些靈魂在看顧我們，因為祂們的使命就是守護我們。假使我們即將因痛苦與恥辱而亡，假使輕蔑從四面八方打擊我們，假使仇恨摧殘我們，天使能看見我們的磨難，能辨識我們的無辜（假設我們確實無辜，就像這個布拉克赫先生從里德太太那裡聽來、不足為憑又盛氣凌人的二手指控。我相信妳是無辜的，因為我從妳熱切的眼神和清澈的外表看見真誠的本性），神會等待精神與肉體分離的時刻，賜予我們應得的獎賞。生命如此短暫，而死亡必然是通往快樂、通往榮耀的途徑。那麼，我們為什麼要為憂傷煩心、向下沉淪？」

我無言以對。海倫已經安撫了我的心，然而，她傳遞給我的這份平靜之中卻摻雜了某種難以言喻的哀愁。聽她說話時，我感受到一股悲愴，卻說不出它從何而來。她說完話後，呼吸變得有點急促，還咳了幾聲，我暫時忘記自己的傷痛，隱約對她生起一股關懷之心。

我把頭靠在海倫肩上，雙臂環抱她的腰。她把我拉過去，我們靜靜依偎著。我們沒坐多久，又有另一個人走進來。濃密的雲層被一陣剛颳起的風吹散，露出皎潔的月亮。月光從近處的窗子灑進來，照著我們倆和那個慢慢走近的身影，我們馬上認出那是譚波老師。

「簡愛，我專程來找妳的。」她說，「我要妳到我房間來。既然海倫．伯恩絲在這裡，她也可以一起來。」

我們在譚波老師的帶領下離開教室，走過錯綜複雜的通道，爬上一層樓梯，才來到她的住處。她房裡點著溫暖的爐火，氣氛十分宜人。譚波老師叫海倫坐在壁爐旁一張矮扶手椅上，她自己坐進另一張，再把我叫到她身邊。

「都沒事了嗎？」她低頭看我的臉，「哭過之後心情好點了嗎？」

「我想我心情再也好不起來了。」

「為什麼？」

「因為我被人冤枉，現在老師您和所有人都會把我看成壞孩子。」
「孩子，我們只會把妳看成妳表現出來的模樣。繼續當個乖女孩，我們就會很滿意。」
「會嗎？」
「會的。」她伸手攬住我，「現在跟我說說布拉克赫先生提到的那個妳的恩人是誰？」
「是里德太太，我舅舅的妻子。我舅舅死了，把我託付給她照顧。」
「那麼，她不是自願收養妳？」
「不是的，老師，她很不願意這麼做。我聽僕人們說，我舅舅死前逼她承諾會把我留在身邊。」
「嗯，簡，妳應當知道，至少我會告訴妳，當罪犯受到指控，他應該有機會為自己辯白。有人指控妳說謊，妳要盡力為自己澄清。跟我說說妳記得的所有真相，別加油添醋，也別誇大其詞。」

我發自內心決定要說得盡可能溫和，盡可能正確。我回想個幾分鐘，理清楚頭緒，就把我的悲傷童年一五一十對她傾吐。我剛剛哭累了，說話的語氣比平時提起這件事時來得平和，也謹記海倫的提醒，要我別放任怒氣失控。我娓娓道來時少了許多怨恨與痛苦，經過壓抑與簡化，故事聽起來反倒更真實。我訴說的時候可以感覺得到譚波老師全心全意相信我。

陳述往事的過程中，我提及那次暈倒後洛伊德先生來看我，因為我絕對忘不了那起對我而言十分驚駭的紅房間事件。談到那件事時，我的情緒肯定有某種程度的失控。里德太太無視我的苦苦求饒，再度把我鎖進那個漆黑的鬧鬼房間，在我記憶中留下了揪心傷痛，至今沒有任何東西可以撫平。

我說完了。譚波老師默注視我幾分鐘，才說：「我認識那位洛伊德先生，我會寫封信給他，如果他能證實妳所說的話，我會公開幫妳洗脫所有罪名。在我心目中，簡，妳已經無罪了。」

她親我一下，也讓我繼續留在她身邊。我心滿意足地站在那裡，用小孩子的欣喜目光觀看她的臉、她的服裝、她那一、兩件佩飾、她的白皙額頭與一簇簇閃亮的鬈髮、她那發出光采的深色眼眸。她轉頭對海倫說話。

「海倫，妳今晚好嗎？今天咳得厲害嗎？」

「我覺得咳得不怎麼厲害，老師。」

「那妳胸口的疼痛呢？」

「好一點了。」

譚波老師站起來，拉起海倫的手，檢查她的脈搏，再返回自己的座位。她坐下時，我聽見她輕聲嘆息。她沉思片刻，然後打起精神，爽朗地說：

「今晚妳們倆是我的客人，我一定得好好招待妳們。」她拉了鈴。

「芭芭拉，」她對前來的僕人說，「我還沒喝茶，把托盤拿過來，順便幫這兩位小姐準備杯子。」

托盤很快送上來。那些瓷杯和閃亮的茶壺擺在壁爐旁的小圓桌上，多麼美麗呀！那茶湯的熱氣多麼香醇！還有烤麵包的香氣！可惜，我發現麵包的份量只有一點點，心裡多麼沮喪（因為我開始覺得餓了）。譚波老師也發現了。

「芭芭拉，」她說，「妳能不能多拿點麵包和奶油來？這裡不夠三個人分。」

芭芭拉走出去，很快又回來。

「女士，哈登太太說她已經送足平時的份量了。」

哈登太太就是那位管家，是個跟布拉克赫先生沆瀣一氣的女人，同樣生了一副鐵石心腸。

「那好吧！」譚波老師答道，「看來我們只好將就著點了，芭芭拉。」等芭芭拉離開後，她又笑著補了一句，「幸好，這回我有辦法補足短缺。」

她邀請海倫和我來到圓桌旁，在我們倆面前各擺了一杯茶和一塊美味卻少得可憐的麵包。然後她站起來，打開一個抽屜，從裡面拿出一個紙包，拿出一塊不小的核果糕餅。

「我原本打算讓妳們倆各自帶一點這個走，」她說，「可惜麵包太少，妳們只好現在吃了。」接著她大方地切開糕餅。

那天晚上我們彷彿享用了人間美味，那場饗宴還有另一件開心事，那就是女主人始終用滿足的笑容看著我們飽餐她慷慨準備的美食。茶喝完了，托盤撤走了，她再次把我們叫到爐火旁。我們一左一右坐在她身邊，她跟海倫開始侃侃而談。我多麼榮幸能傾聽這場對談。

譚波老師舉手投足之中始終帶著一股沉著，神情始終莊嚴，談吐始終文雅，絕不會顯得激烈、興奮和迫切。這使得看她或聽她說話的人在不知不覺之中滿懷崇敬、自我克制，感受到一股純淨的喜悅，當時我的感覺就是如此。至於海倫，她讓我瞠目結舌。

那頓提神的茶點、熾烈的爐火、她敬愛的老師的仁善，或者，也許比這些都更重要的，是她自己那獨特心靈中的某種東西，喚醒了海倫內心的力量。她的力量提振起來、明亮起來。起初，它閃耀在她紅潤的臉頰（到目前為止，她的臉一直蒼白無血色），接著，它閃耀在她眼眸裡的水漾光波中。那雙眼睛登時變得比譚波老師的眼睛更加美麗出色，那種美不是來自好看的色澤，也不是來自長長的睫毛，更不是描畫過的眉毛，而是來自深長的意味，來自當下，來自欣喜的光輝。然後，她的靈魂附身在她的嘴唇，言語流淌而出，不知從何而來。年僅十四歲的女孩的心竟能開闊又健壯得足以容納這種純粹、充盈、熾熱而源源不絕的雄辯之泉？在那個令我極其難忘的夜晚，海倫的言談正是如此。她的靈魂似乎急於在短時間內發光發熱，活出與別人的漫長人生同等的光芒。

她們聊著我聞所未聞的事物，談過去的民族與時代，談遙遠的國度，談已揭曉或仍未解謎的大自然奧祕。她們也討論書本。她們多麼飽讀詩書呀！知識多麼豐富呀！然後，她們似乎對法國的人名和法國作者知之甚詳。不過，最讓我感到驚奇的是，譚波老師問海倫有沒有找時間複習她父親教她的拉丁文，說著，她順手從書架取下一本書，要海倫讀一段維吉爾[1]，順便解釋內容。海倫照做了。她每唸一行，我尊敬人的能力就又擴展了一些。可惜她還沒唸完，就寢鈴就響了，就寢時間不容耽擱，譚波老師給我們倆一人一個擁抱，「上帝祝福妳們，我的孩子！」

她抱海倫的時間比抱我久一些，而且更不願意放開她。她送我們到門口時，眼睛注視著海倫，第二度為海倫感傷嘆息，擦去臉頰上為海倫流下的淚珠。

快到寢室門口時，我們聽見絲卡翠老師的聲音，她正在檢查抽屜，剛巧拉開海倫的。我們一進門，海倫就受到一頓厲聲斥責，說明天要在海倫肩膀別上五、六樣摺得亂七八糟的東西。

「我的東西確實亂得不像話，」海倫壓低聲音悄悄對我說，「我本來打算整理一下的，可是我忘了。」

隔天早上，絲卡翠老師在一張硬紙板上寫著明顯幾個大字：「邋遢學生」，像個避邪符似地綁在海倫那開闊、溫和、聰慧又親切的額頭上。海倫很有耐心、毫無怨言地戴到那天傍晚，視之為她應得的處分。當天下午課程結束後，絲卡翠老師前腳才走出教室，我就跑到海倫身邊，扯掉那個紙板，扔進火爐裡燒了。她沒辦法萌生的怒氣在我體內燃燒了一整天，大顆大顆的熱辣辣淚水不停澆濕我臉頰。目睹她悲傷地屈服，我心痛得難以忍受。

前面述及的那起事件過後大約一星期，譚波老師寫給洛伊德先生的信件收到回覆。顯然洛伊德先生陳述的內容跟我的話吻合，譚波老師於是召集全校師生，公布她針對簡愛所受指控的查證結果，說她很高興向大家宣布，簡愛背負的污名都是子虛烏有。老師們都跟我握手，親吻我，我的同學也都開心地低聲交頭接耳說個不停。

沉重的心理負擔解除後，我重新發奮圖強，決心衝破種種難關。我刻苦用功，而我的付出也獲得相對的成果。我沒有天生的好記憶力，只得靠著反覆練習來彌補，體能運動也讓我的思緒更敏捷。幾星期內我升到更高的班級，不出兩個月我就獲准開始學習法語與繪畫。我學會了法語動詞**ETRE**的前兩種時態，同一天之內又素描了第一棟小屋（對了，小屋牆壁的斜度較之比薩斜塔有過之而無不及）。那天晚上就寢時，我忘了運用想像力幫自己料理一頓熱騰騰的烤馬鈴薯，或白麵包加新鮮牛奶的巴米塞德晚餐[2]，我通常習慣以這種方式畫餅充飢。結果，當晚我飽餐了一頓完美畫作的饗宴，我在黑暗中看見我親手繪製的一幅幅圖畫：畫筆任意揮灑出的屋舍與樹木；如詩如畫的嶙峋怪石與斷壁殘垣；克伊普式[3]的牛群；蝴蝶盤旋含苞玫瑰上的甜蜜景象；鳥兒啄食熟成的櫻桃；周邊滾著鮮嫩藤蔓、藏著珍珠般鳥蛋的鷦鷯窩。同樣地，我也在腦海中檢視自己有沒有能力流暢地翻譯那天皮耶荷老師拿給我讀的那篇法文小故事，這個問題我還沒來得及想透徹，就已經滿心歡喜地進入夢鄉了。

所羅門王說得好，「嚼食菜根而彼此相愛，勝過大啖肥牛而相互憎恨。」☆4

如今的我，說什麼也不願捨羅伍德的困苦而就葛茲海德莊園的奢華富裕。

1. Virgil，即指Publius Vergilius Maro，西元前七十年至西元前十九年，古羅馬詩人。
2. Barmecide，《天方夜譚》中的波斯王子，他邀請乞丐一定用餐，卻只端出空盤子。
3. Cuyp，指十七世紀荷蘭畫家阿爾伯特．克伊普（Albert Cuyp，一六二〇～九一），以描繪荷蘭鄉間景物見長，畫作中常有牛群悠閒吃草或飲水。

☆4

Well has Solomon said—"Better is a dinner of herbs where love is, than a stalled ox and hatred therewith."

第九章

不過，羅伍德的貧困生活，或者說磨難，已經改善了。春天的腳步近了，春意確實已經躍上枝頭。冬天的霜雪不再，積雪融化了，刺骨寒風換成和煦微風。我悲慘的雙腳在一月隆冬的冷空氣中凍得破皮腫痛、走路一瘸一拐，如今在四月的暖風中開始痊癒舒緩。夜晚與清晨也不再有加拿大那種低溫冷風冰凍我們血管中的血液。如今我們能夠忍受在花園中度過休息時間。有時候碰到天氣晴朗，氣溫甚至相當溫暖舒適。那些黃褐色花圃也冒出點點新綠，花草一天比一天盎然，顯然希望女神趁著夜晚拂過它們，在清晨留下更鮮亮的足跡。花朵從綠葉中探出頭來，雪蓮花、番紅花、紫色報春花、金眼三色堇等。星期四下午不上課，我們會出門散步，在路旁或樹籬下總能找到更妍麗的盛開花朵。

我還發現另一項無邊無際直達地平線盡頭的樂事，全都在花園那堵高聳的尖刺圍牆外。比如環繞開闊坡谷的壯麗山巒，生氣勃勃的層巒疊翠、綠樹濃蔭。清澈的小溪中滿是幽暗石塊與閃亮晶瑩的渦流。反之，在嚴冬的鐵灰色天空底下，同樣的景物被霜霧冰凍、被白雪覆蓋，那是多麼截然不同的景象呀！死亡般的冰冷霧氣被東風推動，拂過那些紫色山巔，滾下溪流旁平緩的沙洲，與溪水的冷冽水氣融為一體。那條小溪水流湍急、渾濁，勢如脫韁野馬，沖刷著樹林，發出的怒吼聲響徹空中，往往還伴隨著滂沱大雨與紛飛冰霰，勢聲無比浩大。至於河岸上的森林，放眼望去只不過是一排排枯幹。

時序由四月推進五月，那是個晴朗又寧靜的五月，有湛藍的天空與溫暖的日照，輕柔的西風與南風陣日吹拂。花草樹木茁壯成長，羅伍德甩脫了垂掛的冰柱，周遭盡是鮮綠大地、繁花盛景。原本枯萎的榆樹、白臘樹、橡樹骨幹恢復了蓬勃生機，林地裡的植物從隱蔽處爭相冒出頭，窪地裡鋪滿種類繁多無可計數的苔蘚。遍地都是淡黃色野花，乍看之下倒像是從地表迸射出陽光的奇妙景象。我在許多陰涼處見過它們的金黃色微光，像散落一地的溫潤光澤。我經常全心全意欣賞這一切，無拘無束、不受監管，幾乎全都獨自一人。這種難得的自由與歡娛其來有自，現在由我來細說分明。

我所描述的羅伍德坐落在山區林間、臨溪而立，難道不是一處愉悅的住所嗎？當然，愉悅是夠愉悅的了，至於是不是夠健康，那又是另一回事了。

羅伍德所在的那處林間幽谷終日霧氣匯聚，充滿霧靄衍生的瘴癘。瘴氣的侵擾速度隨著春天的腳步加快，爬進了那棟孤兒庇護所，對擁擠的教室與宿舍吹送斑疹傷寒疫情。五月不到，整所學校已經變身為醫院。

平日忍飢挨餓，傷風感冒未及時處治，學生們因此對疾病毫無抵抗力，八十個女孩之中有四十五個同時病倒。課程中斷了，校規鬆弛了，少數幸運保持健康的學生獲得無拘無束的自由，因為醫務人員要求她們經常運動，以維護健康。就算不是這樣，也沒人有那份閒功夫來監督或管束她們。譚波老師全副心思都投注在生病的學生身上。她住在病房裡，鎮日守護病患，只在夜裡回房去休息幾個小時。其他老師們也忙得不可開交，為那些還有親友有能力、也願意協助她們遠離疾病溫床的幸運女孩打包行李、做各種行前準備。有不少人病入膏肓，返家後仍舊回天乏術。有些人在學校裡病故，被悄悄迅速埋葬，因為那種傳染病不容許延宕。

當疾病入住羅伍德、死神頻繁造訪；當學校圍牆內充滿陰鬱與恐懼，房間與通道瀰漫醫院的藥水味；當藥物與錠劑無力對抗死亡的惡臭。室外鮮明的五月陽光照耀著晴朗無雲的鮮明山坡與美麗林地。羅伍德的花園也百花齊綻，蜀葵長得幾乎與樹木等高，百合開展了花瓣，鬱金香和玫瑰盛開了。一座座小花圃邊緣歡欣熱鬧地擠滿粉嫩海石竹和深紅色雛菊。從晨曦到日暮，野薔薇鎮日吐露香草與蘋果的芬芳。對羅伍德絕大多數病人而言，這些香氣卻是無用的寶藏，除了偶爾有一、兩把鮮花或香草被放進棺木中陪葬。

然而，我與其他健康狀況良好的學生充分品味了那個季節繁花似錦的美景。校方允許我們從早到晚像吉普賽人似地在樹林中遊蕩。我們可以隨性而為，可以四處走動。我們的生活條件也有所改善。布拉克赫先生和他的家人再也不曾涉足羅伍德，校內事務不再受到監管。那個惡毒管家被傳染病嚇跑了，繼任者曾經擔任羅登鎮診療所的護士長，還不適應新環境中的各項規矩，在管理上改採寬鬆政策。此外，要養活的人數變少了，病人吃得不多，我們的早餐盆充足許多。如果正規午餐準備不及（這種事經常發生），她會給我們一大片冷餡餅，或厚厚的麵包與乳酪。我們就帶著這些食物走進樹林裡，各自挑選最喜歡的地點，暢快地享用一頓奢侈的餐點。

我最喜愛的用餐地點是一塊又寬又平的石頭，潔白又乾淨地佇立在小溪當中，唯有涉水而行才能抵達，我總是赤足完成這壯舉。這塊石頭正好夠大，可以讓我和另一名女孩舒適地坐在上頭。那女孩是我當時的同伴，名叫瑪麗安．威爾森，她很機靈，觀察力敏銳。我與她相處得很開心，因為她靈巧又有創意，並且有種讓我寬心自在的特質。瑪麗安比我年長幾歲，也比我更通曉世事，可以跟我說些我很愛聽的事。跟她相處時，我的好奇心得到滿足。她也能以恢弘大度寬容我的缺點，由著我暢所欲言，從不會加以阻擋或限制。她善於敘事，我擅長分析；她喜歡發言，我喜歡提問，我們相處融洽。我們的談話即便不足以讓彼此成長，至少提供了不少樂趣。

這段期間海倫在哪裡呢？為什麼我沒有和她共度這些逍遙自在的美好日子呢？我忘記她了嗎？或者我如此淺薄，已經厭倦了只跟她相處的單調生活圈？我剛剛提及的那位瑪麗安．威爾森無論如何也比不上海倫。瑪麗安只能跟我說些有趣的故事，或是跟我交換些我碰巧感興趣、新鮮刺激的蜚短流長。至於海倫，我說句公道話，她有本事讓任何有幸聽她說話的人獲得更高層次的啟發。

讀者呀，這是真的，這點我很清楚，也感受過。再者，儘管我性格不夠完美，有太多缺點，又一無是處，但我從不厭倦海倫。我內心永遠珍藏一份對她的依戀，比任何情感都來得強韌、溫柔與恭敬。這是必然結果，因為海倫在任何時刻、任何情況下，都默默對我展現出堅貞的友誼。這份友誼從不曾因我的壞脾氣而變質，或因我的惱怒而受挫。海倫生病了，我已經好幾個星期沒看見她了。我知道她被安置在樓上某個房間，卻不清楚確切地點。有人告訴我她並沒有跟其他發燒病人一起待在學校的醫療室裡，因為她得的是肺癆，不是斑疹傷寒。至於這個肺癆，當時的我無知地以為它是一種溫和的慢性疾病，只要假以時日善加調養，一定能復原。

我的想法也得到確認，因為我曾經一、兩次在溫暖晴朗的午後見到海倫下樓來，被譚波老師帶進花園。可是我不被允許過去和她說話，只能隔著教室窗子看她，也沒辦法看得清楚，因為她全身包得密不透風，遠遠坐在迴廊底下。

六月初某個傍晚，我跟瑪麗安在林子裡待到很晚。我們照例跟其他學生分散，閒逛得太遠，結果迷了路，只得到附近唯一的茅屋問路。茅屋裡住著一對男女，他們飼養了一群半野生的豬隻，那些豬在林間自行覓食堅果。我們回到學校時，月亮已經升起，花園門外有一匹小馬，我們知道那是醫生的馬。瑪麗安說一定有人病情惡化，否則不會這麼晚的時間找貝茲醫生過來。她進屋去了，我在花園多耽擱了些時間，把我在林子裡挖的花草種在我的花圃裡，因為我擔心拖延到隔天早上根就乾枯了。種好了以後，我又多逗留了一會兒。露水降下來了，花朵的香氣份外甘美，多麼心曠神怡的夜晚，寧靜又暖和。西方的晚霞保證隔天會是個好天氣，月兒在暗淡的東方升起，多麼瑰麗。我幼小的心靈盡情地觀看、盡情地享受這番景致，內心突然湧現一種未曾體驗過的心情。

「這種時候躺在病床上、面對死亡的威脅，真是太可憐了！這個世界多麼賞心悅目，要離開這個地方，去到一個不知名的處所，應該是很悲慘的事吧？」

那時，我的心靈首度認真去理解平時被灌輸在裡面的那些關於天堂與地獄的概念，也第一次感到退縮、困惑。我的心靈第一次環顧它的背後、兩側和面前，卻見到周遭盡是萬丈深淵。它察覺得到它駐立的那一點，那個當下，其餘的一切都是不定形的雲霧和空洞的深潭。想到一個踉蹌就會衝進那團混沌，它就戰慄不已。我在思索這個全新概念時，聽見前門開了，貝茲醫生走了出來，有個護士跟在後面。護士送醫師上馬離開，轉身準備關門，我跑過去。

「海倫．伯恩絲怎麼樣了？」

「很不樂觀，」她答。

「貝茲醫生是來看她的嗎？」

「是啊。」

「那他怎麼說？」

「他說她在這裡待不了多久了。」

如果是昨天的我，聽見這句話時肯定會以為她就要被送回諾森柏蘭的老家了。我一定不會想到這是在暗示她快死了。可是當時我立即領會了！我清楚明白地理解到，海倫活在這個世界的日子不多了，也知道她即將被帶往靈魂的國度，如果真有這樣的國度存在的話。我只覺一陣驚愕，緊接是一股強烈的哀慟，之後是一股欲望、一股迫切的需求，想去看她。我問護士海倫在哪個房間。

「她在譚波老師房裡。」護士說。

「我能不能上去跟她說說話？」

「哦，不行，孩子！不太可能。妳該進去了，露水很重，如果妳一直留待在外頭，會發燒的。」

護士關上前門，我從通往教室的側門進去，正巧趕上。那時已經九點了，米勒老師正在叫學生們就寢。

也許是兩個小時之後，也許是接近十一點時，我睡不著。整棟宿舍靜悄悄地，我猜室友們都睡熟了，我躡手躡腳起身，在睡衣外罩上連衣裙，光著腳溜出寢室，出發尋找譚波老師的房間。譚波老師的房間在校舍另一頭，我認得路。晴朗夏夜的月亮從走道窗子灑下一道道光線，我才能夠輕而易舉找到目的地。經過發燒病人的病房時，一股樟腦與熱醋的氣味提醒了我，我快步通過，以免值夜的護士察覺我的行動。我很怕被人發現送回宿舍，我非得見海倫一面不可。我一定得在她死前抱她一下，一定得給她最後一個吻，跟她說最後一次話。

我走下一層樓梯，又走了一段路，成功地打開又關上兩道門，沒有發出任何聲響。之後，我又來到另一道階梯，爬上去，此時，在我正對面的就是譚波老師的房間。鑰匙孔和門縫底下透出一道光線，周遭一片靜寂。我走近門口時，發現門半掩著，八成是為了讓新鮮空氣吹進密閉的病房。我厭惡猶豫，內心焦急不已，靈魂與感官都因強烈的痛苦而顫抖。我推開門、探頭進去查看，我的視線尋找著海倫，很擔心找到的是死亡。

譚波老師的床鋪旁有張小床，被白色廉幕遮蔽了一半。我看得見床上被褥下的身形，可是臉部被簾子遮住了。在花園跟我說話的那個護士坐在一張安樂椅上睡著了，一根沒掐熄的蠟燭在桌子上發出微光。譚波老師不見人影，我後來得知她被叫去發燒病房，因為有人病情加劇。我往前走，在小床邊停下腳步。我伸手抓住簾子，不過，在拉開之前我想先出聲探詢，我還是害怕會見到一具死屍。

「海倫，」我輕聲叫喚，「妳醒著嗎？」

她動了動，拉開簾子。我看見了她的臉，沒有血色，卻相當平靜。她看上去沒什麼改變，我先前的擔憂登時消散。

「簡，真是妳嗎？」她用她一貫的溫柔語氣問道。

「哦！」我心想，「她不會死。他們搞錯了，如果她快死了，怎麼還能說話，而且看起來這麼安詳。」

我走到她的小床邊，吻她一下。她的額頭很冰涼，臉頰又冰又瘦，雙手和手腕也是，但是她的笑容還是老樣子。

「簡，妳怎麼會來這裡？已經十一點多了。我幾分鐘前聽到鐘敲十一下。」

「我來看妳，海倫。我聽說妳病得很重，我要跟妳說說話，才能睡得著。」

「那麼妳是來跟我道別的，也許妳來得正是時候。」

「海倫，妳要上哪兒去嗎？」

「嗯，要回我永恆的家，我最後的歸宿。」

「不，不，海倫！」我停頓下來，心慌意亂。我努力壓抑淚水，海倫則是一陣猛咳，幸好咳聲並沒有吵醒護士。她咳完後，人也累癱了，靜靜躺了幾分鐘，才又悄聲說：

「簡，妳光著小腳，躺下來，用我的被子蓋住身體。」

我鑽進她被窩，她伸手環抱我，我緊緊依偎著她。沉默了半晌後，她又開口了，還是壓低聲音：「簡，我很高興。等妳聽見我死了的消息，千萬別傷心，沒什麼好傷心的。我們總有一天都會死。正在幫我解脫的這個病不會很痛苦，它溫和又漸進。我的內心很安詳，因為我死後不會有人太過哀傷。我只有一個父親，他最近再婚了，所以不會想念我。我年紀這麼小就死掉，正好躲過無數折磨。我欠缺在這個世界出人頭地的特質與才華，只會不停地犯錯。」

「可是妳要去哪裡呢，海倫？妳看得見嗎？妳知道嗎？」

「我相信，我有信心，我要去神的身邊。」

「神在哪裡？神是什麼？」

「是妳我的造物主，神永遠不會毀壞祂創造的一切。我默默依賴祂的力量，全心全意交付祂的仁慈。我數著時間，等著那個關鍵時刻，到那時我就能回歸祂身旁、祂也會顯現在我面前。」

「海倫，這麼說妳相信有天國這樣的地方，也相信我們死後靈魂會到天國？」

「我相信有個未來狀態。我相信神是仁善的，我可以毫不擔憂地把我不朽的靈魂託付給祂。神是我的父親，是我的朋友，我愛祂，我相信祂也愛我。」

「海倫，那我死了以後會再見到妳嗎？」

「親愛的簡，妳一定也會來到同一個快樂世界，會受到同一個偉大全能天父的接納。」

我又問，只是這回只在心裡問。「那個世界在哪裡？它存在嗎？」我又用雙臂把海倫抱得更緊些，我好像又比之前更喜歡她了，覺得沒辦法讓她走。我把臉埋在她頸彎裡，她用最優美的聲音說：「我覺得好舒服！剛剛咳那一陣有點累，我有點想睡了。可是簡，別離開我，我想要有妳在身邊。」

「最最**親愛的**海倫，我會留在妳身邊，沒有人可以把我帶走。」

「親愛的，妳夠暖和嗎？」

「夠。」

「晚安，簡。」

「晚安，海倫。」

她親吻我一下，我也親她一下，很快我們倆都睡著了。

我醒來時已經天亮了，一陣不尋常的晃動吵醒了我。我抬頭一看，有人抱起我，是護士，她抱著我穿越走廊要回寢室。我擅自離開床鋪並沒有受到責罵，因為大人們有別的事要忙。當時我的許多問題都沒有得到答覆，一、兩天後我才聽說，那天拂曉，譚波老師回到房間，發現我躺在小床上，臉貼著海倫的肩膀，雙手抱著海倫的脖子。我睡著了，而海倫……死了。

海倫葬在布拉可橋教堂的墓園裡，她死後整整十五年時間，她的墳墓只是一堆青草蔓生的土堆。如今那裡已經豎起一塊大理石墓碑，上面鐫刻她的名字，以及拉丁文「我將復活」。

第十章

到目前為止，我鉅細靡遺地描述了我渺小生命中的些許事件。為了描寫我生命的前十年，我用了幾乎相等數量的章節。然而，這並非一般性的自傳，我只想喚起某些值得關注、足以引發共鳴的回憶。因此，現在我要默默帶過接下來那八年時光，只用寥寥數語銜接上下文。

斑疹傷寒熱病完成了它蹂躪羅伍德的使命後，開始緩緩撤退。不過，它的荼毒與它奪去的性命已經使得這所學校成了公眾注目的焦點。相關單位著手調查這次疫情的源由，漸漸地，種種事實被攤在陽光下，激起強烈公憤。校舍不健全的先天條件；學生飲食的質與量；用來烹煮食物、既鹹又臭的水質；學生們單薄的衣物與惡劣的住宿環境等，這些情況一一被公諸於世。這些真相讓布拉克赫先生面子掛不住，機構本身卻是獲益良多。

地方上好些個富有的慈善家慷慨捐出大筆資金，找個更好的地點重新建造更便利的校舍，學校裡頒布了全新規定，飲食與衣物也大幅改善。學校的基金改由委員會管理。至於布拉克赫先生，他畢竟擁有相當財力與家族人脈，勢力不容忽視。他仍然保有出納的職位，但他在執行職務時會有其他胸襟更開闊、更有同情心的先生從旁輔助。同樣地，他的總管業務也有其他更懂得兼顧情理與嚴謹、舒適與儉約、兼顧憐憫與正直的人共同分擔。經過一番變革後，學校慢慢變成一所真正能利益眾生的高尚機構。羅伍德重生之後，我繼續在裡面生活了八年，其中六年是學生，最後兩年擔任教職。無論當學生或當老師，從我身上都能見證這所機構的價值與重要性。

這八年當中，我的生活始終如一，日子過得頗有生氣，所以還算開心。我有機會接受高品質教育，也喜愛我修習的某些科目，有一份想在各科出類拔萃的渴望，只要能討得老師們歡心——特別是那些我衷心愛戴的——就覺得歡欣鼓舞。這些因素激勵我奮發向上，我妥善運用擺在我面前的優勢，不久就變成第一班第一名學生。之後，我加入教師行列，熱情地投入這個崗位整整兩年。兩年之後，我轉換跑道了。

經歷諸多改革之後，譚波老師繼續擔任學校的學監。我在學習上的成就多半拜她所賜，她的友誼與陪伴一直是我的慰藉。對我而言，她既是母親也是教師，後來還變成友伴。但她嫁作人妻了，跟她的另一半（一位牧師，非常傑出的人，幾乎匹配得上如此賢妻）搬到遙遠的地方，我自然而然地失去這位良師益友。

從她離開那天起，我就變了，所有安穩的感覺都隨她一起消失。少了她，羅伍德再也不能給我家的感覺。我從她身上學到了某些她的特質、她的習慣，學到她那種更和諧的想法，也在內心裡學會把情緒控制得更好。我忠誠地履行責任與命令，我很沉靜。我相信在旁人眼中我過得很滿足，有時連自己也會有這種感覺。表面上看來，我是個克守紀律，個性柔順的人。

可是命運化身為納斯密牧師，介入我與譚波老師之間。他們婚禮後不久，我看著一襲旅行裝扮的她踏上驛馬車，目送馬車爬上山坡，消失在山巔的另一邊。之後，我回到自己房間，獨自度過校方為祝賀她結婚而停課的半天假期。

多半時間我都在房間裡來回踱步，我以為自己只是在追憶失去的友誼，並且想辦法彌補。等我思考完，抬起頭來發現已經過了半天，夜幕已然低垂，我忽然靈光一閃。也就是說，那天下午我經歷了一次轉變，我的腦子收藏起它從譚波老師那裡借來的一切，或者該說，她把我在她身旁時感受到的那股寧靜氛圍帶走了。如今我只剩下我天生的本質，開始體驗到舊有情感在翻攪，那種感覺並不像某個支撐物被抽離，倒像是某個動機消失了。我不是喪失了保持平靜的力量，而是失去了保持平靜的理由。多年來，我的世界一直侷限在羅伍德，我的經驗就是這裡的規矩和體制，這下子我記起外面的世界很寬廣，也記起了有個充滿希望與恐懼、感知與興奮的多彩多姿天地，等著任何有勇氣的人前往深入探索，去冒險追尋生命的真正知識。

我走到窗子旁，打開來，探頭往外看。眼前有左右兩側校舍，有花園，有羅伍德外圍區域，有山巒起伏的地平線。我的視線越過其他的一切，直達最遙遠的藍色山峰，那些就是我想攀越的地界。那些高山上的岩石與石南彷彿是監牢界樁，是流放的極限。我的目光追蹤那條盤繞山腳的白色道路，看著它消失在兩座高山之間的峽谷。我多麼渴望循著那條道路去到更遠的地方！我想起搭乘馬車走在那條路上的往事，我還記得在薄暮時分從那個山坡下來。我初次來到羅伍德的那一天彷彿已經很久遠了，從那時起，我從沒離開過這裡。我在羅伍德度過所有的假期，里德太太不曾派人來接我去葛茲海德莊園，她或她的家人也沒來探望過我。我從來沒有以任何書信或訊息跟外面的世界聯繫。我所知的生命就只有學校規定、學校課務、學校習慣，學校的概念、聲音、臉孔、語句、服裝、偏好和反感。如今我發現，那些東西稍嫌不足。我半天之內就厭倦了沿襲八年的生活規律。我想要自由，我為了自由而呼吸急促，我為了自由而祈禱，然而，那些禱詞似乎被當時徐徐吹送的風打散了。我放棄那段禱告，重新想出一個更謙卑的祈求：我期望改變與刺激。這個願望似乎同樣被掃入迷濛的空中。「那麼，」我近乎急切地呼喚道，「至少賜給我新的勞務！」

這時，鐘聲響起，召喚我下樓，晚餐時間到了。

就寢時間之前，我一直沒有機會繼續思考那個問題。好不容易回到房間，跟我同寢室的老師卻滔滔不絕地跟我閒聊，害得我始終沒辦法在腦海裡重拾那個話題。我多麼希望睡眠能讓她閉嘴。我隱約感覺到，只要我能夠重新思考我站在窗子旁興起的那個念頭，應該會得到新的靈感，我也才能夠寬心。

葛萊絲老師終於發出鼾聲。她是個肥胖的威爾斯女性，到目前為止，她睡覺時打呼的習慣一直讓我感到苦惱，今晚我卻滿心歡喜地迎接那低沉音符的出現。我不再受到打擾，我那未完成的思緒立刻活躍於腦海中。

「新的勞務！這有點意思，」我在內心獨白（特此說明，我不習慣自言自語），「肯定有，因為它聽起來不會太愜意。它不像『自由』、『刺激』、『樂趣』之類的語詞，那些似乎挺迷人，聽在我耳裡卻只是單純的字音，空洞、一閃而逝，不值得浪費時間去聽。但是勞務！這肯定切合實際。任何人都能從事勞務。我在這裡服務了八年，如今我只想到別處服務，難道我連這點事都不能自己做主嗎？這件事難道不可行嗎？可以的，可以的。這個目標不算太困難，只要我的腦袋夠靈活，能想出達成目標的辦法。」

我起來坐在床上，好讓腦子清醒一點。那天晚上氣溫很低，我用圍巾包住肩膀，繼續殫精竭慮去**思考**。

「我想要什麼？新的職位，在新的房子裡，周遭都是新臉孔，置身全新的境遇中。我想要這些，因為奢望其他更好的結果只是白費功夫。人們如何找到新的職位呢？我猜他們會找親友幫忙，但我沒有親友。世界還有很多無親無故的人，他們必須照料自己，必須自己幫自己，那他們有什麼對策呢？」

我說不上來，也得不到解答。我命令我的腦子找出答案，而且要快。我的大腦運轉得愈來愈快，我能感覺到頭殼與太陽穴的脈搏在跳動。可是，過了將近一小時，我的腦中還是一片混沌，付出的努力毫無成果。徒勞無功讓我心情煩躁，忍不住下床在房間裡繞一圈。我拉開窗簾，看了夜空中的一、兩顆星辰，冷得直打顫，趕緊又爬回床上。

我離開床鋪時，想必有個好心的仙子把我需要的點子拋在我枕頭上，因為我一躺下來，那個念頭自然而然悄悄潛入我腦海。「那些想要職務的人會刊登廣告，妳必須在某郡先驅報刊登啟事。」

「怎麼做呢？我對廣告一無所知。」

答案來得順利又及時。

「妳要把廣告內容和刊登費用裝在信封，寄給先驅報的編輯。一有機會，妳就得把信拿到羅登鎮郵局投遞，回郵地址就寫郵局，收件人是JE。信件寄出大約一星期後，妳再到郵局詢問有沒有回信，如果有，再思考下一步。」

我把整套計畫推敲琢磨了兩次、三次，直到完全融會貫通，腦子裡呈現一個明確又可行的模式，才心滿意足地入睡。

我起了個大早，趕在學校起床鐘敲響之前寫好我的廣告內容，裝進信封裡，標明收件地址。廣告內容如下：

「有教學經驗的年輕女子（我不是教了兩年書了嗎？）希望尋找私人家庭教師職位，教導十四歲以下（我心想，畢竟我還未滿十八歲，不適合指導年齡與我太接近的學生）。她有能力教授良好英國教育中的一般科目，並能指導法語、繪畫與音樂課程（讀者呀，在那個年代，擁有這區區幾項專長就勉強足以勝任教職）。回郵請寄某郡羅登鎮郵局，收件人：JE。」

這封信鎖在我抽屜裡一整天，茶點時間後，我向新學監告假外出，說是要到羅登鎮處理一些個人事務，順便幫一、兩位同仁跑腿。學監立刻應允，於是我出發了。到鎮上的路程大約三公里，傍晚時分有點濕氣，但天色還算亮，我跑了一、兩家店鋪，把信投到郵局。返程途中遇見大雨，我渾身濕透，心情卻很舒暢。

接下來那一星期似乎異常漫長，不過，如同所有世事，該結束時終歸會結束。在一個清爽的秋日傍晚，我再度走在前往羅登鎮的路上。順道一提，那條路風光旖旎，沿途伴著小溪而行，還穿越山谷裡最優美的山坳，可是那天我心有旁騖，滿腦子只想著那個我即將前往的小鎮究竟有沒有信件等著我，無暇留意原野與溪流的美景。

這趟出門的表面理由是去量製一雙鞋，因此我先去處理鞋子的事，事情辦完後，我走出鞋匠的店，越過那條乾淨又祥和的街道，來到郵局。郵局由一名老婦人管理，她鼻梁上掛著牛角眼鏡，雙手戴著黑色連指手套。

「有沒有給 JE 的信？」

她從鏡片上緣瞥了我一眼，而後拉開抽屜，在裡面翻找了好一陣子。我等得太久，滿懷的希望開始動搖。最後，她拿出一封信函，舉在眼鏡前端詳了五分鐘，才擺在櫃台上推出來，並且再次用質疑與不信任的目光瞄了我一眼。那信是給 JE 的。

「只有一封嗎？」我問她。

「沒有別的了。」她說。我把信收進口袋，轉身踏上歸途。我沒辦法立刻打開來讀，因為我必須趕在八點之前回到學校，那時已經七點半了。

回到學校後我還有很多事要做。我得監督學生們晚自習，輪到我頌念禱告詞，督導學生就寢，之後我還跟其他老師一塊兒用餐。即使終於可以回房，葛萊絲老師無可避免地還是在我身旁。我們的燭台上只有一小截蠟燭，我很擔心她會喋喋不休講到蠟燭燒完。幸好，她晚餐吃得太飽，回房時已經昏昏欲睡，我還在換睡衣，她已經打起呼來了。那時蠟燭大約還有兩公分長，我把信拿出來，封口是首字母 F。我打開來，內容簡單扼要。

「如果上周四在某郡先驅報刊登啟事的 JE 確實擁有廣告中陳述的專長，而且她可以提供關於個人特質與能力的完整推薦函，那麼她可以應徵一個家庭教師職位，學生只有一名不到十歲的小女孩，年薪三十鎊。JE需要把推薦函、姓名、地址等資料寄送『某郡密爾科特鎮棘園，費爾法克司太太』。」

我把這封信反反覆覆看了很久，裡面的筆跡很老派，不夠明快，很像年長婦人的手筆。這讓我很滿意。我心底一直有個疑慮，擔心我這樣自己出面幫自己謀職，很可能會陷入某種窘境。更重要的是，我希望我這番努力得到的結果是得體又合宜，而且安穩妥當。對方是個年長婦人，我覺得這應該算是相當理想的狀況。費爾法克司太太！我想像她身穿黑色長袍，頭戴寡婦帽，或許有點嚴肅，但不至於無禮，是英國體面老者的典型。棘園！無疑地，那是她住宅的名稱，我相信那是一棟乾淨整齊的房舍，只是，我無論如何都想像不出那棟屋子的格局與外貌。某郡的密爾科特鎮。我在腦中回想英格蘭地圖，對了，我看到了，那個郡和那座市鎮的位置都浮現我腦海。該郡與倫敦的距離比我居住的這個偏遠市鎮近了一百一十公里，在我看來這是個優點。我很想去到某個更有人氣、更有活動力的地方。密爾科特是大型工業城鎮，濱臨A河，顯然是個相當繁忙的城鎮，這樣更好，至少是個徹底改變。倒不是說我多麼喜歡那裡必然有的高大煙囪和團團黑煙。「不過，」我辯白道，「棘園應該離鎮上有一段距離。」

這時蠟燭托座掉了，燭芯熄滅了。

隔天要進行下一個步驟。我不能再把這個計畫藏在自己心底，如果想達成目標，就得說出來。我利用午休時間求見學監，告訴她我有機會找到新工作，薪水會比目前高出一倍（因為我在羅伍德的年薪只有十五鎊），請她代我向布拉克赫先生或委員會的先生們報告，並徵詢他們是否同意讓我將他們列為推薦人。她同意為我出面居間協調。第二天她向布拉克赫先生呈報此事，布拉克赫先生認為有必要寫信告知里德太太，畢竟里德太太還是我的監護人。於是我寫了封信給里德太太，里德太太回信說，我要怎麼做都行，她早就不再干涉我的任何事務。這封回函呈給委員會。最後，經過令我心急如焚的漫長等待，校方終於給我一份正式離職書，方便我去追尋更美好的前程。由於我在羅伍德期間無論當學生或當老師都認真盡責，機構的監察員也願意共同簽署推薦函，為我的人格與能力擔保，協助我順利求職。

這份推薦函大約一個月後送到我手中，也發送一份副本給費爾法克司太太。費爾法克司太太很快回信，說她很滿意，敲定兩星期後我開始在她家擔任教師。

我開始忙著做準備，兩星期很快就過去了。我的衣服很夠用，數量卻不多，出發前一天再收拾就綽綽有餘，我的行李箱還是八年前我從葛茲海德帶來的那只。

行李箱綁好了，名牌貼好了，半小時內搬運工就會前來拿取，送往羅登鎮，我則是隔天一大早出門搭馬車。我刷好羊毛旅行裝，準備好帽子、手套和暖手筒，還檢查了所有抽屜，看看有沒有遺漏物品。最後，再也找不到事做了，只得坐下來休息放鬆。但我靜不下來，儘管我一整天東奔西走，這時仍然一秒鐘都靜不下來。我太興奮了，今晚，我人生的一個階段即將劃下句點，明天將會開啟新的一頁，在這期間根本無法入眠。我一定得熱切地目睹這場變化的實現。

「小姐，」我在門廊像個失神遊魂般亂逛時，有個僕人來找我，「樓下有人想見妳。」

「一定是搬運工，」我心想，問也沒問就跑下樓。我跑向廚房，經過後側客廳或教師休息室時，門正好半掩著，有個人從裡面跑出來。

「是她，我敢肯定！無論到哪裡我都認得出她來！」那個人攔住我的去路，還拉起我的手。

我定神一看，是個女人，穿著打扮像個衣著考究的僕人，舉止成熟穩重，但年紀還輕，長得很標緻，黑髮黑眼珠，紅光滿面。

「嗯，我是誰呢？」她問。她的聲音和笑容有種似曾相識的感覺。「簡小姐，妳沒忘記我吧？」

下一秒鐘我已經抱住她、興高采烈地親吻她。「貝西！貝西！貝西！」我興奮得說不出別的話，她則是又哭又笑地。我們一齊走進了客廳，壁爐旁站著個三歲小男孩，穿著格子圖案外袍和長褲。

「那是我兒子，」貝西直截了當地說。

「那麼妳結婚了，貝西？」

「是啊，跟馬車伕羅伯特．李文結婚快五年了，除了小巴比之外，我還有一個女兒。我幫她取名叫簡。」

「妳還住在葛茲海德莊園嗎？」

「我住在門房小屋，老門房已經離開了。」

「嗯，大家都過得好嗎？仔細跟我說說他們的近況。妳先坐下來。巴比，你要不要過來坐在我腿上？」但巴比寧可溜到媽媽身邊。

「簡小姐，妳長得不算太高，也不夠健壯。」貝西說，「學校這裡的人一定沒有好好照顧妳。伊莉莎小姐比妳高出一個頭和一個肩膀，喬琪安娜小姐至少比妳豐腴兩倍。」

「貝西，喬琪安娜長得很漂亮吧？」

「非常漂亮。去年冬天她跟太太去倫敦，那裡的人都很仰慕她，有個年輕少爺愛上她，可惜他家人不贊成這門親事，結果，妳知道嗎？他跟喬琪安娜小姐竟然商量好要私奔，最後消息走漏，被阻止了。查出這件事的是伊莉莎小姐，我猜她八成很嫉妒。現在她跟她姊姊兩個處得水火不容，一天到晚吵架……」

「那麼約翰．里德呢？」

「哦，他的發展沒有達到他媽媽的期望。他去上了大學，卻被學校……死當了，我想他們是這麼說的。後來他舅舅們要他去當律師，要他去學法律，可惜他實在是個浪蕩子，怎麼調教都很難成材了。」

「他的相貌如何？」

「長得很高，有些人說他是個英俊小子，但他嘴唇太厚。」

「那麼里德太太呢？」

「夫人表面上看起來結實又健康，但我猜她心裡很不好受。約翰少爺的行徑很讓她失望，他揮霍掉不少家產。」

「是里德太太派妳來的嗎？」

「不是。我一直很想看看妳，前陣子聽說妳寄了一封信來，說妳要到很遠的地方去，我覺得我應該來走這一趟，趁妳走遠之前來探望妳一下。」

「貝西，妳見到我大概很失望吧。」我笑著說。我看見貝西看我的眼神，雖然充滿關懷，卻少了一絲讚賞。

「不會啊，簡小姐，一點也不。妳很文靜秀氣，像個淑女，完全符合我對妳的期待。妳從小就不是個美女。」

貝西的坦率回答讓我不禁發笑。我猜她說得沒錯，但我得承認我聽到這種話不可能淡然處之，十八歲的人總是希望討人喜歡，知道自己沒有條件贏得讚美，難免有點失望。

「不過我相信妳很聰明，」貝西接著說，她在安慰我。「妳學了些什麼本事？會不會彈鋼琴？」

「會一點。」

客廳裡有一架鋼琴，貝西走過去掀開來，要我坐下來為她彈奏一曲。我彈了一、兩支華爾滋，她聽得入迷。

「里德家的小姐們彈得沒妳好！」她眉開眼笑地說。「我一直相信妳在學業上會比她們優秀。妳會畫圖嗎？」

「壁爐上那張圖就是我畫的。」那是一張風景水彩畫，是我送給學監的禮物，感謝她替我出面跟委員會協調。學監把畫加框裱褙起來。

「哇，簡小姐，那張畫實在很美！妳畫得真好，跟里德小姐們的畫畫老師一樣好，那兩位小姐就別提了，差妳一大截呢？妳學過法語嗎？」

「學過，我會讀也會說。」

「那麼妳也會縫棉布和帆布吧？」

「會。」

「哦，簡小姐，妳真是個多才多藝的小姐！我就知道妳會有這一天，不管妳的親戚理不理妳，妳都可以過得很好。有件事我要問妳一聲，妳有沒有聽說過妳父親那邊親戚的消息？那些姓愛的？」

「從來沒有。」

「妳知道夫人總是說他們都很窮，地位低微。也許他們真的很窮，可是我相信他們跟里德家一樣，都是有身分地位的人。因為有一天，將近七年前，有個愛先生來到葛茲海德莊園，說要見妳。夫人告訴他妳在八十公里外的學校上學，他好像很失望，因為他沒辦法停留，他要搭船到別的國家去，船一、兩天內就要從倫敦開航了。那人看起來一派紳士，我猜他是妳父親的兄弟。」

「他要去哪個國家？」

「幾千公里外的小島，那裡出產葡萄酒，管家告訴過我……」

「是馬得拉嗎？」我問。

「對，就是這個地名。」

「所以他離開了。」

「對，他在莊園裡只待了一會兒。夫人態度很傲慢，事後還說他是『奸商』。我家羅伯特猜他是個酒商。」

「很有可能，」我說，「或者是酒商的職員或代理商。」

貝西和我繼續聊了一個鐘頭，回憶往事。之後她不得不離開。隔天早上我在羅登鎮等馬車時碰見她，又聊了幾分鐘，最後我們終於在布拉克赫旅店門口分道揚鑣。她出發趕往羅伍德山頂去搭乘回葛茲海德的馬車，而我坐上即將帶我前往密爾科特陌生地域的新職務與新生活的馬車。

第十一章

小說裡新的章節很像戲劇裡新的一幕，這回我拉起布幕時，讀者啊，您要想像自己看見密爾科特鎮的喬治旅館，想像牆面貼著一般旅館房間常見的大花圖案壁紙，同樣常見的地毯、家具和壁爐架上的裝飾物。也有圖畫：一張喬治三世[1]的肖像，另一張威爾斯王子[2]，外加一幅描繪渥爾夫[3]壯烈犧牲情景的畫作。您能看見這些，是因為天花板垂吊一盞油燈，壁爐的火也燒得猛烈。我身穿披風、頭戴帽子坐在壁爐旁，暖手筒和雨傘躺在桌上。我清晨四點鐘從羅伍德出發，而現在密爾科特鎮的鐘剛敲過八響。我連續十六小時暴露在十月寒風中，凍得直發抖，渾身麻痺，正藉著爐火烘暖身子。

讀者啊，雖然我表面上一派悠閒，內心卻一點都不平靜。我以為馬車抵達時會有人在這裡等我，我踏下擦鞋小弟為方便我下車擺放的木造台階時，焦急地四處張望，希望聽到有人喊我的名字，或看到某種馬車等著我接送我前往棘園，可惜什麼都沒有。我詢問侍者有沒有人來打聽一位愛小姐，得到的也是否定答案。我沒辦法，只得請他們給我一個清靜房間。現在我坐在這兒等著，內心惴惴不安，充滿各種疑慮與恐懼。

1. 英國國王，一七六〇年到一八二〇年在位。
2. 喬治三世的長子，一八二〇年繼任國王，時年五十八歲，以生活豪奢淫逸著稱。
3. 指James Wolfe（一七二七～五九），英國將軍，英法魁北克戰爭中的英雄，一七五九年領兵進攻魁北克，圍攻兩個月後大敗法軍，此役奠定英國取代法國殖民加拿大的基礎。

一個不諳世事的年輕人，某天忽然發現自己孑然一身，無依無靠獨自漂泊，不確定能不能順利靠岸，又礙於種種困難，無法重返已辭別的舊地，這時內心會有種很奇特的感覺。冒險的魔力美化了這種感覺、自尊心的光澤溫暖了它，但是，一陣陣恐懼感卻又驚擾了它。半小時過去了，我還是孤身一人，恐懼感開始佔上風，我這才想到可以拉鈴叫人。

「這附近有沒有個叫『棘園』的地方？」我問前來的侍者。

「棘園？女士，我不清楚。我到酒吧問問。」他走了，很快又回來。

「小姐，妳姓愛嗎？」

「對。」

「有人在等妳。」

我跳起來，抓起暖手筒和雨傘，快步走到旅館走廊。有個人站在敞開的門口旁，門外昏暗的街燈下似乎停著一部輕馬車。

「這是妳的行李吧？」那人一見到我，突然開口問，還指了指我放在走道上的行李箱。

「沒錯。」他把行李抬上車，那是某種有車廂的馬車。我爬進去，趕在他關車門之前問他到棘園多少路程。

「大約十公里。」

「我們多久會到？」

「差不多一個半小時。」

他閂上車門，爬上自己在外面的駕駛座，我們就出發了。馬車走得很慢，我有充分時間思前想後。終於接近旅途終點了，我篤定地把身子往後靠，安穩地坐進這部雖不華麗、還算舒適的馬車裡，輕鬆自在地凝思冥想。

「這車伕和馬車這麼樸實無華，」我心想，「看來費爾法克司太太不是浮誇的人，這樣更好。我只有一次住在有錢人家的經驗，那段日子裡的我，只有悲慘二字可以形容。不知道她是不是跟這小女孩兩個人相依為命，如果是，如果她人還算和藹，那我肯定能跟她處得來，我會盡我所能。只是，我們付出的努力未必能得到回報。在羅伍德時，我下定決心，也身體力行，終於贏得大家的認同。跟里德太太住的時候，我記得我的努力總是被人輕蔑、遭人唾棄。我祈求上帝，希望費爾法克司太太不是第二個里德太太。即便她是，我也沒必要久留！萬不得已的時候，我可以再登廣告。嗯，到底走多遠了？」

我拉下車窗往外看，密爾科特鎮已經在後面，從鎮上燈光數量看來，這個鎮規模似乎不小，比羅登鎮大得多。據我所知，我們此時來到某種公有地，附近稀稀落落散布著民宅。我感覺這地區與羅伍德明顯不同，這裡人口多了些，景致稍欠秀麗；熱鬧多了些，氛圍不夠浪漫。

路面泥濘，夜色中瀰漫著霧氣，我的車伕任由馬兒一路緩步前行。我敢肯定，原先預估的一個半小時已經延長為兩小時。最後，他終於轉身說：

「妳離棘園不遠了。」

我又探頭往外看。我們剛經過一間教堂，我看見它矮胖的塔樓映襯在夜空中，此時正敲起每刻一響的鐘聲。我還看見一縷銀河般的燈火，盤在山腰上，可能是個村莊或小聚落。大約十分鐘後，車伕下車，打開兩扇大門，我們穿越那道門之後，門隨即咔噠關上。我們緩緩爬上車道，來到一棟屋子的寬敞正面前。整棟屋子只有一扇窗簾緊閉的弧形凸窗裡透出燭光，其餘全都黑漆漆的。馬車停在前門，有個年輕女僕開了門，我下車走進去。

「小姐，請這邊走。」那女孩說。我尾隨她橫越一間四邊都有挑高門楹的正方形大廳。她領我走進一個房間，裡面有燭光與爐火雙重照明。我的眼睛連續兩個小時處於黑暗中，一時之間適應不了光線，只覺一陣眼花。等我視力恢復，一幅安詳又溫馨的景象躍然出現在眼前。

這是個溫暖的小房間，雀躍的爐火邊擺著圓桌和老式高背扶手椅，扶手椅上坐著一名儀表整潔得無可挑剔的嬌小老婦人。她戴著寡婦帽，穿著黑色絲綢長袍和雪白棉布圍裙，跟我想像中的費爾法克司太太如出一轍，只是少了些嚴肅感，神態更溫和。她正在織毛衣，一隻胖大貓兒端坐在她腳邊，這一幕儼然就是舒適居家生活的完美典型。對一個新任家庭女教師而言，沒有比這更讓人安心的了。這裡不會金碧輝煌得讓人手足無措，也不會威嚴得教人困窘不自在。我進門時，那位年長女士立刻起身，上前來和善地招呼我。

「親愛的，妳好嗎？剛剛那趟馬車夠煩了吧？約翰駕起車來慢吞吞的。妳一定凍壞了，過來火爐邊。」

「您是費爾法克司太太吧？」

「對，妳猜對了。請坐。」

她引導我坐她的位子，開始動手幫我取下圍巾、解開帽繩。我請她別麻煩，我自己來就好。

「哦，一點也不麻煩。妳的手一定凍得沒知覺了。莉雅，弄點熱尼格斯酒[4]，再切一、兩份三明治，冷食室的鑰匙在這裡。」

她從口袋掏出一串十足主婦風格的鑰匙，遞給女僕。

「好了，靠爐火近些。」她又說，「親愛的，妳的行李也帶來了，是嗎？」

「是的，女士。」

「我派人把行李送到妳房間。」說完，她急忙走出去。

「她把我當客人接待。」我心想，「我沒想到會受到這麼熱誠的款待，我以為等著我的是冷淡和生疏。我早先聽說過女家庭教師多半會受到什麼樣的待遇，這完全不是那麼回事。不過，我也別高興得太早。」

她回來了，親手清理掉佔據桌面的編織物品和一、兩本書，方便擺放莉雅此時送進來的托盤。接著，她親手把吃食端給我。我從來沒有受到過這麼親切的招待，何況對方還是我的雇主兼長者，實在讓我一頭霧水。然而，她好像一點都不認為自己這樣有什麼有失身分的，我想我最好默默接受她的好意。

「今晚我有榮幸見到費爾法克司小姐嗎？」吃完她遞給我的東西後，我問她。

「親愛的，妳剛剛說什麼？我有點重聽。」慈祥的費爾法克司太太一面說、一面把耳朵湊到我嘴邊。

我把問題更清楚地重複一遍。

「費爾法克司小姐？哦，妳是說薇漢斯小姐！妳要教的學生姓薇漢斯。」

「這樣啊！那麼她不是妳女兒？」

「不是。我沒有家人。」

我應該繼續問下去的，弄清楚薇漢斯小姐跟她之間究竟是什麼關係。只是我想到，問太多問題很不禮貌，更何況，我遲早都會明白的。

「我很高興，」說著，她在我對面坐下來，把貓抱到腿上。「很高興妳來了，終於多了個伴，日子一定會過得更有意思。這裡的生活當然很開心，因為棘園是一棟很漂亮的老房子，最近幾年來或許比較冷清了點，但它還是個很體面的地方。只是，妳也知道，即使住在最豪華的屋子裡，

4. Negus，英國軍官法蘭西斯・尼格斯（一六七〇～一七三二）發明的酒飲，以波特酒或雪莉酒加熱水、糖及香料調製而成。

如果沒人陪伴，冬天一到，免不了心情頹喪。我為什麼會說『沒人陪伴』，莉雅當然是個好女孩，約翰和他太太也都是好人，可是他們都是僕人，根本不能以平等的立場跟他們談天，一定得保持適當距離，才不會損了威嚴。我記得去年冬天，如果妳有印象的話，那時候天氣很冷，即使沒下雪，通常也是風強雨大。從十一月到二月，只有肉販和郵差會過來，我每天晚上一個人呆坐著，到最後心情實在很萎靡。偶爾我會叫莉雅進來念書給我聽，但是可憐的莉雅好像不太喜歡這份差事，她覺得很拘束。春夏之間，人的心情也跟著輕鬆起來，耀眼的陽光和變長的白晝讓人神清氣爽。然後，今年初秋時，小阿黛拉．薇漢斯跟她的保母來了，多了個孩子，整棟房子都熱鬧了。現在多了妳，我可就更開心了。」

聽著這位可敬的女士說話，我內心對她產生一股親切感。我把椅子拉近她一點，誠心地對她說，希望日後她會發現我是符合她預期的良伴。

「我不要再拖著妳熬夜了。」她說，「鐘已經敲了十二響，妳坐了一天的車，一定很累了。如果妳的腳夠暖和了，我就帶妳回房間。我安排妳住我在隔壁，空間不算寬敞，不過，我猜想，比起前排那些大房間，妳應該會更喜歡這間。那些房間裡面的設備是好一點，卻很沉悶又孤單，我自己從來沒住過那些房間。」

我感謝她這麼費心。因為趕了那麼遠的路程，我實在也累了，於是坦白告訴她我想休息了。她拿起蠟燭，我跟著她走出房間。她先去查看大廳的門是不是鎖好了，把鑰匙從門鎖上抽出來後，就帶我上樓。樓梯板和欄杆都是橡木打造，樓梯口的窗子很高，有格子裝飾。樓梯口和兩旁房門敞開的長廊讓整個地方看起來比較像教堂，而不像一般住家。樓梯和長廊的空氣冷冽，像在地窖裡一般，空蕩與孤寂這類的淒清感油然而生。終於進到我的房間之後，我很開心，因為房間不大，裡面擺設的是尋常現代家具。

費爾法克司太太親切地道了晚安後，我鎖上了門，不慌不忙地環顧一圈。剛剛那開闊的大廳、寬敞又幽暗的樓梯間和漫長冷清的走廊不免叫人不寒而慄，這個溫暖有生氣的小房間將先前的陰鬱一掃而空。我這才想起來，經過一整天的身體勞累與精神焦慮，此刻我終於來到了避風港。我滿懷感恩，連忙跪在床邊，向上帝的仁慈表達應有的謝意，起身之前也沒忘記祈求未來能繼續得到扶持。此外，我沒有任何付出就獲得善意對待，我祈求上帝賜予我回報的能力。那天晚上，我的臥榻沒有棘刺，我獨居的房間沒有憂懼。我既疲乏又欣喜，不一會兒就酣然入夢。醒來時，天色已經大亮。

陽光從鮮麗的藍色軋光印花棉布窗簾照進來，整個房間看上去多麼明亮。牆上的壁紙和地面的地毯映入眼簾，和羅伍德光溜溜的木板與斑駁的灰泥牆面有天壤之別，我的精神為之一振。外在環境對年輕人有莫大的影響力，我覺得我的生命已經進入更美好的階段，進入一個有鮮花有歡笑、有尖刺有勞累的階段。面對全新的環境和充滿希望的未來，我的感官似乎全面甦醒。我說不清我的感官期待著什麼，總之是某種歡樂的事物，也許不是在那天或那個月，而是在不確定的將來。☆5

起床後，我細心著裝。我不得不走簡樸路線，因為我所有的衣裳都是最簡單的剪裁，不過，我天性上還是非常注重整潔。我並非不在乎儀表，也不是不介意外界觀感，相反地，我總是努力把自己打扮齊整，即使其貌不揚，也要盡量帶給別人好印象。有時我會遺憾自己長得不夠漂亮，會希望自己有紅潤的雙頰、挺直的鼻梁和櫻桃般的小嘴。我希望自己的身材更修長、更穩重、更勻稱些。我覺得自己很不幸，個子這麼小、臉色這麼白，五官不對稱又不白淨。為什麼我會有這些奢望與遺憾呢？實在很難說得清，我確實有個理由，一個既合理又自然的理由，可惜當時我沒辦法跟自己解釋清楚。總之，我把頭髮梳理得極為平整、穿著黑色披風，這件披風雖然很像貴

☆5
My faculties, roused by the change of scene, the new field offered to hope, seemed all astir. I cannot precisely define what they expected, but it was something pleasant: not perhaps that day or that month, but at an indefinite future period.

格教徒[5]的服飾，穿在身上也還算體面，我還調整了潔白的領布。我覺得自己應該以端莊得體的樣貌出現在費爾法克司太太面前，至少避免讓我的新學生因反感而退縮。我打開窗子，再次確認所有用品都有條不紊地放在盥洗枱上，就出門去了。

我越過鋪了地毯的長廊，走下光滑的橡木階梯，來到大廳。我在大廳駐足片刻，觀看牆壁上的圖畫（我記得其中一張畫的是穿著胸甲的冷酷男人，另一張畫了個頭髮撲了粉、戴珍珠項鍊的仕女），再看看從天花板垂下來的青銅油燈，以及一座外殼雕有奇特造型的橡木大鐘。時鐘表面的木頭因為年代久遠兼之頻繁擦拭，已經黑得發亮。這一切在我眼中都顯得肅穆又宏偉，只是，那時的我畢竟眼界尚淺。大廳的門有一部分是玻璃鑲嵌，此時敞開著。我跨出門檻，這是個秋高氣爽的清晨，初升的旭日寧靜地照耀在黃褐色的樹叢及依然翠綠的田野上，日光正緩緩向草坪移動。我抬頭查看這座宅邸的正面，這是一棟三層樓建築，佔地不算寬廣，但也夠大的了。算是紳士的莊園，而非貴族的領地。屋頂周邊的城垛式裝飾牆讓整棟房子顯得別具風格，房子的灰色外牆在後方那片白嘴鴉棲息林的襯托下，更加醒目。那些鳥兒此時已經振翅高飛、嘎嘎啼叫，越過草坪和庭園，降落在一大片牧草地上。屋子和牧草地之間鑿有深溝，溝邊種著一排粗大的老棘刺樹，枝幹結實，盤根錯節，壯碩得有如橡樹，這就說明了這棟莊園的命名由來。更遠處山巒起伏，山勢不如羅伍德的山嶽那般高聳，不那麼險峻崎嶇，也不那麼像一道隔絕外界的屏障。不過，這些山峰看上去也夠寂寥、夠蒼茫了，似乎把棘園包圍起來，成了世外桃源，讓人萬萬想像不到，在熱鬧的密爾科特鎮周邊竟有如此僻靜的角落。有個小聚落散布在附近山區，屋瓦掩映在樹叢間。地區教堂比較靠近棘園，教堂的古老塔樓俯瞰著棘園主建築與大門之間的小土丘。

我還在享受這一片祥和的視野與清爽的空氣，一面歡欣地聆賞白嘴鴉的呱呱叫聲，一面觀看房子寬敞的灰色門面，心裡想著：如此清幽的住處正適合像費爾法克司太太這樣嬌小的獨居夫人，沒想到她就出現在門口。

「什麼？已經出來了？」她說，「看來妳起得很早。」我迎上前去，她友善地吻我一下，又跟我握手打招呼。

「妳喜歡棘園嗎？」她問。我告訴她我非常喜歡。

「嗯，」她說，「這棟宅子很漂亮，只是我擔心屋況會越來越糟，除非羅徹斯特先生哪天突然心血來潮，決定回來定居，或者，至少更常回來。豪華的房舍和肥沃的土地需要地主時時看顧。」

「羅徹斯特先生！」我驚呼，「他是誰？」

「棘園的主人。」她答得很平靜，「妳不知道他姓羅徹斯特嗎？」

我當然不知道，我從沒聽說過這號人物。然而，這位老太太彷彿以為全世界都知道有這個人存在、也都理所當然地聽說過他的姓名。

「我還以為，」我說，「妳是棘園的主人。」

「我？天哪，孩子，妳怎麼會有這種念頭！我！我只是管家，也就是總管。我確實是羅徹斯特先生母親那邊的遠親，至少我先生是。我先生生前是個牧師，教區在海伊村，也就是那邊山上的小聚落，大門過去那座教堂就是他的。現任主人羅徹斯特先生的母親娘家姓費爾法克司，是我丈夫的遠房表親。但我可沒有攀過這層關係，事實上，我覺得那不值一提。我只把自己看成尋常管家，我的雇主非常客氣有禮，我已經很滿足了。」

「那麼那個小女孩，我的學生！」

5. Quaker，基督教的一支派別，成立於十七世紀。該會反對任何形式的戰爭暴力，主張和平主義與宗教自由。

「她是羅徹斯特先生收養的孩子，先生指示我幫她找個女家庭教師。我猜先生打算讓她在這裡長大成人。她來了，跟她的『姆媽』一起，她是這麼喊她的保母。」謎團終於解開了。這位和藹又慈祥的寡婦不是什麼貴夫人，而是跟我一樣的受雇者。我對她的喜愛程度並不會因此減少，相反地，我反而更愉快了。我跟她之間的平等地位是真實的，並不是她紆尊降貴的結果。這樣反倒好，我的處境更自由了。

我還在思忖這個新發現，一個小女孩跑上草坪來，後面跟著她的隨從。我看著我的學生，一開始她似乎沒注意到我。她年紀還很小，頂多七、八歲，嬌小的體型，白皙細緻的面容，一頭濃密鬈髮直垂到腰際。

「早安，阿黛拉小姐！」費爾法克司太太說，「過來跟妳的老師說說話，她要教導妳，把妳變成一個聰明的女人。」小女孩過來了。

「這是我的女教師！」她指著我、用法語對她的保母說。

保母答道：「是啊，當然。」

「她們是外國人嗎？」我很驚訝，在這裡竟然聽見法語。

「保母是外國人，阿黛拉在歐洲大陸出生，我猜她不到六個月前才第一次離開那裡。她剛來的時候一句英語也不會，現在可以穿插個幾句，可惜她夾雜太多法語，我還是聽不懂。不過，我敢說妳一定能聽懂她在說什麼。」

幸好我有機會跟土生土長的法國小姐學習法語。過去七年來，我經常刻意去找皮耶荷老師談話，還每天背誦一段法文，努力矯正我的腔調，盡可能模仿皮耶荷老師的發音，所以學會了流暢又正確的法語，因此不至於在阿黛拉小姐面前張口結舌。她聽說我是她的老師後，走過來跟我握手。我帶她進屋吃早餐時，用法語跟她聊了幾句。起初她答得很簡短，等我們坐在餐桌旁，她用那對淡褐色大眼睛端詳我十分鐘之後，突然滔滔不絕地說起流利的法語。

「哇！」她叫了一聲，用法語說，「妳的法文說得跟羅徹斯特先生一樣好，我可以像跟他說話一樣跟妳說話，蘇菲也是，她一定會很高興。這裡沒人聽得懂她的話，費爾法克司太太只會講英語。蘇菲是我的保母，她跟我一起搭一艘大船跨海過來，那船有會吐煙的煙囪，吐了好多煙哦！我暈船了，蘇菲也是，羅徹斯特先生也是。羅徹斯特先生躺在一間叫做沙龍的漂亮房間的沙發上。蘇菲和我在別的地方有我們自己的小床。那床窄得跟架子差不多，我差點滾下來。小姐，妳叫什麼名字？」

「我姓愛，叫簡愛。」

「簡埃？咳！我不會念。有一天早上我們的船停了，那時候天還沒全亮，我們停在一個大城市，非常大的城市，有很多黑漆漆的房子，到處都在冒煙，一點也不像我先前住的那個乾淨又漂亮的小鎮。羅徹斯特先生抱著我跨過一塊板子，來到陸地上，蘇菲也跟上來。我們一齊坐進馬車，馬車帶我們到一間很大很漂亮的房子，比這裡更大更好看，說是叫旅館。我們在那裡住了大約一星期，我跟蘇菲每天到一個叫做公園的地方散步，那個地方很大，到處綠油油的，有很多樹。除了我以外，還有很多小孩子，有一座池塘，裡面有很多美麗的小鳥，我用麵包屑餵牠們。」

「她說這麼快，妳聽得懂嗎？」費爾法克司太太問我。

我完全能聽得懂，因為我聽慣了皮耶荷老師的流利語句。

「妳能不能……」仁慈的費爾法克司太太又說，「問她幾個關於她父母的問題？不知道她還記不記得他們。」

「阿黛拉，」我問她，「妳跟誰一起住在妳剛剛說的那個乾淨又漂亮的小鎮？」

「很久以前我跟媽媽一起住在那裡，可是她已經到聖母瑪利亞身邊去了。媽媽以前教我唱歌跳舞，還教我念詩。很多先生女士來看媽媽，我會給他們跳舞，或坐在他們腿上唱歌給他們聽。要不要我唱首歌給妳聽？」

她已經吃完早餐，所以我允許她稍微展露她的才華。她從椅子上走下來，過來坐在我膝頭，煞有介事地把雙手擺在身前，鬈髮甩到背後，眼珠子朝向天花板，開始唱起某齣歌劇的短曲。那是描述一名被拋棄的女子，為情人的不忠痛哭過後，轉而訴諸傲氣，命侍女幫她穿戴最閃亮的首飾和最華麗的禮服，打算當晚出席一場舞會，強顏歡笑地向負心漢宣示，她毫不在乎他的離去。

對一個稚齡歌者而言，選擇這樣的主題未免稍嫌怪異。我猜只是為了聽聽稚氣的童音演繹戀情與妒嫉的樂章。這種品味實在有欠高雅，至少我是這麼認為。

阿黛拉把這首短歌唱得頗為婉轉動聽，流露出一份屬於她年紀的**天真**。唱完歌後，她從我膝頭跳起來，說，「現在，小姐，我來朗誦給妳聽。」

擺好姿勢後，她先說，「拉芳登[6]寓言：老鼠結盟。」接著朗誦一小段文章，沒有疏忽斷句與抑揚頓挫，嗓音很柔和，手勢也恰到好處，以她的年齡而言實在很難得，這說明了她受過很用心的教導。

「是媽媽教妳念的嗎？」

「是，她通常會這樣念：『你有什麼問題？其中一隻老鼠說：說吧！』她要我舉起手來，好提醒自己，念到問題時要提高音調。我跳舞給妳看好嗎？」

「不用了，這就夠了。妳說媽媽去了聖母瑪利亞身邊，之後妳跟誰住？」

「跟費德利克夫人和她先生。她照顧我，可是她跟我沒有親戚關係。她好像很窮，因為她住的房子沒有媽媽的好。我在那裡住得不久。羅徹斯特先生問我要不要來英國跟他住，我說好，因為我認識費德利克夫人之前就認識羅徹斯特先生了。羅徹斯特先生一直對我很好，送我漂亮的衣服和玩具。可是他說話不算話，他把我帶來英國，自己又跑回去了，我都見不到他。」

早餐過後，阿黛拉和我一起到書房，羅徹斯特先生顯然指定這個房間做為教室，大多數的書本都鎖在玻璃櫃裡，只剩一座書櫥開著，裡面有各種初級教學需要用到的書本，還有幾冊通俗文學、詩集、自傳、遊記，幾本愛情小說。我猜他可能認為這些書就足以應付女家庭教師平日休閒閱讀的需求。確實沒錯，現階段有這些書我就很滿足了，相較於我在羅伍德偶爾接觸到的那些少得可憐的書籍，這裡的書本簡直是消遣與求知上的大豐收。這間書房裡還有一架相當新穎的豎立式小鋼琴，音質絕佳，也有作畫用的畫架和兩座地球儀。

我的學生還算溫馴，卻不太上進，而且到目前為止還沒有過任何規律性作息。我心想，一開始就過度約束她，絕非明智之舉。我跟她說了許多話，教了她一點東西，時間也中午了，就允許她回去找保母，我打算利用午餐前的時間畫些素描方便教學時使用。

我上樓拿畫袋和素描鉛筆時，聽見費爾法克司太太喊我。「妳早上的課結束了吧？」她說。她在某個房間裡，房間的摺疊門開著，我聽見她的聲音後走了進去。這房間又大又氣派，有紫色的椅子和窗簾，有土耳其地毯和胡桃木牆面，還有一扇嵌裝許多傾斜玻璃的大窗子，以及格調高雅的挑高天花板。費爾法克司太太正在撢去餐具櫃上幾只精緻紫晶石花瓶上的灰塵。

「好漂亮的房間！」我一面環顧、一面讚嘆。我從沒見過氣勢如此恢宏的房間。

「是啊，這是用餐室。我剛把窗子打開，讓空氣流通，光線也可以照進來。這些不常使用的房間很容易潮濕，那邊那間客廳簡直像地窖。」

6. Jean de la Fontaine，法國詩人，一六二一～九五，受伊索寓言啓發而創作《寓言集》，為法國文學經典之作。

她指著窗子旁一道寬闊的拱門。拱門跟窗子一樣掛著紫紅色窗簾，此時用扣環收攏起來。我朝拱門跨了兩大步，望進去，剎那間以為自己見到了仙境，拱門另一邊的情景如此燦爛奪目地出現在我見少識淺的雙眼前。其實那只是一間美輪美奐的客廳，裡面另有一間內室，兩間都鋪了白地毯，地毯上彷彿編織了色彩鮮豔的花環。兩個房間的天花板都鑲嵌了雪白的葡萄與藤葉模板。天花板底下是對比鮮明的深紅色沙發與腳凳，而灰白大理石壁爐架上的擺飾則是晶瑩剔透的寶石紅波希米琉璃。兩扇窗子之間有一面鏡子，忠實映照出房間裡白雪與烈火的絕妙組合。

「費爾法克司太太，妳把這些房間整理得一塵不染哩！」我說，「沒有塵埃，不用布套覆蓋。如果不是空氣有點冷，真會以為這裡天天有人使用。」

「哎呀，愛小姐，雖然羅徹斯特先生很少回來，但他總是突然出現，讓人措手不及。我發現他不喜歡看到東西全被蓋著，也不喜歡一回來就看見大家忙著整理房間，所以我覺得最好讓這些房間保持隨時可以使用的狀態。」

「羅徹斯特先生是那種很嚴格又很挑剔的人嗎？」

「倒也不至於。他是個有教養的人，自然有他的品味和習慣。他喜歡所有的東西都井然有序。」

「妳喜歡他嗎？他受歡迎嗎？」

「哦，是啊。他的家族在地方上向來很受敬重。這附近的土地，妳眼睛看得見的地方，從不知道多久以前就幾乎都屬於羅徹斯特家族了。」

「但是，不必管他有多少土地，妳喜歡他這個人嗎？他本身的個性討人喜歡嗎？」

「我沒什麼理由不喜歡他。我相信他的佃戶也都認為他是個公正又開明的地主，只不過，他很少跟他們相處就是了。」

「他沒什麼人格特質嗎？也就是說，他個性怎樣？」

「哦！他的個性應該無可挑剔。也許有點怪吧，經常在外面旅行，走遍世界各地。我相信他很聰明，只是我很少跟他談話。」

「怎麼個怪法？」

「我也說不上來，很難形容，沒什麼特別的。妳聽他講話就可以感覺得出來，妳永遠搞不清楚他在開玩笑或說正經話，不清楚他究竟開心或不開心。簡單來說，很難徹底了解他，至少我就不了解。但這無所謂，他是個好雇主。」

這就是我從費爾法克司太太口中打聽到、對於我和她共同雇主的描述。有些人好像天生不擅長形容人的性格，也不會觀察及描繪人或物的顯著特徵，這位和善的女士顯然就是這種人。我的問題讓她動腦子思索，卻沒讓她說出答案來。在她眼中，羅徹斯特先生就是羅徹斯特先生，一個有教養的人，一個坐擁田宅的地主，如此而已。她不會多問、也不會多想，而且顯然不明白為什麼我非得要具體了解他的個性。

我們走出用餐室後，她提議帶我參觀整棟房子。我跟著她上樓又下樓，所到之處讚嘆連連，因為屋子裡一切陳設都有條不紊、美不勝收。前排那些大房間特別華麗，樓上有些房間儘管昏暗又低矮，卻流露出一種古雅的韻致。隨著潮流更替，每隔一段時間，樓下房間一些原本很新潮的家具就會被移到這上面來。微弱的光線從狹窄鉸鏈窗穿透進來，照在百年床架上。有幾個橡木或胡桃木衣櫃，上面雕刻了樣式怪異的棕櫚枝幹和天使頭像，狀似希伯來約櫃[7]。還有成排的古董椅子，椅背又高又窄。也有更古老的凳子，凳子上面的軟墊還明顯留有磨損泰半的刺繡殘餘，而

7. Hebrew ark，猶太人與基督徒心目中至高無上的寶物，相傳櫃中放置刻有十誡的聖諭版。

那些辛勤縫製的手早已埋骨棺槨兩個世代。這些舊物給了棘園三樓一種老宅的氛圍，是記憶的神龕。我喜歡那份肅穆、那份陰暗，喜歡這些幽靜角落在大白天裡的奇趣。可是，我一點兒也不想在那些寬大又沉重的床上過夜。有幾個房間裝了橡木房門，其他那些則垂掛著織紋繁複的布簾，圖案是奇形怪狀的花朵、更稀奇古怪的禽鳥，還有最怪模怪樣的人物，這一切在清冷月光的照耀下，肯定會交織出一幕詭異怪誕的景象。

「僕人們睡在這些房間裡嗎？」

「不是。他們住在後排那些小一點的房間裡，從來沒有人在這裡住過。可以說，假使棘園鬧鬼，那麼鬼魂一定是在這些房間出沒。」

「那麼，我想你們這裡沒鬧鬼，對吧？」

「我是沒聽說過。」費爾法克司太太笑著說。

「也沒有古老傳說？沒有傳奇或鬼故事？」

「我想沒有。據說羅徹斯特過去是一支相當凶悍的氏族，談不上平和。也許是因為這樣，他們現在在墳墓裡平靜地休息。」

「是啊，風風火火走完一輩子，他們睡得很安穩[8]。」我喃喃應道。她開始移動腳步，「費爾法克司太太，您要上哪兒去？」

「上鉛皮屋頂去，妳要不要跟來看看上面的風景？」我跟著她走上一道很窄的樓梯，來到閣樓，再爬一段梯子，穿過一道活動天窗，踏上屋頂。現在我跟白嘴鴉的地盤一樣高，可以瞧見牠們的巢。我俯身越過城垛牆，眺望下方遠處。底下的田地像地圖般展現在眼前，絲絨般的鮮綠草坪緊緊環繞大宅的灰色地基。田野寬廣得像公園，上面點綴著年代久遠的古樹。枯乾的黃褐色樹林被一條雜草蔓生的小徑一分為二，小徑的青苔比枝頭的樹葉更加鮮綠。大門附近的教堂、馬路、寧靜的山丘，都悠閒地徜徉在秋日暖陽下。地平線上方是清朗的天空，蔚藍長空裡間或流轉著幾抹珍珠白雲彩。這幅景象裡並沒有特別搶眼的重點，可是一切都那麼討喜。我轉身走下活動天窗時，幾乎看不清下樓的梯子。我剛剛眺望了一抹碧空，又開心地俯瞰莊園周遭閃耀在陽光下的樹叢、牧草場和翠綠山丘，相較之下，此時的閣樓漆黑得有如暗無天日的地窖。

費爾法克司太太走在後面，負責閂上活板門。而我呢，胡亂摸索之下，找到了閣樓的出口，順利踏下那道狹窄的樓梯。我逗留在通往樓梯的長廊上，這條長廊分隔三樓的前排與後排，狹窄低矮又昏暗，只有遙遠的另一端有一扇小窗。長廊左右兩排黑色小門全都緊閉著，儼然像是藍鬍子[9]城堡裡的走道。

我步履輕盈地往前走，耳畔卻突然響起在這寧靜地域裡最意想不到的聲音，是笑聲，很怪異、很清晰、很拘謹、很悲傷的笑聲。我停下腳步，聲音消失了。過了一下子，笑聲又出現了，響亮了些，因為開始時儘管清晰，卻很小聲。笑聲嘹亮地持續了一段時間，雖然原本只有一聲，卻彷彿在所有空房間裡引發陣陣回音。我甚至有辦法指出聲音最大的那個房間。

「費爾法克司太太！」我叫了一聲，因為我聽見她已經走下樓梯。「妳有沒有聽見那個笑聲？那是誰？」

「很可能是某個僕人，」她說，「也許是葛瑞絲．普爾。」

「妳聽見了嗎？」我又問。

8. 此句修改自莎士比亞名劇《馬克白》第三幕第二場馬克白的台詞「After life's fitful fever he sleeps well.」
9. Bluebeard，法國詩人夏爾．佩羅（Charles Perrault，一六二八～一七〇三）創作的童話故事中的人物，冷酷殺害幾名妻子，藏屍城堡中。

「嗯，聽得很清楚。我經常聽見她的聲音，她在這裡的房間做針線。有時候莉雅跟她一起，她們湊在一起總是吵得很。」

那陣笑聲再度出現，很低沉，像音節般，結束時是詭異的咕噥聲。

「葛瑞絲！」費爾法克司太太叫道。

我一點都不認為會有什麼葛瑞絲來應聲，因為我沒聽過那麼悲慘、那麼靈異的笑聲。幸好那時日正當中，又沒有什麼鬼怪事件伴隨那串怪異狂笑而來，時空條件也不構成恐懼理由，否則我只怕會鬼迷心竅地害怕起來。總之，事件結果顯示，我竟為這種事大驚小怪，實在太傻。

距離我最近的門打開來，有個僕人走出來，是個大約三十多歲的婦人，呆板方正的體型，紅頭髮，嚴厲又平凡的面容，很難想像出比這個人更不淒美、更不陰森的亡靈影像了。

「葛瑞絲，太吵了。」費爾法克司太太說。「要守規矩！」葛瑞絲默默行個禮，轉身進房去。

「她負責縫紉工作，有時候也幫莉雅分攤一些雜務。」費爾法克司太太又說，「雖說某些方面稍有瑕疵，不過工作表現還算良好。對了，妳今天早上跟新學生相處得如何？」

話題於是轉向阿黛拉，一路持續到我們抵達樓下明亮歡欣的區域。阿黛拉跑進大廳來找我們，用法語嚷嚷著，「女士們，妳們的午餐準備好了！」又補了一句，「我餓壞了！」

午餐果然已經送來了，在費爾法克司太太的房間等著我們。

第十二章

我與棘園的相見歡可算風平浪靜，似乎確保了我未來工作的平順。進一步熟識那座宅邸和裡面的人之後，結果並沒有讓我失望。費爾法克司太太果然表裡如一，是個性情溫和、宅心仁厚的婦人，有足夠的教育程度及中等才智。我的學生很活潑開朗，只是向來備受寵愛與縱容，不免任性倔強。幸好，她由我全權管教，也沒有任何外界干涉來妨礙我導正她的計畫，不久後她就擺脫了那些小毛病，變得乖巧又向學。她沒有格外優異的天資，個性上也沒有明顯特點，更沒有任何情感與興趣足以讓她在一般兒童之中出類拔萃，相對地，也沒有任何缺點或惡習來讓她相形見絀。她持續穩定進步，對我懷著一股雖不深刻卻充滿熱情的喜愛。她性格上的單純、有頭無尾的童稚話語，以及為討好我而力求表現的舉動，也讓我對她產生某種程度的疼愛，所以我們倆都很享受跟對方相處的時光。

順帶一提，對於那些嚴肅地認定孩子都是天使的人，剛剛那番話只怕會被評為冷酷。那些人認為，負有教育孩子重責大任的人應該對孩子們懷有一種偶像崇拜式的奉獻精神。然而，我寫這些不是為了奉承天下父母的自以為是，更不是為了苟同偽善言詞，或附和欺世盜名之論，我只是陳述事實。我發自內心地關懷阿黛拉的安康與進步，心裡也確實喜歡她這個小人兒，這就好比我對費爾法克司太太的友善懷著感恩之情一樣，她對我的看重，她溫和的心靈與性格，讓我樂於與她相處。

我還要再多說幾句，要責怪我的人就請便吧。有時候，我獨自在庭園散步、或到大門旁遠眺門外的馬路，或者，如果阿黛拉跟保母在一起，而費爾法克司太太在冷食室裡做果醬，我會爬上三樓，推開閣樓的天窗，踏上鉛皮屋頂，視線越過幽靜的田野和山丘，沿著模糊的天際線往前延伸。這時，我會渴望擁有無窮的視力，渴望能跨越眼前的障礙，到達繁忙的塵世，到達那些我只曾耳聞不曾目睹、喧騰熱鬧的城鎮與地區。我也會想要擁有比目前更豐富的經歷、想結交更多跟我同樣的人、想見識更多樣化的性格。我很珍視費爾法克司太太的長處、也珍視阿黛拉的優點，但我相信這世上還有更多更顯著的良善存在，我想要親眼目睹我相信的事物。說了這些，應該會有人來指責我吧？

有誰會指責我呢？肯定很多人，他們會說我不知足。我也無可奈何，我天生一顆不安定的心，有時它會擾得我痛苦不堪，那種時刻，我唯一的慰藉就是在三樓的長廊漫步，走去又走回，安全地躲在那一片寂靜與孤獨之中，讓我的心靈之眼得以盡情觀賞任何浮現腦海的亮麗影像。當然，這樣的影像目不暇給、美不勝收。另外，我也會讓我的心隨著那歡欣的騷動起舞，儘管我的心因那份騷動溢滿煩憂，它的生機卻也得到擴展。最棒的是，我可以打開我內心的耳朵，去聆聽一段永不會結束的故事，那故事由我的想像力創造出來、持續不懈地講述，其中的事件、生命、熱火、情感，讓故事更為有聲有色。那些都是我心嚮往之、卻沒能在真實生活中體驗的事物。

說什麼人應該甘於平淡，根本是空話。人類該有所作為，假使沒有機會，就該自己去創造。有幾百萬人注定過著比我更沉寂的生活，也有幾百萬人默默地對抗他們的命運。我指的並不是政治上的造反。誰也不清楚，那些寄身塵世的廣大人群中，有多少人內心也醞釀著一股反抗情緒。女性通常應該表現得非常文靜，可是女性的感受與男性相同，她們跟她們的兄弟一樣，需要活用她們的感官、需要發揮的空間。女性如果受到嚴苛的束縛，如果活得像一灘死水，也會跟男性一樣感到生不如死。那些得天獨厚的男性若是認為女性只能做做布丁、織織襪子，彈彈鋼琴、繡繡提袋，未免氣量狹小。任意譴責或嘲笑那些試圖跨越世俗庸見、努力想做得更多或學得更廣的女性，實在不近人情。

在這些獨處時刻，我還滿常聽見葛瑞絲．普爾的笑聲，聽見那陣第一次出現時讓我心驚肉跳的聲音，同樣的狂笑，同樣低沉而緩慢的「哈！哈！」。我也聽見了她那古怪的咕噥聲，比她的笑聲更詭異。某些日子裡她還算安靜，其他日子則是發出一些教我無法理解的聲響。有時我會看見她從房間出來，手拿盆子、碟子或托盤，下樓到廚房去。不一會兒又回來，通常（哦，浪漫的讀者，原諒我說出掃興的事實！）帶著一壺黑啤酒。她那些怪異嗓音很讓人好奇，但她的外表卻足以讓人意興闌珊。容貌粗陋，神情沉穩，渾身上下沒有一點吸引人。我幾度嘗試與她攀談，但她好像很沉默寡言，回答總是很簡略，話題只得就此打住。

宅子裡的其他成員，也就是約翰夫婦、女僕莉雅和法籍保母蘇菲，都是很和善的人，卻都沒什麼特殊之處。我常跟蘇菲用法文談天，有時候我會問她一些法國的事，可惜她不擅長形容或敘述，通常答得索然無味，甚至含混不清，彷彿故意阻撓進一步提問，而非鼓勵人繼續深談。

十月、十一月、十二月過去了。一月某個午後，費爾法克司太太幫阿黛拉請了半天假，因為她感冒了。我看見阿黛拉急切地附和，想起了自己童年時碰見這種意外的假期是多麼地雀躍，就答應了，也覺得這樣彈性處理很適宜。那是個寧靜的好天氣，只是氣溫嚴寒，我在書房裡靜靜坐了一早上，實在厭煩極了，碰巧費爾法克司太太寫了一封信等著去投遞，於是我穿戴上帽子和披風，自告奮勇幫她拿到海伊村的郵局。到海伊村的路程有三公里，應該會是一段愉快的冬日午後漫步。那時阿黛拉在費爾法克司太太的小客廳爐火旁，舒適地坐在她自己的小椅子上，我把她最好的蠟娃娃（我平時用銀紙包裹、收藏在抽屜裡）拿給她玩，再給她一本故事書方便她玩膩娃娃時閱讀。阿黛拉對我說，「快點回來喔，親愛的朋友，親愛的小姐。」我親了她一下，就出門了。

地面堅硬，空氣凝滯，我獨自上路。一開始我走得很快，直到身體暖和起來，才放慢腳步，盡情享受並思考此時此刻呈現在我眼前的各種樂趣。當時是下午三點鐘，我走過教堂塔樓下方時，鐘聲剛好敲響。這個時刻的迷人之處在於天色慢慢暗下來，在於緩緩滑向地平線、光線微弱的夕陽。我離棘園已經一點五公里，這條小路夏天會開滿嬌豔的野玫瑰、秋天盛產堅果與漿果，即便到了眼下的深冬時節，也還留有玫瑰果和山楂果等橙紅色珍寶。不過，這條路最美妙的冬季景象卻是那份枯葉落盡、冷僻荒涼的恬靜感。在這個地方，即使風來了，也發不出任何聲響，因為這裡沒有冬青，也沒有常青樹來迎風搖曳。光禿禿的山楂樹和榛樹叢一動不動，就跟馬路中央砌道上磨損的白色石子一樣。極目遠望，路的兩旁全是田野，此時沒有牛隻在上面嚼草。那些偶爾在樹叢中跳躍的棕色小鳥，乍看之下有如忘記凋落的褐色枯葉。

這條小路傾斜向上，直達海伊村。我走到中途時，坐在一處通往田野的石階上。天寒地凍的，那條冰封的小溪幾天前一度急速解凍，溪水漫上路面，現在又凝結不動了，所以砌道表面結了一層薄冰。我把披風拉來裹緊身體，雙手放在暖手筒裡，一點也不覺得冷。我坐的位置可以看得見棘園，那棟有城垛式裝飾牆的灰色宅邸是底下那片谷地裡的主要建築，周遭樹林和陰暗的白嘴鴉棲息地矗立在西邊。我靜靜看著，直到火紅明亮的夕陽落到樹林間，再沉到樹林後方，才轉頭望向東方。

月亮掛在我前方高處的山丘頂端，此時還白得像雲朵，但亮度持續增加中。被樹叢遮去大半的海伊村靜臥在月光下，幾根煙囪飄出裊裊青煙。離海伊村還有一點五公里，但在這片絕對靜寂中，我可以清楚聽見村裡各種塵囂雜音。我的耳朵也聽見了水流聲，不知道是從哪處山谷、哪個深潭傳出來的。海伊村另一頭有很多山崗，想必有不少山澗溪流。傍晚的靜謐氛圍也洩露了近處小河的叮鈴輕響，以及遠處的汩汩流水聲。

一陣唐突的噪音擾亂了溪水美妙的淙淙與呢喃，那聲音聽起來雖然遙遠，卻很清晰，是篤定的噠噠、噠噠，以及堅硬如金屬的噹啷聲，掩蓋了柔和的涓涓細流。就好像一幅圖畫之中，前景畫了雄偉的峭壁或高大橡樹的粗壯樹幹，幽暗而顯著，淡化了遙遠天邊的青翠山巒、明媚的地平線，以及色調或深或淺、濃淡交融的雲霓。

那嘈雜聲響在砌道上，有馬匹過來了，目前還被彎曲的小路擋住，正慢慢接近中。我原本打算離開石階，不過，鑑於路面狹窄，我繼續坐著，等待馬匹經過。當時我還少不更事，腦子裡塞滿各種或幽或明的幻想，那些無聊幻想之中也穿插了貝西的兒童房故事。當這些鬼怪傳說重新浮現，增長的年歲把它們潤飾得比兒童時期更加鮮活生動。隨著馬蹄聲慢慢接近，我一面等著看牠出現在暮色中，一面想起貝西說過的一些故事，描述出沒英格蘭北方、名為「基崔司」[1]的妖怪，它會以馬、騾或大狗的形態出現在荒郊野外的道路上，有時候還會接近夜歸的行人，正如此時這匹馬向我跑來一樣。

馬兒已經離得很近，但還看不見。除了那陣噠噠聲，我還聽見樹籬底下傳來急速奔跑聲。靠近榛樹幹的地方出現一條大狗，狗兒黑白相間的毛色被樹林子襯托得相當醒目，活脫脫就是貝西口中「基崔司」的某種化身：狀似獅子的長毛怪物，有一顆大大的頭顱。我原以為那狗會停下來，用牠那似犬非犬的詭異眼神凝視我的臉，沒想到牠卻平靜地經過我身旁。那匹馬跟著出現，是一匹高大的駿馬，馬背上有個騎士，那個男人——一個人類——頓時破除魔咒。「基崔司」背上從不會有騎士，它總是單獨行動。再者，據我所知，小妖精雖然會附身在動物沉默的屍骸上，卻鮮少在普通人身上尋求寄託。這肯定不是「基崔司」，只是一個抄截徑到密爾科特的旅人。那

1. Gytrash，即指鬼魂。在英格蘭北部的傳說中，這種鬼魂多半以大狗形態出現，通常預示死亡。

人過去了，我向前走，沒走幾步就轉身，因為我聽見後面傳來「咕溜」的滑倒聲，伴隨著一聲驚呼：「見鬼了，這怎麼辦？」然後是嘩啦啦的滾落聲。馬蹄在砌道的薄冰上滑倒，頓時人仰馬翻摔在地上。那條狗跑了回來，看見主人陷入困境，又聽見馬兒哀鳴，放聲吠叫，聲音迴盪在向晚的山丘之間。牠的吠叫聲十分低沉，與牠龐大的身軀相稱。狗兒繞著臥倒在地的人和馬、嗅嗅聞聞，又向我跑過來。牠也只能這麼做，眼前沒有別的求助對象。我聽從牠，走向那名騎士，這時他已經掙扎著從馬鞍上脫身。他動作強而有力，多半沒什麼大礙，但我還是問他：

「先生，您受傷了嗎？」

我彷彿聽見他在咒罵，但不很確定，總之，他在嘀咕著什麼，所以沒辦法直接回答我。

「有什麼需要我幫忙的嗎？」我又問。

「妳站在一邊就好。」他邊起身邊回答，先是膝蓋著地，之後雙腳才站起來。我站到一旁，接著聽見一陣推拉、踩踏、咔啦咔啦的聲響，夾雜著吠叫咆哮聲，逼得我後退幾公尺遠。不過，我還是保持在看得清事件進展的距離內。結果還算萬幸，馬兒重新站起來了，大狗聽見一聲：「別叫，派勒特！」也安靜下來了。騎士此刻彎著腰撫摸腿和腳，似乎在檢查有沒有問題。顯然他腳受了傷，因為他一拐一拐走到我剛剛離開的石階，坐了下來。

我猜我很希望自己能派上用場，至少想管點閒事，所以又走近他身邊。

「先生，如果您受了傷，需要找幫手，我可以到棘園或海伊村找人來。」

「謝謝妳，我沒問題。骨頭沒受傷，只是扭了腳。」他再度站起來試著走幾步，卻不自主地「哎呀！」一聲。

此時還有一點薄暮餘光，月亮也漸漸放出光明，我可以清楚看見他。他身上裹著騎士披風，毛皮衣領加白鐵釦環，體型不是很明顯，但我依稀看出中等身材，頗為寬闊的肩膀。他面容黝黑，五官嚴肅，憂鬱的額頭，他的眼睛和緊蹙的眉頭流露出憤怒與挫敗感。他已經過了青年時期，但還沒進入中年，也許三十五歲左右吧。我不怕他，也不太羞怯。如果他是個帥氣挺拔的年輕紳士，我肯定不敢違背他的意願、不敢站在那裡問他問題，更別提主動開口提供協助。我幾乎沒見過年輕的英俊男子，長這麼大也沒跟那樣的人說過話。我對美貌、優雅、英勇和魅力這些特質懷有一股毫無道理的尊敬與崇拜。但假使哪天我遇見了具備那些特質的男子，我應當會本能地察覺出他們對我這樣的人不會產生任何共鳴，所以會盡量避開他們，就像人們避開烈火、閃電，或任何閃亮卻令人不快的事物。

甚至，如果這個陌生人在我對他說話時露出笑容，或善意回應，或愉快地婉謝我的提議，我就會轉身走開，也不會認為有必要再次探詢。然而，這人緊蹙的眉頭、粗魯的言行反倒讓我輕鬆自在。他揮手叫我走的時候，我繼續留在原地，還說：

「先生，時間這麼晚了，我不能這樣把您留在這條荒涼的小路上，除非我確定您能跨上馬鞍。」

我說話時他看著我，在此之前他的視線根本沒有投向我這邊。

「我覺得妳才應該待在家裡，」他說，「如果妳家就在附近的話。妳從哪裡來的？」

「就從山下那裡。有月亮的時候，我不害怕晚上待在外頭。如果您需要的話，我很樂意幫您跑一趟海伊村，我正要去那裡寄信。」

「妳就住在山下，妳是指那棟有城垛牆的房子嗎？」他指著棘園。此時灰白色的月光照耀棘園，讓它清楚而明亮地凸顯在樹林前，而那片樹林在西邊天空的映襯下，已經是一團暗影。

「是的，先生。」

「那是誰的房子？」

「是羅徹斯特先生的。」

「妳認識羅徹斯特先生嗎？」

「不認識，我沒見過他。」

「那麼他不住在那裡？」

「對。」

「妳能告訴我他在哪裡嗎？」

「沒辦法。」

「妳當然不是那房子裡的僕人，妳是……」，他停頓下來，目光掃視我的服裝。我身上照例穿得很簡樸，黑色羊毛披風、黑色海狸毛帽，看起來都不及貴夫人侍女的服飾的一半好。他好像猜不出我的身分，我幫了他的忙。

「我是家庭教師。」

「啊，家庭教師！」他重複一遍，「見鬼了，我真蠢，竟然忘了！是家庭教師！」我的衣著再次受到一番檢視，兩分鐘後他從石階上站起來，走動時表情痛苦萬狀。

「我不能麻煩妳去找幫手，」他說，「妳自己倒是可以幫我一下，如果妳願意的話。」

「好的，先生。」

「妳有沒有雨傘可以借給我當拐杖？」

「沒有。」

「那妳試試能不能拉住馬的韁繩，把馬牽過來。妳怕不怕？」

如果只有我一個人，我一定不敢去靠近馬匹，可是他說出要我拉馬時，我馬上決定去做。我把暖手筒放在石階上，走向那匹高大的馬兒。我設法去拉韁繩，可是馬兒很浮躁，不肯讓我靠近牠的頭。我試了又試，還是徒然無功，在此同時，牠那不停跺地的前腳也嚇得我半死。騎士等了半天，最後他笑了。

「好吧，」他說，「看來山不可能被帶到穆罕默德面前，妳只好幫助穆罕默德去接近山[2]。請妳過來這裡。」

我走過去。「抱歉，」他接著說，「情非得已，借妳肩膀一用。」他重重地按住我肩膀，稍稍用力靠著我，一瘸一拐地走到馬兒旁邊。他拉住韁繩後，立刻駕馭住馬兒，人也跳上馬鞍，上馬時牽動扭傷處，痛得面容扭曲。

「好，」說著，他鬆開緊咬著的下唇。「幫我把馬鞭拿過來，就在樹叢底下。」

我找了一下，取回了馬鞭。

「謝謝妳。現在趕緊去海伊村把信寄了，儘快回家。」

他用靴刺碰了馬兒一下，馬兒先是嚇得倒退，隨後立即往前奔去，大狗跟在後頭。人、馬和狗都消失了。

正如荒野的石南，
被無情狂風席捲。[3]

我拿起暖手筒，繼續往前走。對我而言，剛剛那件事發生又結束了。某種程度來說，那只是

2. 出自回教先知穆罕默德教誨門徒的名言，「山不來就我，我便去就山。」

3. 出自愛爾蘭詩人湯瑪斯・莫爾（Thomas Moore，一七七九～一八五二）出版於一八一六年的詩集 *Sacred Songs*。

一件不具意義的事件，既無浪漫可言，也了無趣味，但它讓一段單調乏味的人生在短短一小時內改觀。有人需要我的協助，開口請求，而我也效了棉薄之力。我很高興自己做了一點事，儘管這件事如此微末，如此短暫，它終究是一項積極作為，我最害怕度過消極無作為的人生。再者，那張新面孔像一幅全新圖畫，存入了記憶的畫廊，它跟掛在那裡的其他圖畫不一樣。首先，它是陽剛的；其次，它黝黑、強健又嚴峻。我踏入海伊村、把信投進郵局時，那幅畫面還浮現在我腦中；我快速走在回程的下坡路時，它也還在。抵達那處石階時，我停了一分鐘，環顧四周，凝神靜聽，感覺砌道隨時會再傳來噠噠馬蹄聲，而一個穿著披風的騎士、一條像「基崔司」的紐芬蘭犬也可能再度現身。我眼前只有樹叢和一棵斷枝殘柳，柳樹直挺挺地靜靜站著，迎向灑下的月光。我只聽見間歇性的微弱風聲，沙沙響在離此一點五公里外、棘園周邊的樹林間。我視線瞥向呢喃的風聲，再掃過棘園正面，看見有扇窗裡點起火光，這才驚覺我已經晚歸，連忙繼續趕路。

我不喜歡重回棘園。踏進它的門檻，等於重新回到停滯狀態。走過寂靜的大廳，踏上黑森森的樓梯，走回我自己那個寂寞的小房間，之後再去見平靜的費爾法克司太太，跟她一起熬過漫長冬夜，而且只有她相伴。這一切正足以澆息我散步時挑起的那一絲興奮感，我的感官也會再次套上隱形枷鎖，再次活得一成不變，活得像一灘死水。這種生活特有的安穩與舒適已經漸漸令我無福消受。當時，如果把我扔進風風雨雨的生命磨難，讓坎坷與痛苦的經歷教會我去渴盼我此刻百般嫌棄的這份寧靜，該有多好呀！是啊，這種好處就像一個人坐膩了「過度舒適[4]」的椅子，就得出門去散步很長時間。我的情況也是一樣，想有點變化也是理所當然。

我在大門外徘徊，在草坪上逗留，在步道上來回踱步。玻璃門的百葉窗關上了，我看不見屋裡的情景。我的視線和心靈似乎都不想靠近那棟陰鬱的房子，不想靠近那個活像填滿幽暗小房間的灰色空洞建築物，我寧可望著眼前浩瀚的穹蒼，它像一片不受雲朵玷染的湛藍大海。月亮端莊地緩步爬升，離開山巔時，圓圓的臉龐彷彿抬頭仰望，不再回顧此時已經被她遙遙拋在下方的出發地。她期望達到天頂，想接觸那片深不可測、遙不可及的午夜黑幕。至於那些追隨她腳步的閃爍星辰，我看著它們時，只覺內心悸動，血脈賁張。區區小事就能將我們拉回現實，大廳裡的時鐘敲響，這就夠了。我不再看星星月亮，打開側門，走進屋裡。

大廳微亮，唯一那盞懸掛在高處的青銅吊燈並沒有點燃，一道溫暖的火光照亮了大廳和橡木樓梯底部幾級。那微紅的光線來自華麗的用餐室，用餐室的雙扇門敞開著，裡面的壁爐燃燒著宜人的火焰，光影跳躍在大理石爐床和黃銅爐柵上，呈現出沐浴在溫暖火光中的紫色帳幔與拋光家具。火光也照出壁爐旁的人群，我還沒來得及注意到那群人，還沒聽清那些人歡暢的說話聲，門就關上了，但我隱約聽見了阿黛拉的聲音。

我趕緊走到費爾法克司太太的房間，她房裡也點了爐火，卻沒有蠟燭，也不見費爾法克司太太人影。相反地，我看見一條黑白相間的大長毛狗端坐在地毯上，專注地望著火焰，像極了小徑上的「基崔司」。實在長得太像，我走上前去喊了一聲「派勒特」，牠跳起來走到我身邊，嗅了嗅我。我撫摸牠，牠搖動大尾巴。跟牠單獨相處的感覺實在有點提心吊膽，我猜不透牠是打哪兒來的。我搖了鈴，因為我想要蠟燭，也想知道這個不速之客從何而來。莉雅進來了。

「怎麼會有那隻狗？」

「牠跟先生一起來的。」

「跟誰？」

4. too easy chair，出自英國詩人亞歷山大・波普（Alexander Pope，一六八八～一七四四）的長詩《愚人記》（*The Dunciad*）。

「跟先生，羅徹斯特先生，他剛回來。」

「真的！所以費爾法克司太太跟他在一起？」

「對，還有阿黛拉小姐。他們都在用餐室。約翰去請醫生了，先生出了一點意外，他的馬摔倒了，他扭傷了腳踝。」

「他的馬是在海伊路摔倒的嗎？」

「對，他下坡時踩到冰滑倒了。」

「喔！莉雅，能不能幫我拿根蠟燭來？」

莉雅拿來蠟燭，她走進房間時，後面跟著費爾法克司太太。費爾法克司太太把事情又重新敘述一遍，又說醫生已經來了，正在治療羅徹斯特先生，說完趕忙出去命人準備茶點，我則上樓脫外套。

第十三章

當天晚上，羅徹斯特先生好像遵從醫囑，早早就寢了，隔天早上也起得晚。等他終於下樓，也是為了處理業務，他的代理人和幾個佃戶來了，等著跟他談公事。

這時我和阿黛拉必須遷出書房，因為書房已經變成訪客接待室，每天都會派上用場。樓上有個房間升起爐火，我把上課的書籍搬上樓，在那裡布置起日後的教室。那天早上，我發現棘園徹底改頭換面，不再幽靜得像教堂。樓下每隔一、兩個小時就響起敲門聲，或噹噹鈴響，大廳也經常傳出腳步聲，經常出現不同語調的陌生嗓音。來自外界的潺潺小溪緩緩流過棘園，它現在有了主人。以我來說，我更喜歡這地方了。

那天阿黛拉很難管教，她沒辦法專心，不時跑到門邊，不時從樓梯欄杆探頭往下，看能不能瞥見羅徹斯特先生。她還編造藉口下樓，我很清楚她想到書房去，儘管那裡不是她該去的地方。後來我生氣了，要她靜靜坐好，她卻開始喋喋不休地談起她的「朋友，愛德華．費爾法克司．羅徹斯特」。她這麼稱呼他（在此之前我沒聽過他的名字），不厭其煩地猜測他給她帶了什麼禮物。顯然前一天夜裡他暗示過，等他的行李從密爾科特送來，裡面會有個小盒子，裝著她感興趣的東西。

「那個意思可能是，」她說，「盒子裡面應該是給我的禮物，可能也有妳的，因為他談到妳。他問我我的家庭教師叫什麼名字，還問我妳是不是個子很矮，很苗條，臉色有點白。我說是，因為妳真的是那樣的，對不對，小姐？」

我跟阿黛拉照例在費爾法克司太太的客廳吃午餐，那天下午颳風下雪的，我們一直待在教室裡。天黑以後，我允許阿黛拉放下書本和功課下樓去。因為那時樓下已經靜悄悄的，門鈴也不再響起，我猜羅徹斯特先生應該在書房裡。阿黛拉離開以後，我走到窗邊。窗外景物茫茫，暮色和雪花讓天色迷濛，遮蔽了草坪上的灌木叢。我拉下窗簾，走回爐火旁。

我望著清透的火苗，腦裡描繪起一幅景象，有點類似我印象中萊茵河畔海德堡的城堡。此時費爾法克司太太走進來，打亂了我用火焰拼湊起的馬賽克圖案，也驅散了一些伴隨孤寂而來、不愉快的思緒。

「今晚羅徹斯特先生希望妳和阿黛拉跟他一起在客廳喝茶。」他說，「他今天一整天都很忙，沒空找妳聊聊。」

「他幾點喝茶？」我問。

「六點鐘，他回鄉下來作息就會提早。妳最好趕快換件連衣裙，我去幫妳繫帶子，這裡有蠟燭。」

「我需要換衣服嗎？」

「要，妳最好換一下。羅徹斯特先生在家時，我晚餐時通常會穿得正式點。」

這個額外的儀式似乎有點慎重，總之，我回到房間，在費爾法克司太太協助下，把黑色羊毛連衣裙換成另一件黑色絲綢料子的，除了另一件淺灰色的之外，我最好的衣裳就是這件，也只剩這件可供選擇。至於那件淺灰色的，以我的羅伍德衣著標準，它太精緻，除非出席最重要的場合，否則不適合穿。

「妳還要別個胸針。」費爾法克司太太說。我只有一件珍珠小胸針，是譚波老師送我的臨別紀念，我把它戴上，隨費爾法克司太太下樓。我向來不習慣跟陌生人相處，像這樣正式被傳召到羅徹斯特先生面前，對我簡直是個考驗。我讓費爾法克司太太帶頭走進用餐室，橫越用餐室時一直躲在她背後，我們穿過已經放下簾幕的拱門，走進裡面那間典雅的客廳。

桌上立著兩根點燃的蠟燭，壁爐架上另外點了兩根。派勒特躺在燭光與溫暖的火光中，阿黛拉跪在牠身旁。羅徹斯特先生斜躺在沙發上，一隻腳擱在椅墊上，凝視著阿黛拉和狗，火光照亮他的臉。我認出我那位騎士濃厚而烏黑的眉毛和他方正的額頭，他的黑髮橫向梳理，額頭顯得更加方正；我認出他果決的鼻梁，性格多於俊俏；他外張的鼻孔，我認為那代表他脾氣暴躁；他嚴峻的嘴唇、下頦與下顎。沒錯，這三個部位都很冷峻，一點沒錯。他的體型，這時少了披風的遮掩，呈現與他面容一致的方正。我覺得從健壯與否的角度來看，這應該算是優良體格，寬闊的胸膛、精瘦的腹脅。只是個頭不算高大，也不夠文雅。

羅徹斯特先生八成注意到費爾法克司太太和我進了房間，卻一副沒心情搭理我們的模樣。我們走近他時，他連頭都沒抬一下。

「先生，愛小姐到了。」費爾法克司太太以她一貫的沉穩語氣說。他點了頭，視線然停留在阿黛拉和狗兒身上。

「請愛小姐坐下。」他說。他點頭時的僵硬姿態，說話時不耐煩又正式的語氣，好像是在說，「愛小姐是不是到了跟我有什麼見鬼的關係？我這會兒沒那份心思跟她說話。」

我放心大膽地坐下來。如果受到禮貌周到的對待，我反倒會不知所措，因為我沒辦法用等量的善意與風度給予回報。反覆無常的粗魯態度反而讓我無所虧欠，再者，面對怪誕舉止時還能自重地保持沉默，更讓我取得優勢。何況，他這種古怪的開場白相當有趣，我很想看看接下來他會怎樣。

接下來他跟雕像沒什麼兩樣，也就是說，緘默無語，不動如山。費爾法克司太太似乎覺得應該有人負責暖場，開始說起話來。她一如往常地友善，也一如往常地乏味，先慰問他一整天處理公務承受的壓力，再關心他扭傷的腳踝，說肯定痛得叫他心煩，最後，她稱讚他用耐心與毅力忍受這一切。

「女士，我想喝茶了。」費爾法克司太太只得到這麼一句回應。她連忙起身搖鈴，托盤送到時，她殷勤又迅速地擺放杯盞湯匙。我和阿黛拉走到桌邊，那位主人卻沒有離開沙發。

「妳可以把羅徹斯特先生的杯子端給他嗎？」費爾法克司太太對我說，「阿黛拉可能會打翻。」我照辦。他從我手中接過杯子時，阿黛拉大概覺得可以利用這個時機幫我討點獎賞，她用法語叫道：「先生，您的小盒子裡有沒有給愛小姐的禮物？」

「誰說有禮物的？」他粗聲粗氣地說，「愛小姐，妳想要禮物嗎？妳喜歡禮物嗎？」他用一種深沉中略帶惱怒的銳利眼光注視我的臉。

「先生，我說不上來，這方面我經驗不多。一般人認為禮物很討人喜歡。」

「一般人認為？那麼**妳的**看法呢？」

「先生，我需要一點時間，才能思考出一個值得在您面前獻醜的答案。禮物有很多面向，不是嗎？談論它的本質之前，應該全面考量過才對。」

「愛小姐，妳不像阿黛拉這麼單純。她一見到我，就大呼小叫嚷嚷著要禮物，妳卻說得不著邊際。」

「因為我不像阿黛拉那麼有信心可以得到獎賞。她可以訴諸多年情誼，或以往慣例，因為她說您經常送她玩具。不過，如果非得要我找個理由，我就沒轍了，因為我是個陌生人，沒做過任何值得答謝的事。」

「哦，別來過度謙虛那一套！我觀察過阿黛拉，發現妳在她身上下了很多苦功。她不聰明，也沒有才華，卻在這麼短的時間內有了明顯進步。」

「先生，那麼您已經給了我禮物，感謝您。學生的進步受到稱讚，是身為老師的人最期待的獎賞。」

羅徹斯特先生質疑地「哼」了一聲，默默地喝起茶來。

「到爐火邊來。」羅徹斯特先生說。這時托盤已經撤走，費爾法克司太太坐在角落織起毛線，阿黛拉拉著我的手在房間裡繞圈圈，帶我觀賞落地櫃和五斗櫃上那些漂亮的書本和擺飾。我們聽從指示去到壁爐旁，阿黛拉想坐在我腿上，羅徹斯特先生要她去跟派勒特玩。

「妳已經在我家住三個月了？」

「是的，先生。」

「妳從哪裡來？」

「從羅伍德學校來。」

「啊！慈善機構。妳在那裡待了多久？」

「八年。」

「八年！妳的韌性一定很強。在那種地方待上一半長的時間就可以摧毀人的健康！難怪妳看起來一副從另一個世界來的模樣。我還在納悶妳臉上怎麼會有那種表情。昨天晚上妳出現在海伊路上，我莫名奇妙就想起童話故事，幾乎想問妳是不是對我的馬施了魔咒，我到現在都還不確定。妳父母是什麼人？」

「我沒有父母。」

「我猜妳從來沒見過父母。妳還記得他們嗎？」

「不記得。」

「我想也是。所以妳坐在石階上時，是在等妳的人？」

「等誰，先生？」

「等那些穿綠衣裳的妖精，那時的月光正適合它們出現。我是不是打擾了你們的聚會，所以妳才會在砌道鋪上那層可惡的冰？」

我搖搖頭。「穿綠衣裳的妖精一百年前就離開英格蘭了。」我跟他一樣正經八百。「即使在海伊路，或附近的田野，您也找不到它們的蹤跡。我想，無論是春天、秋天或冬天的月亮，都不可能照耀在它們的狂歡宴上了。」

這時費爾法克司太太停下編織動作，挑起眉毛，似乎弄不懂這算哪門子對話。

「嗯，」羅徹斯特先生又說，「妳沒有父母，總有親戚吧，叔伯舅舅姑姑阿姨之類的？」

「沒有，我沒見過。」

「那妳的家呢？」

「我沒有家。」

「妳兄弟姊妹住哪裡？」

「我沒有兄弟姊妹。」

「誰推薦妳來這裡？」

「我登廣告，費爾法克司太太回覆我的啟事。」

「沒錯，」好心的費爾法克司太太終於跟上我們的談話內容。「我每天都很感謝上天引領我做了這個決定。愛小姐是我不可多得的同伴，也是阿黛拉親切又認真的老師。」

「妳別忙著斷定她的性格。」羅徹斯特先生說，「讚美的話左右不了我，我會自己做判斷。她一見面就害我的馬摔倒。」

「啊？」費爾法克司太太說。

「我腳扭傷是拜她所賜。」

費爾法克司太太一臉困惑。

「愛小姐，妳在城鎮裡居住過嗎？」

「沒有，先生。」

「妳見過很多人嗎？」

「只見過羅伍德的師生，現在還多了棘園裡的人。」

「妳讀過很多書嗎？」

「只讀過那些我拿得到的書，數量不是很多，內容也不是很有知識性。」

「妳活得像個修女。妳對宗教儀式一定很熟悉，據我所知，負責管理羅伍德的布拉克赫先生是個牧師，對嗎？」

「是的，先生。」

「妳們這些女學生八成很崇拜他，就像修院裡的修女免不了崇拜她們的院長。」

「哦，才不。」

「妳真冷漠！不！什麼！見習修女不崇拜她的牧師！實在大不敬。」

「我不喜歡布拉克赫先生，而且不是只有我討厭他。他做人很苛刻，浮誇自負又事事干涉。他要我們剪頭髮。為了省錢，幫我們買品質低劣的針線，根本沒辦法縫紉。」

「那真是省錢過了頭。」費爾法克司太太說，這會兒她又抓到一點話頭。

「那麼他哪一點最討人厭？」羅徹斯特先生問。

「在委員會接手之前，他全權控管學校的膳食，幾乎把我們餓死。他每星期都要用煩人的長篇大論教訓我們，每天晚上還得讀他指定的書籍，內容都是關於暴斃和審判，嚇得我們都不敢上床。」

「妳幾歲進羅伍德？」

「差不多十歲。」

「妳在那裡待了八年，那麼妳現在十八歲？」

我默認。

「看吧，算術很有用，少了算術的幫忙，我就很難猜出妳的年紀了。對於妳這種五官和表情很不一致的人，光憑外表很難猜測年齡。那麼妳在羅伍德學了些什麼？妳會彈琴嗎？」

「會一點。」

「想當然耳的答案。到書房去，呃，如果妳願意的話。原諒我的命令口吻，我習慣對別人說，『做這件事』，然後這件事就完成了。我沒辦法為一個新來的人改變一直以來的習慣。那麼去吧，到書房去，帶著蠟燭，門別關上，坐在鋼琴前，彈支曲子。」

我離開了，遵照他的指示行事。

「可以了！」幾分鐘後他叫了一聲，「看來妳**稍微**能彈，程度跟所有英國女學生不相上下，也許比部分人好一點，但還不算好。」

我蓋上鋼琴，回到客廳。羅徹斯特先生又說：

「今天早上阿黛拉給我看了幾張素描，她說是妳畫的。我不知道那些是不是全是妳畫的，有沒有哪個老師幫了妳？」

「不，才沒有！」我插嘴抗議。

「哇！傷到自尊心了。好吧，如果妳可以保證妳畫袋裡的作品都是原創，就去拿來給我看看。不過，除非妳很肯定，否則別說大話，我能辨別不同人的筆觸。」

「那我什麼都不說，讓您自己做判斷，先生。」

我到書房把畫袋取來。

「把桌子挪過來。」他說。我把桌子推到他的沙發前。阿黛拉和費爾法克司太太也湊上來看那些畫作。

「別擠，」羅徹斯特先生說，「我看完以後會遞給妳們，別把臉湊到我臉上。」

他刻意仔細檢視每一張素描和圖畫。他把其中三張擺在一旁，其他的看過後就快速送出去。

「費爾法克司太太，這些拿到另一張桌子，」他說，「跟阿黛拉一起看。妳（視線轉向我）坐回原位，回答我的問題。我看得出來那些作品出自同一隻手，是妳的手嗎？」

「是的。」

「妳怎麼有時間？畫這些很費時，還要用點心思。」

「那是在羅伍德利用兩次假期畫的，當時我沒別的事做。」

「妳從哪裡模仿來的構圖？」

「從我自己的腦袋。」

「就是我現在看到的、在妳肩膀上那顆腦袋。」

「是的，先生。」

「那裡面還有別的靈感嗎？」

「我想應該有吧，希望是更好的。」

他把那三張作品攤在面前，再次逐一審視。

趁他忙著的時候，讀者啊，我來告訴您那些是什麼樣的畫作。首先，我得說明那些畫沒什麼精彩的。那些畫面其實曾經鮮明無比地浮現在我腦海。我用畫筆勾勒出來之前，先用心靈之眼瞧見它們。它們非常動人，可惜我的手不肯為我的想像力效命，每一張畫出來都比我見到的影像更平淡。

這些都是水彩畫。第一張畫了低垂的暗灰色雲朵，在波濤洶湧的海面上方翻騰，遠景一片灰撲撲的，前景也是一樣，或者該說，最前方的浪濤也一樣，因為畫面裡沒有陸地。一束光線照亮一根半沉的桅杆，桅杆上棲著一隻又黑又大的鸕鶿。鸕鶿的翅膀上掛著浪花的泡沫，嘴上叼著鑲有寶石的金手鐲。我用調色盤所能調製、最鮮麗的色彩表現那只金手鐲，用我的鉛筆所能傳達的極限描繪它那光彩奪目的清透度。一具溺水死屍沉在鸕鶿和桅杆下方，眼睛望穿碧綠海水，屍體的四肢只有一隻豐潤的膀臂明顯可見，金手鐲就是從那隻手臂被海水沖刷或扯落下來。

第二張圖畫，前景只有一座山巒的幽暗峰頂，上面的野草和幾片樹葉彷彿被微風吹拂，斜向一側。遠處與上方是遼闊的天幕，呈現日暮時分的暗藍色調。有個女性半身像飄浮在空中，是用我所能調製、最幽暗輕柔的色調描畫出來。幽暗的額頭綴有一顆星星，額頭底下的容貌被瀰漫的水氣遮擋，眼睛透出陰暗狂野的光采，髮絲黯然飄動，像被暴風或閃電剝離的無光雲朵。半身像的脖子上有塊月光般的反光，這抹微弱光影同樣出現連串薄雲上。這個金星幻影就是從那裡升起，也斜向那裡。

第三張畫的是直插入北極冬季天空中的冰山尖頂，連串北極光沿著地平線邊緣，密密麻麻地豎起它們的微光長矛。前景浮起一顆頭顱，把剛剛那些全都推向遠處。那是一顆巨大的頭顱，傾斜倚著冰山。兩隻細瘦的手在額頭下方合掌，撐起額頭。遮蔽五官的黑色面紗掀了起來，只露出單側眉眼。額頭幾無血色，雪白似骨，眼神空洞凝滯，除了呆板的失望外，沒有任何表情。太陽穴上方盤繞著黑色頭巾，質地與色澤模糊有如雲彩。頭巾褶層中閃耀著一只白色火焰戒環，上面點染了色調更火紅的光波。亮白的新月像極了「王者的冠冕」，頂著這冠冕的則是「無形之形」[1]。

「妳畫這些圖的時候開心嗎？」這時羅徹斯特先生問。

「先生，我全心投入，而且，沒錯，我很開心。簡單說，畫這些圖對我而言是在享受最極致的樂趣。」

「這話不代表什麼。根據妳自己的說法，妳的生活原本就沒什麼樂趣。不過，我敢說妳在調製與安排這些詭異色彩時，一定是處於某種藝術家的想像天地。妳每天都畫很久時間嗎？」

「反正是假期，我沒別的事做，所以我從早畫到午，從午又畫到晚。盛夏的長晝剛巧讓我能全心全意去投入。」

「妳對自己投注心力得到的成果很滿意嗎？」

「一點也不。我的構思跟成品之間的差距很大，讓我苦惱不已。我沒有能力忠實描畫出腦海中的畫面。」

「那倒未必。妳抓住了思想中的陰影，大概也就這樣了。妳還沒有足夠的繪畫技巧和知識來將它完全呈現。不過，以一個女學生而言，這些畫作很奇特。至於其中隱含的思緒，就有點妖氣。那幅金星裡的眼睛妳想必是在夢裡見到的，妳怎麼有辦法讓它們看起來那麼清透，卻又一點都不明亮？因為上方那顆金星搶掉了它們的光芒。再者，那種肅穆的深沉又是在表達什麼？還有，是教妳描繪風的？那個天空中有一股強風，那個山峰上也有。妳是在哪裡見到拉特摩斯山的？因為那就是拉特摩斯山[2]。夠了！把畫拿走！」

我還在綁畫袋的繩索，他看了看手錶，突然喊了一聲：「已經九點了！愛小姐，妳在做什

1. 出自十七世紀國特人約翰・彌爾頓（John Milton，一六〇八～七四）的《失樂園》中談論死亡的詩句。

麼，怎麼讓阿黛拉這麼晚睡？帶她去睡覺。」

阿黛拉離開前走過去親他一下，他忍受她的親吻，表現得很冷淡。假使被親的是派勒特，反應也不過如此，或許還更熱絡些。

「祝妳們晚安！」說著，他的手朝門的方向一揮，顯示他已經對我們厭煩了，希望我們退下。費爾法克司太太收拾了編織物品，我拿起畫袋，我們向他行禮，得到硬梆梆的欠身回禮，我們就走了。

「費爾法克司太太，妳說羅徹斯特先生並不特別古怪。」我說。我把阿黛拉送上床後，走進費爾法克司太太房間。

「哦，他會嗎？」

「我覺得會。他很陰晴不定，也很唐突。」

「的確是，在陌生人眼中他的確是這樣，我太習慣他的模式了，從來沒有細想過。話說回來，如果他脾氣怪異，也是情有可原。」

「為什麼？」

「部分是因為那是他的天性，我們都沒辦法決定自己的天性。另一部分原因是，他顯然有些痛苦的心事在干擾他，讓他心理不平衡。」

「什麼樣的心事？」

「家庭問題是其一。」

「可是他沒有家人呀？」

「現在沒有，但他曾經有過，或者說，有過親屬。他哥哥幾年前過世了。」

「他哥哥？」

「對，現在的羅徹斯特先生取得這片產業還不久，大約九年左右。」

「九年也夠長了。他跟哥哥感情這麼好，到現在還在為哥哥的死傷心嗎？」

「哦，不是，應該不是。他們之間好像有點誤解。羅蘭・羅徹斯特先生對愛德華先生不是很公平，可能說了些話搧動他們的父親。老羅徹斯特先生很愛錢，積極想把家產保留完整，不希望分家之後財富縮水。但他又很希望愛德華先生能有大筆財富，以免愧對羅徹斯特這個姓氏。於是，愛德華先生一成年，老爸爸就採取了些不公平的策略，造成很大的傷害。老羅徹斯特先生和羅蘭先生一起幫愛德華先生安排了一個令他陷入痛苦的命運，只為了讓他獲取財富。至於那到底是什麼樣的命運，我其實不是很清楚。他的心靈沒辦法忍受那種折磨，他沒辦法原諒家人，於是跟他們斷絕往來，多年來一直過著飄泊的生活。他哥哥死後並沒有留下遺囑，家族產業依法落到他身上，我猜他這些年在棘園停留的時間從來沒有超過兩星期。事實上，也難怪他要避開這棟老宅子。」

「他為什麼要避開這裡？」

「也許他覺得這裡很陰沉。」

這個答案有點避重就輕。我很希望能聽到更明確的解答，但費爾法克司太太不知是說不出來，或不願意說，沒辦法更清楚交代羅徹斯特先生為何受苦、如何受苦。她宣稱連她也不清楚內情，她所知道的一切也是猜測而來。很顯然地，她希望我別再談這個話題，我也就不強人所難。

2. Latmos，即今位於土耳其西岸的五指山（Besparmak Mountains）。根據希臘神話，月亮女神Selene在此地愛上牧羊的美少年Endymion，誓言永遠守護他。

第十四章

接下來很多天我都沒見到羅徹斯特先生。上午時間他似乎忙於處理業務，下午則會有密爾科特或周邊地區的士紳造訪，有時候會留下來用晚餐。等他的腳踝大致痊癒，可以上馬時，他便經常出門，或許是去拜訪那些人，因為他通常很晚才回家。

在這段期間，他很少召喚阿黛拉到他面前，我跟他的交流也僅止於偶爾在大廳、樓梯或長廊相遇。有時他會傲慢又冷漠地經過我身邊，只用疏遠的頷首或冷淡的一瞥示意他看見我了，有時卻像紳士般親切地微笑鞠躬。他這種善變的性情並沒有讓我不愉快，因為我明白他的情緒變化與我無關，明白導致他情緒起伏的原因與我毫不相干。

有一天他留客人吃晚餐，派人來取我的畫袋，顯然是為了展示裡面的畫作。那天客人告辭得早，要去密爾科特出席公共會議，這是後來費爾法克司太太告訴我的。那天晚上下著雨，天候不佳，羅徹斯特先生沒有跟他們一同前往。客人離開後不久，他搖了鈴，僕人傳來消息，要我跟阿黛拉下樓去。我梳理阿黛拉的頭髮，把她弄得乾淨整齊，而我身上那套平日的貴格式服裝和頭上緊緻的髮辮，都既整齊又樸素，沒機會弄亂，當然不需要再整裝。我們下樓時，阿黛拉猜想著，會不會是小盒子終於送到了。基於某種錯誤，行李比原先預期更慢抵達。我們走進用餐室時，桌上果然擺著一只小紙盒，她興高采烈，似乎一眼就認出了那只盒子。

「我的盒子！我的盒子！」她一面用法語喊，一面跑過去。

「是啊，妳的盒子終於來了，妳這如假包換的巴黎女孩。拿到旁邊去，自己慢慢開腸剖肚吧。」羅徹斯特先生坐在壁爐旁一張巨大的安樂椅上，用低沉而略帶嘲諷的口氣說。「還有，」他又說，「解剖的時候不需要報告細節，也不需要告訴我裡面有些什麼五臟六腑。妳靜靜動妳的手術。」最後用法語說，「孩子，安靜點，明白嗎？」

阿黛拉似乎根本不需要提醒，她已經拿著她的寶貝禮物退到一旁的沙發，手忙腳亂地拆解綁住盒蓋的繩子。她移開蓋子後，掀開幾層銀色包裝紙，張口驚呼：

「哦，天哪！好漂亮！」然後繼續沉浸在狂喜中。

「愛小姐在這裡嗎？」這會兒先生又問起，還抬起身子朝門口張望，此時我還站在門邊。

「啊！嗯，上前來，坐在這裡。」他拉了把椅子到他的座椅旁。「我不喜歡聽小孩子囉哩巴嗦地，因為像我這樣的老單身漢，沒有什麼跟他們那種含糊不清的言語相關的愉快經驗。要我一整晚聽小鬼咿咿呀呀地，簡直難以忍受。愛小姐，別把椅子拉遠了，就坐在我放的地方。呃，如果妳願意的話。這些該死的客套話！我老是記不得。我也不特別喜歡頭腦簡單的老女人。對了，我可別忘了自己家裡的老女人，千萬不能忽略她，她姓費爾法克司，或嫁進費爾法克司家，人家不都說血濃於水。」

他搖了鈴，派人要請費爾法克司太太下來。費爾法克司太太不一會兒就到了，手裡還拿著針線籃。

「晚安，女士，我請妳來做點好事。我不准阿黛拉跟我聊她的禮物，她一肚子話快憋死了。妳行行好，當她的聽眾兼聊天的伴，那會是妳所做過最仁慈的善事。」

果然，阿黛拉一見到費爾法克司太太，就招手要她到沙發那邊去，把盒子裡的瓷器、象牙和蠟製玩具擺在費爾法克司太太膝頭，嘴巴忙不迭地用她那口破英語、歡天喜地說個沒停。

「好啦，我已經盡了好主人的本份。」羅徹斯特先生又說，「讓我的客人相互取悅對方，現在我應該可以給自己找點樂子。愛小姐，把妳的椅子再往前拉一點，妳坐得太後面，我如果想看見妳，就得犧牲我在這張舒適椅子上的坐姿，我實在不願意那麼做。」

我照他的要求拉了椅子。我寧可繼續留在陰暗點的地方，可是羅徹斯特先生下令的口吻很直接，讓人理所當然地立刻遵從。

我說過了，我們在用餐室裡。為了剛剛的晚宴，吊燈點得亮晃晃地，整個房間顯得熱鬧騰騰。壁爐的熊熊火焰鮮紅又明亮；紫色的帷幕厚厚實實地垂掛在高聳的窗子和更高聳的拱門上。屋子裡靜悄悄的，只有阿黛拉壓低的話聲（她不敢大聲說），她話聲暫歇時，只有打在窗玻璃上的冬雨填補空缺。

羅徹斯特先生坐在織錦安樂椅上，模樣跟先前遇見他時不盡相同。不算太嚴厲，少了些陰鬱。他臉上掛著笑容，眼睛發出光采，不知是不是喝了酒的緣故，我說不上來，我覺得很有可能。簡單來說，他處於晚餐後的心情，更開朗、更和藹，性格也從上午的那種冷淡刻板變得更任性放縱。他那顆大頭此時枕著隆起的椅背，讓爐火的光芒照在他那像是大理石雕刻出來的五官，整個人看起來還是很無情。至於他那雙黑色大眼睛，沒錯，他有一雙黑色大眼睛，而且是很好看的眼睛，眼眸深處偶爾流露出某種神采，那即使不是溫柔的眼神，也很接近了。

他盯著爐火大約兩分鐘了，我也盯著他看了那麼久了。他突然轉過頭來，發現我的視線停駐在他臉上。

「愛小姐，妳在觀察我。」他說，「妳覺得我英俊嗎？」

如果我稍加琢磨，就會用某種含糊又客氣的制式答覆回應他。可惜不知怎地，我不假思索地脫口而出：「不，先生。」

「啊！什麼！妳個性還真有點特別。」他說，「妳舉手投足像個小修女，古怪、安靜、嚴肅、單純。兩手擺在前面，端坐在那裡，視線多半垂向地毯，對了，偶爾會無比銳利地盯著我的臉，比如像剛剛那樣。如果有人問妳問題，或說了句話，而妳不得不回應時，妳就毫不留情地說出直率的回答，那種回答就算稱不上無禮，至少也很突兀。妳那句話是什麼意思？」

「先生，我太坦白了，請您原諒。我應該答說，關於外表的問題很難即席作答，因為每個人的喜好不同，而且美貌根本不重要，或那一類的話。」

「我不想聽那一類的回答。美貌不重要，跟真的一樣！好啊，妳假意要緩和先前的冒犯，要安撫我，哄我平靜下來，卻又朝我的耳朵刺進一把狡猾的小刀！繼續吧，妳還能挑出我什麼毛病？請說。我的四肢和五官跟所有男人一樣吧？」

「羅徹斯特先生，容我收回先前的回答，我不是刻意要耍嘴皮，那只是口誤。」

「好吧，我想也是。但妳還是要負起責任，挑剔我吧，妳不喜歡我的額頭嗎？」

他把橫向遮住額頭的黑色鬈髮往上撥，露出頗為紮實的思考器官，可是應該出現在那裡的仁慈溫和卻意外地無從得見。

「說吧，小姐，我是傻子嗎？」

「先生，怎麼可能！如果我反問您，您是不是個慈善家，您會不會覺得我很不禮貌？」

「又來了！她假裝拍拍我腦袋，卻又刺了我另一刀。一定是因為我說我不喜歡跟小孩子和老女人（不能太大聲！）相處。不是的，小姐，我不是所謂的慈善家，不過我有良心。」他指著頭部主宰道德意識的部位，他運氣不錯，那個部位倒是十分飽滿，以至於他頭顱上半部顯得特別寬闊。「再者，我的心也曾經有純粹的溫柔。我年紀跟妳一樣大的時候，也是個很心軟的人，對幼小、失依或不幸的人特別同情。可惜後來命運多方打擊我，用她的指關節搓揉我。如今我敢自誇，我已經變得像個橡皮球，堅硬又強韌。只不過，強硬之中還是留有一、兩處可以穿透的裂縫，球體中央也有一個有感知能力的點。嗯，這樣的我還有希望嗎？」

「什麼樣的希望呢？先生。」

「最後一次從橡皮變身回血肉之軀。」

「他鐵定喝多了酒，」我心想。我不知道該怎麼回答他這個怪問題，我怎麼會知道他是不是有能力再次變身？

「愛小姐，妳好像很困惑。雖然妳的容貌比我好看不到哪兒去，不過困惑的表情倒是讓妳增色幾分。這樣倒好，因為如此一來，妳那雙探索的眼睛就會從我臉上移開，忙著觀察地毯上那些絨花圖案。繼續思索吧，今晚我決心當個合群又健談的人。」

說完，他從椅子起身，手臂擱在大理石壁爐架上站著。他這種姿勢讓他的體型和臉龐都一覽無遺，他出奇寬闊的胸膛，幾乎與四肢不成比例。我相信大多數人都會覺得他相貌醜陋，但他的體態不自覺地流露出一股傲氣，舉止又是那麼的從容自在，顯得毫不在意自己的外表，自負地仰賴其他先天或後天特質產生的力量，來彌補個人魅力上的欠缺。所以，光是看著他，就會讓人無可避免地感受到那份對外表的漠視，甚至盲目而片面地對那份自信產生信任。

「今晚我決心當個合群又健談的人，」他重複一次，「所以我才派人叫妳來。爐火和吊燈不足以與我相伴，派勒特也不行，因此它們都不會說話。阿黛拉好一點，但她還是遠遠達不到標準，費爾法克司太太也是。至於妳，我相信只要妳願意，一定能勝任。我第一次邀請妳下來那天晚上，妳就讓我很迷惑。那次之後我幾乎忘記妳了，其他的念頭把妳趕出我的腦袋。今晚我決定要放鬆一下，要撇開胡攪蠻纏的雜事，只喚起愉快的記憶。如果能讓妳開口說點話，多知道點妳的事，我會很開心，所以，說吧。」

我沒說話，只是微笑，而且不是那種滿足或順從的笑容。

「說吧。」他催促著。

「說什麼呢，先生？」

「隨妳高興。我把話題和敘述的方式全權交給妳作主。」

於是我不發一語坐著，心想，「如果他要我為說話而說話，或為炫耀而說話，那他會發現自己找錯對象了。」

「愛小姐，妳很沉默。」

我繼續保持沉默。他把頭稍稍斜向我這邊，匆促一瞥的目光似乎深入我的眼眸。

「是固執嗎？」他說，「也有點惱火。啊！也對，我請求的方式有點荒謬，幾乎是傲慢無禮。愛小姐，請妳原諒我。事實是，總之，我不願在妳面前擺高姿態，也就是說……」他自我糾正，「對於妳，我唯一的優越感來自於年長妳二十歲，人生閱歷也領先妳將近一世紀，這合情合理，而且，套句阿黛拉常講的法語，『我非常相信』。基於這種優勢，也僅僅基於這種優勢，我希望妳行行好，跟我說說話，轉移我的思緒，因為我的腦子現在只想著一件充滿怨毒的心事，正像生鏽的釘子一樣慢慢腐蝕。」

他挖空心思在為自己辯解，幾乎像在道歉，我不至於對他這樣屈尊俯就無動於衷，也不想表現得那樣。

「我很樂意為您解悶，如果我有那份能力的話，先生。可惜我沒辦法自己想話題，因為我怎麼會知道您對哪些話題感興趣？請您發問吧，我會盡可能回答。」

「那麼，首先，我剛剛提出的觀點，也就是說，我老得夠格當妳爸爸，我還跟許多國家的許多人打過交道，累積了各式各樣的經歷，也跑遍大半個地球，而妳只在一個地方靜靜地跟一群人生活。基於這些理由，妳同不同意我可以耍點威嚴，行為稍為魯莽，偶爾甚至有點嚴格。」

「先生，隨您高興。」

「那不是答案，或者該說這種答覆很討人厭，因為答得很閃爍其詞。說清楚點。」

「先生，我不認為您光憑年紀比我大，或比我見多識廣，就有資格命令我。您所宣稱的優越感，都只來自於您對歲月和經歷的運用。」

「哼！答得倒快。不過我不認同，因為那不符合我的情況。我只是單純地運用我這兩項優勢，並不算運用不當。撇開優越感不提，那麼，妳還是願意偶爾接受我的指揮，而不會被我的命令語氣激怒或刺傷。是不是？」

我笑了，心想，羅徹斯特先生果然很古怪，他好像忘了自己一年付我三十英鎊來聽命於他。

「笑得好。」他沒錯失我臉上一閃而逝的笑容，「但還是要說話。」

「先生，我剛剛在想，大概沒幾個雇主會問領薪水的下屬會不會被他們的命令激怒或刺傷。」

「領薪水的下屬！什麼！妳是領我薪水的下屬，是嗎？哦，對了，我忘了薪水的事！那好吧，基於金錢理由，妳願意容忍我稍稍頤指氣使嗎？」

「不，先生，不是基於金錢理由，而是基於您真的忘記這件事，也基於您關心部屬在他的職位上是不是心情舒坦，我衷心同意。」

「那麼妳是不是同意省略一大堆庸俗的禮數和客套話，而且不會認為這樣的省略出自於傲慢無禮？」

「先生，我相信我絕不會把不拘小節誤認為傲慢無禮。我挺喜歡不拘小節，但傲慢無禮卻是所有生而自由的人不願屈從的，即使為了薪水也不行。」

「胡扯！大多數生而自由的人都願意為一份薪水屈從任何事，所以，說妳自己就好了，別對自己根本不了解的事情一概而論。不過，對於妳這內容有欠準確的回答，我在心裡跟妳握握手，不只是為了那番話的要旨，也為了妳說話時的態度。妳的態度坦率又誠摯，這種態度並不常見。相反地，真誠往往只會換來作假、冷漠，或言詞本意被人愚蠢而粗俗地誤解。三千個普通女學生家庭教師裡也找不到三個能像妳剛剛那樣答話。我不想奉承妳，假使妳的性情與眾不同，那也不是妳的功勞，那是天生的。然而，我畢竟太急於下定論，因為我還不知道，說不定妳不比其他人優秀，也許妳有令人難以忍受的缺點來抹煞妳那區區幾個優點。」

「你也一樣。」我心想。這個念頭掠過我腦海時，我碰巧與他四目相對。他好像讀懂了那抹眼神，而且提出答辯，彷彿我那個念頭不只在腦中想像，也用口語表達了出來。

「是啊，是啊，妳想得沒錯，」他說，「我自己也有不少毛病。這我曉得，我向妳保證，我一點也不想掩飾。上天明鑑，我不需要太過苛求別人，我心裡有一段過去，我做過了一些事，還有一段精彩人生供我沉思冥想，那些事很可能會讓我招致鄰人的冷笑與譴責。我二十一歲時就踏出錯誤的第一步，或者該說，我被推上了歧路，因為我跟其他散漫的人一樣，喜歡把一半的過錯歸罪給時運不濟兼逆境橫生。從那以後，我就沒再走回正途。然而，我極可能變成截然不同的人，我可能會跟妳一樣善良，會比妳有智慧，幾乎跟妳一樣潔淨無瑕。我羡慕妳平靜的心靈，妳純淨的良心，妳未受污染的記憶。小女孩，沒有斑點與髒污的記憶一定是不可多得的寶藏，是讓人意氣風發、取之不盡用之不竭的泉源，對嗎？」

「先生，您十八歲時的記憶是怎麼樣的呢？」

「當時還好，透徹、清爽，沒有湧出的髒水讓它變成臭水窪。十八歲時的我跟妳不相上下，大致說來，造物主有意讓我變成一個好人的，愛小姐，算是比較好的那一類人。現在妳看得出來我並不是好人。妳會說妳看不出來，至少我敢誇口我從妳的眼神裡讀出來了。對了，妳要當心，妳那對眼珠子透露太多了，我很擅長理解它們的話語。相信我的話，我不是惡棍，妳也不可以假設、不可以把我想成那樣的壞角色[1]。我只是一個平凡無奇的罪人，我真心相信，我變成這樣主要是因為環境，而不是扭曲的天性。我只是盡情揮霍，過著一般一無是處的富人想過的那種可憐又不足掛齒的浪蕩生活。我掏心掏肺跟妳說這些，妳覺得奇怪嗎？妳該知道，在妳未來的人生中，妳常會發現自己不由自主地聽著朋友宣洩心中的祕密。人們會跟我一樣，自然而然地發現妳不習慣訴說自己的心事，卻很擅長專注聆聽別人談論自己。他們也會發現，妳聽見他們的失序行為時並不會惡意地鄙視，而是懷著一股天生的同情。由於那份同情心表現得毫不做作，所以也讓人得到安慰與鼓舞。」

「您怎麼知道？先生，您是怎麼猜到這些的？」

「我知道得很清楚，所以我才自顧自地說下去，像在日記裡書寫自己的心情一般。妳會說，我不該屈服於環境，的確是，的確是，可惜我沒做到。當命運虧待我，我沒有智慧保持冷靜，我變得自暴自棄，然後就墮落了。如今，假使有任何惡毒的笨蛋做出一些令我憎惡、卑鄙下流的行為，我不能誇口說我比他正大光明。我不得不承認，我跟他其實是一丘之貉。但願我當時堅守自己的立場。我說真的！愛小姐，當妳面臨犯錯的誘惑時，要害怕後悔，後悔是生命的毒藥。」☆6

「據說懺悔是它的解藥，先生。」

「那不是解藥，改過自新或許是解藥。我可以改過，至少我還有這點力量，只要……可是，像我這樣受了束縛、背著重擔、受到詛咒的人，想這些又有什麼用？再者，反正幸福已經離我很遙遠，我有權在生命中獲取一點樂趣，而且我**會**得到樂趣，不管什麼代價。」

「那麼您會更加墮落，先生。」

「也許吧。但如果能得到愜意、清新的趣味，又何必放棄呢？也許那種樂趣愜意清新得有如蜜蜂在荒原採集的野蜜。」

☆6
Dread remorse when you are tempted to err, Miss Eyre; remorse is the poison of life.

「它會刺痛您的舌頭，嘗起來會苦，先生。」

「妳怎麼知道？妳又沒嘗過。妳的表情多麼認真、多麼嚴肅呀。妳對這個議題就跟這顆浮雕頭一樣無知。」他從壁爐架上拿起一個，「妳無權向我佈道，妳這個新信徒。妳還沒踏上人生的門廊，百分之百沒見識過生命的奧祕。」

「我只是拿您自己的話提醒您，先生。您說犯錯導致後悔，還說後悔是生命的毒藥。」

「有誰在談犯錯嗎？我一點都不覺得剛剛掠過我腦海的那個觀點是錯的。我相信它是啟發，而不是誘惑。它非常友好，非常撫慰人心，這點我很清楚。它又浮現了！我跟妳保證，它不是魔鬼，它披著光之天使的外袍。有這麼個美麗訪客請求入內，我想我必須打開心門迎接它。」

「別相信它，先生，那不是真的天使。」

「又來了，妳怎麼知道呢？妳根據哪一種本能區別墜落無底深淵的大天使[2]和來自永恆王座的使者，區辨引領者與誘惑者？」

「我根據您的神態判斷。先生，您剛剛提起重新浮現您腦海的那個點子時，您的神情充滿不安。我敢肯定，如果您聽從它，就會遭遇更多苦難。」

「一點也不，它帶來了世上最仁善的訊息，至於其他問題，妳不負責保管我的良心，所以別為這種事傷神。來，進來吧，嬌美的流浪兒！」

他彷彿對著一幕影像說出這些話，那是只有他才看得見的影像。接著，他把原本伸展一半的雙臂抱回胸前，像是把一個隱形生命體擁入懷中。

1. bad eminence，語出《失樂園》，約翰・彌爾頓以此形容撒旦。
2. 即指撒旦，語出《失樂園》。

「好了，」他又對我說，「我接納了那位朝聖者，我確信那是一位變身的神祇，祂已經對我做了好事。我的心原本埋藏著屍骸，現在會變成一處聖壇。」

「說老實話，先生，我一點都不了解您，我聽不懂您在說些什麼，因為它已經超出我的理解範圍。我只知道一件事，您說您不如您期望中那麼良善，說您懊悔自己的不完美。我只能理解一件事：您說有個玷污的記憶是永久的禍根。我覺得，如果您肯努力，遲早您會發現，要變成您自己認同的那種人並非不可能，也會發現如果從今天開始下定決心修正您的思想和行為，不出幾年您就會累積出許多無污點的全新記憶，屆時您就可以開心地回想往事。」

「想得很對，說得很正確，愛小姐。此時此刻，我正幹勁十足地鋪砌地獄的道路。」

「先生？」

「我用良好的意圖鋪路[3]，我相信它會和堅硬的燧石一樣牢固。當然，我往來的對象和我追求的目標也會跟以前不同。」

「比以前好嗎？」

「比以前好，好得多了，就像純淨的礦石相較於髒污的渣滓。妳好像懷疑我，我不懷疑我自己，我知道我的目標是什麼，知道我的動機是什麼。就在此時，我通過一項律法，它跟米底亞人和波斯人[4]的律法一樣不可動搖，我相信我的目標和動機都是對的。」

「不可能的，先生，如果它們需要新的法規來讓它們合法化。」

「愛小姐，我的目標和動機需要新的法規，但它們都沒有錯。不尋常的局面需要不尋常的規則。」

「這話聽起來很危險，先生，因為誰都看得出來它很容易被濫用。」

「正氣凜然的聖哲！確實沒錯，但我以自家神祇發誓，絕不會濫用。」

「您是人，人難免犯錯。」

「說得對，妳也一樣。那又怎樣？」

「難免犯錯的人不能擅用那些只能託付給至高神靈的權力。」

「什麼權力？」

「看見怪異而未受認可的行動時，說：『這樣沒錯』的權力。」

「『這樣沒錯』，妳自己親口說了這句話。」

「那麼**也許**這樣沒錯吧。」說完，我站起來。沒有必要繼續談論一個全然隱晦不明的話題。再者，我完全摸不透談話對象的性格，至少現階段還難以企及。我覺得無所適從，有一股似有若無的不安全感，也意識到自己的無知。

「妳上哪兒去？」

「帶阿黛拉上床，她睡覺時間過了。」

「妳害怕我，因為我說話像史芬克斯[5]。」

「先生，您說話確實像在打啞謎，雖然我很困惑，卻一點也不害怕。」

「妳**害怕**了，妳那自負的心害怕出錯。」

「某種程度上，我的確感到憂慮，我不想說些無意義的話。」

「即便妳真的說了無意義的話，也是以嚴肅又溫和的神態說出來，我會誤以為妳發表了獨到

3. 西方俗諺：「地獄是以良好意圖鋪就。」意思是指，地獄裡的罪人也都曾經意圖行善。
4. 指不能廢除的法律，見《聖經》〈但以理書〉第六章第十二節。
5. Sphynx，埃及的人面獅身像，要人們回答謎語，答不出來就吃掉他們。

見解。愛小姐，妳從來不笑的嗎？不必費心回答我，我發現妳很少笑。妳是可以開懷大笑的，相信我，妳不是天生嚴謹的人，正如同我也不是天生凶惡。羅伍德的規範還是緊抓著妳不放，控制妳的面容、壓抑妳的嗓音、束縛妳的肢體，妳害怕在男人或兄弟——或父親，或主人，隨妳怎麼說——面前笑得太開心、說得太坦率或動作太敏捷。可是，時日一久，我想妳能學會在我面前展露本色，因為我實在沒辦法對妳太過拘泥形式。到那時，妳的神態和動作就會比現階段妳膽敢表現出的更活潑有朝氣，更多彩多姿。有時我會看見一隻好奇的鳥兒在籠子的緊密欄柵裡向外張望的眼神，那是隻靈動、浮躁、果敢的籠中鳥。哪天牠得到自由，就會一飛沖天。妳還是要走嗎？」

「鐘敲了九點了，先生。」

「沒關係，等一等，阿黛拉還不想睡。愛小姐，我站在這個位置，背對爐火、面對室內空間，有利於觀察。我與妳談話的同時，偶爾也在察看阿黛拉。我基於一些私人理由，覺得她是個有趣的觀察對象。這些理由改天我也許，不，一定會跟妳說。十分鐘以前，她從盒子裡拉出一件粉紅色絲綢小洋裝，她攤開衣服時一臉驚喜。賣弄風情的天性流淌在她血液裡、融入她的大腦、滲入她的骨髓。『我要穿穿看！』她叫道，『現在就要！』然後她衝出去了。她現在跟蘇菲在一起，正在進行換裝儀式，幾分鐘內她會再回來，我知道我會見到什麼畫面，我會見到縮小版的席琳．薇漢斯，像她以前出現在舞台上的模樣。當時……別管那些了。總之，我最脆弱的情感即將受到震撼，這是我的預感。先別走，看看我的預感會不會成真。」

不久，就傳來阿黛拉的小腳矯健地奔過大廳的聲音。她進來了，一如她的監護人所言，變了個模樣。她原先穿的棕色連衣裙已經換成玫瑰色的綢緞洋裝，裙子很短，裙襬的褶層多得不能再多。頭上戴著玫瑰花蕾花環，腳上是絲襪和純白綢緞小涼鞋。

「我的洋裝漂亮嗎？」她一面用法語喊，一面蹦蹦跳跳跑過來，「我的鞋子漂亮嗎？絲襪漂亮嗎？啊，我想我要跳支舞！」

她拉開裙襬，踩起快滑步橫越用餐室，到了羅徹斯特先生面前時，她踮起腳尖輕盈地原地轉圈，再單膝跪在他面前，叫嚷著：

「先生，我為您的善心對您說一千句感謝。」然後她站起來，說，「先生，以前媽媽就是這樣做的，對不對？」

「完全正確！」是她得到的回答，「而且，『就是這樣』，她把我不列顛馬褲口袋裡的英國黃金給勾引走了。愛小姐，我也曾經年少，啊，青春洋溢的歲月，此時讓妳神采煥發的青春色澤也曾經滋潤我。不過，我的春天消逝了，卻在我手中留下那朵法國小花，有時候我心情不好，會很想擺脫掉。如今那小花的根柢對我而言不再珍貴，何況這小花只能用金粉施肥，所以我對這朵花只有一半的喜愛，特別是它像剛剛那樣虛假的時候。我收留它、栽種它，只是基於羅馬天主教義，想藉一件善行洗滌無數或大或小的罪愆。改天我會把這些事說清楚。晚安。」

第十五章

後來有一次，羅徹斯特先生果然把事情解釋清楚。那是某天下午，他碰巧在屋外遇見我和阿黛拉，當時阿黛拉一面跟派勒特玩，一面踢毽子。他要我跟他在一條山毛櫸步道上來回漫步，保持在阿黛拉的視線範圍內。

他說阿黛拉的母親是一名法國歌劇舞者，名叫席琳．薇漢斯。他曾經**瘋狂**愛上這位舞者，對方也聲稱會以更激昂的熱情回報他。儘管他其貌不揚，卻自認是她的白馬王子。照他的說法，他相信她喜歡他的「運動員體格」更勝於觀景殿的阿波羅[1]。

「愛小姐，這位窈窕的高盧淑女對她的英國矮個子情有獨鍾，讓我飄飄然沾沾自喜。我把她安置在一所豪華住宅裡，一手包辦了她生活所需的全套僕役，以及馬車、羊絨、鑽石、蕾絲等。換句話說，我跟所有痴情漢一樣，搬演起世間公認的自我沉淪戲碼。看來，我也了無新意，沒辦法在通往恥辱與毀滅的道路上另闢蹊徑，只是愚蠢且精確地依循既有軌跡，絲毫沒有偏離那條千瘡百孔的中線。也是我活該，步上了所有痴情漢的後塵。有天晚上，我臨時造訪。席琳事先不知道我會去，我到的時候她不在家。那天晚上相當暖和，我已經在巴黎街頭閒蕩得倦了，於是在她的客廳坐下來，開心地吸著她不久前感染過的神聖空氣。不，我太誇張了，我從來不認為她有什麼神聖美德，那只是她留下的某種脂粉香氣，是麝香與琥珀香氛，而非聖潔的氣息。室內的花朵和噴灑的香水漸漸讓我感到窒悶，我打開落地窗，走到陽台。外面有月光與煤氣燈光，非常靜謐祥和。陽台擺了一、兩張椅子，我坐下來，拿出雪茄。如果妳不介意的話，現在我也想來一根。」

談話暫時中斷，他取出一根雪茄來點燃，塞到嘴裡，朝冷冽的陰霾空氣吐了一口哈瓦那菸霧，接著又說：

「愛小姐，那段時期我很喜歡吃夾心軟糖。當時我一面咔嗞咔嗞嚼著──（原諒我的粗俗）──咔嗞咔嗞嚼著巧克力糖，一面抽雪茄，眼睛瞧著繁華街道上的馬車噠噠噠地奔向附近的歌劇院。我看見兩匹漂亮的英國馬拉著典雅的密閉式車廂，在亮晃晃的市區夜景中一覽無遺。我立即認出那是我送給席琳的輕便馬車。她回來了，當然，我心急難耐，抵著欄杆的心臟怦怦狂跳。馬車一如預期停在屋子門口，我的熱火（當時都是這麼稱呼歌劇女伶情婦的）下了車。她身上裹著披風，在那樣暖和的六月夜晚，其實無此必要。雖然她全身包得緊緊的，但她踏下馬車時，我還是一眼就認出從她洋裝裙襬底下露出來的那雙靈巧小腳。我趴在欄杆往下看，正打算低聲喊出『我的天使』，當然，我會用一種只有情人的耳朵才能辨識的語調。那時，有個身影尾隨她從馬車裡跳出來，也裹著披風，但踩踏在人行道上的卻是裝了馬刺的鞋跟，越過屋子拱頂門廊的、是顆戴了帽子的頭顱。」

「愛小姐，妳從來沒有嫉妒過吧？當然沒有，我不需要多此一問，因為妳從來沒有愛過。這兩種感受妳都還沒體驗過，妳的靈魂還在沉睡，還沒承受過足以喚醒它的震撼。妳以為人的生命都像妳的青春歲月一樣，靜悄悄地流逝。妳閉著眼睛蒙住耳朵漂浮在上頭，既看不見近處河床林立的礁石，也聽不見那些岩石底部的翻滾怒吼的碎波。但我告訴妳，妳要記住我的話，有一天，妳會漂流到峭壁聳立的狹窄水道，在那裡，生命的水流會碎裂成漩渦與喧鬧、泡沫與噪音。妳若

1. Apollo Belvidere，即指典藏於梵諦岡博物館Belvidere庭院的阿波羅大理石像，是該館的鎮館之寶，為舉世公認的審美標準。

不是沖上岩石粉身碎骨，就是被一波巨浪湧起，帶到像我此時所在的這種比較平靜的水流中。

「我喜歡今天這個日子，我喜歡那個鐵灰色天空，喜歡寒冷天空下這份肅穆的寧靜感。我喜歡棘園，喜歡它的古老、它的隱遁、它的古老鴉林和棘刺樹，喜歡它的灰色門面和一排排映照著鐵灰色天幕的窗子。可是，我畏懼這個地方、像逃離瘟疫般避開它多久了？我依然多麼懼怕……」

他咬著牙，沉默無語。他停下腳步，用靴子狠狠地踩踏堅硬的地板。某種憎恨的念頭似乎掌控了他，緊緊勒住他，讓他無法舉步向前。

他停步之前，我們正往步道高處走，屋子就在我們正前方。他舉目眺望屋頂的城垛牆，用一種我從未見過、往後也沒再見到的目光瞟了一眼。他黑色眉毛下的大眼睛瞪得圓圓的，痛苦、恥辱、忿怒、急躁、憎惡、嫌棄等種種情緒，似乎瞬間在裡面激烈地相互撞擊。那場狂野的角力應當無比凶猛，然而，有另一股情緒湧上來，戰勝一切。那是某種強悍又憤世嫉俗的情緒，任性又堅決，它讓他的激情趨於和緩，面容也穩定下來。他接著說：

「愛小姐，剛剛我沒說話的時候，我在跟我的命運女神打交道。她站在那裡，在那棵山毛櫸樹幹旁，是個老太婆，很像在佛瑞斯荒原[2]現身在馬克白面前的女巫。『你喜歡棘園？』她問我，隨後她舉起手指，在空中寫了一串字，是橫跨整棟屋子正面、陰慘慘的怪異文字[3]，就在上層窗子與下層窗子之間，『能喜歡你就喜歡吧！夠膽子你就喜歡吧！』」

「『我會喜歡它，』我說，『我敢喜歡它。』而且，」他悶悶不樂地補了一句，「我會說到做到。我會衝破通往幸福、仁善的障礙，沒錯，仁善。我想要變成比以前、比現在更好的人，就像約伯的海怪[4]摧毀矛、槍和鎧甲一樣，別人看成堅銅利鐵的險阻，我會當成稻草和朽木。」

這時阿黛拉拿著毽子跑到他面前。

「走開！」他厲聲叫道，「別靠近，不然就去找蘇菲！」之後他不發一語繼續往前走，我大著膽子提醒他剛才的故事還沒說完。

「先生，薇漢斯女士進門時，您有沒有離開陽台？」

我問了這個時間點很不湊巧的問題後，幾乎覺得一定會受到斥責。結果不然，他從忿忿不平的心緒中清醒過來，眼睛望向我，眉宇之間的陰影似乎消失了。「哦，我忘了席琳了！嗯，接著說下去。當我看見我的情人這樣帶著護花使者進屋，耳邊好像聽到一陣嘶嘶聲。是嫉妒的青蛇，它從月光下的陽台盤旋舞動地升起，滑進我的背心，短短兩分鐘內就啃噬進我內心深處。真怪！」他叫了一聲，突然轉移話題。「我怎麼會跟妳說起這些事，小姐。更奇怪的是，妳竟然靜靜地聽我說，彷彿像我這樣的男人，對一個像妳這樣不諳世事的怪女孩談論自己的歌劇女伶情婦、是這世上最尋常普通的事似的！但事出必有因，正如我先前跟妳提過的，妳個性沉穩、體貼又謹慎，天生適合讓人傾吐祕密。再者，我很清楚我正在跟什麼樣的心靈溝通，我知道那樣的心靈不容易被感染，因為它很特殊，獨一無二。幸好我並不打算傷害它，就算我想，它也不會受我傷害。我跟妳談得愈多愈好，因為雖然我不能損害妳，妳卻可以讓我恢復元氣。」離題說了這些之後，他又接著說：

「我留在陽台上。『他們一定會進她的客廳。』我心想，『我先埋伏起來。』我伸手進窗子裡，

2. heath of Forres，在莎士比亞的劇作《馬克白》中，主角馬克白在佛瑞斯荒原遇見三個女巫，聽她們的預言。

3. 見《聖經》〈但以理書〉第五章第二十四節到三十節，以色列人流亡到巴比倫，當時巴比倫王伯沙撒貢高自慢，冒犯天主。某日他舉行盛宴時，空中突然出現一隻手，寫下神祕文字，先知但以理解讀為巴比倫王國即將終結，果然當晚伯沙撒就被殺。後世以「書寫在牆上的文字」比喻失敗在即。

4. Job's leviathan，見〈約伯記〉第四十一章第二十六節。

拉上窗簾，留下一個足夠讓我偷窺的縫隙。然後我拉上窗子，保留一道小縫，方便洩露情人間的輕聲細語海誓山盟。之後，我躡手躡腳坐回椅子上。我一坐下，那兩人就進來了。我的眼睛迅速貼近窗縫。席琳的侍女走進來，點亮一盞燈，擺在桌上，又退出去。這時我才看清楚那對男女。他們倆各自脫下披風，那個姓薇漢斯的女人，身上的絲綢和珠寶光可鑑人，那當然都是我送的禮物。她的男伴穿著軍官服。我認識他，是個浪蕩成性的子爵，一個愚蠢的墮落青年，偶爾會在社交場合碰面。我徹底鄙視這個人，所以絲毫沒有討厭他的念頭。我認出他之後，嫉妒之蛇的毒牙立即摧折，在此同時，我對席琳的愛也化為烏有。一個會為這種貨色背叛我的女人，根本不值得爭奪，她只配受到唾棄。只是，我更應該受到唾棄，因為我竟然被她耍得團團轉。

「他們開始聊天，他們的對話讓我的心情完全輕鬆下來。輕佻、張狂又無知，這些話只能讓聽者厭倦，激不起怒氣。桌上有一張我的名片，他們瞧見了之後，話題就轉到我身上。他們都欠缺具體誹謗我的行動力與才智，卻還是膚淺地粗魯羞辱我，尤其是席琳，她甚至加油添醋地數落我外貌的缺陷，她稱之為畸形。在那之前，她總是熱情洋溢地讚美我的『陽剛美』，在這方面她跟妳截然不同。我們才第二次見面，妳就直截了當地告訴我，妳不覺得我長得帥。聽妳那樣說時，我猛然意識到妳們之間的強烈對比。」

這時阿黛拉又跑過來。

「先生，約翰說您的代理人來了，想見您一面。」

「啊！那麼我只好長話短說。我打開窗子，走到他們面前，跟席琳斷絕關係，要求她搬離那棟房子，給了她一筆應急的錢，不理會她的尖叫、歇斯底里、懇求、抗議和慌亂。我也跟那位子爵敲定在布隆涅森林公園[5]一會。隔天早上我有幸見到了他，在他慘白得像瘟雞翅膀的胳臂留下一顆子彈。那時我以為我從此跟那些人毫無瓜葛，很不幸地，六個月前那個薇漢斯女人留下小阿黛拉給我，聲稱她是我女兒。也許是吧，但我在她臉上找不到一絲一毫父女關係的證據，派勒特長得還比她更像我。我跟那女人分手幾年後，她拋下女兒，跟一個音樂家或歌手私奔到義大利。過去我確信阿黛拉跟我沒有血緣關係，如今還是一樣，因為我不是她爸爸。不過，我聽說她孤苦無依，才把她帶離巴黎那片污濁爛泥，移植到這裡，讓她在英國鄉村花園裡的健康泥土中乾淨地成長。費爾法克司太太找了妳來教導她。現在妳知道她是法國歌劇女伶的私生女，也許會對妳的職位和妳的學生有另一番見解。也許有一天妳會跑來通知我，說妳找到新的工作，請我另聘家庭教師。對吧？」

「不會。阿黛拉不需要對她母親或您的過錯負責。我很關心她，現在我知道她也算是個孤兒，母親遺棄她，您否認跟她有任何關係，先生，我會比以前更愛護她。我怎麼可能會選擇有錢人家裡討厭家庭教師的嬌寵小孩，而不去愛把家庭教師當朋友依戀的寂寞小孤兒呢？」

「哦，原來妳是這樣看的！嗯，我該進去了，妳也是，天黑了。」

我跟阿黛拉和派勒特又在外面多逗留了幾分鐘，我跟她賽跑，也跟她打了一陣子毽板遊戲。我們進屋後，我脫掉她的帽子和外套，把她抱到腿上，就這樣抱了一個鐘頭，任由她嘰嘰喳喳說個沒停，即使她展現出一些微不足道的放肆行為或輕薄性情，我都沒有訓斥她。她只要受到過多關注，就難免出現那一類的小疏失，暴露她淺薄的天性。那多半得自她的母親，跟英國人的性情大有不同。但她還是有優點，我決定要把她的好處放大到極限來看。我在她的面容和五官尋找跟羅徹斯特先生的相似點，卻一無所獲。沒有任何特徵、沒有任何神態顯示他們之間有任何關聯。真可惜，只要她長得跟他有一點相似之處，他就會對她多用點心。

5. Bois de Boulogne，時為巴黎著名的決鬥公園。

一直到那天晚上回房休息之後，我才有時間慢慢回想羅徹斯特先生告訴我的事。如他所說，這件事情本身也許沒什麼大不了的，充其量只是有錢的英國男人戀上法國舞者，而她背叛了他。這種事在社會上顯然稀鬆平常得很。可是，他提到目前過得很心滿意足，也重新喜歡上這棟老宅和周邊環境時，情緒突然一陣激動，那裡面肯定有古怪。我滿心狐疑地思索這件事，卻發現短時間之內不可能有解答，只得放棄，轉而思考羅徹斯特先生對我的態度。他對我推心置腹，似乎源自於我的謹言慎行。我是這麼想的，也相信就是這樣。最近幾個星期以來，他對我的態度變得比剛開始時一致。我好像不再讓他覺得礙眼，他偶爾對我冰冷傲慢的情形也不再有，假使我跟他不期而遇，他總是顯得樂意見到我，總會跟我說說話，或對我笑一笑。假使正式召喚我到他面前，也總會熱誠地對待我，讓我覺得自己當真擁有逗他開心的本事，覺得那些夜間談話不但讓他心情變好，我也受益無窮。

事實上，我話說得不多，但我津津有味地聽他高談闊論。他天生善於言談，也樂於對一個涉世未深的心靈闡述五光十色的人間百態。我指的不是傷風敗俗違法亂紀之事，而是普天之下那些令人嘖嘖稱奇、引為笑談的事情。我很樂意接收他提供的新概念，樂於摹想他描繪的新畫面，追隨他的思緒、去到他發現的新地域，從來沒有任何歹毒的暗示令我震驚或困擾。

他從容的態度幫我解脫了痛苦的束縛，他對待我的那種友善又坦誠、端正又真摯的態度，把我拉向他。有時我感覺他是我的親人，而不是雇主。有時候他還是很跋扈，但我不介意，我知道那是他的行事風格。生活上這些新的趣味讓我欣喜萬分、充滿感恩，再也不渴望擁有親人。我新月般的渺小命運似乎在擴展，生命空白慢慢填補起來。我的健康狀態有所改善，身材豐腴了，氣色也變好了。

我現在還覺得羅徹斯特先生長得醜嗎？不，讀者。基於感激之情，以及其他種種愉悅而友好的聯想，他的臉變成我最喜歡看到的目標。房間裡有他在，比最明亮的爐火更讓人欣喜。但我並沒有忘記他的缺點，事實上，我忘不掉，因為他經常在我面前表現出來。對於那些不管哪方面不如他的人，他都會高傲以對，會冷嘲熱諷、嚴詞苛責。我暗地裡很清楚，儘管他對我展現高度善意，對其他人卻是同等地不公允且嚴厲。他的脾氣也總是沒由來地時好時壞。很多次，他召喚我去為他誦讀，我卻看見他獨自坐在書房裡，雙手抱胸，低垂著頭，等他抬起頭來，臉上總是帶著一股近乎怨毒的抑鬱怒氣，面容顯得陰沉。不過，我相信他善變的情緒、他苛刻的態度、他過去的品行偏差（我說「過去」，是因為如今他好像都改正過來了）都導因於殘酷的命運。我相信他本性是良善的，相較於那些得到環境造就、教育灌輸或命運鼓舞的人，他有更高尚的原則、更純潔的品味。我認為他內心有優異的本質，儘管現階段那些本質全都備而不用，受損又紛亂。我不否認我為他的傷痛而傷痛，不管那是什麼，也願意努力設法平撫它。

我已經吹熄蠟燭、躺在床上，卻無法入眠，滿腦子只想著他在步道上停下來，說他的命運女神如何出現在他面前，問他敢不敢在棘園開心生活。

「為什麼不行？」我問我自己。什麼原因讓他遠離這棟房子？他是不是很快又要離開了？費爾法克司太太說他從來不曾在這裡停留超過兩星期，現在他已經住了八個星期了。如果他真的走了，那會是很讓人傷心的改變。假如他春天、夏天和秋天都不在，那麼燦爛的陽光和晴朗的日子還有什麼樂趣可言！

我不太清楚自己想了這些事之後，究竟有沒有睡著。總之，我是在完全清醒的狀態下聽見隱約的咕噥話聲，很怪異，很淒愴，聽起來似乎就在我頭頂上方。我真希望蠟燭沒有熄滅，那天晚上漆黑得嚇人，我的心情低落到極點。我起身坐在床上，側耳傾聽。聲音不見了。

我又試著睡覺，但我的心憂慮得狂跳，內心的平靜被擾亂了。樓下大廳的鐘敲了兩響。就在那時，似乎有人碰觸我臥房的門，像是有人在外面的走廊上摸黑前進，手指拂過門板。我喊了一聲，「是誰？」沒有回應。我嚇得直打寒顫。

我突然間想起來，那可能是派勒特。如果廚房門忘了關，牠常會上樓來，找到主人房門口。我自己就好幾次在早晨看見牠躺在那裡。想到這裡，我心情平靜了些，重新躺下。寂靜安撫了緊張情緒，此時整棟屋子也恢復安謐，我也開始有了睡意。然而，那天晚上我注定無法成眠了。我才剛飄到夢境邊緣，那夢境就被一起冷徹脊髓的事件驚擾得四散紛飛。

那是一陣鬼魅般的笑聲，低沉、壓抑、又深刻，聽起來彷彿就在我房門的鑰匙孔。我的床頭貼近房門，乍聽之下，我以為那個發笑的妖怪就站在床邊，或蹲伏在枕頭旁。我坐起來，環顧四周，卻什麼都看不見。我還在張望時，那個詭異的笑聲再次出現，我這才聽出它來自牆板後方。我本能地起床拉上門閂，接下來又問了一聲，「誰在外面？」

有個東西發出咯咯聲和沉吟聲。不久，腳步聲沿著長廊移向三樓樓梯間。樓梯間最近新裝了一扇門，我聽見那扇開了又關，之後再無任何聲響。

「那是葛瑞絲．普爾嗎？她被魔鬼附身了嗎？」我心想。我沒辦法繼續一個人待在房裡，我得去找費爾法克司太太。我匆忙穿上連衣裙，披上圍巾，拉開門閂，用顫抖的手打開房門。門外有一根點燃的蠟燭，就放在走廊的地墊上。這番情景讓我吃了一驚，更讓我震驚是，附近的空氣竟然十分朦朧，彷彿煙霧瀰漫似的。我看看左右兩側，想找出那些藍色煙霧從何而來，卻又聞到刺鼻的燒焦味。

某個地方傳來嘎吱聲，有一扇門微微開啟。那是羅徹斯特先生的門，一團團煙霧從裡面竄出來。我顧不得找費爾法克司太太的事了，也把葛瑞絲．普爾和那陣笑聲拋到腦後。頃刻間我已經進了那個房間，床鋪四周冒著火舌，床幔起火燃燒。在熊熊火焰與煙氣中，羅徹斯特先生大字張開躺在床上，睡得死沉。

「醒一醒！醒一醒！」我大聲叫。我使勁搖他，但他只悶哼幾聲，翻身又睡了，想必被濃煙燻得昏昏沉沉的了。時間緊迫，床單已經引燃了，我快步拿來他的水盆和大水罐。幸好，盆子夠大、水罐很深，也都裝滿了水。我拿起盆和罐，把水全潑向床鋪和床上的人。再飛奔回自己的房間，取來我的水罐，再次為床鋪施行洗禮。天可憐見，終於把正在吞噬床鋪的火焰消滅了。

被水澆熄的烈火嘶嘶作響，我倒完水後隨手一扔的水罐哐噹跌碎，特別是我毫不留情當頭澆灌的嘩啦水聲，終於把羅徹斯特先生喚醒了。雖然房間很暗，我卻知道他醒了，因為他發現自己泡在水裡時，爆出連串怪異的咒罵。

「鬧水災了嗎？」他叫道。

「不是的，先生。」我答道，「剛剛這房間起火了。趕快起來，拜託，您身上的火已經熄滅了，我去幫您拿枝蠟燭。」

「到底搞什麼鬼東西啊？是簡愛嗎？」他問。「妳對我做了什麼？妳這女巫，女法師！房間裡除了妳還有誰？妳企圖淹死我嗎？」

「先生，我去幫您取根蠟燭。還有，求求您，下床吧！有人設下計謀，您必須馬上找出那人，查明真相。」

「好！我下床了。妳先別急著冒險去找蠟燭，等個兩分鐘，讓我換件乾的衣服，如果還有乾衣服的話。有了，我的晨袍在這裡。妳跑著去吧！」

我確實跑著去，拿回還留在走廊的那根蠟燭。他把蠟燭接過去，舉高，檢視床鋪。他的床燒得焦黑，床單濕透了，地毯是一片水鄉澤國。

「這是怎麼回事？是誰做的？」他問。

我約略跟他敘述事件經過，包括走廊上的怪異笑聲，爬上三樓的腳步聲，還有引我走進他房間的煙霧和燒焦味道，我在他房間裡看見的情景，以及我如何把手邊找得到的水全倒在他身上。

他面色凝重地聽著。我說話時，他的神情是關切多於震驚。等我說完，他沒有立刻回應。

「要我叫醒費爾法克司太太嗎？」我問。

「費爾法克司太太？不，妳叫她有個什麼鬼用？她又能做什麼？別吵她睡覺。」

「那我去找莉雅過來，再叫醒約翰跟他太太。」

「都不用，妳什麼都別做。妳披著圍巾，如果妳不夠暖和，可以拿我那件披風披在身上，坐在那張扶手椅裡。來，我幫妳披上。把腳擱在凳子上，別弄濕了。我要把妳留在這裡幾分鐘，蠟燭我會帶走。我回來之前妳哪兒也別去，要跟老鼠一樣安靜。我得上三樓一趟。記住，別走開，也別叫醒任何人。」

他走了。我看著燭光退出房間。他躡手躡腳地走過長廊，悄悄打開樓梯間的門，再隨手關上。最後一抹光線也隨之消失。我留在伸手不見五指的黑暗中。我試著傾聽，卻什麼也聽不到。過了很長一段時間，我坐得煩了，即使有披風，還是覺得冷。既然我不能叫醒別人，似乎也沒有繼續留在這裡的必要。我正準備冒著惹惱他的危險、違抗他的命令，卻看見蠟燭的微光重新照在走廊牆壁上，也聽見他赤腳走在廊道上聲音。「希望是他，」我心想，「而不是其他更可怕的東西。」

他回到房間，臉色發白又陰鬱。「我把事情查清楚了。」說著，他把蠟燭放在臉盆架上。「跟我想的一樣。」

「怎樣，先生？」

他沒有回答，只是雙手抱胸站著，低頭凝視地板。幾分鐘後，他用有點奇怪的語調問道：

「我記不得了，妳說妳打開房門的時候有沒有看見什麼？」

「沒有，先生，只看見地上的蠟燭。」

「可是妳聽見奇怪的笑聲？我猜妳以前也聽過那個笑聲，或類似的聲音吧？」

「沒錯，先生。有個在這裡做縫紉工作的女人，叫葛瑞絲．普爾，她的笑聲就是那樣。她是個很奇怪的人。」

「就是這樣。葛瑞絲．普爾，妳猜到了。如妳所說，她有點奇怪，非常怪。嗯，我會好好思考這件事。在此同時，我很高興除了我之外，只有妳清楚今晚這起事件的詳細經過，因為妳不是多嘴多舌的蠢蛋。什麼都別說出去，我會跟大家說明這件事，」他指指床鋪，「現在妳回房去吧。我可以在書房的沙發睡到天亮。現在快四點了，再過兩小時，僕人們就起床了。」

「那麼晚安了，先生。」說著，我準備轉身離開。

他好像很驚訝。實在很矛盾，明明是他叫我走的。

「什麼！」他叫道，「妳要把我丟下，就這樣走掉？」

「先生，您說我可以走了。」

「那也不能掉頭就走，不讓我說一、兩句表達謝意和友好的話。換句話說，妳不能這樣冷淡無情地甩頭就走，妳救了我一命哪！讓我逃過恐怖又痛苦的死亡！妳竟然這樣走過我身邊，一副我們是互不相識的陌生人似的！至少跟我握握手。」

他伸出手，我把手遞過去，他先是一隻手拉住我，接著兩手握住。

「妳救了我的命，我很高興欠了妳這麼大的恩情。我只能這麼說，再沒有任何東西比恩情這種義務更叫我難以忍受。可是妳不同，簡，我受惠於妳一點都不覺得有負擔。」

他停了下來，注視著我，顫抖的嘴唇幾乎看得見他要說的話，卻沒有發出聲音。

「先生，再次祝您晚安。這件事沒有所謂的恩情、受惠、負擔或義務。」

「我早就知道，」他又說，「總有一天妳會對我有所幫助。我第一次看見妳時，就從妳的眼神看出這點，它們的神情和笑意並不是……」他又停下來，「並不是……」他急切地說下去，「無緣無故讓我發自內心感到快活。大家都說有什麼天生的同情心，我還聽說過善良的精靈，原來最無稽的神話裡也藏了些許真實。我最鍾愛的救命恩人，晚安！」

他的聲音透著奇特的能量，臉上有種不尋常的熱情。

「我很慶幸我剛好醒著。」說完，我準備離開。

「什麼？妳真的要走了？」

「先生，我會冷。」

「會冷？對了，而且妳站在一灘水裡！那麼走吧！簡，去吧！」他仍然握著我的手，我無法脫身，於是想出一個藉口。

「我好像聽見費爾法克司太太的聲音，先生。」我說。

「嗯，去吧。」他鬆開手指，我走了。

我回到床上，卻輾轉難眠。直到黎明時分，我彷彿被拋在歡樂卻不平靜的海面上，滾滾煩惱巨浪在樂陶陶的波濤底下翻攪。偶爾，我彷彿看見惡浪盡頭出現海岸，有如安息地[6]的山丘一般美麗。被希望喚醒的陣風時時吹拂，意興風發地把我的靈魂吹向彼岸。但我無法抵達，即使在幻夢中也辦不到。一股逆行的風從陸地那邊吹過來，不斷把我往後推，因為智識會抗拒狂亂，判斷力能勸阻激情。我心情激盪難以入睡，天剛破曉就起床了。

6. Beulah，見《聖經》〈以賽亞書〉第六十二章，指以色列國土，為安詳靜謐的樂土。

第十六章

這個不眠之夜的第二天，我既期待又害怕見到羅徹斯特先生。我渴望再聽見他的聲音，卻害怕與他目光交會。那天上午稍早時候，我無時無刻不期待他的出現。他不常來到教室，但有時候卻會進來站個幾分鐘，那天早上我一直覺得他肯定會到教室來。

可是整個上午一如往常度過了，沒有任何事情來干擾阿黛拉平靜的課程，只有早餐過後不久，我聽見羅徹斯特先生臥房附近人聲雜沓，有費爾法克司太太、莉雅和廚子——也就是約翰的太太——的聲音，甚至有約翰粗啞的嗓音。有人驚叫著「幸虧主人沒燒死在床上！」「睡覺不吹熄蠟燭實在很危險。」「幸好他當時想到要用水罐！」「他竟然沒叫醒任何人！」「希望他睡書房沙發沒有染上風寒。」

談話聲之後是刷洗與收拾整理的聲音。我下樓吃午餐時經過那個房間，從敞開的房門看見裡面都已經整理妥當，只有床的帷幔全拆掉了。莉雅站在窗台座位上，擦抹著被煙燻黑的窗玻璃。我正打算跟她聊聊，因為我想知道羅徹斯特先生是怎麼跟大家說明這起事件的。我跨步上前，卻發現房間有還有另一名婦人，坐在床邊的椅子上，正在縫新床幔的套環。那婦人不是別人，正是葛瑞絲·普爾。

她坐在那裡，依然那麼鎮定、沉默，照舊穿戴著褐色羊毛長袍、格子圍裙、白色手巾和帽子。她專注地工作，似乎心無旁騖。她企圖謀殺，昨晚她的被害人還追蹤到她的巢穴，而且，我相信，也質問了她意圖犯下的罪行。在這種狀況下，她冷峻的額頭和平凡的長相中卻沒有流露出半點預期中該有的慘白或焦急。我很驚訝，百思不解。我注視著她時，她抬起頭來，卻一點也不吃驚，面不改色，沒有情緒激動、良心不安或擔心害怕的現象。她跟往常一樣，用她那混濁的嗓音簡短說了聲「早安，小姐。」就拿起另一個套環和一段帶子，繼續縫紉。

「我來試探她一下。」我心想，「竟然這麼高深莫測，實在讓人無法理解。」

「早安，葛瑞絲！」我說，「這裡發生了什麼事嗎？剛才我好像聽見大家在議論紛紛。」

「主人昨晚在床鋪上看書，蠟燭沒熄掉就睡著了，結果床幔著火，幸好他在床單和床板起火以前醒來，用大水罐裡的水把火給滅了。」

「太奇怪了！」我壓低聲音，眼神注視著她，「羅徹斯特先生有沒有吵醒哪個人？沒有人聽見他的動靜嗎？」

她再一次抬頭看我，這回她的表情好像有點戒心。她似乎小心翼翼在觀察我，接著才說：

「小姐，妳知道的，僕人的房間離得比較遠，不可能聽得見。費爾法克司太太的房間跟妳的房間離主人的房間最近。費爾法克司太太說她什麼都沒聽見。人年紀大了，通常睡得比較沉。」她停頓一下，才又裝出淡然處之的態度往下說，只是語調還是不太尋常，似乎別有深意。「可是妳還年輕，小姐，我猜妳睡得很淺，也許妳聽見什麼了？」

「我是聽見了。」我壓低聲音，不讓還在刷窗子的莉雅聽見，「一開始我還以為是派勒特，可是派勒特不會笑。我很確定我聽見了笑聲，而且是很奇怪的笑聲。」

她又拉出一段線，仔細上了蠟，再用極其穩定的手把線頭穿過針眼，之後，才用十足沉穩的語氣說：「小姐，我覺得主人碰見這麼危急的情況，不太可能會笑，妳一定是在做夢。」

「我不是做夢。」我說得有點激動，因為她那厚顏無恥的冷靜惹惱了我。她又抬頭看我，同樣是那種意味深長的凝視。

「妳有沒有告訴主人妳聽見笑聲？」她問。

「今天早上我還沒有機會跟他說話。」

「昨晚妳沒想到要打開門查看一下走廊？」

她顯然也在盤問我，想不動聲色地從我嘴裡套消息。我忽然想到，萬一她發現我知道或懷疑她的罪行，一定會用她那些惡意的陰謀對付我，我覺得最好要保護自己。

「恰恰相反，」我說，「我把門閂上。」

「那麼妳晚上睡覺都不閂門的嗎？」

「惡魔！她想打聽我的習慣，方便設計陷害。」憤怒再次凌駕於謹慎之上，我很不客氣地說，「在此之前我一直沒有閂門，我覺得沒這個必要。先前我不知道住在棘園需要擔心碰到危險或被騷擾。不過，」說到這裡我特別加重語氣，「今後我上床之前一定會先把門窗鎖緊。」

「這是明智之舉。」她答道，「這附近跟其他地方一樣平靜。雖然大家都知道這裡的餐具櫃收著價值好幾百英鎊的碗盤，可是打從屋子建成至今，我從來沒聽說過有盜匪闖進來。只是，這是一棟大房子，僕人卻不多，因為主人很少住在這裡。即使他回來，因為他單身，也不需要太多人服侍。不過，我始終相信小心駛得萬年船，門最好扣緊，最好拉上門閂，把禍患擋在門外。小姐，很多人會把一切託付給神，但我認為即使神也不會省略這種防範措施，還會賜福那些謹慎採用的人。」說到這裡她才結束她的滔滔話語。以她而言這算長篇大論了，而且說話的語氣像個貴格教徒般一本正經。

目睹她如此神奇地泰然自若，如此深不可測的虛偽，我怔怔地站在那裡。這時廚子進來了。

「普爾太太，」廚子對葛瑞絲說，「僕人的午餐馬上就好了，妳要下來嗎？」

「不了，把我的黑啤酒和一點布丁放在托盤上就好了，我帶上樓去。」

「妳要吃點肉嗎？」

「一點就好，再來點乳酪，這樣就夠了。」

「西谷米呢？」

「現在先不要。茶點時間之前我會再下來一趟，我自己做就行了。」

廚子轉向我，說費爾法克司太太在等我。我就走了。

吃午餐時，我幾乎沒聽見費爾法克司太太描述床幔起火事件，我滿腦子忙著思索葛瑞絲．普爾謎一般的性格，更忙著揣摩她在棘園的角色，納悶她為什麼沒有被監禁，或者，最低限度也該被辭退。昨天晚上羅徹斯特先生幾乎等於承認他判定她有罪，到底是什麼神祕原因讓他遲遲不指控她？他為什麼要求我保守祕密？這實在太詭異了。一個英勇無畏、怒氣騰騰又驕傲自大的男士似乎受制於他最低微的下屬，完全受她掌控。即使她企圖謀害他的性命，他也不敢公開控訴她的犯行，更別提為此懲罰她。

如果葛瑞絲長得年輕漂亮，我可能會猜想，是溫柔的情愛，而非謹慎或畏懼，影響了羅徹斯特先生對她的態度。可是她容貌粗陋、年華老去，這個推論根本不成立。「不過，」我心想，「她也年輕過，她年輕時羅徹斯特先生也很年輕。費爾法克司太太曾經告訴過我，葛瑞絲在這裡住了很多年了。我不認為她年輕時有多美貌，可是，說不定她性格獨特，擁有別人沒有的長處，足以彌補外表的不足。羅徹斯特先生喜歡意志堅定或特立獨行的人，葛瑞絲至少很特立獨行。難道是過去的一時胡塗（以他那種多變又頑固的個性，是很可能做出違反常理的事）使他落入她的掌控，以至於她現在對他擁有不為人知的影響力。這是他自己行為失檢的結果，他既無法擺脫，也不敢置之不理？」可是，想到這裡，普爾太太那方正又平板的身材，那醜陋、乾枯，甚至粗糙的面容，清楚地浮現在我腦海。於是我又想，「不，不可能！我的猜測一定不對。但是，」那個總是在我們心裡對我們說話的神祕聲音說，「妳也不美麗，羅徹斯特先生卻好像喜歡妳。至少，妳經常覺得他喜歡妳。何況昨天晚上，別忘了他說的話、別忘了他的表情、別忘了他的聲音！」

我記得很清楚，那些話語，那些眼神和那種語調似乎活靈活現地出現在眼前。現在我在教室裡，阿黛拉在畫畫，我俯身靠著她，在調整她的鉛筆。她有點驚訝地抬起頭。

「愛小姐，妳怎麼了？」她用法語說，「妳的手抖得像樹葉，而且妳的臉很紅，紅得像櫻桃！」

「阿黛拉，我一直彎著身子，所以很熱！」她繼續素描，我繼續尋思。

我趕緊把腦子裡有關葛瑞絲．普爾的討厭念頭驅逐出去，它令我嫌惡。我拿自己跟她比較，發現我們沒有共通點。貝西說我像個淑女，她說的是真話，我確實是個淑女。現在的我又比那次貝西見到我時又更好看了，我的臉色更紅潤、身材更豐腴，更有朝氣，更活潑，因為我有了更光明的希望和更熱衷的樂趣。

「天色晚了。」我望向窗戶時心想，「今天一整天屋子裡都沒聽見羅徹斯特先生的聲音或腳步聲，不過，就寢前我一定會看見他。早上我還害怕見到他，現在卻渴望見他。因為一整天期待落空，我已經沒了耐心。」

等到暮色四合，等到阿黛拉離開我、回兒童房找蘇菲玩，我真的非常想見到他。我側耳傾聽樓下的搖鈴，留意莉雅帶著口訊上樓的腳步聲。有時我彷彿聽見羅徹斯特先生的腳步聲，轉頭面向房門口，期待門打開來，期待見到他走進來。房門卻始終關著，只有夜色從窗子進來。時間還早，他通常七點到八點叫我下樓，這會兒才六點。今天我一定不會失望的，畢竟我有太多話要跟他說！我要再跟他談談葛瑞絲．普爾的事，聽聽他怎麼說。我要直截了當問他，他是不是確認昨晚的恐怖事件是葛瑞絲做的？如果是，又為什麼不公布她的惡行？我不在乎自己的好奇心會不會惹他生氣。我很擅長激怒他之後再安撫他，這是我最喜歡做的事。我本能地知道該什麼時候收手，從不會跨越界限惹他發火，卻很喜歡測試自己遊走邊緣的本事。我每一分每一秒都保持恭敬的態度、謹守自己的本份，毫無畏懼又坦然自在地與他爭辯，這種模式對他和我都很合適。

樓梯上終於傳來嘎吱嘎吱的腳步聲。莉雅出現了，但她只是通知我茶點在費爾法克司太太房間準備好了。我於是前往費爾法克司太太的房間。很高興終於可以下樓，因為我覺得下樓後就離羅徹斯特先生更近了。

「妳一定想喝茶了。」我到的時候，慈祥的費爾法克司太太說，「妳午餐吃得很少。我擔心，」她又說，「妳今天是不是不太舒服，滿臉紅通通的，像在發燒。」

「哦，我很好！從來沒有感覺這麼好過。」

「那妳就用好胃口來證明。我把這最後一點織完，妳能不能幫忙倒茶？」她做完手邊的工作之後，起身去放下百葉窗。原本拉開來可能是為了讓陽光照進來，現在黃昏的微光已經迅速轉成暗淡的夜色。

「今晚天氣真好。」她望向窗外時說，「雖然沒有星星。看樣子羅徹斯特先生的旅途應該很平順。」

「旅途！羅徹斯特先生去哪兒了嗎？我不知道他出門了。」

「哦，他吃過早餐就走了！他到里斯去了，去拜訪埃希頓先生，在密爾科特再過去十六公里的地方。那裡好像聚了一大群人，英葛蘭大人、喬治．黎因閣下、丹特上校，還有其他人。」

「他今晚會回來嗎？」

「不會，明天也不會。我猜他很可能停留個一星期或更久。這些漂亮時髦的人一旦聚在一起，就會沉浸在高雅的歡樂氣氛中，盡享各種趣事和娛樂，他們不會急著分別。這種場合多半很需要男士出席，而羅徹斯特先生在人群裡是這麼有才華、這麼活潑有朝氣，我相信他向來最受歡迎。那些女士們都很喜歡他。妳可能會覺得，以他的相貌，在女士們面前可能不是那麼討好。不過，我認為他的學識和能力，也許還有他的財力和家世，可以彌補外表上的小小缺憾。」

「里斯也有女士嗎？」

「有埃希頓太太和她的三位千金，都是非常端莊的小姐。還有高貴的白蘭琪．英葛蘭和瑪麗．英葛蘭，我覺得她們是最美麗的女士。我見過白蘭琪，大約六、七年前的事了，那時她十八歲，來參加羅徹斯特先生舉辦的聖誕節舞會和派對。妳真該看看那天用餐室的模樣，布置得多麼氣派非凡，燈火多麼閃亮耀眼！我猜那天差不多有五十位男女賓客，都是來自本郡的名門貴冑。那天晚上白蘭琪是公認的第一美女。」

「費爾法克司太太，妳說妳見過她。她長什麼模樣？」

「是啊，我見過她。當時用餐室的門打開來，因為是聖誕假期，僕人們可以聚在大廳，聽聽其中一些女賓唱歌彈奏。羅徹斯特先生會讓我進用餐室，靜靜坐在角落觀看他們。我從來沒見過比那更華麗的情景，女士們個個打扮得珠光寶氣。大多數人，至少大多數年輕女孩都標緻極了，可是白蘭琪小姐肯定是最出眾的一個。」

「那麼她長什麼樣呢？」

「個子高䠷，上身豐滿、肩膀微斜，脖子又長又典雅，橄欖色面容，黝黑又明亮。高貴的五官，眼睛有點像羅徹斯特先生的，又黑又大，跟她的珠寶一樣透著光彩。她有一頭烏黑的秀髮，髮型非常得體，腦後是濃密的髮辮，額前有我所見過最長、最有光澤的鬈髮。她穿著一身純白禮服，兩肩和胸前披著一條琥珀色絲巾，絲巾繫在側邊，長長的流蘇直垂到膝蓋。她頭髮上別著一朵琥珀色的花朵，跟她那一頭烏黑的鬈髮形成強烈對比。」

「大家都很欣賞她吧？」

「是啊，一點也沒錯。不只欣賞她的美貌，還欣賞她的才華。她唱了歌，有位男士彈鋼琴幫她伴奏。她還跟羅徹斯特先生表演二重唱。」

「羅徹斯特先生？我不知道他會唱歌？」

「哦！他有副很不錯的男低音嗓子，對音樂也很有鑑賞力。」

「那麼白蘭琪小姐呢？她的歌聲怎麼樣？」

「很渾厚有力，她唱起歌來舒暢又開懷，聽她唱歌真是一種享受。唱完歌她還會彈琴，我不懂音樂，可是羅徹斯特先生懂，我聽他說過她的琴藝很高超。」

「可是這位美麗又有才華的小姐，她還沒結婚嗎？」

「顯然還沒。我猜她跟她妹妹都不是很有錢。老英葛蘭大人的田產多數都限定繼承了，幾乎全歸到長子名下。」

「難道沒有哪個有錢的貴族或紳士看上她，比如說羅徹斯特先生。他很有錢，不是嗎？」

「哦！是啊。可是他們年紀差很多，羅徹斯特先生快四十了，她才二十五。」

「那又怎樣？每天都有差距比他們更大的人結成夫妻。」

「話是沒錯。可是我不覺得羅徹斯特先生會有那種念頭。妳什麼都沒吃，開始喝茶到現在，妳根本沒吃什麼。」

「不了，我渴得吃不下，我能不能再喝一杯茶？」

我正準備繼續談論羅徹斯特先生和美麗的白蘭琪小姐之間的發展，阿黛拉卻進來了，話題於是轉到另一個方向。

等重新獨處時，我咀嚼著聽來的訊息。我檢視著自己的內心，解析它的想法和感覺，伸出嚴格的手，把那些在無邊無際、無跡可循的無聊幻想中盲目馳騁的思緒找回來，安置在穩妥的常理之中。

記憶在我自己的內心法庭受審，它提出的證據就是從昨晚開始、我所珍視的希望、心願與情感，以及將近兩個星期以來我縱容自己沉迷其中的心理狀態。這時理智走上前，以她素來低調的風格說了一段平實無華的故事，顯示我如何地抗拒現實，如何義無反顧地貪求空想。我於是宣布以下判決：

天底下再沒有比簡愛更傻的傻子了，即便是比她更荒唐的白痴，也不會讓自己沉溺於那些甜美的謊言中，把毒藥當成花蜜吞食。

「**妳**，」我說，「羅徹斯特先生的最愛？**妳**，擁有取悅他的天賦？**妳**，在他心目中很重要？啐！妳的愚蠢讓我反胃。妳為別人的偶然偏愛喜不自勝，那只是一個閱歷豐富的名門男子對待下屬兼新手模稜兩可的態度。妳怎麼敢？可憐的愚蠢呆瓜！多為自己著想也不能讓妳學聰明點嗎？今天早上竟還在重溫昨夜那短暫的一幕？掩住妳的臉，妳該覺得羞恥！他說了讚美妳雙眼的話，是嗎？瞎了眼的傻瓜！睜開妳昏聵的眼皮，看清楚妳自己可惡的無知！女人受到雇主讚美一點好處都沒有，雇主不可能想娶她。任何女子放任祕密情意在心底滋長，都是瘋狂行徑。那份情意如果沒得到回應，如果永遠不見天日，最後必定反噬餵養它的那個生命。再者，就算被發現了，得到了回應，也只會像鬼火被引入泥濘的荒野，永遠不得解脫。

「那麼，簡愛，仔細聆聽妳的判決：明天，把鏡子擺在面前，用蠟筆畫下自己的肖像。要忠實描摹，不許淡化一丁點缺陷，不許省略難看的線條，不許柔化礙眼的歪扭。在底下寫上『舉目無親、一無所有、相貌平平的女家教。』

「之後，再拿起一塊平滑的乳白色顏料，妳的畫盒裡就有一塊。拿起妳的調色盤，調出最鮮嫩、最細緻、最清透的色彩。再拿出妳最柔軟的駝毛筆，用心畫出妳所能想像最美麗的臉龐。依據費爾法克司太太對白蘭琪．英葛蘭的描述，用妳最柔和的色彩和最美妙的線條畫出來。別忘了那烏黑的鬈髮、晶亮的眼眸。什麼！妳用羅徹斯特先生當模特兒！聽話！不准哭泣！不准感傷！不准後悔！我只接受理性和決心。回想一下那端莊和諧的輪廓線條，那希臘式的頸子與上身。要畫出圓潤又迷人的臂膀，還有纖細的手。別遺漏了鑽石戒指或金手鐲，忠實地呈現那一身裝扮，輕盈的蕾絲、熠熠生輝的綢緞、雅致的絲巾和金黃色玫瑰。標記為：『白蘭琪，才華洋溢的大家閨秀。』

「往後的日子裡，只要妳又幻想羅徹斯特先生對妳有好感，拿出這兩張畫像，比對一下，對自己說，『羅徹斯特先生如果願意努力，也許會贏得這位高貴美人的芳心，他會把心思白費在這個身無分文又卑微渺小的平民身上嗎？』」

「我會畫。」我下定決心。做出這個決定後，我心情平靜下來，也睡著了。

我信守承諾。區區一、兩個小時就足以用蠟筆畫出我的自畫像。不到兩星期我就畫好想像中的白蘭琪．英葛蘭的乳白色縮影。那張臉是夠嬌俏的了，跟那幅蠟筆的頭像相比，其間的差距很能產生自我克制的功效。這項任務讓我獲益匪淺，讓我的腦子和雙手保持忙碌，也穩穩地把我想銘刻在心中的印象強而有力地烙印下來。

不久之後，我便有資格恭賀自己，因為我成功地強迫自己的情感屈服於有益健康的紀律。多虧這項任務，我才能相當平靜地面對後續事件。萬一我在毫無防備的狀態下遭遇那些事，肯定會慌了手腳，就連表面的平靜也很難維持。

第十七章

一星期過去了，沒有羅徹斯特先生的消息。過了十天，他還是沒回來。費爾法克司太太說，假使羅徹斯特先生直接從里斯去倫敦，再從倫敦出發前往歐洲大陸，未來一年內不再踏進棘園一步，她也不會覺得驚訝，因為他經常在無預警狀況下突然離開。聽到這些話時，我內心開始感受到一股怪異的淒涼與落寞。事實上，我容許自己浸淫在失望的鬱悶情緒裡。不過，我連忙喚醒自己的理智，重拾自己的原則，頃刻間就收拾好情感。真慶幸我安然度過一時的失誤，慶幸我能及時改過，醒悟到自己沒有理由太過看重羅徹斯特先生的動向。我不是用卑微的奴性逼使自己認份，恰恰相反，我只告訴自己：

「除了領薪水教導學生之外，妳跟棘園的主人沒有任何關係。如果妳表現稱職，就可以期待他尊重妳、善待妳，但妳要對此心懷感恩。切記，妳跟他之間唯一得到他認可的關係就是這個，所以別把妳的情懷、妳的痴迷與妳的苦惱投射在他身上。他跟妳不是同一類人，記住自己的身分，要自重，別把全部心思、靈魂和力量虛擲在不被需要的地方，去遭人唾棄。」

我平靜地繼續我的日常作息，只是，某些不明確的念頭不時飄過我理性的腦海，告訴我種種應該離開棘園的理由。我也不自主地構思起廣告內容，猜測著未來會找到什麼樣的新職位。我並不打算制止這類思緒，就隨它們去發芽結果吧。

羅徹斯特先生出門超過兩星期之後，郵局捎來一封給費爾法克司太太的信。

「是主人寄來的。」她看了發信地址後說，「現在我們總算可以知道他要不要回來了。」

她把信拆開來讀的時候，我繼續喝我的咖啡（當時我們在吃早餐），咖啡很燙，我的臉頰突然像有火在燒，我把它歸咎於咖啡的熱度。至於我的手為什麼顫抖，我又為什麼把半杯咖啡灑在碟子裡，我則不願多想。

「嗯，有時候我覺得我們日子過得太平靜，現在總算有機會忙碌一番了，至少要忙上一陣子。」費爾法克司太太說，信箋還拿在眼鏡前。

在我允許自己進一步追問之前，我先綁緊阿黛拉碰巧鬆開來的圍兜，再幫她再拿一塊圓麵包，把她杯子裡的牛奶倒滿，才若無其事地問：「羅徹斯特先生短時間之內不會回來吧？」

「他會回來，他說三天內會到，那就是星期四了。他也不是自己一個人回來。我不知道那些在里斯的尊貴人士有幾位要跟他一起回來，他要我們把所有最好的房間都準備好，書房和客廳都要打掃乾淨，還要我到密爾科特的喬治旅館或任何地方找幾個廚房幫手。女賓們會帶自己的侍女，男士們則帶著僕從，所以我們會有一屋子的人。」說完，她草草吃完早餐，趕緊張羅去了。

接下來那三天，正如費爾法克司太太所說，忙得不可開交。我原本以為棘園裡所有房間都乾淨漂亮又井然有序，看來我錯了。費爾法克司太太找了三個婦人來幫忙，大家努力刷刷洗洗、擦擦抹抹，洗牆壁，拍地毯，畫像拿下又掛上，擦亮鏡子和吊燈，點燃房間裡的爐火，把床單和羽絨被拿到爐邊烘暖。我從沒見過這種陣仗，以前沒有，往後也沒有。這場忙亂之中，阿黛拉心情極其浮躁，迎接賓客的各種準備工作和對賓客的期待似乎讓她陷入狂喜。她會要求蘇菲檢查她的「服飾」，她是這麼稱呼她的連衣裙的，把那些「過時」的更新一番，那些新的就拿出來透透氣，整理整理。至於她自己，什麼也不做，整天在前排那些房間鑽進鑽出，在床板上跳上跳下，或直接倒臥在那些擺在烈焰沖天的爐火前烘烤的床墊、靠墊和枕頭上。這段期時她解脫了課堂的束縛，因為費爾法克司太太硬拉我去當她的助手，我整天都待在冷食室裡，協助（或妨礙）她和廚子，學著做蛋奶凍、乳酪蛋糕和法國糕點，學會捆紮雞鴨魚和裝飾甜點餐盤。

賓客預計星期四下午抵達，正好趕上六點鐘用晚餐。這段期間內我沒有時間沉思冥想，我相信自己跟所有人——阿黛拉除外——一樣活躍、一樣開心。然而，我在歡笑中偶爾還是會猛然心情低落，會無法自拔地墜入疑慮與惡兆之中，滿腦子的不祥揣測。那多半是我碰巧見到三樓樓梯門（這道門最近始終鎖著）慢慢打開、看見葛瑞絲．普爾的身影出現在那裡，同樣拘謹的帽子、白色圍裙、手帕。當我看見她緩步走過長廊，穿著拖鞋的腳無聲地向前邁進；當我看見她探頭張望鬧哄哄、忙亂不已的房間，開口說句話，也許只是告訴打雜的婦人該怎麼擦亮爐柵、清理大理石壁爐架，或清除壁紙上的污漬，說完又繼續向前走。她就這樣每天下樓去一趟廚房，吃她的午餐，在爐床上抽一管菸，而後帶著那一壺慰藉心靈的黑啤酒，回到她陰森的三樓棲身處。二十四小時之中，她只會在樓下跟她的同僚相處一小時，其餘時間全都在三樓某間低矮的橡木房間裡度過。她就坐在那裡面縫紉，也許煩悶地對自己發笑，跟牢房裡的囚犯一樣孤寂落寞。

最奇怪的事情是，除了我之外，整棟房子裡沒有一個人注意到她的習性，也沒有人對她的舉止感到驚異：沒有人談論她的角色或職務，沒有人同情她的寂寞與孤立。有一回，我確實聽見莉雅跟一個打雜婦人的部分談話，談話主題正是葛瑞絲．普爾。莉雅說的話我沒聽見，那個打雜婦人回應道：「我猜她的薪水很高？」

「沒錯，」莉雅說，「真希望我也領那麼多，倒不是說我的薪水有什麼好抱怨的，棘園給工資一點也不吝嗇。可是，我的薪水還不到葛瑞絲．普爾的五分之一。她存了不少錢，每三個月就到密爾科特的銀行存錢。我敢說她已經存夠錢了，就算離開，也不必擔心生活成問題。不過，我猜她已經習慣這裡了，何況她還不到四十歲，身子還很硬朗，什麼事都能做，現在退休還太早。」

「我敢說她很會做事。」那個打雜的婦人說。

「嗯！她知道自己該做什麼，沒有人比她更內行了。」莉雅意味深長地說，「她那份工作不是誰都做得來的，不是人人都有本事賺那麼高的薪水。」

「確實如此！」那婦人回答，「不知道主人……」

打雜婦人還在說，莉雅轉頭看見我，馬上用手肘頂了一下她的同伴。

「她不知道嗎？」我聽見那婦人悄聲問。

莉雅搖搖頭，她們的談話自然而然中斷了。我從中得到的結論是，棘園裡有個祕密，而我被刻意排除在謎底之外。

星期四到了，所有的工作都在前一天晚上完成，地毯放回去了，床幔加了綴飾，雪白的床單鋪平了，盥洗枱安排妥當，家具擦拭過了，花瓶裡插滿了花。所有房間和休息室看起來都清爽明亮到了極點。大廳也徹底刷洗了一番，那座大型雕刻時鐘、樓梯踏板和欄杆也都擦得跟鏡子一樣亮，用餐室的餐具櫃裡杯盤碗碟晶瑩剔透，客廳和小起居室到處都有盛開的奇花異卉。

到了下午，費爾法克司太太穿上她最好的黑色綢緞禮服、戴上手套和金錶，因為她要出面接待賓客，引導女賓到她們的房間。阿黛拉也會特別打扮。我認為她那天恐怕沒機會出去見客，不過，為了讓她開心，我讓蘇菲幫她穿上一件棉布短蓬裙。至於我自己，根本不需要做任何改變，我不至於被召喚離開教室這處聖殿。如今教室真的變成我的聖殿了，是「遭遇苦難時的可喜避難所」1。

那是一個溫和晴朗的春日，就是那種三月底四月初之際、陽光燦爛、大地生輝的日子，彷彿在通報夏季的到來。那時天色已近黃昏，幸好傍晚的天氣還很溫暖，我坐在教室裡授課，窗戶打開著。

「時間很晚了，」費爾法克司太太走進來，裙裾沙沙作響，「幸好我預先通知廚房，要比羅徹斯特先生預訂的時間晚一個小時開飯，現在已經過六點了。我派了約翰到大門那邊看看路上有沒有動靜，從大門口往密爾科特的方向看，可以看得很遠。」她走到窗子旁。「約翰來了！」說著，她探頭出去，「約翰，有消息嗎？」

「女士，客人來了，」約翰答道，「再過十分鐘就到了。」

阿黛拉奔到窗子旁，我跟了過去，刻意站在一旁，躲在窗簾後面，免得往外看時被看見。

約翰預告的十分鐘顯得非常漫長。終於，車輪聲轆轆傳來，四名騎士策馬奔上車道，之後是兩部敞篷馬車。車裡滿是翩翩翻揚的面紗和迎風舞動的彩羽，騎士之中有兩人是年輕時髦的男士，第三個是羅徹斯特先生，騎著他的黑馬梅蘇爾，派勒特跑在前面。他身邊有位女騎士，他們倆騎在隊伍最前頭。她的紫色騎裝幾乎掃過地面，面紗在風中拖得很長，在透明的褶層中微微閃爍著的，是烏黑亮麗的長鬈髮。

「白蘭琪小姐！」費爾法克司太太叫道，隨後她趕忙下樓迎賓。

騎士與馬車隨著車道前進，很快轉過屋角，消失在我的視線裡。阿黛拉苦苦哀求我讓她下樓，我把她抱在膝頭，對她說，不管現在或任何時刻，除非她聽到傳喚，否則不可以貿然出現在那些女士們面前，不然羅徹斯特先生會非常生氣。聽完我的話，她「泫然泣下」[2]，見到我沉下臉來，才乖乖擦掉眼淚。

此時大廳傳來歡樂的說話聲，男士們的低沉嗓音和女士們銀鈴般的話語無比和諧地交融在一起，其中最明顯的，是棘園主人不算響亮卻鏗鏘有力的話聲，在歡迎他美麗俊俏的賓客大駕光

1. 出自《聖經》〈詩篇〉第四十六章第一節。
2. 出自《失樂園》。

臨。接著，輕盈的腳步聲上了樓梯，又靈巧地走過長廊，伴隨著愉快的笑聲、開門關門聲，不久後，只剩一片靜默。

「她們進房換衣服了。」阿黛拉用法語說。她一直聽得很專注，追蹤她們的動向。她嘆了一口氣。

「跟媽媽住的時候，」她說，「家裡如果有客人，我會一直跟著她們，去客廳或進她們房間。我經常看那些侍女幫她們換衣服，整理頭髮，好好玩喔，邊看可以邊學。」

「阿黛拉，妳不餓嗎？」

「餓呀，小姐，我們已經五、六個小時沒吃東西了。」

「嗯，趁客人們在房間裡，我下樓去幫妳找點東西吃。」

我戰戰兢兢地離開我的庇護所，走那道直達廚房的側梯。廚房裡爐火旺盛，一片忙亂，湯和魚已經進入最後的料理階段，廚子全神貫注俯身在大鍋上方，一副整個人隨時會起火燃燒似的。僕人的大廳裡有兩名車伕和三名男賓僕從，或站或坐圍在壁爐旁，侍女們想必跟她們的太太小姐在樓上，從密爾科特雇來的雜役則是忙進忙出的。我穿越這一片混亂，終於來到冷食室，拿了一隻冷雞，一條麵包，幾個餡餅，一、兩個碟子和刀叉，然後帶著戰利品迅速撤退。我回到長廊，順手把側門帶上，卻聽見嗡嗡話聲愈來愈響亮，警告我女客們即將離開她們的房間。我若想走回教室，一定得經過其中幾扇門，手上端著食物可能會引人側目，只好在長廊盡頭站定。那裡沒有窗子，光線原本不足，加上太陽已經西沉，暮色蒼茫，所以變得十分陰暗。

房間裡的美麗賓客陸續走出來，一個個都顯得欣喜又快活，身上衣裳在幽暗的暮色中閃閃發光。她們一群人在長廊的另一端站了一會兒，輕聲細語地閒聊片刻，才走下樓梯。腳步悄然無聲，就像清透薄霧滑下山坡。她們帶給我的整體印象是系出名門的典雅姿態，是我從來不曾見識過的。

我看見阿黛拉把教室門打開一道小縫，躲在門後偷看。「好漂亮的女士呀！」她用英語讚嘆道，「哦，真希望我可以去找她們！妳猜，晚餐後羅徹斯特先生會不會叫我們下去？」

「不會，我猜他不會。羅徹斯特先生還有很多事要忙。今晚別管那些女士了，也許明天妳就能見到她們。這是妳的晚餐。」

她真的餓了，雞肉和餡餅成功地轉移她的注意力。我把我們的食物分了些給蘇菲，也多虧我搜刮了這批糧食，否則阿黛拉、我和蘇菲可能連晚餐都沒得吃，樓下的人忙得沒時間想到我們。九點鐘過後甜點還沒送出去，十點時男僕還端著托盤和咖啡杯奔進奔出。我允許阿黛拉比平時晚一點上床，因為她說樓下門開開關關、人來人往的，她不可能睡得著。她還說，說不定她換了睡衣以後，羅徹斯特先生就派人送口信來，「那多可惜呀！」

我跟她說故事，她肯聽多少就說多少。為了換換口味，我也帶她到走廊。底下大廳的燈已經點亮了，她很喜歡隔著欄杆看僕人在底下往來穿梭。夜深時，客廳傳來音樂聲，早先鋼琴已經搬進去了。我跟阿黛拉坐在樓梯頂端聆聽。這時有個歌聲跟鋼琴繁複的樂音交融在一起，那是一位女士在唱歌，嗓音非常清越。獨唱結束後，二重奏登場，之後是重唱曲，曲子跟曲子之間總會穿插愉快的交談聲。我聽了很久，發現自己的耳朵全心全意在解析那些混雜的談話聲，設法在各種口音中找出羅徹斯特先生的聲音。我很快就辨識出來，開始把那些遙遠的模糊話聲重塑為語句。

鐘敲了十一響，我看看阿黛拉，她的頭已經靠在我肩膀上，眼皮睜不開了。我把她抱起來，送回床上。等那些男女賓客回房時，時間已經過了一點。

第二天天氣跟前一天一樣好，賓客們決定到附近景點走走。他們上午早早就出發了，有些人騎馬，其餘的人乘馬車。我目睹了他們出發跟回來的情景。白蘭琪小姐同樣是唯一一位騎馬的女士，羅徹斯特先生也同樣騎在她身邊。他們倆跟別人拉開一段距離。我把這幕情景指給跟我一起站在窗邊的費爾法克司太太看。

「妳說他們不可能結婚。」我說，「妳看，比起其他女士，羅徹斯特先生顯然比較喜歡她。」

「嗯，沒錯，他的確很欣賞她。」

「她也很欣賞他。」我說，「妳看她的頭一直靠向他，好像在聊什麼體己話似的。真希望我可以看看她的長相，我到現在還沒有機會見到。」

「妳晚上就有機會看見她。」費爾法克司太太說，「我碰巧向羅徹斯特先生提起，說阿黛拉很想見見那些女士，他說，『哦！晚餐後讓她到客廳來，請愛小姐陪她來。』」

「他只是基於禮貌隨口說說，我應該不需要去。」我說。

「我跟他講過，說妳不習慣人多的場合，可能不太喜歡跟這麼興高采烈的一群人相處，何況那些都是陌生人。結果他二話不說馬上回答，『胡扯！如果她拒絕，告訴她我特別希望她能下來，如果她還是堅持不答應，就說我會親自去抓她下來。』」

「不必麻煩他了。」我說，「如果別無選擇，我會去，可是我實在不喜歡。費爾法克司太太，妳會去嗎？」

「不，我跟他告假，他同意了。我教妳個方法，可以免掉眾目睽睽下進場的尷尬，這種事最麻煩的就是這點。妳要趁女賓們還沒離開餐桌、客廳沒人的時候進去，找個妳喜歡的僻靜角落坐下來。男士們到場以後妳就不需要久留，除非妳想留下來。只要讓羅徹斯特先生看到妳在那裡，就可以偷偷溜走，不會有人注意到的。」

「妳覺得這些人會在這裡住很久嗎？」

「大概二到三星期吧，肯定不會更久。等復活節假期結束，最近剛當選密爾科特鎮議員的喬治・黎因爵士就要進城去走馬上任了。我猜羅徹斯特先生會陪他去。他這次竟然在棘園住了那麼長時間，實在讓我很意外。」

我懷著驚恐的心情，靜候帶阿黛拉前往客廳的時間。阿黛拉聽說晚上她就能見到那些女士，一整天都雀躍不已，直到蘇菲開始幫她打扮，才鎮定下來。梳妝打扮過程很重要，所以她一直很穩定，等到她的鬈髮一簇簇滑順地垂墜下來，粉紅色的綢緞洋裝穿在身上，長長的腰帶繫好，蕾絲露指長手套調整妥當，她已經跟法官一樣嚴肅。根本不需要提醒她別弄皺衣裳，她穿好衣服後，就端莊地坐在自己的小椅子上，坐下之前還特別把裙襬提起來，免得坐皺了。她還向我保證，在我打扮好以前，她都不會站起來。我不一會兒工夫就準備好了。我迅速穿上我最好的衣裳（那件銀灰色洋裝，是為了參加譚波老師婚禮買的，那次之後再也沒穿過），頭髮三兩下就梳理平順，我唯一的首飾——那只珍珠別針——也馬上戴好了。於是我們下樓了。

幸好我可以走另一扇門進客廳，不必經過客人們正在用餐的用餐室。我們進去時，客廳空無一人，大理石爐床上熾烈的火焰靜靜燃燒著，桌上的鮮麗花朵之間立著一根根蠟燭，孤單地放著光芒。緋紅的帷幔垂掛下來遮住拱門。儘管只有區區一道布簾隔開在隔壁用餐的賓客，但他們壓低了聲音在交談，聽起來只是輕柔的嗡嗡聲。

阿黛拉似乎還沉浸在某種讓她端莊肅穆的氛圍中，不發一語地坐在我指定的腳凳上。我從附近桌子拿起一本書，走到窗台座位，努力靜下心來閱讀。阿黛拉把她的腳凳挪到我腳邊，不久，她碰碰我的膝蓋。

「什麼事，阿黛拉？」

「我能不能拿一朵漂亮的花？這樣我的服飾才算完整。」

「阿黛拉，妳太在意妳的『服飾』了。好吧，給妳一朵花。」我從花瓶拿一枝玫瑰，別在她的腰帶上。她異常滿足地輕聲嘆息，彷彿她幸福的杯盞已經滿溢。我忍俊不住，只得別過頭去。這個巴黎小女孩在穿著打扮上那股與生俱來的認真投入，實在讓人既好氣又好笑。

用餐室傳來賓客起身的聲音，拱門的帷幔掀了起來，露出用餐室的情景。吊燈大放光明，照耀著擺在長桌上超大甜點盤裡的刀叉和玻璃器皿。一群女士站在門口，她們進來之後，帷幔隨即放下。

女賓總共只有八位，然而，她們走進來時，讓人覺得人數比實際多出很多。其中有幾位身材很高䠷，很多人穿了一身雪白，裙襬極寬，乍看之下，體形似乎放大不少，彷彿在雲霧中變大的月亮。我起身對她們行屈膝禮，有一、兩個人點頭回應，其他人只是盯著我看一眼。

她們在客廳裡各自散開，動作輕巧又活潑，讓我聯想到一群毛羽豐足的白色鳥兒。有人斜倚在沙發或軟榻上，有人俯身在桌旁，觀看書本和花朵，其他人則是圍在壁爐旁，用一種壓低卻不失清晰的嗓音交談著。她們似乎很習慣用這種聲調說話。後來我知道了她們的名字，現在就先介紹一番。

首先是埃希頓太太和她兩個女兒。埃希頓太太年輕時想必也是美人，如今風韻猶存。至於她的女兒，姊姊叫艾咪，個子嬌小，面容和舉止都流露著一股稚氣，身材玲瓏可愛，一身白色棉布洋裝和藍色腰帶把她襯托得很美。妹妹叫露易莎，個子高些，身材更好看些，面貌姣好，就是法語中所謂的「個性美」，兩姊妹都美得像百合花。

黎因夫人約莫四十歲，身材胖大結實，看起來背脊挺直、高不可攀，她穿著一襲色澤變幻多端的華麗綢緞長禮服，深色頭髮上裝飾著淡藍色羽毛和珠寶髮箍，顯得光滑柔順。

丹特上校夫人打扮得比較含蓄，不過，我卻覺得她更為嫻淑高貴。她身材瘦小，溫和的面容略顯白皙，髮色明亮。在我眼中，她的黑色綢緞洋裝、外國蕾絲披巾和珍珠首飾，比那位色彩繽紛的男爵遺孀黎因夫人更為討喜。

最引人注目的三位女性——部分原因可能是她們在這群人之中個子最高——是英葛蘭爵士遺孀和她的兩個女兒白蘭琪與瑪麗，她們三個都是身高極高的女人。英葛蘭夫人年紀大約介於四十到五十之間，身材保持得很不錯，頭髮還很烏黑，至少在燭光下看來是如此。牙齒顯然也狀態良好。以她的年齡而言，大多數人應該都會認為她駐顏有術。光從外表來看，也的確如此。她的神態和舉手投足之間流露出一股幾乎叫人無法忍受的傲慢。她生了一副羅馬人的五官，雙層下巴遁入柱子般的脖子裡，這些特徵不只給我一種膨脹與黯淡感，就連皺紋裡都寫滿了高傲。她的下巴也依循同樣原則，幾乎違反自然地高揚起來。同樣地，她的眼神也是銳利又頑固，讓我想起里德太太的眼睛。她說話的時候嘴唇裝腔作勢，嗓音低沉、音調浮誇又武斷。簡單說，就是很讓人受不了。她穿著深紅色天鵝絨長禮服，戴著某種繡了金線的印度布料頭巾，營造出（我猜她是這麼認為）一種無懈可擊的皇室威嚴。

白蘭琪和瑪麗兩人身材不相上下，都像白楊樹一樣又高又直。以身高來看，瑪麗稍嫌苗條，白蘭琪的體態卻像月神黛安娜。當然，我是以一種特殊的眼光觀察她。首先，我想看看她的外貌是不是符合費爾法克司太太的描述；其次，我想知道她跟我憑想像畫出來的肖像有沒有一點接近；第三（這點最重要！），我想知道她是不是我所猜測羅徹斯特先生會喜歡的那種女性。

以外表而言，她每一點都符合，跟我畫的肖像和費爾法克司太太的形容都很接近。那高貴的上半身、略斜的肩膀、優雅的頸子、黑色的眼眸和烏黑的鬈髮，全都相去無幾。至於她的臉蛋呢？她的臉像她母親，是少了皺紋的年輕版。一樣的狹窄額頭、一樣的高傲五官、一樣的驕傲自豪。不過，她的自豪不像她母親那樣帶點憂鬱！她笑個不停，笑聲中帶著嘲諷，她總是往上翹又神氣活現的嘴唇也是一樣。

據說天才的自我意識都很強。我不知道白蘭琪小姐是不是個天才，但她自我意識很強，對自己的存在非常敏感。她跟丹特太太聊起植物學，丹特太太似乎沒有植物學方面的知識，不過，據她自己所說，很喜歡花朵，「尤其喜歡野花」。白蘭琪小姐對植物學略知一二，自命不凡地開口閉口套用專有名詞。我發現她在**抓**丹特太太的語病（套用世俗的說法），換句話說，在玩弄她的無知。她**抓人語病**的手法也許夠高明，卻肯定有欠寬厚。她會彈琴，技巧非常高超；她會唱歌，歌聲很迷人；她跟自己的母親說法語，而且說得很好，既流利又字正腔圓。

瑪麗的表情比白蘭琪更溫和、更大方，五官比較細緻，膚色也比較白皙（白蘭琪小姐皮膚黑得像西班牙人）。可惜瑪麗少了點活力，臉部沒什麼表情，眼睛欠缺光采。她沉默無語，一旦坐下來，就像壁龕裡的雕像似的，一動也不動。兩姊妹都穿了一身純白。

現在我還認為羅徹斯特先生會選擇白蘭琪小姐這樣的對象嗎？我說不上來，我並不清楚他在女性容貌上的偏好。如果他喜歡光芒萬丈的，那麼她正是光芒萬丈那一種，何況她才華出眾，神采飛揚。我認為大多數男士都會愛慕她，也認為羅徹斯特先生**確實**愛慕她。我似乎已經掌握了證據，只等親眼目睹他們相處時的模樣，就能排除最後一絲疑惑。

讀者呀，你不會認為這段時間阿黛拉一直坐在我腳邊的矮凳上吧。不是的，女賓們走進來以後，她站了起來，上前去跟她們打招呼，端莊又嚴謹地鞠躬致敬，有模有樣地用法語說：

「女士們，大家好。」

白蘭琪小姐帶著嘲弄的表情低頭看著阿黛拉，說，「哦，真像個小娃娃！」

黎因夫人說，「我猜她是羅徹斯特先生收養的女孩，就是他提起過的那個法國女孩。」

丹特太太親切地拉著阿黛拉的手，還吻了她一下。艾咪和露易莎同時驚呼出聲：

「好可愛的小孩！」

她們叫阿黛拉到沙發那邊，阿黛拉此刻就坐在那裡，安穩地擠在她們兩姊妹中間，用法語和蹩腳英語跟她們閒聊，享受著那兩姊妹連同埃希頓太太和黎因夫人等人的關注，百般受寵，心滿意足。

咖啡終於送來了，男士們也被請了進來。我坐在陰暗處——假使這個燈火通明的房間裡還有任何陰暗處的話——被窗簾遮去半個身影。拱門再次張開了大嘴，男士們進來了。一整群男士一齊湧進來，那場面跟女士們進場時一樣，氣勢驚人。他們清一色穿著黑色衣裳，大多數人個子都很高，有幾個還很年輕。亨利．黎因和費德烈克．黎因的確光鮮又搶眼；丹特上校是個英氣煥發的挺拔軍人；埃希頓先生是本地的行政首長，風度翩翩。他頭髮已經變白，眉毛和鬍子卻還很黑，看起來很像「戲裡的男性族長」。英葛蘭少爺跟他的姊妹一樣，長得很高大，也跟她們一樣，容貌俊俏，但他的神態跟瑪麗一樣冷淡又無精打采，四肢長度有餘，血液的熱度卻不足，連大腦也了無生氣。

那麼羅徹斯特先生在哪兒呢？

他最後一個進來。我並沒有盯著拱門，但我瞥見他進來了。我努力把注意力集中在織網的針頭上，集中在我正在編織的錢包網眼上。我盡量什麼都不去想，只專心做著手邊的工作，只看著擺放在膝頭的銀色珠子和絲線。可是，我清楚地瞄到他的身影，也不由自主地想起在此之前最後一次見到那個身影的時刻。那時我剛為他做了一件他認為非常重要的事，他握住我的手，低頭凝視我的臉，那雙探索的眼睛似乎充滿極欲傾吐的情感，當時我內心也同樣激動澎湃。那時我跟他心靈多麼契合呀！在那之後究竟發生了什麼事，竟然改變了他與我之間的相對關係？此刻，我們相隔多麼遙遠，內心多麼疏離！基於這種疏離，我不期待他過來跟我談話。所以，當他連看都沒看我一眼，直接在房間另一頭坐下來，開始跟其他女士閒聊，我一點也不覺得奇怪。

我發現他的目光集中在那些女士們身上，這才敢放心大膽地觀察他，不擔心被看見。我的視線不由自主地被他的臉吸引，我沒辦法控制我的眼皮，它們就是要抬起來，我的瞳孔就是要盯住他。我看著他，看得喜滋滋地。那是一種珍貴卻辛酸的喜悅，像純金，卻夾雜一絲苦惱的雜質；像即將渴死的人爬到了井邊，明知井水有毒，卻還是彎下腰來喝它幾口天賜的甘露。

「情人眼裡出美人」這句話說得一點也沒錯。我的雇主橄欖色面容略顯黯淡，額頭方正寬闊，眉毛又粗又黑，眼窩深陷，五官剛強，堅定嚴肅的嘴唇充滿能量、決心和意志力。以世俗的標準而言，他長得不好看，但他的相貌在我心目中不只好看，甚至有種足以掌控我的重要性與影響力。它們剝奪了我對自己情感的主控權，使我受制於他。我並不想愛他，讀者很清楚我多麼努力拔除在我靈魂中萌芽的愛意。如今，重新見到他之後，那些情感自動自發地冒出來，翠綠又茁壯！他不需要看我，就能讓我愛上他。

我拿他和他的賓客做比較。黎因父子的殷勤瀟灑、英葛蘭閣下的慵懶斯文，甚至丹特上校的英勇氣概，跟他那種天生的魄力和真正的本領比較起來如何？我並不欣賞那些男士的面容，也不欣賞他們的表情，可是，我相信絕大多數旁觀者會認為他們有魅力、英俊、氣宇非凡，也會一眼就判定羅徹斯特先生面貌嚴厲，神情鬱悶。我看見那些男士微笑，看見他們開懷大笑，那沒什麼，那些笑容裡的靈魂並不比蠟燭的火光多，他們的笑聲裡隱含的深意跟叮噹的鈴聲不相上下。我看見羅徹斯特先生露出笑容，嚴肅的五官變柔和了，眼睛變得明亮又溫柔，眼神裡的光采既精明又和藹。他在說話，跟艾咪和露易莎談天。我覺得很納悶，他的眼神幾乎可以穿透我的內心，她們竟然無動於衷。我以為她們的視線會往下垂、臉蛋會紅潤起來。我很高興地看見她們的表情毫無變化。「他在她們心目中不像在我心目中一樣，」我心想，「他跟她們不是同類型的人。我相信他跟我是同類型的人，這點我敢肯定。我覺得跟他很親近，我看得懂他的表情和舉動傳達的含義。雖然階級和財富把我們遠遠區隔開來，在我的大腦和內心、在我的血液和神經裡，存在著某些讓我在精神上與他雷同的特質。幾天前我不是才說過，我除了領他的薪水之外，跟他一點關係也沒有？我不是命令自己只能把他當成付我薪水的人？真是違心之論！我所有良善、真摯、活躍的情感都繞著他打轉。我知道我必須隱藏我的感情，知道我不能懷抱希望，必須記住他不可能愛我。因為當我說我跟他同一類型，我並不是說我有他那種影響力，有他那份魅力。我的意思只是，我有些跟他相同的喜好與感受。那麼，我必須一再重申，我與他今生無緣。但是，只要我還在呼吸、還會思考，就一定得愛他。」

咖啡送到了客人手中。自從男士們進來以後，女士們就變得有如雲雀般活潑。談話聲變得熱絡又愉快。丹特上校和埃希頓先生展開一場政治論戰，他們的妻子在一旁專注聆聽。黎因夫人和英葛蘭夫人這兩位驕傲的男爵遺孀在一起聊天。喬治爵士，對了，我忘了描述他，他是個身材高大、精神飽滿的鄉紳。他站在兩位夫人的沙發前，手裡端著咖啡，偶爾插一、兩句話。費德烈克先生坐在瑪麗身邊，正在向她展示一冊非常精美的雕版印刷書籍。她專心看著，偶爾笑一下，幾乎不搭腔。高大冷漠的英葛蘭少爺雙手抱胸站著，身子靠著嬌小活潑的艾咪的椅背。艾咪抬眼望著他，像鷦鷯般吱吱喳喳說個沒停。她喜歡英葛蘭閣下更勝於羅徹斯特先生。亨利坐在露易莎腳邊的軟榻上，阿黛拉跟他擠在一起。他跟阿黛拉講法語，卻連連出錯，露易莎在一旁嘲笑他。那麼白蘭琪要跟誰配對呢？此時她獨自站在桌子旁，嫻靜地低頭觀看一本文集，好像等著誰來跟她攀談，但她可不願意等太久，她自己挑選了伴侶。

羅徹斯特先生離開埃希頓姊妹後，同樣孤孤單單站在壁爐邊。白蘭琪迎上前去，在壁爐架的另一邊站定。

「羅徹斯特先生，我以為你不喜歡小孩？」

「的確不喜歡。」

「那麼，你為什麼收養那樣的小女孩？」她指著阿黛拉，「你是在哪裡找到她的？」

「不是找的，是有人託付給我。」

「你應該把她送到學校去。」

「我負擔不起，學費太貴了。」

「咦，你不是幫她請了家教？剛剛我看到有個人跟那小女孩在一起。她走了嗎？哦，還沒！她還在，在窗簾後面。你當然要付她薪水，我猜請家教應該不便宜，可能比學費更貴，因為你還得負擔她們倆的生活開銷。」

我擔心——或者我該說我很希望？——這話會讓羅徹斯特先生把視線轉向我。我不由自主地往陰影裡躲，但他的目光完全沒有移動。

「我倒是沒想過這個。」他不以為意地說，眼睛望向正前方。

「是啊，你們男人從來就不懂理財，欠缺常識。你該聽聽我媽媽的家庭教師經驗談。我跟瑪麗以前至少換過十幾個家教，其中一半很討人厭，其他的可笑至極，而且個個都是叫人喘不過氣的累贅。媽媽，我說得對不對？」

「妳在跟我說話嗎？我的寶貝？」

男爵遺孀口中的珍貴寶貝白蘭琪小姐把她的問題又說了一次，還附帶解釋。

「我的小親親，別跟我提家庭教師，聽到這個名詞我就神經緊張。那些不學無術又難以捉摸的人可讓我吃足了苦頭。感謝上帝，我再也不必跟他們周旋了！」

丹特夫人靠過去，在虔誠的英葛蘭夫人耳畔低聲說了些話。從她得到的回應聽起來，我猜是在提醒對方，此時那個遭受譴責的族群有某個成員在場。

「更糟糕！」那位夫人說，「希望我的話對她有好處！」之後，她壓低音量，卻還是大聲得讓我聽得見。「我注意到她了，我很會看人，我在她身上看見她那種人的所有缺點。」

「是些什麼缺點呢，夫人？」羅徹斯特先生大聲問。

「我私下底告訴你，」她一面說，一面慎重地搖晃頭巾三次，顯示茲事體大。

「到那時我的好奇心就沒胃口了，它現在就渴望食物。」

「你問白蘭琪，她離你比較近。」

「哦，媽媽，別把問題丟給我！對於那一整個族群，我只有一句話說，她們實在是惹人嫌。倒不是說我吃過她們多少苦頭，我很用心扭轉形勢。我跟西奧多以前把我們的威爾森小姐、格蕾絲太太和瓊伯茨小姐整得慘兮兮！瑪麗老是想睡覺，沒精神參加我們的惡作劇。最好玩的是瓊伯茨小姐。威爾森小姐體弱多病，動不動就哭，老是無精打采，換句話說，根本不值得浪費心思去耍她。格蕾絲太太粗俗又愚蠢，什麼把戲對她都沒用。但可憐的瓊伯茨小姐！我到現在還記得她被我們逼急了的模樣，我們故意把茶打翻，把麵包奶油弄碎一地，把書本丟向天花板，拿尺敲打桌子，還拿炭爐敲爐柵。西奧多，你還記得那些快樂的日子嗎？」

「是啊，我當然記得，」英葛蘭閣下慢條斯理地說，「那個老竹竿一天到晚鬼吼鬼叫：『哦，你們這些壞小孩！』然後我們就會好好教訓她一頓，說她自己這麼無知，竟然敢來教我們這麼聰明的孩子。」

「的確沒錯。西奧，我還幫你告發（或迫害）你的家教老師，那個臉色死白的維因先生，我們以前都喊他『病雞牧師』。他跟威爾森小姐竟然大大方方談起戀愛來，至少西奧多跟我這麼認為。我們當場逮到他們眉來眼去、唉聲嘆氣，我們認為那就是『甜蜜愛情』的象徵。我跟你保證，所有人馬上都分享了我們發現的祕密。我們用這件事當手段，把那兩個廢物轟出去。我們親愛的媽媽一聽到傳聞，覺得那真是傷風敗俗。我的貴婦媽媽，是不是這樣？」

「那是當然，我的心肝，而且我處置得沒錯。從這件事看來，在知書達禮的人家，不能容許男女家庭教師之間有所接觸的理由實在有千百種，首先……」

「哎呀，媽媽，您就別忙著列舉理由了。何況，我們都清楚得很。比如會給純真的孩子樹立壞榜樣；兩個人互相關懷、互相依戀，會因此分心，會怠忽職守；再來就是狂妄導致傲慢無禮，不服管束，怒氣爆發等等。英葛蘭莊園的英葛蘭男爵夫人，我說得對嗎？」

「我的百合花兒，妳說得沒錯，妳向來都很對。」

「那就不必再多說了，換個話題吧。」

艾咪不知是沒聽見或沒注意剛剛那段宣言，用她輕柔稚嫩的嗓音說道，「我和露易莎以前也會作弄我們的家庭老師，可是那位老師脾氣太好了，什麼都能忍受，沒什麼事可以讓她發火。她從來不跟我們生氣，對不對，露易莎？」

「嗯，從來沒有。我們想做什麼就做什麼，亂翻她的桌子和她的針線盒，把她抽屜的東西都倒出來。她個性真好，我們要什麼她都會給。」

「好了，」白蘭琪小姐嘲弄地噘起嘴說，「我看接下來我們大概會聽到時下家庭教師行事風格概述了，為了避開這種麻煩，我再次建議我們換個新話題。羅徹斯特先生，您同意我的提議嗎？」

「小姐，我贊同妳這個意見，如同我贊同妳所有意見一樣。」

「那麼就由我負責提出來。愛德華多先生[3]，您今晚想高歌一曲嗎？」

「碧昂卡小姐[4]，只要妳吩咐，我悉聽尊便。」

「那麼，先生，我向您下達最高指令，請您把肺部和其他發聲器官準備好，我很快會徵召它們。」

「誰不願成為如此聖潔的瑪麗女王的里奇歐[5]？」

「什麼里奇歐！」她叫道，說完把滿頭鬈髮一甩，走向鋼琴。「我認為小提琴手里奇歐肯定是個無趣的傢伙，我比較喜歡黑皮膚的伯斯威爾。在我看來，一個男人要是少了那麼一點劣根性，根本不算男人。不管歷史怎麼論斷伯斯威爾，我始終認為，非得碰到這種狂野好鬥的惡棍英雄，我才肯嫁。」

「先生們，你們聽聽！你們哪位最像伯斯威爾呢？」羅徹斯特先生喊道。

「我倒覺得你最像。」丹特上校說。

「真是榮幸，太感謝您了。」羅徹斯特先生說。

白蘭琪小姐已經得意非凡地坐在鋼琴前，雪白的禮服像女王的裙裾般擴展開來，彈奏了一段優美的序曲，邊彈邊說話。她今晚顯然意氣風發，言談舉止不只要吸引愛慕的眼光，也要讓聽眾驚豔，似乎有意讓大家見識到她豪邁又大膽的一面。

「哦，我實在很厭倦時下的年輕男士！」她邊彈邊說，「可憐又沒用的傢伙，連踏進爸爸的莊園的資格都沒有。如果沒有媽媽的允許和陪同，他們也不敢越雷池一步！那些人整天關心自己的漂亮臉蛋、白皙雙手和小巧腳掌，好像男人跟美貌有什麼關係似的！好像嬌美可愛不是女人的特權、不是專屬女性的特質和天賦似的！我承認醜陋的**女人**是全世界美麗臉孔的污點，可

3. Eduardo為羅徹斯特的名字「愛德華」的西班牙形式。
4. Bianca是英文名「白蘭琪」的義大利文形式。
5. Rizzio，十六世紀蘇格蘭女王瑪麗的祕書兼情人，後來被瑪麗女王的夫婿暗殺。瑪麗女王的夫婿後來又被伯斯威爾伯爵殺害，伯斯威爾伯爵綁架了瑪麗女王，娶她為妻。

是男士們呢，他們只該在乎自己是不是擁有力量和氣概。他們的座右銘應當是：打獵、射擊和鬥毆，其餘都不值一提。如果我是男人，就要這樣。」

「如果我結婚，」經過無人打擾的短暫停頓後，她又說，「我的丈夫絕不能跟我平起平坐，他必須是我的陪襯。我的寶座附近不容許出現競爭者。我會要他一心一意地敬重我，他不能把他的忠誠分配給我和他鏡子裡的影像。羅徹斯特先生，唱吧！我幫你伴奏。」

「遵命！」羅徹斯特先生說。

「那麼來唱這首海盜之歌。你知道我很崇拜海盜，所以，拿出精神來唱吧。」

「只要是白蘭琪小姐的命令，即使摻水的牛奶都會有精神。」

「那就小心點，別讓我失望，否則我會示範該怎麼唱這首歌，讓你羞愧得無地自容。」

「這反倒是獎賞而不是懲罰了，那我可要設法唱不好。」

「小心點！如果你故意出錯，我會想出適當的處罰。」

「白蘭琪小姐應當寬厚些，因為她有本事執行叫人難以承受的懲罰。」

「嘿！說清楚！」白蘭琪小姐下達指令。

「小姐，原諒我，不需要解釋。妳細膩的心思想必早就料到，妳只消皺個眉頭，就等於是死刑了。」

「快唱吧！」說完，她又開始彈琴，神采奕奕地彈著伴奏。

「我應該趁這個機會溜出去。」我心想。可是，此時劃破空中的歌聲抓攫住我。費爾法克司太太說羅徹斯特先生有一副好嗓子，這話一點也沒錯。是圓潤雄渾的男低音，他把情感和力道灌注在歌聲裡，從聽眾的耳朵唱到他們心裡，巧妙地喚醒那裡面的知覺。我等到最後一個低沉而震撼的聲音消失，等到中斷了半晌的談話聲浪重新湧起，才起身離開被窗簾遮蔽的角落，從側門溜出去。幸好側門離得很近，那裡有一條走道通往大廳。我橫越大廳時，發現涼鞋的鞋帶鬆了，只得停下來，蹲在樓梯前的地墊上綁鞋帶。我聽見用餐室的門打開來，有個男士走出來，趕緊站起來，碰巧跟那人面對面。是羅徹斯特先生。

「妳好嗎？」他說。

「我很好，先生。」

「妳剛剛在裡面怎麼不過來跟我說話？」

我覺得我可以用相同的問題反問他，但我不敢造次。只說：「您好像很忙，我不想打擾您，先生。」

「我不在家的時候妳都做了些什麼？」

「沒什麼特別的，照常幫阿黛拉上課。」

「而且臉色蒼白很多，我一眼就看出來了。有什麼事嗎？」

「一點事都沒有，先生。」

「妳差點淹死我的那天晚上，受涼了嗎？」

「一點也沒有。」

「回客廳去，妳太早離開了。」

「先生，我累了。」

他端詳我一分鐘。

「也有點沮喪，」他說，「怎麼回事？跟我說說。」

「沒事，沒事的，先生。我沒有沮喪。」

「我確定妳有，沮喪到再多說一句話就要掉眼淚了。看吧，淚水已經在眼眶打轉了，珠淚婆婆，而且有一滴從眼瞼流下來，落在地板上。如果我有時間，又不必擔心哪個愛嚼舌根的僕人經過這裡，我一定要弄清楚這是怎麼回事。嗯，今晚我饒了妳，不過妳要記住，我的客人在這裡的期間內，妳每天晚上都要到客廳來。這是我的要求，別不當一回事。妳走吧，叫蘇菲下來帶阿黛拉上樓。晚安，我的……」他停住了，咬了咬嘴唇，突然轉身離開。

第十八章

這段時間真是棘園的開心日子，也是忙碌的日子，跟我初來乍到時，在這屋簷下熬過的那三個月呆板、單調又孤寂的日子多麼不同呀！所有感傷心情全被驅逐出去，所有憂鬱的念頭都被遺忘。屋子裡到處充滿生氣，整天都有動態。一度如此寂寥的長廊，如此空洞的前排房間，如今你經過時總會遇見某個伶俐的侍女，或時髦的男僕。

廚房、冷食室、僕人用餐室、大廳也都人氣鼎沸。至於那些小客廳，只有在賓客們被外頭溫暖春日的湛藍天空與和煦陽光召喚到戶外時，才會變得空洞又冷清。即使天氣變壞、連日陰雨，潮濕的天候也影響不了歡樂的氣氛。當戶外的大自然饗宴受阻時，室內娛樂活動只會更加熱鬧歡騰、更加豐富多變。

有人首次提議改變夜間娛樂活動時，我很好奇他們究竟想玩些什麼。他們說了什麼「劇中字謎」，可惜孤陋寡聞的我不懂那是什麼意思。僕人們被召喚來，把用餐室的桌子推走，蠟燭換地方放，椅子對著拱門排成半圓形。羅徹斯特先生和幾位男士在指揮現場布置工作時，女士們樓上樓下跑來跑去，搖鈴傳喚她們的侍女。費爾法克司太太也被找來詢問屋子裡哪裡還有披巾、洋裝或任何紡織品。三樓某些衣櫥被人翻箱倒櫃，裡面那些箍了裙環的織錦襯裙、絲綢短外衣、黑色時裝、蕾絲綴片等，全被侍女們一捧捧地抱到樓下，之後，眾人開始挑挑撿撿，中選的物品就拿進客廳裡的小起居間。

在此同時，羅徹斯特先生再次把女士們召喚到他身邊，從中挑選他的隊員。「白蘭琪小姐當然要跟我一隊，」他說。之後他又選了兩位埃希頓小姐和丹特太太。那時我正好離他不遠，在幫丹特太太把鬆掉的手鐲扣緊，他看看我。

「妳要玩嗎？」他問。我搖搖頭，他沒有堅持，原本我還很擔心他會強迫我加入。他同意讓我安靜地回到平時的座位。

他跟他的隊友已經退到帷幔後方，另一群人由丹特上校帶領，端坐在排成新月形的椅子上。其中一位男士——埃希頓先生——看看我，好像詢問其他人是不是應該邀請我加入他們。英葛蘭夫人立刻否決這項提議。

「不行，」我聽見她說，「她看起來太蠢，沒辦法玩這種遊戲。」

不久鈴聲響起，帷幔拉了起來。拱門裡面是喬治．黎因的壯碩身影，羅徹斯特先生也選了他當隊友。他披著白色床單，面前的桌子上有一本很大的書。艾咪．埃希頓站在他旁邊，身上披著羅徹斯特先生的披風，手裡捧著一本書。某個沒有現身的人開心地搖著鈴。接著，阿黛拉（她堅持要加入她監護人那一隊）蹦蹦跳跳跑出來，把掛在手臂上的提籃裡的花瓣灑得到處都是。緊接著出現的是白蘭琪小姐高貴的身影，穿著一襲白衣，頭上蓋著長長的面紗，額頭套著一圈花環。羅徹斯特先生走在她身邊，兩人一齊走近桌子，跪了下來。丹特太太和露易莎．埃希頓也都穿著白衣，站在羅徹斯特先生和白蘭琪小姐的後面。他們展開某種儀式，雖然是無聲演出，卻很容易看出來那是一場結婚典禮默劇。典禮結束後，丹特上校和他的隊友低聲討論兩分鐘，之後上校喊出：「新娘！」羅徹斯特先生鞠躬致意，帷幔放下來了。

等了好一陣子之後，帷幔才又重新拉起來。此番帷幔再度掀起，呈現出比前一次更加精心安排的場景。我先前就留意到，客廳地板比用餐室高出兩階，上面那一階從門口內縮一、兩公尺，現在上面擺了一只大理石缸。我認出那是溫室裡的裝飾品，立在各種異國花卉之間，缸裡還養了金魚。以這只石缸的大小和重量來看，八成經歷一番折騰才搬進來。

羅徹斯特先生坐在石缸旁的地毯上，披著圍巾，頭戴纏頭巾。他的深色眼眸、黝黑皮膚和異教徒五官恰恰適合這種打扮，儼然就是扮演東方王公、間諜或受絞刑罪人的不二人選。隨後登場的是白蘭琪小姐，同樣一襲東方服飾，鮮紅色的絲巾像腰帶般繫在腰間，繡花手帕綁在額頭，線條優美的胳膊裸露出來，其中一隻往上舉，優雅地假裝扶著頂在頭上的水罐。她的外形與特徵、面容與神態讓人聯想到某種古代以色列氏族社會中的公主。無庸置疑，她意圖詮釋的也是這樣的角色。

她走向大理石缸，俯身靠過去，彷彿在盛水。之後再把水壺頂到頭上。坐在石缸旁的男子好像開始與她攀談，提出某種要求。「她連忙放低手中的水壺，遞給那人飲用。」[1]那人喝完水，從胸前長袍裡取出一只匣子，打開來，裡面全是閃閃發亮的手鐲和耳環。她一副詫異又欽羨的模樣。男子跪在地上，把珠寶擺放在她腳邊。她的表情與手勢顯得不可置信又驚喜。陌生男子把手鐲套在她手臂上、耳環扣上她耳垂。那是以利以謝和利百加[2]，只差幾頭駱駝。

負責猜謎的那群人再度交頭接耳，顯然他們對於那一場戲演示的單字或音節意見紛歧。發言人丹特上校要求「全字描繪」，於是布幔再度落下。

布幔第三次拉開來，只露出一部分的客廳，其他地方全被一座屏風遮蔽，屏風上披掛了某種深色粗糙布料。大理石盆移走了，原來的位置上立著一張松木桌和一把廚房用椅。這些東西只靠

1. 語出《聖經》〈創世紀〉第二十四章第十八節。
2. Eliezer and Rebecca，〈創世紀〉第二十四章，亞伯拉罕年老時，派他的僕人以利以謝回到家鄉為兒子以撒選妻，僕人趕到拿鶴城，在水井旁等候，碰見來取水的利百加，選為以撒之妻。

一盞提燈散發的昏暗光線照明，蠟燭全都熄滅了。

在這昏暗的場景中，有個男子坐著，握拳的雙手擱在膝頭，視線盯著地面。我知道那是羅徹斯特先生，雖然他整個人改頭換面：臉龐抹黑、衣衫凌亂（外套鬆垮垮垂掛在單側手臂上，彷彿在扭打中被硬生生扯下來似的）、表情急切而惱怒、頭髮蓬亂豎立。他移動的時候，鐵鍊聲叮叮噹噹響。他雙手被鍊子鎖住。

「拘留所[3]！」丹特上校叫道，字謎解開了。

演員們花了很長時間換回平日裝扮，終於回到用餐室。羅徹斯特先生帶著白蘭琪小姐走進來，她正在讚賞他的演技。

「你知道嗎？」她說，「你剛剛演的那三個角色，我最喜歡最後一個。哦，如果你再早個幾年出生，一定是英勇的俠盜紳士！」

「我臉上的煤灰都洗乾淨了嗎？」他邊說邊把臉轉向她。

「嗳！是啊。洗得愈乾淨愈可惜！沒有什麼比那種惡棍色彩更適合你的臉。」

「那麼妳喜歡攔路打劫的英雄囉？」

「英國的響馬是僅次於義大利土匪的人物，而最頂級的則是黎凡特的海盜。」

「嗯，不管我是什麼，別忘了妳是我的妻子，我們一小時以前結婚了，有在場這些人作證。」

她咯咯笑個不停，臉色泛紅。

「丹特，」羅徹斯特先生說，「換你們了。」另一群人離場之後，他跟他的隊友坐在那些空椅子上。白蘭琪小姐坐在羅徹斯特先生的右手邊，其他隊友各自在他們兩旁落坐。我沒有看台上的演員，我不再興致高昂地等待帷幔掀起，我的注意力集中在觀眾身上。我的眼睛不久前還盯著拱門，這會兒無法抗拒地被吸引到那排半圓形座椅上。丹特上校和他的隊友演了什麼字謎；他們選了哪些字，表演得如何，我一點都不記得。但我至今還記得每一場戲之後的討論；我記得羅徹斯特先生轉向白蘭琪小姐，白蘭琪小姐轉向他；我記得她把頭靠向他，烏黑的秀髮幾乎碰觸他的肩膀，髮鬈幾乎觸及他的臉頰；我還聽得見他們的低聲交談；還記得他們交換目光。此時此刻，就連當時那一幕場景在我心底挑起的情緒都也一併浮上心頭。

讀者，我告訴過你，說我已經學會去愛羅徹斯特先生。如今，我沒辦法收回對他的愛。儘管我發現他不再注意我，不管我在他跟前坐了幾小時，他都不會把視線投向我這邊；儘管我發現他的注意力很恰當地移到一位尊貴的小姐身上，那位小姐走過我身邊時連裙襬都不屑碰到我，萬一她那傲慢的黑眼珠不巧瞥向我，也會立刻轉開，像是看見了什麼不值得一瞧的東西一般。我沒辦法抹除對他的愛，儘管我很確定不久後他就會迎娶這位小姐；儘管我每天看到她因為他專注的目光而沾沾自喜；儘管我每小時目睹他對她的殷勤追求，雖然追求得漫不經心，而且多半處於被動，那種漫不經心卻是讓人神魂顛倒，那份驕傲的被動更讓人難以抵抗。

在這種情況下，根本沒有任何方法可以冷卻或棄絕一份情愛，儘管那份情愛只會帶來失望。讀者，假使像我這種處境的女子也可以嫉妒白蘭琪小姐那種條件的人的話，你也許會認為這種愛會引發妒意。可是我並不嫉妒，或者鮮少嫉妒，我所承受的那種痛苦無法用這個詞來形容。白蘭琪根本不值得嫉妒，她還不足以引起那種感受。請原諒我這種看似矛盾的說詞，我真是這麼認為。她愛賣弄，卻華而不實；她有一副好容貌，有豐富的學識，內在卻很貧乏空洞；她的心靈天生欠缺感情，她的心田沒有任何自然綻放的花朵，沒有自然生長的果實來感染的那片土壤的

3. 此字原文為bridewell，拆解開即為新娘（bride）與井（well）。bridewell是古代英國的監獄，後來通稱為拘留犯人的處所。

清新；她心地不好，矯揉造作；她經常覆誦書本裡的浮誇辭藻，卻從來沒有提出過——或擁有過——自己的見解；她宣揚高貴情操，卻一點都不懂得同情與憐憫，內心沒有一絲柔情與忠實。她經常暴露自己這方面的缺點，這從她對小阿黛拉毫不節制地表現出惡意的嫌棄就能看得出來。比如萬一阿黛拉碰巧靠近她，她會傲慢地口出惡言推開她，有時會命令阿黛拉離開房間，對阿黛拉的態度始終冷漠又刻薄。除了我之外，也有別人觀察著她這些品格的展現，觀察得很密切、很敏銳、很了然於心。沒錯，那就是未來的新郎羅徹斯特先生。他無時無刻不在觀察他的追求對象，正由於他這份睿智，他的警覺，這種對他心儀對象的缺點既完整又清醒的認知，這種他對她明顯少了一份熱情的表現，才是我那股椎心之痛的泉源。

我知道他之所以要娶她，是基於門第與策略考量，因為她的階級和社會地位能和他匹配。我覺得他並不愛她，覺得她的條件不足以贏得他的愛。這就是重點，這就是我心神始終難以安定的原因，就是我的熱情始終得以持續的原因：**她迷惑不了他**。

假使她立即擄獲他的心，而他也真心誠意地拜倒在她石榴裙下。我會掩住我的臉，轉向牆壁，在他們面前形同死亡。如果白蘭琪小姐是個仁慈高尚的女人，如果她有影響力、有熱情、有愛心、有理性，那麼我就會跟兩隻猛虎展開一場殊死戰，那就是嫉妒與失望，我的心會被扯出來吞噬。我會欣賞她，承認她的優越性，從今而後沉默以終。她愈是優越，我就愈欣賞她，我的沉默也就愈能真正歸於平息。但實際的情形卻是，我看著白蘭琪小姐挖空心思迷惑羅徹斯特先生，看著她再三失敗，卻渾然不知自己已經失敗，盲目地幻想所有射出的箭都擊中靶心，痴迷地展露成功的彩翼，事實上，她的驕傲和自滿把自己想誘惑的對象愈推愈遠。目睹**這一切**，我立刻受到源源不絕的激勵，卻得苦苦壓抑。

因為，她失敗時，我看得出來她原本可以成功的。她射出的箭始終擦過羅徹斯特先生胸膛，毫無作用地落在他腳邊。我很清楚，那些箭如果由更穩定的手射出，很可能會在他那驕傲的心上激烈震盪，會讓他冷峻的眼神流露出情愛，讓他嘲諷的臉龐變得柔軟，或者，更好的是，不需要武器就能默默征服。

「她有幸可以跟他近距離相處，為什麼沒辦法進一步打動他？」我問我自己，「她肯定不是真心喜歡他，對他也沒有真正的愛意！如果她愛他，就不需要刻意堆出滿臉笑容，也不需要頻頻眉目傳情，煞費苦心地擺高姿態、故作優雅。在我看來，她只要靜靜坐在他身邊，少說點話、少看他幾眼，說不定反而能更貼近他的心。她活潑嬌俏地勾引他，他的面容卻愈來愈僵硬。我在他臉上見過比那更柔軟的表情，那是發自內心自然生成的，不是浮誇言談或刻意造作引逗出來的。旁人只需要順其自然，坦誠回答他的問題，必要的時候跟他說說話，不要做鬼臉，那個表情就會強化，會變得更仁慈、更友好，像和暢的陽光般溫暖人心。他們結婚後，她要怎麼逗他開心呢？雖然這並不困難，但我不認為她辦得到。我堅定地認為，他未來的太太，一定會是普天之下最幸福的女人。」

我還沒有指責羅徹斯特先生這種為利益與社會關係結婚的行為。一開始我發現到他有這種意圖時，心裡很震驚。我原本以為他不是那種在挑選對象時會受到世俗觀念影響的男人，可是，我愈是思考這群人地位與學識，就愈覺得自己不應該任意評斷或責怪他和白蘭琪小姐，畢竟，他們只是遵循一些想必從小就學習到的觀念和原則。他們那種階級的人大多抱持相同原則，所以，我覺得他們有理由堅守那些我無法理解的意念。在我的想法，如果我是像他那樣的紳士，我只會擁抱一個我能夠珍愛的妻子。這種選擇對一個丈夫的幸福有如此明顯的好處，卻沒辦法大行其道，因此，我猜必定有某些足以否定這種作法的理由，否則，全世界的人都會照我的方法去做。

在各方面，我對我的主人愈來愈寬容，包括他的擇偶條件。我慢慢忘記那些曾經讓我機警提防的缺點。過去我很用心觀察他性格上的各個面向，找出他的優點與缺點，公平地衡量，形成公正的評斷。如今我找不到缺點。曾經讓我反感的尖酸刻薄、曾經讓我震驚的冷峻嚴酷，如今都只是某一道菜裡的辛香調味料，雖然味道很刺激，少了它們卻太過清淡。至於他眼中偶爾出現的那種模糊神態，那究竟是陰險或悲傷，是野心圖謀或失志喪氣呢？細心的旁觀者還來不及推敲其中的奧妙，它就消失了。那種東西總是讓我恐懼又畏縮，就像走在狀似火山岩的山坡上，突然之間感覺到地面在震動，看見地表裂了一道縫。那種東西我偶爾還看得到，不同的是，現在我會怦然心動，卻不會神經癱瘓。我不想逃避，反而想去挑戰、去探究。我覺得白蘭琪小姐很幸福，因為總有一天她可以隨意望進那池深淵，去探索它的祕密，分析它的本質。

在此同時，我心裡只想著我的主人與他未來的新娘，眼裡只看見他們，耳朵只聽見他們的對話。只有他們的行動我才覺得重要，至於其他賓客，他們各有各的興趣和娛樂。黎因夫人與英葛蘭夫人持續她們隆重肅穆的對談，過程中兩人的頭巾頻頻點向對方，配合她們當時的八卦主題，四隻手會時而高舉，做出震驚、神祕或恐怖等對應手勢，像極了一對放大版的木偶。溫和的丹特太太總是跟善良的埃希頓太太聊天，她們兩個偶爾會客氣地跟我聊個一、兩句，或對我微笑。喬治・黎因、丹特上校和埃希頓先生總在談論政治議題、本郡事務或司法案件。英葛蘭少爺跟艾咪打情罵俏，露易莎對某位黎因少爺彈琴唱歌，瑪麗則是懶怠地聽著另一位黎因少爺高談闊論。有時候，大家彷彿有志一同，全都停下他們的配角戲碼，去欣賞主角的演出。畢竟，羅徹斯特先生和跟他關係密切的白蘭琪小姐才是這群人的生命與靈魂之所在。如果他離開房間一個小時，他的賓客就會變得神情呆滯。他再次出現時，大家的談話馬上又是歡欣熱絡。

有一天，他被叫到密爾科特去處理公事，到晚上才能回家。少了他的熱情帶動，賓客們顯得無精打采。那天下午賓客們原本計畫步行到海伊鎮另一邊的公有地，參觀最近才駐紮在那裡的吉普賽營地，沒想到下起雨來，只得取消。有些男士到馬廄去了，幾個年輕男士跟幾位小姐在撞球室打撞球。英葛蘭夫人與黎因夫人選擇安靜的紙牌遊戲打發時間。至於白蘭琪，她用傲慢的沉默回絕了丹特太太和埃希頓太太找她聊天的邀請，先是彈著鋼琴低聲唱了幾段感傷的曲調，再到書房拿了一本書，神氣活現地「咚」一聲落坐在沙發上，準備藉著研讀小說消磨幾小時無聊時光。客廳連同整棟房子都靜悄悄地，只有偶爾從樓上傳來撞球室的歡笑聲。

當時已經接近黃昏，時鐘也提醒大家該上樓換衣服準備用晚餐，我坐窗台座位上，蹲在我身邊小阿黛拉突然叫道：「是羅徹斯特先生，他回來了！」

我轉過頭，白蘭琪小姐一個箭步從沙發衝過來，其他人也各自停下手邊的消遣，抬起頭來張望。馬路上的濕石子已經傳來嘎啦啦的車輪聲和馬蹄濺起水花的聲音，有一部驛車慢慢駛過來。

「他怎麼可能坐馬車回來？」白蘭琪小姐說，「他出門的時候騎了那匹黑馬梅蘇爾，不是嗎？派勒特也跟去了。他把馬跟狗丟哪裡去了？」

她說這些話時，高大的身軀和蓬鬆的裙襬靠窗子很近，我不得不盡量往後縮，幾乎把脊椎給弄傷了。她一時情急，沒有注意到我，等她看到了我，馬上噘起嘴唇，走到另一扇窗子去。驛車停下來了，車伕下車拉門鈴，有個穿著旅行裝的男士跨下馬車，但那不是羅徹斯特先生，是個高大英挺的男子，是陌生人。

「真討厭！」白蘭琪小姐抱怨道，「妳這惹人嫌的猴子！」（指的是阿黛拉）「是誰讓妳在窗台上胡亂報消息？」她怒氣騰騰地瞪了我一眼，彷彿是我的錯似的。

大廳傳來談話聲。不久，新來的訪客走進客廳，對英葛蘭夫人行個禮，似乎判定她是在場女士之中最年長的一位。

「夫人，顯然我來得不是時候，」那人說，「碰巧我的朋友羅徹斯特先生不在家。我遠道而來，我想我可以憑藉我跟他親密的老交情，冒昧地留下來等他回來。」

他的態度很恭敬，說話的口音讓我覺得有點怪，不完全是外國腔，卻也不是地道的英語。他的年紀大約跟羅徹斯特先生不相上下，介於三十到四十之間。若不是臉色異常蠟黃，應該會是個相當英俊的男子，特別是初見面時會給人這種印象。細看之下，你就會在他臉上看到某種不開心的表情，或者該說是不討人喜歡的表情。他相貌端正，卻太過鬆散；眼睛很大，形狀很好看，可是從裡面望出來的生命卻是沒骨氣又空虛。至少我是這麼認為。

更衣的鈴聲把賓客們引走了，直到晚餐後我才又看見他。那時他好像已經相當自在，我卻比先前更不喜歡他的相貌。他給我一種心神不寧又沒精打采的感覺。他的眼神飄忽，而且飄忽得很空洞，這點讓他的神態透著古怪，是一種我從沒見過的神態。儘管他長相俊俏，又不至於難以親近，我卻覺得退避三舍。那張橢圓形光滑臉龐沒有任何勁道；他的鷹勾鼻和櫻桃小嘴沒有一絲堅定；狹窄平坦的額頭沒有思想；茫然的褐色眼眸裡沒有威儀。

我坐在平時的窗台上觀察他。他坐在爐火旁的扶手椅上，壁爐架上枝形燭台的光線盡數灑落在他身上。他把椅子愈拉靠近壁爐，一副很冷的模樣。我拿他來跟羅徹斯特先生作比較，我覺得（這話並無絲毫不敬）他們之間的差別好比雅緻的公鵝與凶猛的獵鷹，好比一頭柔順的綿羊和守護牠的那隻皮毛粗糙、眼神銳利的牧羊犬。

他說他跟羅徹斯特先生是多年老朋友。他們之間想必是一段奇特的友誼，是那句老話「異質相吸」的最佳寫照。

有兩、三位男士坐在他附近，我偶爾隔空聽見他們的部分談話。起初我聽不出個所以然，因為露易莎和瑪麗離我比較近，她們的話聲混淆了我斷斷續續聽見的句子。那兩位小姐正在討論那個陌生人，兩人都說那人是個「美男子」。露易莎說他「真是討人喜歡的傢伙」，還說她「很欣賞他」。瑪麗則列舉了他那「漂亮的小嘴和可愛的鼻子」，說那是她心目中的魅力典型。

「他的額頭看起來脾氣多麼和善呀！」露易莎讚嘆道，「那麼平滑，一點都沒有我最討厭的抬頭紋。還有，他的眼神和笑容多麼溫柔！」

之後，我總算鬆了一口氣，她們被亨利・黎因叫到客廳另一頭，要討論沒能成行的海伊鎮公有地遠足的相關事宜。

現在我可以把注意力集中在爐火旁那群人身上。我聽見那位新訪客姓梅森，又得知他剛抵達英格蘭，而且是從某個熱帶國家來的。看來這就是他臉色那麼蠟黃，坐得靠爐火那麼近，還在室內穿大衣的原因了。此時他們提及牙買加，聊到牙買加的首都京斯敦、東南部的西班牙鎮。顯然他來自西印度群島。不久，我萬分驚訝，原來他是在自己的家鄉結識羅徹斯特先生，還說羅徹斯特先生不喜歡那個地區的毒辣天氣，也不喜歡颶風和雨季。我知道羅徹斯特先生走訪過許多國家，至少費爾法克司太太是這麼說的。但我一直以為他的足跡僅止於歐洲大陸，在此之前，我從沒聽任何人提起他曾經到過更遙遠的海岸。

我還在思索這些事，突然有個意外插曲打斷我的思路。有人打開門，梅森先生冷得渾身發抖，請人在火堆裡添些煤炭。當時火焰是已經消失，可是爐子裡的煤炭渣依然又熱又紅。男僕把煤炭拿來，離開之前停在埃希頓先生的椅子旁，低聲說了幾句話，我隱約聽見什麼「老女人」、「很麻煩」之類的話。

「告訴她如果她不離開，就等著披枷戴銬。」埃希頓先生說。

「不，等等！」丹特上校打斷埃希頓先生。「別趕她走，埃希頓，也許我們可以評估一下這件事，最好問問女士們的意見。」他提高音量，說，「女士們，妳們不是想到海伊鎮公有地參觀吉普賽營，山姆說有個老邦區嬤嬤[4]在僕人用餐室，非得要人帶她見見『那些上等人』，要幫他們看看相。妳們想見她嗎？」

「不會吧，上校！」英葛蘭夫人驚叫道，「您不會容許這麼個低級騙子吧？無論如何都要打發她走，馬上叫她走！」

「可是不管我怎麼說她都不肯走，夫人。」男僕說，「其他僕人也試過了。剛剛費爾法克司太太也跟她談過，請她趕快走，但她在壁爐旁的角落坐下來，說除非她獲准進來這間客廳，否則誰也別想叫她離開那張椅子。」

「她想做什麼？」埃希頓太太問。

「她說，『要幫各位上流人士看相。』夫人，還口口聲聲說她一定要、也一定會做到。」

「她長什麼模樣？」兩位埃希頓小姐異口同聲問道。

「小姐，她長得又老又醜的，黑得跟瓦罐似的。」

「哇，那她是真正的法師！」費德烈克大聲說，「當然要讓她進來。」

「一定要！」另一位黎因少爺說，「白費了這個找樂子的機會就太可惜了。」

「親愛的兒子們，你們到底在想什麼？」黎因太太說道。

「我絕不能贊同這種有違常理的事！」英葛蘭夫人說道。

「哦，媽媽，妳可以，而且妳會贊同，」這是白蘭琪高傲的話聲。在此之前她一直默默坐在鋼琴椅上，顯然在研究各種樂譜。這時她轉過身來，「我很想聽聽我的運勢，所以，山姆，叫那個醜老太婆進來。」

「我親愛的白蘭琪，別忘了……」

「我沒忘，我記得妳說過的話，可是我要照我的意思做。山姆，快！」

「對，對，對！」所有年輕人，不分男女，齊聲叫好。「讓她進來，一定會很好玩！」

山姆還沒離開。「她看起來很粗俗。」他說。

「去吧！」白蘭琪小姐喝道。山姆終於走了。

賓客頓時興奮不已，直到山姆回來，大家還你一言我一語地說笑逗樂。

「現在她不肯進來了。」山姆說，「她說她不願意出現在『一群俗人』面前，她真是這麼說的。她要我把她單獨帶到一個房間，那些想請教她的人要一個一個進去見她。」

「妳看到了吧，我嬌貴的白蘭琪，」英葛蘭夫人說，「她得寸進尺。聽話，我的天使寶貝，而且……」

「那就帶她到書房好了。」那位「天使寶貝」插話，「我本來就不打算在『一群俗人』面前聽她說話，我要單獨跟她談。書房裡有爐火嗎？」

「有的，小姐，可是她看起來實在很可疑。」

「別廢話了，蠢蛋！照我的話做。」

山姆再次消失。那股神祕、興奮和期待的氛圍升到最高點。

「她準備好了。」山姆再度現身時說。

「她想知道誰是她第一位客人。」

「在女士們過去之前，我最好先去查探她一下。」丹特上校說。

「山姆，跟她說有位男士要過來。」

山姆出去又回來。

「先生，她說她不接受男士，男士們不必費事過去找她。還有，」山姆強忍住笑，又說，「她

4. Mother Bunch，經常出現在十六世紀英國小說中、經營低級酒館的邪惡老婦人。

也不見夫人，只見年輕單身的小姐。」

「天哪，她可真挑剔！」亨利說。

白蘭琪小姐莊嚴地站起來，「我先去。」她說話的口氣很像孤軍的領袖，一腳越過他的前鋒部隊，挺身而出。

「哦，我的寶貝！我的心頭肉！等一等，想清楚！」她媽媽叫喊著。她不發一語，肅穆地走過媽媽身邊，穿過丹特上校拉開的門。我們聽見她進了書房。

緊接著是一陣靜默。英葛蘭夫人覺得這種時機很適合雙手互擰，所以就這麼做了。瑪麗小姐說，以她個人而言，一定不敢去。艾咪和露易莎吃吃偷笑，似乎有點害怕。

時間過得很慢，書房門重新打開時，已經過了十五分鐘。白蘭琪小姐穿過拱門，重新回到客廳來。

她會笑嗎？她會把這件事當笑話看嗎？所有目光都急切又好奇地投向她，她則是以制止與冷漠的眼神回應大家。她看起來既不激動也不開心，只是僵硬地走回座位，靜靜地坐下來。

「白蘭琪，結果呢？」英葛蘭閣下說。

「姊姊，她說了什麼？」瑪麗問。

「妳覺得怎樣？有什麼感覺？她真是算命師嗎？」兩位埃希頓小姐問道。

「好了，好了，各位好心人，」白蘭琪小姐說，「別逼我了。你們未免太好奇又太輕信了。你們大家，包括我的好媽媽，都把這件事看得太重大，一副當真相信這屋子裡有個跟惡魔關係密切的正牌巫婆似的。我見到的只是一個四處流浪的吉普賽人，她運用一些司空見慣的手相術，跟我說了些人們常說的話。我已經滿足了好奇心，明天早上埃希頓先生可以履行他的諾言，把那老太婆銬起來。」

白蘭琪小姐拿了一本書，靠回椅子裡，表明不願再多說。我觀察她將近半小時，這段期間內她完全沒有翻動書頁，臉色偶爾變得很陰鬱、很不滿，一臉失望的酸楚。她顯然沒有聽到任何對她有利的話，而且，雖然她表面上裝得滿不在乎，看她沮喪地沉默了那麼長時間，我倒認為，她似乎過度在意在書房裡聽到的任何訊息。

在此同時，瑪麗、艾咪和露易莎都說她們不敢自己去，卻都很想去。於是雙方透過大使山姆展開一場協商。山姆來來回回往返奔走，小腿想必走得發疼了，才終於突破萬難，取得那位嚴格女術士的許可，讓三位小姐一起去見她。

她們的請示過程不像白蘭琪小姐那麼安靜，我們聽見書房裡傳來歇斯底里的咯咯笑聲和低聲驚叫。大約二十分鐘後，她們衝出書房門，跑過大廳，個個都一副驚嚇過度的模樣。

「我敢肯定她很邪門！」她們齊聲喊道。「她說的那些事！我們的事她都知道！」之後她們氣喘吁吁地坐在男士們匆匆幫她們挪過去的椅子。

眾人要她們進一步詳述。她們說，那婦人算出了很多她們小時候說過的話或做過的事，還描述她們家裡客廳的書本和擺飾，以及親朋好友贈送的禮物。她們斬釘截鐵地說，那名婦人甚至可以看穿她們的內心，在她們各自的耳畔悄聲說出她們最喜歡的人是誰，還猜出來她們心裡最大的願望。

這時男士們加入談話，央求她們說出最喜歡的人是誰、最大的願望又是什麼。那三位小姐只是紅著臉尖叫、渾身哆嗦或吃吃發笑，以此回應他們的逼問。這時候，那些夫人們又是遞嗅瓶、又是搖扇子的，連聲抱怨自己的警告沒有被及時採納。年長男士們哈哈大笑，年輕男士則是忙著為受到驚嚇的美人兒效勞。

這場騷動中，我專注地觀看聆聽眼前的情景，卻聽到手肘邊有人輕咳一聲，我轉過頭去，是山姆。

「小姐，打擾您。那個吉普賽婦人說這房間裡還有一位年輕的未婚女性沒去見她，她說除非見過所有年輕小姐，否她絕不離開。我猜她說的是妳，這裡已經沒有別的小姐了。我該怎麼回答她？」

「哦，那我當然要去。」我很高興竟然意外得到這個機會來滿足我被激起的好奇心。我溜了出客廳，沒有任何人發現，因為那群人都圍在那三位剛回來、顫抖不已的小姐身旁。我悄悄掩上房門。

「小姐，如果妳有需要，」山姆說，「我可以在大廳等妳。如果她嚇著妳，妳只要喊一聲，我會進去。」

「不用了，山姆，你回廚房去吧。我一點都不害怕。」我的確不害怕，卻非常感興趣，非常興奮。

第十九章

我走進書房時，裡面十分寧靜，那位女術士——如果她真是女術士的話——舒適地坐在壁爐角落的安樂椅上。她穿著紅色披風，頭戴黑色帽子，或者該說是寬邊吉普賽帽，用條紋手帕繫在下巴。桌上有一根熄滅的蠟燭。她俯身靠向爐火，好像就著火光在讀一本黑色小書，看上去像是祈禱書。她跟大多數老婦人一樣，讀書的時候會喃喃自語，我進門後她並沒有立刻停下來，顯然想讀完一個段落。

我站在地毯上烘暖雙手，因為先前在客廳時坐得離爐火很遠，雙手很冷。此時我內心跟平常一樣冷靜，那位吉普賽婦人的外表沒什麼讓人不安的。她闔上書本，慢慢抬起頭。她的帽沿半遮臉龐，不過，她抬起頭時，我還是看得出來那是一張長相怪異的臉。黑褐色臉龐，女妖般的糾結鬈髮從繞過下巴的白色布條裡凸伸出來，遮掉半邊臉頰，或者說半個下顎。她的眼睛立刻與我對望，眼神大膽又直接。

「妳想看相嗎？」她說，語氣就跟她的眼神一樣堅定，跟她的面容一樣粗陋。

「嬤嬤，我不在乎我的命運，隨妳高興。不過我得先警告妳，我不信這些。」

「以妳驕傲的個性是會說這種話，我早就料到了。我從妳跨過門檻的腳步聲就聽出來了。」

「是嗎？妳耳朵倒很靈敏。」

「沒錯，而且眼睛很銳利、心思很細膩。」

「做妳這行確實需要那些。」

「說得對！特別是碰到像妳這樣的顧客的時候。妳為什麼不發抖？」

「我不冷。」

「妳臉色怎麼沒有發白？」

「我沒生病。」

「妳怎麼不問我妳的運勢如何？」

「我不是笨蛋。」

這個乾巴巴的老太婆從帽子和布條底下發出一陣笑聲，接著，她拿出一根黑色菸斗，邊點邊抽了起來。她盡情享用這個紓緩劑，之後，她挺直佝僂的身子，把菸斗從嘴巴拿開，視線專注盯著爐火，慢條斯理地說：「妳很冷、妳生病了、妳是個笨蛋。」

「妳有什麼證據。」我說。

「我會證明，幾句話就夠了。妳很冷，因為妳很孤單，沒有親人來激發妳內心的火焰；妳生病了，因為人類所能享有的那些最崇高、最甜蜜的美好感受離妳非常遙遠；妳是個笨蛋，因為儘管妳受盡折磨，卻不願意召喚幸福，也不願意跨出一步，去到它等候著妳的地方。」

她再次把黑色短菸斗放進嘴裡，深深吸了幾口。

「這種話妳拿來可以對任何孤零零寄人籬下的人說。」

「我也許可以對所有人說，但每個人的處境都是這樣嗎？」

「我的處境是這樣。」

「沒錯，正是如此，是妳個人的處境，妳還能找出另一個處境跟妳一模一樣的人嗎？」

「找幾千個都沒問題。」

「妳根本一個都找不到。妳不明白，妳的情況很特殊，非常接近幸福，沒錯，唾手可得。萬事俱備，只差一個動作來撮合。這些條件目前不巧都分散開來，一旦因緣湊巧，就會得到快樂的果實。」

「我聽不懂謎語。我這輩子從沒猜對過謎語。」

「如果妳想要我說得更清楚些，讓我看妳的手掌。」

「我的手掌還得放一枚銀幣吧？」

「那是當然。」

我給她一先令。她把錢幣放進從口袋裡掏出來的一只舊襪子裡，綁好後重新塞回口袋裡。她要我把手伸直，我照她的話做。她沒碰我的手，只把臉貼近，專注地凝視。

「掌紋太細，」她說，「這種手我什麼都看不出來，幾乎沒有掌紋。再者，掌心裡能有什麼呢？命運並沒有寫在掌心裡。」

「這我相信。」我說。

「不，」她又說，「命運在臉上，在額頭上，在眼睛周圍，在嘴巴的線條。蹲下來，把頭抬起來。」

「嘿！妳總算說了點像樣的話，」我邊說邊蹲下來。「我開始對妳有點信心了。」

我蹲在離她不到五十公分的地方，她撥了撥火，被攪動的煤炭頓時竄出一波火光。然而，由於她坐著，那陣亮光只是讓她的臉藏到更暗的陰影裡，卻把我的臉照亮了。

「我很好奇妳今晚是抱著什麼心情來見我。」她端詳我半晌之後，說，「我很好奇妳長時間坐在那個房間，看著那些華麗的身影像神奇燈籠裡的影子般晃來動去，心裡在想些什麼。妳跟他們之間幾乎沒有任何和諧的交流，彷彿他們都只是人體的影子，不是真實的存在。」

「我經常覺得累，偶爾覺得睏，卻很少感到悲傷。」

「那麼一定有某種祕密的願望支撐著妳，用關於未來的悄悄話逗妳開心嘍？」

「沒有。我最大的願望就是，有一天能存夠錢，租一間小房子，在那裡辦一所學校。」

「真是不足以滋養心靈的微小心願。妳坐在那個窗台座位上的時候……看吧，我知道妳的習慣……」

「妳跟僕人打聽來的。」

「嘿！妳覺得自己很精明。嗯，也許是吧，坦白說，我還真認識這裡的一個僕人，普爾太太……」

一聽見這個名字，我猛地站起來。

「妳認識她，是嗎？」我心想，「那麼這果然是一場惡作劇！」

「別緊張，」那個怪婦人又說，「普爾太太不是壞人，謹慎又安靜，任何人都可以跟她吐露心事。別提那個了。我剛剛說了，妳坐在窗台上的時候，心裡只想著妳未來的學校嗎？坐在沙發上或椅子上那群人之中，沒有讓妳特別感興趣的對象嗎？妳沒有專注研究哪一張臉嗎？沒有基於起碼的好奇心，仔細留意哪個人的一舉一動嗎？」

「我喜歡觀察所有的臉孔和身影。」

「難道妳沒有鎖定其中一個，或兩個人嗎？」

「我經常鎖定其中一、兩個人，如果他們的動作或表情隱含著某種情節，我會覺得很有意思。」

「妳最喜歡什麼樣的情節？」

「哦，我沒什麼選擇！那些故事多半都是相同主題，求愛，而且最終都會以同樣的災難收場，那就是婚姻。」

「妳喜歡這個單調的主題嗎？」

「當然，我不在乎。對我來說那沒什麼。」

「對妳來說沒什麼？有個充滿朝氣又健康的年輕淑女，長得漂亮又有魅力，又得天獨厚地擁有地位和財富，像這樣的一個人坐在那裡對一個男士微笑，而那位男士是妳……」

「我怎樣？」

「妳認識，或許還很欣賞的人。」

「我不認識那些男士。我跟他們幾乎連一句話也沒說過。至於欣賞不欣賞他們，我覺得其中有些中年人很值得尊敬，也很莊重，其他的人還很年輕、時髦、英俊、容光煥發。至於他們博得了哪位小姐的微笑，那是他們的自由，我一點也不認為這些事有什麼值得我關切的。」

「妳不認識那些男士？妳沒有跟他們之中任何人說過話？那麼這棟房子的主人呢？也是這樣嗎？」

「他不在家。」

「答得很有趣！非常巧妙又閃爍其詞的答案！他今天早上到密爾科特去了，晚上或明天早上會回來。這樣妳就可以把他排除在妳認識的人的名單外嗎？就這樣抹除他的存在嗎？」

「當然不，可是我看不出來羅徹斯特先生跟妳說的那番話有什麼關係。」

「我剛剛在說小姐們對男士們眉眼含笑。最近很多這樣的秋波投向羅徹斯特先生的眼睛，他的眼睛已經像兩只滿溢的杯子。妳沒注意到這件事嗎？」

「羅徹斯特先生有權享受跟客人相處的歡樂時光。」

「他的權利當然不容質疑。可是難道妳沒發現，在所有關於婚姻的話題裡，羅徹斯特先生始終是被討論得最熱烈，也最常被提及的人。」

「聽的人反應熱烈，說的人就更起勁。」這句話與其說是對那個吉普賽婦人說的，不如說是對自己說的。那婦人怪異的言談、聲調和舉止這時已經讓我彷如置身夢境。她口中吐出一句又一句出乎意料的話語，最後把我捲入困惑的網子裡，納悶著這幾星期以來我的心裡是不是住著某個隱形靈魂，在觀看著我的心臟如何運作，記錄下每一記搏動。

「聽的人反應熱烈！」她重複說，「正是，羅徹斯特先生一坐就是幾個小時，耳朵靠向非常喜愛談話的嬌美嘴唇。對於這些歡樂時光，羅徹斯特先生很樂意接受，也似乎很感恩。妳注意到了嗎？」

「感恩！我沒觀察到他臉上有過感恩的表情。」

「觀察！那麼，妳分析過。如果不是感恩，那又是什麼？」

我沒答話。

「妳看見了愛，是不是？而且，妳想到了未來，看見他結了婚，看見他幸福的新娘？」

「哼！那倒不盡然。妳的巫術有時候很不靈光。」

「那麼妳到底看見了什麼鬼東西？」

「別管那些，我來問問題，不是來答話的。羅徹斯特先生是不是要結婚了？」

「沒錯，而且是跟美麗的白蘭琪小姐。」

「很快嗎？」

「從表面跡象看來，肯定會有那種結果。而且，毫無疑問（不過，妳好像很質疑這點，實在大膽得該罵）他們會是非常幸福的一對。他一定會愛這麼一個美麗、高貴、機智、有才華的小姐，也許她也愛他。或者說，即使不愛他的人，也愛他的錢。我知道她認為羅徹斯特的家產非常符合她的擇偶條件，雖然（上帝寬恕我！）我一個小時之前跟她說了些有關這方面的話，讓她表情變得非常沉重，嘴角往下掉了一公分。我會奉勸她那個黑不溜丟的追求者小心提防，如果出現別的對象，而那人的佃戶更多、產業更龐大，他可就危險了……」

「可是嬤嬤，我不是來問妳羅徹斯特先生的命運，我來問我自己的命運，而妳什麼都沒說。」

「妳的命運還不明確，我觀察妳的面相時，很多特徵互相牴觸。運氣賜給了妳一份幸福，這點我知道，我今天來到這裡之前就知道了。她把幸福輕輕地擺在妳身邊，我看見她這麼做了，就看妳要不要伸出手去拿。至於妳肯不肯那麼做，那就是我要進一步研究的問題。再蹲在地毯上。」

「別太久，爐火幾乎把我烤焦了。」

我蹲了下來。她沒有彎腰靠向我，只是向後靠在椅背上，凝視著。她開始嘟囔著：

「眼裡閃耀著火焰，眼睛的光波像露珠，看起來很柔軟，充滿深意。它在嘲笑我的胡言亂語，它很敏感。清澈的眼珠子閃過一個又一個神情，它不笑的時候，顯得悲傷。一種不自覺的困倦讓眼皮顯得沉重，那是寂寞引發的憂傷。它轉向別處了，不願意接受進一步的探索。它好像用嘲弄的眼神否決我那番話的真實性。拒絕承認自己既敏感又哀愁，它的傲氣與含蓄只會讓我更加定我的想法。眼睛長得很不錯。

「至於嘴巴，它偶爾露出開心的笑容。它能夠傳達大腦構思的全部內容，不過我敢說它對內心的經歷多半保持緘默。靈活又有彈性，它決不願被壓抑在孤獨的沉默裡。這是一張應該多說話、多微笑的嘴，對與它談話的人懷有人類的情感。這張嘴一樣長得很好。

「我只在額頭看見幸運的敵人，那個額頭公開宣稱：『如果我的自尊和我的環境讓我不得不獨自生活，我可以辦得到。我不需要出賣靈魂來換取快樂。我內心有一批與生俱來的寶藏，假使外在的快樂都被剝奪，或必須付出我負擔不起的代價，那麼我可以靠我的寶藏存活下去。』那個額頭宣稱，『理性穩穩坐著，勒住繮繩，不讓情感爆發出來，把她推向荒野的峽谷。激情就像真正的異教徒，會雷霆震怒，渴望也會想像種種虛榮事物，但是，對於每一項爭端，每一次裁決，判斷力始終擁有最後決定權。暴風和地震會侵襲，烈火也許會延燒，但我仍會遵循那個發自良知的小小聲音。』

「說得好，額頭，你的宣言值得尊重。我已經擬妥計畫，我認為那是很好的計畫。在這計畫裡，我考量了良知的主張與理性的建言。我知道，在這只幸福的杯子裡，只要被找出一絲恥辱，或一丁點懊悔，青春就會迅速消逝，花朵會立即枯萎。我不想造成犧牲、遺憾和崩潰，那不是我的風格。我要培植，不要損害；要贏得感激，不要讓眼睛淌出鮮血。不，即使是淚水也不行。☆7 我的收穫必須伴著微笑、必須充滿愛意、必須滋味香甜。這就夠了，我好像滔滔不絕地說了一大堆精闢的胡言亂語。我很想無限期延長這個時刻，但我不能。到目前為止我還能徹底管住自己，我的表現完全符合我在內心誓言要表現的模樣，再下去就會考驗我的自制力。起來吧，愛小姐。走吧，戲演完了。」

我在哪裡？我醒著或在睡著了？我做了一場夢嗎？我還在夢中嗎？那老婦人的聲音變了，她的語調，她的動作，一切都熟悉得跟鏡子裡我自己的臉一樣，熟悉得跟我自己的話聲一樣。我站起來，卻沒有離開。我仔細查看，撥動爐火，再看仔細。她把帽子和布條拉來遮住臉龐，再次揮手叫我離開。火光照亮她伸出來的手。這下子我清醒了，急著想弄清楚真相，很快注意到那隻手。那隻手並不比我的手更像老年人乾癟的手，它渾圓豐潤，平滑的手指長得很勻稱，小指戴上一枚寬版戒指。我探頭往前，細看那枚戒指，看見一顆我見過不下百次的寶石。我再看看那張臉，現在已經不再轉向別處，相反地，帽子脫下來了，布條拆除了，那顆頭往前伸。

「簡，妳認識我嗎？」那熟悉的嗓音問道。

「先生，請把紅披風脫掉，然後……」

☆7
I know how soon youth would fade and bloom perish, if, in the cup of bliss offered, but one dreg of shame, or one flavour of remorse were detected; and I do not want sacrifice, sorrow, dissolution—such is not my taste. I wish to foster, not to blight—to earn gratitude, not to wring tears of blood—no, nor of brine.

「帶子打了死結了，幫幫我。」

「扯斷它，先生。」

「嗯，那麼……『鬆開吧，你們這些身外之物！』[1]」羅徹斯特先生終於脫下他的偽裝。

「先生，您怎麼要這種怪把戲！」

「可是耍得很好，對吧？妳不覺得嗎？」

「你八成唬住那些小姐了。」

「沒唬住妳？」

「在我面前你表現得並不像吉普賽人。」

「我表現得像什麼人？我自己嗎？」

「不是。像某個莫名其妙的人。簡單說，我覺得你刻意想套我的話，或拉我進什麼圈套。你說了一堆無聊話，也想引我說些無聊話。先生，這樣很不公平。」

「簡，妳肯原諒我嗎？」

「我要仔細想想才能回答你。如果回想之後發現我並沒有陷入太過荒謬的境地，我會試著原諒你。可是你這樣很不對。」

「哦，妳一直都表現得很恰當，謹慎又理性。」

我回想了一下，發現大致上確實如此，心裡不無安慰。不過，說實在話，打從一開始我就提高警覺，總覺得其中有詐。我知道吉普賽人和算命師的表達方式跟這個老婦人不同。何況，我老

1. 語出莎翁名劇《李爾王》，在荒野中遭遇暴風中的李爾王喊出，「鬆開吧，你們這些身外之物！」指的是希望狂風剝落他的衣衫，露出他純淨自然的真心。

早注意到她在裝神弄鬼，也發現她刻意掩飾面容。當時我懷疑的是葛瑞絲．普爾，那個我心目中的活謎團，那個謎中謎，反倒絲毫沒有考慮到羅徹斯特先生。

「好啦，」他說，「妳在想什麼？那個嚴肅的笑容又有什麼含義？」

「是驚奇跟自我慶幸，先生。現在您允許我上樓休息了吧？」

「不，多待一會兒，告訴我客廳那群人都在做些什麼？」

「我敢說一定在討論那個吉普賽人。」

「坐下來！跟我說他們都說了我什麼。」

「先生，我最好別待太久，現在應該接近十一點了。哦，先生，您知不知道早上您出門以後，家裡來了個陌生人？」

「陌生人！不知道，會是誰呢？我不知道有人要來呀。他離開了嗎？」

「還沒。他說他認識您很久了，所以要冒昧留在這裡等您回來。」

「是嗎？他通報姓名了嗎？」

「他姓梅森，先生，他從西印度群島來的。我猜是從牙買加的西班牙鎮來的。」

羅徹斯特先生站在我身旁，原本拉著我的手，像要帶我坐下來。我說話時，他突然抓緊我手腕，臉上的笑容也僵住了，呼吸明顯變急促。

「梅森！西印度群島！」他說話的音調很像會說話的機器人，一字一字地吐出來。「梅森！西印度群島！」他重複一遍，之後又把這些字說了第三遍，臉色也漸漸慘白如灰，好像根本不知道自己在做什麼。

「先生，您身體不舒服嗎？」

「簡，我受了打擊！我受了打擊，簡！」他搖搖晃晃地。

「哦，先生，靠著我。」

「簡，妳曾經讓我扶過妳的肩膀，現在再讓我扶一次。」

「好，先生，好。還有手臂。」

他坐下來，要我坐在他身邊。他用雙手緊握我的手，搓揉著，眼睛也凝視著我，眼神是前所未有的慌亂與懊喪。

「我的小朋友！」他說，「我真希望單獨跟妳待在一座寧靜的小島上，把麻煩、危險和驚悚的回憶全都趕走。」

「先生，我能幫您嗎？我願意為您犧牲性命。」

「簡，如果需要幫助，我會找妳，我跟妳保證。」

「謝謝您，先生。告訴我該怎麼做，至少我會努力試試看。」

「簡，去用餐室幫我拿杯酒來。他們現在應該在那裡吃晚餐。妳再告訴我梅森先生是不是跟他們在一起，也要告訴我他在做什麼。」

我去了。果然如羅徹斯特先生所言，賓客們全在用餐室用晚餐，他們並沒有坐在餐桌旁，晚餐擺在餐具櫃上，客人自各取用自己喜歡的菜餚，端著盤子拿著杯子，三三兩兩聚在一起。所有人似乎都很開心，熱絡的笑談聲不絕於耳。梅森先生站在壁爐旁，跟丹特上校夫婦聊天，顯然跟大家一樣快活。我斟了一杯酒（倒酒的時候，我看見白蘭琪小姐對我皺眉頭，我猜她一定覺得我太放肆），端回書房。

羅徹斯特先生臉色不再死白，整個人恢復鎮定與嚴峻。他從我手裡接過酒杯。

「祝妳健康，熱心服務的人！」說完，他把酒一仰而盡，杯子遞還給我。「簡，他們在做什麼？」

「在說說笑笑，先生。」
「他們臉色會不會很凝重，會不會神祕兮兮地，像是聽見了什麼奇怪的事？」
「一點也不，大家都在逗樂，開心得很。」
「梅森呢？」
「他也在笑。」
「簡，如果那些人一齊跑來對我吐口水，妳會怎麼做？」
「先生，我會想辦法把他們趕出去。」
他似笑非笑。「可是如果我去找他們，而他們只是冷冷地看著我，輕蔑地交頭接耳低聲議論我，然後掉頭就走，一個個離開我呢？那妳又會怎麼做？妳會隨他們去嗎？」
「我想不太可能，先生。我留在您身邊會更開心。」
「留下來安慰我嗎？」
「是的，先生，留下來安慰您。我會盡力而為。」
「如果他們因為妳支持我而對妳下達禁令呢？」
「我猜我應該不會知道他們的什麼禁令。就算知道，根本也不會在乎。」
「那麼，妳可以為我承受譴責？」
「我可以為任何值得我支持的朋友承受一切。至於您，我確定我會。」
「現在回用餐室去，悄悄走到梅森先生身邊，在他耳邊低聲說羅徹斯特先生回來了，想見他，帶他來這裡，之後妳就離開。」
「好的，先生。」
我照他的指示去做。我經過那些客人身邊時，他們都盯著我瞧。我找到梅森先生，遞了口訊，帶著他離開用餐室。我請他進書房，再轉身上樓。

很晚的時候，我已經躺在床上一段時間了，才聽見賓客們各自回房。我辨認出羅徹斯特先生的聲音，聽見他說，「這裡，梅森，這是你的房間。」

他聽起來很開心，他愉快的語調讓我放心不少，很快入睡了。

第二十章

我通常會放下床幔的，那天晚上卻忘了，連窗簾都沒拉上。結果呢，當又圓又亮的滿月（那晚天氣很不錯）循著她的路徑，慢慢移動到天空中正對我窗子的位置，穿過沒有遮蔽的清透玻璃望著我，她燁燁的凝視把我喚醒了。我在靜寂的深夜中醒來，一睜開眼睛就看見她銀白色的皎潔圓盤，美則美矣，卻太過肅穆。我撐起上半身，伸長胳膊拉上床幔。

天哪！好驚悚的叫聲！

原本沉睡中的靜謐夜晚，被一陣淩厲刺耳的哀叫聲撕扯成兩半。那叫聲響徹棘園。

我的脈搏停頓，心臟也不跳了，我伸長的手臂無法動彈。那叫聲消失了，沒有再出現。事實上，不管是什麼生物，發出那種駭人的嚎叫之後，不可能馬上再吶喊一次。即便是安地斯山脈體型最大的兀鷹，也無法接連從牠位於雲端峭壁的巢穴裡發出這種嘶吼。喊出那種聲音的生物必須稍事休息，才可能再次嘯叫。

聲音來自三樓，因為聲波橫越上方。再者，我聽見上面——沒錯，就是我天花板上那個房間——有某種扭打聲，那聲音似乎充滿致命危機，還有悶悶的喊叫聲：

「救命啊！救命啊！救命啊！」急促重複三次。

「沒有人來嗎？」那聲音叫著。之後，在混亂的搖晃聲和跺腳聲之中，我隔著牆板和灰泥聽見：「羅徹斯特！羅徹斯特！看在上帝份上，快來！」

有扇房門打開來，有人在走廊上奔跑，或衝刺。樓上地板又傳來一聲重踏，有東西掉在地板上，接著是一片寂靜。

雖然那恐怖的叫聲讓我四肢顫抖，但我還是穿上外衣，走出房間。睡夢中的賓客都醒了，每個房間裡都有尖叫聲和飽受驚嚇的咕噥話聲。房門一扇扇打開，住客一個個探出頭來。走廊上到處是人，男士和女士們都下了床。眾人七嘴八舌地同時發問：「那是什麼聲音？」「有誰受傷了嗎？」「出了什麼事？」「哪個人拿燈來？」「著火了嗎？」「有強盜嗎？」「我們該往哪兒跑？」如果沒有月光，大家就會處在伸手不見五指的漆黑中。他們跑來跑去，或擠成一堆，有人啜泣、有人絆倒，場面混亂至極。

「羅徹斯特到底上哪兒去了？」丹特上校叫嚷著，「他不在床上。」

「來了！來了！」是他得到的回應，「冷靜點，各位，我來了。」

走廊盡頭那扇門打開來，羅徹斯特先生拿著蠟燭走過來，他剛從樓上下來。有位小姐立刻奔過去，抓住他手臂。是白蘭琪小姐。

「發生了什麼恐怖事件？」她說，「說啊！馬上把最壞的狀況告訴我們！」

「先別拉倒我或勒死我，」他說，因為這時兩位艾希頓小姐也攀在他身上。此外，那兩位披著超大白色外袍的男爵遺孀也都像滿帆的船隻般，全速朝他駛去。

「沒事！沒事！」他大叫，「只是排演了一齣『無事生非』[1]。女士們，別靠那麼近，不然我會做出危險舉動。」

他看起來是很危險，深色眼眸迸出火花。他努力讓自己冷靜下來，又說：

「有個僕人做了噩夢，就這麼簡單。她神經緊張又容易激動，八成把夢境當成幻影，或類似

1. Much Ado about Nothing，莎士比亞的浪漫喜劇，於一五九八年首次上演。

的東西，把自己嚇了一大跳。好了，我請各位都回房去，因為要等到整棟屋子都穩定下來，才能有人去照料她。男士們，行行好，當女士們的榜樣。白蘭琪小姐，我相信妳碰到這種假警報的時候，還能夠表現出妳的優越特質。艾咪和路易莎，妳們這對乖巧的鴿子，回自己的鴿舍去吧。兩位夫人，」轉頭對那兩位遺孀說，「如果妳們繼續留在這個冷颼颼的走廊上，一定會受涼的。」

就這樣，他又哄騙又指揮地，終於把所有人趕回各自的客房裡。我沒等人來命令我回房，就悄悄退開，沒有引起注意，跟我從房間裡出來時一樣。

但我回房不是為了上床睡覺，相反地，我開始換衣服。尖叫聲後那些打鬥聲和說話聲，可能只有我一個人聽見，因為聲音來自我正上方的房間。那些聲音讓我確信，驚擾了整棟房子的並不是僕人的噩夢，也確信羅徹斯特先生的說詞只是編出來安撫賓客的。所以我整裝待發，以便因應緊急狀況。穿戴整齊後，我在窗邊坐了很久，凝望窗外的寂靜庭園與銀色田野，自己也不知道究竟在等什麼。我直覺認為，在那些尖嘯、掙扎和喊叫聲之後，肯定還有事。

不，大宅重歸平靜，嘰喳話聲與窸窣走動聲慢慢止歇。約莫一小時後，棘園再度寂靜得有如沙漠。看來睡眠與夜晚重新收復了它們的疆土。在此同時，月亮也在往下滑，就要沉落了。我不願意繼續坐在寒冷的黑暗中，想和衣躺回床上。我離開窗邊，輕聲越過地毯，正要彎腰脫鞋，卻聽見有人輕聲地敲門。

「誰找我嗎？」我問。

「妳醒著嗎？」是我預期聽見的聲音，也就是我的主人的聲音。

「我醒著，先生。」

「穿好了衣裳？」

「是。」

「那就悄悄走出來。」

我走出房間。羅徹斯特先生拿著蠟燭站在走廊上。

「我需要妳，」他說，「跟我來，慢慢走，別出聲。」

我的拖鞋很薄，走在鋪了地毯的地板上，就像貓兒般輕盈。他走過長廊，爬上樓梯，停在不祥的三樓那低矮而陰暗的走廊上。我一路尾隨，在他身旁站定。

「妳房裡有沒有海棉？」他悄聲問。

「有的，先生。」

「有沒有鹽，嗅鹽？」

「有。」

「妳回房把這兩樣都拿來。」

我回到房間，從盥洗架上拿了海棉，再拿出抽屜裡的嗅鹽，循原路回到三樓，他還等在那裡。他拿著一把鑰匙，走向一扇黑色小門，把鑰匙插進鎖孔裡，卻停下來，轉頭對我說：

「妳看見血不會頭暈吧？」

「應該不會，我還沒試過。」

我回答他的時候一陣毛骨悚然，但沒打寒顫，也不覺暈眩。

「把手伸過來，」他說，「沒必要冒著暈倒的危險。」

我把手指放在他手上。「手很暖和也很穩定。」說完，他回頭去轉動鑰匙，打開門。

我看見一個印象中曾經見過的房間。是在費爾法克司太太帶我參觀房子那天，這房間掛著繡帷，現在那些繡帷束在一側，露出一扇被掩住的門。那扇門當時關著，現在打開來了，一道光線從裡面的房間透出來。我聽見房裡傳來某種咆哮與搔抓的聲響，幾乎像狗兒在發怒。羅徹斯特先生放下手中的蠟燭，對我說：「在這兒等一會兒。」說完就走進裡面的房間。他進去後，裡面傳來一陣狂笑，起初很嘈雜，最後以葛瑞絲．普爾那妖精般的「哈！哈！」終結。她果然在裡面。羅徹斯特先生默默地做了某些處置，我聽到有個低沉嗓音在跟他說話。他出來了，隨手帶上門。

「簡，妳過來！」他說。我走到一張大床的另一側，床的帷幔垂了下來，遮蔽了大半個房間。床頭旁有一張安樂椅，裡面坐著一個男人，衣著整齊，沒穿外套。那男的一動也不動，頭往後仰，雙目緊閉。羅徹斯特先生把蠟燭拿在他頭頂上方，我認出那張慘白毫無生氣的臉龐，是那個陌生人梅森。我還看見他半邊亞麻襯衫和一條手臂全被鮮血染紅。

「妳拿著蠟燭，」羅徹斯特先生說。我接過來。他從盥洗架取來一盆水，說，「妳來端。」我接過臉盆。他拿起海棉，放進盆子裡沾濕，擦拭那張死屍般的臉孔。他跟我要嗅瓶，把瓶子湊到傷者鼻孔底下。梅森先生很快睜開眼睛，發出呻吟聲。羅徹斯特先生掀開梅森的襯衫，襯衫底下的手臂和肩膀都包紮了繃帶。羅徹斯特先生把快速流出的鮮血擦掉。

「有沒有立即性危險？」梅森咕噥問道。

「呸！沒有，只是一道小刮痕。兄弟，別這麼容易就嚇著，打起精神！我馬上去幫你請大夫，我親自去。但願明天早上就可以送你離開。簡，」他又說。

「先生？」

「我要把妳跟這位先生一起留在這房間，大約一小時，也許要兩小時。如果傷口又流血，妳就照我剛剛那樣把血擦掉。如果他頭暈，就把那邊架子上那杯水拿到他唇邊，再把嗅瓶放在他鼻子底下。妳無論如何都不許跟他說話。理察，如果你跟她說話，就會有生命危險。如果你張開嘴，情緒激動起來，後果我可不負責。」

那個可憐的男人又哀號了一聲，他看起來連動都不敢動，恐懼感——不管是害怕死亡或害怕別的東西——讓他嚇得全身麻痺。羅徹斯特先生把沾了血的海棉塞到我手上，我繼續照他的方式擦血。

他旁觀了一秒鐘，又說，「記住！不許交談。」說完就走了。我聽見鑰匙在門鎖裡咔嗒一響，聽見他漸行漸遠的腳步聲消失，心底湧起一股詭異的感覺。

那麼，此時我人在三樓，被禁錮在這層樓許多神祕小房間之一，置身暗夜中，眼睛看見的、雙手碰觸的，是慘白又血淋淋的景象，只有區區一塊門板隔開我和一名女殺人犯。是啊，這點真夠驚悚的。其餘的事情我都可以忍受，但只要想到葛瑞絲．普爾可能會衝出來撲向我，我就不寒而慄。

然而，我仍得堅守崗位。我一定要留神觀察這張死人般的臉孔；觀察那被下了禁口令、毫無動靜的青紫嘴唇；觀察那雙因恐懼而呆滯的眼睛，它們時睜時閉、時而環顧室內、時而凝視我。我得一而再、再而三把手浸入那盆血水裡，得擦拭不斷滴落的鮮血。我一面擦血，一面看著沒剪燭花的蠟燭火光漸漸變暗，看著一幢幢陰影，在周遭那些年代久遠的破舊繡帷上變暗，又在那張大床的帷幔底下變黑，最後，在對面那只大櫃子的門上詭異地晃動。那只大櫃子面板隔成十二片，上面裝飾著陰森森的十二門徒頭像，每個頭像被圍在獨立的區塊中，像裝裱了外框似的。十二個頭像上方浮現一個烏木十字架與垂死的耶穌。

隨著搖曳暗影與閃爍燭光左右飄移，忽而見到低著頭的大鬍子醫生路加，轉眼又變成長髮蓬鬆的聖若望，不一會兒又換成猶大的邪惡面容。猶大那使徒的外貌彷彿有了生命，陰險叛徒的撒旦嘴臉躍然顯現。

我既要觀看周遭這一切，還得豎起耳朵仔細聆聽，留意躲在隔壁巢穴裡那頭野獸或惡魔的動靜。不過，羅徹斯特先生進去過後，牠似乎被鎮壓下來了，一整晚我只聽見三次聲響，而且間隔很久，包括嘎吱聲的腳步聲，狂犬咆哮的吠叫聲，以及人類的低沉悶哼聲。

我被自己的念頭攪得心煩意亂。這棟僻靜的大宅子裡究竟存在著何種化身人形的罪惡，竟然連屋主都沒辦法將它驅逐或制服？總在夜闌人靜時分，又是祝融肆虐、又是血濺五步的，其中究竟暗藏什麼玄機？那披著平凡婦人面孔與形體的怪物又是什麼？為什麼發出的聲音忽而像嘲弄的惡魔，忽而又像搜尋腐屍的猛禽？

而我俯身照顧著的這男人，這個沉默的平凡陌生人，又是如何捲進這張驚恐之網的？那個憤怒女神為什麼找上他？是什麼原因讓他選在這種不恰當的時間點，前來探索這棟房子的這個角落？他不是應該在自己的床上、酣睡夢鄉嗎？我聽見羅徹斯特先生在樓下幫他安排了房間，他為什麼出現在這裡？還有，現在他被人暴力相向、或遭人陰謀陷害，卻又為何表現得如此馴服認命？羅徹斯特先生究竟為什麼下達封口令？他的客人遭受暴行，他自己的性命早先也遭到恐怖暗算，這兩起事件他竟然都選擇祕而不宣、選擇讓它們沉入大海！最後一點，我發現梅森先生對羅徹斯特先生唯命是從，他整個人愣愣怔怔，完全受羅徹斯特先生的魯莽意志擺佈。光憑他們之間短短幾句交談，我就能確認這點。很顯然地，在他們過去的相處過程中，梅森消極被動的秉性經常受到羅徹斯特先生的充沛幹勁所左右。如此一來，當初羅徹斯特先生聽見梅森先生來訪時，又為什麼顯得焦慮不安？為什麼短短幾個小時以前，他光聽見這個溫馴的人的名字，就有如橡樹遭到雷擊？現在卻只要動動嘴皮，就能讓梅森像小孩子一般乖巧聽從？

哦！我忘不了羅徹斯特先生低聲說著「簡，我受了打擊！我受了打擊！簡！」時，臉上是什麼神情，面容又是多麼慘白，也忘不了當時他搭在我肩上的手抖得多厲害。能讓果敢堅決、八面威風的羅徹斯特先生失魂落魄的難題，絕對非同小可。

「他幾時回來？他幾時回來？」我在心裡吶喊著。夜的腳步徘徊不前，我的失血傷患垂著頭呻吟、精神愈來愈萎靡，晨光和救援卻都遲遲不來。我不斷把水拿到他死白的嘴唇，不斷給他聞嗅鹽，我所做的一切好像都徒勞無益，不知是基於肉體或心靈的創傷，或失血過多，或三者綜合，他愈來愈虛弱。他哀號連連，看上去那麼脆弱、古怪又迷惘。我擔心他會死掉，卻是連話都不能跟他說。

蠟燭終於燃盡，火光熄滅了。燭光消失後，我瞥見窗簾邊緣有幾道灰濛濛的光線，黎明的腳步近了。我遠遠聽見派勒特的叫聲從牠在庭院裡的犬舍中傳來，有希望了。希望沒有落空，不到五分鐘，鑰匙咔嗒一響，門鎖彈開，宣告我的守護任務接近尾聲。這段時間絕沒有超過兩小時，感覺卻比幾星期更久。

羅徹斯特先生走了進來，帶著他找來的醫生。

「卡特，你聽好，」他對醫生說，「我只給你半小時包紮傷口，繫好繃帶，送傷者下樓。」

「他能走動嗎，先生？」

「沒問題。只是一點小傷，他太緊張了，我們要讓他打起精神。快，動手吧。」

羅徹斯特先生把厚厚的床幔往後拉，再拉開麻布窗簾，儘量讓晨光照射進來。原來天色已經大亮，東方天空泛起幾抹紅光，我既驚訝又興奮。羅徹斯特先生走向梅森，醫生開始處理傷口。

「我的好朋友，你還好嗎？」他問。

「我就要死在她手上了！」傷者答得有氣無力。

「胡扯！勇敢點！兩星期後你的傷勢絕對比現在改善。你只不過流了點血，就這樣。卡特，跟他說他不會有危險。」

「我可以憑良心掛保證。」卡特剛拆開原來的繃帶，「我只希望我更早趕到這裡，這樣他就不會流那麼多血。不過這是怎麼回事？他肩膀上的肌肉看起來像被刀子割傷，可是這個傷口不是刀子造成的，是牙齒咬的！」

「她咬我。」梅森嘀咕著。「羅徹斯特把刀子搶下來以後，她像母老虎一樣撕咬我。」

「你不該心軟的，應該馬上跟她搏鬥。」羅徹斯特先生說。

「在那種情況下，我又能怎樣？」梅森答道，「哦，太恐怖了！」他又顫抖地補了一句，「何況我根本完全沒想到，一開始她看起來很平靜。」

「我警告過你，」羅徹斯特先生回應道。「我說過，你接近她一定要提高警覺。再者，你大可以等到明天，讓我陪你一起來。今晚單獨一個人來見她，實在是很愚蠢的行為。」

「我以為我可以對她有點幫助。」

「你以為！你以為！哼，我聽不下去了。不過，你受了罪了，看來也要為不聽我的勸告吃上不少苦頭，所以我就不多說了。卡特，動作快！動作快！太陽就快出來了，我一定得送他走。」

「馬上好了，先生。肩膀剛包紮好，我還得處理手臂上另一個傷口，我猜這裡也被咬了。」

「她吸我的血，說要把我的心臟吸乾。」

我看見羅徹斯特先生打了寒顫，臉上明顯露出極度厭惡、恐懼、憎恨的神情，面容幾乎扭曲，但他只說：「好了，別說了，理察。別理她那些瘋話，也不必轉述。」

「但願我可以忘得掉。」梅森說。

「你離開英國、回到西班牙鎮以後就會忘了。你不妨當她已經死掉了、埋葬了，或者，乾脆別想起她。」

「今晚的事不可能忘得掉。」

「不是不可能，老弟，打起精神來。兩個小時前你以為自己必死無疑，現在你不是精神飽滿，也在說話？好了！卡特就快幫你包紮好傷口了，我馬上就可以讓你生龍活虎。簡，」他回來後第一次轉頭看我，「拿著這把鑰匙，下樓到我房間，直直向前走到我的更衣室，打開衣櫃最上層抽屜，拿一件乾淨的襯衫和領巾，再回這裡來，動作靈巧點。」

我下了樓，找到他指示的位置，取出他要的物品，帶著回到三樓。

「好，」他說，「妳站到床鋪的另一邊去，我要幫他換衣服。先別離開，我可能還需要妳幫忙。」

我照他的指示移動。

「簡，妳下樓的時候，有沒有聽見有誰醒了？」羅徹斯特先生問道。

「沒有，先生。到處都很安靜。」

「理察，我們會俐落地把你送出去。這樣對你、對那個可憐的人都好。這麼久以來我很努力避免曝光，可不希望事情就此傳出去。來，卡特，幫他穿上背心。你的毛皮大衣在哪裡？這種該死的大冷天，少了毛皮大衣，你根本走不了兩公里。在你房裡？簡，跑下樓到梅森先生的房間，就是我房間隔壁那間，把房裡的大衣拿來。」

我又跑出去，再跑回來，抱著一件內襯與滾邊都是毛皮的超大披風。

「好，我還要指派妳另一項任務。」我那孜孜不倦的主人說，「妳要再跑一趟我房間。簡，幸好妳穿的是絲絨鞋！這個節骨眼上，走起路來啪噠響的使者可是一點用處都沒有。妳去打開我盥洗枱的中間抽屜，拿出裡面的小藥瓶和小杯子。動作快！」

我快去快回，帶回指定的物品。

「很好！卡特，我要擅自作主親自給他一劑，責任由我承擔。這好東西我在羅馬拿到的，是個義大利江湖郎中給我的。卡特，那傢伙是你會踢他屁股的那種人。這種東西可不能隨便用，不過，只要時機恰當，比方說現在，是很有好處的。簡，給我一點水。」

他把那只小杯子拿在空中，我用盥洗架上的水壺幫他倒了半杯。

「這就夠了。現在把藥瓶的瓶口沾濕。」

我照他的意思做。他量出十二滴深紅色液體，遞給梅森。

「喝了它，理察。它可以給你你欠缺的勇氣，幫你撐上個把小時。」

「喝了對身體有害嗎？味道會不會很刺激？」

「喝吧！喝吧！喝吧！」

梅森先生乖乖聽從，因為抗拒顯然無用。現在他已經穿戴整齊，臉色還是慘白，但已經沒有血跡或污漬了。他喝下那杯液體後，羅徹斯特先生讓他端坐三分鐘，才扶起他的手臂。

「我相信現在你站得起來了，」他說，「試試。」

梅森站了起來。

「卡特，你架他另一邊肩膀底下。理察，打起精神，跨出來。做得好！」

「我真的覺得好多了。」梅森先生說。

「這我相信。簡，妳先出去，走到後側樓梯，拉開側門的門閂。妳會看見驛車的車伕在庭院裡，或就在外頭，因為我叫他別把喀登喀登響的車輪駛上車道來。妳叫他準備出發，說我們就要下樓了。還有，簡，如果附近有人走動，就走到樓梯底層，輕輕咳一聲。」

這時已經五點過半，太陽就快露臉了。廚房裡還很暗，側門還閂著。我把門打開來，盡可能不發出一點聲響。庭院靜悄悄的，大門卻敞開著，門外有一部驛車，馬匹上了挽具，車伕坐在車箱裡。我走過去，告訴他先生們就快下來了。他點點頭。我轉頭查看四周，側耳傾聽。大清早的，四下闃然無聲，大地還在酣睡，僕人房那邊的窗簾都還沒拉起來，鳥兒在果園裡掛滿鮮花的枝頭吱吱喳喳地，果樹的枝椏像白色花環般，低垂越過環繞庭院的圍牆。拉車的馬兒時不時在牠們的封閉式馬廄裡跺著馬蹄，周遭則是萬籟俱寂。

男士們下來了。梅森被羅徹斯特先生和卡特醫生架著，走起路來似乎相當輕鬆。他們把他扶上驛車，卡特跟了進去。

「好好照顧他，」羅徹斯特先生對醫生說，「讓他在你家住到身體復原，我這一、兩天內就會騎馬過去探望他。理察，你還好嗎？」

「新鮮的空氣讓我神清氣爽。」

「卡特，他那邊的窗子就別關了。再見了，理察。」

「羅徹斯特……」

「什麼事？」

「好好照顧她，盡可能善待她，讓她……」他說不下去，淚眼漣漣。

「我盡力而為，以前是，將來也會。」說完，羅徹斯特先生關上車門，馬車駛離了。

「可是這件事到底何時才能了結！」羅徹斯特先生關上沉重的庭院大門，拉上門閂。

關好大門後，他神情恍惚、緩緩走向緊鄰果園那道圍牆的門。我猜他不需要我了，正準備回屋子裡，卻又聽見他喊「簡！」他已經打開那扇門，站在門邊等我。

「到清新的地方走走，幾分鐘就好，」他說，「那屋子根本就是地牢，妳不覺得嗎？」

「我倒覺得那棟房子很華麗，先生。」

「涉世未深美化了妳的視覺，」他說，「而且妳是透過被施了魔法的介質看著眼前的屋子，妳分辨不出它的鍍金外表其實是噁心的黏液，看不出那些絲質帳幔其實是蜘蛛網，而那些大理石是污穢的板岩，至於那些光亮的木頭，只不過是無用的木屑和碎裂的樹皮。妳看**這裡**，」他指著我們踏入的綠蔭深處，「這些才是真實、甜蜜而純淨。」

他信步踏上一條步道，一邊是黃楊木、蘋果樹、梨樹和櫻桃樹，另一邊的長條形花圃栽植了各式各樣的尋常花朵：紫羅蘭、石竹、櫻草花、三色堇，夾雜著幾株青蒿、香葉薔薇和各種香草。經過接連幾場四月春雨的洗禮與春光的照耀，又逢上如此明媚的清晨，花花草草都顯得鮮嫩欲滴。旭日剛剛出現在斑駁的東方天空，它的光輝照亮了掛滿花環與露珠的果樹，也穿透樹葉，照在樹下恬靜的步道上。

「簡，給妳一朵花好嗎？」

他摘了一朵半開的玫瑰，是枝頭唯一的花朵，遞給了我。

「先生，謝謝您。」

「簡，妳喜歡今天的日出嗎？喜歡飄著幾片輕盈雲朵的天空嗎？等氣溫慢慢升高，那些雲朵也會慢慢消散。妳喜歡這種祥和又芬芳的氣氛嗎？」

「我很喜歡。」

「簡，妳度過了一個奇怪的夜晚。」

「是的，先生。」

「妳現在臉色發白。我把妳跟梅森單獨鎖在那屋子裡的時候，妳害怕嗎？」

「我很怕裡面那個房間會有人出來。」

「我把門閂上了，鑰匙在我口袋裡。如果我把我的羔羊——我最心愛的羔羊——毫無防備地留在狼穴周遭，那我就是個粗心大意的牧羊人。妳其實安全得很。」

「先生，葛瑞絲．普爾還會繼續住在這裡嗎？」

「那當然！妳別操心她的事，別再想那件事了。」

「可是，我覺得只要有她在，您就會有生命危險。」

「別擔心，我會照顧自己。」

「先生。昨晚您擔心的危險已經過去了嗎？」

「只要梅森還在國內，我就不敢保證。即使他離開了，我也沒有把握。簡，對我而言，活著就好像站在一個隨時可能會崩裂或噴發的火山殼上。」

「可是梅森先生好像是個很容易指揮的人。先生，您顯然對他很有影響力，他永遠不會違抗您，也不會蓄意傷害您。」

「哦，不會！梅森不會反抗我，也不會故意傷害我。不過，他卻很可能一不小心說漏嘴，即使沒害我丟了性命，也會害我永遠得不到幸福。」

「叫他謹慎一點，先生。告訴他你在擔心什麼，教他如何避開危險。」

他嘲弄地笑笑，匆匆握我的手，又迅速甩開。

「傻瓜，如果我能這麼做，哪還有什麼危險可言？三兩下就解決了。打從我認識梅森以來，我只要跟他說『做某件事。』某件事就會完成。可是對於這件事，我不能命令他，我不能對他說『理察，當心點，別傷害我。』因為我絕不能讓他知道我會受到傷害。妳好像聽得糊里糊塗，我還會再讓妳更摸不著頭腦。妳是我的小朋友，是不是？」

「我喜歡替您做事，只要是對的事，我都喜歡服從您。」

「一點也沒錯，這點我看出來了。我從妳的舉手投足、妳的臉孔和眼睛看得出來，妳在幫我做事或逗我開心的時候，真的非常心滿意足。那都是妳在幫我，或跟我一起做那些妳所謂『**對的事**』的時候。如果我要求妳做些妳認為不對的事，妳就不會跑得那麼輕盈，手法也不會那麼利落明快，雙眼不會炯炯有神，表情也不會那麼生動。那時妳就會沉默地背對我，臉色發白地說，『不，先生，不可能！我不能那麼做，因為那樣不對。』然後會變得跟恆星一樣寸步不移。妳對我也有影響力，也可能傷害我。我不敢讓妳知道我的弱點，以免忠實又友善的妳一刀刺穿我。」

「如果您害怕我的程度就跟害怕梅森一樣，那麼，先生，您非常安全。」

「但願上帝允許如此！簡，這兒有個涼亭，坐下。」

那個涼亭是圍牆上的一座拱門，綴滿藤蔓，裡面有一張鏽蝕的座椅。羅徹斯特先生坐下來，留了位子給我，但我站在他面前。

「坐啊！」他說，「這張長椅夠兩個人坐。妳不會不願意坐在我身邊吧？這樣不對嗎？」

我用行動回答他，坐了下來。我覺得，拒絕他似乎有點不明智。

「好，我的小朋友，趁著太陽在暢飲露水，古老花園裡的花朵清醒過來、伸展花瓣，鳥兒在玉米田裡幫牠們的幼雛覓食，早起的蜜蜂也出來採蜜，我要跟妳說件事。妳要盡量想像妳是事件的主角，只不過，妳先看著我，告訴我妳心情很輕鬆，說妳不覺得我耽擱了妳，或妳留在這裡是錯誤的決定。」

「不會的，先生，我心甘情願。」

「那麼，簡，發揮一下妳的想像力。假設妳不是個有教養、守規矩的女孩，而是一個從小受寵的任性男孩。想像妳在某個遙遠的陌生國度，再假設妳在那裡犯下一樁致命錯誤。先別管那是什麼樣的錯誤，或基於什麼動機而犯下。妳只要知道那個錯誤的後果會永遠糾纏妳，玷污妳的存在。注意，我說的並不是**犯罪行為**，不是什麼殺人放火或其他不法勾當，不是任何會讓肇事者受到法律制裁的行為。我說的是**錯誤**。隨著時間流逝，妳做這件事的後果變得完全無法忍受，妳採取了應對措施來尋求解脫，是很不尋常的措施，但它既不違法，也不會受譴責。然而，妳還是痛苦不堪，因為妳的人生已經沒有希望，妳的太陽原本高掛天頂，卻因為日蝕變得陰暗無光。妳覺得這次日蝕在夕陽西下之前都不會結束。痛苦與卑微是妳僅存的記憶糧食。妳浪跡天涯，在流亡中尋找平靜，在享樂中追求快感。我指的是不涉及情感的感官娛樂，是那種會讓智力鈍化，讓感覺枯萎的享樂。自我放逐多年後，妳帶著困頓的心和憔悴的靈魂返回家鄉。妳結交了新朋友，別管怎麼認識或在哪裡認識的。妳在這個陌生人身上找到了妳尋尋覓覓二十年、從未遇見過的良善與光明。那些特質是那麼清新、健康、未受污染、潔淨無瑕。這種友誼讓人重現生機，讓人耳目一新。妳覺得好日子回來了，人生有了更高遠的願望，更純淨的情感。妳很想重新來過，很想善用妳僅剩的歲月，讓自己的生命過得比不朽的靈魂更有價值。為了達到這個目標，妳認為自己是不是有充足理由可以跨越某個習俗的障礙，那只是一個既不受妳的良心認可、也沒得到妳判斷力贊同的傳統枷鎖。」

他停下來等我回答。我該說什麼呢？哦，哪個好心的神靈賜我一個明智又令人滿意的答覆吧！我在痴心妄想！西風在周遭的藤蔓中低語，沒有溫柔的艾麗兒[2]把她的氣息借給我說話，鳥兒在枝頭啁啾鳴唱，牠們的歌聲儘管悠揚，卻不知所云。

羅徹斯特先生再次詢問。

「那個流浪的罪人，如今滿心懺悔、渴求平靜，他是不是有理由可以挑戰世俗眼光，讓自己與這位溫柔、嫻靜、友善的陌生人廝守終生，讓自己從此心情平和，重獲新生？」

「先生，」我答道，「流浪者的恬靜與罪人的改過不應該寄望另一個人。世間男女總難免一死，哲學家也有智慮欠周之處，基督徒也可能善行不足。如果您認識的人因為犯了錯而受苦，請他訴諸高於同儕的力量，以尋求補救的能力和復原的慰藉。」

2. Ariel，出自莎士比亞的《暴風雨》，劇中名叫Ariel的精靈為報救命之恩，經常在主角普洛斯佩羅耳畔低語，引導他完成復仇大計。

「可是要有方法！要有方法！上帝造就了這種局面，就該授予方法。我自己就曾經是個俗不可耐、浪蕩不羈、浮躁不安的人，這點我可以老實告訴妳。我相信我已經找到了痊癒的方法，就在……」

他停頓下來，鳥兒持續鳴囀，枝葉輕輕抖動，我幾乎納悶牠們為什麼沒有停止歌唱與低吟，專注聆聽洩露一半的話語。只是，牠們可得等上幾分鐘，因為羅徹斯特先生沉默了許久。最後，我抬頭看他，他卻熱切地望著我。

「小朋友，」他的語氣變了，神情也不一樣了。原本的溫柔與莊嚴消失了，變成嚴厲與嘲諷。「妳已經知道我很愛慕白蘭琪小姐，妳不覺得如果我娶她，就能徹底重拾生機嗎？」

他說完就站起來，走到步道的另一頭。他重新走回來時，嘴裡哼著小曲。

「簡，簡，」他在我面前停下腳步，「妳一夜沒睡，面無血色。我妨礙了妳休息，妳會不會咒罵我？」

「咒罵您？不會的，先生！」

「那就握個手確認一下。妳的手好冰！昨天晚上我在神祕小房間門口拉這雙手時，它們暖和多了。簡，妳什麼時候會再跟我一起守夜？」

「只要我派得上用場，先生。」

「比如說，我結婚前那個晚上！我敢說我一定睡不著。妳能不能保證到時候陪我熬夜，跟我作伴？我可以跟妳聊我心愛的人，因為妳已經見過她，也認識她了。」

「好的，先生。」

「她很特別。妳說是不是，簡？」

「是的，先生。」

「體格很健美，真正的健美女士。高大的身材、褐色的皮膚、豐滿的體態，那一頭秀髮肯定只有迦太基古城的仕女們才有。我的老天！丹特和黎因在馬廄裡！妳從灌木林那邊回去，穿過那道小門。」

於是我走一個方向，他走另一個方向。

我聽見他在院子裡，開心地說道：「梅森起得比你們都早，他日出前就離開了，我四點起來送他。」

第二十一章

人的預知能力真是奇怪的東西！感應也是，徵兆也一樣，這三者構成一個謎團，人類至今尚未找到解謎之鑰。我這一生從沒嘲笑過預知能力，因為我自己就有過奇特的預感。至於感應，我相信它的存在。比方說，它存在於相隔兩地、久未謀面、斷絕往來的親戚之間，他們儘管彼此不相聯繫，卻是可以往上追溯到一個共同始祖。感應的作用非凡人所能理解。至於徵兆，天曉得，說不定只是大自然與人類之間的呼應。

我很小的時候，大約六歲時，有天晚上聽見貝西對阿蓓特說，她夢見一個小孩，還說夢見小孩絕對是凶兆，會應驗在自己或親人身上。若非當時隨即發生一件令我難以忘懷的事件，她的話很可能早就消失在我記憶深處了：隔天貝西就被叫回家，去見她病重妹妹最後一面。

最近我經常回想起貝西的話和那起事件，因為過去這一個星期以來，我幾乎每晚都夢見小嬰兒。夢見我把小嬰兒抱在懷裡讓他停止哭泣，或放在膝頭逗弄，有時看著他跟草坪上的雛菊玩，或把手伸到水中玩耍。某天夢見號啕大哭的小孩，隔天卻是呵呵大笑的孩子；孩子偶爾依偎在我身邊，偶爾從我身邊跑開。不管夢中的小孩情緒如何，不管它呈現何種面貌，一連七天晚上，它總是在我進入夢鄉後，準時來找我報到。

我不喜歡同一個意念像這樣不斷重複，也不喜歡同一幕情景莫名其妙一再出現。每天晚上就寢時間一到，那幅畫面出現的時間愈是接近，我心情就愈緊張。那個月光皎潔的夜晚，我聽見那聲驚叫之前，就是跟這個嬰兒幻影同處在夢境中。隔天下午，我收到口訊，要我下樓去，說是有人在費爾法克司太太房裡等著見我。我到了那裡，發現有個男人在等我。那人外表看上去像個紳士的僕從，身上穿著喪服，拿在手上的帽子也圍了一圈黑紗。

「小姐，我猜妳不記得我了。」我進門時他從椅子上站起來，「我姓李文。妳住在葛茲海德莊園的時候，我是里德太太的車伕，那是八、九年前的事了。目前我還住在那裡。」

「哦，羅伯特！你好嗎？我當然記得你，以前你經常讓我騎喬琪安娜小姐的棗紅色小馬。貝西好嗎？你跟貝西結婚了不是嗎？」

「是啊，小姐。我太太身體很好，謝謝妳。兩星期前她又幫我生了個小傢伙，母子都平安。我們有三個孩子了。」

「那麼莊園裡的人都還好嗎？」

「很遺憾我沒辦法給您好消息，小姐。他們目前過得很辛苦，碰上很不好的事。」

「希望沒有人過世。」我瞥一眼他那一身黑衣。

他低頭看著他帽子上的黑紗，答道：「約翰少爺過世到昨天已經一星期了，死在他倫敦的住所。」

「約翰少爺？」

「是。」

「那他母親承受得了嗎？」

「唉，愛小姐，這可不是一般的災殃。他過得很放蕩，過去這三年來，他自暴自棄，荒唐墮落，他的死更是讓人震驚。」

「我聽貝西說過，他過得不太順利。」

「何止不太順利！根本糟得不能再糟。他結交了一堆狐群狗黨、酒肉朋友，蹧蹋了身體，也敗光了大半家產。他欠了債，進了監牢，他媽媽兩度救他出來。可惜，他一恢復自由，馬上又去找那些壞朋友，重拾所有壞習慣。他腦子不夠靈光，跟他一起廝混的那些無賴把他耍得團團轉，實在匪夷所思。他三個星期前回到葛茲海德莊園，要太太把所有家產都交給他，太太拒絕了。太太的積蓄早已經被他揮霍得所剩無幾。之後他又回倫敦去，接下來聽到的消息就是他的死訊。他到底是怎麼死的，只有天知道！聽說他自殺了。」

我默默無語，這些事簡直駭人聽聞。羅伯特接著又說：

「太太自己也病了好一陣子了。她原本塊頭不小，只是不夠強壯。她損失了很多金錢，一直擔心會變窮，終於累垮了身子。約翰少爺突然過世，又是那種死法，她經不起打擊，中風了，一連三天沒開口說話。上星期二她精神還不錯，好像有什麼話要說，一直跟貝西打手勢，咕噥著什麼。到了昨天早上，貝西才終於聽懂她在喊妳的名字，也才弄懂了她的話，『把簡找來，去找簡愛，我有話跟她說。』貝西不確定她腦子是不是很正常，也不確定她說這些話是不是認真的，但她還是轉告了伊莉莎小姐和喬琪安娜小姐，建議她們請妳回去一趟。兩位小姐一開始置之不理，可是她們的媽媽愈來愈煩躁，一直『簡，簡！』地喊了很多次，最後她們才同意。我昨天離開葛茲海德莊園。小姐，如果方便的話，我希望妳明天一早就跟我回去。」

「沒問題，羅伯特，明天早上我就可以準備好。我想我應該去一趟。」

「我也這麼認為，小姐。貝西說，她相信妳不會拒絕。不過，妳出發前要先請個假吧？」

「沒錯，我馬上去請假。」我帶他到僕人的客廳，把他交給約翰夫妻安置，就去找羅徹斯特先生。

他不在樓下的房間，也不在庭院、馬廄或園子裡。我問費爾法克司太太有沒有見到他，她說他可能跟白蘭琪小姐在打撞球。我連忙趕到撞球房，裡面傳來撞球相碰的咔嗒聲和嗡嗡的交談聲。羅徹斯特先生、白蘭琪小姐、兩位埃希頓小姐和她們的仰慕者都玩得正起勁。要打擾這麼一群玩得正開心的人，還真需要一點勇氣。但我的任務不容耽擱，於是走向站在白蘭琪小姐身旁的主人。我走近時，她轉過頭來，倨傲地望著我，眼神似乎在質問：「這鬼鬼祟祟的傢伙到底想幹什麼？」聽見我低聲喊出，「羅徹斯特先生。」她動了一下，彷彿想命令我離開似的。我至今仍然記得她的神情，高貴又搶眼，身上穿著天藍色縐紗晨袍，秀髮裡編了一條天藍色薄紗。她原本打撞球打得興高采烈，被觸怒的傲氣絲毫沒有減損她那自負的容顏。

「那個人要找你嗎？」她問羅徹斯特先生。羅徹斯特先生轉頭看看「那個人」是誰。他扮了個奇怪的鬼臉，就是他慣有的那種既怪異又模稜兩可的表情。他拋下母球，跟我走出撞球室。

「簡，找我有事嗎？」他關上教室的門，背抵著門站著，問了一聲。

「先生，如果您同意，我想請一到兩星期的假。」

「要做什麼？要上哪兒去？」

「去探望一個想見我的生病女士。」

「什麼生病女士？她住哪裡？」

「住在某郡的葛茲海德莊園。」

「某郡的葛茲海德莊園？那可是在一百六十公里外！那是什麼人，叫人趕這麼遠的路去見她？」

「她姓里德，先生。是里德太太。」

「葛茲海德的里德太太？葛茲海德曾經有個里德，是個法官。」

「這位是他的遺孀。」

「妳跟她又有什麼關係？妳是怎麼認識她的。」

「里德先生是我舅舅，是我母親的哥哥。」

「見鬼了！妳以前從來沒有告訴過我，妳總說妳沒有親戚。」

「沒有願意認我的親戚。里德先生過世了，他太太把我趕出來。」

「為什麼？」

「因為我身無分文，只會添麻煩，而且她不喜歡我。」

「可是里德有子嗣啊。妳一定有表親吧？喬治．黎因爵士昨天才提起某個葛茲海德的里德，說那個人是城裡最卑劣的無賴。英葛蘭少爺也提到，有個葛茲海德的喬琪安娜．里德，幾個月前還在倫敦備受仰慕。」

「約翰．里德死了，先生。他自我毀滅，也幾乎把家族給毀了，聽說他自殺了。他母親聽到消息後太過震驚，就中風了。」

「那麼妳去又能幫她什麼？胡扯，簡！換作是我，才不會趕一百多公里路去見一個說不定在妳趕到之前就已經斷氣的老太太。更何況，妳說她趕妳出來了。」

「沒錯，先生，可是那是很久以前的事了。當時她的處境跟現在截然不同，現在我沒辦法對她置之不理。」

「妳要在那裡待多久？」

「時間愈短愈好，先生。」

「答應我妳只待一個星期。」

「我不能貿然答應，我也許會違背承諾。」

「無論如何妳都會回來吧？不管怎樣，妳都不會永遠留在她身邊吧？」

「哦，不可能！只要沒事，我一定會回來。」

「妳要跟誰去？妳不可以一個人趕那麼遠的路。」

「不會的，先生。她派了車伕來。」

「那人值得信任嗎？」

「是的，先生。他已經在那宅子工作十年了。」

羅徹斯特先生想了一下。「妳打算什麼時候出發？」

「明天一大早，先生。」

「妳要帶點錢在身上，出門旅行不能沒盤纏。我猜妳沒有多少錢，我還沒付妳薪水呢。簡，妳現在總共有多少錢？」他笑著問。

我拿出錢包，裡面的數目少得可憐。「五先令，先生。」他把錢包拿過去，把錢幣倒在手心上，呵呵發笑，似乎覺得這麼一點錢有趣得很。他迅速拿出皮夾，說，「拿去。」遞給我一張紙鈔。面額是五十鎊，他只欠我十五鎊，我告訴他我沒辦法找零。

「妳明知道我不要妳找零。收下妳的薪水。」

我不肯收下超出我應得的數額。一開始他滿臉不高興，接著，好像靈光一閃，說：

「對！對！最好別現在全給妳。如果妳身上有五十鎊，說不定三個月都不回來。這裡有十鎊，夠嗎？」

「夠了，先生，你還欠我五鎊。」

「那就回來拿，我這裡有妳的四十鎊存款。」

「羅徹斯特先生，我想趁這個機會跟您提一提另一件公事。」

「公事？我很好奇。」

「先生，您幾乎等於已經告訴了我，您很快就會結婚。」

「是，那又怎樣？」

「那樣的話，先生，阿黛拉應該要去上學。相信您也看得出來有這個必要。」

「讓她別擋了我的新娘的路，我的新娘很可能毫不猶豫從她身上踩過去，是嗎？這個意見顯然很有道理。那就照妳說的，阿黛拉必須去上學。至於妳，妳當然要抬頭挺胸直接迎向……惡魔嗎？」

「希望不會，先生。我必須到別的地方找工作。」

「想得可真周全！」他叫道，聲音從鼻孔出來，面容扭曲得既古怪又滑稽。他凝視了我幾分鐘。

「那麼，我猜妳會請老里德太太，或那些小姐，也就是她女兒們，幫妳找一份教職，對吧？」

「不會的，先生。我跟我親戚的關係沒有好到讓我開口求她們幫忙，我會登廣告。」

「妳還會爬上埃及的金字塔呢！」他咆哮道，「冒險去登廣告！真希望我只給妳一鎊，而不是十鎊。簡，還我九鎊，我需要用錢。」

「我也需要，先生。」我把雙手和錢包藏到背後。「我一定要留著這些錢。」

「吝嗇的小傢伙！」他說，「跟她要錢，竟然拒絕我！簡，給我五鎊。」

「五先令也不行，先生，五便士也不行。」

「讓我看看那張鈔票。」

「不行，我不相信您。」

「簡！」

「先生？」

「答應我一件事。」

「先生，只要我辦得到，我都答應您。」

「別登廣告。找工作的事交給我，我會及時幫妳處理好。」

「先生，我很樂意這麼做，只要您能保證，我跟阿黛拉可以趕在您的新娘進門之前安全離開。」

「很好！很好！我可以給妳承諾。妳明天就走了嗎？」

「是的，先生，一早就走。」

「妳晚餐後會不會下來客廳？」

「不了，先生，我要打包行李。」

「那麼我們要暫時分別一段時間。」

「我想是的，先生。」

「那麼人們一般都怎麼道別呢？簡，妳教教我，這方面我不太內行。」

「他們會說『再會』，或任何他們想說的話。」

「那就說吧。」

「再會了，羅徹斯特先生，改天見。」

「我該說什麼？」

「如果您喜歡，可以說一樣的話。」

「再會了，愛小姐，改天見。就這樣嗎？」

「不然呢？」

「我覺得這樣太草率，而且很乏味，不夠友善。我想加點別的，來點額外儀式，比如說，握手。嗯，不好，握手還不夠。簡，除了說『再會』，妳什麼也不做了嗎？」

「先生，這就夠了。只要心真意誠，一句話能抵上千言萬語。」

「話是沒錯，可是『再會』，聽起來很空洞、很冷淡。」

「他到底打算抵著門站多久？」我在心裡問自己，「我要開始打包了。」晚餐鈴響了，他突然衝出去，一句話也沒多說。那天我沒再見到他，隔天早晨他起床前我就出門了。

五月一日下午五點左右，我抵達葛茲海德莊園的門房小屋。我進大宅子前先去小屋一趟。屋子裡乾淨又整齊，裝飾窗垂掛著小小的白色帷幔，地板光潔無瑕，爐柵和壁爐用具都擦得晶亮，火焰燒得正旺。貝西坐在爐床上，懷裡抱著剛出生的嬰兒，小巴比和妹妹靜靜地在角落裡玩。

「太好了！我就知道妳會來！」我一進門，貝西就喊道。

「是啊，貝西！」我吻了她，「我應該沒來得太遲。里德太太現在怎樣了？希望她還活著。」

「嗯，她還活著，也比先前更清醒、更鎮定了。醫生說她可能會再撐個一、兩星期，只是，他覺得她應該很難恢復健康了。」

「她最近還提到我嗎？」

「今天早上還問起妳，說希望妳會來。她現在睡了。至少十分鐘前我進屋去時，她是在睡覺。她通常一整個下午都躺在床上昏睡，大約六、七點才醒。妳要不要在這裡歇息個一小時，之後我再陪妳上去？」

這時羅伯特進來了，貝西把睡熟的嬰兒放進搖籃裡，上前迎接他。貝西非得要我脫掉帽子、喝杯茶，因為她覺得我看起來很蒼白、很疲倦。我滿心歡喜地接受她的照料，順從地讓她脫掉我的旅行裝束，就跟小時候乖乖讓她幫我換衣服一樣。

看著貝西忙東忙西，往日時光一股腦兒全湧上心頭。她拿出最好的瓷器、擺好了杯盞、切了麵包和奶油、烤了一塊茶點，還時不時抽空敲一下或推一下小巴比或小簡，她以前也是這麼對我的。貝西還是老樣子，脾氣一樣暴躁、步履一樣敏捷，面容一樣姣好。

茶點準備好了，我準備起身走向桌子，她卻用以前那種命令式語氣，要我坐好別動。她命令我在壁爐旁喝茶，在我面前擺了一張小圓桌，上面放著我的茶杯和一盤土司，就跟她以前把一些悄悄搜羅來的美食放在兒童室椅子上給我吃一樣。我笑了笑，跟過去一樣聽從她的吩咐。

她問我在棘園過得好不好，還問我那裡的女主人是什麼樣的人。我告訴她那裡只有男主人，她又問我他是不是和善的紳士，我喜不喜歡他。我告訴她，主人長得有點醜，不過很彬彬有禮，對我很客氣，我過得很知足。接著，我告訴她這段日子棘園來了一群歡天喜地的賓客，這正是她最感興趣的話題，她聽得興致勃勃。

一路聊下來，一小時轉眼就過去了，貝西幫我戴上帽子、穿上外套，我隨她走出小屋，邁向大宅子。九年前，我同樣由她陪伴，走下我此刻踏上的小徑。那是一月份某個陰暗、嚴寒的霧濛濛早晨，我帶著絕望忿恨的心，走出充滿敵意的房子，懷著一份被驅逐、幾乎是遭到遺棄的心情，前往羅伍德那酷寒的避風港，去到一個遙遠而未知的地域。同一棟充滿敵意的房子再度矗立眼前，我的前途依然未明，還帶著一顆傷痛的心。我仍然覺得自己是地球上的流浪兒，只是，我對自己和自己的力量有了更堅定的信心，也比較不那麼六神無主地害怕受壓迫。我過去的冤屈造成的巨大傷口，如今幾乎痊癒了，怨恨的怒火也熄滅了。

「妳先進早餐室一趟，」貝西帶頭進屋時說，「小姐們都在那裡。」

下一秒鐘我已經踏進早餐室。裡面的空間大小與擺設就跟當年我第一次見到布拉克赫先生時一模一樣，他曾經聳立在上頭的地毯依然覆蓋著爐床。我瞥了一眼書櫃，依稀看見兩冊畢威克的《英國鳥類史》立在第三層的老位置上，而《格列佛遊記》和《一千零一夜》就在上面一排。那些沒有生命的物品絲毫沒有改變，活著的人卻變得讓人認不出來。

兩名年輕小姐出現在我面前，其中一個身材頎長，幾乎跟白蘭琪小姐一樣高，也很瘦，臉色蠟黃，模樣嚴厲，有種苦修的神態，一身極其樸素的裝扮強化了那種感覺：直筒裙、黑色毛料洋裝、硬挺的亞麻衣領，頭髮往後梳，露出額角，胸前佩戴著修女般的黑檀木珠串和十字架。儘管我很難從她毫無血色的瘦長臉蛋辨識出昔日的長相，我卻敢肯定這位就是伊莉莎。

另一個當然就是喬琪安娜，卻不是我記憶中那個喬琪安娜，不是那個小仙子般的十一歲苗條女孩。這是完全長大成人的豐滿女性，美得像蠟像，漂亮勻稱的五官，含情脈脈的藍色眼眸，捲翹的淡黃色頭髮。她身上的衣服也是黑色，款式卻跟姊姊的截然不同，更滑順、更合身。她姊姊那套有多嚴謹，她這套就有多時髦。

兩姊妹各自承襲了她們母親的一項特質，只有單單一項。瘦削白皙的姊姊有媽媽的煙水晶眼珠子，青春洋溢又嬌豔動人的妹妹則遺傳了媽媽的下顎，線條或許比媽媽柔和了些，但還是為她那性感又俏麗的面容增添了幾許難以形容的冷峻感。

我進去時，兩位小姐都站起來歡迎我，兩個人都稱呼我「愛小姐」。伊莉莎打招呼時語氣簡短突兀，毫無笑容，說完又重新坐下，視線盯著爐火，似乎已經忘了我的存在。喬琪安娜除了問候一句「妳好嗎？」之外，還說了幾句客套話，問問我的旅途、天氣之類的。她說話慢條斯理，還不停由各種角度把我從頭到腳打量一遍，她的目光忽而盯住我灰褐色羊毛大衣的褶層，忽而遊移在我鄉村呢帽的樸素帽沿。年輕小姐們有個很了不起的本事，能夠不發一語就讓你知道她們覺得你很可笑，只消某種傲慢的眼神、冷漠的態度、平淡的語調，就能傳神地表達她們的心思，她們完全不必說出或做出任何粗魯言行。

然而，不管暗地裡或公然的譏嘲，如今都不再能像過去那般左右我。儘管兩位表姊一個完全無視我的存在，另一個半嘲弄地對待我，我坐在她們之間時，卻驚訝地發現自己的心情何其自在。伊莉莎並沒有讓我感到屈辱，喬琪安娜也沒能惹我不快，事實上，我心裡還有別的事。過去幾個月以來，我內心情感波動的程度，遠比她們所能激起的更劇烈，我嘗過的痛苦與快樂，也遠比她們所能施加或賜予的更敏銳與強烈，所以，她們的態度根本沒辦法讓我的心情變好或變壞。

「里德太太好嗎？」我平靜地看著喬琪安娜，很快問了一句。我問得這麼直接，她似乎覺得很有理由動怒，彷彿她沒料到我會這麼唐突。

「里德太太？哦，妳是說媽媽。她狀況很不好，妳今晚恐怕見不到她了。」

「如果，」我說，「妳肯到樓上跟她說一聲我來了，我會很感謝妳。」

喬琪安娜簡直吃了一驚，藍色眼睛瞪得又大又凶。「我知道她特別想見我一面，」我接著說，「如果情況允許，我希望儘快達成她的心願。」

「媽媽不喜歡晚上有人打擾她。」伊莉莎說。我馬上站起來，自顧自地脫下帽子和手套，說我要出去找貝西——我猜貝西多半在廚房——請她去確認里德太太今晚能不能見我。我走出早餐室，找到了貝西，讓她去幫我跑一趟，之後我做了幾項安排。我向來習慣在自負的人面前退縮，一年前的我假使遭受到今天這種待遇，馬上會決定隔天一早就離開葛茲海德。現在呢，我覺得那樣做太不明智，我趕了一百六十公里的迢迢路程來看我的舅媽，我一定得留下來，至少等到她身體好轉，或去世，才能離開。至於她女兒們的驕傲或愚蠢，我必須擱在一旁，不受她們影響。因此我對管家說，請她幫我安排個房間，告訴她我可能會在這裡停留個一、兩星期。我還請人幫我把行李送到房間，自己也跟著上樓。我在樓梯轉角遇見貝西。

「太太醒了，」她說，「我告訴她，妳來了。走，我們去看看她還認不認得妳。」

我不需要人帶我到那個熟悉的房間，過去我經常被召喚到那裡，去接受懲戒或斥責。我走在貝西前面，輕輕打開房門。天色已經暗了，桌上點著一盞有遮罩的燈，依舊是過去那張四柱大床與琥珀色帷幔，一樣的梳妝枱、扶手椅和腳凳。我曾經被罰跪在那張腳凳上幾百次，為我沒做過的無禮行為請求原諒。我望向附近某個角落，幾乎以為會看到過去經常潛伏在那裡、讓我心驚肉跳的鞭子那細長的影像，正等著像小妖怪一樣跳出來，抽打我顫抖的手掌或畏縮的脖子。我走向床鋪，拉開床幔，俯身靠向堆高的枕頭。

我清楚記得里德太太的長相，急忙尋找那張熟悉的容顏。值得開心的是，時間平息了復仇的渴望，也消弭了憤怒與厭惡的意念。我懷著嗔怨與憎恨離開這個婦人，如今我回來了，內心只有對她此時的莫大苦難生起的憐憫心，我由衷希望忘懷並寬恕所有傷害，想跟她化敵為友，和睦地握手言歡。

那張熟悉的臉孔依然如昔，跟過去一樣冷酷無情：那沒有任何東西可以使之軟化的眼神，那略微上挑、專橫又跋扈的眉毛。那張臉總是低下來對著我，寫滿了威脅與恨意！此刻我察看它苛刻的輪廓，多少童年時期的恐懼與哀傷再次湧上心頭！但我彎下腰來親吻她，她望著我。

「是簡愛嗎？」她問。

「是我，里德舅媽。親愛的舅媽，您好嗎？」

我曾經發誓再也不喊她舅媽，如今，我覺得違背這個誓言不算罪過。我伸手握住她露在被子外面的手。如果她和藹地握緊我的手，我必定能體驗到真正的歡喜。可惜冷漠的天性很難暖化，天生的嫌惡也沒那麼輕易消除。里德太太把她的手抽走，把臉別開，只說晚上天氣很暖和。她的語氣極為冰冷，我立刻感覺出，她對我的看法、她對我的感覺，既沒有改變，也永遠不會改變。我從她嚴厲的眼神就能看出，那種眼神既不能被柔情觸動，也不會被淚水融化。我看出她下定決心永遠把我當成壞孩子，因為把我看成好孩子並不能帶給她任何欣喜，只會讓她感到羞愧。

我很心痛，又感到憤怒，之後，我決心要征服她，決心不管她的天性與意願如何，都要改變她。我的眼眶已經湧出淚水，跟小時候一樣，我命令眼淚回到眼窩裡。我拉了張椅子到床頭，坐下來，俯身靠向枕頭。

「妳叫我來的，」我說，「現在我來了。我打算留下來，直到妳病情好轉。」

「哦，那是當然！妳見過我女兒了嗎？」

「見過了。」

「妳可以告訴她們，就說我要留妳住下來，直到我可以跟妳談一些擱在我心裡的事。今天太晚了，我有點想不起來。我是有話要跟妳說，我想想……」

她恍惚的神情、異於往昔的言語顯示出，她過去健壯的體格如今變得多麼衰弱。她慌張地左顧右盼，又把被子拉緊了些。我的手肘正好壓住被子，她拉不動，勃然大怒。

「坐正！」她說，「別壓著被子惹我生氣。妳是簡愛嗎？」

「我是簡愛。」

「我帶那孩子所受的罪任誰也無法想像。竟然丟給我這麼重的負擔。她那種難以捉摸的個性、說來就來的脾氣，還有那種時時觀察別人一舉一動的古怪習慣，日復一日，無時無刻不惹我生了多少氣！有一回她像個瘋子似的跟我說話，或者該說像個惡魔，沒有哪個小孩會說出那種話，會露出那種表情。我很慶幸把她送離這棟房子。羅伍德那些人是怎麼對她的？熱病傳染開來，很多學生都死了，她卻活下來。不過，我告訴別人她死了，我希望她死了算了。」

「里德太太，妳的願望太奇怪了，妳為什麼這麼恨她？」

「我一向都討厭她媽媽，因為她是我先生唯一的妹妹，他很疼愛她。她嫁了個身分低下的人，家人決定跟她斷絕關係，他卻反對。聽到她死掉的消息時，他哭個像個呆子。我懇求他把那孩子交給別人照顧，只要支付她的生活費就好了，他卻非得派人去把孩子接回來。我第一次看見那孩子，就痛恨她，一個害病、愛哭又瘦巴巴的小孩。她會在搖籃裡哭上一整夜，不是像別的孩子那樣痛快地嚎哭，而是抽抽答答地啜泣嗚咽。里德很心疼那孩子，總是親手照顧她，觀察她，彷彿那是他自己的孩子似的。他自己的孩子那麼小的時候，他都沒照顧得那麼勤。他還要我的小孩對那個小乞丐友善，我的寶貝們很受不了。如果他們對那孩子表現出厭惡感，他就會生他們的氣。他臨死的時候，經常把那孩子帶到床邊，在他死前那一小時，他逼我承諾會留下那孩子，我寧可被迫照顧一個救濟院的討飯小鬼。可是他很軟弱，天性軟弱。約翰一點也不像他爸爸，這點我很慶幸。約翰比較像我，比較像我娘家兄弟，是個如假包換的吉伯森家族成員。哦，真希望他別再寫那些要錢的信來折磨我。我們愈來愈窮，我已經沒錢可以給他啦。我不得不遣散半數僕人，關閉這宅子部分區域，或租給別人。我絕不願意走到那個地步，可是日子要怎麼過下去呀？我的收入有三分之二都拿來付貸款利息。約翰豪賭成性，老是輸錢，可憐的孩子！他中了老千的圈套。約翰沉淪了、墮落了，他的模樣很嚇人，我每次看見他，都替他覺得丟臉。」

她愈來愈激動。

「我想我最好先離開。」我對站在床鋪另一邊的貝西說。

「我想也是，小姐。不過，她經常這樣說到很晚，白天她比較平靜。」

我站起來。「別動！」里德太太叫了一聲，「我還有話要說。他威脅我，一天到晚威脅我，不是說要自殺，就是要殺我。有時候我會夢見親眼看他入殮，他脖子上有一道大傷口，或整張臉又黑又腫。我碰到了莫名其妙的難關，我碰到天大的麻煩。我該怎麼辦呢？我上哪兒找錢？」

貝西勸她喝鎮定藥水，好不容易才讓她喝了一些。很快地，里德太太情緒平穩下來，陷入昏睡狀態。於是我就走了。

我再一次和她說上話已經是十天以後的事了。談話過程中她時而錯亂，時而昏睡，醫生吩咐不可以讓她受太大刺激。在此同時，我努力跟喬琪安娜與伊莉莎相處。起初她們很冷淡，伊莉莎經常一坐就是大半天，忙著做針線活、讀書或寫東西，鮮少跟我或她妹妹說話。喬琪安娜則會一連幾小時跟她的金絲雀說些不知所云的話，完全不理會我。可是，我決心不讓自己顯得無所事事或煩悶無趣。我帶了畫具，所以我有事可做，也不無聊。

我經常拿著一盒鉛筆和幾張紙，坐在窗子邊，跟她們保持一點距離，忙著描繪想像中的風景，畫出任何碰巧呈現在我腦中、變化多端的幻想場景。比如兩塊礁石之間的海面；初升的月亮與一艘航行過它的銀盤的船隻；一叢蘆葦或菖蒲，有個頭頂蓮花冠的水仙子從中升起；精靈坐在籬雀的巢裡，頭頂上是盛開的山楂花圈。

有天早上，我描繪起一張臉孔，那到底會是怎麼樣的一張臉，我不在乎，也不知道。我拿起一枝黑色軟芯鉛筆，筆尖削得鈍鈍的，就動筆了。不一會兒，我就在紙上勾勒出寬闊突顯的額頭和線條方正的下半張臉。那個輪廓讓我心花怒放，我的手指靈活地幫它填入五官。額頭底下要有兩道強有力的橫向濃眉。當然也要有線條分明的鼻子，山根挺直、鼻翼肥厚。再來是看似柔韌有彈性的唇，一點也不小。再畫堅決的下巴，正中間有一道明顯凹陷。當然，還得來點黑色鬍渣，以及鬢角那一簇簇飄在前額的烏黑鬈髮。現在輪到眼睛，我把眼睛保留到最後，因為畫眼睛需要最精細的工夫。我把眼睛畫得很大，形狀很好看，睫毛又長又憂鬱、虹膜又大又明亮。「很好！但還不太像，」我一面檢視成果，一面想著，「還需要加點力道與神采。」我把陰影塗暗些，突顯出明亮部位，再添上一、兩筆歡愉氛圍，就十之八九了。好了，我眼前出現了某個朋友的臉龐。就算那兩位小姐轉身背對我又怎樣？我看著那張臉，笑著欣賞它逼真的相似度。我看得很專注，很滿足。

「畫裡那個是妳認識的人嗎？」伊莉莎問我，我沒察覺她已經來到我身邊。我趕緊把畫藏到其他畫紙底下，告訴她那只是我想像出來的臉孔。當然，我騙了她。其實那是羅徹斯特先生的畫像，非常傳神。然而，除了我自己，這對她或任何人而言又有什麼值得一提的呢？喬琪安娜也靠過來觀看。她很喜歡我其他的畫作，卻說那張肖像是個「醜男人」。她們倆好像都對我的繪畫技巧感到很驚訝，我主動提議幫她們畫肖像，於是她們輪流坐下來讓我用鉛筆勾勒輪廓。接著，喬琪安娜拿出她的肖像簿，我答應幫她畫一張水彩畫，她聽完後態度變得很友善，邀我到院子裡走走。我們出門不到兩小時，就聊了很多私密話題。她大方地跟我分享半年前她在倫敦度過的那個愉快的冬天，描述了她如何迷倒眾生，又如何地成為矚目焦點，她甚至暗示我，她擄獲了哪位貴族公子的心。當天下午到晚上這段時間內，那些暗示轉趨明確，她轉述了各種柔情細語，形容了許多深情款款的場景。簡言之，就在那一天內，她為我即席創作了一部描寫上流社交圈的小說。接下來的每一天，我們都會聊上一段，話題總是圍繞著同樣主題：她自己，她的愛情，她的悲苦。奇怪的是，她一次也沒提起她母親的病，沒談到她哥哥的死，更沒聊過現階段家族面臨的困境。她的全副心思除了回味往日的快樂時光，就是幻想未來的放蕩生活。她每天會在生病母親的房裡待個五分鐘，僅此而已。

伊莉莎話還是很少，她顯然沒時間說話。我從沒見過比她更忙碌的人，卻又不明白她究竟在忙些什麼，也看不出她的勤奮得到些什麼成果。她用鬧鐘早早把自己叫醒。早餐前我不知道她都做了些什麼，早餐後她把時間平均分配，每個小時都有固定任務。每天她都要研讀一本小書三次，我仔細一看，發現那是一本公禱書。我曾經問過她，那本書有什麼吸引人的內容，她說，「是禮儀規範。」她每天縫紉三小時，用金線繡製一塊方形紅布的邊緣，那塊布大得幾乎夠做地毯。我問她那塊布的用途，她說要用來覆蓋葛茲海德一間新建教堂的聖壇。她每天花兩小時寫日記，兩小時獨自在菜園子裡工作，一小時記帳。她好像不需要人作伴，也不想跟人談天。我相信她喜歡這樣過日子，這種按表操課的生活很令她怡然自得。最讓她惱火的，莫過於出現了什麼突發事件，逼得她不得不調整精準如時鐘般的規律作息。

有天晚上她顯得比平常更樂於交談，她告訴我，約翰的行徑和家族的衰敗曾經讓她感到極端苦惱，不過，現在她心情已經平靜下來，也做好決定。她把自己的錢財管理得很妥當，等她母親過世——她很平靜地說，她母親絕不可能復原，也撐不了多久了——她會去追求一個夢想已久的目標，也就是找一個隱居的地點，在她自己和煩瑣的塵世之間築起一道安穩的屏障。在那個地方，日常作息永遠不會受打擾。我問她喬琪安娜會不會跟她一起去。

當然不會。喬琪安娜跟她沒有絲毫共同點，從來沒有過。她無論如何都不願意被喬琪安娜拖累。喬琪安娜可以選擇她自己要走的路，而她伊莉莎會走自己的路。

至於喬琪安娜，她不跟我訴苦的時候，多半都躺在沙發上，抱怨家裡太無聊，口口聲聲盼著她的吉伯森舅母會來信邀請她進城去。「能那樣就太好了，」她說，「如果能離開一、兩個月，等事情結束，就太好了。」我沒問她「事情結束」指的是什麼，我猜她指的是她母親的死和之後那一連串陰鬱的後事。伊莉莎通常對她妹妹種種懶散和抱怨言行視而不見，表現得一副沒有人躺在她面前喃喃自語似的。不過，有一天，她闔起帳簿，打開刺繡時，突然數落起喬琪安娜。

「喬琪安娜，像妳這麼虛榮又可笑的動物實在不配來污染地球。妳根本沒有權利出生，因為妳在浪費生命。妳非但不能像理智的人一樣承擔起自己的生命，踏實地生活，自立自強，反倒利用別人的力量支撐起自己的脆弱無能。如果沒人願意負擔妳這個肥胖、虛弱、自傲又無用的東西，妳就呼天搶地，說別人對妳不好、忽略妳，說妳很可憐。此外，妳的生活非得充滿變化和刺激，否則整個世界就是一座地牢；妳非得要受人仰慕，被人追求；非得聽人阿諛奉承；非得要聽音樂、跳舞；非得交際應酬，否則妳就會了無生氣，慢慢枯萎。妳難道沒腦子可以想出一個方法，讓自己不依賴別人，不受任何擺佈，而能獨立自主？妳選定一天，把時間分配好，每段時間設定一項任務。不管十五分鐘、十分鐘或五分鐘，都別空下來，把所有時間全都包括進去。運用技巧去執行每一件任務，確實遵守規律。這樣的話，妳會發現，一天還沒開始，就已經結束了，那時妳就不需要麻煩任何人來幫妳打發無聊時光，更不需要找人陪妳，找人說話，不需要別人同情妳或忍受妳。換句話說，妳會活得像個獨立個體該有的樣子。聽我的勸，這是我第一次，也是最後一次奉勸妳。如果妳肯聽，以後不管發生什麼事，妳都不需要找我或找任何人。假使妳不聽我的話，執意這樣過下去，繼續整天盼東盼西、發牢騷、遊手好閒，將來不管妳的愚蠢導致多麼糟糕、多麼艱困的後果，妳都得自己承擔。我直截了當告訴妳，妳聽好，因為我不會重複現在要對妳說的話。媽媽過世以後，我不會再跟妳有任何瓜葛。從她的棺材扛進葛茲海德教堂墓穴那一天起，妳我就各奔東西，就當我們從來互不認識。即使我們剛好出生在同一個家庭裡，妳也別奢望我會為了任何一點微不足道的理由被妳拖下水。我坦白告訴妳，就算世界上其他人都消失了，只剩我們兩個站在地球上，我也會把妳留在原來的世界，自己一個人去找尋新世界。」

她閉上嘴。

「妳大可少費點口舌，別浪費精神扯這麼一大篇。」喬琪安娜說，「大家都知道妳是世上最自私、最無情的生物。我也知道妳對我懷著一股惡毒的恨意，我從妳對我和艾德文．維爾爵士耍的手段就看出來了。妳就是受不了我爬到比妳高的位置、得到貴族頭銜，受不了我進入一些妳沒有勇氣參與的社交圈，於是妳就扮起奸細去通報消息，徹底毀掉我的前程。」喬琪安娜說完後，整整一小時都用手帕在揩鼻涕。伊莉莎則是冷冷地坐著，拒人於千里之外，兩手忙碌不停。

沒錯，有些人覺得寬大胸懷不是重要特質，然而，這裡就有兩個活生生的案例，她們因為欠缺寬容情懷，一個是刻薄得叫人無法忍受，另一個則是乏味得面目可憎。少了判斷力的情感確實

☆8
Feeling without judgment is a washy draught indeed; but judgment untempered by feeling is too bitter and husky a morsel for human deglutition.

柔弱無味，但欠缺情感調和的判斷力又嫌太苦澀粗糙，令人難以下嚥。☆8

那天下午颳風又下雨，喬琪安娜在沙發上看小說睡著了，伊莉莎到新建教堂去參加一項聖徒紀念日的禮拜活動。在宗教事務上，她是個嚴格的形式主義者，再惡劣的天候也阻礙不了她準時去履行虔誠信徒的本分。不管天氣好壞，她每個星期日上三次教堂，平常日只要有祈禱活動，她也絕不缺席。

我決定上樓探視那位垂死婦人的情況，如今她躺在床上，幾乎沒人理睬。僕人們只是偶爾查看她，那名雇來的看護由於乏人監督，經常趁機溜出房間。貝西很忠心，但她有自己的家要照顧，只能偶爾進宅子一趟。我走進病人的臥房時發現裡面沒人，一如我的預期，看護不在。病人靜靜躺著，彷彿在昏睡中，青灰色的臉龐陷在枕頭裡。爐柵裡的火苗快熄滅了，我添了燃料，拉好被子，靜靜凝視那個此刻無法回望我的身影，之後我走向窗子。

雨水猛烈敲打窗玻璃，狂風怒吼著。「有個人躺在那裡，」我心想，「她很快就會脫離塵世的紛紛擾擾。她的靈魂正掙扎著要撤出它寄寓的肉體，等它終於解脫時，會飄向何處呢？」

我在思索死亡這個重大謎團時，想到了海倫．伯恩絲，想起她臨終的話、她的信仰，以及她相信擺脫肉體後的靈魂地位平等。我腦海裡還能聽見她那番讓我印象深刻的語調，還能看見她淨白脫俗的外表、她枯槁的面容與莊嚴的眼神，還能看見她平靜地躺在病榻上，輕聲述說她多麼希望死後重歸天父懷抱。此時，我背後的床鋪傳來虛弱的低語。「誰呀？」

里德太太已經好些天沒說話了，她好起來了嗎？我走到她身邊。

「里德舅媽，是我。」

「我……誰？」她說。「妳是誰？」她驚訝地看著我，有點警覺心，但並不錯亂。「我不認識妳。貝西呢？」

「她在小屋那邊，舅媽。」

「舅媽。」她重複我的話，「誰會喊我舅媽？妳不是吉伯森家族的人。我見過妳，那張臉，那眼睛和額頭，我覺得很熟悉。妳長得很像，哎呀，妳長得像簡愛！」

我沒說話，生怕報出姓名會讓她受到驚嚇。

「不過，」她說，「我想我看錯了，我的腦子會騙我。我想見簡愛，就幻想眼前的人長得像她，事實上根本一點都不像。再者，已經過了八年，她的長相應該變很多了。」於是我輕聲告訴她，我就是那個她猜測、也希望見到的人。她好像聽懂我的話，神智也相當清楚。我告訴她，是貝西叫她丈夫把我從棘園找來。

「我知道我病得很重，」不久後她說，「剛剛我想翻個身，卻發現四肢都動不了。我最好在死前把擱在心裡的事解決掉。我們身體健康的時候覺得不值得一提的事，到了像我這種關頭的時候，卻變成沉重的負擔。看護在這裡嗎？房裡除了妳還有別人嗎？」

我告訴她房間只有我跟她。

「我兩度對妳做了錯事，現在我很後悔。其中一件是違背我對我丈夫的承諾，沒有把妳當自己的孩子撫養。另一件……」她停下來，「總之，這沒什麼大不了，也許吧。」她自言自語，「何況我身體可能會好起來，像這樣對她低聲下氣，實在很難受。」

她奮力想換個姿勢，卻辦不到。她的表情變了，內心似乎經歷了一番波動，也許是瀕死劇痛的前兆。

「嗯，我還是把話說清楚了吧。永恆就在我面前，我最好告訴她。妳去我的梳妝箱那裡，打開來，拿出裡面那封信。」

我遵照她的指示。「妳讀吧，」她說。

信很簡短，裡面寫著：

夫人：

懇請您告知敝人姪女簡愛的地址與近況。我將在近期內與她聯繫，喚她前來馬得拉群島團聚。蒙上帝垂愛，我奮鬥多年總算小有積蓄。我終生未娶，沒有子嗣，有意收養她，日後讓她繼承我的財產。

謹此

約翰．愛寫於馬得拉群島

信的日期是三年前。

「我為什麼沒聽說過這件事？」我問。

「因為我討厭妳，討厭得根深柢固、無法動搖，一點都不想讓妳享受到富貴榮華。我忘不了妳對我的態度。簡，妳以前對我發的那頓脾氣，妳說妳最憎惡的人就是我，說妳想到我就覺得反胃，妳的語氣、妳的聲音表情根本不像個孩子。妳還說我用卑鄙又殘酷方式對待妳。看著妳那樣大發雷霆，那樣發洩心裡的怨恨，我永遠忘不了當時的感受。我很害怕，彷彿我動手打了或推了的動物竟然抬起頭，用人類的眼睛看我，用人類的聲音詛咒我。給我水！哦，快點！」

「親愛的里德太太，」我把她要的水遞給她，「別再想這些事了，全都忘了吧。原諒我激動的語詞，那時我年紀還小，事情已經過了八、九年了。」

她沒注意聽我說話。等她喝了水，喘口氣後，又接著說：

「我沒辦法忘掉，所以我報了仇。我不能容忍妳被妳叔叔收養，從此過著輕鬆自在的生活。我寫信告訴他，說我很遺憾令他失望，說簡愛已經死了，在羅伍德感染斑疹傷寒死掉了。現在隨妳高興怎麼做，妳隨時都可以寫信去反駁我的話，揭發我的謊言。我覺得妳是出生來折磨我的，我臨死前還要為過去所做的事痛苦不堪。如果不是因為妳，我根本不會做出那種事。」

「舅媽，請妳別再想那些事了，用善意與諒解對待我。」

「妳個性很不好，」她說，「直到今天我都還想不通，為什麼整整九年的時間，無論受到什麼樣的待遇，妳都默默隱忍下來，偏偏到了第十年，突然爆出激烈的怒火。我實在沒辦法理解。」

「我的個性沒有妳想像的那麼壞。我脾氣是很暴躁，卻不會懷恨在心。小時候，有很多次，只要妳願意接納我，我是很願意愛妳的。現在我非常希望跟妳和解，親我一下，舅媽。」

我把臉頰湊到她嘴唇前，可惜她沒辦法碰觸我。她說我靠床鋪太近，壓迫到她了。她又要水喝。她喝水時，我扶她起來，抱在臂彎裡。我讓她躺下時，伸手覆蓋住她冷冰冰又黏答答的手，她虛弱的手指在我的碰觸下縮走，呆滯的眼神避開我的視線。

「好吧，要愛我或恨我都隨妳，」我終於說，「我發自內心原諒妳。現在妳請求上帝原諒妳，歸於平靜吧。」

受苦的可憐婦人！如今已經太遲，沒辦法改變她既定的觀念。她活著的時候恨我，死的時候也得繼續恨我。

這時看護走進來，貝西跟在她後頭。我又多待了半小時，看看她會不會表現出善意，可惜沒有。不久她就陷入恍惚，意識再也沒清醒過。當天晚上十二點她就走了，沒有人隨侍在側幫她闔上眼睛。她兩個女兒隔天早上來告訴我，事情已經結束了，屍體也入殮完畢。伊莉莎和我一起去看她，喬琪安娜號啕大哭，說她不敢去。那個一度精神飽滿活力十足的莎拉．里德躺在那裡，僵硬又平靜。她那火石般的眼睛已經被冰冷的眼皮覆蓋，她的額頭和堅決的五官依稀留存著她那堅不可摧的靈魂的印記。那具屍體在我眼中是多麼怪異又肅穆的物體，我憂鬱又痛苦地望著它，絲毫感覺不到任何柔軟、甜蜜或憐憫，也感覺不到任何希望或緩解。只對**她**所承受的苦難——而非**我個人的**損失——感到深深的不捨，這種形式的死亡實在可怕，讓我產生一種肅穆卻無淚可流的沮喪。

伊莉莎平靜地看著她母親，靜默了幾分鐘後，她說：「以她的體格，她原本可以活到高齡。她的生命因為煩惱太多，提早結束了。」說完，她一陣抽搐，嘴唇緊閉。激動過後，她轉身走出房間，我也跟著出來。我們倆都沒有落下一滴淚。

第二十二章

羅徹斯特先生只准了我一星期的假，可是，經過了一個月，我還留在葛茲海德。葬禮過後，我本想馬上離開，喬琪安娜拜託我留下來，陪她到出發去倫敦的時候。她總算受到她舅舅的邀請：吉伯森先生過來操辦他姊姊的喪葬事宜，順便處理這個家的一些事務。喬琪安娜說她很害怕跟伊莉莎單獨留在家裡，她灰心時得不到伊莉莎的同情，恐懼時也得不到支持，準備行李時伊莉莎也不肯幫助她。我盡可能容忍她意志薄弱的哭泣、自私的悲歎，還努力幫她做些縫紉工作，打包衣物。沒錯，我工作的時候她只會袖手旁觀。我心想，「表姊，如果妳跟我注定要共同生活，我就會採取不同的方式，我不會心甘情願地當那個吃虧的人。我會把妳份內的工作分配好，強迫妳去完成，否則就讓它保持原狀。在此同時，我也會要求妳把那些有氣無力、半真半假的牢騷埋怨放在心裡。我願意這樣無怨無尤地承受，事事配合妳，純粹是因為我們這種關係非常短暫，又發生在特別的哀悼時期。」

我終於送走喬琪安娜，緊接著換伊莉莎要求我多停留一星期。她說，她必須把所有時間和全副心力都投注在她要做的事情上。她即將出發前往一個未知地點，行前整天都待在自己房裡，房門從裡面閂上，忙著清空抽屜、裝填行李箱、焚燒字紙，不跟任何人說話。她希望我幫忙管理宅子，見見訪客，回覆弔唁信函。

某天早上，她說我自由了。她說，「我很感謝妳的協助，也感謝妳謹慎的言行！跟妳這樣的人住在一起，與跟喬琪安娜住在一起很不一樣。妳扮演好自己的角色，不會拖累別人。明天，」

她接著說，「我要出發前往歐洲大陸，我會在里耳附近一處修道院住下來，那是一家修女院。我在那裡就能過著平靜不被打擾的生活。我會用一段時間研究羅馬天主教義，仔細研究他們的制度，假使那種制度符合我大致上的預期，能夠確保所有事情合宜而有秩序地完成，我就會皈依羅馬天主教，甚至成為修女。」

對於她的決定，我既不表驚訝，也沒有勸她打消念頭。「那份聖職最適合妳不過。」我心想，「希望它對妳有莫大好處！」

我們分別時，她說，「再見，簡愛表妹，祝福妳，妳很有智慧。」

當時我回答她，「伊莉莎表姊，妳也不是沒有智慧的人。不過，我猜再過個一年，妳所擁有的一切都會活生生埋藏在法國修道院裡。不過，那不關我的事。反正那條路很適合妳，我不是很在乎。」

「妳說得沒錯。」她說。說完這些話，我們就各奔前程。我不會再有機會提起她或她妹妹，不妨在此補敘一筆：喬琪安娜結了個有利的姻緣，嫁給某個日暮西山的上流社會有錢人。伊莉莎果然成了修女，如今已經是她當見習修女時期那所修道院的院長，她也把她的所有財物捐給那家修道院。

人們離開一段或長或短的時間後重返家園，內心會是何種感受，我不清楚，我從來沒有這方面的經歷。小時候散步很長一段時間後回到葛茲海德，會因為看起來既怕冷又憂鬱而挨罵，我知道那是什麼感覺；後來，我體驗到從教堂回到羅伍德，很渴望豐盛的餐點和溫暖的爐火，卻不能如願的心情。那些回家的感覺都不能帶來愉悅，也不值得嚮往。從來沒有某種磁力把我吸到特定的一點，在我走得愈近時，它的吸力就愈大。回到棘園的感受還有待發覺。

我的旅途很漫長，漫長至極，一天走八十公里，在旅館過夜，隔天再走八十公里。前十二小時我心裡想的是里德太太彌留時的情景，我看見她變形走樣的灰白臉龐，聽見她詭異的嗓音。我也回想起喪禮那天的情景，想起棺木、靈車，和那一排身穿黑衣的佃農和僕人——送殯的親族寥寥無幾——想起墓穴的洞口、靜謐的教堂和嚴肅的葬儀。接著，我又想到伊莉莎與喬琪安娜，我想像其中一個在舞會中大放異彩，另一個幽居在修道院房舍中。我還細細分析了她們倆各自的相貌與性情。向晚時分，我來到一座大城，紛擾的思緒被打亂。入夜後思潮改弦易轍，我躺上旅店床鋪時，不再追溯記憶，轉而探索未來。

我即將回到棘園，但我又會在那裡待多久呢？不會太久，這點我敢肯定。我離開棘園這段期間，收到過費爾法克司太太的信，棘園的賓客已經離開了，羅徹斯特先生三星期前去了倫敦，預計在倫敦停留兩星期後返家。費爾法克司太太猜想他大概是去籌辦婚禮事宜，因為他說打算買一輛新馬車。她說她還是不太相信他會娶白蘭琪小姐，只是，從大家口耳相傳的話，以及她自己親眼見到的事實，她不再懷疑，也相信婚禮很快就會舉行。我心裡的感覺是，「如果妳到現在還不相信，那妳就太奇怪了。我可是毫不懷疑。」

接下來的問題是，「我該上哪兒去？」我一整個晚上都夢見白蘭琪小姐。到了清晨，我還在鮮明的夢境中看見她把我關在棘園大門外，指著另一條路要我走。羅徹斯特先生雙手抱胸在一旁觀看，臉上的笑容似乎既嘲笑她，也嘲笑我。

我沒有通知費爾法克司太太我哪一天會抵達，因為我不希望有馬車到密爾科特接我。我決定自己一個人靜靜走完那段路。六月某日傍晚六點鐘，我把行李交給車伕，悄悄地溜出喬治旅館，踏上返回棘園那條舊路。那條路多半穿越田野，如今已經人跡罕至。

那天傍晚天氣清朗暖和，天色不明亮，陽光也不燦爛，沿途都有堆乾草的工人在工作。天空雖然談不上萬里無雲，至少保證不會變天。天空的藍——還看得見藍色的地方——很柔和、很穩定，雲層既高又薄。西邊天空也很溫暖，沒有飽含水氣的微光讓它變冷，彷彿某處燃著爐火，彷彿那大理石花紋的蒸氣隔屏後方有座燒著火焰的聖壇，金色火光從隔屏的孔洞透出來。

我很高興前方的路程漸漸縮短，很高興自己在途中停下來問自己在開心什麼，也提醒自己別忘了，我此刻返回的地方並不是自己的家，我既不是回到一個永久的休息處所，也沒有哪個摯友在那裡翹首盼著我，等著我回去。「費爾法克司太太會平靜地微笑歡迎妳，這是一定的。」我心想，「小阿黛拉會歡天喜地拍拍手，蹦蹦跳跳跑來迎接妳。可是，妳很清楚妳心裡想的是另一個人，也知道那個人並不想妳。」

然而，有什麼比年輕的心更任性？有什麼比稚嫩的心更盲目？年輕稚嫩如我，只要能再見到羅徹斯特先生，就會心花怒放，一點也不在乎他是不是看見我。於是，我的年輕稚嫩催促著我，「快呀！快呀！把握住僅剩的時光去跟他相處，再過幾天或幾星期，妳就要永遠與他分別了！」於是我克制住一股全新的苦惱，壓抑一個我無法說服自己認可並醞釀的念頭，往前跑去。

棘園的牧草地也有人在堆乾草。倒不如說，我到達的時刻，工人剛收工，草耙扛在肩上打道回府了。我再走過一、兩片田地，穿越一條馬路，就到大門了。樹籬上的玫瑰綻放得多麼熱鬧！可惜我沒時間採摘，我想進屋去。我穿過一棵高大的石南，它的枝葉與花朵橫越小徑，我看見入口的狹窄石階，我還看見……羅徹斯特先生坐在那裡，手裡拿著鉛筆和書本，正在寫東西。

他不是幽靈，但我全身上下每一根神經都癱軟了，剎那間，我失去了自制力。我是怎麼了？沒想到重新見到他時會抖得這麼厲害，也沒想到自己會在他面前說不出話來，一動也不能動。等到身子能動彈，我連忙往回走，我可不想讓自己出糗。我知道還有另一個入口。可惜，就算我知道另外二十個入口也沒用，他看見我了。

「哈囉！」他邊喊邊收起書本和鉛筆，「妳回來了！過來一下，可以嗎？」

我猜我確實走過去了，卻不清楚自己是怎麼過去的，因為我根本查覺不到自己的肢體動作。我滿腦子只想裝出冷靜的模樣，更重要的是，想控制好臉上活躍的肌肉，因為我覺得它們正無法無天地違背我的意志，試圖表達我竭力掩飾的情感。幸好我戴著面紗，而且放下來了，暫時還能表現得鎮定冷靜。

「這是簡愛嗎？妳從密爾科特回來了嗎？而且走著回來？沒錯，妳老愛耍這種把戲，不肯讓人派馬車去接妳，不肯像個正常人一樣，搭馬車喀登喀登地從大馬路回來，非得要趁著薄暮偷偷溜回家，活像一場夢或一道影子似的。過去這個月妳都做了些什麼見鬼的事？」

「先生，我一直陪著我舅媽。她過世了。」

「真是很簡愛式的回答！好心的天使請保佑我！她是從另一個世界來的，從死人的住所來的，又在這種黃昏時刻，在只有我和她獨處的時候跟我說這種事！如果我夠膽子，我會摸摸妳，看看妳是真人或只是幻影，妳這小精靈！不過我寧可去抓沼澤裡的藍色鬼火。曠職！曠職！」他停頓片刻後又說，「離開我整整一個月，我敢說妳已經把我忘得一乾二淨了！」

我早知道再次見到我的主人會是很愉快的場景，儘管我擔憂他很快就不再是我的主人，儘管我在他心目中無足輕重。羅徹斯特先生永遠都有（至少我是這麼認為）一種傳達歡樂的強大能力，像我這樣迷途的落單鳥兒，只要嘗到一丁點他拋過來的麵包屑，就等於飽食了一頓饗宴。他最後那句話更是一大慰藉，好像在暗示他很在意我是不是忘了他。他還把棘園說成我的家，真是我的家就好了！

他還坐在石階上，我又不想請他讓我過去，只得問他是不是去過倫敦。

「去過，我猜妳用千里眼看見的。」

「費爾法克司太太寫信告訴我的。」

「那她有沒有告訴妳我去做什麼?」

「那當然,先生!大家都知道您去那裡的目的。」

「簡,妳一定要看看那輛馬車,再告訴我妳覺得它是不是很適合羅徹斯特太太,如果她靠在那些紫色軟墊上,會不會很像波阿狄西亞王后[1]。簡,我真希望我的長相更好看些,更能跟她搭配。妳跟我說說,既然妳是個仙女,能不能給我施個魔法,或給我一點仙丹,或那一類的東西,讓我變成英俊的男人?」

「先生,這種事就連魔法也無能為力。」我在心裡又加了一句,「愛慕的眼睛就是魔力,在愛人的眼中,你已經夠俊美了。再不然,你的嚴厲也有著一種比美貌更強大的魅力。」

羅徹斯特先生有時候可以敏銳地讀出我內心的思緒,常常讓我感到不可思議。此時他根本不在意我冒失的口頭回應,而是用一種屬於他特有風格的笑容對著我笑。這種笑容很少出現在他臉上,他好像覺得這種笑容太奢侈,不適合一般狀況。那是真正的情感陽光,現在,他把它灑在我身上。

「過去吧,簡兒,」他邊說邊挪出空間讓我走過去,「回家去,讓妳倦遊的小腳歇在朋友的門檻上。」

現在我只需要默默遵從他,不需要再多說什麼。我不發一語地跨過石階,打算平和地離開他。一股衝動讓我停住腳步,一股力量逼我轉身。

我說,或者,我內心某種東西自作主張代我說出口:「謝謝您,羅徹斯特先生,感謝您崇高的善意。重新回到您身邊,我有一種很奇妙的幸福感,有您的地方就是我的家,我唯一的家。」

1. Queen Boadicea,古不列顛愛錫尼族皇后。

我走得很快，就算他打算追上來，也趕不上。小阿黛拉見到我時開心得幾乎要瘋了。費爾法克司太太以她一貫的直率友善歡迎我。莉雅微笑著，就連蘇菲都開心地用法語問候我晚上好。實在太愉快了，身邊的人喜愛你、你的存在讓他們感到欣慰，這才是天底下最快樂的事。

那天晚上，我決心不再管未來的事，我不再聽那些不斷提醒我離別在即、悲痛將至的聲音。吃過茶點後，費爾法克司太太拿起針線活兒，我坐在她身邊一張矮凳上，阿黛拉跪在地毯上，舒適地依偎著我，我們對彼此的喜愛像安詳的金色光圈圍繞著我們。我默默祈禱別讓我們太快分開，別讓我們距離太遠。這時羅徹斯特先生突然走進來，他看著我們，好像很愉快地欣賞著這幕和樂的景象。他說，那位老太太終於把養女盼回來了，現在應該心滿意足了。還用法語說，阿黛拉好像巴不得把她年輕的英國媽媽一口吃下肚似的。我內心微微期盼，希望他就算結了婚，也能把我們安排在另一個地方，繼續守護我們，別把我們逐出他散發的光和熱之外。

回到棘園後那兩個星期，日子平靜得很可疑。沒有人提起主人的婚禮，我也沒見到任何相關的籌備工作。我幾乎每天詢問費爾法克司太太她有沒有聽說任何相關事宜，她總是給我否定的答覆。有一回，她說她的確開口問羅徹斯特先生打算什麼時候把新娘帶回來，但他只跟她開了個玩笑，還做出他特有的古怪表情，她也弄不明白他究竟是什麼意思。

有一件事讓我特別感到詫異，那就是，男方並沒有經常往返兩地，也不曾造訪英葛蘭莊園。當然，那座莊園是在三十公里外，在另一個郡的外圍地帶。然而，在熱戀的人眼中，那點距離又算得了什麼？對於像羅徹斯特先生這樣老練又精力充沛的騎士而言，那只不過是區區一上午的路程。我開始懷抱自己無權奢想的希望，想像這樁婚事已經告吹，想像一切只是謠言，想像當事的某方或兩造改變了心意。我經常觀察我家主人，看看他臉上的表情究竟是悲傷或激動，可是，印象中我不曾見過他的面容如此一掃陰霾，沒有一絲一毫的有害情緒。我和阿黛拉跟他相處的時候，如果我萎靡不振，灰心喪氣，他就變得更加開朗。他比以前更常召喚我到他面前，我在他面前時，他比以前更加友善。還有，唉！我比以前更愛他了。

第二十三章

整個英格蘭沐浴在明媚的仲夏季節中，接連好長一段時間，天空如此澄澈，陽光如此燦爛，在我們這個被浪濤包圍的島國，這種好天氣平時連一天都很難得見。彷彿一連串義大利時光從南方北上，像一大群壯觀的候鳥，在阿爾比恩[1]的峭壁棲息暫歇。乾草已經收割完畢，桑園周遭的田野無比翠綠平整，道路潔白又乾爽，樹木綠蔭正濃，樹籬和林木枝葉扶疏、鬱鬱蔥蔥，和穿插其間的碧油油鮮嫩草地形成強烈對比。

仲夏日前夕，阿黛拉在海伊路採了大半天野草莓，累癱了，太陽還沒下山就上床睡了。我等她入睡後，就出門到花園裡去了。

此刻正是一天二十四小時之中最美好的時分：「白日的熾熱烈火已然消退」[2]，露水落在乾渴的平原與烤焦的山巔。太陽少了浮誇雲朵的裝飾，素淨地向西沉落，點染出一抹莊嚴的紫，在山峰某處燃起紅寶石與壁爐般的火光，向更高更遠處擴散，輕柔又更輕柔地傳遍半邊天際。東方則有它迷人的精緻深藍，也佩戴著它獨有的含蓄珠寶，那是一顆新生的孤星。再過不久，更會升起一輪傲人的皓月，只是，此時月兒還在地平線下。

我在步道上閒逛，有扇窗子飄出一股隱約而熟悉的味道，是雪茄。我看見書房的窗子打開一道約手掌寬的縫隙。我意識到也許有人在窺視我，於是轉頭走進果園裡。庭園裡沒有哪個角落比果園更加隱密、更像伊甸園。那裡面種了很多樹，開滿了鮮花，有一邊築起高聳的圍牆，隔開了院子，另一邊則有一條山毛櫸林蔭步道，遮擋了草坪那邊的視野。果園末端有道深溝，是果園與寂寥田野之間的唯一阻隔。一條蜿蜒的步道曲曲折折地通往深溝，步道兩旁立著月桂樹，末端有一棵高大的七葉樹，樹下設有一圈座椅。在這裡漫步不必擔心被人瞧見。此時清甜的露珠正在凝結，四周杳無人聲，薄暮籠罩，我覺得我可以永久徘徊在這種陰涼處所。我隨著初升月亮灑下的光華，走到果園前半段較為空曠的區域，漫步在長滿鮮花果實的花壇之間，這時，我的腳步停頓了。不是因為聽到什麼聲音，不是因為看見了什麼，而是再一次嗅到讓我戒備的氣味。

歐洲野薔薇、青蒿、茉莉、石竹與玫瑰早已貢獻出晚香，這股陌生的氣味既非來自樹叢，也不是來自花朵。我很清楚，那是羅徹斯特先生的雪茄。我轉身聆聽，看見樹木垂掛著沉甸甸的成熟果實，聽見夜鶯在一公里外鳴囀。放眼望去沒有任何移動物體，沒有明顯的腳步聲接近，但那股味道愈來愈強烈。我必須逃開，我朝通往灌木林的邊門走去，卻看見羅徹斯特先生一腳跨進來。我躲向一旁，鑽進藤蔓裡。他不會在這裡久留，很快就會沿著來時路回去。只要我靜靜待著，他就不會發現我。

可惜不然，他跟我一樣喜歡這段日暮時光，一樣欣賞這古老花園的魅力。他繼續閒逛，一下子拉起醋栗樹的細枝，查看枝頭那大如洋李的纍纍果實，一下子又從牆上摘下一顆熟透的漿果，或彎腰查看一團小花，嗅嗅它們的芳香，或觀賞花瓣上的露珠。一隻大蛾嗡嗡嗡飛過我身邊，停在羅徹斯特先生腳邊一株植物上。他看見那隻蛾，俯身查看牠。

「嗯，趁現在他背對著我，」我心想，「而且無暇他顧。假使我腳步輕巧些，或許可以偷偷溜走。」

1. Albion，英格蘭舊稱。
2. 出自蘇格蘭詩人湯馬斯・坎貝爾（Thomas Campbell，一七七七～一八四四）的詩作 *The Turkish Lady*。

我走在草地邊緣，以免小徑上咔噠咔噠的卵石洩露我的行蹤。他站在花壇之間，距離我必經之地約莫一、兩公尺，顯然看那隻蛾看得出神。「我應該可以順利通過。」我心想。

剛升到天邊的月亮把他的影子拉得長長的，我越過他的影子，他頭也不回地輕聲說道：「簡，回來看看這傢伙。」

我沒有出聲，他背後沒長眼睛，難不成他的影子有感覺嗎？我嚇了一跳，不得不走向他。

「妳看牠的翅膀，」他說，「讓我想起一種西印度昆蟲，在英格蘭很難得見到這麼大又這麼神采奕奕的夜遊者。哇！牠飛走了。」

那隻蛾悠閒地騰空而起，我也怯生生地撤退，羅徹斯特先生卻跟著我。我們走到邊門時，他說：「回來。這麼美麗的夜晚，在屋子裡枯坐未免可惜。這種日落碰上月升的時刻，誰捨得上床去睡覺。」

這是我的毛病，雖然我的舌頭回答問題時偶爾十分靈活，某些時候它卻可悲地拙於編造藉口。偏偏這種失誤又總是發生在緊要關頭，在那種時候，往往只要簡單一句話或貌似可信的託辭，就能免去一場難堪的尷尬。這種時間，我不想單獨與羅徹斯特先生在陰暗的果園裡散步，卻又找不出充足的理由好離開他。我拖拖拉拉地跟在他後面，腦子忙著構思脫身之計。但他看起來是那麼的平靜、那麼的嚴肅，我開始為自己的慌亂感到慚愧。心裡有邪念——假使有什麼邪念存在或即將出現的話——的好像只有我自己，他似乎冷靜得很，什麼也沒多想。

「簡，」我們走進月桂樹步道，緩步邁向深溝和七葉樹的方向，「棘園的夏天很舒適宜人，對不對？」

「是的，先生。」

「妳多多少少喜歡上這棟房子了吧？妳特別喜愛大自然的美，又有依戀人的傾向。」

「我確實很喜歡這棟宅子。」

「還有，雖然我想不通原因，不過我發現妳也很關心阿黛拉那個蠢小孩，就連對費爾法克司太太這個單純的老婦人也一樣，對吧？」

「是的，先生。我很喜歡她們倆，只是喜歡的方式不同。」

「那麼如果妳離開她們，會不會很遺憾？」

「會的。」

「真可惜！」他嘆口氣，停了一下，又說，「人生總是如此，你剛在一個愉快的休息處所安頓下來，就有個聲音叫你起來，叫你往前走，因為休息時間結束了。」

「先生，我得往前走了嗎？」我問，「我得離開棘園了嗎？」

「我想是的，簡。很抱歉，簡兒，我想妳真的沒有選擇。」

這真是一個打擊，但我沒讓它擊倒我。

「先生，等向前走的命令來到，我就會做好準備。」

「命令已經來了，今晚我就要下令了。」

「那麼您真的**要**結婚了嗎？」

「千真萬確！正確無誤！妳以妳一貫的敏銳度，一語中的。」

「很快嗎？先生？」

「很快，我的……呃，愛小姐。簡，妳應該還記得，我——或謠言——第一次明白告訴妳我有意把我這老單身漢的頸子伸進那神聖的套環，有意走入婚姻的聖潔階段，簡單說，就是把白蘭琪小姐擁入懷中。她那塊頭抱起來可不容易，但這不是重點，像我美麗的白蘭琪這樣的新娘，塊頭再大也不嫌呀。嗯，正如我所說，妳聽好，簡！妳轉過頭去不會是想找找別的飛蛾吧？孩子，那只是一隻瓢蟲，『飛回家去了。』[3]我想提醒妳，當初是妳先對我說，如果我娶了白蘭琪小姐，妳和小阿黛拉最好及時離開。我向來尊重妳這份謹慎，妳的先見之明、深謀遠慮與謙遜自持，恰恰適合妳認真盡責的受雇身分。我姑且不去計較妳這番建議裡那份對我愛人的潛在批判，事實上，簡兒，等妳離開以後，我會努力忘記那件事，我會把焦點放在其中的智慧。正因為妳說得太有道理，我會把它視為奉行規臬。所以，阿黛拉必須去上學，至於妳，愛小姐，必須另謀他職。」

「好的，先生，我馬上刊登廣告。此外，我想……」我原本打算說，「我想我可以暫時留在這裡，直到我找到另一個安身之處。」但我停頓下來，覺得最好別冒險一口氣說這麼多話，因為我的聲音已經不太受控制。

「我希望在一個月內當上新郎，」羅徹斯特先生又說，「在那之前，我會親自幫妳安排一份工作，尋找一處避難所。」

「謝謝您，先生，很抱歉給您……」

「哦，別道歉！我認為，當受雇者像妳這樣善盡職守，她就有資格請求她的雇主提供舉手之勞的小小協助。其實我已經透過我未來的岳母，打聽到一個我覺得相當適合的所在，是去愛爾蘭康諾特省的山胡桃莊園，教導狄昂尼希奧·歐格爾太太的五個女兒。我猜妳會喜歡愛爾蘭，據說那裡的人都很熱心。」

「那地方很遠，先生。」

「這不是問題，像妳這樣有想法的女孩不會在乎那段航程和那點距離的。」

「不是航程的問題，而是距離，何況大海會阻隔……」

「阻隔什麼，簡？」

「阻隔英格蘭、也阻隔棘園，而且……」

「嗯？」

「阻隔了**您**，先生。」

我幾乎不由自主地說出這話，而且，我的眼淚也不聽使喚地潸潸落掉。我不想哭出聲被人聽見，所以忍著不啜泣。想到山胡桃莊園的狄昂尼希奧．歐格爾太太，我的心就涼了；想到那些顯然注定要翻騰在我和此刻與我並肩而行的主人之間的海水與浪花，我的心就更冷了；再想到阻斷我和我自然又必然深愛著的人之間那片更寬闊無垠的海洋，也就是財富、階級與習俗，我的心冷到極點。

「那地方很遙遠。」我又說。

「的確如此，等妳到了愛爾蘭康諾特省的山胡桃莊園，我恐怕再也見不到妳了，簡，這點幾乎是確定的了。我從來沒去過愛爾蘭，我自己並不算太喜歡那個國家。簡，我們一直是好朋友，對不對？」

「是的，先生。」

「當朋友即將分別的時候，他們總希望把握僅剩的時光，多跟對方相處。來吧！趁著天上的星星正在大放光彩，我們散步個半小時，好好談談航行和分別的事。這兒有棵七葉樹，它的老根之間擺著長椅。來，以後我們再也不會有機會一起坐在這裡，今晚就安靜地坐一會兒。」他坐了下來，也拉我坐下。

3. flying away home，跟據英國間習俗，趕走瓢蟲時要誦念，「瓢蟲，瓢蟲，飛回家去吧；妳家著火了，妳的孩子不見了。」

「簡兒，到愛爾蘭的路途遙遠，把我的小朋友送上那麼辛苦的旅程，我實在很抱歉。可是，既然我沒辦法做更好的安排，道歉又有何用？簡，妳覺得妳跟我有血親關係嗎？」

這回我不敢冒險答話，我的心一片死寂。

「因為，」他說，「有時候我對妳有一種很奇怪的感覺，特別是妳靠我很近的時候，像現在這樣。感覺彷彿我左側肋骨底下有一根線，跟妳小小身體的相對位置上那條類似的線緊緊牽繫在一起。如果我們之間隔著波濤洶湧的海峽，隔著三百公里左右的遼闊土地，我擔心那條聯繫的線會扯斷，我很緊張，覺得我會內出血。至於妳，妳會忘記我。」

「我永遠不會忘記您，先生，您知道……」說不下去了。

「簡，妳有沒有聽見夜鶯在林子裡鳴唱？妳聽！」

側耳聆聽的時候，我抽抽答答啜泣起來，因為我已經無法再承受心裡的苦，不得不屈服，全身上下都因為劇烈的憂傷顫抖不已。等我終於開口說話，也只是表達魯莽的願望。我說我希望自己從來沒有出生，希望我沒來過棘園。

「因為妳捨不得離開嗎？」

悲傷與愛戀在我心中引發了激昂情緒，它們已經奪得優勢，正想方設法全盤掌控，宣稱它有權支配，有權征服，最終將會存活、浮現並統治。沒錯，它還要說話。

「我很難過必須離開棘園，我愛棘園，我愛它，因為我在這裡度過一段圓滿而歡暢的生活，至少曾有過那樣的短暫時刻。我沒有遭到踐踏，沒有受到驚嚇，更沒有被低劣的心靈淹沒。我可以跟那些開朗活潑、神采奕奕、高高在上的人相處。我可以面對面跟我所崇敬、我所欣賞的心靈談話，可以跟獨特、健壯又開闊的心靈溝通。羅徹斯特先生，我已經認識了您，卻不得不跟您永遠別離，這讓我非常驚恐與痛苦。我知道分別在所難免，那種感覺就像知道死亡的必然。」

「妳為什麼覺得分別在所難免？」他突然問我。

「為什麼？先生，您把理由攤在我面前。」

「以什麼形態呈現？」

「白蘭琪小姐的形態：一位高貴的美人，您的新娘。」

「我的新娘！什麼新娘？我沒有新娘！」

「可是您會有個新娘。」

「是啊，我會的！我會的！」他緊咬牙關。

「那我就必須離開，是您自己說的。」

「不，妳必須留下！我發誓，而且我會信守誓言。」

「我說我必須離開！」我異常激動地反駁，「您以為我可以留下來，在您面前變成微不足道的人嗎？您以為我是機器嗎？只是沒有感情的機器嗎？以為我能夠看著唇邊一小塊麵包屑被人搶走，看著杯子裡最後一滴活命的水潑灑出去嗎？就因為我沒錢沒地位、長相平凡、個子矮小，我就沒有靈魂、也沒有感覺嗎？您想錯了！我的靈魂跟您一樣活躍，情感跟您一樣豐沛！假使上帝賜予我些許美貌和財富，我就會讓您嘗嘗跟我分別時那份難分難捨的痛苦，就像我現在必須離開你一樣。現在我不是依據習俗、傳統觀念在跟您談話，更不是透過這具凡人軀體，現在是我的靈魂在對您的靈魂說話，就好像我們的靈魂都通過墳墓，平等地站在上帝腳跟前，我們原本就平等！」

「我們原本就平等！」羅徹斯特先生重複一次，「的確是，」他用雙手環抱我，把我摟進懷裡，嘴唇貼上我的唇。「的確是，簡！」

「沒錯，的確是，先生。」我說，「卻又不是，因為您是有婦之夫，或者說，幾乎已經是個有婦之夫，娶了個配不上您的妻子，娶了個跟您不能心氣相通的人。我不相信您真心愛慕她，因為我親眼瞧見、親耳聽見您蔑視她。我唾棄這種婚姻，所以我比您高尚，讓我走！」

「走去哪裡？去愛爾蘭嗎？」

「對，去愛爾蘭。我說出心裡的話了，現在我去哪裡都無所謂了。」

「簡，別動，別掙扎。活像隻受驚的小鳥兒，急得連羽毛都扯落來了。」

「我不是小鳥，也沒有落入網中。我是個有獨立意志的自由人類，現在我要貫徹我的意志，要離開你。」

我又奮力掙扎一下，終於掙脫開來，直挺挺站在他面前。

「妳的意志將會決定妳的未來，」他說，「我想和妳攜手同心，想跟妳分享我所有的財富。」

「你在演鬧劇，我頂多一笑置之。」

「我請求妳跟我共度一生，請妳當我的另一半，當我最佳的人間伴侶。」

「在那方面你已經做了決定，就得遵守諾言。」

「簡，妳冷靜一下，妳太激動了。我也會冷靜。」

一陣晚風從月桂樹小徑那頭吹送過來，在七葉樹的枝頭抖動，又飄盪走了。它飄走後，去到一個不確定的位置，就止息了。當時唯一的聲響是夜鶯的啼唱，我聽著聽著，又哭了起來。羅徹斯特先生靜靜坐著，溫柔又嚴肅地望著我。隔了好長一段時間，他終於開口：

「簡，過來我這邊，我們好好溝通，互相了解。」

「我再也不會到你身邊去了。我被扯開來了，再也回不了頭了。」

「可是，簡，我是把妳當成妻子召喚妳，我想娶的只有妳。」

我默不作聲。我認為他在嘲弄我。

「簡，過來，來這裡。」

「你的新娘擋在我們之間。」

他站起來，跨一大步就來到我身邊。

「我的新娘在這裡。」他再次把我拉到懷裡，「因為跟我對等的人在這裡，跟我相似的人也在這裡。簡，妳願意嫁給我嗎？」

我仍然沒有答話，仍然繼續扭動，試圖掙脫他，因為我還是不相信他。

「簡，妳懷疑我嗎？」

「徹底懷疑。」

「妳不信任我嗎？」

「一點也不。」

「在妳眼中我是個騙子嗎？」他激動地問，「小疑心鬼，我一定會說服妳。我對白蘭琪小姐有愛嗎？完全沒有，這點妳很清楚。她對我有情嗎？完全沒有，我煞費苦心才證實這點。我故意放出假消息，說我的財產還不及外界猜測的三分之一，之後我去拜訪她，檢視結果。她跟她母親都對我很冷漠。我不會，也不能娶白蘭琪小姐。妳這個古怪、簡直不像凡人的小傢伙！我愛妳如同愛我自己。妳，儘管妳沒錢沒地位、長相平凡、個子矮小，我請求妳接納我當妳的丈夫。」

「什麼！我！」我脫口驚呼一聲。他的真摯，特別是他那種無禮態度，讓我開始相信他的誠意，「像我這樣舉目無親，在這世上只有你一個朋友的人？除了你給我的錢，口袋裡沒有半分錢的人？」

「就是妳，簡，我一定要擁有妳，要妳完完全全屬於我。妳願意屬於我嗎？答應我，快點。」

「羅徹斯特先生，把臉轉向月光，讓我看看你的臉。」

「為什麼？」

「因為我要觀察你的表情。」

「好吧！妳會發現我的臉並不比一張皺巴巴的塗鴉紙張更容易理解。讀吧，只是動作快點，我很苦惱。」

他的表情很激動，臉漲得通紅，五官強而有力，眼裡有奇異的光采。

「哦，簡，妳在折磨我！」他說，「妳用那種忠誠又大方的探索目光在折磨我！」

「我怎麼折磨得了你？如果你是真心的，如果你的求婚是真的，那麼我對你就只有感激和奉獻，感激與奉獻不會折磨人。」

「感激！」他叫道，接著又狂熱地說，「簡，快點答應我。快點說『愛德華』，喊我的名字，『愛德華，我願意嫁給你。』」

「你是真心的嗎？你真的愛我嗎？你真心誠意想要我做你的妻子嗎？」

「是真的，如果妳想聽我發誓，我就發誓。」

「那麼先生，我願意嫁給你。」

「叫我愛德華，我的小新娘！」

「親愛的愛德華！」

「過來我這裡，全心全意過來我這裡。」說完，他的臉頰貼著我的臉，又用最低沉的嗓音在我耳邊補充道，「讓我幸福，我也會讓妳快樂。」

「上帝原諒我！」不久他又說，「不要有人來阻撓我。我得到她了，我會緊緊握住她。」

「不會有人來阻撓的，我沒有親人會來介入。」

「嗯，那是再好不過了，」他說。如果我少愛他一點，我一定可以查覺到他那種過度狂喜的語氣與神態。然而，我坐在他身邊，剛從分離的噩夢中醒來，被召喚到了締結連理的天堂，我一心只想到送到我口邊供我品嘗、源源不絕的暢快愉悅。他一而再、再而三地說，「簡，妳開心嗎？」我一而再、再而三地答，「很開心。」之後他咕噥著說，「可以彌補的，可以彌補的。我碰到她時，她不是孤苦無依、渾身發冷又乏人慰藉嗎？我難道不會保護她、珍惜她、安慰她嗎？我心裡難道沒有愛嗎？我的決心不是貫徹到底了嗎？受上帝審判時，一定會得到救贖的？我知道我的造物主會容許我的作為。至於世俗的評斷，我從此不予理會；人們的議論，我不屑一顧。」

可是夜色為什麼變暗了？月亮還沒沉落，我們卻置身黑暗中，儘管我靠得很近，卻幾乎看不清我的主人的臉龐。那棵七葉樹到底為什麼在苦惱？它扭動呻吟著，因為月桂樹小徑狂風驟起，呼嘯過我們頭頂上方。

「我們最好進屋去。」羅徹斯特先生說，「天氣變了，簡，我就算跟妳坐到天亮都沒問題。」

「我也是。」我心想。也許我也會說出來，可是那時有一道青灰色鮮明火光從我正仰望著的雲朵裡迸出來，緊接著是劈哩啪啦一陣爆裂般的近距離雷鳴，我一陣目眩眼花，只想把臉埋在羅徹斯特先生的肩膀。

雨水沖刷下來，他護著我飛奔在步道上，穿過庭園，進了屋子，只是，我們跨過門檻前就已經濕透了。他在大廳幫我脫下披巾，再幫我甩掉鬆開的頭髮上的雨水。當時，費爾法克司太太從她房間走出來，起初我沒看看她，羅徹斯特先生也沒有。大廳的燈亮著，鐘正敲響十二點。

「趕緊去把濕衣服脫了。」他說，「在妳走之前，晚安，晚安，我的小親親！」

他不停地吻我，等我離開他的懷抱，抬頭往上看時，費爾法克司太太就站在那裡，臉色發白、面容嚴肅、一臉困惑。我只是對她一笑，轉身跑上樓。「下回再解釋吧。」我心想。我回房以後，心裡很難受，因為短時間之內她會曲解她見到的那一幕。然而，歡喜迅速沖淡其他的感覺，接下來兩個小時的暴風雨裡，儘管風聲颯颯、轟隆隆的雷鳴聲又近又低沉、閃電的火光又猛又急、大雨像瀑布般刷刷落下，我卻一點也不害怕，絲毫沒有受到驚嚇。那段期間羅徹斯特先生三度來敲我房門，詢問我是不是平安又鎮定，那就是撫慰，那就是對抗一切的力量。

隔天早晨我下床以前，小阿黛拉跑進來告訴我，果園最裡面那棵大七葉樹前一天晚上被閃電擊中，被劈掉了一大半。

第二十四章

我起床穿衣時，又把夜裡發生的事回想了一遍，納悶著那會不會是一場夢。我必須見到羅徹斯特先生，聽見他再次訴說他對我的愛與承諾，才敢確定那些都是事實。

我梳頭髮時，視線望著鏡中的自己，覺得我的臉不再醜陋。它的樣貌帶著希望，它的色澤透著生機，我的眼睛彷彿見到了實現之泉，並向它粼粼的波紋借來光芒。過去我經常害怕直視我的主人，因為我擔心自己的容顏不能討他歡心。如今我很確定自己可以抬頭仰視他，確定我臉上的表情不會讓他的熱情冷卻。我打開抽屜拿出一件樸素卻乾淨輕盈的夏日洋裝，穿在身上。我覺得從來沒有哪件衣服能夠如此襯托我，因為我從來沒有在這麼愉快的心情下穿衣裳。

等我跑下樓，發現晴朗的六月清晨已經取代昨夜的風狂雨驟，也感受到從敞開的玻璃門吹拂進來、新鮮又芳香的微風。我絲毫不覺得驚訝，我這麼快樂，大自然想必也跟著歡欣鼓舞。有個行乞婦人帶著她的小男孩從步道那頭走過來，兩人都氣色不佳、衣衫襤褸。我跑過去，把錢包裡所有的錢都給了他們，只有三、四先令，無論如何，他們都得分享我的喜悅。白嘴鴉呱呱鳴叫，吱吱喳喳的鳥兒歌唱著，可是，什麼都比不上我歡樂的心跳那樣輕快，那樣動聽。

費爾法克司太太讓我很驚訝，她面帶愁容地望著窗外，沉重地說，「愛小姐，來吃早餐好嗎？」早餐過程中她很安靜，很冷淡，但我還不能對她解釋。我必須等我的主人向她說明，她也一樣。我盡可能吃了點東西，就趕緊上樓去。我碰見阿黛拉正要離開教室。

「妳上哪兒去？上課時間到了。」

「羅徹斯特先生叫我去兒童房。」

「他在哪裡？」

「在那裡面。」她指著她剛離開的房間。我走進去，他站在那裡。

「過來跟我道早安，」他說，我開心地迎上前去。如今不再只是以前那種冷淡的一句問候，或握手致意，而是一個擁抱和一記親吻。這種狀態似乎再自然不過，像這樣受他鍾愛、被他擁吻，感覺多麼合宜。

「簡，妳嬌豔得像盛開的花朵，眉開眼笑、俏麗標致。」他說，「妳今天早上可真美，這真是我那白皙的小精靈嗎？這真是我的芥子[1]嗎？真是這個臉上有深陷的酒窩和紅潤的雙唇、有絲綢般滑順的淡褐色秀髮和神采奕奕的淡褐色眼眸的陽光小女孩嗎？」（讀者，我的眼珠是綠色的，但您得寬容這個錯誤，我猜在他眼中，我的眼珠子剛點染了新的色彩。）

「我是簡愛，先生。」

「馬上就是簡．羅徹斯特了。」他又說，「簡兒，再過四個星期，一天都不許拖延，妳聽見了嗎？」

我聽見了，只是不太能理解，我滿腦子暈頭轉向。他這番宣告帶給我的感覺比欣喜更為強烈，是讓人神魂顛倒、讓人目眩神迷的東西。我覺得，那近乎恐懼。

「剛剛妳臉很紅，現在又沒了血色，簡，這是為什麼？」

「因為您給了我新名字，簡．羅徹斯特，聽起來好奇怪。」

「沒錯，羅徹斯特太太，」他說，「年輕的羅徹斯特太太。愛德華．羅徹斯特的小新娘。」

「這永遠不可能，先生，聽起來很不像。人生在世不可能體驗到極致的快樂。我降生在這世上，不可能跟我的其他同類走上截然不同的人生。光是想到這種幸運竟會落在我身上，就覺得像童話故事，像一場白日夢。」

「我能夠、也會讓這場白日夢成真，今天就開始行動。今天早上我已經寫信到倫敦給我的銀行專員，要他把我託管的珠寶寄過來。那些是屬於棘園女主人的傳家寶，我希望一、兩天之內就能送到妳面前。我要妳享受到一切應有的尊榮和關愛，彷彿我要迎娶的是門當戶對的小姐一樣。」

「哦，先生！別拋灑珠寶！我不想聽到珠寶的事。珠寶用在簡愛身上，聽起來既不自然又奇怪，我寧可不要。」

「我要親自把鑽石項鍊戴在妳脖子上，把冠冕放在妳額頭上。一定很合適，因為至少大自然在這個額頭蓋下了她高貴的印記。我還會把手鐲扣在這雙纖細的手腕上，在這些仙子般的手指套滿戒指。」

「不，不，先生！想想別的事吧！聊聊別的話題，也別用這種口吻。別把我當成個美人似的，我只是你那貴格教徒般的平凡家庭教師。」

「在我眼中妳就是個美人，而且正是我心所愛的那種美人，既嬌弱又空靈。」

「您是說既渺小又無足輕重。先生，您在作夢，否則您就是在嘲笑我。看在上帝份上，別挖苦我！」

「我也要讓世人都承認妳是個美人。」他接著說，他這種語氣讓我愈來愈不自在，因為我認為，他若不是在自我欺騙，就是想迷惑我。「我要用綾羅綢緞和蕾絲裝扮我的簡，她的頭髮要別上玫瑰，我還要用價值連城的頭紗蓋在我最愛的那顆頭上。」

「那樣一來您就不認識我了，我就不是您的簡愛了，只是一隻披著小丑外套的猴子，只是一

1. 莎士比亞劇作《仲夏夜之夢》中的仙子之一。

隻披著借來的毛羽的松鴉。先生，要我穿上宮廷仕女的華貴禮服，就等於看您穿上舞台戲服一樣。儘管我非常愛您，我也不會稱讚您英俊。正因為我太過愛您，我沒辦法奉承您，所以請別奉承我。」

可是，他不顧我的反對，繼續他的話題。「今天我要用那部馬車帶妳去密爾科特，妳得幫自己挑選幾件衣裳。我跟妳說過，我們四星期內就會完婚，婚禮不必鋪張，就在底下的教堂舉行。之後我會再次帶妳到鎮上去，我們在那裡短暫停留後，我要帶著我的心肝寶貝去到更靠近太陽的地方，去到法國的葡萄園和義大利的平原，無論是古老傳說或現代紀錄裡的有名景點，她都要去親眼見識一下。她也要體驗城市的生活，她還要透過跟別人的合理比較，學會看重自己。」

「我要去旅行嗎？而且是跟您一起去嗎？先生？」

「妳會旅居巴黎、羅馬和那不勒斯，要走訪佛羅倫斯、威尼斯和維也納。那些我曾經遊歷過的土地，妳也要暢遊一遍。我的馬蹄踐踏過的地方，也要留下妳窈窕的足跡。過去十年以來，我幾近瘋狂地橫越歐洲大陸，厭惡、憎恨與憤怒就是我的旅伴。如今我要帶著慰藉心靈的天使，用復原又潔淨的心重遊故地。」

我邊聽邊笑。「我不是天使，」我告訴他，「在我有生之年都不會變成天使，我只會是我自己。羅徹斯特先生，您不可以期待或要求我展現任何神聖特質，因為您絕不能如願以償。正如同我不可能在您身上找到那些特質一樣，只是我根本沒有那樣的期待。」

「那麼妳對我有什麼期待呢？」

「您目前這種心情也許會持續一小段時間，很短暫的時間。之後您會冷靜下來，接下來就會反覆無常，然後變得嚴苛，到時候我就得大費周章取悅您。不過，等您很習慣我之後，也許會重新喜歡上我。我是說**喜歡**我，不是**愛**我。我猜您的愛情六個月內——或更短時間內——就會變成泡沫。我讀過男性作家寫的書，他們說丈夫的激情最多持續六個月。然而，就算只當朋友或伴侶，我希望我親愛的主人永遠不會嫌棄我。」

「嫌棄！什麼重新喜歡上妳！我想我一定會重新喜歡妳，再重新喜歡妳，而且我會讓妳承認我不只是**喜歡**妳，而是**愛**妳。我會真心、熱情而持續地愛妳。」

「您難道不會反覆無常嗎？」

「對於那些用臉蛋吸引我的女人，一旦我發現她們既沒有靈魂、也沒有感情，一旦她們在我面前顯現出單調乏味、輕薄膚淺，或許還有點低能愚蠢、庸俗不堪、脾氣暴躁，那我就會是個惡魔。不過，對於清澈的眼神和辯才無礙的舌頭；對於烈火生成的靈魂，柔韌而不斷裂的性格；對於既柔順又穩定，馴良又堅定的人，我會無比溫柔與真摯。」☆10

「先生，那麼您遇見過這樣的性格嗎？您愛過這樣的人嗎？」

「我現在愛的就是。」

「就算我當真符合您嚴格的條件好了，那在我之前有沒有呢？」

「我從沒見過像妳這樣的人，簡，妳帶給我歡笑，妳能操控我。妳看起來很順從，我很喜歡妳展現出來的那份柔軟度。我用手指纏繞那份絲綢般的柔軟度時，會有一股興奮感竄上手臂，直達心臟。我受妳影響，被妳征服了。我無法形容那種影響力有多麼醉人，那份征服比我經歷過的任何勝利更有魔力。簡，妳笑什麼？妳表情突然變得高深莫測又不可思議，那是什麼意思？」

「先生，我剛剛在想（請您原諒我這樣胡思亂想，我實在忍不住），我想到海克力斯[2]與參孫[3]，想到了那些迷惑他們的女人……」

2. 希臘神話中，英雄海克力斯成為里底亞女王歐菲兒的奴隸。

☆10
But to the clear eye and eloquent tongue, to the soul made of fire, and the character that bends but does not break—at once supple and stable, tractable and consistent—I am ever tender and true.

「妳在想那個，妳這個小鬼靈精……」

「別說了，先生！您剛剛說的話，並不比海克力斯與參孫的行事作為更明智。不過，如果他們結了婚，一定會變成刻薄至極的丈夫，以彌補追求時的百般柔順，我擔心您也不例外。一年以後，假使我向您提出了您不方便或不樂意應允的請求，我很好奇您會怎麼回答我。」

「簡兒，妳現在就開口要求點什麼吧，即使最瑣碎的事也無妨，我想受到請求……」

「我確實有事求您，我已經想好了。」

「說吧！可是如果妳用那種表情笑著抬頭看我，我會不知不覺就滿口答應，到頭來只會害自己出醜。」

「絕不會的，先生。我只要求您，別讓人送珠寶來，別幫我戴上玫瑰花冠，與其那樣做，倒不如給您那條樣式普通的手帕滾上純金蕾絲邊。」

「我倒不如『在純金上鍍金』[4]哩。我明白，那麼我同意妳的請求，目前先這樣，我會追回我給銀行專員的命令。但妳還沒有要求任何東西，妳只是讓我收回禮物，再說說看。」

「那麼，先生，請您好心滿足我的好奇心，有件事我實在很想弄清楚。」

他顯得有點不安，急忙說，「什麼？什麼？好奇心是一種危險的請求，幸好我沒有發誓答應妳所有請求……」

「可是這件事一點危險也沒有，先生。」

「說吧，簡。只是，我寧可妳請求我一半的財產，也不希望妳探知某個祕密。」

「哎呀，亞哈隨魯王[5]！我要您一半財產做什麼呢？難道您把我看成放高利貸的猶太人，在物色有利可圖的土地投資嗎？我情願得到您全部的信任。您既然同意讓我進入您的心，應該不會拒絕讓我知道您的心事吧？」

「簡，我可以跟妳分享任何值得分享的心事，可是，看在老天的份上，別索討無用的負擔！別渴望毒藥！別在我面前變成十足的夏娃！」

「為什麼不呢，先生？您剛剛還跟我說您多麼希望被征服，還說被人苦口婆心勸服是多麼愉快的事。您不覺得我應該好好利用這番表白，連哄帶騙、懇求拜託，有必要的話，還可以發動淚水攻勢或鬧鬧脾氣，就算只是測試一下自己的本事都好？」

「我打賭妳不敢這麼做。如果逾越本份或放肆胡為，那就什麼都別談了。」

「是嗎，先生？您這麼快就屈服了，看您表情多麼嚴肅！您的眉頭已經糾成一團，比我的手指頭還粗。而您的額頭像什麼呢？像我讀過的某些驚人詩句裡描述的，『層層鐵青雷霆』。先生，我猜您婚後就是那副表情吧？」

「如果**妳**婚後就是那副表情，我做為一個基督徒，也會很快放棄跟妖精或火怪相伴的念頭。妳到底想問什麼，妳這東西，說出來吧。」

「看吧，已經不那麼彬彬有禮了，但我喜歡粗魯更勝於奉承。我寧可被稱為**東西**，也不要當天使。我想問的是，您為什麼這麼大費周章讓我相信您打算娶白蘭琪小姐？」

「就這樣嗎？謝天謝地，不是更麻煩的問題！」這時他舒展烏黑濃眉，低頭對著我笑，撫摸我的頭髮，彷彿很慶幸避過一場危機。「看來我不妨招認，」他說，「雖然妳聽了可能會有點生

3. 以色列對抗非利士人的英雄大力士參孫愛上了非利士的大利拉，為她的美貌神魂顛倒。見《聖經》〈士師記〉。

4. 語出莎士比亞劇本《約翰王》，意指多此一舉。

5. King Ahasuerus，見《聖經》〈以斯帖記〉，富有的波斯王亞哈隨魯看上猶太少女以斯帖，立她為后，並說即使她要王權的一半，也會答應。

氣，簡，我見識過妳生氣時性子有多火爆。昨天晚上妳反抗命運，宣稱妳的階級跟我平等時，妳的怒火在清冷的月光中燃燒。對了，簡兒，其實是妳向我求婚的。」

「當然是我沒錯。不過請您回到主題，先生，白蘭琪小姐？」

「嗯，我假裝追求白蘭琪小姐，是因為我想讓妳瘋狂愛上我，就像我瘋狂愛慕妳一樣，我知道，想要達成那個目標，嫉妒是我所能召請的最佳盟友。」

「太好了！現在您非常卑下，一點都不比我的指尖大。做出那種行為真是可恥又不光彩，真該羞愧得面紅耳赤。先生，您都沒考慮到白蘭琪小姐的感受嗎？」

「她的感受全都濃縮成一種，就是驕傲，所以需要有人教會她謙遜。妳嫉妒嗎，簡？」

「別管那些了，羅徹斯特先生，那事您一點都不會感興趣的。再一次真心回答我，您覺得白蘭琪小姐不會因為您虛情假意的追求而痛苦嗎？她不會覺得遭到背叛、被人拋棄嗎？」

「不可能！恰恰相反，我跟妳說了，是她拋棄我的。她一聽說我破產，滿腔熱情就瞬間冷卻、甚至熄滅了。」

「羅徹斯特先生，您的內心真是詭計多端、難以理解，我擔心您在某些方面的行事原則有點特立獨行。」

「簡，我的行事原則從來沒有接受過教誨，所以很可能有點扭曲，需要被人關注。」

「我很認真地再問一次，我能夠安享這份落在我身上的無比幸福，而不必擔心有人承受著我不久之前經歷的那種刻骨銘心的痛苦嗎？」

「我的乖女孩，妳可以的。世上再沒有任何人對我懷著像妳一樣純潔的愛意，簡，我已經將妳這份愛意當成歡樂的油膏，塗抹在我的靈魂上，代表我信任妳的愛。」

我轉頭親吻擱在我肩上的手。我太愛他，愛得不敢放膽說出口，愛得連言語都無法充分表達。

「再要求點別的東西，」他又說，「答應妳的請求讓我很開心。」

我又想好下一項請求了。「先生，請讓費爾法克司太太明白您的心意。昨天晚上她看見我跟您在客廳裡，非常震驚。請在我見到她之前先跟她解釋一番。被這麼好的人誤解，我覺得很難過。」

「妳回房去，戴上帽子。」他說，「今天早上我打算帶妳去密爾科特，我會趁妳做準備的時候，去跟費爾法克司太太說清楚。簡兒，她是不是認為妳為愛付出一切，覺得妳已經像飛蛾撲火？」

「我相信她認為我忘了自己的身分地位，也忘了您的。」

「身分地位！身分地位！妳的身分地位就在我心裡，也在那些此刻或未來將要羞辱妳的人的頸子上。去吧。」

我快速換好衣服。聽見羅徹斯特先生離開費爾法克司太太的小客廳之後，我趕緊下樓到那裡去。費爾法克司太太原本在讀她的晨間經文，是當天的日課。她的《聖經》擺在面前，眼鏡擱在上頭。她被羅徹斯特先生打斷後，好像已經忘了讀經的事，兩眼盯著對面空蕩蕩的牆面，平靜的心靈彷彿受到突如其來的驚擾。她看見了我，回過神來，勉強擠出一絲笑容，說了幾句道賀的話。然而，她的笑容消失了，話說了一半就打住。她戴起眼鏡，闔上《聖經》，把椅子往後挪，離開桌子邊。

「我很驚訝。」她說，「愛小姐，我實在不知道該跟妳說些什麼。我不是在作夢，是不是？我一個人坐著的時候，偶爾會打瞌睡，夢見一些沒發生過的事。我記得有好幾次打瞌睡的時候，我那過世十五年的先生回來坐在我身邊，我甚至聽見他跟生前一樣喊我愛麗絲。妳能不能告訴我，羅徹斯特先生是不是真的向妳求婚了？別笑我，我真的認為他五分鐘前進來這裡，說妳再過一個月就會變成他的妻子。」
「他也是這麼跟我說的。」我答道。
「當真！妳相信他嗎？妳答應了嗎？」
「嗯。」
她一臉困惑地望著我。「我怎麼也想不到。他是個驕傲的人，羅徹斯特家族的人都很驕傲，何況，至少他爸爸很看重錢財。人們向來都認為他個性很謹慎。他要娶妳？」
「他是這麼說的。」
她把我從頭到腳打量一遍。從她的眼神中，我看得出來，她在我身上沒有找到足以為她解惑的強大魅力。
「我實在想不通！」她又說，「不過，既然妳這麼說，一定不會錯。最後結果會如何，我不敢說。結婚這種事，雙方的地位和財富最好勢均力敵，何況你們年紀差了二十歲，他幾乎可以當妳爸爸。」
「才不是，費爾法克司太太！」我有點惱火，「他一點都不像我爸爸！任何人只要看見我們在一起，絕不會有那樣的念頭。羅徹斯特先生不只外表像二十五歲的男人，事實上也像。」
「他娶妳真是為了愛嗎？」她問我。
她的冷漠和懷疑讓我很受傷，我的淚水禁不住湧出來。
「很抱歉害妳難過。」她說，「可是妳還這麼年輕，對男人了解很有限，我想讓妳提高警覺。有句老話說，『閃閃發亮的東西未必是黃金』。在這件事情上，我擔心可能會發生一些不如妳我預期的事。」
「為什麼？我是怪物嗎？」我說，「難道羅徹斯特先生不可能真心愛我？」

「不，妳很好，最近更是進步很多，我敢說羅徹斯特先生很喜歡妳，我總覺得妳在他心目中很像某種寵物。曾經有好幾次，我基於愛護妳的心情，對他的明顯偏好感到不安，很想提醒妳留意一下。可是，沒有真憑實據，我不願意捕風捉影。我知道這種想法會讓妳很震驚，甚至覺得被冒犯，何況妳一直很謹言慎行，極度謙虛又理性，我希望妳懂得保護自己。昨天晚上我在屋子裡上上下下找不著妳，主人也不見蹤影。結果，十二點左右，我看見妳跟他一起進屋。妳無法想像我心裡多麼難受。」

「好了，先別管那些事了。」我不耐煩地打斷她，「只要沒事就好了。」

「我希望到頭來一切會沒事。」她說，「不過，聽我一句，妳一定要非常小心。想辦法跟羅徹斯特先生保持距離，別相信自己，也別相信他。他這種身分的人很少迎娶家庭教師。」

這下子我真的生氣了，幸好阿黛拉蹦蹦跳跳跑進來。

「我要去，我也要去密爾科特！」她叫嚷著，「新馬車還有空位，可是羅徹斯特先生不肯。小姐，妳求他讓我去。」

「我會的，阿黛拉。」我趕緊帶著她出來，開心地離開那位諄諄告誡的悲觀婦人。馬車備好了，也拉到前門了，我的主人在步道上來回踱步，派勒特在他身邊跟前跟後。

「阿黛拉可以跟我們去嗎，先生？」

「我不許她去。我不想要跟屁蟲，我只想帶妳去。」

「羅徹斯特先生，可以的話，請讓她一起去，這樣比較好。」

「不行，她會礙手礙腳。」

他相當專橫，表情和聲音都顯現出來。剛剛被費爾法克司太太的警告與質疑當頭澆了一盆冷水，還沒消退，某種不切實際又不明確的東西侵害了我的希望，那種有能力掌控他的感覺消失了一大半。我打算默默地服從他，不再多說。他扶我進馬車時，望著我的臉。

「怎麼啦？」他問，「所有的陽光都不見了。妳真的要那個小傢伙去嗎？如果把她留在家裡，妳會不高興嗎？」

「先生，我很希望她能去。」

「那就去換衣服，然後像閃電一樣趕回來。」他對阿黛拉大叫。

阿黛拉盡她所能快去快回。

「半天的干擾算不得什麼，」他說，「反正我很快就可以永遠獨占妳，擁有妳的思想、談話和陪伴。」

阿黛拉被抱進馬車後，開始親吻我，藉此感謝我為她求情。但她立刻被塞到他另一邊的角落，她探頭過來看我。這麼嚴厲的鄰座實在讓人太拘束，以他目前惱怒的情緒，她大氣都不敢吭一聲，更別提問他問題了。

「先生，讓她坐過來我這邊。」我懇求他，「她可能會惹您心煩，這邊位子寬得很。」他把她抓過來，一副她是一隻賞玩用的小狗似的。「我會送她去上學。」說這話時他面帶笑容。

阿黛拉聽見了，問他她是不是要自己去上學，沒有小姐陪。

「對！」他答，「肯定『沒有小姐陪』，因為我要帶小姐上月球。我會在那些火山頂端的白色山谷裡找個洞穴，小姐就跟我住在那裡，只陪著我。」

「那她沒有東西吃，你會餓死她。」阿黛拉說。

「我每天早晚都會幫她搜集嗎哪[6]。阿黛拉，月亮上的平原和山坡都被嗎哪鋪成白色了。」

「她需要取暖。她要用什麼升火？」

「月球的山會冒出火來。如果她覺得冷，我就帶她到山上去，把她放在火山口邊緣。」

「哦，那樣很不好，而且很不舒服！還有她的衣服，會變舊變破，她去哪裡找新衣服？」

羅徹斯特先生假裝很困惑。「唔！」他說，「那妳會怎麼做，阿黛拉？動動腦子想個辦法吧。用白色或粉紅色的雲朵當禮服，妳覺得如何？如果剪下一段彩虹，也能做一條美麗的圍巾。」

「她最好保持現在這樣子。」阿黛拉想了半天，做出結論，「何況，她跟您單獨住在月球上，遲早會膩。如果我是小姐，絕不會答應跟您一起去。」

「她答應了。她已經承諾了。」

「可是您沒辦法帶她到月球呀！根本沒有路可以通到月球，只有空氣，您跟她都不會飛。」

「阿黛拉，妳看那片田地。」我們已經出了棘園大門，平穩而快速地奔馳在通往密爾科特的平坦馬路上，路上的塵土已經被暴風雨清除乾淨，兩旁的矮籬和高聳大樹鮮翠欲滴，充滿雨後的清新。

「阿黛拉，大約兩星期前某個晚上，我在那片田地裡散步，就是妳幫我在果園草地堆乾草那天晚上。我耙草耙得累了，坐在石階上休息。我拿出一本小書和一枝鉛筆，開始書寫很久以前降臨在我身上的噩運，還寫下祈求好日子來臨的願望。雖然日光漸漸從書頁上退去，我還是寫得很快。那時候，有什麼東西從小路上過來，停在我面前兩公尺的地方。我看著它，那東西很嬌小，頭上戴著薄紗。我召喚它過來，它立即站在我膝蓋邊。我沒跟它說話，它也沒跟我說話。我們沒用言語溝通，但我讀它的眼神，它也讀我的眼神。我們的無言交談得到的結果是……

6. manna，見《聖經》〈出埃及記〉，以色列人離開埃及來到阿拉伯荒野，清晨當地附近的露水蒸發後，就結成一種細小薄脆的食物。

「那東西說它是個小仙女，來自精靈國度，她的任務是讓我快樂。她說我必須跟著她遠離塵世，去到一個荒涼的地方，比方說月亮。她說話時，朝剛從海伊山升上來的月牙兒點點頭。她說我們可以住在那些雪白洞穴與銀色山谷裡。我說我很樂意去，但我提醒她，就像妳提醒我一樣，我沒有翅膀可以飛翔。」

「『哦，』那個仙女說，『那不是問題！這個法寶可以解決一切問題。』她拿出一只漂亮的金戒指，說，『把它戴在我左手第四根指頭上，那麼我就屬於你，你也屬於我，我們就可以離開地球，到那裡去開創自己的天堂。』說著，她又朝月亮點點頭。阿黛拉，那枚戒指在我馬褲的口袋裡，假扮成一枚金幣，但我打算很快把它重新變回戒指。」

「可是小姐跟那有什麼關係？我才不管什麼仙女，您不是說您要帶小姐去月亮？」

「小姐就是仙女，」他神祕兮兮地悄聲說。那時我叫阿黛拉別理會他的玩笑話，阿黛拉卻生起了一股名副其實的法國式懷疑論，宣稱羅徹斯特先生是個「真正的騙子」，還說她一點都不相信他說的「童話故事」。她說，「世上根本沒有仙女，即使有……」也絕不會出現在他面前，不會給他戒指，或答應陪他住在月亮上。

在密爾科特那一小時讓我很困擾。羅徹斯特先生押著我到一處綢緞莊，命令我挑選五、六件洋裝。我討厭做這種事，我請他改天再買。不行，一定要馬上辦。我不斷低聲請求他，才總算把數量從五、六件減為兩件。只是，這兩件他非得親自挑選。我憂心忡忡地看著他的視線在那些美不勝收的店鋪裡逡巡，他看中一匹最亮眼最奢華的紫色絲綢，以及一匹上等粉紅緞子。我再度連聲低語，告訴他不如給我買件純金長袍和純銀帽子，還說我絕不穿他挑選的衣裳。他固執得有如頑石，我千辛萬苦才說服他換成素淨的黑色緞子和珍珠灰絲綢。「暫時先這樣，」他說，「但我還是要把妳打扮得像花壇一樣嬌嬈美麗。」

我很慶幸終於將他拉出綢緞莊，又將他拉出珠寶店。他幫我買愈多東西，我的雙頰愈是因為惱怒與恥辱而發燙。坐上馬車後，我渾身發熱又疲倦地窩在座位上，突然想起，由於近來發生連串悲喜交加的事件，我完全忘了我叔叔約翰．愛寫給里德太太的信。叔叔信中說他有意收養我，想讓我成為他的繼承人。我心想，「如果我能擁有一點微薄資產，就能擺脫沉重的心理負擔。我永遠無法忍受被羅徹斯特先生打扮得像個娃娃，或像達妮[7]第二一樣坐著，每天看著黃金灑在我身邊。我回到家要立刻寫信到馬得拉群島，告訴約翰叔叔我即將結婚、要嫁給什麼人。如果我有機會幫羅徹斯特先生增加一筆資產，現在就比較能忍受他的供養。」想完這些事（當天我就寫了那封信）之後，我心情輕鬆不少，也才能大著膽子再次迎向我的主人兼愛人的目光。原先我把臉和視線撇開，他一直在搜索我的目光。他笑了。在我看來，他的笑容就像某些蘇丹王在歡欣愉快的時刻，對受他賞賜黃金珠寶而致富的奴隸露出的笑容。他一直想我拉我的手，我使勁捏他的手，在那手上留下紅色印記，再甩回去。

「您不需要擺出那種臉色。」我說，「如果您要這樣，我發誓今後只穿我的羅伍德舊衣裳。我就穿這件淡紫色的棉布衣裳結婚，那塊珍珠灰絲綢你就拿去做你自己的晨袍，再拿那塊黑色緞子做一大堆背心。」

他呵呵笑，摩擦雙手。「哎呀，看著她，聽她說話真是有趣極了。」他說，「她很特別吧？她夠嗆辣吧？我可不願拿我這個嬌小的英國女孩來交換偉大土耳其皇帝的三宮六院，管它什麼瞪羚般的大眼睛或貌似天仙的美人！」

7. Danae，希臘神話中，達妮為阿爾戈斯（Argos）國王的獨生女，她父親聽見預言，說自己將被外孫殺死，於是將達妮關在塔裡，天神宙斯見達妮貌美，化為黃金雨落在她身上。

他拿東方故事做譬喻，我的心又刺痛一下。「我絕不是什麼後宮嬪妃的替代品。」我說，「所以別把我當成那樣的人。如果您對那類人物有興趣，先生，那就別遲疑，趕緊到斯坦堡[8]的市集去，用您今天沒能在這裡花個痛快的那些錢去買一大群奴隸。」

「那麼，簡兒，我在採買數以噸計的人體和各式各樣的黑眼珠的時候，妳要做什麼呢？」

「我要做好準備，去向他們傳教，向那些被奴役的人傳達自由的訊息，包括您的後宮佳麗在內。在那裡我會得到認同，會鼓動叛變。而您這位三尾帕夏[9]，立刻會發現自己已經被我們的人逮捕，到那時，在您簽下一紙歷來暴君都不曾簽署過的自由特許狀之前，就連我都不肯割斷綁縛您的繩索。」

「簡，我願意聽憑妳處置。」

「羅徹斯特先生，如果您用那種眼神求饒，我絕不會手下留情。當您露出這種表情，我就明白，不管您被迫簽下什麼特許狀，一旦您被釋放，第一件事就是違反特許狀的條文。」

「為什麼？簡，妳有什麼打算？我擔心妳除了教堂的婚禮外，還要強迫我辦一個祕密儀式，我猜妳會提出某些特殊條件，那會是什麼？」

「先生，我只是不想要有心理負擔，不想被各種義務壓垮。您還記得您是怎麼說席琳·薇漢斯的嗎？說您送她的那些鑽石和羊絨織品？我不想變成您的英國版席琳·薇漢斯。我會繼續扮演阿黛拉的家庭教師，藉此賺取我的住宿費和生活費，以及每年三十鎊薪水。我會用那筆錢添購自己的衣物，您什麼都不必給我，除了……」

「除了什麼？」

「除了您的關懷。如果我也對您付出關懷，那我們就扯平了。」

「嗯，在根深柢固的冰冷不遜和與生俱來的純粹傲骨方面，妳是舉世無雙。」他說。此時我們已經接近棘園。我們駛入大門時，他問，「今天妳樂意與我共進晚餐嗎？」

「不樂意，先生，謝謝您。」

「敢問這『不樂意，謝謝您。』又是為什麼？」

「先生，過去我從來沒有與您共進晚餐，我看不出現在有什麼理由那樣做，直到……」

「直到何時？妳很喜歡話說一半。」

「直到我別無選擇。」

「妳是不是以為我的吃相有如食人魔或食屍鬼，害怕當我的用餐伴侶。」

「我完全沒有那樣的念頭，先生，我只是想以原有的模式再生活一個月。」

「妳馬上就得放棄家庭教師的職務。」

「事實上，先生，請您見諒，我不會放棄，我會照以往一樣授課。我會依照過去的習慣，一整天都不會去打擾您。到了晚上，如果您想見我，可以召喚我，那時我會去見您，但其他時間不行。」

「簡，聽妳說了這麼多，我需要抽根菸，或嗅一點鼻菸，套句阿黛拉的話，『好維持表面的冷靜』。可惜我沒帶雪茄，也沒有鼻菸盒。不過妳聽好，我悄悄告訴妳，現在我全都聽妳的，小暴君，不久後就換我作主了。等我穩穩抓住妳，等我擁有妳，掌握妳，我會——只是打個比喻——用像這樣的鍊子鎖住妳。」他摸摸錶鍊，「沒錯，嬌美的小東西，我要把妳拴在我懷裡，

8. Stamboul，土耳其最大城伊斯坦堡的舊稱。

9. three-tailed bashaw，帕夏為突厥人在中亞所建立的鄂圖曼帝國行政體系中的高級官員，以馬尾或牛尾代表官階高低，三撮為最高階。

以免失去我的珍寶。」

他一面說，一面扶我下馬車。他轉身抱阿黛拉下來時，我走進屋子，遵守諾言上樓去了。

那天晚上他照常喚我下樓，我預先想好他可以做的事，因為我決心不把時間浪費在交頭接耳竊竊私語上。我記得他有一副好嗓子，也知道他喜歡高歌一曲，優秀的歌者向來如此。我自己並不是什麼聲樂家，根據他那過度講究的標準，也不是什麼傑出演奏者，但我喜歡欣賞優質表演。當浪漫的黃昏時刻來到，暮色將它那綴滿星辰的藍色旗幟降到窗邊，我站起來，掀開鋼琴，請求他看在上天的份上，為我唱首歌。他說我是性情乖戾的女巫，說他寧可改天再唱。但我宣稱沒有比當天更好的時機了。

「妳喜歡我的聲音嗎？」他問。

「非常喜歡。」我絲毫無意縱容他那容易膨脹的虛榮心，不過僅此一次，算是權宜之計，我願意安撫它，鼓舞它。

「那麼，簡，妳要幫我伴奏。」

「好的，先生，我試試看。」

我試了，卻馬上被趕下凳子，還被說成是「笨手笨腳的小傢伙」。他毫不客氣地把我推到一旁，佔據了我的座位，自己幫自己伴奏起來。其實這正中我下懷，因為他既能唱，也能彈。我趕緊退到窗台座位。我望著窗外幽靜的樹木與昏暗的草坪時，一陣圓潤的歌聲穿過清新的空氣，唱出以下的詞語：

世上最真摯的愛情，
洋溢在燃起愛苗的心；

像澎湃洶湧的潮水，
迅速注入每一條血管。

我每日期盼她的到來，
她的離去令我心傷；
假使她的腳步遲延，
我的血管像填滿冰塊。

我夢想那將是無比歡愉，
我愛著人，也被人所愛；
我奮力朝此目標前進，
盲目躁進又心急如焚。

但空間遼闊無路可行，
將你我遙遙分隔；
橫亙其中的險惡波濤，
是大海的滔滔碧浪。

像盜匪橫行的旅途，
穿越荒野與叢林；

只因強權與正義、災難與忿怨，
攔阻我倆的心靈。

我不畏艱險、唾棄阻礙，
我公然蔑視預兆；
不顧威脅、侵擾與警告，
我魯莽地往前衝刺。

我的彩虹加速前進，疾如閃光，
我急速飛奔，猶如夢中；
只因我見到了燦爛前景，
見到細雨微光的子民。

是輕柔而莊嚴的歡愉，
照亮痛苦折磨的烏雲；
陰霾處處，災難頻仍，
如今我毫不在乎。

在此甜蜜時刻我不顧一切，
儘管我已然衝破的層層險難；

會再乘著羽翼疾馳而來，
誓言讓我付出痛苦代價。

傲慢的怨恨女神會踐踏我，
正義不容我尋求解脫；
而惱人的強權瞪著怒目，
誓言永遠與我為敵。

我的愛懷著高貴的信任，
將她的小手放在我手裡；
宣誓我倆永結同心，
在神聖的婚戒裡。

我的愛已用誓約的吻，
宣誓與我同生共死；
我終於享有無比的歡快，
我愛著人，也被人所愛。

他站起來，走到我身邊。我發現他激動得滿臉通紅，眼神閃著獵鷹般的光芒，表情寫滿溫柔與激情。我忽然感到膽怯畏縮，不一會兒又打起精神。我不希望看到溫柔的情景與大膽的示愛，此時此刻，這兩種危險都可能發生，要準備好防衛武器。我磨利舌頭，等他走到我身邊，粗聲粗氣問他，「現在您打算娶的是誰？」

「我親愛的簡怎麼問出這麼奇怪的問題？」

「是嗎？我倒覺得這是很自然又很必要的問題。因為您剛剛提到您未來的妻子要跟您一起死去，您這種異教徒的念頭是什麼意思？**我**可不想跟您一起死去，這點你最好弄清楚。」

「哦，我唯一期望的，我衷心祈禱的，就是妳跟我共度一生。死亡不適合像妳這樣的人。」

「死亡很適合我這樣的人，等我跟您一樣大限來到，我也跟您一樣有權利死去，但我會耐心等待，不想當殉葬品提早結束生命。」

「妳願意原諒我這個自私的想法嗎？能不能用和解的吻來證明妳原諒我了？」

「不，我寧可不要。」

這時我聽見他稱呼我為「硬心腸的小傢伙」，還說「任何女人聽見有人對她吟唱這麼優美的讚揚詩篇，肯定感動得連骨頭都酥了。」

我告訴他我天生硬心腸，硬如鐵石，還說他經常有機會發現我的這項特質。何況，未來四星期裡，我會讓他見識見識我性格中各種瑕疵與缺點，他最好趁還有機會反悔之前，弄清楚自己做了一筆什麼樣的交易。

「妳能不能閉上嘴，說些有道理的話？」

「如果您喜歡，我可以閉上嘴。至於講些有道理的話，我自認我現在說的就很有道理。」

他很浮躁，氣急敗壞又呸又啐地。「很好，」我心想，「你愛怎麼發火或煩躁都隨你，我敢肯定這是應付你的最佳策略。我對你的愛深得難以形容，但我不想墜入那種矯揉造作的濫情戲碼，我也要用這根伶牙利齒的細針讓你遠離深淵邊緣，更重要的是，利用它帶來的刺痛感，在我倆之間維持一個對你我都真正有益的距離。」

我激怒他，他的火氣由小而大，到達相當程度，之後，他悻悻然退到客廳另一頭。我站起來，用平素那種恭敬又自然的語調說道，「先生，祝您有個愉快的夜晚。」說完就從邊門溜走。

這套模式從此沿用，在婚前那段時間充分發揮，成果豐碩。當然，他一直很生氣，憤憤不平，在此同時，我看得出來他大致上被逗得無比開心。相較之下，綿羊般的馴服或烏龜鴿子似的感性不但會強化他的獨斷獨行，也得不到他的讚許、滿足不了他的胃口，更無法迎合他的品味。

在外人面前時，我一如往常，既順從又沉默，不需要表現出其他的行為舉止。只有在夜間相處時段裡，我才會阻撓他、挫折他。他照樣每天晚上鐘敲七響時召喚我，如今我出現在他面前時，他嘴邊已經不再掛著「我的愛」或「小親親」之類的甜言蜜語，我得到的最佳稱號多半是「惱人的玩偶」、「妖精」或「醜小孩」等等。相較於撫摸，如今我得到的是扮鬼臉，捏一下手或掐一下手臂；相較於頸子上的吻，如今我得到的是重重地擰一下耳朵。這樣很好，現階段我喜歡這些激烈的舉動更勝於任何形式的溫柔。我發現費爾法克司太太很讚許我的做法，她不再替我擔憂，所以我確信自己做得很好。羅徹斯特先生口口聲聲說我幾乎磨破他的皮、磨穿他的骨，還威脅要在不久的將來對我目前的行為施展痛快的報復。我聽見他的恫嚇，掩嘴竊笑，心想，「現在我有辦法約束你的行為，將來也一定辦得到。如果某種策略失去效果，我會再想出新的方法。」

只是，我的任務一點都不輕鬆，多半時候，我寧可討他歡心，也不想逗弄他。我的未來夫婿已經慢慢變成我的全部，甚至，不只是我的全部，幾乎是我希望的天堂。他橫阻在我與任何宗教理念之間，就像日蝕介入人類與大太陽之間。我眼中只有上帝創造的他，而看不見上帝，我把他當成我的偶像。

第二十五章

一整個月的求愛期已經虛度了，如今只剩最後幾小時。訂好的日子——也就是結婚的日子——不可能推延，迎接這個日子的所有準備也全部完成，至少我沒別的事好做了：我的行李箱收拾好、上了鎖、捆了繩子，整齊地排列在我房間牆邊。明天此時，它們就已經在前往倫敦的路上了，我也一樣（上帝允許的話）。或者說，不是我，而是某個簡．羅徹斯特，一個我還不認識的人。現在只剩下行李箱的名牌還沒釘上，那四片小方塊躺在抽屜裡，羅徹斯特先生親手寫上了內容，每一張上面都有「羅徹斯特太太，倫敦某旅館」。我沒辦法說服自己去釘上名牌，或請人把它們釘上。羅徹斯特太太！這個人不存在，這個人明天才會出生，明天上午八時以後。我寧可等到她活生生來到這個世界，才要把這些物品分派給她。在我梳妝枱對面那個櫃子裡，有幾件據說屬於她的衣服已經取代了我的羅伍德舊衣和草帽，這就夠了，那套結婚禮服並不屬於我，包括那件珍珠色長袍，還有那從被竊佔了的衣櫃上垂落、雲霧般的面紗。我關上衣櫃，藏起裡面那奇形怪狀、幻影般的服飾。在晚間九點的此時，那件衣服散發出一抹鬼魅似的微光，穿透我房間的暗影。「白色的夢，我要把你單獨留在裡面。」我說，「我渾身發燙，我聽見風在怒吼，我要出去吹吹風。」

讓我發熱的不只是倉促的準備工作，也不只是對劇烈轉變——也就是明天開始的嶄新生活——的期待。這兩件事或多或少都讓我感到忐忑不安、心情浮躁，逼得我在這種深夜時刻走到戶外的漆黑庭園中。還有第三個原因，比剛剛那兩件事影響我更深。

我有個怪異又焦慮的心事：發生了一件我不太能理解的事。除了我自己，沒有任何人知道或目睹那件事。它發生在前一天夜裡。羅徹斯特先生出門辦事去了，到現在還沒回來。他在離家五十公里外有一筆小田產，那裡的兩、三座農莊有些事務，他必須在前往倫敦之前親自處理。我還在等他回來，急著想把我的煩心事告訴他，請他解答這件讓我困惑的謎。讀者啊，請等到他回來，聽我向他傾訴心中祕密，那時您就能得知我的心事。

我走向果園，強風吹得我不得不到裡面去尋求庇護。今天一整天，強烈的陣風從南方吹襲而來，卻沒有帶來一絲雨滴。隨著夜晚的腳步來臨，風勢不但沒減弱，反倒加快了速度，提高了呼嘯。樹枝斜斜地彎向一側，始終沒機會扭轉回來。整整一小時內，枝幹幾乎不曾彈回原處，因為強風持續把濃密的枝頭彎向北方。雲朵也從南端捲向北端，前趕後追，一團團急奔而去。在那個七月天，竟然看不見一抹藍天。

我在風中奔跑，心裡多少懷著某種狂喜，要把我內心的煩憂拋給以驚人速度席捲而過的超強氣流。我踏上月桂樹小徑，面對被雷劈過的七葉樹殘跡。它立在那裡，焦黑斷裂，樹幹從中間被劈開，驚恐地張開大嘴。分裂的兩半並沒有完全分離，因為底部穩固的基礎和強韌的根鬚把它們緊緊繫在一起。只是，生命力的輸送系統已經被摧毀，樹汁無法再流動，兩邊的粗幹都枯死了，明年冬天的暴風雨肯定會把其中一半或兩邊全都打倒。然而，它們至少還算是一棵完整的樹，是一具殘骸，完整的殘骸。

「你們緊緊相依做得很對，」我說，彷彿那巨大的碎片還有生命、能聽懂我的話似的。「雖然你們外表損傷那麼嚴重，被燒得焦黑，我想你們應該還有一點生命力存在，正從那忠實可靠的根部往上升。你們永遠再也不會有綠葉，再也看不到鳥兒在你們的枝葉裡築巢或哼唱田園詩歌。你們歡笑與愛戀的時光已經結束，但你們並不孤單，你們各自擁有一個伴，可以在你們腐朽時相互撫慰。」我抬頭仰望，月亮正巧出現在枝葉縫隙間，鮮紅似血，被烏雲遮去大半，她似乎用疑惑又沮喪的目光瞥了我一眼，馬上又把自己埋藏在厚厚的雲層裡。棘園周遭的風勢暫時停歇，遠處的樹林和溪水卻傳來狂野又憂愁的哀號，聽起來相當感傷，我又往前奔跑。

我在果園裡漫無目的亂轉，撿拾掉落在樹根附近草地上的蘋果，將成熟與未成熟的果實區分開來，帶回屋子，收進冷食室。之後我去到書房，確認爐火是不是已經升起。儘管時值盛夏，我知道在這樣陰鬱的夜晚，羅徹斯特先生回來時會希望看到熾烈的爐火。沒錯，爐火已經點燃一段時間了，燒得正旺，我把他的扶手椅搬到壁爐邊，再把桌子推過去，放下窗簾，叫人取來蠟燭，方便需要時使用。

我比平時更心慌意亂，做完這些事以後，我仍舊沒辦法平靜坐下來，也沒辦法留在屋子裡。書房裡的小時鐘和大廳裡的老鐘同時敲響十點。

「時間很晚了！」我說，「我要下樓到大門邊，外頭偶爾會有月光，我可以遠遠地看到路的另一頭。他說不定快回來了，出去迎接他，至少可以省去幾分鐘的擔憂。」

狂風在遮蔽大門的幾棵大樹末梢怒吼。我極目遠望，路的左右兩端都是一片寂靜荒涼。月亮探頭出來時，雲朵的影子橫越路面，除此之外，整條路漫長又漆黑，毫無動靜，連一丁點移動的影子都沒有。

我遠眺的時候，一滴幼稚的淚水模糊了我的視線，那是失望與不耐煩的淚水。我自覺慚愧，趕緊擦掉它。我在原地徘徊，月亮把自己緊緊關在閨房裡，還拉下厚實的雲簾。夜色轉暗，大雨乘著狂風呼嘯而來。

「希望他快回來！希望他快回來！」憂鬱的心情讓我滿腦子不祥預感。我原本以為他晚餐前就會回來，現在天都黑了，到底什麼事絆住他？會不會出了什麼意外？昨晚的事件再次浮現腦海，我將它解讀為災禍的預警。我擔心我的前景太過美好，很難成真；擔心最近品嘗了太多幸福滋味，恐怕我的運氣已經過了頂端，勢必要走下坡了。

「我沒辦法回屋裡去。」我心想，「天氣這麼惡劣，他還隻身在外，我沒辦法安穩坐在爐火邊。雙腿勞累總比心情緊繃來得好，我要出去接他。」

我出發了。我走得很快，卻沒走遠，才走了大約四百公尺，就聽見馬蹄聲。有個騎士過來了，馬兒全速奔跑，旁邊跟著一條狗。不祥預感消失了！是他，他回來了，騎在梅蘇爾背上，派勒特跟在後面。他看見我了，因為月亮在天空中照出一塊藍天，灑下蕩漾的微光。他脫下帽子，舉在頭上揮舞。我跑上前去見他。

「哎呀！」他伸出手，從馬鞍上彎下腰，「顯然妳還是離不開我。踩在我靴子上，兩隻手都給我，上來！」

我照他的做，喜悅讓我身手敏捷。我跳上馬，坐在他前面。迎接我的是一個熱情的吻，以及耀武揚威的自吹自擂，我默默接受。他暫停滔滔不絕的自鳴得意，問我，「簡兒，這麼晚了妳還出來等我，發生了什麼事嗎？有什麼問題嗎？」

「沒有，我以為你不回來了。我沒辦法留在屋子裡等您，尤其風雨這麼大。」

「風雨這麼大，確實沒錯！對啊，妳渾身都在滴水，像條美人魚。拉我的披風把自己裹起來。不過，我覺得妳在發燙，簡兒，妳的臉頰和手都熱騰騰的。我再問妳一次，出了什麼事嗎？」

「現在沒有，我不害怕，也沒有不開心。」

「那麼妳原本很害怕，也不開心囉？」

「有一點，我等會兒再告訴您，先生，我敢說您只會笑我自尋煩惱。」

「過了明天，我就會痛快地取笑妳，在那之前我可不敢，我的寶物還沒到手。這是妳嗎？那個過去一個月像鰻魚般滑溜，像野玫瑰般多刺的人？我的手指頭碰到妳就被刺，如今卻好像懷抱著一隻迷途的羔羊。妳溜出羊欄來找妳的牧羊人，是嗎？」

「我想見您，可是別太得意。我們回到棘園了，讓我下來。」

他把我放在步道上，約翰牽走他的馬，他跟著我走進大廳，要我趕緊去換件乾爽衣裳，再回到書房找他。我轉身走向樓梯時，他叫住我，要我答應會快去快回。我沒多耽擱，不到五分鐘就回到他身邊。他在吃晚餐。

「簡，拉把椅子過來，陪我吃點東西。天可憐見，明天吃過早餐，妳要很久以後才有機會在棘園用餐。」

我在他身旁坐，但告訴他我吃不下。

「是因為未來的遠行嗎？或者想到要去倫敦，就沒胃口了？」

「先生，今晚我完全看不清我的未來，也不知道自己的腦子裡到底在想些什麼。生命的一切似乎都很不真實。」

「除了我之外。我絕對夠真實，妳摸摸我。」

「先生，您才是最虛幻的。您只是一場夢。」

他笑著伸出手來，「這是夢嗎？」他把手伸到我面前。他的手很飽滿有力，肌肉發達，手臂又長又強壯。

「是，即使我碰觸它，它還是一場夢。」我邊說邊把他的手拉下來。「先生，您用完晚餐了嗎？」

「用完了。」

我搖了鈴，叫人把餐盤收走。我們再度獨處的時候，我撥了撥爐火，坐在我的主人腿邊的矮凳上。

「接近午夜了。」我說。

「嗯。別忘了，簡，妳答應過我，在我結婚前一夜要陪我熬夜。」

「我是答應過，而且會遵守承諾，至少再陪您一、兩個小時。我還不想睡。」

「妳東西都準備好了？」

「都好了。」

「我也一樣。」他說，「我都安排好了，明天我們從教堂回來後，半小時內就離開棘園。」

「這樣很好。」

「簡，妳說『很好』的時候笑容多麼燦爛！妳的兩頰無比紅潤！妳眼裡的神采多麼不尋常呀！妳還好嗎？」

「我猜我很好。」

「『妳猜』！怎麼回事？跟我說說妳的感覺。」

「我辦不到，先生，沒有言語可以形容我心裡的感覺。我希望目前這個時刻永遠不會結束，誰曉得下一小時會帶來什麼樣的命運？」

「簡，妳在胡思亂想。妳太激動了，不然就是太累了。」

「先生，您的心情平靜又快樂嗎？」

「平靜？不，卻很快樂，打從心底覺得快樂。」

我抬頭仰望他，想觀察他臉上的愉快神情。他的臉果然激昂又亢奮。

「簡，跟我說說妳的心事。」他說，「說給我聽，解除任何壓在妳心裡的沉重負荷。妳在害怕什麼？擔心我不是個好丈夫嗎？」

「我一點都不擔心這個問題。」

「妳為妳即將踏入的全新階段感到憂心嗎？為妳即將面臨的嶄新人生感到煩惱嗎？」

「沒有。」

「簡，妳讓我百思不解，妳的表情和語氣裡有種哀傷的無畏，看得我既困惑又難受。我要聽妳解釋。」

「那麼，先生，請聽我說。昨天晚上您不在家吧？」

「沒錯，這我知道。剛剛妳提到過，我離家這段時間發生了一點事，也許不是什麼大事，但這件事讓妳不安。說來聽聽，費爾法克司太太跟妳說了什麼，是不是？或者妳碰巧聽見僕人說的話？妳敏感的自尊受傷了？」

「沒有，先生。」鐘敲十二點，我等到書房裡的小鐘結束清脆的響聲，大廳裡的老鐘也奏完它粗嘎顫抖的樂音，我才接著說。

「昨天一整天我都很忙，而且忙得很開心。我並不像您所想像的，為了什麼全新階段之類的事憂心煩惱。想到即將跟您一起生活，我覺得人生充滿希望，因為我愛您。不，先生，請別撫摸我，別打擾我說話。昨天我對上帝信心滿滿，也相信所有事情都朝著對您和我都有益的方向發展。昨天天氣很好，如果您還有印象的話，是風和日麗的好天氣，我不必擔心您旅途中的安全與舒適。吃過茶點後我在步道上閒逛了一陣子，想著您。我在腦海中看見您離我很近，幾乎感覺不到您不在我身邊。我還想到我未來的人生，那是**您的**人生，先生，比我自己的人生來得更開闊，更活躍，差別之大，就像大海的深度相較於那些匯入海中的狹窄河道。我想不通為什麼道德家把這個世界比喻成憂鬱的荒漠，在我眼中，它像玫瑰盛開著。太陽下山時，風變涼了，天空裡烏雲密佈。我回屋子裡，蘇菲叫我上樓去看我的結婚禮服，它們剛送到。我在禮服盒子裡看到您送我的禮物，就是您不惜巨資從倫敦訂來的頭紗。我不想要珠寶首飾，所以您打定主意用這種方式騙我收下同等昂貴的東西。我笑著打開頭紗，心裡想著該怎麼取笑您的貴族品味，取笑您用貴婦的行頭裝扮您的平民新娘的心思。我打算帶著我準備來覆蓋我這顆卑微頭顱的淡黃色素面方巾，下樓問您，對於一個不能給丈夫帶來財富、美貌與人脈的女人，這樣的頭巾難道不夠好嗎？我能清楚想像出您臉上的表情，還能聽見您那急躁的共和主義者言論，聽見您高傲地矢口否認自己需要藉著迎娶富家女或皇親國戚來增加財富或提高地位。」

「妳真了解我，妳這小魔女！」羅徹斯特先生插嘴道。「那麼妳在那塊頭紗上除了看到刺繡之外，還有別的嗎？妳看到了毒藥，或匕首，所以才這麼悲傷嗎？」

「不，不，先生，除了質料的精緻與華麗，我只看見愛德華．羅徹斯特的矜誇，那我並不害怕，因為我老早看慣了惡魔。可是，等到天色愈來愈晚，風勢增強了。昨晚的風勢不像現在這樣又高又強，而是帶著一種更令人魂飛魄散、『慍怒的嗚咽聲』[1]，我多麼希望您在家。我來到這間書房，眼前的空椅子和少了火焰的壁爐讓我心裡發涼。我上床躺了一段時間，一直睡不著，有一股焦慮感困擾著我。風勢還在增強，我依稀聽見風聲中有某種哀慟的聲音。起初我聽不出那聲音究竟發自屋子裡或外頭，只要風聲減弱，它就會出現，隱隱約約，帶點哀傷。最後，我斷定那是遠處的狗兒在嗥叫。那聲音終於停了之後，我很開心。入睡以後，我夢見月黑風高的夜，夢中的我同樣很希望您就在我身旁，卻意識到我們之間存有某種障礙，於是產生一股怪異的頹喪感。

1. 此句出自蘇格蘭詩人華德．史考特（Walter Scott）的詩《末代吟遊詩人的短歌》（*The Lay of the Last Minstrel*，一八〇五）。

在第一個夢境裡的時候，我一直走在不知名的彎曲道路上，周遭景物全然模糊，大雨打在我身上。我抱著一個幼童，非常小的孩子，太小又太孱弱，沒辦法走路，躺在我臂彎裡顫抖，在我耳邊淒慘地號哭。先生，當時我覺得您就在我前面的路上，離我很遙遠，我使盡全力想要趕上您，不停地大聲呼喚您，請您停下來。可是，我的手腳施展不開，我的聲音消失了，發不出來，只覺得您離我愈來愈遠。」

「即使現在我在妳身邊，這些夢還會讓妳心情沉重嗎？妳這窮緊張的小傢伙！忘掉那些虛妄的痛苦，想想真實幸福吧！簡兒，妳說妳愛我，嗯，我不會忘記這點，妳也不能否認。**那些**話並沒有消失在妳嘴裡，我聽見那些清揚又溫柔的話了。妳的想法或許有點嚴肅，卻優美得像音樂：『愛德華，想到即將跟你一起生活，我覺得人生充滿希望，因為我愛你。』簡，妳愛我嗎？再說一次。」

「我愛您，先生。全心全意愛您。」

「嗯，」靜默幾分鐘後，他說，「很奇怪，這句話刺痛我的心。這是為什麼？我猜是因為妳用一種非常熱切又認真的口氣說出來，也因為妳此刻抬頭望著我的眼神是那麼神聖，充滿信任、真誠與奉獻。太難承受了，彷彿有什麼靈魂離我很近。簡，裝出妳最擅長的淘氣表情，擺出那種野蠻、羞怯又讓人火冒三丈的笑容。告訴我妳恨我，嘲笑我，惹惱我，什麼都好，就是別讓我感動。我情願被激怒，也不要悲傷。」

「等我把故事說完，我會嘲笑您，惹惱您，直到您心滿意足，現在先聽我把話說完。」

「簡，我還以為妳已經說完了。我以為妳心情鬱悶的原因是一場夢。」

我搖搖頭。「什麼！還有別的？我相信不是什麼嚴重的事，我先提醒妳，我不會相信的。接著說吧。」

他神態略顯不安，不耐煩中帶點擔憂。

我有點訝異，但我繼續說，「先生，我還做了另一個夢。我夢見棘園成了一堆陰森森的廢墟，變成蝙蝠和貓頭鷹的巢穴。屋子雄偉的門面所剩無幾，只有一截空牆，高聳參天卻搖搖欲墜。那是某個月夜，我在月光下漫步，踏過屋子裡叢生的雜草，一下子絆到大理石壁爐，一下子又踩到掉落的屋簷碎片。我裹著披肩，抱著那個不知名的孩子。儘管我的手臂又痠又累，儘管他的體重拖延了我的步伐，我卻找不到地方可以把他放下，只得一直抱著他。我聽見遠處馬路上傳來馬蹄奔跑聲。我確信那是您，您即將出發前往遙遠的國度，一去就是好多年。我不顧危險，慌忙爬上顫顫巍巍的破牆，急著想在牆頭上看您一眼。我腳下的石頭滾下地，手裡抓的藤蔓斷裂，那孩子驚恐地緊抱住我的脖子，幾乎掐死我。最後，我爬到了最頂端，看見您變成白色道路上的一小點，身影漸漸消失。風勢很強勁，我站不住腳，只得跨坐在狹窄的牆上。我哄懷裡嚇壞了的孩子安靜下來。您在路上拐了個彎，我探頭往前想看您最後一眼，牆垮下來了。我搖晃得很厲害，那孩子從我膝頭滾出去，我失去平衡，摔下來，就醒了。」

「簡，這就是全部了嗎？」

「只是序言的全部，先生，故事還沒開始。我醒了以後，被一道光線刺得眼花。我心想，哦，天亮了！原來我弄錯了，那只是燭光。我以為蘇菲進了我房間。梳妝枱上有光線，睡前我把結婚禮服和頭紗掛在衣櫥裡，此時衣櫥門敞開著，裡面傳來窸窸窣窣的聲音。我問道，『蘇菲，妳在做什麼？』沒有人答話，卻有個人影從衣櫥裡冒出來。那人拿起蠟燭，舉得高高的，在查看垂掛在衣箱裡的禮服。『蘇菲！蘇菲！』我又叫了兩聲，仍舊沒人回應。我起身坐在床上，上身往前傾，先是吃了一驚，接著又是一頭霧水，之後，只覺得冰冷的血液流過我的血管。羅徹斯特先生，那不是蘇菲，也不是莉雅，不是費爾法克司太太，甚至不是那個奇怪的女人葛瑞絲・普爾，絕不是，當時我很肯定，到現在還是一樣。」

「一定是她們其中之一。」我的主人打斷我的話。

「不是的，先生。我嚴肅地反駁您的猜測。我從來沒有在棘園見過站在我面前那個身影。那個身高，那個輪廓都很陌生。」

「簡，妳形容看看。」

「先生，那好像是個女人，身材很高大，濃密的黑髮垂到背部。我不清楚她穿著什麼衣服，看起來又白又直，究竟是睡袍、床單或裹屍布，我分辨不出來。」

「妳看見她的臉了嗎？」

「起初沒有。她從衣箱裡拿出我的頭紗，高高舉起，凝視了很長時間。之後，她把頭紗套在自己頭上，轉身面對鏡子。那時，我從陰暗的橢圓形鏡子裡清楚看見她臉部和五官的影像。」

「什麼樣的面貌？」

「我覺得很嚇人，很驚悚。哦，先生，我從來沒見過那樣的臉！毫無血色，冷酷凶殘。我真希望可以忘掉那骨碌碌的紅眼球，忘掉那泛黑又腫脹的恐怖面容！」

「簡，鬼魂通常都沒有血色。」

「先生，這個鬼魂卻是紫色的，嘴唇又黑又腫，額頭一道道深紋，黑色的眉毛高高吊在佈滿血絲的眼珠子上方。您想知道那讓我想起什麼嗎？」

「說說看。」

「讓我想到邪惡的德國妖怪：吸血鬼。」

「嗯。之後它做了什麼？」

「先生，它從自己的頭上摘下我的頭紗，撕成兩半，扔在地上，用腳踩踏。」

「之後呢？」

「之後它拉開窗簾，望向外頭。也許它發現黎明將近，於是拿起蠟燭，走到門邊。那東西來到我床邊時，停了下來，用噴火似的眼睛瞪著我。她把蠟燭推近我的臉，在我眼前吹熄。我只記得她火紅的臉龐在我面前發著光芒，之後就失去意識了。這是我一生中第二次——只是第二次——被嚇暈過去。」

「妳醒來的時候有誰在旁邊嗎？」

「沒有，先生，只有耀眼的陽光。我起身下床，把頭臉浸在水裡，還喝了很多水。我覺得全身乏力，卻很清楚自己沒有生病。我決定，這件事只告訴您一個人。先生，告訴我那女人究竟是什麼人。」

「那只是過度興奮的大腦的產物，這點我敢肯定。我得小心看著妳，我的寶貝，妳這種纖弱的神經可不能粗魯對待。」

「先生，請您相信，我的神經絕對沒有問題。那東西是真的，那件事真的發生過。」

「那麼妳之前做的夢呢？也是真的嗎？棘園是一座廢墟嗎？我和妳被無法克服的障礙隔絕開來了嗎？我離開妳，而且沒灑下一滴淚水、沒有臨別贈吻、也沒說一句話嗎？」

「還沒有。」

「我會那樣做嗎？為什麼呢？把我們牢牢拴在一起的日子已經到了，我們一旦結合，這些心理恐懼再也不會出現，這點我敢保證。」

「心理恐懼，先生！真希望我可以相信那些只是心理恐懼，現在比以前都更渴望如此，因為連您都不能為我解開那恐怖訪客的謎。」

「簡，既然我無法解答，那一定不是真的。」

「可是先生，今天早上我起床後，也是這麼對自己說的。只是，當我環顧房間，想藉著明亮的光線看清楚屋裡熟悉的陳設，從那歡欣的氛圍中尋求勇氣與慰藉，但是，就在地毯上，我看見讓我的假設站不住腳的鐵證，是那件頭紗，從上到下被撕成兩半！」

我察覺到羅徹斯特先生嚇了一跳，還打個冷顫，他連忙伸手環抱我。「感謝上帝！如果昨晚真有什麼壞東西靠近妳，幸好受損的只是那件頭紗。哦，差點就出事，光想想就很恐怖！」

他呼呼急促，又把我抱得緊緊的，我幾乎喘不過氣來。

沉默了幾分鐘後，他開心地說：「好了，簡兒，我會跟妳解釋清楚來龍去脈。那件事半是夢境，半是真實。我相信確實有個女人進了妳房間，那個女人肯定是葛瑞絲．普爾。妳自己也說她是個怪人，根據妳的所見所聞，妳有足夠的理由這麼說她。想想她對我做的事，以及她對梅森做的事。妳在半夢半醒之間發現她進了妳房間，發現她的舉動，可是當時妳在發燒，幾乎精神錯亂，才會把她想像成醜陋的妖怪模樣，而不是她原本的面貌。那蓬亂的長髮，腫脹的黑色臉龐，誇大的身材，都是想像力的產物，都是噩夢的結果。她惡毒地撕毀頭紗那段卻是真的，那的確是她會做的行為。我知道妳會問我，為什麼把這樣一個女人留在家裡。等我們婚後一年又一天時，我會告訴妳，現在不行。簡，這樣妳滿意了嗎？妳接受我對謎團的解答嗎？」

我想了一下，這顯然是唯一的可能性，我並不滿意，可是，為了逗他開心，我努力裝出滿意的模樣。我心情輕鬆不少，於是對他報以滿足的微笑。時間早就過了凌晨一點，我準備離開他。

「蘇菲是不是跟阿黛拉一起睡在兒童室？」我點蠟燭的時候，他問我。

「是的，先生。」

「阿黛拉的小床還夠妳睡，簡，今晚妳去跟她擠一擠。妳剛剛說的那件事一定會讓妳精神緊張，我希望今晚妳別單獨睡，答應我妳會到兒童室去。」

「先生，我很樂意去。」

「記得從裡面把門鎖緊。妳上樓時叫醒蘇菲，就說請她明天準時叫妳起床，因為妳八點以前就得穿好衣服、用完早餐。好了，別再想那陰森森的事，把那些無聊的煩惱拋開。妳沒聽見風聲變得多麼輕柔嗎？也沒有雨水打在窗子的聲音了。妳看這裡，」他拉起窗簾，「夜色多美呀！」

的確沒錯，大半邊天空清朗又淨透，雲朵排成一列，隨著轉而向西的風勢，以長長的銀色縱隊向東方邁進。月光詳和地灑落地面。

「好啦，」羅徹斯特先生凝視我的眼睛，「我的簡兒現在心情如何？」

「夜色很寧靜，先生，我也一樣。」

「那麼今晚妳夢見的不會再是分別或悲傷的事，而是幸福的愛情和快樂的婚姻。」

他的預言成真一半。我確實沒有夢見悲傷的事，卻也沒夢見開心的事，因為我根本沒有入睡。我抱著小阿黛拉，等待天亮。看著她熟睡的臉龐，如此安詳、如此平靜、如此天真，我只覺我體內的生命全都清醒著、激盪著。天剛破曉我就下床。我記得阿黛拉緊緊抱住我，我起不了身；我記得我一面親吻她，一面把她的小手從我的脖子上拿開。我情緒異常激動地抱著她哭，又趕緊放開她，深怕我的啜泣會吵醒熟睡中的她。她彷彿是我過往人生的象徵，而我即將打扮整齊去會見的他，則代表著令我既憂懼又愛戀、無法預知的未來。☆11

☆11
She seemed the emblem of my past life; and here I was now to array myself to meet, the dread, but adored, type of my unknown future day.

第二十六章

七點一到，蘇菲就過來幫我梳妝打扮。她花了很長時間才完成她的任務，因為耗時過久，羅徹斯特先生對我遲遲不出現極度不耐煩，派人上來問我為什麼還不下樓。蘇菲還在用別針把頭紗（終究還是用那塊淡黃色素面方巾）別在我的頭髮上，我就趕忙從她手底下溜走。

「等一下！」她用法語喊道，「照照鏡子，妳還沒看看自己的模樣。」

我在門口轉身，看見穿長袍戴頭紗的身影，一點也不像平時的我，倒像個陌生人。「簡！」有人喊我，我快步下樓。羅徹斯特先生在樓梯底部迎接我。

「慢吞吞的傢伙！」他說，「我等得腦子都冒火了。妳耽擱了好久！」

他帶我進餐廳，熱切地打量我全身，說我「美得像百合花，不只是他今生的驕傲，更是他眼裡的渴盼。」他告訴我他只給我十分鐘吃早餐，然後搖了鈴。有個他新聘的僕人，是個男僕，走進來。

「約翰在準備馬車了嗎？」

「是的，先生。」

「行李拿下來了嗎？」

「他們正要拿下來，先生。」

「你去教堂一趟，看看渥德先生（牧師）和執事是不是都到了，再回來告訴我。」

讀者知道，教堂就在大門外，男僕片刻就回來。

「先生，渥德先生已經在聖具室了，正在穿白袍。」

「馬車呢？」

「正在套馬鞍。」

「我們去教堂不需要馬車，可是我們回來時就得準備好。所有箱子和行李都要搬上車、綁緊，車伕要在座位上等候。」

「好的，先生。」

「簡，妳好了嗎？」

我站起來，沒有伴郎，也沒有伴娘，不需要招待或引領賓客，只有羅徹斯特先生跟我。我們經過大廳時，費爾法克司太太站在裡面。我很樂意跟她說說話，但我的手被緊緊扣住，整個人被倉促地拉走，跟隨著我幾乎趕不上的大腳步。從羅徹斯特先生的表情，看得出來他絕不容許為任何理由拖延一秒鐘。我納悶有沒有哪個新郎會擺出像他那樣的表情，那麼地專注於一項目標，那麼地意志堅決，也不知道有哪個人的頑固眉毛底下會閃著如此灼熱又閃爍的目光。

我不知道那天的天氣好壞。我走下車道時，既沒看天空，也沒看地面。我的心緊緊跟隨我的雙眼，兩者彷彿都移居到了羅徹斯特先生身上。我們往前走時，他似乎用銳利又殘暴的眼神牢牢盯著某種無形的物體，我想看看那是什麼；他似乎面對著、抵抗著某種思緒的力量，我也想感受那些思緒。

走到教堂前院的小門時，他停下腳步，發現我上氣不接下氣。「我是不是對我的愛人很殘酷？」他說，「休息一下，簡，靠在我身上。」

我還清楚記得那棟灰色老教堂靜靜矗立眼前的景象，也記得一隻白嘴鴉在尖塔周遭盤旋，記得遠方泛紅的清晨天空。我還記得其他事情，比如那綠色的墓塚。我也沒忘記有兩個陌生身影在低矮的墳墓之間閒逛，讀著少數幾座長滿青苔的墓碑上的銘文。我會注意到他們，是因為他們看見我們之後，就拐了彎轉到教堂後側去了。我相信他們要從側廊的門進教堂裡觀禮。羅徹斯特先生並沒有看見那兩人，他專注地望著我的臉龐，我猜我的臉想必毫無血色，因為我額頭微濕、雙頰與嘴唇冰冰涼涼的。等我恢復了元氣，他才陪我慢慢走上通往門廊的小徑。

我們走進簡樸靜謐的教堂，牧師穿著白色法衣站在低矮的聖壇旁，執事在他身邊。一切都很寧靜，只有遠處角落裡有兩個人影在移動。我猜得沒錯，那兩個陌生人趕在我們前面溜進了教堂，此時站在羅徹斯特先生家族的墓室前，背對著我們，隔著欄杆觀看佈滿歲月痕跡的大理石墓碑。有個跪姿天使守護著內戰期間在馬斯頓荒原一役壯烈犧牲的丹摩．羅徹斯特的遺骨，長眠於此的還有他的妻子伊莉莎白。

我們在聖壇護欄前就定位，我聽見背後傳來謹慎的腳步聲，轉頭張望。兩個陌生人之中的一個——顯然是位男士——正朝高壇走去。儀式開始，牧師解說完婚姻的目的，往前跨了一步，上身微微傾向羅徹斯特先生，說：

「我要求並委請二位（如同你們已面臨內心所有祕密都將公開的可怕審判日一般），如果你們知道有任何阻撓你們合法締結婚約的理由存在，此時務必坦白供認，因為兩位必然清楚知曉，那些違背神的旨意而結合的夫妻，並不是神所安排的婚姻，自然也不合法。」

他照慣例停頓下來。這段話語之後的停頓何曾被打斷過？也許一百年都不會有一次。牧師的視線始終沒有離開他的經書，他屏息片刻後，又開始進行。他把手伸向羅徹斯特先生，也張開雙唇問道，「你願意娶這女子為妻嗎？」這時附近有個響亮的嗓音說道：

「這場婚禮不能進行，我宣佈有阻礙存在。」

牧師抬頭望著說話的人，不發一語站著，執事也怔住了。羅徹斯特先生輕輕晃動，彷彿他腳底下發生了地震。他站穩腳跟，沒有轉頭，雙眼直視前方，說，「繼續。」

他用低沉的語調說了那句話後，現場一片鴉雀無聲。這時，牧師渥德先生說：

「剛剛的陳詞必須深入調查，不論是真是假都得找出證據，否則我不能繼續。」

「婚禮已經中斷了。」背後那個聲音又說，「我可以證明我的陳述，證明這樁婚姻存有無法克服的障礙。」

羅徹斯特先生聽見了，卻不予理會，他固執又挺直地站在原地，一動也不動，只是緊緊住住我的手。他的手好燙，抓得很緊。他那白皙、堅定又高大的外表看起來多麼像剛開採的大理石！他那警戒的眼神底下閃著多麼狂野的光芒呀！

渥德先生顯得不知所措。「是什麼樣的障礙呢？」他問。「也許可以克服，可以解釋清楚？」

「很難。」是對方的回應，「我說了，那是無法克服的障礙，我不是隨口說說。」

說話那人走到前面，靠在護欄上。他又開口了，每個字都說得很清楚、很平靜、很穩定，音量不大。

「那個障礙就是一段已經存在的婚姻。羅徹斯特先生有個仍在人世的妻子。」

我的神經隨著那些話語震動，程度之大更甚於雷聲引起的震動。我的血液感受到那些字句隱含的破壞力，敏銳的程度更甚於嚴霜與烈火引發的感受。但我很鎮定，絕不至於昏倒。我看著羅徹斯特先生，也強迫他看我。他整張臉像沒有色彩的岩石，眼神噴出火花，卻硬如燧石。他沒有否認任何事，一副決心挑戰一切的模樣。他沒有說話、沒有笑容，甚至沒有把我看成人類，只是伸手環抱我的腰，把我牢牢拉在身邊。

「你是什麼人？」他問那個不速之客。

「我姓布理格，倫敦來的律師。」

「你要編個妻子給我？」

「先生，我要提醒您您夫人存在的事實。縱使您不承認，那卻是法律認可的婚姻。」

「那就勞駕您介紹一下她的姓名、她的父母、她的住處。」

「那是當然。」布理格先生從容地從口袋拿出一張紙，用一種官腔官調的鼻音念道：

「我聲明並證實西元某年（那是十五年前）十月二十日，英格蘭某郡芬丁莊園及某郡棘園的愛德華．羅徹斯特在牙買加西班牙鎮某教堂迎娶我的姊姊、也就是商人約拿斯．梅森與克里奧人[1]安托妮塔之女貝莎．安托妮塔．梅森為妻。他們的婚姻紀錄可以在教堂的註冊簿找到，我持有一份複本。署名：理察．梅森。」

「就算那份文件是真的，也只能證明我結過婚，不能證明那個所謂的我的妻子還活著。」

「她三個月前還活著。」那個律師說。

「你怎麼知道？」

「我有證人，那位證人的證詞就連先生您都沒辦法反駁。」

「叫他出來，否則就下地獄去吧。」

「我會先請他出來，他就在現場。梅森先生，麻煩您上前一步。」

羅徹斯特先生一聽見那個名字，緊咬牙關，全身也經歷了某種強烈抽搐顫動。我靠他很近，所以察覺得到那陣源自怒火或失望的痙攣流竄他全身。第二個陌生人原本一直躲在背後，此時走過來，站在律師背後，露出一張慘白的臉龐。沒錯，就是梅森本人。羅徹斯特先生轉身怒目瞪視他。我總說他有一雙黑色眼眸，此時在陰沉之中發出淡褐色，不對，是血紅色的光芒。他的臉漲紅了，橄欖色的臉頰和沒有血色的額頭彷彿被一股上升並暈染開來的內心之火照亮。他動了，舉起強壯的臂膀。他很可能出手毆打梅森，可能會把他推到在教堂地板上，或狠狠一拳把他打得斷氣。梅森躲開了，虛弱地喊道，「我的老天！」羅徹斯特先生露出鄙夷的眼神，整個人冷靜下來，激動情緒彷彿感染了枯萎病，一下子萎縮下來。他只問了一聲，「你還有什麼話好說？」

梅森死白的嘴唇發出聽不見的回答。

「如果你說不清楚，那就表示魔鬼在操控。我再問你一次，你有什麼話可說？」

「先生……先生，」牧師插嘴道，「別忘了您此刻置身神聖的殿堂。」接著又轉頭溫和地問梅森，「先生，您知不知道這位先生的妻子是不是還在人世？」

「勇敢一點！」律師催促他，「說出來！」

「她目前住在棘園。」這回梅森口齒清晰許多，「今年四月我還在棘園見到她，我是她弟弟。」

「住在棘園！」牧師驚叫道，「不可能！我在這附近住了一輩子了，從來沒聽過棘園裡有個羅徹斯特太太。」

我看見羅徹斯特先生的嘴唇因冷酷的笑容而扭曲，他嘀咕著：「當然沒有，老天！我想盡辦法掩人耳目，想盡辦法不讓人知道她的身分。」

他陷入沉思，內心交戰了約莫十分鐘。然後他做出決定，對大家說：「夠了！一切要馬上揭曉，要快得像子彈噴出槍管。渥德，把經書闔上，脫掉白袍。約翰．葛林（對執事說），你走吧，今天不會有婚禮了。」執事走了。羅徹斯特先生勇猛又魯莽地接著說，「重婚罪是個不名譽的詞語！我卻打定主意要重婚，可惜命運擺了我一道，或者上帝阻撓了我。也許是上天的作為。此時的我比魔鬼好不了多少，我這位牧師也會告訴我，我必定會受到上帝最嚴厲的判決，甚至要遭受不滅之火與不死之蛆[2]的懲罰。各位，我的計畫落空了，這位律師和他的委託人所言屬

1. 指早期移民南美洲或非洲的法國、西班牙白人的後代，或他們與黑人的混血子嗣。

實，我結過婚，我娶的女人也還活著！渥德，你說你從來沒聽過那邊那棟屋子裡有個羅徹斯特太太，我敢說你一定聽過謠傳，說那房子裡有個神祕的瘋子，受到嚴密的監管和看護。一定曾經有人悄悄對你說，那是我同父異母的野種妹妹，另外一些人會說那是被我拋棄的情婦。現在我告訴你，那是我的妻子，我十五年前娶的，名字叫貝莎．梅森。她是這位果敢的先生的姊姊，這位先生此時用他那顫抖的雙腿和蒼白的臉頰向你展現人類能懷著一顆多麼無畏的心。打起精神，理察！不必怕我！我不打女人，所以也不會打你。貝莎．梅森瘋了，她來自瘋子家族，連續三個世代出現白痴和瘋子。她的母親，就是那個克里奧人，既是瘋女人，又是酒鬼！我娶了她女兒之後才發現這件事，因為婚前他們嚴守家族祕密。貝莎果然是個乖順的孩子，遺傳了她媽媽這兩個特點。我娶了個嬌媚的妻子，純潔、聰慧、謙和，你們可以想像我有多麼快樂，我度過了很不同凡響的時光！哦！當時的我彷彿置身天堂，你們怎麼也想像不到的。我不需要跟你們多做解釋。布里格、渥德、梅森，我邀請你們都到我家來探視普爾太太的病人，也就是**我的妻子**！你們會看到我被騙娶了什麼樣的怪物，再判斷我有沒有資格結束那個婚約，有沒有資格至少找個像樣的人類尋求慰藉。對於這個噁心的祕密，渥德，那個女孩，」他望著我，「知道的不比你多。她以為一切都很美好，都合法，作夢也想不到自己即將步入圈套，跟一個可恥的騙子締結一樁假姻緣，不知道那個騙子其實已經被一個惡劣、瘋狂又野蠻的伴侶束縛住！你們大家都跟我來！」

他走出教堂，手依然緊緊拉著我，那三位先生跟在後面，到了棘園大門口，我們看到了馬車。

「約翰，把馬車拉回車棚去，」羅徹斯特先生冷冷地說，「今天派不上用場了。」

我們進門時，費爾法克司太太、阿黛拉、蘇菲、莉雅上前來招呼我們。

「所有人向後轉！」主人喊道，「帶著妳們的道賀離開！誰需要恭賀？我不需要！賀詞遲了十五年！」

他經過她們，走上樓梯，依然拉著我的手，依然招呼那些先生跟上去，那些人尾隨而至。我們走上第一層階梯，經過長廊，爬上三樓，來到那扇黑色小門前。羅徹斯特先生用主鑰匙打開，引我們進入那個掛著繡帷、有大床和畫像衣櫥的房間。

「梅森，你知道這個地方。」我們的嚮導說，「她在這裡咬你、拿刀刺你。」

他拉開牆壁上的簾子，露出第二道門，再打開這道門。這個房間沒有窗子，燃燒著的爐火被又高又結實的爐圍擋住，一盞燈用鐵鍊拴在天花板上。葛瑞絲．普爾俯身在爐火前，用淺鍋烹煮某種食物。在房間的另一端，光線比較陰暗的區域，有個身影來回移動。乍看之下，誰也看不出那究竟是人是獸。它匍匐在地上，似乎四肢著地，像怪異野獸似地張牙舞爪、嗥叫咆哮。它身上穿著衣裳，頭上有茂密暗沉、灰白夾雜的頭髮，像獸鬃一般，掩住它的頭臉。

「早安，普爾太太！」羅徹斯特先生說，「妳好嗎？妳的病人今天還好嗎？」

「我們還可以，先生，謝謝您。」葛瑞絲一面回答，一面小心拿起那鍋沸騰的食物，擱在壁爐架上，「有點暴躁，但不算太激烈。」

一陣兇猛的吼聲似乎反駁了她那粉飾太平的報告，那隻披著衣裳的土狼一躍而起，用後腳站得高高的。

「啊，先生，她看見您了！」葛瑞絲說，「最好趕快離開。」

「只要幾分鐘，葛瑞絲，妳必須給我幾分鐘。」

「那就小心點，先生！看在上帝的份上，小心點！」

2. 見〈馬可福音〉第九章第四十八節。耶穌警告信徒，如果不肯悔罪，就會墮入欣嫩谷，那裡的蛆是不死的，火是不滅的。

那個瘋子大聲吼叫，撥開擋住臉龐的蓬亂頭髮，粗暴地望著她的訪客。我清楚認得那張紫色面容與腫脹的五官。葛瑞絲上前一步。

「別擋在中間。」羅徹斯特先生把她推到一旁。「她現在沒有刀子，應該吧，何況我會提防。」

「沒有人知道她身上有什麼，先生，她很狡猾，再謹慎的人都猜不透她會耍出什麼把戲。」

「我們最好離開她。」梅森低聲說。

「去見魔鬼吧！」是羅徹斯特先生給他的答覆。

「小心！」葛瑞絲驚叫道。三位男士同時後退，羅徹斯特先生把我拉到他背後。那個瘋子突然衝上前，惡狠狠地抓住他脖子，張口咬住他臉頰，兩人扭打成一團。那女人身材很魁梧，幾乎跟她丈夫一樣高大，而且很壯碩，在打鬥中顯得孔武有力，儘管他身強體壯，還是屢次被她掐住脖子。他大可以使勁一拳擺平她，但他不願意揮拳，只肯跟她纏鬥。最後他控制住她的手臂，葛瑞絲．普爾遞給他一條繩子，他把她雙手綁在背後，再拿起另一條繩子把她綁在椅子上。在捆綁的同時，她不斷發出淒厲叫聲，也幾度突然向前猛衝。之後，羅徹斯特先生轉身面對在場人士，臉上帶著既酸楚又淒涼的笑容。

「那就是**我的妻子**，」他說，「剛剛那就是我所知的妻子的擁抱，就是在閒暇時刻安慰我的甜蜜愛意！這個才是我渴望擁有的，」他把手搭在我肩上，「這個年輕女孩，她如此嚴肅又沉默地站在地獄的入口，鎮定地觀看惡魔的嬉鬧。我嘗過那道熱辣辣的大雜燴之後，想要她來換換口味。渥德，布里格，你們看看她們的差別！拿這對清澈的眼睛和那對紅眼球做個比較，拿這張臉和那個面具做比較，還有這個體型和那個大塊頭。之後再來評論我，你這位福音牧師和你這個法律人，別忘了，你如何評斷別人，就該受到何種評斷！你們走吧。我要收起我的寶藏了。」

我們都退出房間，羅徹斯特先生多逗留了一下，對葛瑞絲．普爾下達了一些指令。下樓時，律師對我說話。

「小姐，」他說，「妳沒有任何罪過，妳的叔叔聽到會很高興，如果梅森先生回到馬得拉群島時，他還活著的話。」

「我叔叔！他怎麼了？您認識他嗎？」

「梅森先生認識。愛先生多年來一直是梅森家在豐沙爾市的公司的客戶。妳叔叔接到妳的信，知道妳要跟羅徹斯特先生結婚的事，當時梅森先生正在馬得拉群島養傷，準備痊癒後再返回牙買加，正巧跟你叔叔在一起。愛先生向梅森先生提及此事，因為他知道我的委託人梅森先生認識一位姓羅徹斯特的先生。您應該想像得到梅森先生聽見這事有多麼錯愕與苦惱，他向妳叔叔透露真相。很遺憾，妳的叔叔已經臥病在床，從他罹患的退化性疾病和他的病情研判，康復的機會不大。他沒有體力親自趕來英國解救妳掙脫這個圈套，但他懇求梅森先生立即採取措施來阻止這樁錯誤的姻緣，並介紹梅森先生找我幫忙。我用最快的速度趕過來，很慶幸及時趕到，相信妳也跟我一樣。我相信等妳趕到馬得拉群島，妳叔叔已經不在人世，否則我就會勸妳跟梅森先生一起回去。事情既然已經這樣了，我想妳最好暫時先留在英國，直到收到妳叔叔的信，或他的死訊。這裡還有別的事要處理嗎？」他問梅森先生。

「沒有，我們走吧！」梅森焦急地答道。他們沒等跟羅徹斯特先生告別，就走出大廳。牧師留下來跟他那位傲慢的教區居民羅徹斯特先生說了幾句話，多半是勸戒或申斥的話語，善盡責任後，他也走了。

我站在我房間半敞的門外時，聽見牧師離開。訪客都走了，我回到房間，把自己關在裡面，拉上門閂，不讓任何人闖進來。我開始——不是哭泣，不是哀悼，我太冷靜，不會那樣——機械性地脫下結婚禮服，換上昨天穿的那套羊毛長袍，原本我以為那是最後一次穿上這件衣服了。

之後我坐下來，覺得虛弱又疲累。我把手臂擱在桌上，頭枕在上頭。現在我才開始思考，在此之前，我只是耳聽、眼觀、腳動，被領著或拖著上樓下樓，看著一幕幕事件在我眼前鋪演，一件件內幕在我面前揭發。直到**此刻**，我開始動腦子**思考**。

那個早晨還算平和，除了目睹瘋子那段短暫時間之外，在教堂裡的過程沒有喧嘩，沒有情緒爆發，沒有高聲吵鬧，沒有爭執，沒有反抗或挑戰，沒有淚水，沒有啜泣。只是說了幾句話，有人平靜地對這樁婚事提出反對意見，羅徹斯特先生嚴厲又簡短地質疑了幾句，有人給了回答與解釋，有人提交了證據，我的主人公開承認事實。然後，大家見到活生生的證物。入侵者退場，一切都結束了。

我跟往常一樣待在自己房間，只有我自己，沒有任何明顯改變。我沒有受到打擊，沒有受到危害，身體也沒有損傷。可是昨天的簡愛到哪裡去了？她的人生呢？她的未來呢？

簡愛，原本滿懷期待的熱情女人，幾乎成了新嫁娘，卻重新變回淒涼孤單的女孩。她的人生頓失色彩，前景一片慘淡。仲夏季節降下了耶誕寒霜，六月天颳起了十二月風暴，成熟的蘋果裹上一層嚴霜，積雪壓垮了盛開的玫瑰，牧草地和玉米田覆蓋著凍結的裹屍布。昨夜開滿鮮花的小徑，今天被白雪封閉，無法通行。還有那些樹林，十二小時之前還像熱帶地區的樹叢般枝葉扶疏、香氣縈繞，此刻卻像挪威冬日的松樹林，成了無邊無際的荒郊野地。我的希望全都夭折了，遭到不可思議的噩運打擊，就像一夜之間降臨在埃及所有第一胎身上的命運一般[3]。我檢視我珍貴的心願，昨天還那麼欣欣向榮、色彩紛呈，如今卻像無法起死回生的屍體，僵直、冰冷又慘白地躺在那裡。我檢視我的愛，檢視那個屬於我的主人、檢視由他一手創造出來的情感。那份情感在我心裡顫抖，像在淒冷搖籃裡受苦的幼兒，被疾病與痛苦抓攫，卻不能再尋求羅徹斯特先生的臂彎，不能從他的胸膛獲取溫暖。哦，它再也不能向他尋求慰藉，因為信任已經凋萎，信心已經破壞！羅徹斯特先生再也不是我心目中那個人，因為他並不是我想像中**那個人**。我不會怪罪他，我不會說他背叛了我，只是，他已經不再代表著毫無瑕疵的真誠，我一定得走出他的生活。何時、如何、何方，我還不清楚，我想他會儘快把我送出棘園。他對我不可能有真誠的情感，那只是短暫的激情，一旦受到阻力，他就不再需要我。如今我連走過他面前都應該感到害怕，他一定痛恨看到我。哦，我的雙眼多麼盲目！我的行為多麼脆弱！

我眼睛被蒙住，沒有張開，旋渦般的黑暗似乎在我周邊盤繞，一幕幕往事陰暗又混亂地浮現腦海。我彷彿躺在大河的乾枯河床上，自我放逐，鬆懈、不費力氣，我聽見遠方山區一道洪水沖刷而下，感覺到水流來襲。我無意起身，也沒有力氣逃命。我無力地躺著，一心只想死去。我心裡還有個念頭精力充沛地搏動著，我想起了上帝，也聽見一段誦詞。那些詞句在我幽暗的腦海裡上下遊走，像某種需要輕聲訴說的話語，卻沒有力氣表達出來：

「請別遠離我，因為苦難已近，而我求助無門。」[4]

苦難來了，我沒有祈求上蒼擋開它，我沒有合掌、沒有屈膝，也沒有張開雙唇。它來了，那巨流來勢洶洶沖向我。我只覺生命孤寂又悲慘，我的愛失去了，我的希望破滅了，我的信心被擊垮了，像一團沉鬱的混沌在我面前聲勢浩大地擺盪。那痛苦的時刻沒有言語可以形容，實際上，「洪水沖進我的靈魂，我深陷泥潭，無處立足；我沉到水深處，洪水將我淹沒。」[5]

3. 見〈出埃及記〉第十二章，耶和華降災埃及，一夜之間擊殺所有埃及人的第一胎人與畜。
4. 出自《聖經》〈詩篇〉第二十二章第十一節。
5. 出自《聖經》〈詩篇〉第六十九章第二節。

第二十七章

那天下午不知道幾點，我抬起頭，環顧四周。西斜的太陽在牆壁鍍上一層下沉時的金色足跡。我問自己，「我該怎麼辦？」

可是我內心的答案——「立刻離開棘園」——是那麼突兀，那麼可怕，我摀住耳朵。我說，現在的我無法接受這種答案。我告訴自己，「我不是愛德華．羅徹斯特的新娘，這並不會讓我太難過；我從最美好的夢境醒來，發現一切都是虛假與空洞，這種震驚我也還禁得起，還能掌控。但是，要我毅然決然、當機立斷、頭也不回地離開他，這點我承受不了。我做不到！」

然而，我內心還有個聲音，說我可以，也預言我會辦到。我與自己的決心角力，我清楚預見前方路途有更多苦難，我想要軟弱，不想踏上那條路。但「良知」變成暴君，一把掐住「感情」的脖子，冷嘲熱諷地告訴她，現在她只不過才把纖巧的小腳探進泥坑裡，將來他一定會用他的鐵腕，把她拋進那深不可測的痛苦淵藪。

「誰來拉我走！」我喊道，「誰來幫幫我！」

「不，妳得自己拉走自己，沒人會幫妳。妳要自己挖出右眼球，自己砍斷右手[1]。妳的心要充做祭品，而妳就是刺穿它的祭司。」

我猛然驚起。在這種孤獨的時刻，竟有如此無情的審判者盤據心頭；在這種靜默的時刻，竟有如此恐怖的聲音縈繞不去，我心驚肉跳。我站直身子時，腦袋一陣暈眩。我明白這是過度激動兼之以久未進食所致。我已經一整天沒吃東西了，因為我沒有吃早餐。再者，我感到一陣莫名的痛苦，因為我關在房裡這麼久了，卻沒有任何人來探詢我的情況，沒人來叫我下樓，小阿黛拉沒來敲門，就連費爾法克司太太也沒找我。我一面拉開門閂跨出房門，一面喃喃自語，「人一落難，就被朋友遺忘。」我絆到某個障礙物。我頭還很暈，視線模糊，四肢無力，一時之間提不起元氣，就摔倒了。但我沒摔在地上，一隻張開的手臂接住了我。羅徹斯特先生扶著我，他坐在我門檻外一張椅子上。

「妳終於出來了，」他說，「我等妳很久了。我邊等邊聽，聽不見一丁點動靜，也沒有啜泣聲，那種寂靜再持續個五分鐘，我就會像強盜一樣破門而入。所以妳在躲我嗎？妳一個人躲起來傷心！我寧可妳來找我，盡情地痛罵我。妳性子很剛烈，我原本以為妳會大鬧一場，預期妳會痛哭流涕。只是，我希望妳把淚水灑在我胸膛，我原以為淚水都被沒有知覺的地板接走了，或濕透了妳的手帕。可是我錯了，妳根本沒有哭！我看見蒼白的臉和晦黯無光的眼睛，卻沒有一滴淚痕。那麼，我猜妳的心淌血了吧？

「怎麼啦，簡！為何一句指責的話都沒有？沒有惡毒的話，沒有尖銳的言語嗎？不說點撕裂情感或刺傷愛情的話嗎？妳就靜靜地坐在我扶妳坐下的地方，用那種疲倦又頹喪的眼神望著我。

「簡，我從來不想這樣傷害妳。假設有個人擁有一隻小母羊，他像疼女兒一樣疼愛那隻羊，讓牠吃他的麵包，用他的杯子喝水，讓牠躺在自己懷裡[2]。有一天他陰錯陽差，在屠宰場把羊兒殺了，他為這血腥錯誤感受到的悔恨也不會比我現在更多。妳會原諒我嗎？」

讀者呀，我當下當場就原諒他了。他眼裡藏著深深的懊悔，音調裡有真誠的疼惜，舉止充滿

1. 典故出自《聖經》〈馬太福音〉第五章第二十八節起，耶穌談到「不可通姦」時的訓示。
2. 典故引自《聖經》〈撒母耳記〉第十二章第三節。

男子氣概。此外，他整個表情和態度充滿那份不變的愛，我完全原諒他。然而，我沒有訴諸言語，沒有表現出來，只在內心深處原諒他。

「簡，妳知道我是個壞蛋吧？」不久後，他哀傷地問我。我猜是因為我依然沉默不語、無精打采，其實那是因為我身體虛弱，並非故意。

「是的，先生。」

「那就直截了當說我是壞蛋，不必輕饒我。」

「我沒辦法，我又累又虛弱，我想喝水。」

他顫抖地嘆了一口氣，伸手抱起我，帶我下樓。起初我不知道他帶我到哪個房間，我呆滯的雙眼只見到一片迷濛。緊接著，我意識到一股很提神的溫暖火光。儘管時值夏天，我卻在自己房間裡凍得全身發冷。他把葡萄酒送到我嘴邊，我啜了一口，覺得精神好很多。我又吃了他給我的東西，片刻間就恢復了元氣。我在書房，坐在他椅子裡，他離我很近。我心想，「如果我就此撒手人寰，沒有太多痛苦的話，那是再好不過了。那樣的話，我就不必為了必須把自己的心扯離羅徹斯特先生的心，而忍受那種撕心裂肺的痛苦了。看樣子我必須離開他，可是我不想離開他，我沒辦法離開他。」

「簡，妳還好嗎？」

「好多了，先生，我很快就沒事了。」

「再喝一口酒。」

我聽從他。之後，他把酒杯放在桌上，站在我面前，專注地望著我。突然之間，他內心似乎充滿某種激動的情緒，感嘆地說了句聽不清的話，轉身過去，快步走到書房另一頭，又走回來。他俯身靠向我，一副想吻我的模樣，但我想到我們不能再有親密舉動，因此別過頭去，也推開他的臉。

「什麼！這是怎麼回事？」他急忙叫道，「哦，我明白！妳不願親吻貝莎．梅森的丈夫，是嗎？妳認為我的臂彎裡已經有了別人，我的擁抱被人截足先登了嗎？」

「再怎麼說，您懷裡已經沒有屬於我的空間和權利，先生。」

「簡，這是為什麼？我可以幫妳回答，讓妳少說點話。因為我已經有個妻子，妳會這麼說。我猜對了嗎？」

「沒錯。」

「如果妳這麼想，那麼妳對我的看法一定很奇怪，妳一定認為我是個鬼計多端、放蕩成性的人，一個低劣失德的浪子，故意裝出無私的愛，只為了誘騙妳落入一張蓄意張開的羅網，想剝奪妳的名譽，毀掉妳的自尊。對於這點，妳有話說嗎？看來妳什麼都說不出來。首先，妳身子還很虛，光是呼吸都很吃力，再者，妳還不習慣指控我、辱罵我。此外，妳淚水的閘門已經打開，只要妳多說兩句，馬上會淚如泉湧。再者，妳也不願意出言告誡、訓斥，更不願鬧出難堪場面。妳想的是該**如何行動**，妳認為**言語**一點用處都沒有。我了解妳，我有心理準備。」

「先生，我不想做什麼對您不利的事。」我說。我聲音很不穩定，只得長話短說。

「在妳眼中，妳想做的事不會對我不利，但在我看來，妳那樣做只會毀掉我。妳幾乎已經判定我是個有婦之夫，妳會像逃避有婦之夫一樣避開我，不會出現在我面前。妳剛剛才拒絕吻我，妳打算讓自己變成陌生人，打算只以阿黛拉的家庭教師的身分住在這個屋簷下。如果我對妳說句親切的話，如果有任何友善的情感讓妳再度對我動心，妳會說，『那個男人差點害我成了他的情婦，我一定要硬起心腸、冷冰冰對待他。』之後妳就會變得冷若冰霜、硬如鐵石。」

我清清喉嚨，穩住聲音，回答他，「先生，我周遭的一切都變了，我也得改變，這點無庸置疑。為了避免情感的動搖，避免一再跟回憶與舊情對抗，只有一個辦法可以解決。先生，阿黛拉必須找個新家教。」

「阿黛拉會去上學，我已經安排好了。我也不打算讓棘園這些恐怖的舊事與回憶折磨妳，這該死的地方，這亞干的帳幕[3]，這無恥的墓穴，把恐怖活死人暴露在光天化日之下。這個窄小的石砌煉獄，藏在裡面的是真正的惡魔，遠比我們想像中群魔還驚悚。簡，妳不應該住在這裡，我也一樣。我明知棘園有厲鬼出沒，一開始就不該讓妳來到這裡。我還沒見到妳之前，就命令所有人隱瞞妳，不讓妳知道這是一個怎麼樣受詛咒的地方，純粹是因為我擔心，如果來的人知道自己跟什麼樣的收容人共處一個屋簷下，阿黛拉恐怕永遠留不住家庭教師，而我又不能把這個瘋子移到別處。雖然我有另一棟老房子芬丁莊園，那裡比這棟房子更遠離塵囂，更加隱蔽。如果不是因為那房子建在樹林深處，環境不夠健康，我良心上過意不去，我大可以穩當地將她安置在那裡。或許那些潮濕的牆垣會及早助我擺脫她這個累贅。只是，每個惡徒都有他的罪行，而我的罪行並不是間接謀殺，即使對方是我最痛恨的人。

「可是，對妳隱瞞那瘋女人的存在，就等於用斗篷蓋住孩子，再把他放在尤巴斯樹[4]附近。那個魔鬼的周遭都染了毒液，永遠無法清除。不過，我要關閉棘園，我要把前門釘死，用木板封掉下排窗子。我會支付葛瑞絲．普爾一年兩百鎊薪水，讓她在這裡陪伴**我的妻子**——妳就是這麼稱呼那個嚇人的母夜叉的。葛瑞絲．普爾為了錢什麼都肯做，她兒子在格林斯比收容所當管理員，她會找他來陪她，萬一**我的妻子**哪天又被她的妖精慫恿，瘋病發作，要把人活活燒死在床上，要拿刀刺人，要把人的肉咬下來的時候，也好有個幫手。」

「先生，」我打斷他，「您對那位可憐的女士很無情，您提到她時咬牙切齒，充滿恨意與厭惡。這樣很殘忍，她也不想變瘋子。」

「簡，我的小寶貝（我要這樣稱呼妳，因為妳就是我的小寶貝），妳根本不知道自己在說什麼。妳又看錯我了，我恨她並不是因為她瘋了。如果妳瘋了，妳認為我會恨妳嗎？」

「我想您會，先生。」

「那妳就錯了，而且妳一點都不了解我，也完全不了解我擁有何種愛人的能力。在我心目中，妳身上所有細小原子都跟我自己的一樣珍貴，即使遭受苦難或疾病，還是一樣珍貴。妳的心靈是我的寶物，就算損壞了，依然是我的寶物。假使妳發狂了，拘束妳的會是我的手臂，而不是緊身背心。即使妳處於憤怒當中，妳的抓攫仍然有著吸引我的魔力。如果妳像今天早上那個女人那樣凶猛地衝向我，我會擁妳入懷，儘管是為了束縛妳，那也會是溫柔的束縛。我不會像面對她那樣，嫌惡地退避三舍。妳冷靜的時候，妳身邊只會有我，而不是什麼看守人或看護。就算妳不再以微笑回報我，我依然能夠對妳懷著綿綿不絕的深情。即使妳那雙眼睛早已經認不得我，我永遠也不會害怕注視它們。我為什麼想到這些？我原本提到要帶妳離開棘園。妳也知道，我們什麼都準備好了，馬上可以出發。明天就離開，簡，我只要求妳在這屋子裡再忍耐一夜，之後就永遠跟它的悲慘與驚恐道別！我有個地方可以去，那會是個安全的殿堂，可以遠離卑劣的往事，可以避開不受歡迎的外人，甚至連造謠中傷都聽不見。」

「先生，帶阿黛拉一起去吧。」我插嘴道，「她可以跟您作伴。」

「簡，妳這話是什麼意思？我說了，我要送阿黛拉去上學，我何必要個小孩子跟我作伴？何

3. 見《聖經》〈約書亞記〉第七章第二十一至二十六節，猶大部族的亞干偷了耶利哥城裡的金銀寶物，藏在帳幕裡，後來被眾人以亂石擊死。

4. upas-tree，又稱箭毒木，為桑科植物，生長於亞洲與非洲熱帶地區，汁液含劇毒，古代多用來製作毒箭。

況她又不是我自己的孩子，只是個法國舞者的野種。妳為什麼莫名其妙提起她？我問妳，妳為什麼指派阿黛拉來跟我作伴？」

「先生，您說要隱居，孤獨的隱居很乏味，對您來說太過乏味。」

「孤獨！孤獨！」他氣沖沖地重複著，「看來我得跟妳說清楚。我不懂妳臉上那謎樣的神情意味著什麼。妳要跟我一起孤獨，妳明白嗎？」

我搖搖頭。他情緒變得相當激動，即使這樣默默表示反對，都需要相當的勇氣。他原本一直在房間裡來回踱步，現在停下來，彷彿腳底突然在某個定點生了根。他用嚴厲的眼神看了我很久，我移開視線，轉而凝視爐火，努力擺出並維持沉默鎮定的神態。

「簡個性上的障礙出現了。」他終於開口了。他的語氣比我預期中平和許多。「到目前為止，絲軸轉動得還算平順，但我始終知道，一定會跑出一個結，或一個關卡，這就是了。接下來就是苦惱、憤怒和永無止境的麻煩！老天！我真想使出參孫的一丁點神力，把那團糾結像麻線一樣扯斷！」

他又開始踱步，卻又迅速停下來，這回就停在我面前。

「簡！妳肯聽我講道理嗎？」他彎下腰來，把嘴唇湊到我耳邊，「因為如果妳不肯，我只好用蠻力。」他聲音粗啞，臉上的表情像是要掙脫某種難以忍受的束縛、從此任性胡為。我很清楚，過不了多少，只要再來那麼一點令他發狂的刺激，我就拿他沒輒了。此刻，這個短暫的一秒鐘，是我唯一能夠掌控他、約束他的機會，只要有一點點拒絕、逃離或驚慌的動作，就會導致我和他的毀滅。但我並不害怕，一點也不。我意識到一股內在的力量，一種影響力，它支撐著我。危機一觸即發，但危機也有它的魅力，也許就像印第安人乘著獨木舟橫越激流的心情吧。我拉住他緊握的拳頭，掰開他彎曲的指頭，安撫地對他說：

「坐下來，您想聊多久，我就陪您聊多久。我願意聽您說，不管您的話有沒有道理。」

他坐下來，但我還不容許他說話。我已經強忍淚水很長一段時間，原本我費盡千辛萬苦才不讓它們滴落下來，因為我知道他不喜歡看到我哭。不過，現在我認為不妨讓眼淚隨心所欲自由流淌。如果我的淚水惹他不快，這樣更好，所以我不再克制，盡情地哭個痛快。

很快我就聽見他懇切地求我冷靜下來。我說他這麼激動，我怎麼冷靜得下來。

「可是我沒有生氣呀！我只是太愛妳，而妳一直板著那張蒼白的小臉蛋，表情是那麼堅定又冰冷，我受不了。別哭了，把眼淚擦掉。」

他軟化的語氣顯示他的心情已經平靜下來，所以我也該平靜下來。現在他試圖把頭擱在我肩上，但我不允許。接著，他又想把我拉到他身邊。不行。

「簡！簡！」他的音調帶著一種深沉的哀傷，傳送到我全身每一根神經。「那麼妳不愛我，是嗎？妳重視的只是我的地位，只是我的太太那個身分，是嗎？如今妳認為我不夠格當妳的丈夫，妳就拒絕讓我碰妳，彷彿我是癩蛤蟆或大猩猩。」

這些話刺傷了我，但我又能做什麼，又能說什麼？也許我什麼都不該做，什麼都不該說，可是，我非常懊悔自己傷了他的心，內心苦惱不已。我克制不了衝動，想在我劃下的傷口上塗抹藥膏。

「我**確實**很愛您。」我說，「比以前更愛您。這份愛我既不能表現出來，也不能繼續縱容，這是我最後一次說出來。」

「最後一次！什麼！如果妳還愛我，妳覺得自己能夠跟我一起生活，每天看見我，卻冷漠地疏遠我嗎？」

「不行，先生，我肯定做不到。所以我認為只有一個辦法，如果我說出來，您一定會大發雷霆。」

「哦，說吧！如果我發脾氣，妳反正還可以用淚水攻勢。」

「羅徹斯特先生，我必須離開您。」

「離開多久呢？簡，幾分鐘嗎？好讓妳去梳理有點亂的頭髮，順便洗一洗有點發燙的臉頰嗎？」

「我必須離開阿黛拉、離開棘園。我必須永遠跟您分別，必須在陌生臉孔和陌生環境開始全新的生活。」

「那是當然。我也說過妳該這麼做。我不想聽什麼跟我分開那種瘋話，妳的意思是妳跟我永不分開。至於全新的人生，這樣很對，妳要當我的妻子。我目前單身，妳要成為羅徹斯特太太，有名有實的羅徹斯特太太。只要我們倆還活著，我只會跟妳在一起。妳可以去我在法國南部的一棟房子，那是位在地中海岸的白色別墅。妳可以在那裡過著幸福、安全又無比單純的生活。永遠不必擔心我會引誘妳犯錯，讓妳變成我的情婦。妳為什麼搖頭呢？妳要講道理呀，不然我真的又要發狂了。」

他的聲音和他的手都在顫抖，他的大鼻孔撐開來了，眼睛噴出火花，但我還是大膽開口。

「先生，您的妻子還在人世，今天早上您自己才承認過這個事實。如果我照您的想法跟您一起生活，那我就是您的情婦。您非得說不是，那就是在強辭奪理、在說謊。」

「簡，妳別忘了，我不是脾氣溫和的人，我沒什麼耐性，我不是沉著冷靜的人。妳可憐可憐我和妳，用妳的手指摸摸我的脈搏，看它跳動得多厲害。還有，小心點！」

他露出手腕，伸向我，他臉頰和嘴唇的血液漸漸退去，變成青紫色。我沮喪到了極點，我用他最懼怕的抗拒害得他心情激動至此，實在很殘酷。但我絕不能屈服，我做出人類被逼到絕境時、本能會採取的舉動：向更高的神靈尋求協助。「上帝幫助我！」我不由自主地脫口而出。

「我是個笨蛋！」羅徹斯特先生突然叫了一聲，「我一直告訴她我單身，卻沒有跟她解釋原因。我忘了她完全不了解那個女人的性情，也不了解我當初是如何跟她結下這段煉獄般的孽緣。哦，我相信等她知道了一切，就會贊同我的看法。簡兒，把妳的手放在我手裡，這樣我既可以摸著妳，也可以看見妳，證明妳就在我身邊。只要簡短幾句話，我就能讓妳了解整件事。妳肯聽我說嗎？」

「可以，先生，聽幾小時都行。」

「我只需要幾分鐘。簡，妳有沒有聽說過我不是家裡的長子，有沒有聽說過我曾經有個哥哥？」

「我聽費爾法克司太太說過。」

「那妳有沒有聽說過我父親是個嗜財如命、貪得無厭的人。」

「我大概知道一點。」

「嗯，簡，正因如此，他決定保持家產的完整。他沒辦法接受把家產一分為二，留給我公平的一份。他決定把全部財產都留給我哥哥羅蘭。可是，他也沒辦法忍受他有個兒子變成窮人，所以我必須靠結婚取得財富。他很快就幫我找到終身伴侶。在西印度群島經營農場又經商的梅森先生是我父親的舊識，我父親知道梅森先生確實富甲一方，所以就著手打聽。他發現梅森先生有一兒一女，又從梅森先生口中得知，梅森先生會給他女兒三萬英鎊的財產。這就夠了。我大學畢業後，就被送到牙買加，去迎娶一個已經有人幫我追求好的新娘。我父親沒有提到她的錢，只告訴我梅森小姐是西班牙鎮出了名的美人。這話一點都不誇張，我發現她容貌秀麗，跟白蘭琪・英葛蘭同一類型，身材高䠷、皮膚黝黑、端莊高貴。她的家人想套住我，因為我系出名門，她本人也有這個意願。他們把她打扮得雍容華貴，在各種宴會場合讓我跟她見面。我很少跟她單獨相處，也沒什麼機會私下跟她聊天。她很會恭維我，在我面前挖空心思展現她的魅力與才華，藉此討我歡心。她身邊的男士似乎都很仰慕她，也都羨慕我。我神魂顛倒、熱情洋溢，感官也興奮了。當時的我是那麼無知、幼稚又少不更事，以為自己愛上她了。無知可真是個厲害角色，藉著社交圈的無聊競爭、年輕的好色、魯莽與盲目，刺激男人幹出傻事。她的親友慫恿我，情敵激怒我，她媚惑我，我還搞不清楚自己身在何處，就糊里糊塗結了婚。哦，只要想起這件事，我就很瞧不起自己！就被一股自我唾棄的痛苦所宰治！我從來沒有愛過她，沒有敬重過她，甚至不了解她。我不確定她的天性裡有沒有任何一絲美德存在，從她的心靈和舉止，我找不到一丁點的謙遜、慈愛、坦率與典雅。我卻娶了她，我真是個粗俗、卑下、目光如豆的白痴！如果少做點蠢事，我也許已經……啊，我可別忘了自己在跟誰說話。

「我沒見過我新娘的母親，我以為她已經過世了。蜜月結束以後，我就發現自己弄錯了，原來她只是瘋了，被關在精神病患收容所裡。她還有個更小的弟弟，是個結結實實的白痴笨蛋。另一個年紀大一點的弟弟妳見過，雖然我厭惡他家族的人，卻沒辦法討厭這個弟弟，因為在他的脆弱心靈裡還存有一些情感，這從他對他那個惡劣姊姊的持續關懷就能看出來。他對我也曾經像狗兒一樣的忠心，可惜將來他或許也會走上同樣的命運。這些事我父親和我哥哥羅蘭全都知情，但他們眼裡只看到那三萬鎊，兩人聯手引我入甕。

「這些都是齷齪的真相。我發現我妻子的性情跟我南轅北轍、她的喜好令我作嘔。我發現她的思想觀念很庸俗、低劣、狹隘，根本沒辦法提升到更高尚或更開闊的境界。儘管如此，除了背信與欺瞞之外，我並不怪我妻子什麼。我發現我跟她沒辦法愉快地相處一個夜晚，就連一個小時都有困難。我跟她之間沒辦法進行友善的交談，無論我提出什麼話題，馬上會聽見她粗野平庸、變態低能的回應。我還發現我永遠享受不了靜謐安穩的家居生活，因為沒有哪個僕人能夠忍受她粗野蠻橫的脾氣，能受得了她那些荒唐、矛盾又吹毛求疵的命令。即使如此，我仍然選擇忍耐，我避免責罵、減少勸誡，我設法偷偷地把悔恨與嫌惡往肚裡吞，壓抑住內心那股深惡痛絕的反感。

「簡，我不想多說那些噁心的細節來煩妳，只要簡單幾句強烈字眼就能充分表達我的意思。我跟樓上那個女人共同生活了四年。四年還不到，我已經吃盡苦頭。她性格轉變與發展的速度快得嚇人，她的惡行迅速蔓延、節節攀升，而且極其頑強，只有殘酷手段才能加以遏止，但我不願意採用殘酷手段。她的智能有多低微，劣根性就有多龐大！那些必須由我來承擔的劣根性是多麼恐怖的詛咒呀！貝莎．梅森，一個惡名昭彰母親名不虛傳的女兒，她讓我經歷的那些駭人聽聞又丟人現眼的磨難，就跟男人娶了既暴烈又不貞的妻子沒有兩樣。

「那段期間我哥哥死了。我婚後四年，我父親也死了。我有錢了，卻窮得空虛匱乏。一個最粗俗、最骯髒、最邪惡的人跟我緊密結合在一起，法律與社會認定她是我的另一半。我沒有辦法採取合法途徑擺脫她，因為醫生們發現**我那個太太**精神失常，她的暴行已經提早發展成瘋狂的種子。簡，妳不喜歡聽我說這些，妳好像快昏倒了，剩下的我是不是留到改天再說？」

「不，先生，現在就說完。我同情您，我發自肺腑地同情您。」

「同情。簡，有些人的同情既惡毒又侮辱人，被同情的人就算直接反唇相譏也不為過。那種同情來自麻木不仁、自私自利的心靈。那只是一種綜合體，是聽聞災難時的本位主義痛苦，摻雜了對遭受災難者的無知歧視。但那不是妳的同情，簡，那不是此刻展露在妳臉上、讓妳淚水盈眶、讓妳胸口起伏、讓妳雙手在我手中顫抖的那種情感。親愛的，妳的同情是愛情那受苦的母親，它的傷痛是那種神聖情感誕生時的產痛。我接受它，簡，讓那女兒出來吧，我張開雙臂迎接她。」

「先生，繼續說吧。您發現她瘋了以後，您怎麼做？」

「簡，我瀕臨絕望，唯有僅剩的一丁點自尊阻止我墜入萬丈深淵。在世人眼中，我無疑沾滿了污穢不潔的恥辱。但我決心眼不見為淨，我拒絕被她的惡行污染，不讓自己與她的精神缺陷產生任何關聯。然而，社會仍舊把我的姓名、把我這個人跟她牽扯在一起；我還是每天見到她，聽見她的聲音；她呼出來的氣息混在我吸入的空氣裡（呸！）。再者，我忘不了自己曾經是她的丈夫，不論在當時或現在，這個記憶對我而言，一直是難以言喻地可憎。甚至，我知道，只要她活著一天，我就不能成為另一個更良善的妻子的丈夫。雖然她年長我五歲（婚前她家族和她父親連她的真實年齡都對我隱瞞），她大有可能活得跟我一樣久，因為她儘管精神無比衰弱，體格卻是極其健壯。於是，在我二十六歲時，我的人生已經沒有希望。

「有一天晚上，我被她的吼叫聲吵醒。自從醫生判定她精神失常，她自然而然被隔離起來。那天晚上是個異常悶熱的西印度夜晚，在那種氣候形態裡，這種天氣通常意味著颶風即將來襲。我躺在床上，怎麼也睡不著，就起床打開窗子。空氣簡直像硫磺的熱氣，沒有一點清涼氣息。蚊子嗡嗡嗡飛進來，在房間悶哼著打轉。我在房間裡可以聽見海，當時滔天巨浪聲勢浩大，有如地震一般。烏雲聚積在海面上；月亮又大又紅，像熾熱的砲彈，在下沉到浪濤裡的過程中，對醞釀著暴風的顫抖大地拋下最後一抹血紅色目光。我整個人被那種氣氛和景象撼動，我的耳朵充滿那個瘋子持續嘶吼的詛咒，她的連串咒罵中夾雜著我的名字，那語氣充滿惡魔的憎恨，用詞多麼可怕！她滿口污言穢語，那些話連最低賤的妓女也說不出口。雖然我跟她隔著兩個房間，還是清楚聽見每一個字，西印度群島房屋的薄板隔間抵擋不了她那狼嚎般的咆哮。

「『這種生活，』最後我說，『根本是煉獄。這是地獄的空氣，那是無底深淵的吼聲！我有權利讓自己遠離這一切。只要此刻阻滯我靈魂的這個笨重軀體消失，這種生存的折磨也會隨之消逝。我並不害怕墮入宗教狂熱者信仰中那永不熄滅的地獄之火，任何一種未來都比目前的狀態好，讓我擺脫這一切，讓我回到上帝懷抱！』

「我說這些話時，在一只行李箱旁跪下來。我打開箱子，那裡面藏有上膛的手槍，我打算舉槍自盡。這個念頭只在我腦海流連片刻，畢竟我沒有瘋，那份誘發自我毀滅意圖的絕望感既劇烈又純粹，卻在轉眼間煙消雲散。

「一股來自歐洲的涼風越過大海，從敞開的窗子吹送進來。暴風雨來了，大雨滂沱、雷電交加、閃光連連，天空變清透了。那時我有了一個想法，也做出決定。我走在濕漉漉的花園裡滴著水的柳橙樹下、走在濕透了的石榴和鳳梨之間時，熱帶地區的燦爛晨曦在我周遭慢慢燃起。簡，當時我是這麼想的，妳聽仔細，因為在那個時刻撫慰了我、為我指引明路的，是真正的智慧。

「從歐洲來的和風還在清新的枝葉間沉吟低語，大西洋還在隨心所欲擊出轟隆暴雷，我乾涸焦黑已久的心，隨著那雷聲膨脹，充盈著活躍的鮮血。我的生命企盼復活，我的靈魂渴望純淨甘霖。我看見希望重現，我意識到重生的可能。我站在花園盡頭一座鮮花簇簇的拱門下、凝望大海，海面比天空更藍。歐洲就在那邊，鮮明的未來攤開在眼前：

「『去吧，』希望女神說，『在歐洲重新生活。在那裡，沒有人知道你背負著什麼樣的污名，沒有人知道你被什麼樣的邪惡負擔束縛。你可以帶著那個瘋子一起到英國，把她關在棘園裡，給她安排適當的照料和必要的看管，之後，天下之大任你遨遊，異性知己任你結交。那個女人讓你痛不欲生，玷污你的姓氏、侮辱你的聲譽、讓你的青春枯萎，她不是你妻子，你也不是她丈夫。只要確認她得到妥善的照料，你就已經兼顧了上帝與人道的要求。她的身分、她跟你的關係要從此埋藏，永遠被遺忘，不可以對任何人提起。把她安置得安全舒適，把她的恥辱當成祕密守護，然後離開她。』

「我確實依照這個建議去執行。我父親和哥哥並沒有向他們的朋友透露我結婚的消息。我寫信通知他們我結婚的消息時，順帶強烈要求他們保守祕密，因為那時我已經嘗到這段婚姻極端可鄙的苦果，也從那個家族的特質與成員預見到自己醜惡的未來。很快地，我父親為我挑選的妻子種種聲名狼藉的行徑，連我父親都深感羞愧，不願承認她是他的媳婦。他不但不願意公開這段關係，甚至跟我一樣積極隱瞞。

「於是我把她送到回英國。跟那麼恐怖的野獸一起搭船，真是一趟驚險航程。等我終於把她送進棘園，看著她安全地定居在三樓那個房間，心裡真是萬分慶幸。如今三樓那個祕密內室已經充當她的獸窟整整十年之久，那是妖怪的居所。我曾經遍尋不著合適的看護，那女人的瘋話無可避免地會洩露我的祕密，所以我必須找一個忠心耿耿可堪信賴的人選。何況，她偶爾會連續好幾天——有時好幾個星期——神智清楚，這段期間內她會不停辱罵我。最後，我從格林斯比收容所請來了葛瑞絲・普爾。只有她跟那個醫生卡特（那天晚上梅森被刺傷、撕咬，就是卡特來幫他處理傷口）兩個人知道我的祕密。費爾法克司太太或許猜到了什麼，卻沒辦法查出真正的內情。大致說來，葛瑞絲確實是個好看護，但她有個缺點：她因為從事這種傷神的職業，才染上了這種無可救藥的毛病。由於這個缺點，她的警覺性不只一次鬆懈。那個瘋子愈來愈狡猾、愈來愈惡毒，只要看護一時疏忽，她就趁機惹事。有一次偷偷藏了那把用來刺她弟弟的刀子，還曾經兩度偷走房間鑰匙，到了晚上偷偷溜出來。她第一次溜出來的時候，企圖把我燒死在床上，第二次則是鬼祟祟跑進妳房間。我感謝上天眷顧妳，她只把怒氣發洩在妳的結婚服飾上。那件頭紗或許讓她想起了她結婚那天的模糊記憶。可是，我實在不敢想像她可能會做出什麼事來。我只要想到今天早上衝過來掐住我喉嚨那個東西，竟然把她烏黑猩紅的臉孔探到我小鴿子的巢裡，我的血液都凝固了。」

「那麼先生，」我趁他停頓的時候問道，「您把她安置這裡之後，做了什麼？您去了哪裡？」

「我做了什麼？簡，我把自己變成鬼火。我去了哪裡？我像三月的春風，發狂地四處遊蕩。我去了歐洲大陸，迂迴輾轉走遍歐洲每一個角落。我一心一意想找個善良聰明的女人，一個我可以愛的女人，一個跟我留在棘園那個暴怒狂判若雲泥的人。」

「可是您不能結婚呀。」

「我已經認定，也深信我可以結婚，也應該結婚。我雖然騙了妳，但一開始我並不打算隱瞞真相。我打算坦白說出我的故事，公開提出求婚。我理所當然地認為，大家都會認同我可以自由地愛人和被愛。我始終深信，總有一天我可以找到願意且能夠理解我的處境的女人，即使我被那個詛咒牽絆，她仍然肯接受我。」

「嗯，先生？」

「簡，妳追根究柢的樣子，總能逗我發笑。妳像焦急的鳥兒般張開眼睛，不時躁動一下，彷彿口語的回答流淌得不夠快，妳想要閱讀對方的心思似的。不過，在我繼續之前，先告訴我，妳那句『嗯，先生？』是什麼意思？妳經常使用這個問句，結果總使我喋喋不休一直說下去。我實在搞不懂為什麼。」

「我的意思是：然後呢？接下來您怎麼做？這件事的結果如何？」

「正是這樣！現在妳想知道什麼？」

「您有沒有找到喜歡的人，您有沒有向對方求婚，對方又怎麼回答？」

「我可以告訴妳我有沒有找到喜歡的人，有沒有跟她求婚，可是她的回答還沒登錄在命運之書上。我流浪了漫長的十年，在這座首都停留，又到下一座暫住。有時在聖彼得堡，更常在巴黎，偶爾逗留在羅馬、那不勒斯和佛羅倫斯。我手頭闊綽，又有個讓我暢行無阻的好家世，我可以選擇想結交的對象，任何社交圈都不會排斥我。我在英國仕女、法國女爵、義大利夫人、德國貴婦之間尋找我的理想對象。我找不到。有時候，在稍縱即逝的片刻間，我以為我逮到一個眼神，聽到一個聲音，看見一個身影，彷彿我的夢想成了真。可惜，希望很快就落空。妳不會以為我想追求的是完美的心靈或外貌吧。我只想找個適合我的人，找個跟那個克里奧人相反的類型。可惜我的渴望徒勞無功。即使我可以自由選擇，在那些人之中，我也找不到一個讓我想跟她廝守終生的對象。畢竟，我已經知道不協調的婚姻潛藏多少危機、恐怖與憎惡。失望讓我變得膽大妄為。我曾經放浪形骸，卻從不縱情酒色，我非常、非常痛恨縱情酒色。那是我的印度梅薩琳娜[5]對我的貢獻，我對聲色之舉和對那女人根深柢固的厭惡讓我自我克制，即使在尋歡作樂方面也一樣。任何接近浪蕩的享樂彷彿都會讓我趨向她與她的劣行，我避之唯恐不及。

「但我不能孤寂度日，於是我試著在情婦身上尋找慰藉。我第一個選擇是席琳．薇漢斯。又是一件讓男人在回想時會鄙視自己的事。妳已經知道她是什麼樣的人，也很清楚我跟她之間的關係是怎麼結束的。席琳之後還有兩個，義大利的嘉欣妲和德國的柯拉娃，她們倆都容貌出眾，只是，幾星期之後，她們的美貌在我眼中還剩下什麼？嘉欣妲卑鄙又暴力，不出三個月我就厭煩她了。柯拉娃誠實又文靜，卻笨拙又沒大腦，很難讓人動心，一點都不合我的胃口。我給她一筆錢，足夠讓她創業，經營一樁穩當的生意，我很慶幸能跟她徹底了斷。可是，簡，從妳的表情，我看得出來妳對我很不以為然。妳覺得我是個麻木不仁、沒有操守的壞胚子，是嗎？」

「先生，我的確不像有時候那麼喜歡您。您難道一點都不覺得那樣過日子有什麼不對嗎？像那樣情婦一個換過一個？您說得好像很理所當然似的。」

「當時我是覺得理所當然，我自己也不喜歡。這種生活低三下四，我一點都不想再重蹈覆轍。包養情婦是僅次於買奴蓄奴的差勁事。情婦與奴隸通常天性低劣，在地位上也多半如此，跟低劣的人共同生活是會讓人墮落的。如今我很不願意回想那段跟席琳、嘉欣妲和柯拉娃相處的日子。」

我聽得出他說的是真心話，也從這番話裡推敲出一些結論。我想，不管有什麼藉口，有什麼理由，或受到什麼誘惑，如果我忘了本分，忘懷過去灌輸在我身上的教誨，如今我就已經步上那些可憐女孩的後塵了。總有一天，他會用此時褻瀆記憶中的她們的心情看待我。我沒有說出心裡的想法，只要感受到就夠了。我把那個念頭銘刻在心頭，讓它留在那裡，以便在面臨考驗時助我一臂之力。

「簡，妳為什麼不說『嗯，先生？』了呢？我還沒說完。妳表情很嚴肅，我明白，妳還是不認同我。我先說接著說。去年一月，基於公事上的原因，我擺脫所有情婦，帶著惡劣又苦惱的心情，回到了英國。我心情之所以惡劣，除了頹廢喪志、四處遊蕩的寂寞生活外，還加上失望的侵蝕。我看誰都不順眼，特別是所有女性。因為我開始覺得，所謂聰慧、忠實、深情的女人只是一場夢。

「在某個嚴寒的冬日午後，我騎著馬回來，走到了看得見棘園的地方。令人憎惡的地方！在那裡，我完全不期待寧靜與快樂。我看見有個小小身影獨自坐在海伊路的石階上，我毫不在意地經過它，就跟經過它對面那棵光禿禿的柳樹一樣，一點都沒預料到它將會對我造成什麼影響。沒有任何內在警告讓我知道，我生命的主宰、不論好壞都會守護我的精靈，此時正以樸素的偽裝等在那裡。即使在梅蘇爾摔跤後，它過來慎重地提供協助，我還是沒認出它來。真是幼稚又細瘦的小傢伙！彷彿一隻小紅雀跳到我腳上，要我搭乘牠那對細小的翅膀似的。我很暴躁，可是那

5. Indian Messalina，羅馬皇帝克勞狄斯一世的皇后，以淫蕩著稱。

小東西不肯離開，以一種古怪的堅持站在我身邊，眼神和口氣帶著一股權威感。我一定要接受協助，而且是她的協助。於是我接受她幫忙。

「我按住那嬌弱的肩膀時，有種全新的物質偷偷滲進我體內，是一股清新的能量與知覺。幸好我知道這個精靈終將回到我身邊，知道她住在山坡下我那棟房子裡，否則，要我眼睜睜看她從我手中溜走，看她消失在昏暗的樹籬後面，我一定會感到懊惱。簡，那天晚上我聽見妳回家的聲音，雖然那時妳可能還不知道我在想妳，或在留意妳。第二天，妳跟阿黛拉在走廊玩的時候，我偷偷從旁觀察妳半小時。我記得那天下著雪，妳們沒辦法出門。我在我房間裡，房門微啟，既聽得見，也看得到。阿黛拉暫時佔據了妳對外的注意力，但我覺得妳的心思不在那裡。不過，妳對她很有耐心，我的小簡兒，妳花了很長時間陪她說話、逗她開心。等她終於離開，妳馬上陷入沉思，開始在走廊來回踱步。偶爾經過窗戶時，妳會盯著外頭紛飛的大雪，傾聽嗚咽的風聲，之後，又繼續緩步往前走，繼續作白日夢。我覺得妳那些白日夢並不陰暗，妳的眼神偶爾會流露出雀躍的光芒，和些微的興奮感，顯示妳心裡並沒有苦惱、慍怒或憂鬱的念頭，相反地，妳的神情展現出一種美好思緒，那是青春的心靈乘著意志的羽翼、追隨希望女神，在理想的天堂裡自在翱翔[☆12]。費爾法克司太太在走廊跟僕人說話的聲音喚醒了妳，簡兒，當時妳嘲笑自己的模樣多有趣呀！妳的笑容藏著豐富的涵義，很聰穎，似乎透露出妳腦中的思想。它好像在說：『我那些美好的想像是很不錯，但我可別忘了那些全都是假的。我腦子裡有玫瑰色的天空和花團錦簇的青翠伊甸園，然而，我心裡很清楚，躺在我腳邊的是一條艱辛的旅途，聚集在我周遭的是我即將面對的烏雲暴雨。』妳跑下樓，要費爾法克司太太找點事給妳做，多半是結算一星期的開銷，或那一類的事情。我很氣妳離開我的視線。

「我不耐煩地等到晚上，那時我才能召妳到我面前來。我猜想，妳的性格對我而言是既不尋

☆12

There was a pleasurable illumination in your eye occasionally, a soft excitement in your aspect, which told of no bitter, bilious, hypochondriac brooding: your look revealed rather the sweet musings of youth when its spirit follows on willing wings the flight of Hope up and on to an ideal heaven.

常又前所未見，我想要進一步探索，想要更深入了解。妳走進客廳時，表情既羞怯又獨立；妳的衣著很樸拙有趣，跟妳現在差不多。我要妳開口說話，過不了多久，我就發現妳整個人充滿古怪的矛盾。妳的服裝和舉止受制於規範，妳的神態卻總是怯懦，整體而言有種天生的文雅，完全不習慣社交生活，非常害怕自己會因為失禮或犯錯而出糗。別人跟妳談話時，妳會抬起熱切、大膽又閃閃發亮的眼睛盯著對方的臉。妳的每一道目光都有穿透的力道，一旦被人緊緊追問，妳會從容不迫、應答如流。妳好像很快就習慣跟我相處，簡，我相信妳已經察覺到，妳和妳那陰鬱的壞脾氣主人之間存在著某種共鳴。我很驚訝，一股愉快的自在感很快就讓妳的舉手投足鎮定下來，不管我如何咆哮，我的暴怒卻絲毫引不起妳的震驚、懼怕、惱怒或不悅，妳注視著我，時時帶著一種我無法形容、單純又睿智的優雅對我微笑。妳的表情讓我既滿足又受激勵，我很喜歡我眼中的妳，很希望更常見到妳。不過，有很長一段時間，我疏遠妳，很少找妳來陪我聊天。我是個挑剔講究的知識份子，不想太快就結識這位新鮮有趣的朋友。再者，有一段時間，我一直甩脫不開一股揮之不去的恐懼感，擔心如果我蠻不在乎地對待那朵花兒，它很快就會凋謝，也會失去那種新鮮感帶來的迷人魔力。當時我不知道它並不是容易凋謝的花朵，不知道它只是光采動人有如花朵，其實是以寶石切割而成。何況，我想知道，如果我躲著妳，妳會不會主動找我。可惜妳沒有，妳就跟妳的書桌和畫架一樣，文風不動地待在教室裡。如果我碰巧遇見妳，妳會謙恭有禮地快步經過我身邊，一副不認得我似的。簡，那段日子裡，妳臉上總是掛著沉思的表情。那並不是無精打采，因為妳不是體弱多病，但也不是很歡欣，因為妳心裡沒有什麼希望，沒有真正的喜悅。我很好奇妳是怎麼看我的，為了弄個清楚明白，我重新召喚妳來見我。妳說話的時候，妳的眼神很愉悅，神態很親切。我發現妳有一顆喜歡與人交際的心，是那間寂寞的教室、是妳乏味的生活讓妳鬱鬱寡歡。我允許自己享受著對妳友善換得的歡樂，友善很快就激發出情感，妳臉上的表情變柔軟，妳的語氣變溫和，我喜歡聽妳的嘴唇喊出我名字時那種感恩的快樂語調。簡，那段時間我很喜歡不經意遇見妳，妳的舉止有一種很古怪的遲疑，妳略帶憂慮地望著我，有點疑惑，因為妳不知道我反覆無常的性情變得如何，不知道我究竟要扮演聲色俱厲的主人，或一派仁慈的朋友。其實那時我已經太喜歡妳，擺不出惡主人臉孔。我熱誠地伸出手時，妳那張愁悶的年輕臉龐立刻像花朵般綻放，閃耀著光采和快意。我費了好一番工夫，才克制住自己，沒有當場把妳拉到我懷裡。」

「先生，別再提那些日子的事了。」我打斷他，還悄悄抹掉眼裡的淚水。他的話折磨著我，因為我知道自己該怎麼做，而且刻不容緩。這些回憶，他對我的這些情感告白，只會讓我的任務更加艱鉅。

「沒錯，簡。」他說，「既然現在更加確定，未來更加光明，那又何必追憶過去？」

「現在妳弄清楚事情原委了吧？」他又說，「我青年時期與成年後的生活，半是有口難言的不幸、半是沉悶沮喪的孤寂。如今，我總算找到了可以全心全意去愛的對象：我找到了妳。妳跟我意氣相投，妳是我善的那一面，是我的仁慈天使，我對妳產生了強烈的依戀感。我覺得妳善良、有才華又可愛，我心裡藏著一份強烈又莊嚴的熱情，它依附著妳，把妳拉到我的生命核心，成為我生命的泉源，用我的存在將妳包圍，燃燒純粹而猛烈的火焰，將妳和我熔為一體。☆13

「因為我意識到這些、明白了這些，所以我要娶妳。不必提醒我我有個妻子，那只是無聊的笑話。妳很清楚我擁有的只是一個可怕的魔鬼。我做錯了，我不該欺騙妳，可是，妳個性裡的那份固執令我擔憂。我怕妳心裡先產生偏見。在冒險向妳傾吐心事之前，我想先安穩地擁有妳。這樣很卑劣，我應該一開始就訴諸妳的高尚情操與寬大胸懷，像現在這樣，對妳坦承我痛苦的人生，向妳描述我對更崇高、更有價值的生命的企求與渴望，向妳展現我百折不撓的**耐力**——不是

☆13
I think you good, gifted, lovely: a fervent, a solemn passion is conceived in my heart; it leans to you, draws you to my centre and spring of life, wraps my existence about you, and, kindling in pure, powerful flame, fuses you and me in one.

決心，『決心』這個詞太軟弱——去用忠誠又認真的愛，回報忠誠又認真的愛。如此我才能要求妳接受我不離不棄的誓言，也才能請求妳給我妳的。簡，現在就給我妳的誓言。」

沉默無語。

「簡，妳為什麼不說話？」

我面臨嚴峻考驗，我的要害被熾熱的鐵爪掐住。多麼恐怖的時刻，充滿掙扎、黑暗與燒灼！從來沒有一個人類有幸像我這樣被深愛著，而我也仰慕那個深愛我的人。但我必須棄絕愛情與崇拜，我那令人難以忍受的任務可以用一個悲傷的詞語概括，那就是「分離！」

「簡，妳知道我要的是什麼嗎？我只要妳一句承諾：『羅徹斯特先生，我會守著你。』」

「羅徹斯特先生，我不會守著您。」

沉默良久。

「簡！」他語氣裡的溫柔讓我悲傷又心碎，也讓我生起一股不祥的恐懼、全身冰冷如石，因為那平靜的聲音是獅子躍起前呼出的氣息。「簡，妳是說妳走妳的路，我走我的路嗎？」

「是。」

「簡，」他靠過來抱我，「妳是說現在嗎？」

「是。」

「現在呢？」輕吻我的額頭和臉頰。

「是。」我迅速又徹底地掙脫出他的懷抱。

「哦，簡，這太難受了！這……這樣不好。愛我沒什麼不對的。」

「順從您就不對。」

狂暴的表情豎起他的眉頭，橫過他的五官。他站起來，很快又克制下來。我扶著椅背撐住身子，我渾身顫抖，惶恐不安，但我意志堅決。

「只要一下子，簡。試想一下妳離開後我會有多悲慘，所有的快樂都會隨妳而去，那時還剩下些什麼呢？要我把樓上那個瘋女人當妻子，妳不如從那邊墓園裡隨便找個屍體當我妻子好了。簡，到時候我該怎麼辦？去哪裡找個伴侶，找點希望？」

「照我的方式做：相信上帝和您自己。相信天國，希望我們會在那裡重逢。」

「那麼妳不讓步？」

「不。」

「那麼妳要逼我淒涼度日，含恨以終？」他抬高音量。

「我奉勸您活得坦然，希望您死得安詳。」

「那麼妳要奪走我的愛情和純真。妳要把我推回過去，與肉慾為伍，以惡習為務。」

「羅徹斯特先生，我不會指派給您那樣的命運，正如同我不會讓自己投入那樣的人生。我們活在世上就得努力奮鬥，就得刻苦忍耐，您跟我都一樣，就這麼做吧。我還沒忘記您之前，您已經忘記我了。」

「妳這話等於在說我是騙子，在污損我的名譽。我剛剛才說我不會改變，妳卻當面告訴我我很快就會變心。妳的行為證明妳的見解何其扭曲，觀念何其乖僻！既然沒有人會受到傷害，那麼，僭越區區的人類法律，會比把一個同類逼上絕境更好嗎？妳沒有親戚，也沒有朋友，就算跟我在一起，也不必擔心冒犯任何人，不是嗎？」

這倒是真的。他說話時，我的良知與理智背叛了我，將我對他的反抗視為罪行。它們說話聲幾乎跟感情一樣響亮，發了瘋似地喧喧嚷嚷：「哦，聽話吧！」感情說，「想想他有多可憐，想想他有多危險，看看他孤單的時候會變成什麼模樣。別忘了他輕率的天性，想想隨著失望而來的魯莽行徑。撫慰他、拯救他、愛他，告訴他妳愛他，說妳屬於他。這世上還有誰關心妳？有誰會因為妳做的事受到傷害？」

答案仍然毫不妥協。「我關心我自己，我過得愈孤獨、愈寂寞、愈無依，我就愈敬重自己。我會遵行上帝頒布、人類認可的法令。我要謹守我在理智時——而不是像我現在這樣瘋狂時——能接受的信條。沒有面臨誘惑時，法律與信條原本就派不上用場。它們正是為這種時刻而設，也就是肉體與靈魂揭竿而起、反抗它們的嚴苛的時刻。它們既然嚴明，當然不該被違逆。如果基於一己之私就違反它們，那它們的存在還有什麼價值？我總是相信，它們確實有存在的價值。如果此刻我不能相信這點，那是因為我精神錯亂，錯亂得很。我血管裡流竄著烈火，心跳快到我量不清脈搏。在這個時刻，我可以依賴的就只有先入為主的看法和無法避免的決定，我把腳跟牢牢釘在上頭。」

我辦到了。羅徹斯特先生從我的表情也明白了這點。他的憤怒升高到頂點，不管接下來如何，他都得暫時讓怒氣占上風。他橫越房間，拉住我手臂，抱緊我的腰。他噴火的目光幾乎將我吞噬。當時，在肉體上，我覺得虛弱無力，有如收割後的殘梗，暴露在火爐的熱氣與火光中。在精神上，我還擁有我的靈魂，也確信我終究能安然度過。幸好，這靈魂的眼睛有個通譯，儘管多半處於無意識狀態，卻仍然是個忠實的通譯。我抬頭注視他的眼睛。我望著他兇惡的臉孔時，不自主地嘆息一聲，因為他抓得我很痛，而我過度消耗的氣力也幾近枯竭。

「從來沒有，」他咬牙切齒地說，「從來沒有任何東西像這樣既脆弱又不屈不撓，在我手中她簡直像一根蘆葦！」他以抓住我的力量使勁搖晃我，「我動動手指就能折彎她。可是，就算我折彎她、拔除她、揉碎她，又有什麼用呢？看看那雙眼睛，看看從那雙眼睛裡望出來、那個堅決、狂放不羈的東西。它抵抗著我，靠的不只是決心，還有必勝的信念。不管我怎麼對待它的牢籠，我始終碰觸不到它，那個殘酷又美麗的生物！如果我扯開、毀壞那個不結實的監牢，我的暴行只會讓囚犯逃脫。我或許征服得了屋子，可是，在我還來不及宣稱擁有這個土造居所之前，它裡面的住客已經逃進了天堂。然而，靈魂，我要的是你，也要意志與精力、美德與純淨，而不只是你弱不禁風的軀殼。只要你願意，你會輕巧地飛過來，依偎在我心上。如果違反你的意願，你會像一陣香氣般脫出掌控，我還沒來得及吸入你的芳香，你就消失無蹤。哦，過來，簡，過來！」

他一面說，一面鬆開他的手，只是定定望著我。那副神情遠比他激烈的抓握更難抵擋。不過，只有白痴才會在這種時候棄守。我已經激發又挫折了他怒氣，我必須閃避他的悲傷。我退到門口。

「簡，妳要走了嗎？」

「我要走了，先生。」

「妳要離開我？」

「是。」

「妳不願意過來？我的拯救者，妳不願意安慰我？我深刻的愛、我慘烈的悲痛、我狂亂的祈求，在妳眼中都不算什麼嗎？」

他聲音裡隱含著多麼難以言喻的感傷呀！實在很難堅定地再說一句，「我要走了。」

「簡！」

「羅徹斯特先生！」

「那就走吧，我同意。不過妳記住，妳把我留在極端的苦楚裡。上樓回妳自己房間去，把我說的話仔細想一遍，還有，簡，想像一下我有多痛苦，想想我。」

他轉身走開，面朝下撲向沙發，百般痛苦地念叨著，「哦，簡！我的希望、我的愛、我的生命！」然後是低沉激烈的啜泣聲。

我已經走到門口。可是，讀者呀，我走回去了，意志堅定地往回走，就跟我往外走時一樣。我蹲在他身旁，把他的臉從椅墊轉向我這邊，我吻他的臉頰，伸手梳理他的髮絲。

「我親愛的主人，願上帝祝福您！」我說，「願上帝保佑您免於傷害與犯錯。願祂引領您、撫慰您，為您過去對我的友善慷慨回報您。」

「小簡兒的愛就是我最好的回報。」他說，「沒有她的愛，我的心就碎了。簡會給我她的愛，沒錯，會給得很高尚，很大方。」

血液竄升到他臉上，火焰從他眼裡噴發出來，他一躍而起，張開雙臂。我避開他的擁抱，轉身走出書房。

「別了！」是我離開他時內心的呼喊。絕望地補了一句，「永別了！」

☆

那晚我根本不打算入睡，但我一躺上床，就沉沉睡去。我的思緒回到童年：夢見自己躺在葛茲海德的紅房間裡，夜色漆黑，滿腦子莫名的恐懼。多年以前嚇得我昏厥過去的那道光重新出現在這場夢裡，它順暢地爬上牆壁，晃盪地停在模糊的天花板正中央。我抬頭仰望，屋頂變成了雲朵，高遠又飄渺。那道光線就像月亮即將穿破薄霧時、照射在霧氣上的光。我看著月亮來到，內心懷著一股最古怪的期待，彷彿她的圓盤裡會寫著厄運的預言。她以前所未見的姿態衝破霧靄：先伸出一隻手穿透陰暗雲層，將它們揮開。之後，閃耀在蔚藍天空中的不是月亮，而是一道白色人影，它光輝的額頭低垂下來，向著地球。它注視著我，對我的靈魂說話，那音調無比遙遠，卻又如此貼近，它在我內心低語：

「我的女兒，逃離誘惑。」

「母親，我會的。」

我從恍惚的夢境中清醒以後，如此回答。那時還是夜晚，但七月的夜不長，午夜剛過，黎明就即將來到。「這時開始進行我必須做的事也不算早，」我心想。我下了床，身上原本就穿著外出服，因為我上床前只脫下鞋子。我知道哪些抽屜裡可以找到簡單衣物、鍊墜和戒指。找這些東西的時候，我看到幾天前羅徹斯特先生強迫我收下的一串珍珠項鍊上的珍珠。我沒拿，那不是我的東西，它屬於融化在空氣裡那個想像中的新娘。我把其他東西裹在布包裡，錢包則放在口袋裡。錢包裡的二十先令是我全部的財產。我繫好草帽，別好披肩，拿起布包和暫時還不穿的涼鞋，偷偷走出房間。

「別了，善良的費爾法克司太太！」我經過她房間時悄聲說道。「別了，我親愛的阿黛拉！」我望了兒童房一眼。想都別想進去抱她一下，我必須瞞過最聰敏的耳朵，說不定這時它正在聆聽。

原本我會停也不停地走過羅徹斯特先生的房間，可是，我的心臟在他房門口暫時停止跳動，我的腳也被迫停下來。裡面的人沒有睡，正躁動不安地從這面牆走到那面牆，我聽見他一聲又一聲地嘆息。在這房間裡有個屬於我的天堂，短暫的天堂，如果我願意，只要走進去，說：「羅徹斯特先生，我會愛您，會跟您廝守終生。」那時，一股狂喜之泉就會湧上我的唇。我這樣想著。

那位仁慈的主人此刻無法入眠，他焦急地等待天明。天一亮他就會召我去見他，那時我已經走了。他會派人找我，卻會一無所獲。他會覺得自己被遺棄了，覺得他的愛被回絕了。他會受苦，也許會陷入絕境。我也想到了這些。我的手伸向門把。我把手抓回來，悄悄往前走。

我傷心地迂迴走下樓。我很清楚自己該怎麼做，也機械性地照做。我在廚房裡找到側門的鑰匙，還拿了一小瓶油和一根羽毛，在鑰匙和鎖孔裡塗油。我取了一點水，一點麵包，因為我可能得走上一大段路，而此刻我的力氣因疼痛而顫抖，千萬不能崩潰。我做這些事時沒有發出一點聲響。我打開門，走出去，再輕輕關上。朦朧的晨曦在庭院裡微微閃耀。大門關著、上了鎖，可是，其中一扇門上的小門只是閂著。我走出那道小門，再把它關上。我已經出了棘園，來到一點五公里外，前方田地的另一頭有一條路朝密爾科特的反方向而去。我從來沒走過那條路，卻經常看到它，經常想著它究竟通往何處。我邁開腳步往那條路走去。現在我不允許自己回想，不允許自己回首一望，也不准自己往前看。我既不想過去，也不想未來。過去那一頁有如天堂般美好，也有著致命的哀傷，只消讀它一行，就足以消弭我的勇氣，擊垮我的精神。未來是恐怖的空白，像洪水肆虐過的世界。☆14

天亮前我緊貼田地、樹籬和小徑而行。我相信那是個舒爽的夏日清晨，我走出房子後就穿上的鞋子、不一會兒就被露珠浸濕了。我不看初升的朝陽、不看微笑的天空、不看甦醒中的大自然。被帶往斷頭台的人，經過美麗的景物時，心裡想的不會是在路旁微笑的花朵，而是砧板和斧頭鋒刃；想的是骨頭與血管的分離；想的是張開大口等在終點的墳墓。我想著悲傷的奔逃和無處為家的漫遊。還有，哦！我備受煎熬地想著我拋下的一切。我不由自主，現在我正想著他，想像他在房間裡，看著朝陽上升，期待著我會很快去到他身邊，告訴他我願意留下，願意屬於他。我多麼渴望屬於他，我多麼想回頭。現在還不遲，我還可以讓他免於失去至愛的悲慟，因為我敢肯定還沒有人發現我逃走了。我可以回去安慰他，去讓他感到驕傲，去當那個拉他脫離苦海——甚至避免毀滅——的救星。哦，我多麼擔心他自暴自棄，那會比我自暴自棄更糟糕。這份擔憂緊逼著我！那是卡在我胸口、有倒鉤的箭頭。我要拔出來時，它撕裂了我；回憶把它推得

☆14
Not one thought was to be given either to the past or the future. The first was a page so heavenly sweet—so deadly sad—that to read one line of it would dissolve my courage and break down my energy. The last was an awful blank: something like the world when the deluge was gone by.

更深時，我幾乎暈厥過去。樹籬和灌木叢裡的鳥兒開始鳴唱。鳥類對牠們的伴侶很忠實，鳥兒是愛情的象徵。那我是什麼？在我心痛至極又狂亂地堅守理念的同時，我憎恨自己。自我讚許無法給我安慰，自我尊重也不行。我傷害了、也離開了我的主人，我自己也受了傷。我在自己眼裡面目可憎，但我還是不能回頭，一步都不能往回走。一定是上帝帶領我往前走，至於我自己的意志或良知，早就被激動不已的悲痛踐踏與扼殺了。我走在孤獨的旅途上時，哭得泣不成聲。我走得很快，像精神錯亂的人一樣向前狂奔。從內心生出來的一股軟弱感已經伸展到四肢，它抓攫住我，我摔倒了，在地上躺了幾分鐘，把臉埋在濕潤的草地上。我有點擔心——或希望——自己會死在這裡，但我很快起身，手腳並用往前爬，再重新站起來。我非常急切，一心一意只想走到那條路。

我到了那裡時，不得不坐在樹籬下休息片刻。坐著的時候，我聽見了車輪聲，也看見一部馬車駛近。我站起來，舉起手，馬車停了下來。我問馬車要到哪兒去，車伕說了個很遙遠的地方，我確定羅徹斯特先生在那裡沒有熟人。我問車伕載我到那地方要多少錢，他說三十先令。我說我只有二十先令。嗯，他可以想個辦法。他允許我坐進車廂裡，裡面沒有人。我坐進車廂，車伕關上門，車輪又轆轆地往目標前進。

和善的讀者，但願您永遠不必經歷我當時的感受！但願您的眼睛永遠不必像我當時的眼睛一樣，湧出暴雨般灼熱又揪心的淚水。但願您不必像當時的我一樣，對上天說出那般絕望、那般痛苦的祈禱，因為您永遠不必像我一樣，擔心自己變成殘害摯愛的人沉淪的禍端。

第二十八章

兩天過去了，這是某個夏日黃昏，車伕讓我在一個叫惠特口的地方下車。以我給他的數額，他只能帶我到這地方。如今我身上連一分錢也沒有了，馬車已經離開一公里了，我孤身一人。我猛然想起，上車時我基於全安考量，把布包放在馬車的袋子裡，下車時卻忘了拿，布包還留在車袋裡，也必須繼續留在那裡。如今，我徹底一無所有了。

惠特口不是城鎮，連村莊都談不上，充其量只是在四條馬路匯聚的地方建起的石柱。石柱刷成白色，我猜是為了在遠距離或夜色中更加顯眼。石柱頂端伸出四隻胳臂，那上面的文字顯示，距離這個點最近的城鎮在十六公里外，最遠的大約三十公里。根據這些知名的城鎮，我總算弄清楚自己在哪個郡下了車。這個位於北部中間地帶的郡，遍地陰森的荒野、周遭高山環抱，這點我看出來了。我後方和左右兩邊都有廣闊的荒原，腳邊深谷的遠端有連綿的叢山峻嶺。這裡的人口數肯定不多，這些通往東、西、南、北方、寬敞又孤單的白色大道上也看不到過路客。路都被荒原阻斷，石南茂密而蓬亂地長到了路邊。然而，也許會有路過的旅人，我暫時還不想被人看見，陌生人也許會納悶我為什麼在路標旁徘徊，一副沒有目標、迷失方向的模樣。也許會有人問我問題，我能提供的答案只會讓人感到不可思議，只會讓人啟疑。此時此刻，我和茫茫人世之間沒有一丁點關聯，沒有一丁點吸引力或希望召我到人群裡，沒有哪個人見到了我、會對我表達善意或祝福。除了共同的母親大自然之外，我沒有別的親人。我要投入她的懷抱，求個安歇之處。

我直接踏入石南叢，我發現了一處深深切入褐色荒原邊緣的谷地，於是沿著它前進。我涉入及膝的陰暗草叢中，隨著谷地彎曲前行，找到一片角度隱蔽、布滿幽暗青苔的花崗岩峭壁。我坐在峭壁底下，周遭全是荒原的高堤。峭壁遮蔽了我的頭，再上去就是天空。即使在這地方，我也花了一點時間才能恢復鎮定。我有點害怕附近有野牛，也害怕被哪個獵人或盜獵者發現。只要有一陣風掃過荒原，我就會抬起頭，擔心是野牛衝過來。只要鳥兒吹起哨音，我就想像那是個男人。發現自己白操心一場，加上周遭隨著夜色降臨陷入沉寂，我才安心下來。可是，在此之前我還完全無法思考，我只是聽著、看著、懼怕著。此時我才重拾思考的能力。

我該怎麼辦？該上哪兒去？真是叫人難以忍受的問題，因為我什麼也做不了，哪兒也去不成！要抵達人類聚居地，我得先用顫抖的疲累雙腿走過漫長的路程；想要得到落腳之處，我得先懇求別人冷冰冰地發個善心；想要別人聽我訴說自身遭遇，或滿足我眼前的需求，只怕得先爭取到別人心不甘情不願的同情，而且幾乎肯定會受到冷漠的排斥！

我摸摸石南，是乾的，還帶著夏日陽光的暖意。我抬頭仰望，天空純淨無瑕，峽谷邊緣有一顆親切的星星眨著眼睛。露水降下來了，卻相當溫和柔軟。周遭沒有微風的呢喃。對我而言，大自然似乎仁慈又善良，儘管我是個棄兒，我覺得她喜歡我。在人類身上只期待不信任、拒絕與羞辱的我，懷著孝心緊緊擁抱她，至少今晚我是她的客人，正如我是她的孩子一般，我的母親會肯收留我，不需要金錢和代價。我還有一小塊麵包，是中午經過一座小鎮時，我用無意中找到的一便士——我僅剩的硬幣——買的麵包剩下來的。我看見四周有閃閃發亮的成熟越橘，宛如石南叢中的黑玉珠子。我採了一把，就著麵包吃下。這頓隱士般的晚餐儘管不足以充飢，至少安撫了轆轆飢腸。吃完之後，我做了晚禱，再席地躺下。

峭壁旁的石南叢很高，我躺下時，雙腳都埋進裡面。高大的石南立在兩邊，只留下狹窄的空間讓夜風入侵。我把披肩對摺，蓋在身上當被子用，一墩低矮的青苔土堆成了我的枕頭。這樣安頓下來後，至少前半夜我並不覺得冷。

我的睡眠原本該是酣暢的，可惜一顆悲苦的心擾了清夢。那顆心因撕裂的傷口、內在的淌血與扯斷的心弦在疼痛；那顆心為羅徹斯特先生和他的厄運顫抖、懷著愁慘的同情為他慟哭；它無休無止地渴望著他，像折斷雙翅的鳥兒，徒勞無功地抖動破碎的羽翼，試圖去尋找他。

這些折磨人的思緒讓我心力交瘁，乾脆起身跪著。夜幕降臨了，她的星辰升起了。這是個安詳又寧靜的夜晚，不該以恐懼為伴。我們都知道上帝無所不在，然而，當祂的作為大規模呈現在我們面前時，我們最能感受到祂的存在。就在那片無雲的夜空中，祂的世界靜靜地在軌道上轉動，這時我們最能見識到祂的廣闊無垠、祂的全知全能、祂的無所不在。我起身跪著是為了替羅徹斯特先生禱告，我抬起頭，婆娑的淚眼望見巨大的銀河。我想起了那是什麼，想起無數星系像柔軟的光波般拂過太空。我意識到上帝的威權與神力，我衷心相信祂有能力拯救祂所創造的事物。我也開始深信地球絕不會毀滅、地球所珍視的任何一條靈魂也都會永存。我將禱告換成感恩，生命的源起也是靈魂的救主。羅徹斯特先生安全無虞，他是上帝的子民，會得到上帝的庇護。我再度躺臥在山丘的胸膛上，頃刻間就在睡夢中忘懷煩憂。

到了第二天，飢渴蒼白而赤裸地找上我。小鳥兒已經離巢許久、蜜蜂也迎著沁涼的晨光，趁著露水未乾，急忙收集石南花蜜。清晨時分的幽長陰影變短了、陽光充盈大地與天空時，我坐起來，環顧四周。

多麼平靜美好的大熱天！這片開闊的荒原多像金黃色的沙漠呀！陽光普照，我多希望我可以住在裡面那片土地上。我看見一隻蜥蜴匆匆跑過峭壁，我看見蜜蜂在鮮美的越橘周遭打轉。此時此刻，我很樂意變成蜜蜂或蜥蜴，那樣我就能在這裡找到合適的食物和永久的居所。可惜我是人類，有人類的需求，我不能在無法提供那些需求的地方逗留。我站起來，回頭看看我的床。既然未來毫無希望，我只有一點心願：但願夜裡我的造物主好心地趁我睡覺時把我的靈魂帶走，至於這具疲困的身軀，死亡讓它免除了將來面對命運時的進一步衝突，讓它可以默默地腐敗，安詳地與野地的土壤融合。然而，生命還在我手上，伴隨著它的各種需求、痛苦與責任。我必須扛起負累、必須承受磨難、必須履行責任。我出發了。

我重新來到惠特口，踏上一條背向太陽的路。此時太陽已經高掛天空，熱力四射。我沒有毅力選擇其他的路。我走了很久，覺得差不多走夠了，可以坦然地向那股幾乎壓倒我的疲憊投降，可以暫緩我身不由己的行動，坐上我在附近看見的石頭，毫不反抗地屈服於堵住我心臟與四肢的冷漠。這時，我聽見了鐘聲，是教堂的鐘聲。

我轉頭對著鐘聲的方向，就在那裡，在那些羅曼蒂克的山丘之間。大約一小時前我就不再留意那些山巒的變化與方位了，這時我看見小村子和尖塔。我右手邊的山谷全是牧草地、玉米田和樹林，一條亮晶晶的溪流蜿蜒穿越各種濃淡不一的綠意，穿越即將成熟的農作物、陰暗的林地和陽光下的清新草原。轔轔的車輪聲把我的注意力拉回前方的道路，我看見一輛滿載重物的馬車費力地爬上山坡，更遠處有兩條母牛和趕牛的人。人類的生活和人類的勞力就在近處，我必須賣力前進，奮鬥求生存，竭力跟其他人一樣吃苦受累。

下午兩點左右，我走進村莊。村裡一條街道的盡頭有間小店鋪，櫥窗裡擺了幾塊麵包。我很渴望擁有一塊麵包。如果有塊麵包填填肚子，應該能讓我恢復一點力氣，沒有的話，恐怕很難繼續往前走。我回到人群中之後，立刻希望自己能有一點體力與精神。我覺得在村莊的石子路上餓得昏倒應該會很丟人。我身邊難道沒有任何東西可以拿來交換一塊麵包嗎？我尋思著。我脖子上繫著一條小絲巾，我有手套，我實在不知道極度貧窮的男男女女都是怎麼過下去的。我不知道人家肯不肯收這些東西，也許不肯，但我一定得試試。

我走進那家店，有個女人在看店。她看見有個穿著挺體面的人走進來，猜想也許是個高貴女士，很客氣地迎上前來。有什麼需要她服務的嗎？我羞愧得無地自容，我的舌頭不肯說出我預先想好的要求。我不敢把那雙半舊的手套和皺巴巴的絲巾拿給她，何況，我覺得那樣很可笑。我只請她讓我坐一會兒，因為我累了。她做不成生意，相當失望，冷冷地答應我的請求，指著一張椅子。我坐了下來，難過得很想哭，卻很清楚這時候掉眼淚非常不恰當，只得強忍住。不一會兒，我問她，「村子裡有裁縫或打雜婦人嗎？」

「有兩、三個。村子裡差不多也只需要這些個人手。」

我想了一下。現在我走投無路了，我被迫與需求面對面了。我眼下的狀況是毫無資源、沒有朋友、身無分文。我得做點什麼？做什麼呢？我必須到別的地方去找。去哪裡？

「妳知道附近哪裡需要傭人嗎？」

「不，我不清楚。」

「這地方主要的產業是什麼？大多數人都從事什麼工作？」

「有些是農場勞工，有很多人在奧利佛先生的製針工廠上班，或在鑄鐵廠。」

「奧利佛先生的工廠雇用女人嗎？」

「不，那裡都是男人的工作。」

「那麼婦女們都做什麼？」

「不知道。」是她的回答。「有些人做這個，有些人做那個。窮人只能盡量湊合著過日子。」

她好像被我問煩了。也是，我有什麼資格在這裡騷擾她。有一、兩個鄰人走進來，顯然需要用到我的椅子，我就告辭了。

我走到對街，邊走邊看左右兩邊的房子，可惜我找不到任何藉口，也看不到任何誘因好走進任何一間。我在村子裡亂逛，偶爾走遠一點，再繞回來，大約走了一小時或更久些。我很累了，也餓得發昏，很想吃點東西，我轉進一條小巷子，坐在樹籬底下。很多分鐘以後，我重新站起來，重新尋找，找個對策，至少打聽點訊息。小巷子末端立著一棟漂亮的小房子，屋子有個花園，雅致整齊，花朵開得很嬌豔。我停在它門前。我有什麼理由可以走向那扇白色的門，或碰觸那閃亮的門環。這屋子裡的住戶有什麼理由為我提供服務？我還是走了過去、敲了門。一位神態溫和、衣著整潔的年輕女性來應門。我用絕望的心和瀕臨暈厥的身軀所能發出、極度沙啞又結巴的聲音，問她這裡需不需要傭人。

「不，」她說，「我們這裡不請傭人。」

「妳能不能告訴我到哪可以找到工作？」我說，「我是外地人，在這裡沒有熟人，我想找份工作，什麼工作都可以。」

但她沒有義務為我費心，也沒有義務幫我找工作。何況，她一定會覺得我的性格、身分和背景很可疑。她搖搖頭，她「很抱歉不能提供我任何訊息」。那扇白門關上了，關得很和善、很客氣，但還是把我排拒在外。如果她讓門多開一下子，我想我一定會開口乞討一片麵包，因為此時此刻的我已經顧不得尊嚴了。

我無法忍受再回到那個沒有人情味的村莊，反正在那裡也找不到任何協助。我早就應該轉進不遠處那座林子，那裡的濃蔭顯然樂意提供我庇護。但我頭很暈、身子很虛弱，身體上的需求狠狠地折磨我，所以本能地在有機會找到食物的房舍周遭流連。當飢餓這隻禿鷹把牠的尖喙和利爪刺入我身體，孤獨已經不再是孤獨，休息也不再是休息。

我走向房子，轉身走開，重新又走回去，再一次緩步離開。我始終覺得自己沒有理由要求、沒有權利期待別人關注我孤單的命運，才會再三卻步。我像迷途的流浪狗一樣徘徊的同時，時間愈來愈晚。橫越一片田地時，我看見前方就是教堂的尖塔，於是加快腳步趕過去。在花園中央、靠近教堂墓園的地方有一棟雖然不大卻建得很好的房子，我相信那一定是牧師的住所。我想起，當人們去到一個沒有親友的陌生地點，又想找工作的話，有時會請牧師代為介紹或提供協助。牧師的功能就是幫助那些想自立自強的人，至少會給點建議。我好像有某種類似權利的東西可以在這裡尋求協助。我重新鼓起勇氣，發揮我僅剩的微薄力量，往前走去。我來到那棟房子前，敲敲廚房的門。一個老婦人開了門，我問她這裡是不是牧師公館。

「是啊。」

「牧師在嗎？」

「不在。」

「他會很快回來嗎？」

「不會。他出門去了。」

「去很遠的地方嗎？」

「不算太遠，差不多五公里。他父親突然過世，他被叫回去了。他現在人在荒原居，可能還會再待上兩星期。」

「這屋子有女主人嗎？」

「沒有，除了我沒別人了，我是管家。」讀者呀，雖然我因為匱乏而向下沉淪，我卻提不起勇氣請她給我我需要的東西。我還沒辦法開口乞討，只得拖著腳步離開。我再一次解下絲巾，再一次想到小店裡的麵包。哦，只要一片麵包皮就好了！只要有一口食物來緩和飢餓的痛苦！我本能地再度轉身走向村莊，找到那家小店，走了進去。雖然那婦人旁邊還有別人，我還是說出我的請求：

「我能不能用這絲巾換一塊麵包？」

她用明顯的懷疑眼光看著我：「不行，我從來沒有這樣賣東西。」

我幾近絕望，問她能不能換半塊麵包就好，她又拒絕了。她說，「我怎麼知道妳那條絲巾從哪兒來的？」

「那用我的手套換行嗎？」

「不行。我要手套做什麼用？」

讀者呀，描述這些細節實在很不愉快。有人說回顧過去的痛苦經歷是一種樂事。可是，直到今天，我還是不太能忍受回溯我此刻提到的這段時期：那種道德的淪喪與肉體上的磨難，構成一段太過沮喪的回憶，讓人很難開心地回想。我不怪罪那些拒絕我的人，我覺得那是意料中事，也是無可奈何的事。普通的乞丐已經夠讓人懷疑了，衣著體面的乞丐無可避免地更是如此。當然，我乞討的是勞務，可是，誰有義務為我提供工作呢？當然，那些當時初次見到我、對我的個性一無所知的人沒有義務。至於那個不肯讓我用絲巾或手套換麵包的婦人，假使她覺得我的提議居心不良，或這樁交易不利於她，她那樣做並沒有錯。我要長話短說，這個話題我已經厭煩了。

天黑前不久，我經過一棟農舍，農夫坐在敞開的門口，吃著麵包配乳酪當晚餐。我停下來對他說：

「你能不能給我一片麵包，我實在很餓。」他震驚地望了我一眼，沒有答話，直接切下厚厚一片麵包，遞給我。我猜他並不認為我是乞丐，多半以為我只是個很喜歡他的全麥麵包的怪女人。我一走到看不見他家的地方，就趕緊坐下來吃麵包。

我不敢奢望在哪個屋簷下找到棲身之處，就到我先前提過的那座樹林休息。那一夜我過得很悽慘，沒辦法休息。地面很潮濕、氣溫很低，再者，我不只一次受到外來干擾，不得不頻頻更換地點，根本毫無安全感，整夜不得安寧。天快亮時下起雨來，接下來一整天雨都沒停。讀者啊，別要求我敘述當天的情景，我跟前一天一樣，去找工作；跟前一天一樣，遭到拒絕；跟前一天一樣，飢餓難耐。不過，我確實吃了點東西。我在一棟小屋子門口看見一個小女孩正要把一團冷粥倒進豬圈的飼料槽。

「妳能不能把那個給我？」

她盯著我看。「媽！」她叫了一聲，「有個女人要我把這些粥給她。」

「丫頭，如果她是乞丐，就給她吧。反正豬不愛吃。」

那女孩把變硬結塊的粥全倒在我手裡，我狼吞虎嚥地吃下肚。

雨中的黃昏漸漸變暗，我在荒涼的跑馬道上停住腳步。我已在這條路上步行超過一小時了。

「我快沒力氣了。」我自言自語地說，「我覺得我沒辦法再往前走了。今天我又得在野外過夜嗎？雨下得這麼大，我的頭一定得枕著濕透了的冰冷地面嗎？恐怕我別無選擇，有誰肯接納我呢？在外面過夜一定很可怕，我又餓、又昏、又冷，心裡又這麼淒涼，看不到一絲希望。然而，我很可能天亮前就死掉了。我為什麼不能平靜地接受死亡？我何必辛苦掙扎、維持這個沒有價值的生命呢？因為我知道，或者說我相信，羅徹斯特先生還活著。再者，死於飢餓與寒冷是人的天性無法消極忍受的命運。哦，上天！讓我多撐一會兒！幫助我！指引我！」

我模糊的雙眼漫無目標地探索霧氣籠罩的朦朧景物。我看出我已經蕩出村莊，這時幾乎看不見村子了，村莊周圍的農地也消失了。我走過許多叉路和小徑，再一次靠近廣大的荒原。此時我和那些幽暗的山丘之間只有幾片田地，那些田地幾乎跟石南荒原般荒廢貧瘠，很少有人來採收。

「我寧可死在那邊，也不要曝屍在街道或熙來攘往的馬路上。」我心想，「如果烏鴉或渡鴉——假使這個地區也有渡鴉的話——把我的肉從骨頭上叼走，那就更好了。那樣我的屍骨就不會被禁錮在救濟院的棺木裡、在乞丐的墳墓裡腐爛了。」

於是我轉身走向山區。我走到了，現在我只需要找個凹洞躺下來，即使不太安全，至少夠隱蔽。可是我放眼望去，荒原的地表一片平坦，只有顏色變化，沒有高凸低陷：有綠色，那是燈芯草和苔蘚漫出沼澤；有黑色，那是只有石南的乾燥土壤。儘管天色愈來愈黑，我依然看得出這些變化，只不過，看起來只像是光影交替，因為色彩已經隨著日光消遁了。

我的視線還在俯視那些陰暗的土堆，沿著消失在這一片荒蕪景色中的荒原邊緣逡巡，忽然看見在荒原與山脊之間某個模糊的定點亮起一盞燈。「那是鬼火，」這是我第一個反應。我相信它轉眼間就會消失。然而，它持續燃燒，相當穩定，火光既沒變亮，也沒變暗。「那麼，那是剛點燃的篝火嗎？」我很疑惑。我專心察看它會不會擴展開來，可是沒有，火焰既沒有變小，也沒有變大。「那可能是屋子裡的蠟燭。」我如此推論，「即使是，我也到不了那裡。那地方太遠了，就算距離不到一公尺，又有什麼用呢？我只會敲開那扇門，再看著門在我面前關上。」

我腿一軟，癱倒在原地，把臉埋在地面上。我靜靜躺了一會兒，晚風吹襲過山丘，拂過我身上，發出一聲哀嘆，消逝在遠方。雨勢又急又快，再次把我淋得全身濕透。若是我能僵硬有如凍結的冰霜——那種像死亡般宜人的僵直——就不會在乎雨水連番澆灌在身上，反正我也感覺不到。可是我還活著的肉身卻因冰冷而顫抖。不久後我爬起來。

那盞燈還在那裡，穿過雨點，朦朧而持續地閃耀著。我試著往前走，拖著疲憊的雙腳，慢慢走向那盞燈。燈光引領我爬上山坡、穿過一片冬天裡肯定過不了的寬廣泥塘，即便在盛夏時節，泥漿也是噴濺又晃動。我在泥塘裡摔倒兩次，但都立刻起身，重新打起精神。那盞燈是我僅存的希望，我一定要到那裡去。

越過沼澤以後，我看見荒原上有一道白色軌跡。我走過去，那是一條路，或一條步道，直達那盞燈。燈光此時似乎從土丘上方散發出來，在一片林子裡。我隔著陰暗的暮色隱約辨識那些樹形與枝葉，顯然是冷杉。走近時，我的星辰消失了，某種障礙物阻擋在我和它之間。我伸出手，摸索前方巨大的黑色物體。我摸到矮牆的粗糙石塊，牆上有某種木柵，牆裡則有高大的帶刺樹籬。我摸索著往前走，眼前再度出現白色的閃亮物體，是門，一道小門，我的手碰到它，門順著鉸鍊動了一下。門的兩側各有一叢深褐色灌木，是冬青或紫杉。

走進那扇門，穿過樹籬，一棟屋子的剪影映入眼簾。黑色的矮房子，很長，卻看不見那盞導引的燈光，眼前一片昏暗。裡面的人都就寢了嗎？恐怕是吧。在找門的時候，我拐了個彎，那道友善的光芒又出現了，從一個很小的菱形格子窗的玻璃透出來。那窗子離地不到三十公分，外面爬滿長春藤或別種爬藤植物，讓窗子顯得更小了，藤蔓的葉子茂密地覆蓋住窗子所在那片牆壁。這個窗格被爬藤遮蔽，又很狹窄，因此沒有必要裝設布簾或遮板。我蹲下來撥開伸展在窗外的藤蔓後，可以清楚看見裡面的一切。我清楚看見一個砂石地板的房間，刷洗得很乾淨。有一座胡桃木餐具櫃，裡面整齊排列著合金餐盤，反射著燃燒中的泥炭散發出的紅色火光。我看見時鐘，一張白色松木桌和幾張椅子。桌上立著一根蠟燭，就是它的光芒引領我前來。有個老婦人就著燭光在織襪子，老婦人面容略顯粗鄙，卻跟她周遭的事物一樣，乾乾淨淨、一塵不染。

我只是粗略地瀏覽屋子裡的一切，因為沒有什麼特別之處。壁爐旁的人更讓我感興趣，她們平靜地坐在那一片美好又祥和的溫暖氣氛中。是兩名年輕端莊的女性，怎麼看都是高貴的淑女，一個坐在較低的搖椅裡，另一個坐在更低的矮凳上，兩人都穿戴黑紗和黑色斜紋布喪服，暗色的服飾正巧襯托出她們白皙的頸子與臉蛋。一隻大型老獵犬把牠的大頭擱在其中一位小姐膝頭，另一位小姐的腿上則是窩著一隻黑貓。

這間簡陋的廚房裡竟有這樣的住客，可真奇怪！她們是什麼人？她們不可能是桌邊那老婦人的女兒，因為老婦人看起來像鄉下人，她們卻是斯文又有教養。我從來沒見過她們的面容，然而，當我仔細凝視，卻又覺得很熟悉她們的臉部線條。我不能說她們長得漂亮，她們太白皙、太肅穆，談不上漂亮。她們各自低頭讀書時，看起來很有思想，幾乎到了嚴謹的地步。她們之間有個立架，上面有另一根蠟燭和兩本巨冊，她們不時去查閱，似乎在跟她們手中的小書做比對，就像人們在翻譯時查閱字典一樣。這一幕極其幽靜，彷彿那些人只是影子，而那間被火光照亮的房間是一幅畫似的，多麼安靜，我可以聽見煤灰掉落鐵柵的聲音，可以聽見時鐘在隱蔽的角落滴答響，我甚至幻想自己聽見老婦人的鉤針在沙沙作響。因此，當有個聲音打破這份怪異的寂靜時，我可以聽得很清楚。

「黛安娜，妳聽，」其中一位勤奮讀書的女孩說，「法蘭茲和老丹尼爾有天晚上聚在一起，法蘭茲在描述一場將他驚醒的噩夢。妳聽！」她用低沉的嗓音讀了一點東西，我卻一個字也聽不懂，因為那是我沒聽過的語言，既不是法語，也不是拉丁語。我不清楚那究竟是希臘語或德語。

「情感很強烈。」念完之後，她說，「我很喜歡。」另一個女孩抬起頭來聽，這時她盯著爐火，重複了剛剛念過的一句。後來我知道了那是什麼語言、什麼書，所以在這裡引述那句話。不過，我第一次聽見時，那聲音跟敲響銅管樂器一樣，沒有任何意義：

「『一人跨步上前，像清徹的夜空般，任人觀看。』好！好！」她叫道，深邃的眼珠發出光采。「『妳前方現出幽微又偉大的大天使！這個句子比幾百頁的浮誇辭句更有價值。『我用天平衡量我的思緒，用與我怒氣一般大小的砝碼秤量我的性情與舉止。』[1]我喜歡這句！」

兩人重新歸於沉默。

「有哪個國家的人說那種話嗎？」老婦人從她的針線活抬起頭問道。

「有啊，漢娜。一個比英格蘭大得多的國家，他們那裡就說那種話。」

「哎呀，我真想不通他們要怎麼聽懂對方說的話。如果妳們之中哪個人去到那裡，八成聽得懂他們說什麼，是不是呀？」

「我們也許可以稍微聽懂他們說的話，但不是全懂，因為我們沒有妳想像中那麼聰明，漢娜，而且我們讀的時候還得靠字典幫忙。」

「那學這種話有什麼好的？」

「我們打算以後教這種語言，或者至少教一些所謂的基礎，那時就可以賺到比現在更多的薪水。」

「很有可能，不過別再讀了，今晚妳們盡夠用功了。」

「我想也是，至少我累了。瑪莉，妳呢？」

「身體覺得累。沒有老師教，只靠字典學習語言，畢竟是很辛苦的事。」

「的確是，特別是像非凡的德語這種艱澀的語言。不知道聖約翰什麼時候會回來？」

「應該快了。現在十點了，」查看從懷裡拉出來的小小金錶，「雨下得很大，漢娜，能不能麻煩妳去看看客廳的爐火？」

老婦人站起來，打開一扇門，我隱約看見門的另一邊是走廊。不久，我聽見她在裡面的房間撥火，不一會兒又回來。

「哎呀，孩子！」她說，「現在走進那個房間可真難受的緊哩。椅子空空的，推到牆角，好冷清呀。」

1. 出自德國劇作家費德里希．席勒（Friedrich Schiller，一七五九～一八〇五）的作品《強盜》（*The Robbers*，一七八一）。

她拉起圍裙擦拭眼睛，那兩個女孩原本肅穆的面容也轉為哀傷。

「可他去了更好的地方啦。」漢娜又說，「我們不應該希望他還在這裡，他走得比誰都安詳。」

「妳說他沒有提到我們？」其中一位小姐問道。

「娃兒，沒機會。妳爸爸走得很快。他跟前一天一樣有點不舒服，沒啥特別嚴重的，聖約翰問他要不要找妳們回來，他還笑話他哩。隔天一早，他覺得頭有點重，那大概是兩星期前的事了。他上床去睡覺，就再也沒醒過來。妳們哥哥進房間發現他的時候，他身子都硬了。唉，娃兒！他走了以後，老一輩的就都沒了。妳們和聖約翰跟那一代人是不一樣的。妳們媽媽也跟妳們很像，幾乎跟妳們一樣讀很多書。瑪莉，妳跟媽媽像一個模子印出來的，黛安娜比較像爸爸。」

在我看來那兩姊妹長得很相像，不明白那個老女僕（現在我猜測她是這家的傭人）覺得她們哪裡不一樣。她們倆膚色都很白皙，身材很修長，臉部的五官都很立體，都聰明伶俐。當然，其中一個髮色較深，兩人的髮型也互異。瑪莉淡褐色的鬈髮中分，編成齊整的髮辮，黛安娜那色澤較深的長髮濃密而鬈翹地覆蓋住頸子。鐘敲了十響。

「妳們一定想吃晚飯了。」漢娜說，「聖約翰回來的時候八成也餓了。」

她去準備晚餐。兩位小姐站起來，看來準備要到客廳去。她們的外表和對話讓我非常感興趣，我一直全神貫注地觀看她們，有點忘記自己落魄的處境，到現在才又想起來。跟她們一比，我內心比先前更孤單、更絕望。要讓這屋子裡的人站在我的立場替我著想，讓她們相信我的困頓與悲哀不是假的，讓她們賜予無家可歸的我一處容身之地，看起來可能性微乎其微！我摸索著來到門外，遲疑地敲敲門。我覺得想投宿的念頭簡直是痴心妄想。漢娜來應門。

「妳有什麼事？」她問，她藉著拿在手上的蠟燭光芒打量我，顯得有點驚訝。

「我能不能跟小姐們說說話？」我問。

「妳最好告訴我妳找她們什麼事？妳打哪兒來的？」

「我是外地人。」

「妳這麼晚跑來做什麼？」

「我想借住一宿，在外面的屋子任何地方都行，還想討點麵包吃。」

漢娜臉上露出懷疑的表情，正是我最害怕的事。「我可以給妳一片麵包，」她停頓了一下，說，「可是我們不能收留流浪的人，不可能的事。」

「拜託讓我跟小姐們說說話？」

「不，我不准。她們又能幫妳什麼？這時候妳不該到處遊蕩，這樣很不好。」

「可是如果妳趕我走，我又能去哪兒呢？我該怎麼辦？」

「哦，我敢肯定妳有地方去，也知道該怎麼辦。我只提醒妳別幹壞事。給妳一分錢，走吧！」

「一分錢填不飽肚子，我沒力氣再走下去了。別關門，哦，別，看在上帝份上！」

「我一定得關門，雨打進來了。」

「請妳通報小姐們，讓我見她們。」

「不可能。妳表裡不一，不然妳不會在這裡吵吵鬧鬧的。走開。」

「如果妳趕我走，我一定會死掉。」

「妳不會。我懷疑妳在打什麼壞主意，才會這麼晚跑到人家家裡來。如果妳還有其他打家劫舍的同夥之類的在附近埋伏，妳大可以告訴她們這屋子裡不只我們，我們還有一位男士，有狗，還有槍。」說到這裡，那位忠誠卻固執的僕人砰地關上門，從裡面上門。

這真是糟糕透頂。一股受到極度折磨的痛苦，一種徹底絕望的劇痛撕扯絞擰我的心。我真的疲累不堪，一步也走不了了。我癱軟在濕淋淋的門廊，呻吟著，我雙手互扭，痛哭流涕。哦，這可怕的死亡！哦，這生命的最後一刻，竟是如此驚悚地到來！唉，這種孤絕，這樣遭到同類摒棄！「希望」這個靠山幻滅了，連「堅忍」這個立足點也消失了，至少有那麼一段時間如此。我馬上堅強起來。

「我只能等死，」我說，「我相信上帝，我要靜靜等候祂的意旨。」

這些話我不只在心裡想，也說出來，我把所有悲痛塞回心裡，努力強迫它沉默又安靜地留在那裡。

「所有人都得死，」有個距離很近的聲音說，「但不是所有人都注定要遭受緩慢或早夭的厄運，像妳因飢餓死在這裡一樣。」

「是誰，或什麼東西，在說話？」我被那突如其來的聲音嚇壞了，此時的我不管發生什麼事，都沒辦法重燃得到幫助的希望。有個形體離我很近，至於是什麼形體，漆黑的夜色與我虛弱的視力讓我無法清楚辨識。剛出現的這個人轉身用力敲了很久的門。

「是你嗎，聖約翰？」漢娜問道。

「是，是，快開門。」

「哎呀，你一定又濕又冷吧，今晚天氣真是糟透了！快進來，你妹妹們很擔心你，何況附近有壞人。剛剛有個女乞丐，我敢說她還沒走，就躺在那裡！起來！真丟人！走開！」

「別說了，漢娜！我有話要對那個女人說。妳很認真盡責地把她趕走，現在換我善盡責任允許她進來。我剛剛就在旁邊，聽見妳們的對話了。我覺得這是特殊情況，至少我要深入了解一下。年輕小姐，起來，妳先進屋去。」

我勉強照他的話做，此刻我站在那間乾淨明亮的廚房裡，在壁爐邊，渾身發抖，幾近昏厥，心裡很清楚自己目前的外表肯定是恐怖到了極點：髒亂不堪，被風雨摧殘得披頭散髮。那兩位小姐，她們的哥哥，那位老女僕，全都盯著我。

「聖約翰，這是誰？」我聽見有人問。

「我不知道，我看見她在門口。」這是回答。

「她臉色發白。」漢娜說。

「白得像瓷土或死人，」有人回答，「她快暈倒了，讓她坐下。」

我確實暈頭轉向。我倒下來，正巧跌在椅子上。我還有意識，只是一時說不出話。

「也許給她喝點水可以讓她清醒。漢娜，倒點水來。可是她已經不成人形，骨瘦如柴，沒有一點血色。」

「看起來很嚇人！」

「她病了嗎？或只是飢餓過度？」

「應該是飢餓過度。漢娜，那是牛奶嗎？拿給我，再拿一片麵包。」

黛安娜（我知道是她，因為她俯身看我時，我看見她長長的鬈髮垂落在我和爐火之間）剝了一點麵包，泡進牛奶裡，再送到我唇邊。她的臉離我很近，我看見她臉上寫著同情，我從她急促的呼吸聽出憐憫。簡單的話語裡也有同一種撫慰的情感：「吃一點。」

「是啊，吃一點。」瑪莉溫和地重複一次。她伸手脫下我濕透的草帽，托起我的頭。我吃了她們給我的食物，一開始吃得有氣無力，馬上愈吃愈快。

「一開始別吃太多，別給她太多。」她們的哥哥說，「這樣夠了。」他拿走那杯牛奶和那盤麵包。

「聖約翰，再給她一點，你看她那種渴望的眼神。」

「妹妹，目前不能再給了。試試看她現在能不能說話，問她叫什麼名字。」

我覺得我可以說話，我回答了，「我叫簡・愛略特。」我非常害怕行蹤被人發現，早已經想好化名。

「妳家在哪裡？妳的親友呢？」我沉默不語。

「我們可以幫妳聯絡什麼熟人嗎？」

我搖搖頭。

「妳要不要說說自己的事？」

如今我已經踏進這屋子的門檻，也跟房子的主人面對面，我再也不覺得自己是個被遺棄、無家可歸、無依無靠的流浪者。我敢於拋開乞丐的身分，恢復我原本的態度與性格。我重新找回自己，聖約翰要我說出自己的事，此時我還太虛弱，沒力氣說，停頓片刻之後，我說：

「先生，今晚我沒辦法告訴你詳情。」

「那麼，」他說，「妳希望我為妳做什麼？」

「什麼都不必做。」我說。我的力氣只夠簡短答話。

黛安娜猜測我的話：「妳是說，」她問我，「我們已經給了妳妳需要的協助？所以我們可以打發妳到荒原去度過這個雨夜？」

我看著她。我覺得她的面容很獨特，有種天生的力量與善心。我頓時鼓起勇氣，以笑容回應她慈悲的目光，說，「我願意相信妳。即使我是一隻喪家之犬，我相信今晚妳也不會把我從妳的爐邊趕走。既然如此，我一點都不害怕。你們想怎麼對我、想為我做什麼，就做吧。原諒我不能多說，我喘不過氣來，我說話的時候覺得呼吸急促。」

「漢娜，」最後，聖約翰說，「暫時先讓她坐在那裡，別問她問題，十分鐘以後再把剩下的牛奶跟麵包給她。瑪莉、黛安娜，我們去客廳商量一下。」

他們走了。不久，其中一位小姐又回來，我不知道是哪一位。我坐在暖和的爐火邊時，慢慢陷入一種舒適的恍惚狀態。那位小姐低聲交代漢娜幾句話。不久，我在漢娜的攙扶下費力地爬上樓梯，我濕答答的衣服脫掉了，很快就躺上又乾又溫暖的床鋪。我感謝上帝，在難以言喻的疲憊中體驗到一股感恩的喜樂，我睡著了。

第二十九章

接下來那三天三夜在我腦海是一片模糊。我記得那段期間內有些情緒上的波動，卻很少思考，也沒有行動。我知道自己在一個小房間裡，躺在一張窄床上。我好像從床上長出來似的，像石頭般動也不動躺在上面。如果把我從床上拉開，幾乎會要了我的命。我渾然不覺時間的流逝，也分不清晨昏日暮的變化。有人進出房間時我會知道，甚至知道對方是誰。如果有人站在我身邊說話，我也能聽懂，卻無法回應，也沒辦法張開嘴唇或挪動四肢。漢娜是最常進房間的人。她的出現讓我不安，我始終覺得她希望我離開，覺得她不了解我，也不能理解我的處境，覺得她對我有偏見。黛安娜和瑪莉每天都會進來一、兩趟。她們會在我床邊低聲說著這類的話：

「幸好我們收留她。」

「沒錯。如果整晚讓她待在屋外，第二天早上就會發現她已經死了。不知道她經歷了些什麼事？」

「我猜是某種奇怪的困境吧。蒼白憔悴、無家可歸的可憐人。」

「從她的言談舉止看來，我覺得她不是沒受過教育的人。她的口音很純正，還有她脫下來的衣服，雖然濺滿泥漿又濕透了，卻不算破舊，質料也很好。」

「她的臉蛋很特別，雖然瘦削又枯槁，我還滿喜歡的。如果健康良好、精力充沛，我想她的容貌應該很好看。」

從她們的對話當中，我從未聽見過任何後悔熱心收容我的語句，也沒聽過懷疑我、厭惡我的話。我很安心。

聖約翰只來過一次，他看著我，說我持續昏睡是長時間過度疲累的反應，還說沒必要請醫生，他深信大自然是最好的良方，讓我自己復原。他說我的每一根神經不知為何全繃得太緊，整個系統必須休眠一段時間。他說我沒有生病，他認為我一旦開始恢復，就會進步得很快。他用低沉的聲音三言兩語簡單傳達了這些意思，是男人不習慣喋喋不休的語氣。「很奇特的長相，一點都不像會淪於粗俗或墮落。」

「完全相反，」黛安娜說，「說實在話，聖約翰，這個可憐的靈魂倒是讓我很心疼，我希望我們可以永遠照顧她。」

「那不太可能，」聖約翰說，「遲早妳會發現她是某個高貴小姐，只是跟親人發生誤解，也許一時衝動離開他們。如果她不會很固執的話，也許我們可以幫助她跟家人團聚。不過，我從她臉上看出某些強有力的線條，我覺得她個性不夠馴良。」他站在那裡觀察了幾分鐘，又說，「她看起來還算明理，卻一點都不漂亮。」

「她病得很厲害，聖約翰。」

「不管生病或健康，她的長相都很普通。她的五官很欠缺美麗的雅致與和諧。」

到了第三天，我精神好多了，第四天我已經能開口說話，可以移動身子、從床上坐起來或翻身。漢娜幫我送來稀粥和乾麵包，我猜那大概是午餐時間，我吃得津津有味。食物很可口，先前吃任何東西時那種灼熱感也消失了。她走了以後，我覺得體力和精神都好多了。不久，因為躺得太久，很想活動筋骨，我開始挪動身子。我想下床，可是我要穿什麼？我只有那套曾經穿著睡在野地又跌進泥塘、潮濕又髒污的衣服。如果穿那樣的衣服出現在恩人面前，我會很難為情。幸好我避過一場尷尬。

床邊椅子上擺著我所有的衣物，乾淨又清爽。我的黑色絲綢連衣裙掛在牆壁上，上面的泥漬已經清除掉，水氣弄皺的地方也熨平了，看起來很高尚。我的鞋襪都清理乾淨了，隨時可以穿出去見人。房裡也有盥洗用具，有梳子和髮刷供我整理頭髮。經過很累人的程序，每五分鐘休息一次，我終於把自己打理好了。我的衣服鬆垮垮地掛在身上，因為我瘦了很多，我用披肩加以掩飾，重新展現乾淨又美觀的外表，沒有一滴塵土，沒有叫我痛恨、令我自覺鄙陋的凌亂。我走出房間，藉助扶梯爬下石頭樓梯，走上一條狹窄的走廊，進了廚房。

廚房裡充滿新出爐麵包的香氣和熊熊爐火的暖意。漢娜正在烤麵包。眾所周知，偏見最難從那些從沒經過教育耕耘與施肥的心田根除。它們在那裡生根，牢固得像石縫中的雜草。確實，漢娜一開始既冷漠又拘謹，後來她變得比較溫和，等她看見我衣著光鮮整齊地走進來，她甚至露出笑容。

「什麼，妳下床了！」她說，「那麼妳好多了。妳喜歡的話，可以坐在我爐床上那把椅子。」她指著那把搖椅。我坐了下來。她忙東忙西的，不時用眼角偷瞄我一眼。她從爐子裡拿出麵包，轉身面對我，直率地問道：

「妳來這裡之前討過飯嗎？」

我有點不高興，但馬上想到無論如何不能發脾氣，何況我在她面前的確像的乞丐。我平靜地回答她，語氣中帶著明顯的堅定。

「妳以為我是叫化子，妳弄錯了。我跟妳和妳的兩位小姐一樣，不是乞丐。」

停頓片刻後，她又問，「這我就不懂啦，妳沒有家，也沒有銅片兒，對不對？」

「沒有家又沒有銅片兒（我猜妳指的是錢），並不表示我就是妳所想的那種乞丐。」

「妳讀過書嗎？」她又問。

「嗯，讀了不少。」

「但妳沒上過住宿學校吧？」

「我在住宿學校待過八年。」

她瞪大眼睛。「那妳為什麼養不活自己？」

「我曾經養活過自己，以後也一定能自力更生。妳那些醋栗要做什麼用？」我見她拿了一籃子醋栗出來。

「要作餡餅。」

「拿過來，我來挑揀。」

「不，我不想讓妳做事。」

「可是我一定得做點事，給我嘛。」

她讓步了，她還給我一條乾淨毛巾好鋪在衣服上。「免得，」她說，「妳把衣服搞髒了。」

「我看妳的手，就知道妳不習慣做下人的工作。」她說，「妳不會是做過裁縫吧？」

「沒有，妳猜錯了。好了，別管我以前做過什麼，別費心想我的事。跟我說說這棟房子叫什麼。」

「有人叫它沼澤莊，也有人管它叫荒原居。」

「住在這裡那位先生叫聖約翰少爺？」

「他不住這裡。他只是暫住一段時間。他的家在他自己的教區摩頓。」

「就是幾公里外那個村莊嗎？」

「對呀。」

「他是做什麼的？」

「他是牧師。」

我想起我到牧師公館求見牧師時，那個老管家說的話。「那麼，這裡是他爸爸的房子？」

「是呀。老里弗斯先生住在這裡，還有他爸爸、爺爺、曾爺爺好幾代人。」

「這麼說，那位先生的名字叫聖約翰．里弗斯？」

「是呀，聖約翰是他的教名。」

「他的妹妹叫黛安娜．里弗斯跟瑪莉．里弗斯。」

「沒錯。」

「他們的父親過世了？」

「三個星期前中風死了。」

「他們沒有媽媽？」

「太太死了好多年嘍。」

「妳在這裡住很久了嗎？」

「我在這裡住三十年啦。他們三個都是我帶大的。」

「這表示妳一定是個誠實又可靠的幫手，雖然妳很不禮貌，說我是叫化子，我還是願意這樣誇獎妳。」

她又震驚地望著我。「我知道，」她說，「我看錯妳了。這附近有太多騙子，妳一定要原諒我。」

「還有，」我用相當嚴厲的語氣繼續說，「在那個連狗都不應該關在外面的夜晚，妳竟想把我趕出去。」

「唉，那樣實在很冷酷，我又能怎麼著？我考慮的是那些娃兒，不是我老太婆，可憐的娃兒們！除了我，沒人可以照料他們了。我得警醒著點哪。」

我嚴肅地保持幾分鐘的沉默。

「妳可別把我想得太壞。」她又說。

「我確實把妳想得很壞，」我說，「我來告訴妳為什麼，不是因為妳拒絕收留我，或把我看成騙子，而是妳剛剛批評我沒家又沒錢，好像這樣很不對似的。很多大好人也曾經跟我一樣一無所有。如果妳是個基督徒，就不應該把貧窮看成罪惡。」

「以後我不會了，」她說，「聖約翰少爺也這樣跟我說，我知道我錯了，可是我現在對妳的看法完全不同了。妳看起來絕對是個體面的小姑娘。」

「那就好，我原諒妳。握手。」

她把結了老繭、沾滿麵粉的手放在我手裡，另一個更真心的笑容照亮她粗陋的臉龐。從那一刻起，我們變成了朋友。

漢娜顯然很愛說話。我揀醋栗、她做餡餅皮時，她繼續跟我說些她已故的主人、太太，還有「娃兒們」——她這麼稱呼那些年輕人——拉拉雜雜的瑣事。

她說，老里弗斯先生是個再平凡不過的人，卻是個紳士，出生在源遠流長的家族。荒原居從一開始就是里弗斯家族的產業，而這房子，她斬釘截鐵地說，「差不多有兩百歲嘍，雖然看起來又小又簡陋，沒法兒跟摩頓村奧利佛先生那棟大宅子比，不過我記得比爾．奧利佛的爸爸早年只是製針的短期工，里弗斯家族早在亨利國王時代就是上流階級，隨便哪個人只要去翻翻摩頓教堂聖具室裡的紀錄就明白啦。」，她說，「老主人跟其他人沒啥兩樣，很平凡的一個人，對打獵、畜牧這些事很狂熱。」太太就不一樣了。她讀很多書，經常都在讀，「娃兒們」都像她。附近沒人跟他們一樣，從來沒有過。他們很愛學習，三個都是，幾乎從牙牙學語時就開始了。他們向來都很有自己的「模樣兒」。聖約翰先生進了大學，當了牧師。兩個女孩畢業後就找份家庭教師的工作。娃兒們告訴她，很多年前他們的爸爸因為一個很信任的朋友破產，受到拖累，損失了一大筆錢，所以沒有多少錢可以留給他們，他們只好靠自己。長久以來他們很少住在家裡，這回他們的爸爸死了，他們才回來住個幾星期，不過，他們都很喜歡荒原居和摩頓，也喜歡附近的荒原和山坡。他們去過倫敦和其他很多大城市，總說沒有哪個地方比得上自己的家。他們兄妹的感情很好，從來不「拌嘴」。她可沒見過哪個家庭這麼團結的。

處理完醋栗之後，我問她兩位小姐和她們的哥哥上哪兒去了。

「到摩頓散步去嘍，再過個半小時就回來吃下午茶。」

他們果然在漢娜指定的時間內回來。他們從廚房門走進來。聖約翰先生見到我時，只略略欠身就走過去，那兩位小姐停住腳步。瑪莉說了幾句話，和善又平靜地說她很高興見到我康復得可以下樓來；黛安娜拉起我的手，對我搖搖頭。

「妳應該經過我同意才下樓。」她說，「妳氣色很不好，又這麼瘦！可憐的孩子！可憐的女孩！」

在我聽來，黛安娜說話的聲音好像鴿子的咕咕聲。她有一種我很喜歡注視的眼神，整張臉在我眼中似乎充滿魅力。瑪莉的面容也一樣聰慧，五官一樣漂亮，但她表情比較含蓄，舉止儘管溫和，卻有點距離感。黛安娜的眼神和語氣都帶有一種權威，顯然意志很堅強。我天生就喜歡服從她那樣的權威。在良知與自尊心許可的範圍，我也喜歡屈服於活躍的意志力。

「妳在廚房裡做什麼呢？」她又說，「這不是妳該待的地方。我跟瑪莉偶爾會在廚房裡坐坐，因為我們在家的時候喜歡自由自在的，甚至不拘小節，但妳是客人，妳得到客廳去。」

「我在這裡很好呀。」

「一點也不好。漢娜忙進忙出，瞧她弄得妳一身麵粉。」

「何況，這裡的火太熱了。」瑪莉插嘴說。

「一點也沒錯。」黛安娜附和她。「來吧，妳要聽話。」她拉我的手，要我站起來，帶我走進裡間。

「妳坐這裡。」她把我安置在沙發上。「我們先去換個衣裳，再來準備茶點。這是我們在荒原的家行使的另一項特權：如果我們想做，或者漢娜忙著烤麵包、釀酒、清洗東西或燙衣服時，我們可以自己動手準備餐點。」

她關上門，把我跟聖約翰先生單獨留在客廳，他坐我對面，手裡拿著書本或報紙。我先環顧客廳，再觀察客廳裡的人。

客廳空間不大，擺設很普通，卻很舒適，因為到處都很乾淨整齊。那些樣式古老的椅子亮晶晶的，胡桃木桌面簡直像鏡子。斑駁的牆壁掛著幾幅舊時代男女奇特的古老肖像，一座裝了玻璃門的櫃子裡擺放了一些書籍和一套古董瓷器。這屋子裡沒有多餘的裝飾，除了兩個針線盒與一張擱在邊桌上的黑檀仕女桌之外，沒有任何現代家具。所有的東西，包括地毯和窗簾，看起來都既老舊又保存良好。

聖約翰先生一動不動地坐著，活像牆上那些灰撲撲的畫像，兩眼緊盯著他正在閱讀的那一頁，雙唇緊閉。觀察他是再容易不過，容易得有如他是座雕像，而不是人。他很年輕，也許介於二十八到三十之間，又高又瘦。他的臉很引人注目，很有希臘風格，輪廓簡潔，筆直的古典鼻梁，雅典風格的嘴巴與下顎。很少有英國人的臉孔像他這樣接近古典模型。我這不對稱的面貌一定讓他感到震驚，因為他的五官是如此協調。他的眼睛又大又藍，褐色的睫毛；額頭很高，色澤有如象牙，披著一綹綹不經意滑落的淡色鬈髮。

讀者呀，這是不是一副溫和的樣貌呢？然而，這些字句描述的人卻很難給人溫和、柔順、易受感動的印象，甚至連沉著的個性都談不上。儘管他現在端坐在那裡，他的鼻翼、嘴巴、額頭有種東西，在我看來，顯示那張臉底下藏著躁動、嚴酷或急切的元素。在他妹妹們回來之前，他一句話也沒對我說，連看都沒看我一眼。黛安娜進進出出張羅茶點的過程中，端給我一塊在爐子頂端烘熱的蛋糕。

「現在就吃。」她說，「妳一定餓了。漢娜說妳早餐到現在只吃了一點稀粥。」

我沒有拒絕，因為我的胃口已經甦醒，而且相當強烈。這時聖約翰先生闔起書本，走到桌子旁，一面坐下來，一面用他那雙圖畫般的藍色眼睛定定望著我。現在他的眼神裡有一種無禮的直接，一種探索與果決，意味著早先那雙眼睛之所以避開眼前的陌生人，是刻意為之，而不是因為羞怯。

「妳很餓了。」他說。

「是的，先生。」我就是這樣，向來如此，天生的性格，總是以簡潔回應簡潔，以坦率回應直接。

「幸好輕微發燒讓妳過去三天裡只能少量進食。如果一開始就盡情滿足妳對食物的渴望，恐怕會有危險。現在妳可以吃東西了，不過還是要有節制。」

「我相信我不會在這裡白吃白喝太久。」這是我笨拙地拼湊出來、未經修飾的回答。

「沒錯。」他冷靜地說，「等妳告訴我們妳親人的住處，我們可以寫信通知他們，那時妳就可以回家了。」

「我得坦白告訴您，這點我無能為力，因為我沒有家，也沒有親人。」

他們三個望著我，但不是用不信任的眼光。我覺得他們的眼神裡沒有懷疑，更多的是好奇。

我指的是兩位小姐，聖約翰的眼神表面上看起來很清澈，它的含義卻是難以捉摸。他似乎用那雙眼睛做為探索別人心思的工具，而不是傳達自己思想的媒介。那眼神兼具敏銳與冷淡，明顯是故意來讓人發窘，而非鼓舞別人。

「妳的意思是，」他說，「妳無家可歸？」

「沒錯。沒有任何關係把我跟任何生物牽扯在一起，我沒有資格請任何英格蘭的人家收容我。」

「以妳的年紀，這樣的狀況實在很奇特。」

這時我看見他的視線瞥向我交疊在面前桌上的雙手。我很好奇他想從我手上看出什麼，他接下來的話說明了原因。

「妳沒有結過婚？妳是老處女？」

黛安娜笑了。「拜託，聖約翰，她頂多才十七、八歲。」她說。

「我快十九歲了，不過我還沒結婚。沒有。」

我只覺臉頰發燙，因為結婚這個話題喚醒了痛苦又刺激的回憶。他們都看見了我的困窘與情緒波動。黛安娜和瑪莉把視線從我紅通通的臉龐移開，免除我的尷尬。那位比較冷漠、比較嚴厲的哥哥繼續盯著我，直到他惹出的麻煩既害我臉紅，又讓我落淚。

「來這裡之前妳住哪裡？」他問我。

「聖約翰，你問題太多了。」瑪莉低聲嘀咕著。可是，聖約翰俯靠在桌面上，用第二道堅定又銳利的眼神要求答覆。

「我住的地方，跟什麼人住，那是我的祕密。」我簡短回答。

「我認為，只要妳願意，妳可以對聖約翰或任何人保守這個祕密。」

「如果我對妳或妳的歷史一無所知，我就幫不了妳。」他說，「妳需要幫助，不是嗎？」

「我是需要，到目前為止一直在尋找某個善心人士幫我安排一份我能勝任的工作，讓我能夠自食其力，生活清苦點也無妨。」

「我不知道自己算不算真正的善心人士，不過，我願意盡我最大的力量幫助妳達成這個腳踏實地的目標。那麼，妳先告訴我妳習慣做什麼工作，妳**能**做什麼工作。」

這時我已經吃完茶點，那杯茶讓我精神百倍，就像巨人喝了葡萄酒一樣，我鬆弛的神經處於甦醒狀態，可以鎮定地與這位尖銳的年輕法官談話。

「里弗斯先生，」我轉身面對他，坦然大方地注視他的眼睛，像他看我的神情一樣。「你跟你的妹妹幫了我很大的忙，是人類對同類所能做的最大善舉。你們以你們高貴的接待，救了我一命。我對你們的救助懷有無盡的感恩，也願意在一定程度內坦誠以告。你們收留了無家可歸的我，我會讓你們知道我的過去，前提是不影響到我個人和其他人心靈的平靜與精神肉體的安全。

「我是個孤兒，我的父親是牧師。我還沒來得及認識我父母，他們就過世了。我寄人籬下長大，在慈善機構受教育。我甚至可以告訴你們那家學校的名稱，我在那裡求學六年，任教兩年，那是羅伍德孤兒院。里弗斯先生，你應該聽說過吧？那裡的負責人是羅伯特．布拉克赫牧師。」

「我聽過布拉克赫這人，也參觀過那所學校。」

「我大約一年前離開羅伍德，去當私人家庭教師。我找到一份好工作，做得很開心。我來到這裡的四天以前，不得不離開那個地方。至於我為什麼離開，我不能、也不應該說明。說了沒用，卻很危險，聽起來也很難以置信。我沒有犯任何過錯，我跟你們任何一個一樣沒有任何罪責。目前的我很悲慘，恐怕還得持續一段時間，因為有個天翻地覆的事件迫使我離開一棟我以為是天堂的房子，那個事件在本質上是不可思議又悲慘的。我離開時只想到兩件事：速度要快、行動要隱密。為了確保這兩個目的，我不得不拋下我所有個人物品，只帶走一個小包裹。這個小包裹又因為我行色匆匆又心神不寧，遺落在載我來到惠特口的馬車上。於是，我一無所有地來到這個地區，露宿荒郊兩個晚上，又在街頭遊蕩兩天，沒有踏進過任何一道門檻。不過，那段期間內我有幸進食兩次。在我飢餓、疲倦、絕望到只剩最後一口氣的時候，弗里斯先生，你不准我餓死在你家門口，把我安置在你家裡。我知道這段期間你妹妹們為我做的一切，因為在昏睡狀態中，我的神志還算清楚。她們發自內心、真誠又友善的慈悲心，以及你福音般的善行，對我都是莫大的恩情。」

「聖約翰，別讓她說下去了。」我停下來時，黛安娜說，「她顯然還不能太激動。愛略特小姐，過來沙發這邊坐。」

聽見我的**化名**，我不自主地吃了一驚，我忘了自己的新名字了。任何事都難逃他法眼的聖約翰立刻注意到了。

「妳說妳的名字叫簡．愛略特？」他說。

「我確實說過，我覺得這個名字很適合目前的我，但那不是我的真實姓名，所以我聽到的時候，感覺有點怪。」

「妳不願意透露妳的真實姓名？」

「不願意，我擔心被找到，任何可能暴露行蹤的事我都要避免。」

「我相信妳做得很對。」黛安娜說，「好了，哥哥，讓她安靜一會兒。」

聖約翰尋思半晌後，又開口了，態度依然是既沉著又尖銳。

「妳不願意接受我們的招待太久，妳很希望能夠儘早離開我妹妹們的慈悲和我的**善行**（我不是沒聽出妳刻意強調其間的區別，但我並不生氣，因為妳說得很對），所以妳想脫離我們。」

「沒錯，我剛剛已經說了，目前我只請求你告訴我該怎麼工作，或該怎麼找工作，之後就讓我離開，哪怕是住在最簡陋的木屋也好。不過，在那之前，請容許我留在這裡，我很害怕再次體驗到窮途末路的困境。」

「妳一定要留在這裡。」黛安娜把她白皙的手放在我頭上。

「妳一定要。」瑪莉重複一次，她說話的語氣有種含蓄的誠懇，對她而言十分自然。

「妳看吧，我妹妹們很喜歡妳留下來。」聖約翰說，「就跟她們會很開心地收留照顧被冬天的寒風吹進她們窗裡、幾乎凍僵的小鳥兒。至於我，我比較希望幫助妳獨立謀生，也會積極去進行。只是，妳要了解，我的影響力很小。我只是一個鄉下貧窮教區的牧師，我提供的協助勢必是最低微的。如果妳瞧不起一些卑微的職業，就另請高明吧。」

「她已經說了，她願意做任何她有能力做的正當職業。」黛安娜代我回答。「何況，聖約翰，她沒有別人可以求助了，她不得不忍受你這種暴躁的人。」

「如果沒有更好的選擇，我可以當裁縫，當女工，可以當女僕或保母。」我說。

「那好，」聖約翰先生一派冷靜地應了一聲。「如果妳的心態是這樣，我答應幫妳，用我自己的速度與方法。」

他重新回到喝茶以前看的那本書。不久我就離開客廳，因為我已經在體力容許範圍內說了夠多的話，坐了夠長時間。

第三十章

我愈是了解住在荒原居裡的人，愈喜歡他們。短短幾天內我就復原到可以坐上一整天，也可以偶爾出門走走。我能夠加入黛安娜與瑪莉所有的活動，陪她們盡情談天，在她們容許範圍內幫她們做點事。這些互動有種讓人精神百倍的樂趣，是我從來不曾體驗過的，那是品味、觀點與信念意氣相投衍生的效果。

我喜歡讀任何她們喜歡讀的東西；她們樂在其中的東西，我愛不釋手；她們認同的東西，我心悅誠服；她們喜歡她們僻靜的家，我也一樣。這棟小巧的灰色古老建築有著低矮屋頂、方格窗扉、老舊牆垣、兩排被山風吹得斜向生長的老冷杉，還有一座長滿紫杉與冬青、只有最堅韌的花朵才會開花的幽暗花園，我在這裡發現到一種強大而持久的魅力。她們經常流連屋子後方與周遭的紫色荒原，也喜歡造訪門前那條礫石跑馬道延伸而下的那座空谷。跑馬道先是蜿蜒在長滿羊齒植物的路堤之間，再穿行幾塊最荒蕪的狹窄牧草地，那些牧草地近似石南荒原，有一群灰色荒原羊帶著牠們那些臉上長有苔蘚斑塊的小羔羊在那裡覓食。在我看來，黛安娜與瑪莉懷著一股絕對的熱情眷戀著這片景物。我能理解那份心情，也對它的力道與真實性感同身受。我親眼目睹了那些地方的迷人之處，也意識到那種神聖化的孤寂感。我的眼睛盡情享受那高低起伏的輪廓線，盡情享受苔蘚、石南花、鋪滿野花的綠地、鮮嫩的蕨類與柔和的花崗岩石壁在高山與低谷間交織出的繽紛色彩。這些點點滴滴在我心目中的地位就跟在她們心目中一樣，是無數純粹又美妙的趣味的來源。無論是猛烈陣風或輕柔微風；暴風急雨或韶光淑氣；旭日東升或夕陽西下；月光皎潔或烏雲掩月，這個地區對她們有多少吸引力，對我就有多少吸引力；在她們心裡引起多少震撼，就在我心裡引起多少震撼。

在室內娛樂方面我們也不謀而合。她們倆都比我讀更多書、更有成就，但我積極地追尋她們走過的知識之路。我狼吞虎嚥地閱讀她們借我的書，到了晚上，更眉開眼笑地與她們討論白天讀過的內容。我們觀念很投契、想法很吻合，簡言之，我們的理念毫無二致。

如果說我們的三人行有個比較優秀的領導人，那就是黛安娜。在體型上，她遠比我優越，長得漂亮又神采飛揚。她那種充沛的朝氣含有飽滿的生命力與穩定的流暢度，讓我在困惑不解之餘，又驚嘆連連。夜晚討論時間剛開始時，我可以跟她們淺談幾句，一旦我的精神與談話的流暢度減退，我會很樂意坐在黛安娜腳邊的凳子上，把頭擱在她腿上，聆聽她和瑪莉的交談，聽她們如何透徹地掌握那些我僅僅粗淺涉獵的主題。黛安娜主動提議要教我德語。我很喜歡向她學習，我看得出來，她很喜歡、也很適合教師的角色，而我也同樣喜歡、適合學生的角色。我們的性情搭配得天衣無縫，相互之間自然而然產生了一股強烈的喜愛。她們發現我會畫畫，立刻就拿出畫筆與顏料盒供我使用。我在繪畫方面的技巧比她們略勝一籌，這點令她們很驚訝，也很興奮。瑪莉可以坐一整個小時看我作畫，後來又想跟我學畫。她是個乖巧、聰明又勤勉的學生。我們過著充實的日子，彼此逗樂，日子在不知不覺中匆匆過去。

至於聖約翰先生，我與他的妹妹們之間自然又迅速產生的親密情誼並沒有擴及到他。我跟他之間之所以還有一段距離，主要原因是他待在家的時間少得多，他絕大多數的時間顯然都用來探視散居在他教區內的病患與窮人。

任何天候似乎都阻擋不了他這些牧師訪視行程，不論陰晴，只要晨讀的時間結束，他就拿起帽子，帶著他父親的老獵犬卡洛，出門去執行他的使命。那或許是基於愛、或許是責任，我不知道他如何看待。有時候，天氣實在很糟，他妹妹們會試圖勸阻他，他就會帶著一抹肅穆多於歡喜的特殊笑容，說：

「如果我讓一陣風或幾滴雨阻撓了這些輕鬆的任務，這樣的怠惰如何能為我未來的計畫做準備？」

黛安娜和瑪莉通常都以一聲嘆息回應這個問題，接下來就會哀傷地沉思幾分鐘。

除了他經常不在家，跟他發展友誼還有另一個障礙：他好像天生是個有所保留、難以捉摸，甚至喜歡沉思冥想的人。他對牧師工作懷有滿腔熱忱、行事作為光明磊落，可是，他顯然並沒有得到所有虔誠基督徒或身體力行的慈善家應得的那份心靈寧靜與內在滿足。夜闌人靜時，他坐在窗子旁，面前是書桌和文件，他會暫停閱讀或寫字，以手支頤，任由思緒馳騁。我猜不透他在想些什麼，卻看得出他心緒不寧、躁動不安，因為他目光遊移不定，瞳孔忽大忽小。

再者，我覺得，大自然在他妹妹眼中是快樂的寶藏，在他眼中卻不然。他曾經談到過一次，我也只聽見過那一次，說他強烈感覺到那些崎嶇山巒的迷人魅力，還說他對這棟老家的陰暗屋頂和古老牆壁有一股與生俱來的情感，只是，他的語氣和用詞表達出的情感卻是憂鬱多於快活。他好像也不曾在荒原之間遊蕩，感受那份撫慰人的寧靜，也不曾去探索或流連荒原所提供的無數恬靜趣味。

由於他沉默寡言，我一段時間之後才有機會衡量他的心靈。我是在他在摩頓的教堂聽他講道時，第一次領略到他心靈的深度。但願我能夠描述那場佈道，可惜我無能為力。我甚至沒辦法忠實地轉述它對我產生的影響。

那場佈道一開始很平靜，事實上，他的宣講和語調自始至終都很平靜。過不了多久，一種充滿真摯感，卻備受壓抑的熱誠就流露在那清揚的口音中，也激發出擲地有聲的語言，從而演變成壓縮、濃郁又自制的力道。佈道者的力量使得信徒的心激動莫名、大腦震盪不已，卻並沒有被柔化。整個過程縈繞著一種怪異的悲愴，少了足以慰藉心靈的溫柔。他頻頻聲色俱厲地引用喀爾文教派的教義——揀選、命定、棄絕，而他就這些論點提出的說明聽起來像是末日宣判。他結束佈道時，我並沒有因他的話語感到更輕鬆、更平靜，或更受啟發，反而有種說不出的感傷。感覺上——我不清楚別人是不是也有同樣感受——我聽見的滔滔言辭是從某個心靈深處湧出，那裡面蓄積了混濁的失望渣滓，也晃盪著未獲滿足的渴求與急切的熱望衍生出的不安衝動。我確信聖約翰儘管行事光明磊落、儘管認真踏實又熱心積極，卻還沒有找到上帝那份超越一切認知的寧靜。我心想，他跟我不相上下，我們都還沒有找到。我內心隱藏著一份因為偶像破碎、樂園喪失造成的萬般悔恨，這股悔恨我近來避免提及，它卻始終冷酷無情地控制我，摧殘我。

在此同時，一個月過去了，黛安娜與瑪莉即將離開荒原居，回歸到另一種截然不同的生活與環境。那是在一座繁華的英格蘭南部大城，她們各自在那裡的人家擔任私人家庭教師，那些家庭裡富裕又傲慢的成員只把她們當成低下的受雇者，既不知道、也從不探索她們那些先天的優越特質。在那些人心目中，她們學得的才藝等同於廚子的廚藝或侍女的鑑賞力。聖約翰先生還沒跟我提過他答應幫我謀職的事，可是，如今事情迫在眉睫，我必須趕緊找個工作。有一天早上，有幾分鐘時間客廳裡只剩我跟他，我主動走到被他的書桌椅圍成像書房模樣的窗台座位。我打算向他開口，雖然我不是很清楚該怎麼措詞，畢竟，要打破他天性上那層緘默的薄冰向來是件難事。幸好他主動打開話匣子，省了我的麻煩。

我走近時，他抬起頭，說，「妳有問題要問我？」

「嗯，我想知道你有沒有打聽到任何我可以做的工作？」

「三星期前我就幫妳找到——或者說安排了——一件事，但我看妳住在這裡好像很有用處，也很快樂——我妹妹們好像很喜歡妳，跟妳相處讓她們無比開心——所以我想，除非她們即將離開荒原居，而妳也不得不離開，否則，貿然打斷妳們那份舒適自在的氛圍未免不明智。」

「而她們再過三天就要走了？」

「嗯，等她們走了，我就會回到我在摩頓的牧師公館，漢娜會跟我一起去，這棟老房子就會關閉。」

我等了幾分鐘，希望他會繼續談論一開始的話題。可是，他似乎又進入了另一串冥想，臉上的表情顯示，他已經忘了我和我的問題的存在。我只得把他喚回一個令我既關切又焦慮、不得不談的主題。

「里弗斯先生，你找到的是什麼樣的工作？我希望這段時間的拖延，不會增加取得的困難。」

「喔，不會，因為這份工作只能由我提供，也只等妳接受。」

他又停頓下來，好像不太情願說下去。我愈來愈沒耐性，舉止略顯煩躁，目光熱切又銳利地盯住他的臉，藉此把我的感受傳達給他，效率跟語言一樣好，卻少了點麻煩。

「妳不需要這麼急著想知道。」他說，「我坦白告訴妳，我沒辦法提供妳稱心如意又報酬優渥的職務。在我說明以前，請妳先回想一下，我先前告訴過妳，如果要我幫妳，就等於請盲人攙扶瘸子。我很窮，因為我發現，清償了我父親的債務之後，我得到的遺產只剩下這棟搖搖欲墜的農莊、後面那排班駁的冷杉，以及這片荒瘠的土地，加上前面那些紫杉樹和冬青叢。我沒沒無聞，里弗斯家聲久遠，可是這個家族僅剩的三個後代之中，有兩個在陌生人家裡賺取微薄的薪資，第三個已經認定自己要做個遠離祖國的異鄉人，活著的時候是，死後也會是。沒錯，他目前相信，將來也會相信，這種命運將帶給他榮耀，他僅僅企盼著象徵脫離肉體束縛的十字架擺放在他肩上，企盼著教會鬥士們的統帥[1]——他是這位統帥最卑微的下屬——向他下達指令：『起來，跟隨我吧！』」

聖約翰說這些話的語氣跟他佈道時一樣，平靜又低沉，他臉頰沒有漲紅，眼神則是神采煥發。他又說：

「基於我既貧窮又渺小，我只能提供妳一份低薪又卑微的工作。**妳**甚至會覺得這份工作很低下，因為我已經知道妳過的是世俗所謂的文雅生活，妳的品味傾向理想化，妳交往的對象至少都是受過教育的人。但**我**認為，只要是能夠提昇我們人類族群的工作，就不會讓人沒面子。我認為，基督徒被指派去耕耘的土地愈是未開墾的不毛之地、他的勞力獲得的報酬愈少、他得到的榮譽就愈高。在這種情況下，他的命運就是先驅者的命運，而福音的第一批先驅者就是使徒們，他們的首領就是耶穌、救世主、祂本人。」

「嗯？」他又停下來時，我說，「接著說。」

他說下去之前先看看我。事實上，他似乎從容地閱讀我的臉，彷彿我臉上的五官與線條是紙頁上的字母。他在接下來的話語中透露了他端詳後的部分心得。

「我相信妳會接受我提出的工作，」他說，「也會做一段時間。但不會永遠做下去，如同我不能繼續留在這份平靜又隱蔽、狹隘又更趨狹隘的英國牧師職守。妳的天性跟我一樣，摻雜了某種不利於安定的元素，只是性質不同。」

「請你說清楚。」他再次停頓時，我催促他。

「我會的。妳會聽見這是多麼貧乏的職務，多麼煩瑣又侷限。如今我父親過世了，我可以做自己的主人，我不會在摩頓久留。我大概十二個月內會離開那裡，但是，只要我還在那裡一天，我就會盡最大的努力去改善那個地區。兩年前我去到摩頓時，那裡沒有學校，窮人的孩子完全沒有進步的希望。我幫男孩子們建了一所學校，現在我打算再幫女孩子開一間學堂。我已經租了一棟房子充做校舍，還附有一間兩房的小屋子當做老師的宿舍。老師的薪資是年薪三十鎊，她的住處擺設的家具儘管簡單，卻也夠用了。負責操辦的是好心的奧利佛小姐，她是我教區裡唯一的富人、也就是村莊裡製針廠和鑄鐵廠的業主奧利佛先生的獨生女。奧利佛小姐會支付孤兒院一名孤女的學費與服裝費，條件是那位孤女要協助老師整理學校和宿舍的雜務，因為老師忙於教學，勢必分身乏術。妳願意擔任這位老師嗎？」

他問很倉促，好像有點以為會受到憤怒——或至少輕蔑——的拒絕。儘管他猜測到我的部分心思，他畢竟不完全了解我的想法與感受，所以不清楚我會用何種眼光看待這件事。這份工作的確很卑微，可是至少我有個地方去，而此刻的我很想要有個避風港。這是份苦差事，然而，跟在有錢人家當家教相比，這工作比較獨立。何況，被陌生人奴役的恐懼感在我心裡像鑄鐵那般沉重。這份工作不算低賤、不算毫無價值，也不算精神上的墮落。我做出了決定。

「里弗斯先生，感謝你的提議，我也全心全意接受。」

「妳聽懂我的話了嗎？」他說，「那是村莊學校，妳的學生都是窮人家的女兒，鄉下人的孩子，頂多也是農夫的女兒。妳需要教的只有編織、縫紉、寫字跟算術而已。妳一身的才藝要拿來做什麼用？妳絕大部分的思想、情感和風雅都能做什麼用呢？」

「留著等以後派上用場。它們不會消失的。」

「那麼妳明白自己要做什麼？」

「我知道。」

他笑了，不是悲苦或哀傷的笑容，而是很開心、很滿意的笑容。

1. 即指耶穌，《聖經》記載，耶穌常要信徒「起來吧，跟隨我！」

「那妳打算什麼時候上任？」

「明天我就去我的小屋，如果你沒意見，下星期就開學。」

「很好，就這樣吧。」

他起身橫越客廳，又停住腳步，再次望著我，搖搖頭。

「里弗斯先生，有什麼不對嗎？」

「妳不會在摩頓待太久，不會的，不可能！」

「為什麼？你怎麼會有這種想法？」

「我從妳的眼神看出來了，它的表情不像願意甘守平淡人生。」

「我沒什麼野心。」

「野心」這個詞讓他嚇一跳。他說，「不。妳怎麼會想到『野心』？誰有野心？我知道我有，妳是怎麼看出來的？」

「我在說我自己。」

「嗯，即使妳沒有野心，妳也……」他打住了。

「怎樣？」

「我原本要說『熱情澎湃』，可是也許妳會誤解這個詞，會不高興。我的意思是，人類的情感與共鳴對妳有十分強大的威力，我確定妳不會長久滿足於在孤寂中消磨閒暇時光，也不能把工作時間全都奉獻在一份單調、毫無刺激感的職業上。就跟我一樣。」他用強調的語氣補充說，「我不能留在這裡，不能被埋沒在荒原裡、被圈禁在群山之間。上帝賜給我的這份天性飽嘗衝突、上天賦予我的這些能力也都癱瘓了、毫無用處。現在妳明白我多麼自相矛盾了吧。我，這個鼓吹滿足於卑微命運的人，這個認為即使是為上帝撿柴擔水都很正當的人，我，這個祂授命的神職人員，因為心神不寧，幾乎淪於胡言亂語。一定得用什麼方法讓性情與理念一致。」

他離開了客廳。剛剛這短短的時間內，我對他的了解比過去那一個月來得多，但他還是令我困惑。

隨著離開家、離開哥哥的日子逐漸接近，黛安娜和瑪莉愈來愈悲傷、愈來愈沉默。她們倆都努力裝得若無其事，可是，她們對抗的哀傷很難徹底克服，也難以隱藏。黛安娜暗示說，這次分別跟以往的情況完全不同。她們可能會跟聖約翰分開好幾年，也可能是一輩子。

「他會犧牲一切來實現他長久以來的計畫。」她說，「但他天生的性情和情感對他還是有強大的影響力。簡，聖約翰看起來很平靜，可是他內心藏著一股狂熱。妳會覺得他很溫和，但在某些事情上，他就像死神一樣無情。最糟糕的是，我的良知不允許我勸他打消那艱鉅的決定，當然，我也完全不能為此責怪他。他的決定很正確、很高貴、很符合基督教精神，卻讓我心碎！」這時，淚水湧出她那雙美麗的眼眸。瑪莉頭垂得很低，繼續做她自己的事。

「我們已經沒有爸爸了，再過不久，我們就沒有家、也沒有哥哥了。」她咕噥著。

那時突然發生一起小事件，好像是命運授意，只為了證實那句俗語所言不虛：「禍不單行」。這件事也在她們現有的憂愁上再添上一筆「送到嘴邊的杯子滑了手」的苦惱。聖約翰從窗外經過，正在讀一封信。他走了進來。

「我們的約翰舅舅死了。」他說。

黛安娜和瑪莉好像都突然呆住，不是震撼，也不是驚恐，這個消息在她們眼中顯然是重大多於苦惱。

「死了？」黛安娜重複一句。

「對。」

她探詢的目光直盯著他哥哥的臉。「然後呢？」她低聲追問。「小黛，然後怎樣？」他回答，臉上的五官像大理石似的，毫無動靜。「然後怎樣呢？沒怎樣，妳念吧。」

他把信丟在她膝頭。她快速瀏覽一遍，再拿給瑪莉。瑪莉默默地把信讀完，再交還給她哥哥。三個人你看我我看你，都露出笑容，非常淒涼又悲傷的笑容。

「阿門！我們還是活得下去。」黛安娜終於開口。

「總之，我們並沒有比原先更慘。」瑪莉說。

「只是讓我們心裡更強烈地想到『原本應該可以』的畫面，」聖約翰說，「再跟現在的景況形成強烈的對比。」

他把信摺好，鎖進抽屜，又走出去。

好幾分鐘沒有人說話。然後黛安娜轉頭面對我。

「簡，妳一定對我們和我們的神祕舉動感到很納悶。」她說，「還會覺得我們心腸居然這麼硬，聽見舅舅這麼親的親人過世，竟然沒有表現得更悲慟。我們從沒見過他，也不認識他。他是我們母親的哥哥，多年前我父親和他吵了一架。我父親就是聽了他的建議，才冒險把絕大多數資金投進那個害他破產的投機事業裡。他們互相指責對方，感情因此決裂，沒有再和好。我舅舅後來從事了一些利潤豐厚的事業，顯然他累積了兩萬鎊的財產。他沒有結婚，除了我們和另一個血緣跟我們一樣近的人之外，再沒有別的親人了。我父親生前總是以為，日後舅舅會把遺產留給我們，藉此彌補他以前的過錯。那封信通知我們，他已經把每一分錢都留給另外那個人，只留下三十個金幣，讓聖約翰、我和瑪莉平分，好讓我們買三只服喪戒。當然，他有權依照自己的意願行事，只是，聽到這樣的消息，我們的心情難免一時低落。瑪莉跟我只要有一千鎊，就會覺得自己很富有了，至於聖約翰，這筆錢更是非常有價值，因為那可以讓他做很多善事。」

解釋完以後，這個話題就此擱置，他們三個從此沒再談起這件事。隔天我離開荒原居，前往摩頓。再隔一天，黛安娜和瑪莉也出發，前往遙遠的B城。一星期後，聖約翰和漢娜重新回到摩頓的牧師公館，老農莊從此人去樓空。

第三十一章

那麼，我的家——當我終於找個一個家——是一間小屋，白牆、沙地小房間，有四張上漆的椅子和一張桌子，有時鐘、碗櫃、三、四只盤子和碟子，還有一套荷蘭台夫特藍陶茶具。樓上是一間跟廚房一樣大的臥室，一張松木床架和一座五斗櫃。儘管我仁慈的朋友們幫我增加了一些必要衣物，我的衣裳還是少得可憐，填不滿那只小小的五斗櫃。

已經入夜了，我打發那個充當我的女僕的孤兒離開，給了她一個柳橙當酬勞。我獨自坐在爐床上。今天早上學校開學了，我有二十個學生。其中只有三個人識字，沒有人能寫字或算術。有幾個會織毛線，有幾個懂一點縫紉。她們說的是當地口音極重的土話，目前我跟她們都還聽不太懂對方的話。有幾個舉止粗魯、性情暴烈、彆扭倔強，而且很無知。其他人倒還算乖巧，有學習欲望，展現出來的性格也讓我相當喜歡。我千萬不能忘記，這些衣著鄙俗的小農家女跟那些出身高貴的世族後裔一樣，都是血肉之軀。因此，本質上的卓越、優雅、聰穎、善心這些珍寶也可能存在她們心中，就跟那些出身最高貴的人一樣。我的責任就是發掘這些珍寶。如果能達成這個目標，我肯定會覺得有點開心，我並不期待開展在面前的人生會有多大的幸福，不過，毫無疑問，只要我調整自己的心態、照我的本分去付出最大努力，我一定能夠妥協，能一天一天過下去。

今天早上和下午，我在那邊那間空蕩又簡陋的教室裡度過的那段時間，覺得開心、寧靜、滿足嗎？我不能欺騙自己，我必須回答：不。我感受到某種程度上的淒涼。我感覺——沒錯，我真是個白痴——我感覺很丟臉。我覺得自己跨出的這一步，讓我在社會上的地位向下沉淪，而非向上提昇。我看著、聽著周遭那些無知、窮困與粗俗，覺得有點氣餒。然而，我可別為了這些感覺太過痛恨或鄙視自己，我知道那些想法很不對，這已經是很大的進步，我要繼續努力克服它們。明天，我想我一定能戰勝其中一部分。幾個星期內，也許它們就被鎮壓下來了。幾個月後，目睹學生們的進步與改善，也許那股厭惡會變成滿意。

在此同時，讓我問自己一句：哪個比較好？向誘惑投降，聽從激情的指示，不做任何辛苦的努力，毫不掙扎，直接陷入那張輕柔的羅網，在網上的花朵裡入睡，而後在南國的氣候裡醒來，置身豪華的歡樂別墅裡。讓自己住在法國，做羅徹斯特先生的情婦，用一半的時間沉迷在他的愛情裡。因為他會，哦，沒錯，他會鍾愛我一段時間。他確實愛我，再不會有別人像他那麼愛我。我再也體驗不到那份獻給美貌、青春與優雅的甜蜜稱頌，因為我在任何人眼中似乎都不可能擁有這些魅力。他喜歡我、以我為榮，再沒有哪個男人會像他一樣。如今我流浪到了何處，我在說什麼，更重要的是，我心裡有什麼感受？哪樣比較好：我如此自問。在馬賽的愚人天堂裡當奴隸，一會兒因為虛假的狂喜而興奮，一會兒又因為懊悔與恥辱的尖刻淚水而幾乎窒息；或者當一位村莊學校的老師，自由又坦蕩地活在英格蘭健全心臟裡一個和風徐徐的山區角落？

沒錯，現在我覺得自己嚴守信念與法律的做法很正確，至於那短暫瘋狂的不理性念頭，我鄙視它、擊碎它。上帝指引我正確選擇，我感謝祂的帶領！

我的日暮沉思得出這個結論後，我站起來，走到門口，觀賞收割季節的夕陽，眺望小屋前那寂靜的田野。我的小屋和學校離村莊大約八百公尺，鳥兒在鳴唱牠們的最後一段旋律：

微風何其輕柔，露珠有如香脂[1]

我觀看的時候，感覺心情很愉快，也很驚訝自己不一會兒竟流下眼淚。我為何而哭？為了那個讓我無法再與我的主人緊緊相依的厄運；為了那個我再也見不到的他；或者，是擔心我離開造成的極度悲痛與致命的憤怒，說不定已經害他背離正道，而且偏離得再也沒有終極救贖的希望。想到這裡，我把臉撇開，不去看美麗的暮色和摩頓的寂寞山谷，我說**寂寞**，因為在那個山坳裡，看不見任何明顯建築，除了半掩在樹叢間的教堂與牧師公館外，就是村莊末端的幽谷莊園，富有的奧利佛先生和他女兒住在裡面。我移開視線，把頭靠在我的岩石門框上。不一會兒，隔開我的小花園與再過去那一片草地的邊門傳來輕微聲響，我抬起頭來。有一隻狗，我很快認出來那是老卡洛：聖約翰的獵犬，正在用鼻子推邊門，而聖約翰本人則是雙手抱胸靠在邊門上，眉頭深鎖。他定定望著我，眼神嚴肅到近乎不悅。我邀請他進屋。

「不了，我不能久留。我只是把我妹妹留給妳的包裹帶過來。我想裡面是顏料盒、畫筆和畫紙。」

我走過去拿，真是讓人驚喜的禮物。我走近時，他仔細查看我的臉，我覺得他表情有點嚴厲，我臉上的淚痕想必還明顯可見。

「第一天的工作比妳想像中困難嗎？」他問。

「哦，不會！恰恰相反，我想再過不久我就可以跟學生相處得很愉快。」

「那或許是妳的住處——妳的小屋、妳的家具——不符合妳的期待？這屋子確實很寒酸，不過……」我打斷他的話。

「我的屋子既乾淨又能遮風避雨，我的家具夠用又便利，我看到的一切都讓我很感恩，而不是沮喪。我不是那種少了地毯、沙發或銀器就不開心的白痴感官主義者。五星期之前的我一無所有，是個棄兒、叫化子、流浪女。如今我有朋友、有家、有份職業。上帝的仁慈、朋友的慷慨、命運的獎賞令我不敢置信。我沒有埋怨。」

「但妳覺得孤單很讓人鬱悶吧，妳背後這棟小屋子既陰暗又空寂。」

「我到現在還沒有機會享受到一點平靜感，怎麼有時間因孤單而不耐煩？」

「很好，但願妳體驗到了妳描述的那種滿足感。無論如何，妳的理智會告訴妳，此時就像羅得的妻子那樣因恐懼而動搖[2]，未免為時過早。當然，我不清楚妳在遇見我之前拋開了什麼，可是我建議妳抵抗任何引誘妳回顧過往的念頭，堅定地從事目前的工作，至少要持續幾個月。」

「我也是這麼打算。」我說。

聖約翰接著說：「要控制性格的偏好、扭轉歪曲的天性本來就不容易，我從經驗中學到這點。某種程度上，上帝給了我們創造自己命運的力量。當我們的精力需求某種它無法取得的食糧；當我們的意志在一條我們不該走的路途中繃得太緊，我們不需要因飢餓而喪命，或因失望而裹足不前。我們只需要為心靈尋求另一種營養品，這種營養品的效力要跟那種不該品嘗的禁忌食物一樣強，甚至更純淨。要為探險的腳步劈砍出一條道路，這條道路儘管更崎嶇，卻要跟幸運之神堵死的那條路一樣筆直寬敞。

「一年以前我過得極度悲慘，當時我覺得選擇神職是一種錯誤，那些一成不變的職責讓我厭煩得幾乎沒命。我熱切盼望更精彩的世俗生活，想要從事更令人振奮的文學工作，想要成為藝術家、作家、演說家。除了牧師之外，什麼都好。沒錯，在我這牧師法袍底下搏動著的，是政治

1. 出自蘇格蘭詩人華德・史考特（Walter Scott）的詩作《末代吟遊詩人的短歌》。

2. 典故出自《聖經》〈創世記〉第十九章第十七節至二十六節，羅得的妻子不聽天使的勸告，在逃離毀滅中的所多瑪時回頭張望，變成了一根鹽柱。

家、軍人的心，是渴望榮譽、喜好名聲、貪求權力的心。那時我在想，我的人生太悲哀，一定要改變，否則我只有死路一條。度過了暗無天日與痛苦掙扎的三個月，光明出現、慰藉降臨，我狹隘的生命剎那之間拓展成無邊無際的平原，我的力量應上天的召喚而起，集中全部的能量，舒展雙翅，直上雲霄。上帝給我一項使命，要我帶著這份使命去到遠方，若要完善地實踐它，需要技巧與實力、勇氣與口才，需要軍士、政治家與演說家全部的優秀特質，因為這些都是優秀傳教士的核心。

「我決心當個傳教士。從那一刻起，我的心情轉變了。捆綁住我全副心神的枷鎖全都瓦解、散落，再沒有任何拘束，只剩下磨擦造成的疼痛，時間就能治癒它。我父親其實反對我這個決定，他過世以後，我就再也不需要對抗任何合情合理的阻礙，只要安排好一些事務，找好摩頓的繼任牧師，再扯開或斬斷情感上的少許糾葛——這是與人類弱點的最後衝突，我知道我一定能克服，因為我誓言我**會**克服。之後，我就離開歐洲，前往東方。」

他用他那種壓抑卻加重語氣的特殊嗓音說出這番話，說完了以後，他沒有看我，而是望著西沉的夕陽，我也一樣。我跟他都背對著從田地通到小屋邊門那條小路。小路的地面長滿青草，我們沒聽見腳步聲。當時那幕景象中，耳畔只響著山谷裡那催眠的溪水聲，卻突然聽見銀鈴般的愉快話聲，把我們都嚇了一跳。

「晚安，里弗斯先生。晚安，老卡洛。先生，你的狗比你更快看見牠的朋友，我還在田地那邊時，牠就豎起耳朵、搖著尾巴，而你到現在還背對著我。」

確實如此。儘管聖約翰聽見那第一聲美妙的嗓音時嚇了一跳，彷彿一記雷鳴從他頭頂上的雲層中擊落下來，等那串話說完，他卻還以受驚嚇時的姿勢站在原地：手臂擱在門上，臉朝向西方。他終於轉身過去，舉止中有點刻意的從容。在我看來，他身邊彷彿出現一幕幻影：在距離他不到一公尺的地方，有一個純白身影，年輕又優雅，很豐腴，輪廓卻很纖細。那個身影彎腰去撫弄卡洛，再抬起頭來，把長頭紗往後掀起，一張無比豔麗的臉蛋綻放在他的視線裡，或許無比豔麗這個詞太過強烈，但我不會收回、也不願潤飾。那是英格蘭的氣候所能塑造的最嬌美五官，也是這潮濕的強風與霧濛濛的天空所能孕育並滋養、玫瑰與百合色澤的最純淨容顏，這點就能充分佐證我的話。不需要增加一絲魅力，也找不到一點瑕疵。這年輕女孩的容貌既勻稱又細緻，眼睛的形狀與顏色彷彿出自那些美麗的畫像，又大又黑又有神。纖長又濃密的睫毛多麼柔媚地環繞那雙美麗眼睛；描畫過的眉毛如此地分明；那白皙平滑的額頭，為那靈活美貌上的色澤與光影增添一絲端莊氣息，一張鵝蛋臉清新又光滑。嘴唇也一樣，紅潤、健康，唇形秀麗。平整又潔白的牙齒毫無缺損，裝點著小酒窩的下頦，還有一頭濃密的鬈髮。簡言之，她所有優點結合起來，形成美麗的典型。我望著這張俏麗臉龐時，讚嘆不已，全心全意仰慕她。大自然塑造她時顯然很偏心，忘了平素那後母般的慳吝贈與，懷著祖母的慷慨心情賞賜這個小寶貝。

聖約翰對這位人間天使有什麼看法？他轉過身去看著她時，我不由得生起這個疑問。同樣不由自主地，我從他的面容探索這個問題的答案。他已經把目光從那位天使臉上轉開，此時望著長在邊門旁的一小叢平淡的雛菊。

「很美的黃昏，不過，妳不該這麼晚還一個人在外面。」他邊說邊用腳踩碎掉落的白色花苞。

「喔，下午我剛從S鎮回來（她指的是三十公里外的一座大城鎮）。爸爸說你的學校已經開學了，說新老師也來了，所以我吃過茶點就戴上帽子，跑上山谷來見她。就是她嗎？」她指著我。

「沒錯。」聖約翰說。

「妳覺得妳會喜歡摩頓嗎？」她問我，口氣與神態有種直接又純真的簡潔，有點孩子氣，卻很討人喜歡。

「希望會。我得要努力說服自己。」

「妳的學生有沒有妳預期中那麼用心？」

「還可以。」

「妳喜歡妳的房子嗎？」

「非常。」

「我佈置得還可以嗎？」

「真得很不錯。」

「幫妳找的愛麗絲．伍德是個好幫手嗎？」

「真的很好。她很受教，也很靈巧。」那麼這位就是奧利佛小姐了，那位女繼承人，含著金湯匙出生，又天生麗質！我很好奇，她出生的時候，天上的星辰是什麼樣的幸運組合？

「我應該會偶爾來幫妳上一點課，」她又說，「我經常來看妳，生活上會多點變化，我喜歡變化。里弗斯先生，我待在S鎮的時候好開心。昨天晚上——或者該說今天早上——我跳舞跳到凌晨兩點。發生動亂以後軍團就駐紮在那裡，那些軍官真是世界上最討人喜歡的男生，跟他們比較來，我們這裡所有的磨刀匠和剪刀商人簡直丟人現眼。」

聖約翰先生的下唇似乎凸了出來，上唇嘶了一下，他的嘴巴看起來明顯抿在一起。那笑瞇瞇的女孩告訴他那番話時，他的下半張臉出奇地冷峻又死板。他也抬起視線轉向她，不再看雛菊。那毫無笑意的眼神在探索著、頗有深意。她再次用笑聲回應他的眼神，那種笑聲很適合她的年紀、她紅潤的面容、她的酒窩和她那雙明亮的眼睛。

他一臉嚴肅、沉默地站在那裡時，她再次俯身去撫摸卡洛。「可憐的卡洛最愛我了，」她說，「**他**才不會對朋友冷漠又疏遠，如果他能說話，他一定不會默不作聲。」

她以天生的風姿在卡洛那位年輕又嚴峻的主人面前彎著腰，拍拍卡洛的頭。這時，我看見狗主人臉上浮現一抹紅光，我看見他莊嚴的眼神瞬間被烈火融化，閃爍著難以抗拒的情感。在這樣興奮又激動的時刻裡，他看起來是如此俊秀，跟她的美貌不相上下。他的胸膛猛然鼓起，彷彿他那顆巨大的心已經厭煩了殘暴的拘束，違反他的意志擴大了，強而有力地跳了一下，試圖爭取自由。但他將它壓制下來，像堅定的騎士壓制住蹬起前腳的馬兒。他沒有用言語或行動回應那番衝著他來的溫柔攻勢。

「爸爸說你現在都不來看我們了，」奧利佛小姐抬起頭來繼續說，「你在幽谷莊園簡直像陌生人了。今天晚上他沒客人，身子也不太好，你能不能跟我一起回去探望他？」

「這個時間去打擾奧利佛先生恐怕不太方便。」聖約翰說。

「時間不方便！可是我覺得很方便呀。這個時間爸爸最需要人陪，因為工廠下班了，他沒別的事要忙。好啦，里弗斯先生，**去嘛**！你為什麼這麼靦腆，又這麼嚴肅？」她自問自答，填補里弗斯靜默不語時的空白。

「我忘了！」她叫了一聲，甩了甩美麗的鬈髮，彷彿很為自己感到震驚。「我實在昏頭昏腦又粗心大意。你**一定**要原諒我！我一時忘了，你有充分理由不願意跟我閒聊。黛安娜和瑪莉離開你了，荒原居關掉了，你很寂寞。我真的很同情你。一起去看我爸嘛。」

「今晚不行，蘿莎曼小姐，今晚不行。」

聖約翰說話的模樣簡直像個機器人，只有他自己知道他費了多大勁才忍痛拒絕。

「好吧，既然你這麼固執，那我就走了。我不敢繼續待下去了，露水降下來了。晚安！」

她伸出手來，他只是輕碰一下。「晚安！」他重複一句，聲音低沉又空洞，像一陣回音。她轉過身去，不一會兒又轉回來。

「你不舒服嗎？」她問。她很有理由這麼問，因為他臉色白得像她的衣裳。

「我很好。」他應了一句，之後他欠身行禮，轉身離開邊門。她走一個方向，他則走另一個方向。她像小仙子一樣蹦蹦跳跳走向田野時，兩度回頭凝望他，而他，頭也不回地邁開大步橫越田野。

目睹別人受苦與犧牲，我的思緒不再繞著自己打轉。黛安娜說她哥哥「像死神一樣無情」，這話一點都不誇張。

第三十二章

我繼續在學校裡任教，努力做到積極主動又克盡職守。起初這份工作確實困難重重。我煞費苦心，還是花了一段時間才了解我的學生、認識她們的本質。她們沒受過教育、反應有點遲鈍，似乎愚蠢得無可救藥，乍看之下是清一色地呆滯。然而，我很快就發現自己搞錯了。她們跟那些受過教育的人一樣，個別的資質也有程度上的差異。等我進一步認識她們、她們也更了解我之後，這種差異便迅速突顯出來。她們對我、我的語言、我的規則與行事方法的新奇感消退後，我發現其中有幾個看似笨拙、張口結舌的鄉下丫頭清醒過來，蛻變成相當機靈的女孩，展現出樂於助人又和藹可親的特質。我還發現有幾個學生天生和善有禮又自重自愛，也有極優越的能力，讓我既稱許又佩服。這些人很快就能開開心心地做好功課、保持外表整潔、規律地學習，也學會保持安靜、守規矩。其中某些人進步之神速更是令人訝異，讓我感受到一股踏實又喜悅的榮耀。再者，我個人慢慢喜歡上幾個表現優秀的學生，她們也喜歡我。我的學生之中有幾名農家女，幾乎是年輕小姐了。這些人已經能讀、能寫、能縫紉，於是我教她們文法、地理、歷史，以及更精細的針線工夫。我在她們之中發掘到可敬的性格：渴望求知與積極向上。我在她們家裡跟她們度過很多愉快的夜晚。那些時候，他們的父母（農夫與他的妻子）總是特別殷勤款待我。我開心地接受他們那些單純的善意，再回報以體貼的心意，細膩地關切他們的感受。他們或許不太習慣這種關切，卻顯得既歡喜又受益，因為這不僅讓他們更看重自我形象，也激勵他們向上提昇，好符合他們受到的恭敬對待。

我發現自己在鄰里間頗受歡迎，只要走出門，就會聽見來自四面八方的親切問候，也能看見友善的笑容。活在眾人的關愛中，儘管是來自農工階級的關愛，宛如「獨坐陽光下，心靜意恬然。」[1]平靜的內在情感在日光中吐蕊、綻放。在我人生的這個階段裡，比起沮喪消沉，我的心更常因感恩而膨脹。可是，讀者呀，讓我從實招來，在這種寧靜又有意義的生活中，經過一整天認真踏實地指導學生，而後獨自滿足地作畫或閱讀消磨夜晚時光，入夜後，我每每一頭栽進怪異的夢境中。那些色彩繁複的激越夢境充滿了幻想、動盪與風暴，在那些冒險犯難的奇幻景象中、在那些驚心動魄的險境或浪漫的機緣中，我仍然一而再、再而三遇見羅徹斯特先生，相遇的場景總是某種驚險萬分的危機。之後，我會意識到自己依偎在他懷裡，傾聽他的聲音，與他四目相對，碰觸他的手和臉頰，愛著他，被他愛著。那股與他廝守終生的期盼會夾帶著它初始的力道與火焰，捲土重來。然後我醒了，想起自己身在何處、處境如何。我起身坐在沒有帷幔的床上，發抖、打顫。那時，寂靜的黑夜便會目睹失望的抽搐、聽聞深情的吶喊[☆15]。到了第二天早上九點鐘，我準時打開教室門，心情平靜又鎮定，為日復一日的不變職務做準備。

蘿莎曼．奧利佛如她所言來探望我。她多半趁著早晨跑馬的時間造訪學校。她會騎著她小馬慢步跑到門前，後面跟著一名也騎著馬的騎裝僕人。她一身紫色騎士服，長長的鬈髮輕吻她臉頰、飄揚在她肩上，一頂黑色天鵝絨女英雄帽高雅地戴在上頭，任誰也幻想不出比這更姣美的外貌。她會以這種面貌踏進簡陋的校舍，輕盈地漫步在一排排目眩神迷的鄉下女孩之間。她通常選在聖約翰先生每天的教義問答時段來到。我在想，這位女訪客的眼神只怕銳利地穿透了那位年輕牧師的心。即便他沒在看，彷彿也有某種直覺提醒他她的到來；即便他的視線離大門很遠，只要她出現在門口，他的臉頰就會泛起紅暈。他那大理石般的五官即使拒絕軟化，也會出現難以形容的變化。他沉默的容顏似乎傳達著一股飽受壓抑的激情，比顫動的肌肉與投射的目光所能傳達的

☆15
And then the still, dark night witnessed the convulsion of despair, and heard the burst of passion.

情感更為強烈。

當然，她很清楚自己的魅力，他並沒有——因為他辦不到——隱瞞她。儘管他懷有基督徒的堅忍，只要她走上前去與他攀談，愉快地對著他的臉展露出鼓舞與柔情的笑靨，他的雙手就會顫抖，眼睛就會冒出火花。即使他沒說出口，他哀傷與堅定的神情彷佛在說：「我愛妳，我也知道妳喜歡我。我並不是覺得戀情無望才保持沉默。如果我獻上我的心，我相信妳會接受它。只是，那顆心已經呈上神聖的祭壇，周圍已經升起了火堆，轉眼間就會成為被烈火吞噬的祭品。」

接著，她會像失望的孩子般嘟起小嘴，原本光芒四射的媚力頓時被愁雲慘霧掩蔽，她會迅速把手從他手上抽開，任性地轉身背對他那既是英雄又是烈士的面容。無疑地，她這樣離開的時候，聖約翰願意不惜代價追隨她、喚回她、留住她。可惜，他不肯捨棄任何進入天國的機會，也不願意為了樂園般的情愛，放棄真實而永恆的天堂。再者，他不能把所有天生的性格——漫遊者、野心家、詩人和牧師——全都侷限在一份情感裡。他不能——也不願——為了幽谷莊園裡的安詳生活，放棄他在蠻荒國度的傳教戰鬥。我會知道這些，都是他親口告訴我的，因為我曾經不顧他的沉默天性，大膽地逼他吐露心事。

奧利佛小姐經常賞光來到我的小屋，我完全摸清楚她的個性。她那人毫無神祕感可言，也沒有任何偽裝。她愛賣弄風情，卻不冷漠；有點吹毛求疵，卻非自私自利。她從小就百般受寵，卻不完全驕縱野蠻；她個性輕率，脾氣卻不錯；她很虛榮（她不由自主，因為只要照鏡子，就瞧見千嬌百媚的容顏），卻不矯揉造作；她出手闊綽，卻不以財富為傲；她很天真，夠聰明，個性爽朗活潑，思慮欠周。總而言之，她很迷人，即使在我這個冷眼旁觀的同性眼中也是如此。然而，

1. 出自愛爾蘭詩人湯瑪斯・莫爾（Thomas Moore，一七七九～一八五二）的詩 *Lallah Rookh*（一八一七）。

她不算非常有趣，也很難讓人留下深刻印象。她的思想觀念跟別人，比如說聖約翰的妹妹們，有基本上的差異。儘管如此，我喜歡她的程度幾乎和我喜歡我的學生阿黛拉一樣，只是，相較於一個同等可愛的成年朋友，我們對自己照顧並教導的孩子會懷有更親暱的關愛。

她忽然對我很友善。她說我很像聖約翰，只是，當然，我「好看的程度不及他的十分之一，雖然妳也算是個可愛又體面的小人兒，他卻是天使。」不過，我善良、聰明、沉著又穩重，跟他一樣。她斬釘截鐵地說，我怎麼看都不像個村學校老師，還說，她敢肯定我以前的生活如果說出來，一定能寫成一本轟動的傳奇小說。

有一天晚上，她一如往常地活潑得像個孩子，也一如往常輕率卻不討人厭地探索我的隱私，在我小廚房的碗櫃和桌子抽屜翻找，她找到兩本法文書，一本席勒詩集、德語文法與字典，又翻出我的畫具和幾張素描，其中有一張是一個天真無邪的美麗小女孩的臉部鉛筆速寫，那是我的學生，其他還有各式各樣的自然景物畫，都是在摩頓谷地周邊的荒原寫生的作品。起初她驚訝得張口結舌，緊接著又欣喜若狂。

「這些是妳畫的嗎？妳懂法語和德語嗎？妳真是太可愛、太神奇了！妳畫得比我在S鎮讀的第一所學校裡的老師好。妳可不可以幫我畫張肖像，好拿給爸爸看？」

「樂意之至！」我答道，想到可以描繪這麼完美又明豔的模特兒，內心湧起一股藝術家的興奮感。當時她穿著寶藍色絲質洋裝，手臂與頸部裸露出來，唯一的裝飾就是她的栗色鬈髮，波浪似地垂落肩膀，有著自然鬈翹那種不加修飾的雅趣。我取出一張細緻的硬紙板，精心地勾勒出輪廓。我決定要好好享受為這張畫著色的樂趣，由於時間已經太晚，我告訴她必須再過來一趟，讓我把畫完成。

她回家跟她爸爸大肆宣揚，以至於第二天晚上奧利佛先生親自陪她過來。奧利佛先生是個高大魁梧、濃眉大眼、頭髮花白的中年男士，他那嬌媚的女兒在他身邊，彷彿是灰白塔樓旁的鮮豔花朵。他很沉默寡言，也許還有點驕傲，但他對我非常友善。蘿莎曼那張素描讓他非常滿意，他說我一定得把畫完成，他還盛情邀請我隔天晚上到幽谷莊園做客。

我去了。我發現那是一棟寬敞漂亮的住宅，到處都有足以顯示屋主財力雄厚的證據。我待在那裡的時間，蘿莎曼始終都歡欣雀躍。她父親很慈祥，用過茶點後跟我聊天，極力讚揚我對摩頓學校付出的心力，還說，根據他觀察到或聽到的訊息，我在這裡教書是大材小用，只怕過不了多久就會辭掉這份工作，去更合適的地方。

「就是呀。」蘿莎曼說，「她夠聰明，有資格到上流人家當家庭教師。」

我心想，比起待在任何上流人家，我更喜歡留在這裡。奧利佛先生談到聖約翰先生和里弗斯家族時，口氣充滿敬意。他說那是本地最古老的家族，祖先非常富有，過去整個摩頓地區曾經都是他們家的產業。即使到了今天，那個家族的子孫只要有意願，可以跟任何最好的人家結親。他覺得很可惜，這麼有才華的好青年竟然決心要當傳教士，真是平白糟蹋了大好人生。如此看來，蘿莎曼的父親並不會阻止她跟聖約翰的婚事。奧利佛先生顯然認為，聖約翰的好出身、古老姓氏和神聖職業足以彌補他財力上的不足。

那天是十一月五日，是個節日[2]。我的小女僕幫我打掃過屋子後，帶著我答謝她的一便士酬勞，心滿意足地離開了。我屋子裡一塵不染、窗明几淨，地板洗刷過、爐柵擦亮了、椅子也徹底擦抹過。我也把自己打理整齊，有一整個下午的時間讓我隨心所欲地度過。

2. 即英國的煙火節，一六〇五年十一月五日，陰謀份子企圖引爆火藥炸死國王詹姆士一世並炸毀國會大廈，結果計畫失敗，自此英國眾每年這天會施放煙火以示慶祝。

翻譯幾頁德文用去了一小時，之後，我拿出調色板和畫筆，著手進行蘿莎曼・奧利佛的肖像畫。這件事輕鬆得多，所以很能撫慰心靈。畫像頭部已經完成了，只剩下背景等待著墨；衣服需要上色，也要為那對豐滿的嘴唇點染洋紅；在鬈髮上這裡添一筆、那裡補一道柔軟的波浪；再加深天藍色眼皮底下的睫毛色調。我全神貫注在處理這些細節，卻聽到短促敲門聲後，我的門開了，聖約翰走進來。

「我來看妳假日都在做些什麼。」他說，「希望不是在沉思？不是，那很好。妳畫畫的時候，就不會感到孤單。看吧，雖然妳近來很振作，我還是不相信妳。我帶了一本書來，讓妳消磨夜晚時光。」他把一本新出版的書放在桌上，是詩集，也是活在那個現代文學黃金年代裡的人有幸品讀的誠摯作品。啊！我們這個年代的讀者可就沒那麼幸運了。不過，打起精神來，我不會停頓下來指控或埋怨。我知道詩歌還沒死、詩人的才華尚未消失，還沒被貪欲打倒、捆綁或屠殺。詩歌與詩才終有一天會宣誓它們依然存活，就在眼前，也還擁有自由、擁有力量。它們像強大的天使，安居在天堂裡[☆16]！當利欲薰心的靈魂獲勝，當脆弱的靈魂為自己的毀滅哭泣，它們莞爾一笑。詩歌被摧毀了嗎？詩才遭到消滅了嗎？不！凡人哪，不會的！別讓妒嫉引你產生那種想法。不會的，詩歌與詩才不但活著，而且支配一切、救贖一切。如果不是它們將神聖的影響力散播到各個角落，你就等於活在地獄裡了，那是你自己的卑劣造就的地獄。

我心急地翻閱《瑪米昂》[3]（因為那本就是《瑪米昂》）的明亮扉頁時，聖約翰低頭觀看我的畫作，他高大的身軀震驚地猛然挺直。我抬頭看他，他避開我的目光。我很了解他的想法，也能清楚讀出他的心思。在那個當下，我比他來得平心靜氣。所以短時間內我居於優勢。在能力所及的範圍內，我很想做點對他有益的事。

「他是這麼堅決，這麼自我克制。」我心想，「他把自己逼得太緊，把所有的情感與痛苦都隱

☆16
I know poetry is not dead, nor genius lost; nor has Mammon gained power over either, to bind or slay: they will both assert their existence, their presence, their liberty and strength again one day. Powerful angels, safe in heaven!

藏在心底，什麼都不肯說，不肯承認，也不肯透露。我相信，如果他肯談一談這個他覺得自己不該娶的嬌美蘿莎曼，對他一定很有好處，我來引誘他說出來。」

我先開口。「里弗斯先生，請坐。」可是，他又說他不能久留。「那好，」我尋思著，「你想站就站著吧，只是你還不能走，我下定決心了。無論如何，孤單對你跟對我一樣不好。我來試試，看能不能發掘出你那祕密心事的源頭，然後在那大理石胸膛找一個孔洞，滴下一滴同情的撫慰劑。」

「那張畫跟本人像不像？」我直截了當問他。

「像！像誰？我沒仔細看。」

「你仔細看了，里弗斯先生。」

我這突然其來又怪異的魯莽幾乎讓他嚇一跳。他目瞪口呆地望著我。「喔，這還不算什麼。」我在心裡嘀咕著，「我可不打算被你那一點點頑固阻撓，我還要往前邁進一大步呢。」我又對他說，「你很仔細、很清楚地看過了。但我不反對你再看一次。」我站起來，把畫放在他手上。

「處理得很細膩的畫作，」他說，「柔和又明亮的色彩，靈巧又準確的筆觸。」

「對，對，那些我都知道。可是相似度呢？這畫裡的人像誰？」

幾經猶豫之後，他答，「我猜是奧利佛小姐。」

「當然是。先生，為了獎賞你猜中正確答案，我答應幫你畫一張仔細又忠實的複製品。前提是你願意接受這份禮物，我可不想白費時間和工夫，幫你準備一件你覺得毫無價值的東西。」

他仍然盯著那張肖像。他看得愈久，手就握得愈緊，似乎也就愈想擁有它。

3. 指英國小說家兼詩人Sir Water Scott（一七七一～一八三二）的長詩《瑪米昂》（*Marmion*）。

「真的很像！」他低聲說道，「眼睛表現得很好，色彩、光線、表情都很完美。它會笑！」

「如果你也有這麼一張類似的畫，對你會是慰藉或是傷害？說說看，你在馬達加斯加，好望角或印度時，如果帶著這份紀念物，會不會有安慰效果？或者，看見它會勾起一些讓你喪氣又憂傷的回憶？」

這時他偷偷抬起視線，凝視著我。他舉棋不定、六神無主，再次低頭審視畫作。

「我想要擁有一幅，這點很確定。至於這是不是謹慎而明智的作法，那又另當別論。」

我很確定蘿莎曼喜歡他，也知道她父親不會反對這樁婚事。我的思想沒有聖約翰那麼崇高，所以有很強烈的意願想撮合他們倆。在我看來，如果聖約翰得到奧利佛家的大筆財富，那麼他用這些金錢做的善事，應該抵得過他離鄉背井、在熱帶的驕陽下讓才華凋零、讓力量虛耗的奮鬥成果。基於這個理由，我回答他：

「就我的觀察，如果你馬上得到肖像的本尊，就更明智、更謹慎了。」

這時他已經坐下，也把肖像放在面前的桌上，雙手支著額頭，深情地望著它。我發現他對我的大膽言語既不生氣，也不震驚。我甚至看得出來，有人這麼坦白地跟他聊起一個他覺得遙不可及的主題，又聽見它這麼輕鬆地從別人口中說出來，他慢慢體驗到一種全新的喜悅，一種無法企及的寬慰。保守的人往往比豪爽的人更需要坦率地討論他們的感受與傷痛。最堅定的禁慾主義者畢竟也是人，有人懷著善意魯莽地「闖」入他們靈魂深處那片「沉默的海洋」[4]，對他們而言通常也是最大的恩德。

「她喜歡你，這點我很確定。」我走到他椅子後方站定，說，「她父親也很看重你。再者，她是個很可愛的女孩子，有點粗心大意，可是你一個人的心思就夠你們倆用了。你應該娶她。」

「她**真的**喜歡我？」

「當然，喜歡你勝過喜歡任何人。她談來談去都是你，沒有哪個話題更讓她開心或更常提起的了。」

「聽見這種話真開心。」他說，「非常開心。再多聊個十五分鐘吧。」他當真拿出懷錶，擺在桌上計時。

「說再多又有什麼用？」我問，「說不定你正打算用鐵石般的言語地反駁我，或正在鍛造一條鎖鍊來捆縛你的心。」

「別把我想得這麼冷酷無情。想像我正在屈服、軟化，因為我正是如此。人類的情愛在我心裡像剛開鑿的清泉，它清甜的洪水已經泛濫在我審慎又艱苦地耕耘出來的土地。我在那些土地上勤勉地播下了善意的種子與自我克制的作為，如今卻被瓊漿玉液般的洪水淹沒。新長的嫩芽泡在水裡，香甜的毒藥令它們腐爛☆17。此時，我想像自己躺在幽谷莊園客廳裡、在我新娘蘿莎曼・奧利佛腳邊的軟榻上。她用她悅耳的嗓音跟我說話，用那雙妳高超的畫筆傳神地描繪出來的眼睛低頭瞧著我，用那雙珊瑚紅的嘴唇對我微笑。她屬於我，我也屬於她，這段人生，這匆匆一瞥的人世對我而言就足夠了。安靜！什麼都別說，我內心充滿幸福，我的感官陶醉了，讓約定好的這十五分鐘平靜地過去。」

我配合他。懷錶滴答響著，我的呼吸急促又低沉，我靜靜站著。在這份靜默中，十五分鐘飛快消逝，他收起懷錶，放下肖像，站走到壁爐旁站定。

「好了。」他說，「剛剛那一小段時間貢獻給錯亂與妄想。我把頭歇靠在誘惑的胸脯上，自願

4. 出自英國詩人塞繆爾・泰勒・柯立芝（Samuel Taylor Coleridge，一七七二～一八三四）的詩《老水手之歌》（*The Rime of the Ancient Mariner*）。

☆17

Human love rising like a freshly opened fountain in my mind and overflowing with sweet inundation all the field I have so carefully and with such labour prepared—so assiduously sown with the seeds of good intentions, of self-denying plans. And now it is deluged with a nectarous flood—the young germs swamped—delicious poison cankering them.

把脖子套進她花朵編造的枷鎖，還品嘗了她杯中的美酒。只是，那靠枕會燃燒，花環中有毒蛇，美酒帶著苦味。她的承諾很空洞，她的情意很虛假，這點我看得出來，心裡也很清楚。」

我驚奇地望著他。

「很奇怪，」他又說，「儘管我瘋狂愛著蘿莎曼．奧利佛。真的，愛得像初戀一樣轟轟烈烈，對象又是這麼美麗、優雅、迷人。在此同時，我卻意識到一股冷靜又客觀的意念，覺得她不會是我的好太太，也不是適合我的伴侶；覺得我結婚一年後就會發現這件事，而十二個月的狂喜之後就是終生的悔恨。這點我很清楚。」

「確實很奇怪！」我不自主地衝口而出。

「在我心裡某個層面，」他接著說，「敏銳地意識到她的魅力，卻有某些層面深深認知到她的缺點。那些缺點讓她無法認同任何我嚮往的東西，無法配合我從事任何我要做的事。蘿莎曼去吃苦、去勞動、去當女性使徒？蘿莎曼當傳教士的妻子？不可能！」

「你不一定要當傳教士呀！你可以放棄那個計畫。」

「放棄！什麼？放棄我的職志？我的大業？放棄我為了天堂的華廈在人間打下的基石？有那麼一群人，他們將所有雄心壯志融合為一個提昇人類族群的偉大理想，企圖把知識帶進無知的國度，想以和平取代戰爭、以自由取代約束、以宗教取代迷信、以對天堂的渴望取代對地獄的恐懼。我想成為他們的一員。我非得放棄這個嗎？那比我血管裡的鮮血更珍貴，那是我必須期待、必須為它而活的目標。」

停頓良久之後，我說，「那麼奧利佛小姐呢？你不在乎她的失望與哀傷嗎？」

「奧利佛小姐身邊永遠不乏追求者與獻殷勤的人。要不了一個月，我的身影就已經從她心底抹除。她會忘了我，也許會嫁一個比我更能帶給她幸福的人。」

「你說得很冷靜，卻為自相矛盾而飽受折磨。你瘦了。」

「不。即使我瘦了一點，那也是因為操心我的未來。我的事至今還沒能安排好，出發的時間一延再延。今天早上我才收到消息，說我的繼任人選——我已經等他很久了——未來三個月內都沒辦法來接替我，也許三個月還會延長到六個月。」

「每次奧利佛小姐走進教室，你就顫抖又臉紅。」

他臉上再度出現驚訝的表情。他從沒想過女人敢這樣跟男人說話。至於我，我很習慣這種談話方式。跟堅強、謹慎又文雅的心靈對話時，不管對方是男是女，在我衝破傳統保守觀念的障礙、跨越信任的門檻、在他們內心的基石上取得一席之地之前，我是不會輕易罷休的。

「妳確實很特別。」他說，「而且毫不膽怯。妳有一股無畏的精神，也有洞悉一切的目光。不過，容我告訴你，妳有點曲解我的情感，把我的感情看得太深厚、太強烈。妳對我的同情，超出我應得的份量。在奧利佛小姐面前臉紅或顫抖時，我並不同情自己，而是鄙視自己的軟弱。我知道那不是高貴的情感，那只是肉體的狂熱、不是靈魂的抽搐。我的靈魂就像礁石一樣穩固，安穩固定在洶湧大海的深處。認識真正的我吧，我是個冷酷、無情的人。」

我露出懷疑的笑容。

「妳利用突襲手法逼我吐露了心事。」他說，「我就打開天窗說亮話吧。脫下那件基督教用來遮掩醜惡人性、以鮮血漂白[5]的法袍之後，我的真實面貌就是一個冷漠無情、野心勃勃的人。所有情感之中，只有與生俱來的喜好對我才有永久的影響力。引導我的是理智，而不是情感。我的野心無遠弗屆，我想要比別人爬得更高、做得更多，這股欲望永不饜足。我推崇堅忍、毅力、勤

5. 見〈啓示錄〉第七章，據稱耶穌受難時流下的血可以洗滌人類罪惡。

奮、才華，因為人類就是靠這些達成偉大的目標，升到卓越的地位。我密切觀察妳的工作，因為我認定妳是勤勉、本分、精力充沛的女性典型，並不是因為我深深同情妳的遭遇，或同情妳依然承受的折磨。」

「你好像把自己說成了異教徒哲學家。」我說。

「不，我跟自然神論的哲學家有所不同。我有信仰，我也相信福音。妳用錯詞了，我不是異教哲學家，而是基督教哲學家。我是耶穌教派的追隨者，身為祂的門徒，我接受祂純潔、寬容、慈悲的教義。我擁護那些教義，也宣誓要散播出去。在我青年時代，宗教就收服了我，也滋育了我的原始特質，將自然天性的微小種子發展成濃蔭蔽日的博愛大樹；讓人性中那原始的複雜根鬚，發展出神性正義的適當認知；將我為鄙陋的自己謀取權力與聲名的野心，轉化成宣揚我主國度、為十字架規範贏得勝利的野心。宗教為我做了這麼多事，把原始本質育化成完美狀態，教化淬勵我的天性。可是，宗教無法根除本性，本性也無法被根除，除非『等到這必死的變成不死的』[6]。」

說完這番話，他拿起放在我的調色板旁的錶，又看了一眼那幅畫像。

「她**確實**很美麗。」他喃喃說道，「人如其名，『人間玫瑰』[7]，一點也沒錯！」

「我可以畫一張類似的給你嗎？」

「有什麼用處？不需要。」

他把我畫畫時習慣拿來墊在手底下、避免弄髒畫紙的薄紙拉過來蓋在畫像上。我不清楚他突然在那張白紙上看見了什麼，可是，確實有什麼東西引起他的注意。他一把抓起那張紙，盯著邊緣，又瞄我一眼。那是個說不出地怪異、又難以理解的眼神，像閃電般快速而激烈地掃瞄我全身上下，好像一眼就要看遍並記住我的體型、臉孔和衣著。他張開嘴，似乎想說什麼，卻把到嘴邊的話吞回去，不管那是什麼話。

「什麼事？」

「沒什麼。」他邊答邊把薄紙放回畫像上。我瞥見他利落地從那張紙的邊緣撕下一長條。那紙條消失在他手套裡。他草率地點一下頭，說聲「午安」，就走了。

「哇！」我叫了一聲，用當地的土話說了一句，「這可怪透了。」

接下來換我檢視那張紙。只是，除了幾道我試畫筆顏色時留下的顏料髒污之外，什麼都沒發現。我花了一、兩分鐘思索，卻解不開這個謎。我確信那不是什麼重要的事，不再多想，不久就忘得一乾二淨。

6. 語出《聖經》〈哥多林前書〉第十五章第五十四節。根據基督教信仰，信神者死後會得到不朽的生命。
7. 蘿莎曼Rosamond的拉丁字義。

第三十三章

聖約翰離開時，外頭正好開始下雪，暴風雪呼嘯一整夜。隔天，凜冽的寒風帶來更多盤旋飛舞的新雪，到了傍晚時分，山谷已經被白雪淹沒，無法通行。我關上百葉窗，在門下擺一張地墊，防止雪花被強風颳進來。我把爐火減弱，在壁爐邊坐了將近一小時，聆聽隱約的暴風雪怒吼聲。之後，我點了一根蠟燭，從書架取下《瑪米昂》，讀了起來。

夕陽落在諾漢的城堡陡壁，
寬闊深杳的翠德河婀娜綺麗，
切維厄特的孤寂群峰，
雄偉的尖塔、主樓要塞聳立，
兩側城牆環繞拱起，
都閃耀在金色餘暉中。

我在詩韻中渾然忘我。

我聽見一個聲響，以為是強風晃動門板。不對，是聖約翰，他拉起門閂，從冷峭的暴風雪與咆哮的黑夜中走進來，站在我面前，披在他身上的斗篷白得像冰河。我錯愕不已，在那個雪封山谷的夜晚，我絲毫沒預料會有訪客前來。

「有壞消息嗎？」我問他，「出了什麼事？」

「沒有。妳太容易緊張了！」他一面回答，一面脫下斗篷，掛在門後。他冷靜地把他進門時推開的地墊放回原位，再跺掉靴底的殘雪。

「我把妳的地板弄髒了。」他說，「不過，妳得原諒我這一次。」他走到爐火邊。「我費了好一番工夫才走到這裡，真的。」他邊說邊藉著火光暖手。「有個地方積雪到我的腰際，幸好雪堆還很鬆軟。」

「可是你為什麼跑來？」我忍不住問道。

「問客人這種問題未免太冷淡。既然妳問起，我就只說我來找妳聊聊天。我對我的啞吧書本和空洞房間有點厭煩了。再者，從昨天起，我就像個故事聽到一半的人那樣興奮，心急如焚地想聽續集。」

他坐下來。我想到他昨天那種不尋常的舉動，真的開始擔心他精神已經錯亂。然而，如果他已經瘋了，那他算是個冷靜又鎮定的瘋子。他把前額被雪花弄濕的頭髮撥開、任由火光照亮他白皙的額頭與同樣白皙的臉頰，我從沒見過他那張帥氣的臉龐比這時更像大理石雕刻出來的。我也很哀傷地發現，那張臉上明顯刻劃了操勞或悲愁的凹陷紋路。我等待著，期待他能說點我至少有辦法理解的話。可惜，他現在一手支頤，手指放在唇上，在思考。我很震驚，因為他的手跟他的臉一樣布滿皺紋。我內心油然生起一股或許無人索求的憐憫。我忍不住說道：

「真希望黛安娜和瑪莉能回來跟你一起住，你一個人孤孤單單很不好。你對自己的健康又是那麼蠻不在乎地不以為意。」

「妳完全錯了。」他說，「必要時我很會照顧自己，我很好。妳覺得我哪裡不對？」

他的語氣有種漫不經心又恍惚的冷淡，顯示我的掛慮完全多餘，至少在他的看法是這樣。我無言以對。

他的手指還是緩緩在上唇移動，眼神還是迷惘地望著火紅的爐柵。我覺得應該儘快說點什麼，於是問他背後的門縫有沒有冷風吹進來。

「沒有，沒有！」他簡短又煩躁地回答我。

「嗯，」我心想，「既然你不肯說，就隨你吧。我要繼續看書，不管你了。」

於是我剪了燭芯，重新讀起《瑪米昂》。不久後，他有了動靜，我的視線立刻轉向他。但他只是拿出一個羊皮皮夾，從裡面抽出一封信，默默讀完，再摺起來，收進皮夾裡，整個人陷入沉思。有這麼個莫名其妙的人在旁邊，根本沒辦法專心閱讀，何況我已經沒了耐性，不想再保持沉默。他想罵就罵吧，我一定要說話。

「最近有沒有收到黛安娜或瑪莉的信？」

「從上星期給妳看的那封之後就沒有了。」

「你自己的計畫沒改變吧？你不會比你預期的時間更早被調離英國吧？」

「恐怕不會，說實在話，這麼好的事不太可能會發生在我身上。」我還是一頭霧水，於是轉移話題。我想到可以談談學校跟學生的事。

「瑪麗·葛芮特的媽媽身體好多了，瑪麗今天早上來上學了。下星期我還會有四個從鑄鐵廠廠區來的新學生，要不是下雪，她們今天就來了。」

「這樣啊！」

「奧利佛先生幫其中兩個付學費。」

「是嗎？」

「聖誕節時他打算請全校用餐。」

「我知道。」

「是你的提議嗎?」

「不是。」

「那麼是誰提的?」

「也許是他女兒吧。」

「很像她會做的事,她心地很好。」

「沒錯。」

談話再次中斷。鐘敲了八響,把他驚醒。他放下蹺起的二郎腿,坐直身子,轉身對著我。

「先別看書,往爐火這邊挪過來一點。」

我很納悶,百思不得其解,只好照他的話做。

「半小時前,我說我急著聽故事的續集。想來想去,我覺得由我來說故事,妳來當聽眾,事情會比較好處理。在我開始之前,為求公平起見,我得先提醒妳一聲,這段故事聽在妳耳裡可能很平淡無奇,可是陳年舊事從另一張嘴說出來,往往會展現一點新鮮感。還有一點,不管平庸或新奇,故事都很簡短。

「二十年前,一個窮牧師——現在先別管他叫什麼名字——愛上了一位富家千金。女方也愛他,不顧家族反對下嫁給他。婚禮結束後,她的親人立刻跟她斷絕來往。兩年不到,這對一意孤行的夫妻雙雙過世,肩並肩靜靜躺在墳墓裡。我見過他們的墳墓,在一座過度發展的工業城鎮那黑得像煤炭的陰森大教堂的巨大墓園裡,他們的墳墓成了人行道的一部分。他們留下一個女兒。那女孩一落地就要仰賴別人的施捨,那份施捨冰冷得有如今晚幾乎把我掩埋的積雪一樣。這無依無靠的女嬰被送進她富有的母系親屬的家裡,由舅媽撫養。那舅媽是(現在我提到人名了)葛茲海德的里德太太。妳嚇了一跳，妳聽見怪聲音了嗎？一定有老鼠跑過隔壁教室的屋樑。那間教室在我請人整修改建之前是一棟穀倉，穀倉難免鼠輩橫行。繼續說故事。里德太太撫養那個孤女十年。那女孩跟著里德太太究竟開不開心，我不清楚，沒有人告訴過我。到了第十年，女孩被送到一個妳知道的地方，就是羅伍德學校，妳在那裡住過很長時間。那女孩在那裡的表現好像備受讚揚，從學生變成老師，跟妳一樣。我真的很驚訝，那女孩的生活軌跡竟然跟妳重疊。後來她離開羅伍德去擔任家庭教師。看吧，妳們的命運又一樣了。她負責教導某位羅徹斯特先生的監護對象。」

「里弗斯先生！」我打斷他。

「我能想像妳的心情。」他說，「先忍著點，就快結束了，先聽我說完。我並不了解羅徹斯特先生的個性，只知道一件事。他假意光明正大向這年輕女孩求婚，女孩卻在聖壇前發現他有個妻子還在人世，雖然是個瘋子。羅徹斯特先生接下來的做法與建議只能憑空臆測。可是，後來發生了一件事，必須找到那位家庭教師，大家才發現她已經失蹤了。誰也不知道她什麼時間離開、去了哪裡，又是怎麼去的。她連夜離開棘園，沒有人找得到她的行蹤，整個國家都被翻遍了，還是沒有一丁點她的消息。可是，事情緊急，一定得儘快找到她。所有報紙都刊登了尋人啟事，我本人也收到過一位布理格律師的信函，通知我剛剛告訴妳的那些訊息。這是不是個奇怪的故事？」

「只要告訴我一件事，」我說，「既然你知道這麼多，你一定可以告訴我羅徹斯特先生現在怎麼了。他過得怎樣？人在哪裡？在做什麼？他平安嗎？」

「關於羅徹斯特先生的事我一無所知，律師的信裡完全沒提到他，只敘述了我剛剛談到的不法騙婚事件。妳倒是應該問問那個家庭教師的姓名，問問大家為什麼急著找她？」

「那麼沒有人去過棘園嗎？沒有人見過羅徹斯特先生嗎？」

「應該沒有。」

「他們不是寫過信給他？」

「當然。」

「那他回信說了什麼？回信在誰手上？」

「布理格先生說回他信的不是羅徹斯特先生本人，是一位女士，署名是愛麗絲·費爾法克司。」

我只覺淒涼又無助。我最害怕的事真的發生了，他已經離開英國，絕望地一頭栽進以前在歐洲大陸時的放蕩生活。他在那裡找了什麼來撫慰他極度的痛苦，他的強烈情感又找到什麼標的？我不敢回答這個問題。哦！我可憐的主人，他一度幾乎成了我的丈夫，以前我經常喊他「我親愛的愛德華」！

「他一定是個壞男人。」里弗斯先生說。

「你不了解他，別隨便批評他。」我說得有點憤慨。

「好吧。」他靜靜地說，「事實上，我腦子裡想的是另外一件事。我還得把故事說完。既然妳不肯問那個家庭教師的名字，我只好自己說出來。等等！名字在這裡。重要的訊息用白紙黑字寫下來，感覺總是比較踏實。」

他不慌不忙地再次取出那個皮夾子，翻找一遍，從夾層裡抽出一小張匆匆撕下的皺巴巴紙條。我從紙張質地，上面的群青、湖泊綠與朱紅色污漬認出來，那是畫像護紙被撕下的那一塊。他站起來，把那張紙遞到我眼前。我看見上面有我自己的筆跡，用黑色墨水寫了「簡愛」兩個字，肯定是發呆的時候胡亂寫下來的。

「布理格寫給我的信裡提到簡愛這個人，」他說，「尋人啟事也要找簡愛，而我認識一個簡・愛略特。坦白說，我確實懷疑過。到了昨天下午，我的懷疑才突然得到證實。妳要承認妳的姓名、放棄化名了嗎？」

「好，好吧。可是布理格先在哪裡？也許他比你多知道一點羅徹斯特先生的事。」

「布理格在倫敦。我不太認為他會知道羅徹斯特先生的事，他關心的不是羅徹斯特先生。還有，妳忽略了重要的事，盡追問些無關緊要的細節。妳沒問我布理格先生為什麼找妳、找妳做什麼。」

「好吧，他找我什麼事。」

「只是要告訴妳，妳叔叔，也就是馬得拉群島的愛先生，過世了。他把所有財產全留給妳，妳現在有錢了。就這樣，沒別的事。」

「我！有錢了？」

「沒錯，妳，有錢了。不折不扣的女繼承人。」

一陣靜默。

「當然，妳必須證明妳的身分。」聖約翰又說，「這事一點都不難，之後妳馬上可以取得遺產。妳的錢投資在英國基金，遺囑和必要文件都在布理格那裡。」

這是一張新掀開的牌。讀者呀，一夕致富是件好事，很美妙的事。只是，這種事一時之間實在很難理解，自然也就開心不起來。再者，生命中還有不少遠比這種事更令人興奮或狂喜的機遇。財富很實在，是真實世界的事，它本身一點都不理想化，它產生的聯想既實際又認真，展現出來的樣貌也是如此。一個人聽見自己獲得財富，並不會興奮得又蹦又跳，或大喊萬歲！他會開始想到責任，想到相關事宜，會以穩定的滿足感為基礎，自我克制，鄭重地思索這份喜悅。

何況，「遺產」、「遺贈」這種字眼往往伴隨著「死亡」、「葬禮」。我聽說過的那位叔叔已經過世了，他是我唯一的親人。打從得知他的存在之後，我一直希望哪天能見到他，如今我永遠見不到了。此外，這些錢只留給我一個人：不是給我和我歡欣的家人，而是給孑然一身的我。這當然是很大的恩惠，經濟獨立是多麼稱心如意的事，沒錯，這點我感覺到了，它讓我情緒高漲。

「妳終於舒展眉頭了。」聖約翰說，「我還以為美杜莎[1]看了妳一眼，把妳變成石頭了。妳要不要問問自己有多少錢？」

「我有多少錢？」

「喔，不多！當然不值得一提，兩萬鎊，我想他們是這麼說的。不過兩萬鎊算什麼？」

「兩萬鎊？」

又一次震撼，我原本以為是四、五千鎊。這個消息確實讓我一時喘不過氣來。聖約翰，這個我沒聽他笑過的人，現在卻笑了。

「哎呀，」他說，「假使妳殺了人，而我告訴妳妳的罪行被人揭發，妳的表情也不會比現在更驚愕。」

「好大的數目。你確定沒弄錯嗎？」

「一點都沒錯。」

「也許你把數目字看錯了，也許是兩千鎊！」

「是用文字寫的，不是數字，是兩萬。」

我又覺得自己像個食量普通的人、獨自享用一桌足以餵飽一百個人的美食。這時聖約翰站起來，披上斗篷。

1. Medusa，希臘神話中的蛇髮女妖，擁有用目光將人人變成石頭的能力。

「如果不是天氣太糟，」他說，「我會讓漢娜過來陪妳。妳現在的模樣實在奇慘無比，不適合獨處。可是漢娜，這可憐的女人，她沒辦法像我一樣在雪地裡行走，她的腿不夠長。我只好留妳一個人在這裡難過。晚安。」

他正要拉起門閂，突然有個念頭閃過我腦子。「等一下！」我喊道。

「怎麼了？」

「我想不通布理格先生為什麼寫信跟你說我的事，也想不通他怎麼會認識你，或他怎麼知道住在這麼偏僻地方的你能夠找到我。」

「喔！我是牧師，」他說，「牧師經常會處理各種奇怪的事。」他又拉動門閂。

「不，沒這麼簡單。」我說。事實上，他那番草率又說不通的答覆非但不能平息我的疑問，反而讓我更加好奇。

「這事太古怪，」我補了一句，「我一定要弄清楚。」

「改天吧。」

「不行，今晚！今晚！」他轉身背對門，我趁機堵在他跟門之間。他顯得進退兩難。

「你不把事情說清楚，就別想走。」我說。

「我寧可不要現在說。」

「你要說！你必須說！」

「我寧可讓黛安娜和瑪莉告訴妳。」

這句話當然害我心急到了極點。我一定要馬上知道，不容許拖延，我也這麼告訴他。

「我也告訴妳，我是個硬脾氣的男人，」他說，「很難說服。」

「我也是個硬脾氣女人，不容許耽擱。」

「而且，」他說，「我很冷酷，熱情影響不了我。」

「我卻很熱情，火可以將冰融化。那邊的火焰已經把你斗篷上的雪都融化了，弄得雪水流淌在地板上，地板活像被踩爛的泥濘街道。聖約翰先生，你把別人家廚房的沙地毀了，如果想要人家原諒你這種天大的罪行與不當行徑，最好說出我想知道的事。」

「那麼，好吧。」他說，「我認輸，就算不是屈服於妳的真摯，也是屈服於妳的毅力，畢竟滴水會穿石。反正妳總有一天會知道的，現在知道也一樣。妳的名字叫簡愛？」

「當然，這點我們談過了。」

「妳大概不知道我跟妳同姓吧？妳不知道我的教名是聖約翰．愛．里弗斯？」

「我真的不知道！現在我想起來了，我在你借給我的書裡見過你姓名縮寫裡那個E，可是我沒問過那個E代表什麼。那又怎樣？難道……」

我停住了，那個倏忽掃過我腦海、自動自發冒出來的念頭，那個我既不敢懷抱希望，也沒膽量說出口的那個念頭，剎那之間變成牢固又真實的可能性。所有細節自動組織起來、前後呼應，按順序一字排開：那條鎖鍊在此之前像一團亂糟糟的環節，如今拉直了，毫無缺損、環環相扣。聖約翰還沒開口說出一個字，我已經直覺地知道事情是怎麼一回事，但我不能期待讀者也有同樣的洞察力，所以我必須把他的話在此重述一次。

「我母親本姓愛，她有兩個兄弟，其中一個是牧師，娶了葛茲海德的簡．里德小姐，另一個約翰．愛先生，是個商人，生前住在馬得拉群島的豐沙爾市。布理格先生是愛先生的律師，他去年八月寫信通知我們舅舅過世的消息，還說舅舅把遺產留給他那位牧師哥哥的孤女，一毛錢也沒給我們，因為他跟我父親之間發生過爭執，自始至終都沒有和解。布理格幾星期前又寫信給我，說那個女繼承人失蹤了，問我們有沒有她的消息。一個隨手寫在紙上的名字幫我找到她的行蹤。

剩下的妳都知道。」

他又轉身要走，可是我背抵住門。

「讓我說說話。」我說，「先給我一點時間喘口氣，思考一下。」我停頓下來。他站在我面前，手拿著帽子，一派鎮定。我接著說：

「你母親是我父親的姊姊？」

「對。」

「那麼她就是我的姑姑了？」

他點點頭。

「我的約翰叔叔是你的約翰舅舅？你、黛安娜跟瑪莉是他姊姊的孩子，就像我是他弟弟的孩子？」

「無可否認，是的。」

「那麼，你們三個是我的表哥表姊，我們各有一半的血統來自同一個血源？」

「我們是表兄妹，沒錯。」

我端詳他。我好像找到了一個哥哥，一個讓我引以為榮的哥哥，一個我可以愛的哥哥。還有兩個姊姊，她們人品如此之好，我跟她們初相識時，就對她們產生真正的情感和崇拜。當時我跪在濕答答的地上，從荒原居廚房低矮的格子窗往裡窺探，懷著既感興趣又絕望的悲慘心情看到的那兩個女生、竟是我的近親。而那個發現我幾乎死在他家門口、年輕又威嚴的男士跟我也有血緣關係。對一個天涯淪落人而言，這是多麼美好的發現！這是真正的財富！心靈的財富！純淨又溫暖的友誼泉源。這是個福氣，光明、鮮活又令人振奮，有別於沉重的黃金饋贈。黃金確實既富裕又受歡迎，它的沉重感卻讓人心裡不舒坦。我為這突如其來的欣喜開心地拍掌，我的脈搏狂跳，血液奔騰。

「哦，我好高興！我好開心！」我叫道。

聖約翰笑了。「我可不是才說妳總愛本末倒置？」他問，「我告訴妳妳得到一筆財富時，妳一臉嚴肅。現在呢，為了一點小事就開心成這樣。」

「你這是什麼話？對你來說也許是小事，你有妹妹，不在乎有沒有表妹。我原本一個親人都沒有，現在有三個了——或者說兩個，如果你不願意被算進來——全都活生生出現在我的世界。我要再說一次，我好開心！」

我快步橫越房間，停下來，幾乎被腦中迅速湧出、來不及接收、理解、消化的思緒給憋死，那是一堆關於接下來也許會怎樣、可以怎樣、將要怎樣、現在馬上怎樣的思緒。我望著空白的牆壁，牆面宛如綴滿上升的星辰，每一顆都指引我一個目標，帶給我一份喜樂。那些救過我性命的人，那些我到目前為止還無以回報的人，我總算能夠有益於他們。他們還套著枷鎖，我可以讓他們卸下重擔；他們散居各地，我可以讓他們重新團聚。我的獨立自主，我的富裕，也可以是他們的。我們不是四個人嗎？兩萬鎊平均分配，一個人就是五千鎊，綽綽有餘，很公平，所有人都會開心。如今那筆財富已經不沉重了，如今它已經不再是金錢的遺贈，它是生命、希望與幸福的遺產。

這些思緒風暴在我腦中紛紛擾擾時，我的表情如何，我不清楚。可是，我很快發現聖約翰已經拿了把椅子放在我身後，溫柔地想扶我坐下來。他還勸我要冷靜，我不屑他這種幫倒忙、害我分心的舉動，甩開他的手，邁開腳步繼續踱步。

「明天寫信給黛安娜和瑪莉，」我說，「叫她們馬上回來。黛安娜說過，她們倆只要各自有個一千鎊，就覺得很有錢了，如果有五千鎊，她們應該可以過得很好。」

「水在哪裡，我幫妳倒一杯？」聖約翰說，「妳真的要努力讓自己冷靜下來。」

「胡扯！這樣一筆錢對你會有什麼作用？能不能讓你留在英國，跟奧利佛小姐結婚，像一般人一樣安定下來？」

「妳精神錯亂了，妳的頭腦搞迷糊了。我說得太冒失，害妳興奮過了頭了。」

「里弗斯先生！我被你磨得快不耐煩。我現在很理智，誤解的是你，或者你故意假裝聽不懂。」

「或者，如果妳說清楚點，我應該比較能了解。」

「說清楚！還有什麼好說的？你該不會看不出來，兩萬鎊這個數目剛好可以平均分配給我們的叔舅的四個姪甥、每個人都有五千嗎？我要你做的事情，是寫信你兩個妹妹，讓她們知道她們有了這筆錢。」

「應該是告訴她們妳有了這筆錢吧。」

「我已經表達過我的意思了，我沒辦法接受別的方案。我不是極端自私、盲目不公平或冷酷不知感恩的人。再者，我決心要有個家，要有親人。我喜歡荒原居，我要住在荒原居；我喜歡黛安娜和瑪莉，我一輩子都要跟她們在一起。我擁有五千鎊就會很開心，很有益處；兩萬鎊對我而言，只會是折磨與壓迫。何況，儘管法律這樣定，這筆錢原本就不完全屬於我。我只是把對我來說絕對多餘的東西丟給你們。別再反對了，也別再說了，我們就意見一致、做出決定就好了。」

「這只是妳一時衝動的決定，妳必須花幾天時間考慮一下，到那時妳說的話才能算數。」

「喔！如果你懷疑的只是我的誠懇度，那我就不擔心。你看得出這件事的公平性嗎？」

「我**確實**看出其中有一定程度的公平性，可是這根本違反常理。再者，全部遺產都是妳的權利。我舅舅憑自己的努力賺來的，他可以隨心所欲支配，而他留給了妳。畢竟，公理允許妳保留這筆財產，妳大可問心無愧地把它當成妳的。」

「在我看來，這件事關係的不只是良心，也關係到情感。我必須滿足我的情感，我很少有機會這麼做。即使你要爭辯、反對或嘮叨我一整年，我也不會放棄那份我淺嘗到的甜美滋味，那包括回報天大的恩情，也包括爭取到終生的親人。」

「妳現在這樣想，」聖約翰說，「是因為妳不了解擁有財富的感受，自然也就無法享受它。妳無法想像兩萬鎊對妳有什麼重要性，也不明白那筆錢能幫妳爭取到什麼樣的社會地位，能為妳帶來什麼樣的未來，妳沒辦法……」

「而你，」我打斷他，「一點也沒辦法想像我多麼渴望手足之情。我從來就沒有家，從來就沒有兄弟姊妹，現在我一定要、也一定會擁有這些，你不會是不想承認或接受我這個妹妹吧？」

「簡，我願意當妳的哥哥，我妹妹們也願意當妳的姊姊，妳不需要因此犧牲妳的權益。」

「哥哥？是啊，在一萬八千里之外！姊姊？是啊，在陌生人家裡討生活！我，榮華富貴，身邊堆滿不是憑勞力獲取、自然也沒資格擁有的黃金！而你們，一貧如洗！真是了不起的平等友愛！好緊密的團圓！好親密的情感呀！」

「可是簡，妳想要家人、想有家庭幸福的願望可以用別的方法實現，妳可以結婚呀！」

「又胡扯了！結婚！我不要結婚，永遠也不會結婚。」

「這話說得太滿了，妳這種危險言論恰恰證明妳現在心情有多麼激動。」

「我並沒有說得太滿，我明白自己的感覺，也明白我想到婚姻時，內心有多麼反感。不會有人為了愛來娶我，而我絕不願意變成別人攀龍附鳳的對象。我不想要個陌生人，一個心意不相通、疏離、跟我南轅北轍的人。我要跟我志趣相投的人，要那些我對他們懷著完全的同儕情誼的人。再說一次你願意當我哥哥。你說這句話的時候，我覺得滿足又開心。如果你不介意，請再說一次，真誠地說一次。」

「我想我可以。我知道我向來很愛我兩個妹妹，也知道我基於什麼原因愛她們。我是因為看重她們的價值，欣賞她們的才華。妳也有原則、有主見，妳的品味與嗜好跟黛安娜和瑪莉很相近，有妳在的時候我還滿開心的，我很早就從妳的言談之中得到一份有益身心的慰藉，我覺得我可以輕易在我心中挪出一個位置給妳，把妳當做我第三個、也是最小的妹妹。」

「謝謝你，今晚有這些話我就滿足了。你最好趕快回家，因為你再待下去，很可能會再說些多疑的顧忌來惹我生氣。」

「愛小姐，那麼學校呢？我猜學校要關閉了？」

「不。我會繼續教，直到你找到替代人選。」

他讚許地笑了笑。我們握了手，他就離開了。

接下來我花了多少心思、費了多少唇舌，事情才能照我的意願處理，就不再贅述。我的任務十分艱鉅，可是，由於我心意已決，我的表親們終於明白我確實有心公平分配那筆遺產，也絕不會改變心意。他們自己內心想必也意識到這種作法的公平性，也一定知道，如果易地而處，他們一定也會做出跟我一樣的決定。最後，他們總算同意把這件事交付仲裁。被選定的裁決者包括奧利佛先生和一名能幹的律師，他們都同意我的看法，我的提議獲得通過。後續的移轉手續處理妥當，聖約翰、黛安娜、瑪莉和我各自得到一筆足以確保舒適生活的財產。

第三十四章

等事情全部處理完畢，時間已經接近聖誕節，全國性的節慶季節來到。我已經關閉摩頓女校，跟學生分別之前，我刻意用心跟大家道別。好運不只讓我們心情開朗，也讓我們慷慨大方起來，能把我們大筆接受到的東西分享一點出去，只不過是讓我異常澎湃的情感得以宣洩。長久以來我一直很開心，因為我覺得我的鄉下學生之中有許多人很喜歡我。我們道別的時候，她們坦率又強烈地流露她們的感情。得知自己在她們質樸的心中真的佔有一席之地，我深受感動：我答應她們，以後每個星期都會來看她們，教她們一小時的課程。

里弗斯先生來到學校的時候，正好看到人數成長到六十名的學生從我面前魚貫走出教室。我鎖了門，手拿著鑰匙站在門外，跟五、六個最優秀的學生說些特別的臨別話語。那些學生是英國農村最端正、最體面、最謙恭、最有學養的年輕小姐。這點就很不容易了，因為英國農民是全歐洲農民之中教育程度最高、舉止最合宜、也最自尊自重的。在那之後我又見過法國和德國的農民，即使是他們之中最傑出的，在我看來，跟我的摩頓女孩相比，依然顯得無知、粗俗又愚笨。

「妳覺得妳三個月的辛苦有沒有代價？」學生離開後，聖約翰問我。「知道自己對這個時代和這個世代做了真正有益的事，是不是讓人很開心？」

「無庸置疑。」

「而妳只奮鬥了幾個月！如果一輩子都奉獻來協助人類獲得重生，那不是很有意義嗎？」

「是啊。」我說，「可惜我沒辦法持續到永遠，我在開發別人的能力的同時，也希望能善用自己的才能。現在我要快樂過的日子，別讓我的身體或心靈想起學校的事。我離開教室了，整個假期都不打算回來。」

他神情肅穆。「怎麼回事？怎麼突然這麼急？妳打算做什麼事？」

「我要行動，盡可能行動。首先，我要請你放漢娜自由，找別的人來服侍你。」

「妳想要她幫妳嗎？」

「對，要她跟我回荒原居。黛安娜和瑪莉一星期內就回來了，我想在她們回來之前做好一切準備。」

「知道了。我還以為妳想出門旅行。這樣最好，漢娜可以跟妳去。」

「那就叫她明天之前準備好。這是教室的鑰匙，明天早上我再給你小屋的鑰匙。」

他接下鑰匙。「妳還鑰匙還得挺開心的。」他說，「我不明白妳怎麼會這麼輕鬆，因為我看不出來妳辭掉這份工作之後有什麼打算。妳的人生還有什麼目標、企圖或抱負？」

「我的第一個目標就是要**徹底打掃**，你有沒有聽出這四個字隱含的魄力？我要把荒原居從房間到地窖**徹底打掃**乾淨，還要用蜂蠟、油和難以計數的抹布好好打磨一遍，直到整個屋子煥然一新。我的第二個目標，就是用數學般的精準重新擺設椅子、桌子、床鋪、地毯。之後，我要把你的錢幾乎全花在煤球和泥炭上，在每個房間都點上熊熊爐火。最後，你妹妹們回來的前兩天，我跟漢娜要把所有時間都用來打蛋、挑紅醋栗、研磨香料、製作聖誕糕餅、剁碎餡餅材料，還要認真執行其他烹飪儀式，反正跟你這樣的門外漢多說無益。簡單來說，我的企圖就是在下星期四之前，為黛安娜和瑪莉的返家做好萬全準備；我的抱負就是在她們回到家時，給她們一個十全十美的歡迎場面。」

聖約翰微微一笑，顯然還是不滿意。

「短時間之內還可以，」他說，「不過，說正經的，等這一陣子興頭過後，妳會想追求一些比家人情誼與居家歡樂更崇高的東西。」

「那是世上最美好的東西了！」我插嘴道。

「不是，簡，不是。這個世界不是享樂的地方，別企圖讓它變成那樣。它也不是休息的地方，所以別怠惰。」

「恰恰相反，我想要變忙碌。」

「簡，我暫時原諒妳，給妳兩個月的寬限期，讓妳好好享受妳的新身分，盡情體驗這份剛找到的親情魔力。**在那之後**，我希望妳把眼光放在荒原居和摩頓之外的地方，把視野拉出姊妹關係之上，不要滿足於文明社會富裕生活裡一己的平靜與感官的舒適。我希望屆時妳的能量會再次強烈得讓妳不得清靜。」

我震驚地望著他。「聖約翰，」我說，「我覺得你說這種話實在有點壞心腸。我決定要讓自己像女王一般滿足，你卻試圖讓我寢食難安！這是為什麼？」

「為了讓上帝交給妳保管的才華能夠發揮用處，有一天祂會要求妳提交一份嚴謹的帳本。簡，我得提醒妳，我會仔細又密切地注意妳，妳要設法控制妳投注在普通家庭生活上那份超乎常理的熱情。別這麼頑固地緊抓著人際間的關係，把妳的忠貞與激情留給另一種更為合適的目的，千萬別浪費在微小又短暫的事物上。簡，妳聽清楚了嗎？」

「聽清楚了，清楚得彷彿你說的是希臘語。我覺得我有充分的理由可以快樂，我也一定**會**快樂。再見！」

我在荒原居過得很開心，也工作得很勤奮，漢娜也一樣。她看見我在天翻地覆的屋子裡忙得這麼起勁，覺得很有趣。她發現我很能洗洗刷刷、能撣灰塵、清掃，還能作料理。的確，經過一兩天讓人不知所措的混亂之後，慢慢地從我們製造的混亂當中建立起秩序，感覺相當暢快。先前我去了一趟S鎮，採購了幾樣新家具，我的表親們徹底授權，讓進行我想做的改造，大家也籌措了一筆錢支應所需開銷。常用的客廳和房間我沒做多大更動，因為我知道黛安娜和瑪莉看到那些樸實的舊桌椅和床鋪，會比看見時尚的家具更開心。不過，還是需要有點新意，她們回來時，才能感受到我希望打造的新氣象。漂亮的全新深色地毯和簾幕；一系列精心挑選的瓷器或青銅裝飾品；新的被子、鏡子和梳妝桌的化妝箱，就可以發揮這種效果，因為這些東西看起來很新穎，卻不會太招搖。我把閒置的客廳和臥房全部改頭換面，用了老紅木和深紅色的配件。我在走道上鋪了帆布，樓梯鋪上地毯。全部完工以後，我覺得荒原居變成完美的典型，內部有鮮明合宜的舒適感，外表則是標準的冬季蕭條與荒蕪景象。

那個重要的星期四終於來到，她們預定天黑後才會抵達。薄暮時分，屋子裡樓上樓下就點起溫暖的爐火，廚房有條不紊。我跟漢娜打扮整齊，一切都準備就緒。

聖約翰先到。早先我拜託他，在整修工作告一段落之前暫時別回家。事實上，他光是想到這屋子裡進行中的那一大堆骯髒又瑣碎的雜事，就嚇得不敢踏進一步。他在廚房找到我，我正在觀察爐子上烘烤的茶點糕餅。他走向壁爐，問我，「妳當女傭當得心滿意足了吧？」我回應他的方式是邀請他檢視我的工作成果。我費了一番工夫才拉著他去參觀屋子，他只肯站在我打開的門外探頭進去瞄一眼。他樓上樓下逛過一趟後，只說我一定把自己弄得又累又煩，才能在這麼短時間內做出這麼大的改變。至於自有住宅的改善是不是讓他感到滿意，他一個字也沒提。

他的沉默讓我很掃興，我心想，或許我的改造破壞了某些他很珍惜的懷舊氛圍。我問他是不是這樣，問話時語氣難免氣餒。

「一點也不會。相反地，我覺得妳煞費苦心地保留了很多有紀念價值的舊物，這些事恐怕不值得妳耗費這麼多腦力。比方說，妳花了多少時間來思考這個房間的布置？對了，妳能不能告訴我，我的書到哪裡去了？」

我告訴他他要的書在架子上，他把書拿下來，退到他平時的窗台座位，讀了起來。

讀者，我不喜歡這樣。聖約翰是個好人，但我開始覺得，他說自己冷酷無情，恐怕所言不虛。生命中的慈愛與歡欣對他毫無吸引力，生活中的平靜享受對他沒有魅力。說實在話，他活著只是為了一股渴望，為了追尋美好而偉大的事。他一刻都不肯放鬆，也不允許周遭的人放鬆。我看著他那像白色岩石般牢固又雪白、高高的額頭，看著他雅致的五官專注在閱讀上，我突然醒悟到，他不會是個好丈夫，當他的妻子一定很辛苦。我彷彿靈光一閃，霎時看清了他對奧利佛小姐的愛。我同意他的看法，那只是感官的愛。我也了解到，他一定很鄙視那份熱情對他造成的影響。我了解到他多麼想要掐熄它、毀滅它，更了解到他多麼不相信那股熱情會帶給他或她永久的幸福。我看懂了，他的本質就是大自然打造她的英雄——比如說立法者、政治人物、征服者，不管是基督教徒或異教徒——的那些要素，一種可以託付偉大利益的穩固堡壘。可是，這樣的人出現在壁爐旁，往往冷得像笨重的石柱，陰鬱又時地不宜。

「這個客廳不是他的領域。」我心想，「喜馬拉雅山或非洲叢林，甚至瘟疫橫行的幾內亞海岸沼澤會更適合他。他避開寧靜的居家生活是對的，那不合他的口味。在家庭裡，他的能力遲滯了，既無法成長，也派不上用場。非得在衝突與危險的場景中，在勇氣得以驗證、能量得以釋出、堅毅得以承擔重任的地方，他這個首領與強者才會發言、才會行動。在這個壁爐邊，一個快樂的小孩子會比他更具優勢。他選擇傳教士為職是對的，現在我看出來了。」

「她們回來了！她們回來了！」漢娜嚷嚷著，一把推開客廳的門。在此同時，老卡洛興奮地吠叫。我跑出去。天已經黑了，但可以聽得見轆轆的車輪聲。漢娜很快點起一盞燈籠。馬車停在小門外，車伕打開車廂，一個熟悉的身影下了車，接著是另一個。轉眼間我的臉已經埋進她們的帽子底下，先碰觸瑪莉柔軟的臉頰，再碰到黛安娜滑順的鬈髮。她們興高采烈，親親我，又親親漢娜，再拍拍興奮得有點發狂的卡洛。她們急切地詢問一切是否安好，得到肯定答覆後，就匆匆進屋了。

從惠特口到家這段漫長的顛簸路程害得她們全身僵硬，夜晚的凜冽寒風讓她們手腳冰冷，可是她們在愉快的火光中展露歡欣的笑顏。車伕與漢娜忙著拿行李時，她們問起聖約翰，而他直到此時才從客廳出來。她們倆同時張開手臂抱住他的頸子。他給她們各自一記輕吻，低聲說了幾句歡迎回家的話，站著陪她們聊了一會兒。之後，他說她們想必不久就會到客廳跟他碰面，就先退到客廳去，像逃回某種庇護所似的。

我幫她們點好上樓的蠟燭。黛安娜非得先安排好招待車伕的事，之後，她們倆才隨我上樓。她們對各自房間的整修與布置都深表滿意，裡面有嶄新的帷幔、清新的地毯、色彩鮮麗的瓷瓶，她們毫不保留地表達她們的欣喜。我很慶幸我的布置完全符合她們的心意，也很慶幸我所做的一切為她們愉快的返家場面增添一股生動的樂趣。

那天晚上真是無比暢快。我那兩位興高采烈的表姊應答如流，她們的口若懸河彌補了聖約翰的沉默寡言。聖約翰見到妹妹們確實很開心，卻無法投入她們洋溢的熱情與歡樂的心境。那天的重要事件——也就是黛安娜與瑪莉的返家——讓他感到欣喜，可是，伴隨這件事而來的插曲，那些快活的喧鬧，那些重逢時心花怒放的笑談，都讓他感到厭煩。我看得出來，他希望更為平靜的明天已經來到。茶點過後一小時，屋子裡的熱鬧氣氛到達頂點，門外傳來敲門聲。漢娜走進來，說，「有個可憐的小男孩來了，來得可真不湊巧。他要請聖約翰去探望他母親，他母親快不行了。」

「那位母親住哪裡？」

「就在惠特口山頂，差不多有六公里遠，一路上都是荒地和青苔。」

「跟他說我會去。」

「少爺，我想你最好別去。那可是天底下最不適合夜裡行走的路，泥塘上根本就沒有路。何況今天晚上天氣這麼糟，誰也沒碰過這麼冷的風。少爺，你最好給個口信，說你明天一早就去。」

但他已經在走道上，正在穿斗篷，既沒有反駁，也沒多說什麼，就出門去了。當時時間是九點，他到午夜時分才回來，又餓又累，整個人卻顯得比出門前更快樂。他履行了職責，付出了努力，體驗到自己擁有行動與否決的力量，內心的衝突也因此減少。

接下來那一星期恐怕嚴厲考驗他的耐心。那是聖誕假期，我們什麼正經事都沒做，把時間完全消磨在愉快的居家瑣事當中。對黛安娜與瑪莉而言，荒原的空氣、在家的放鬆、富裕生活的開始，像是起死回生的靈藥，她們從早到午、從午到晚都樂陶陶的。她們可以說個不停，她們說的話機智、簡練、有創意，非常吸引我，以至於我喜歡傾聽她們或加入談話，不願意做別的事。聖約翰沒有責難我們的歡樂，但他避開我們，他很少待在家，他的教區很大，居民很分散，每天都可以到不同地區去探視貧病教民。

有天早上吃早餐時，黛安娜有點哀傷地看了聖約翰幾分鐘，問他，「你的計畫還是沒變嗎？」

「沒有變，也沒辦法變。」他如此回答。接著，他告訴我們，他離開英格蘭的日子確定了，就在隔年。

「那蘿莎曼．奧利佛呢？」瑪莉問道，這番話好像不自覺地從她嘴裡溜出來，因為她話一出口，馬上露出很希望收回的表情。那時聖約翰手裡拿著一本書——他有用餐時看書的孤僻習慣——他闔上書本，抬起頭。

「蘿莎曼．奧利佛，」他說，「很快就要跟葛蘭比先生結婚了。那位先生是S鎮家世最好、最受敬重的人，也是費德烈克．葛蘭比爵士的孫子兼繼承人。蘿莎曼的父親昨天告訴我這個消息。」

黛安娜與瑪莉對望一眼，又看看我，我們三個又把目光轉向他，他平靜得像一面玻璃。

「這樁婚事想必決定得很倉促，」黛安娜說，「他們應該認識不久。」

「將近兩個月。他們十月在S鎮的郡舞會認識的。不過，如果雙方的結合沒有阻礙，像他們這樣，而且兩人的姻緣怎麼看都只有好處，那就沒有耽擱的必要了。只等費德烈克爵士給他們的房子整修完畢，他們就會結婚。」

這次談話後我再見到聖約翰時，忍不住想問他那件事會不會讓他憂傷。可是，他好像根本不需要同情，所以我非但不敢向他表達安慰之意，想起自己先前冒冒失失說的話，更覺慚愧。再者，我已經不知道該怎麼跟他說話了。他的保守態度重新覆上一層冰，我的坦率被凍結在底下。他沒有信守待我如親妹妹的承諾，他對我和他的妹妹的態度一直有種令人心寒的差別待遇，導致我跟他之間始終發展不出真摯的情感。也就是說，儘管我如今變成他的親人，跟他同住一個屋簷下，我卻覺得我和他之間的關係遠比我還是村莊學校老師時更為疏遠。只要想到他曾經對我吐露過多少心事，我就無法理解他此時對我的冷淡。

正因如此，當他突然抬起原本垂向桌面的頭，對我說話，我著實吃了一驚。

「簡，妳看吧，我打了一仗，取得了勝利。」

他這神來一筆讓我很震撼，一時之間答不上話。遲疑片刻之後，我說：

「你確定你的處境不像那些付出太高代價的征服者嗎？這種事情如果再發生一次，會不會把你擊垮？」

「應該不會。如果是這樣，也沒什麼要緊。我再也不會碰到這種衝突了。這場戰鬥的結果早有定數，如今我的道路已經清理乾淨，我感謝上帝！」說完，他重新回到書本上、恢復沉默。

我們（即指我、黛安娜與瑪莉）共享的歡樂氣氛逐漸歸於平靜，回到舊有的興趣與規律的閱讀，這時聖約翰待在家的時間也多了。他會跟我們坐在同一個房間，有時候一待就是幾小時。這種時候瑪莉多半在畫畫、黛安娜也著手進行她的百科全書閱讀計畫（可真叫我敬佩又驚奇），而我埋頭苦讀德文，他則是在研讀自他自己的神祕學問。為了他未來的計畫，他覺得有必要學習那種語言。

他坐在自己的窗台座位學習的時候，顯得安靜又專注。但是，他那雙藍色眼珠會習慣性地飄離那乍看之下稀奇古怪的文法，四處遊移，偶爾會落在我們這些跟他一起學習的人身上，怪裡怪氣地觀察我們。被人發現時，那眼神會立刻飄走，過了不久，又會探索地轉向我們的桌子這邊。我很納悶那是什麼意思，同樣地，我也搞不懂，每回我做了一件在我看來無關緊要的事，他會及時表達讚許，那就是我每星期去一趟摩頓學校。更讓我不解的是，如果那天天氣不好，下雪或下雨，或颳起強風，他妹妹們極力勸阻我時，他總是會取笑她們的多慮，敦促我不要在乎天氣，努力去完成使命。

「簡才不像妳們想像中那麼脆弱。」他會說，「她跟我們一樣，抵擋得了強勁的山風、滂沱的陣雨或紛飛的雪花。她的身體很強健、很靈活，比任何更健壯的人還能忍受各種形態的氣候。」

等我回到家，即使覺得身子很疲乏，或因為風吹雨打感到不適，也不敢有怨言，因為我知道，發牢騷只會惹他生氣。無論何時何地，堅忍才能討他歡心，否則就會格外令他惱怒。

不過，有一天下午我獲准留在家裡，因為我真的感冒了，由他妹妹們代替我到摩頓去。我在讀席格勒，他埋首解讀他那些晦澀難懂的東方卷軸。我放下書本，想翻譯一段德文當練習時，視線碰巧投向他，卻發現那對隨時警戒的藍眼珠正在觀察我。我不知道那雙眼睛反覆再三留意我多久了，那眼神何其銳利、卻又那麼冷淡。當時我忽然疑神疑鬼，覺得自己似乎某種詭異的東西坐在同一個房間裡。

「簡，妳在做什麼？」

「在學德文。」

「我要妳放棄德文，改學印度斯坦語。」

「你不是認真的吧？」

「認真到我一定要讓它實現。我會告訴妳原因。」

接著他告訴我，他目前正在學習的就是印度斯坦語，但他學到進階程度的時候，就會忘記基礎。如果有個學生可以讓他一再重複基本課程，對他有很大的幫助，因為這樣才能把那些基本內容深深印在腦海裡。他說他一直猶豫著到底要選我，還是選他妹妹。最後他選擇了我，因為他發現我們三個之中，我做功課最有耐心。他問我願不願意幫他這個忙，還說也許我不需要犧牲太多時間，因為他不出三個月就要出發了。

聖約翰是個不輕易接受拒絕的男人。你會感覺到，在他心裡形成的任何印象，不管是歡樂或痛苦，都會深深烙印、永難磨滅。所以我答應他了。黛安娜和瑪莉回來以後，黛安娜發現自己的學生已經轉到她哥哥手上，她笑了。她跟瑪莉都說，換做是她們，絕不會答應聖約翰這樣的安排。他只是靜靜地說：

「我知道。」

我發現他是個非常有耐心、非常寬容、卻極為嚴格的老師。他對我的要求很高，只要我的表現符合他的期待，他就會用自己的方式表達他的讚賞。一點一滴地，他對我有了相當的影響力，漸漸剝奪了我的思想自由，因為他的讚美和關注比他的冷漠更能約束人。有他在的時候，我再也不能自在地說話或大笑，因為有一股糾纏不休、令人厭煩的直覺不斷提醒我，活潑有朝氣（至少在我身上）會令他嫌惡。我徹底了解到、唯有嚴肅的情緒和消遣能被他接受。只要有他在，企圖維持或從事其他的事均屬徒然。我被某種咒語凍結了，只要他說「走」，我就走；他說「來」，我就來；他說「做這個」，我就照做。可是，我不喜歡自己如此屈從，衷心希望他繼續忽視我。

有天晚上，就寢時間到了，她妹妹們和我站在他身邊，向他道晚安。他一如往常地親吻她們，也一如往常地對我伸出手來。當時黛安娜調皮起來（**她**並沒有痛苦地受制於他的意志，因為她的意志也一樣堅強，儘管方式不同），大聲叫道：

「聖約翰！你以前總說簡是你的三妹，你卻沒有把她當妹妹。你也應該親她一下。」

她把我推向他。我不喜歡黛安娜多此一舉，只覺渾身不自在，不知如何是好。這些念頭和感受在我腦中激盪時，聖約翰低下頭，他那張希臘臉孔來到跟我的臉一般高的位置，銳利的目光探詢我的眼睛，然後親了我一下。天底下沒有所謂的大理石式親吻或冰式親吻，否則我會說我這位教士表哥的晚安吻正屬於這種類別。不過，或許有所謂測試之吻，他的就是測試之吻。吻過之後，他察看我的表情，試圖分析效果。那個吻沒什麼特別的，我相信我的臉沒有變紅，或許還蒼白了些，因為我感覺這個吻是蓋在我的枷鎖上的封印。自此以後，他從未忽略過這項儀式，我接受他的吻時那份莊嚴與沉靜，似乎讓他對這個儀式產生相當程度的喜好。

至於我，我每天都期待能更令他滿意。只是，為了達到這個目的，我愈來愈覺得自己必須放棄一半的天性、壓抑一半的能力，要扭曲原本的志趣，強迫自己去追求那些原本就不感興趣的事物。他想磨練我，想讓我提昇到一個我永遠無法企及的境界。為了嚮往他高高在上的標準，我時時刻刻飽受折磨。那個目標根本不可能達成，正如同我這扭曲的五官不可能塑造成他那種精準的古典臉孔，正如同我這多變的綠色眼眸不可能換成他的海藍色澤與肅穆光采。

然而，讓我陷入目前這種卑屈狀態的不只是他的威權。近來我動輒流露出悲傷的面容，有一顆潰瘍的毒瘤端坐在我心頭，從源頭榨乾我的快樂，那就是擔憂這顆毒瘤。

讀者，或許你以為我基於環境與經濟狀況的改變，已經忘了羅徹斯特先生。我一刻也不曾忘記他，我腦中還有他的存在，因為那不是陽光能夠驅散的霧氣，也不是暴風雨可以沖刷掉的沙畫肖像。那是個刻在石板上的名字，注定要與刻了它的大理石共存亡。想得知他近況的渴望日以繼夜如影隨形：我在摩頓的時候，每天一踏進小屋就想起這件事；如今在荒原居，每天晚上我都在自己房間裡想著他。

為了遺囑的事，我必須跟布理格先生書信往來，過程中我問他知不知道羅徹斯特先生目前的住處及健康狀況。可惜，正如聖約翰所猜測，他對羅徹斯特先生的事所知極為有限。於是我寫信給費爾法克司太太，問她相同問題。我有十足把握，覺得這個辦法一定可以達到我的目的，也很確信很快會有消息。不料，兩星期過後仍然沒有回音，我非常震驚。我等了兩個月，一天天看著郵車來了又走，沒有為我帶來任何訊息，我開始心急如焚。

我再次去函，說不定前一封信寄丟了。重新寄出的信件燃起的希望，也像前一次那樣，閃耀了幾個星期，之後，又像前一次，火光減弱，搖曳不定。我沒等到隻字片語。空等了半年之後，我的希望徹底破滅，只覺眼前一片漆黑。

明媚的春光照耀大地，我卻無心賞玩。夏天來了，黛安娜試圖逗我開心，她說我整個人無精打采，想陪我到海邊走走。聖約翰不同意，他說我需要的不是消遣，而是工作，說我目前的日子過得太散漫，需要有個目標。大概是為了彌補這點缺失，他又延長了我修習印度斯坦語的時間，對學習成果要求得也更加嚴格。而我像個傻瓜，絲毫沒想到要反抗他，我根本無力反抗他。

有一天，我上課時的精神比平時差。我心情之所以低潮，是因為強烈的失望感。那天早上漢娜告訴我有一封我的信，我下樓去拿，滿心以為我苦等多時的消息終於來了。然而，那只是一封來自布理格先生、無關緊要的信。那份沉痛的打擊讓我忍不住落淚。等我坐下來專心閱讀印度文書那些乖張難辨的文字與繁複誇飾的比喻時，淚水再度溢滿眼眶。

聖約翰叫我過去念書給他聽，我努力去讀，嗓子卻不配合，字句被啜泣聲淹沒。當時客廳裡只有我和他兩個，黛安娜在娛樂室練琴；瑪莉在做園藝。那是個風和日麗的五月天，萬里無雲、陽光燦爛、清風徐徐。

聖約翰對我的眼淚不表驚訝，也沒有探詢原因，只說：「簡，我們暫停幾分鐘，等妳心情平復一點。」

我急忙壓抑情緒的同時，他鎮定又耐心地坐在那裡，俯身靠向桌子，儼然像個醫師，以專業眼光看著患者的病症出現他已然預期且全盤掌握的危機。我強忍啜泣、擦乾眼淚，嘀咕著我身體不太舒服之類的話，然後重新開始念，也順利完成。

聖約翰收走他和我的書本，鎖上抽屜，說：「好了，簡，妳需要出去散散步，跟我一起。」

「我去叫黛安娜跟瑪莉。」

「不，今天早上我只要一個同伴，那個人一定得是妳。穿上外套，從廚房門出去，走那條通往沼澤谷地的路。我很快就跟上來。」

我不懂得折衷，在我一生中，如果遇到那種跟我的性格相牴觸、積極又強硬的人，我始終沒有辦法在絕對屈服與堅定抵抗之間找出折衷方案。我總是忠實地奉行其一，直到蓄積的壓力瀕臨爆發——有時會像火山般激烈——才驟然轉向另一端。既然目前的情況不需要、我當下的心情也無意採取叛變，於是我謹慎地服從聖約翰的指示。短短十分鐘內，我已經跟他肩並肩走在峽谷荒僻的小徑上。

微風從西方吹送過來，拂過山丘，帶來石南與燈芯草的誘人香氣。天空湛藍淨透，小溪緩緩流向深谷，溪水因剛結束的春雨而漲滿，豐沛又清澈地向前奔流，捕捉了驕陽的金黃光芒與穹蒼的深藍色澤。我們繼續前行，離開小徑，踏上細緻如青苔、翠綠如寶石的柔軟草地。草地上鋪著無數白色小花，間或點綴著星辰般的嫩黃花朵。周遭的群巒幾乎將我們包圍，因為整條峽谷一路迂迴曲折、盤入山中。

「我們在這裡休息一下。」聖約翰說。我們走到了第一個亂石群，岩石守護著某個像隘口的地形。小溪在隘口的另一邊垂直往下衝，形成瀑布。再更遠處，山麓甩脫了綠草與鮮花，只以石南為衣、怪石為飾，將野地的景象鋪陳得極盡荒涼，以愁眉苦臉取代鮮嫩青翠，守護著孤獨的微末希望、為靜謐保全最後一處避難所。

我坐了下來，聖約翰站在近處。他抬頭看看隘口，又低頭瞥一眼山谷，視線隨著溪流飄向遠方，又拉回來，掃過為溪流染色的萬里晴空。他脫下帽子，任由微風吹拂他的頭髮、輕吻他的額頭。他好像在跟出沒此地的精靈互通訊息，用眼神跟某種東西道別。

「等我在恆河邊入睡後，」他說，「我會再見到這一切。更久之後，等我在一條更幽暗的河流旁進入另一場睡夢，我還能再次看見。」

隱藏怪異情感的怪異言語！苦行的愛國者對祖國的熱情！他坐下來，我們整整半小時不發一語，我沒跟他說話，他也沒對我說話。之後，他又開口了：

「簡，我六星期後就出發了。我已經定好船票，六月二十日搭一艘航向印度的東方商船。」

「上帝會保佑你，因為你承擔了祂的使命。」我說。

「沒錯。」他說，「那是我的榮耀與喜樂。我是一位絕對可靠的主人的僕人。我不是在凡人的指引下出行，不是聽命於我軟弱的蠕蟲同類那些疏漏的律法與謬誤的管理。我的君王、我的立法者、我的領袖完美無缺。奇怪的是，為什麼我身邊的人沒有急於投入這個行列，沒有急於加入這個大業。」

「不是所有人都有你的力量。軟弱的人試圖跟堅強的人一起前進，未免愚蠢。」

「我說的、想的並不是那些軟弱的人。我說的只是那些夠資格擔任這個使命、也有能力完成它的人。」

「那樣的人寥寥無幾，也不容易找到。」

「妳說得很對，可是一旦找到了，就必須喚醒他們，必須督促並激勵他們去投入。要讓他們知道自己的天賦，知道自己為什麼有這份天賦，將上天的旨意轉達給他們，讓他們以上帝的旨意躋身在祂的選民之列。」

「假使他們當真符合資格，他們自己的心難道不會率先透露訊息嗎？」

我意識到一種恐怖的咒語在周遭形成，匯集在我頭頂上方。我很害怕聽見某些決定性的話語，會立即宣告並釘牢那道咒語。

「那麼**妳的**心透露什麼？」聖約翰問。

「我的心沒說話，我的心什麼都沒說。」我受到突襲，心驚肉跳。

「那麼我必須代它發言。」他用低沉冷酷的聲音繼續說，「簡，跟我一起去印度。充當我的夥伴，跟我一起服勞務。」

峽谷與天空同時旋轉，山巒隆起！我彷彿聽見了來自上天的召喚，彷彿有個虛幻的信使，像那個馬其頓人[1]，聲稱：「過來幫助我們！」但我不是使徒，我看不見那個傳令官，我聽不見

1. 見《聖經》〈使徒行傳〉第十六章，保羅看見異象，有個馬其頓人求他去馬其頓幫助他們。

他的呼喚。

「哦，聖約翰！」我叫道，「饒了我吧！」

我懇求的這個對象，在履行他自認的職責時，是不會有一絲慈悲或內疚的。他接著說：

「上帝與大自然要妳成為傳教士的妻子。他們賜給妳的不是外貌上的條件，而是精神上的才能。妳為勞役而生，不是為愛而活。妳必須、也必定會成為傳教士的妻子。妳屬於我。我要妳，不是為了一己之私，而是為了我主上的任務。」

「我不適合，我沒有能力。」

他早料到我第一個反應會是拒絕，他沒有生氣。事實上，他雙手抱胸、神情泰然地靠在背後的岩壁。我看得出來，他已經準備好面對漫長又疲乏的反抗，也已經備妥充足的耐心，幫助他撐到終點，並且果斷地認定那個終點就是他的勝利。

「簡，謙遜是基督教美德的基石。妳說得對，妳不適合這個任務。但誰又適合呢？或者說，有哪個真正受到召喚的人相信自己有資格被召喚？比如說我，我也只是塵土灰燼。跟聖保羅相比，我承認我是最大的罪人。可是，我不會因為自慚形穢而氣餒。我了解我的領袖，知道祂既公平又偉大，知道祂一旦選擇了脆弱的工具來執行偉大的使命，就會以祂無邊的神力，補足工具的不足，以達成目標。簡，妳要像我這樣思考，要跟我一樣信任。我要妳依靠的是永世的磐石，毫無疑問地，它能夠承載妳人性弱點的重量。」

「我對傳教士的生活一無所知，我從來沒有研究過傳教士的職責。」

「在這方面，謙卑如我，可以提供妳需要的協助。我可以幫妳安排好每小時的任務，永遠支持妳，時時刻刻協助妳。一開始我可以做到這點，不久後（因為我熟知妳的力量），妳就會跟我一樣強壯敏捷，不再需要我的幫助。」

「可是我的力量，承擔這份使命所需的力量在哪裡呢？我感覺不到它們。你說話的時候，我內心沒有一點聲音，沒有一點動搖。我察覺不到火苗的微光，感覺不到心神的激發，聽不見勸進或歡呼的聲音。哦，真希望你能看見我的內心此刻多麼像暗無天日的地牢，圈禁在底部的、只是一股蜷縮的恐懼，恐懼被你說服去從事我無力達成的目標！」

「我可以答覆妳，聽好。打從第一次見到妳，我就一直觀察妳。我研究了妳十個月，這段期間內，我用各式各樣的方法考驗妳，我看見了什麼，又獲致什麼結論呢？在村學校裡，我發現妳能夠從事跟妳的喜好、妳的性向不符的工作，而且做得很好，有為有守又坦率正直。我看見妳做事有能力也有技巧，妳在掌控一切的時候，還能贏得人心。從妳聽見自己突然致富表現出的平靜當中，我看見一個沒有底馬[2]惡習的心靈，金錢對妳沒有太多影響力。妳堅持把自己的財富一分為四，只留一份給自己，以片面的公平為理由，放棄其他三份，我看見沉醉於犧牲的烈火與興奮中的靈魂。在我的要求下，妳順從地放棄妳喜歡的科目，選擇另一項課業，只因我對它感興趣。我看見妳從那時起孜孜不倦地勤勉學習，看見妳以不屈不撓的精神與絕不動搖的堅忍挑戰那個艱難的學科，我看見我尋尋覓覓的所有特質。簡，妳個性溫馴、勤奮、公正、忠實、穩定、勇氣十足。妳非常溫柔、非常英勇，別再懷疑自己了，我可以毫不保留地相信妳。由妳來擔任印度學校的女教師，或來幫助印度婦人，妳的協助對我而言無可取代。」

我的鐵製裹屍布愈縮愈緊，勸服行動以穩定的步伐緩緩進逼。儘管我閉上眼睛，剛剛最後那幾句話還是成功地讓原本封閉的道路變得頗為通暢。我的使命原本如此模糊、如此無可救藥地不著邊際，卻在他說話的同時緩緩聚焦，在他巧手捏塑之下，呈現出明確的形體。他在等我做決

2. Demas，見《聖經》〈提摩太後書〉第四章第十節，底馬貪戀俗世，拋棄了使徒保羅。

定。冒險答覆之前，我要他給我一刻鐘考慮。

「沒有問題。」說完，他站起來，邁開大步朝隘口的方向走了一段距離，咚一聲倒在石南小丘上，靜靜躺在那裡。

「我確實**有能力**做他要我做的事，至少我被迫看清了、也認知到這點。」我尋思著，「前提是，如果我還有命在的話，我想我的生命在印度烈日下只怕撐不了多久。那又怎樣？他根本不在乎。哪天我死期一到，他會冷靜莊嚴地將我交給賦予我生命的那個上帝。事情清楚擺在眼前：假使離開英國，我離開的是我曾經愛過、如今空空蕩蕩的土地，羅徹斯特先生不在這裡，就算他在，那又怎樣，跟我又有什麼關係？我必須過著沒有他的日子，沒有什麼比一天挨過一天來得更愚蠢、更乏味的了，彷彿我在等待某種機會渺茫的情勢轉變，讓我能夠與他重逢。當然，誠如聖約翰所說，我必須找出另一個生活重心來取代失去的那一個。他此刻提出的，難道不是人類所接受或上帝所指派、最光榮的使命嗎？這種崇高的關懷與非凡的成就，不正是最適合填滿情感消逝、希望破滅後留下的空白嗎？我相信我必須說『好』，但我卻為之戰慄。唉！如果我追隨聖約翰，等於放棄了半個自己。如果我去了印度，等於步上早逝命運。那麼從英國到印度、從印度到墳墓之間的空缺又如何填補呢？哦，我很清楚，這點同樣顯而易見。我**會**竭力去迎合聖約翰的期望，直到自己筋骨疼痛。我會令他滿意，會達到他那份期待最細微的核心與最遙遠的外圍。如果我**真的**跟他去，如果我**真的**做出他鼓吹的那些犧牲，我就會做得非常徹底，我會將一切都拋上聖壇：心臟、器官、整個人。他永遠不會愛我，但他會稱讚我。我會讓他見識到他還沒看見的勇氣，讓他目睹料想不到的能力。沒錯，我可以跟他一樣吃苦耐勞，跟他一樣毫無怨言。

「那麼，答應他的要求並非不可能，只除了一件事，一件事可怕的事。那就是，他要我做他的妻子，對我卻少了一顆丈夫的心，就跟那邊峽谷裡溪水沖刷著的巍然怪石沒什麼兩樣。他珍視我，只因我是握有尖兵利器的戰士，如此而已。只要不跟他結婚，我就不會為此傷心難過。再者，我能夠跟他舉行婚禮，讓他實現他的盤算，冷漠地執行他的計畫嗎？明知愛情的本質缺席，我還能接受他的婚戒，還能忍受跟他實行各種愛情的儀式（我相信他一定會徹底履行）嗎？明知他表現出的親愛舉動，都只是為信念做出的犧牲，我還能忍受嗎？不，這樣的磨難太駭人聽聞，我絕對無法承受。我或許可以用妹妹，而非他的妻子的身分，陪同他前去，我要這麼答覆他。」

我望向那墩土丘，他躺在上面，像倒臥的石柱般文風不動。他的臉轉向我，眼神警醒又急切，綻放著光芒。他跳起來走向我。

「我可以去印度，只要我能以自由之身前往。」

「妳得進一步說明。」他說，「我不懂。」

「到目前為止你認我當妹妹，而我也當你是親哥哥，我們就繼續維持這種關係。我們最好別結婚。」

他搖搖頭。「結拜兄妹這在這件事上行不通。如果妳是我的親妹妹，那就另當別論，我會帶妳去，不會另外娶妻。事實卻不是這樣，所以，我們的結盟除非通過神聖的婚姻認證，否則無法存在。想採取任何其他的方式進行，就會遭遇現實上的障礙。簡，這點妳難道看不出來嗎？妳思考一下，妳強烈的理性會引領妳。」

我確實思考了。然而，我的理智就是這樣，它還是向我指出唯一的事實，那就是我們之間沒有夫妻應有的情愛，所以我們不該結婚。我照實說。「聖約翰，」我回答他，「我把你當哥哥，你把我當妹妹，我們就保持這樣吧。」

「不行，我們不行。」他的語氣有著急躁又強烈的果斷，「這行不通。妳說妳要跟我去印度，別忘了，妳已經答應了。」

「有條件答應。」

「好，好。跟我一起離開英國、同心協力投入未來的勞務，這點妳並不反對。妳等於已經把手放到犁具上頭，妳個性始終如一，不會中途退縮。妳現在要考慮的只有一點：妳承擔下來的這個使命該怎麼執行最好。將妳複雜的喜好、感覺、思想、願望與目標簡化，把所有的顧慮合而為一，那就是以效率與力量實現妳偉大天主的使命。要達成這個目標，妳一定要有個助理主教，那不是妳的哥哥，而是妳的丈夫。兄妹關係畢竟不牢固。同樣的，我不要妹妹，妹妹總有一天會被人帶走。我需要妻子，我生命中唯一可以有效受我掌控、到死之前都屬於我的幫手。」

聽他說話時我打起寒顫，我感覺到他的影響力鑽入我的骨髓，感覺他控制了我的四肢。

「聖約翰，你找別人吧。找一個適合你的人。」

「妳是指適合我的目標的人，適合我的職志的人。我再告訴妳一次，這不是為了微小的個人，我要找個配偶，不是為了這個男人，不是為了他的私欲，而是為了那位傳教士。」

「我願意將我的心力，而不是我這個人，奉獻給那位傳教士。他需要只是我的心力，我這個人只不過是果仁外頭加上外皮與果殼，他不需要外皮與果殼，所以我要保留。」

「妳不能保留，也不該保留。妳認為半套獻禮能讓神滿意嗎？祂會接受殘缺不全的犧牲品嗎？我宣揚的是上帝的事業，我是依據祂的標準徵召妳，我不能代祂接受被分割的忠貞，忠貞必須完整。」

「哦，我願意把我的心交給上帝，」我說，「而你，根本不要我的心。」

讀者啊，我不保證我剛剛說那句話的語氣和說話時的心情沒有某種暗地裡的嘲諷。到目前為止我一直很怕聖約翰，因為我不了解他。他令我敬畏，因為他讓我摸不透。在此之前，我看不清他是幾分聖徒、幾分凡夫俗子。這一席話談下來，終於撥雲見日，對他性格的剖析就在我眼前進行。我看見他的疏漏，我理解那些弱點。我坐在那裡，在石南土堆上，眼前是那個俊美的身影，我是坐在一個跟我一樣會犯錯的男人腳邊，遮掩住他的冷酷與暴虐那塊面紗已經掉落。意識到他內心存有這些特質時，我醒悟到他的不完美，因而生出勇氣。我跟他平等，可以跟他爭辯，必要時也可以反抗他。

我說出最後那句話之後，他沉默不語，這時我冒險抬頭看看他的面容。他的眼睛俯視著我，透露出極大的震驚與急切的質疑。「她是不是語帶諷刺？而且諷刺的是**我**！」那雙眼睛好像在說。「這意味著什麼？」

「我們別忘了這是個嚴肅的議題。」不久後他說，「如果我們輕率地思索或談論，可能就會犯下罪行。簡，當妳說妳要把心交給神，我相信妳說的是真話，我要的只有這個。一旦妳把妳的心從人類身上拉開，將它奉獻給妳的造物主，那個造物主在地球上的精神國度的躍進就會成為妳最大的樂趣與努力目標，妳會立刻準備好去做任何助長那個目標的事。妳會看得出來，我們倆精神與肉體在婚姻中的結合，將能為妳和我的努力產生多少動力。唯有這種結合，才能讓世間男女各自的命運與意圖達成永久的一致，才能超越所有次要的秉性，超越所有無足輕重的困難與情感上的脆弱，超越對個人喜好的程度與類別、強悍或柔軟的顧忌，妳馬上會急於進入那種結合。」

「會嗎？」我答得簡短。我望著他的五官，充滿和諧的美感，卻因為一股平靜的冷峻而顯得異常恐怖；我看著他的額頭，威風凜凜，卻不舒展；他的眼睛，明亮、深邃又洞悉一切，卻不柔軟；看著他高大英挺的身材，幻想著自己變成「**他的妻子**」。哦！永遠不可能！當他的助理牧師、他的同志，一切都不會有問題。我可以用那種身分隨他遠渡重洋，以那種職務在東方豔陽下勞累，進入亞洲的沙漠，欣賞並效法他的勇氣、虔誠與精神，默默地服膺他的差遣，對他那根深蒂固的野心報以微笑，區隔他內心的基督徒與凡人，深深敬重前者，寬容地諒解後者。相當然耳，如果我只以這種身分依附他，一定會經常受累，我的身體會背負沉重的枷鎖，但我的心靈與思想卻得以自由。孤單寂寥時，我還可以求助於堅定的自我，還能對我不卑不亢的自然情感傾訴。在我心中還有保有只屬於自己的隱密角落，那是他永遠到不了的地方。我的種種情感可以在那裡重新滋長，受到保護，永遠不會被他的嚴酷摧殘，不會遭他規律的戰士步伐踐踏。如果當他的妻子，隨時守在他身旁，永遠受拘束、永遠被檢驗，被迫永遠壓抑天性上的烈火，讓那火焰往內延燒，就算那受困的火焰將我的五臟六腑吞噬殆盡，也不准發出一聲哀號，**這**我絕對無法忍受。

「聖約翰！」尋思至此，我突然叫出來。

「怎麼？」他冷冷地應了一聲。

「我再說一次，我真的願意跟你去，去當你的傳教士同仁，而不是你的妻子。我不能跟你結婚，不能成為你的一部分。」

「妳必須成為我的一部分，」他語氣很平穩，「否則這整件事就毫無意義。我一個不到三十歲的男人，怎麼可以帶一個十九歲的女孩去印度，除非她嫁給了我？只有我們兩個的時候，或處在野蠻部族之間時，我們要怎麼以未婚身分相處？」

「不成問題，」我馬上說，「在那些情況下，就當我是你的親妹妹，或是個男人，是個跟你一樣的教士，就不會有問題。」

「你不是我妹妹，這是事實，我不能對外說妳是，這樣做只會為妳我招來傷害性的猜疑。至於把妳當男人，儘管妳有男人般的充沛智慧，卻有一顆女人的心，那行不通。」

「可以的，」我略帶不屑地說，「絕對沒問題。我是有顆女人的心，卻不會展現在你關切的面向上。對於你，我只有同志的堅定。你喜歡的話，還有袍澤的坦率、忠誠、友愛，更有新信徒對領導者的尊敬與服從，如此而已，別擔心。」

「這就是我要的，」他自言自語，「這正是我要的。途中還有阻礙，一定要鏟除。簡，嫁給我妳不會後悔的，這點妳務必相信。我們**必須**結婚。我再說一次，沒別的辦法。毫無疑問，我們婚後一定會有足夠的愛，到時候就連妳都會相信結婚是正確的選擇。」

「我鄙視你的愛情觀。」我忍不住說道。這時我起身站在他面前，背靠著岩石。「我鄙視你那種虛情假意。你沒聽錯，聖約翰，你說那種話的時候，我連你一起鄙視。」

他兩眼緊盯著我，完美的雙唇緊緊抿著。他究竟是惱怒或震驚，或什麼別的，外表上很難判斷。他可以完全控制他的面容。

「我萬萬想不到會從妳口中聽見這種話，」他說，「我不認為我做了或說了什麼活該被鄙視的事。」

他的溫和語氣令我感動，他高尚、平靜的姿態令我震撼。

「原諒我的那些話，聖約翰。這都怪你，我才會激動得口無遮攔。你提出一個我們本性上歧異的話題，一個我們根本不該討論的話題。『愛情』這個字眼就是我們之間根本的爭端。如果不得不考量實際情況，我們該怎麼做？我們該有什麼感受？親愛的表哥，放棄跟我結婚的計畫，忘了吧。」

「不，」他說，「我計畫很久了，這也是唯一能確保我偉大目標的方法。不過，現在我不再勸妳了。明天我要去劍橋，我在那裡有很多朋友，我想要跟他們道別。我會離家兩星期，用這段時間好好考慮我的提議，千萬別忘記，如果妳拒絕，妳拒絕的不是我，而是上帝。祂藉由我提供妳一份崇高的職業，唯有成為我的妻子，妳才能走上那條路。拒絕成為我的妻子，妳就永遠把自己偈限在自私自利貪圖安逸和一事無成沒沒無聞。妳要戒慎恐懼，以免跟那些棄絕信仰的人並列，那比不信教的人還糟！」

他說完了，轉身背對我，再一次「遙望溪流，遠眺山丘。」3 可是這次他的情感全都禁錮在他心裡，我不配聽他訴說。我跟他肩並肩往回走時，從他鐵一般的沉默中，我清楚讀出他對我的所有感覺：他的天性嚴峻蠻橫，原本預期征服卻遭遇抵抗時，引發了失望之情；他的意志冷漠執拗，只因碰觸到它無法同理的情感與觀點，衍生出不以為然。簡言之，做為一個凡人，他很想強迫我服從，只因他是個虔誠的基督徒，才會以無比耐心忍受我的剛愎，才願意給我這麼長的時間反省與懺悔。

那天晚上，他親吻了他兩個妹妹之後，覺得最好連跟我握手都忘記，默默地走出客廳。而我，儘管不愛他，對他卻有深厚情誼，被他這種明顯的疏遠傷透了心，難過得湧出淚水。

「簡，我看得出來，妳跟聖約翰到荒原散步時吵架了。」黛安娜說，「妳去找他，他還在走道徘徊，在等妳，他會跟妳和好。」

在這種情況下，我沒多少自尊。我總是寧願委曲求全，犧牲掉尊嚴。我跑著去找他，他站在樓梯底下。

「晚安，聖約翰。」我說。

「晚安，簡。」他平靜地回答。

「那就握手。」我補了一句。

他冷淡地輕碰我手指！那天發生的事令他極度不悅，熱誠無法溫暖他的心，淚水也不能打動他。跟他不可能有愉快的和解了。沒有激勵的笑容，沒有寬大的話語，他還是那個耐心又沉著的基督徒。我問他肯不肯原諒我時，他說他不喜歡記住惱人的事，還說他沒什麼好原諒的，因為他沒有被冒犯。

說完他就走了。我寧可他一拳將我打倒。

3. 出自蘇格蘭詩人華德·史考特的詩《末代吟遊詩人的短歌》。

第三十五章

隔天他並沒有如期出發前往劍橋，他把行程延後一整個星期，那段期間內，他讓我感受到一個虔誠卻冷峻、正派卻刻薄的男人會如何嚴厲懲罰冒犯他的人。沒有明顯的敵意舉動、沒有任何責罵言語，他不遺餘力地讓我時時刻刻意識到他不喜歡我。

倒不是說聖約翰懷著野蠻的惡毒心腸，即使他完全有能力做到，他也不會傷害我一根頭髮。無論在本性或信念上，他都不至於低劣到喜歡享受復仇的快感。關於我說我鄙視他和他的愛那些話，他已經原諒我了，可惜他忘不了那些字眼。只要他和我還在人世，他就不會忘記，我從他的表情看出這點。每當他轉頭面對我，我能看見那些字句寫在我和他之間的空中；我一開口說話，那些話就藉由我的聲音在他耳中響起；他對我說的每一句話裡，都有它們的回音。

他並沒有拒絕跟我談話，他甚至照例每天早上叫我到他書桌旁。我擔心他心裡那個邪惡男人懷著某種那位純潔基督徒不得而知、也不曾擁有的心思，儘管言行舉止一如往常，卻用盡心機地抽取掉每一個動作和每一句話裡的關注與讚賞，而那些關注與讚賞過去為他的談話與舉動增添幾許嚴謹魅力。在我眼中，他事實上已經不再是血肉之軀，而是大理石：眼睛是冰冷、明亮的藍色寶石，舌頭是說話的工具，僅此而已。

這一切對我都是凌遲，細膩而緩慢的凌遲。它在我心裡點燃一股溫吞的憤怒火焰，引發一股悲痛的震顫愁思，煩擾著我，徹底把我壓垮。我醒悟到，如果我是他妻子，這個純潔得有如不見天日的幽深清泉的虔誠男人，要不了多久就能斷送我的性命，既不需要從我的血管裡抽出一滴鮮血，也不會在他自己清透的良知上留下一絲一毫罪惡感。我試圖討好他的時候，會特別強烈感受到這點。我的體恤得不到回應。他與人疏遠不會感到痛苦，也不會渴望和解。雖然我撲簌簌落下的眼淚經常沾濕我們一起低頭閱讀的書頁，他卻完全不為所動。即使他的心是鐵石打造，也不過如此。在此同時，他對他的妹妹們比平時來得和善，彷彿冷漠還不足以讓我明白我是如何徹底被驅逐與排除，所以他加上對比的力道。關於這點，我確信他不是出於惡意，而是為了信念。

他離家的前天一晚上，日落時分我正巧看見他在花園裡散步。看著他的時候，我想到，雖然如今他跟我形同陌路，畢竟他曾經救我一命，畢竟我們是近親，我情不自禁，決定為贏回他的友誼做最後一次努力。他倚著小門站定。我走出去，向他靠近，開門見山地說。

「聖約翰，我很不開心，因為你還在生我的氣。我們當朋友吧。」

「我也希望我們是朋友。」他不動聲色地回答，眼睛繼續盯著初升的月亮。我走過來時，他就是望著月亮沉思。

「不，聖約翰，我們的關係已經不如從前，這點你很清楚。」

「是嗎？妳錯了。以我個人而言，我對妳沒有任何惡意，只希望妳過得好。」

「聖約翰，我相信你。因為我相信你不可能對任何人懷有惡意。只不過，我是你的親人，我會期待你對我的情誼比對陌生人那種博愛多一點。」

「那是當然，」他說，「妳的期望很合理，我絕沒有把妳當陌生人。」

他冷淡又平靜的語氣實在讓人屈辱又挫折。如果我聽從自尊心與怒氣的建言，我會馬上拂袖而去，可是我內心有某種東西比那些情緒更強大。我深深敬重我表哥的才華與理念，他的友誼在我心目中很珍貴，失去他的友誼令我肝腸寸斷，我不會太早放棄重新爭取回來的機會。

「聖約翰，我們一定得這樣分開嗎？等你去印度的時候，你也要這樣離開我嗎？沒有任何更友善的話語嗎？」

「等我去印度，我會離開妳！什麼！妳不跟我去印度？」

「你說我不跟你結婚就不能去。」

「所以妳不跟我結婚！妳還是固執己見？」

讀者呀，你能跟我一樣了解那些冷酷的人能在他們的冰冷問題裡摻入何種驚駭嗎？了解他們的憤怒是多麼劇烈的山崩？了解他們的不悅足以擊破冰凍的海洋嗎？

「不。聖約翰，我不會嫁給你。我心意沒變。」

崩落的土石搖晃了一下，稍稍往前滑動，但還沒有垮下來。

「再說一次，為什麼拒絕？」他說。

「早先，」我答道，「是因為你不愛我。如今，我的回答是，因為你幾乎憎恨我。如果我嫁給你，你會要了我的命。現在你就幾乎害死我了。」

他的嘴唇和臉龐頓失血色。

「**我會要了妳的命，我幾乎害死妳？**妳這些話根本不應該說出口：狂暴又不溫柔，也不真實。它們透露出可悲的心理狀態，應該受到嚴厲的指責，幾乎不可原諒。可是人類有義務寬恕他的同類七十七次之多[1]。」

我徹底搞砸了。我急於想要抹除他腦中我先前的冒犯，卻在那頑強的心靈留下另一道深刻得多的印記。我等於烙印在上頭。

「現在你真的恨我了。」我說，「想跟你和解根本沒有用，我看得出來我已經把自己變成你永遠的敵人。」

這些話又說錯了，而且錯得更離譜，因為它點出了事實。那雙慘白的嘴唇因為一時的抽搐而顫抖。我知道自己激起了鋼鐵般的暴怒。我心如刀割。

「你完全誤解我的意思了。」我立刻拉起他的手，「我無意惹惱你或刺傷你，真的，我沒有這個意思。」

他笑得無比忿恨，堅決地抽回他的手。沉默良久之後，他說，「現在妳收回妳的承諾，不去印度了，是嗎？」

「會的，我會去。以你的助手的身分去。」我說。

接下來是很長一段時間的沉默。我不清楚這段時間內他內心的人性與神性產生多麼激烈的掙扎。只見他眼睛迸出奇異的火光，臉色閃過一道道陰影。他終於說話了。

「早先我已經跟妳表明，妳這種年紀的單身女子想要陪同像我這樣的單身男子出國是多麼荒謬的事。我費盡了唇舌，以為妳不會再提起這個念頭。沒想到妳剛剛再次提出來，我很替妳感到遺憾。」

我打斷他的話。任何含有指責意味的話語都能瞬間給我勇氣。「聖約翰，你講一點道理，你簡直在胡言亂語。你假裝因為我說的話感到震驚，你其實並不震驚，因為以你優越的智力，你不可能如此遲鈍或如此自負，以至於誤會我的意思。我再說一次，只要你願意，我可以當你的助理牧師，但不可能當你的妻子。」

他的臉又是一陣青一陣白。不過，他跟先前一樣，情緒依然掌控得一絲不苟。他答得很斷然，語氣卻相當平靜：

1. 出自《聖經》〈馬太福音〉第十八章第二十一至二十二節。彼得問耶穌寬恕七次夠不夠，耶穌說，寬恕七次不夠，要到七十七次。

「不是我妻子的女性助理牧師不可能適合我。這樣的話，妳顯然不能跟我一起去。不過，如果妳真心願意奉獻，我進城的時會可以幫妳找一位已婚的傳教士，那人的太太需要一個女助手。妳有財產，所以不需要教會的資助，這樣一來，妳還是不至於因為違背承諾、因為拋棄妳預定要加入的團體而蒙受污名。」

讀者都很清楚，我從來沒有正式承諾什麼，也不曾做出任何誓約。在這種情況下，他的話未免太無情又太蠻橫。我答道：

「在這件事情上，根本沒有所謂污名，沒有所謂打破承諾，更沒有所謂背棄。我沒有任何義務去印度，特別是跟陌生人同行。跟你，我還願意冒這個極大的風險，因為我仰慕你、信任你，對你也有一份手足之愛。但我相信，無論何時去，跟誰去，在那種氣候下，我都活不了多久。」

「哦！原來妳在擔心自己。」他噘起嘴唇。

「沒錯。上帝賜給我生命並不是要我任意揮霍。我開始覺得，如果我照你的期望去做，幾乎等於是去自殺。再者，在我確定要離開英國之前，我要先確認我留在這裡能發揮的作用不比離開這裡大。」

「妳這話什麼意思？」

「跟你解釋再多也沒用，只是，有件事讓我耿耿於懷，痛苦不堪。除非我設法把事情弄清楚，否則我哪裡都不能去。」

「我知道妳的心向著哪裡，也知道它牽掛著什麼。妳心裡想的那件事既違法又不聖潔。妳早該擊垮它，現在妳竟然敢說出來，妳該感到羞恥。妳在想羅徹斯特先生？」

他說得對。我無語默認。

「妳要去找他？」

「我必須弄清楚他現在的情況。」

「那麼，我唯一能做的，」他說，「就是為妳祈禱，衷心地為妳懇求上帝，別讓妳不見容於社會。我原本以為妳是天選之子，可是上帝所見並非凡人所見。祂的意旨會實現。」

他打開門，跨出去，信步往峽谷方向而去，背影很快就消失了。

重新回到客廳後，我發現黛安娜站在窗子旁，心事重重的模樣。黛安娜個子比我高得多，她把手擱在我肩上，俯身下來檢視我的臉。

「簡，」她說，「最近妳總是焦慮又蒼白。一定有什麼事。跟我說說，妳跟聖約翰之間到底怎麼了。我在窗子裡觀察你們半個小時，請原諒我這樣偷窺妳，可是很久以來我滿腦子胡亂猜測，根本不知道自己在想些什麼。聖約翰個性很怪……」

她停下來。我沒有說話。她又說：

「我那個哥哥對妳懷有一些很奇特的想法，這點我敢肯定。長久以來他一直特別注意妳、對妳特別感興趣，以前他從來沒有對誰這樣過。這是為什麼？簡，我希望他愛妳，他愛妳嗎？」

我把她冰涼的手放在我火熱的額頭上。「不，一點也不。」

「那他的目光為什麼一直在妳身上，還經常要妳跟他獨處，經常要妳待在他身邊？瑪莉跟我都覺得他想要妳嫁給他。」

「的確是這樣，他要我當他的妻子。」

黛安娜拍拍手。「我們就是希望這樣，也猜是這樣！簡，妳會跟他結婚，對吧？這樣他就會留在英國。」

「恰恰相反，黛安娜。他跟我求婚的唯一目的就是要找一個合適的幫手投入他的印度苦役。」

「什麼！他要妳去印度？」

「對。」

「簡直瘋狂！」她叫道，「妳到那裡活不過三個月，這點我敢肯定。妳不可以去，妳沒答應吧，簡？」

「我拒絕嫁給他……」

「所以他生氣了？」她說。

「非常生氣，他永遠不會原諒我。不過，我答應以妹妹的身分陪他去。」

「簡，這實在太愚蠢了。想想妳要承擔的任務，沒完沒了的疲累，就連最強壯的人也會累死的，何況妳這麼瘦弱。妳很了解聖約翰，他會逼妳做些不可能辦得到的事。跟他在一起，即使在毒辣的太陽下都別想休息。很不幸地，我發現無論他要求什麼，妳都會強迫自己去達成。我很驚訝妳竟然有勇氣拒絕他的求婚。那麼妳不愛他，對不對？」

「不是對丈夫的愛。」

「可是他長得很英俊。」

「而我相貌平平，妳看吧，黛安娜，我們根本不般配。」

「相貌平平！妳？才不會。妳長得太漂亮、也太善良，不可以去加爾各答被活活烤焦。」她再次苦口婆心勸我放棄跟她哥哥一起出國的念頭。

「我的確必須放棄，」我說，「因為我剛剛又說一次我要以執事身分跟他去，他說我這麼不講理，讓他很震驚。他好像認為我要以未婚身分跟他前去是很不合宜的行為，彷彿我一開始就沒把他當哥哥，而且一直以來都是這樣似的。」

「簡，妳為什麼覺得他不愛妳？」

「妳該親耳聽聽他說的話。他一而再、再而三跟我解釋，說他之所以想結婚，不是為了他個人，而是為了他的職務。他說我是為吃苦而生，不是為愛而生，這話說一點也沒錯。可是，在我看來，如果我不是為愛而生，那麼我就不是為婚姻而生。黛安娜，一輩子跟一個把妳當有利工具的男人綁在一起，不會很奇怪嗎？」

「難以忍受，不合常理，根本不可能！」

「然後，」我又說，「雖然我現在對他只有兄妹之情，不過，如果不得已變成他的妻子，我想我有可能對他產生一份無可避免、怪異又折磨人的愛，因為他是那麼有才華，而他的外表、舉止和談吐總是帶有某種英雄般的恢弘氣度。那樣的話，我的命運就會難以形容地悲慘，因為他不要我愛他。如果我表露出愛意，他會提醒我那對他而言很多餘，無此必要。他會說我很不得體，我知道他會這樣。」

「不過聖約翰是個好人。」黛安娜說。

「他很好，也很偉大，可是他在追求自己的廣大視野的同時，無情地忘記小人物的心情和需求。所以，那些卑微的人最好別擋了他的路，以免他在前進的時候踩爛他們。他來了！黛安娜，我要走了。」我看見他走進花園，趕緊快步上樓。

晚餐時，我不得不再見到他，用餐過程中他顯得跟平時一樣冷靜。原本我以為他幾乎不會跟我說話了，也深信他已經放棄結婚計畫，接下來的事情證明，這兩件事我都猜錯了。他跟我說話的態度跟平時——或者該說，跟最近的態度——一模一樣，也就是格外客氣有禮。顯然他祈求了聖靈的協助，壓抑被我激起的怒氣，滿心以為自己又原諒了我一次。

晚禱前的讀經時間，他選了〈啟示錄〉第二十一章。無論何時，聽著《聖經》的字句從他嘴裡流淌出來總是一大樂事。宣達神諭時，他的好嗓子顯得出奇地溫柔圓潤，他舉手投足之間那份高貴的簡潔也格外動人。今晚，他坐在他的家人之間時，他的嗓音增添了一股肅穆，舉止多了一分更令人震撼的意味。五月的月光從沒拉上窗簾的窗子流瀉進來，桌上的燭光幾乎變得很多餘。他坐在那裡，俯身對著舊《聖經》巨冊，根據經文描述著新天與新地，說著上帝要如何來與世人同住，說祂要如何擦掉世人眼中的淚水，承諾不會再有死亡，也不會再有哀慟與哭泣，不會再有痛苦，因為從前的事都過去了。

他說出接下來的那些話時，我感到一種怪異的激動。從他語氣上難以言喻的微妙改變，我特別感覺到，他說話時目光轉向我。

「戰勝的人必將得受福分，我會做他的上帝，他會做我的兒子。但是，」他讀得極其緩慢，口齒極其清晰，「那些怯懦的、不信的……就會落入燒著烈火與硫磺的湖裡，那就是第二度死亡。」

至此以後，我明白了聖約翰擔心我踏上何種命運。

他誦讀那一章最後幾節榮耀的經文時，清晰的嗓音裡有著平靜卻壓抑的勝利感，摻雜著一股急切的渴望。顯然他深信自己的名字已經寫入羔羊[2]的生命冊，也盼望著那個時刻的到來，屆時他將獲准進入那座人間帝王帶著榮耀與聲譽前往的城市。那座城市不需要日月光華的照耀，因為上帝的榮耀會照亮一切，而羔羊就是城市的燈[3]。

在接下來的禱告中，他的能量匯聚起來，他堅定的熱忱徹底甦醒，他虔誠到了極點，向上帝懇求，決心要取得勝利。他祈求讓脆弱的心增添力量，給離開群體的迷途者指引，讓那些被塵世與肉體誘惑引向窄路[4]的人、即使在第十一小時都能回頭[5]。他要求、他催促、他索討從火裡抽出薪柴的恩典[6]。真摯總是極度莊嚴。起初，我聽著他的祈禱時，我對他感到驚奇；當禱告聲調漸漸升高，我深受感動；最後，我滿心敬畏。他非常真摯地意識到自己的目標是如此偉大良善，聽見他祈求的人無可避免也受到感染。

晚禱結束了，我們向他道別，因為他一大早就要出發。黛安娜和瑪莉分別親吻了他，也離開客廳。我猜是配合他低聲提出的暗示。我把手伸向他，祝他旅途愉快。

「簡，謝謝妳。我說過了，我兩星期後就會從劍橋回來，這段時間就留給妳好好想想。如果我聽從人類自尊的指示，我就不會再要求妳跟我結婚。但我聽從責任的指示，堅持我最初的目標，要做一切事榮耀上帝。我的主人長時間受苦，我也會是。我不能放棄妳，任由妳變成怒火的器皿[7]墜入地獄，趁還有時間，悔悟吧，下決心吧！我們奉命趁著白日工作，也受到告誡，『當黑夜來到，就沒有人能工作了。[8]』別忘了在世間享盡奢華的富人的下場[9]。上帝給了妳力量，讓妳選擇那不會被奪走、比較好的部分[10]！」

他說到最後幾個字時，把手放在我頭上。他說得很誠摯、很溫柔，事實上，他的表情並不像情人望著自己的愛侶，而是牧師喚回他走失的羊兒，或者更好一點，是守護天使看著祂負責的靈

2. 即指耶穌。
3. 見《聖經》〈啓示錄〉第二十一章第二十三到二十七節。
4. 見《聖經》〈馬太福音〉第七章第十三節、十四節，耶穌對群眾說，寬大的路引向毀滅，去的人多；狹窄的路引向永生，找著的人少。
5. 見《聖經》〈馬太福音〉第二十章，耶穌舉雇主聘請工人的例子，說清晨受雇的工人跟收工前一小時受雇的工人領到的工資一樣多，意味信神永不嫌遲。
6. 見《舊約》〈阿摩司書〉第四章第十一節，比喻從毀滅中獲救的人。
7. vessel of wrath，指邪惡的人，是上帝怒火毀滅的對象。見《聖經》〈羅馬書〉第九章第二十二節。
8. 語出《聖經》〈約翰福音〉第九章第四節。
9. 見《聖經》〈路加福音〉第十六章耶穌說的寓言，富人死後在熊熊烈火中飽受折磨。
10. 語出《聖經》〈路加福音〉第十章第四十二節，比較好的部分指的是與肉體相對的靈魂。

魂。所有有才華的人，不管有沒有感情，無論他是狂熱者、野心家或暴君，只要他為人真誠，都會有他征服與掌控的卓越時刻。我對聖約翰生起一股崇敬的心，那股敬意強烈到瞬間將我拋向我規避已久的位置。我很想放棄抵抗他，想隨著他意志的激流衝下他的生命的深淵，在那裡喪失我自己的生命。如今我為他苦惱，就跟以前為另一個人痛苦萬分一樣，只是方式不同。兩次我都是笨蛋。當初屈服就會違背信念，如今屈服，就會是判斷上的失誤。所以，此時此刻的我通過時間這個沉默的媒介回顧那次危機，我想，在那個當下，我並沒有察覺自己的愚痴。

在我精神導師的碰觸下，我動也不動地站著。我忘卻了自己的拒絕，克服了自己的恐懼，我的搏鬥癱瘓了。不可能之事——我與聖約翰的婚姻——迅速變成可能。一切轉變都在倏忽之間。信仰在召喚，天使在揮手，上帝在下令，生命像書卷一樣收捲起來，死亡的大門敞開，顯露出另一端的永恆。彷彿，為了那裡的安全與喜樂，這裡的一切都可以毫不遲疑被犧牲☆18。昏暗的客廳裡充滿各種幻象。

「妳可以現在決定嗎？」傳教士聖約翰問道。這句話語氣很溫柔。哦，那份溫柔！它的力量遠比逼迫強大得多！我能夠抵抗聖約翰的憤怒，但是，在他的善意之下，我變得跟蘆葦一樣柔軟。然而，我始終都知道，就算我此刻屈服，將來有一天，我要為我先前的反抗付出的代價並不會比較少。他的本性並不會因為一小時的肅穆禱告有所改變，只是暫時向上提昇。

「我可以做決定，只要我能確定。」我說，「只要我能相信是上帝的旨意要我嫁給你，我此時此刻就可以宣誓成為你的妻子，管它以後會怎樣！」

「我的祈禱應驗了！」聖約翰突然叫道。他把手更穩固地按在我頭上，似乎在宣告所有權。他伸手環抱我，幾乎就像他愛著我（我說幾乎，我意識得到其中的差別，因為我嘗過被愛的滋味。只是，我跟他一樣，暫時把愛情拋到腦後，只想著職責）。我對抗內心的幽黯影像，那影像

☆18
Life rolled together like a scroll—death's gates opening, showed eternity beyond: it seemed, that for safety and bliss there, all here might be sacrificed in a second.

前方還有雲霧翻騰著。我誠摯地、深切地、熱情地想做正確的事，只想做對的事。「告訴我，告訴我往何處去！」我向上天懇求。我比以往任何時候都來得激動，接下來發生的事究竟是不是那份激動所致，留待讀者去判定。

當時整棟屋子一片靜謐，因為我相信除了我和聖約翰，其他人都已經回房休息了。唯一的蠟燭就快熄滅了，房間裡浸滿月光。我的心跳得又快又猛，我聽見它在怦怦響。突然之間，一股無法言傳的感覺徹底震撼了我的心，讓它瞬間靜止，那股感受飛速通過我的大腦和四肢百骸。那種感覺並不像觸電，卻同樣銳利、同樣怪異、同樣驚人。它喚醒我的感官，彷彿它們在此之前一直很遲鈍，如今受到召喚，不得不清醒過來。它們滿懷期待地醒來，血肉在我的骨骼上顫動時，眼睛與耳朵靜靜等著。

「你聽見什麼了？」聖約翰問我。

我什麼都沒看見，卻聽見某個地方有個聲音叫喊著：「簡！簡！簡！」再沒別了的。

「哦，天哪！那是什麼聲音？」我驚叫一聲。

我應該說，「那聲音在哪裡？」因為聽起來不像在客廳裡，不像在屋子裡，不像在花園。它不是從空氣裡來的，也不是從地底傳來，更不是從頭頂上方而來。我聽見了，卻永遠不會知道它在哪裡，從何而來！那是人類的聲音，一個熟知的、心愛的、難忘的聲音。那是愛德華．羅徹斯特的聲音，那聲音痛苦又悲慘，很狂亂、很詭異、很急迫。

「我來了！」我叫道，「等等我！我就來了！」我飛奔到門口，探頭看看走道，走道很黑。我跑出花園，花園空蕩蕩的。

「你在哪裡？」我叫喊著。

沼澤峽谷另一端的山丘送回隱約的答覆，「你在哪裡？」我側耳傾聽。風在冷杉之間輕嘆，外面只有荒原的孤寂與午夜的靜謐。

「無知的迷信！」我意識到一團暗影從大門旁的黑色紫杉叢升起，「這不是你的欺瞞，也不是你的巫術。這是大自然的作為，不是奇蹟，她被喚醒了，盡了她最大努力。」

我掙脫跟著我跑出來、試圖拉住我的聖約翰。現在該輪到**我**取得優勢，**我的**力量蓄勢待發。我叫他別發問，也別置評。我說我希望他離開，因為我需要、也一定要獨處。他立刻順從我。只要命令下得夠魄力，聽者必然服從。我上樓回房，把自己鎖在房裡，跪在地上，用我自己的方式祈禱。我的方式跟聖約翰不同，卻也有它的效果。我似乎非常接近某個偉大神靈，我的靈魂感恩地衝上前去，倒在祂腳邊。我謝過恩典後站起來，下了決心，躺上床，毫不畏懼、豁然開朗，一心一意等待天明。

第三十六章

晨光初露，我黎明即起，花了一、兩個小時整理房間、抽屜和衣櫃裡的東西，讓它們在我離開的短暫時間內都能井然有序。我忙著的時候，聽見聖約翰離開房間。他在我門外停下腳步，我擔心他會敲門，他沒有，只有一張字條從門縫底下滑進來。我拾起字條，裡面的內容是：

「昨晚妳倉促離開，如果妳多留一會兒，就已經把手放在基督徒的十字架和天使的冠冕上。兩星期後的今天我會回來，屆時希望能聽見妳明確的決定。這段時間內，要密切留意，要不斷禱告，不要落入誘惑，我相信妳的心靈很樂意，卻也知道妳的肉體很軟弱。我會時時為妳祈禱。妳的聖約翰。」

「我的靈魂，」我在心裡回答他，「很樂於做正當的事。至於我的肉體，但願它強壯得足以達成上天的意志，只要我徹底了解祂的意志。無論如何，我的肉體強壯得足以去追尋，去探問，在這團疑雲中摸索到出口，找到撥雲見日後的朗朗晴空。」

那天是六月一日，早晨的天空布滿烏雲，空氣冷冽，雨點猛力擊打我的窗子。我聽見前門開了，聖約翰出門去了。我隔著窗子往外看，看見他走過花園。他走穿越霧茫茫的荒原那條路，往惠特口的方向去，要在那裡搭馬車。

「表哥，再過幾個小時，我就會尾隨你走上那條路。」我心想，「也會有一部馬車在惠特口等我。我在永遠離開英格蘭之前，也有要去見、要去找的人。」

再過兩個小時才到早餐時間。等待的時間我在房裡輕聲踱步，思索著讓我的計畫臨時出現轉折的那幕異象。我回想著當時內心那份感受，即使它是那麼難以形容的詭異，我還是回想得起來。我想著我聽見的聲音，再次思索它從哪裡來，卻跟先前一樣毫無所獲。它似乎發自我內心，而非外在世界。我問自己，那會不會只是緊張現象，只是幻覺？但我想像不出、也難以相信它只是幻覺。它更像是一種靈感，那種奇妙的震撼感受很像搖晃保羅與西拉的監獄的那場地震，它開啟了心靈的牢房，釋放了囚犯，把靈魂從睡夢中震醒。靈魂從夢中顫抖著跳起來，聆聽著、驚異著，對著我錯愕的耳朵振盪出三次呼喚，聲音鑽入我顫動的心和我的靈魂。我的靈魂既不害怕也不震驚，反倒歡天喜地，因為它難得一次擺脫累贅的肉體，它的努力難得有了成果。

「過不了幾天，」我尋思完畢後，心想，「我就能得知昨晚出聲召喚我的那人的情況。既然信件起不了作用，只好親自去探詢。」

早餐時，我告知黛安娜和瑪莉我要出一趟遠門，至少會離開四天。

「妳一個人去嗎？」她們問。

「嗯，我想去打聽一個朋友的近況，我一直很掛念他。」

她們原本也許會說，她們以為我除了他們之外沒有別的朋友，畢竟我自己經常這麼說，無疑她們也會這麼想。不過，基於體諒人的天性，她們什麼都沒說，黛安娜只問我身體狀況適不適合一個人出門。她說我臉色發白。我告訴她，我身體很好，只是精神有點焦慮，我希望這份焦慮很快可以排除。

接下來的事情簡單得多，因為沒有提問，也沒有臆測。我只跟她們說，現階段我還沒辦法說明我的計畫，她們就善良又明智地保持沉默，允許我自由自在地做自己的事。如果角色互換，我也會給她們相同的空間。

我下午三點離開荒原居，四點過後不久，已經站在惠特口的路標底下，等著那部即將帶我到遙遠的棘園的馬車。在那些寂靜道路和荒僻山巒之間，我聽見遠處傳來轔轔馬車聲。一年前某個夏日傍晚，我在這個地點踏下的也是那部馬車，當時的我多麼淒涼、多麼絕望，前途多麼茫然！馬車見我招手，停了下來。我上了車，如今我不必傾囊換取一個座位。再度踏上前往棘園的路，我覺得自己像是返家的信鴿。

這趟路程要三十六小時。我星期二下午從惠特口出發，星期四一早，馬車停在路邊的旅店，讓馬兒喝水。那家小旅店周遭的景致像熟識的面孔般在我面前開展，翠綠的樹籬、寬廣的田野、和緩的牧草坡。相較於中北部冷峻的摩頓荒原，這是多麼秀麗的風光、多麼青翠的色澤呀！是啊，我熟知這種景物的特色，我相信我的目的地已經不遠了。

「這裡離棘園還有多遠？」我問馬伕。

「只剩三公里，小姐，越過那片田地就到了。」

「我的旅途接近尾聲。」我心想。我下了馬車，把我的一只箱子寄放在馬伕那裡，等我需要時再來拿取。我付了車資，車伕心滿意足地繼續往前走。漸漸變亮的天光照耀著旅店的鍍金招牌：「羅徹斯特小棧」。

我的心撲通撲通跳。我已經到了我主人的產業。心跳又平息了，有個念頭打擊了它：「妳的主人說不定人在英吉利海峽的另一邊，再者，就算他人在妳匆匆趕去的棘園裡，他身邊還有誰呢？有他那個瘋癲妻子。妳跟他毫無關係，妳根本不敢跟他說話，也不敢去找他。妳的職位早沒了，最好別再往前走了。」那個告誡的聲音說。「跟旅店裡的人打聽消息，妳想知道的他們都可以告訴妳，他們馬上可以解除妳的疑惑。上前去問那個男人，問他羅徹斯特先生在不在家。」

這個建議很合理，但我無法強迫自己去執行。我好害怕聽到讓我失望得心碎的噩耗。不揭開謎底，就還有一線希望。藉著希望之星的光芒，也許我還能再一次見到棘園。那座石階就在眼前，還有我曾經匆匆越過的那片田野。我逃離棘園的那個清晨，滿腔怨恨的怒火鞭笞著我，令我目不能視，耳不能聽。不一會兒我就認出當時奔逃的路途，我已經踏在上面。我走得多快呀！偶爾還快步奔跑！我多麼期待見到那熟悉的樹林！我何其激動地迎接我熟知的樹木，以及樹木之間那熟悉的草地與山陵！終於，樹林出現了，白嘴鴉棲息地一片漆黑，一聲呱呱巨響劃破清晨的寂靜。我內心生出奇妙的喜悅，我加快腳步。又越過另一片田地，走過一條小徑，庭院的圍牆與後側屋舍在望，房子本體和白嘴鴉林還看不見。「我第一眼看到的應該是屋子正面，」我在想，「屋子上頭那些顯著的城垛牆會立刻雄偉地映入眼簾，我還能認出主人房間的窗戶，或許他就站在窗子旁。他起得很早，也許他正在果園裡散步，或走在屋前的步道上。只要能夠看他一眼！當然，那樣的話，我會不會發瘋似地奔向他？我不知道，我不敢肯定。如果我跑過去了，那會怎樣？上帝保佑他！會怎樣呢？再一次體驗他的目光帶給我的激勵，又能傷害到誰呢？我在胡言亂語，也許此時此刻他在庇里牛斯山看日出，或在南方平靜無波的海面上。」

我沿著果園的矮牆往前走，在牆角拐了個彎。那裡有一道門，裡面就是草地，兩邊各有一根頂著石球的石柱。我可以躲在石柱後面悄悄偷看屋子的正面全景。我小心翼翼探出頭去，想先確認有沒有哪個窗子的窗簾已經拉起，站在這個隱蔽處，城垛牆、窗子和屋子正面都一覽無遺。

烏鴉在我頭頂盤旋，也許在觀察我的偷窺行動，我好奇牠們在想什麼。牠們一開始想必覺得我是既謹慎又膽怯，發現我慢慢變得大膽又輕率。我偷窺一眼，然後定睛凝視良久。我從藏身處走出來，邁步踏上草地，走到宏偉房舍前、突然停住腳步。「一開始為什麼裝得百般嬌羞？」烏鴉們想必在說，「現在卻又愚蠢地不顧一切？」

讀者，聽我打個比方。

有個男人發現自己的愛人睡在青苔堤岸上，他想偷看一眼她美麗的面容，卻不想吵醒她。他躡手躡腳走過草地，小心翼翼、不發出一點聲響。他停下腳步，以為她悠悠醒轉，連忙往後退。他無論如何不能被發現。一切恢復寂靜，他再次上前，俯身在她上方。她臉上覆著薄紗。他掀起薄紗，身子彎得更低。他期待見到美麗的臉龐，溫暖、嬌豔、可愛、正在休憩。他的眼睛多麼倉促地瞥了一眼！又盯得多麼牢！他多麼震驚！他突然猛力用雙手抱起那個不久前連碰都不敢碰的身軀！他大聲地呼喊一個名字！又放下手中的負累，瘋狂地凝視它！他又抓又哭，定定凝視，因為他不再擔心自己製造的任何聲響或任何動作會驚醒她。他原以為愛人睡夢正甜，卻發現她已經是冰冷的屍體。

我怯生生又歡欣雀躍地望向那棟莊嚴大宅，卻看見焦黑的斷壁殘垣。

根本沒有必要畏畏縮縮躲在大柱子後面！沒必要偷瞄臥房窗格、擔心窗子裡有人走動！沒必要傾聽開門聲，或想像步道或礫石路會傳來腳步聲！草皮和庭園地面凌亂荒蕪，大門空蕩蕩地敞開著。屋子的正面如我一度在夢中所見，只不過是一堵硬殼般的牆壁，高聳參天，卻又搖搖欲墜，上面有一孔孔缺了玻璃的窗框。沒有屋頂，沒有城垛飾牆，沒有煙囪，全都坍塌了。

還有周遭的死寂，是寂寞荒野的冷僻。難怪寄給這屋子裡的人的信件收不到回音，那無異於發送書信到教堂走道旁的墓穴。石材外表那陰森森的焦黑說明這棟宅子遭遇何種命運，那是一場惡火。火又是怎麼起的？這場禍殃藏著什麼樣的故事？除了灰泥、大理石和木料，還有別的損失嗎？有沒有任何生命隨著財物付之一炬？如果有，是誰呢？恐怖的問題。這裡沒有人可以回答，就連無語的告示或沉默的標記都沒有。

我在傾圮的牆垣和破敗的屋舍內部之間來回走動，發現這起災禍為時已久。我猜冬雪從廢棄的拱門飄落下來，冬雨從那些空洞的窗格打進來，因為在那堆泡水的瓦礫當中，春天已經滋養了植物，石頭與掉落的椽木之間錯落地長出青草與雜草。還有，哦！這座廢墟那不幸的主人此時又身在何方？在哪個國度？吉凶如何？我的視線不自覺地飄向大門附近的灰色教堂塔樓，我問道，「他跟丹摩．羅徹斯特在一起，擠在那小小的大理石穴裡嗎？」

有些問題一定得找到答案。我只能去旅店打探。不久，我回到旅店。店主親自送早餐進我的客房，我請他關上門、坐下來，說我想問他幾個問題。可是，他坐下來以後，我卻不知從何問起。我多麼害怕即將聽到的答案。不過，我剛剛離開的那幕荒廢景象已經讓我心裡有個底，知道會聽到悲慘故事。店主看起來是個可敬的中年人。

「你一定知道棘園吧？」我終於開口。

「是的，小姐。我曾經住過那地方。」

「是嗎？」一定跟我不同時期，我心想，我沒見過他。

「我是已故羅徹斯特先生的管家。」他說。

已故！我一直試圖閃避的打擊終於還是找上我，而且威力十足。

「已故！」我喘不過氣來，「他死了嗎？」

「我指的是目前的主人愛德華少爺的父親。」他說。我又能呼吸了，血液也恢復流動。這些話讓我百分之百肯定愛德華少爺，我的羅徹斯特先生（上帝保佑他，無論他在哪裡！）至少還活著，還是「目前的主人」。令人雀躍的話語！我覺得我能夠頗為平靜地聆聽接下來的故事，不管內容如何。只要他不在墳墓裡，就算他在天涯海角，我都能承受。

「羅徹斯特先生現在還住在棘園嗎？」我問。我當然知道答案是什麼，不過我不想直接探詢他目前的住處。

「沒有，小姐，哦，沒有！那裡沒人住了。我猜妳是外地來的吧，不然妳一定會聽說去年秋天發生的事。棘園幾乎成了廢墟了，去年在秋收季節被大火燒掉了。好恐怖的災難！好多珍貴的財物都燒毀了，連一件家具都沒搶救下來。大火三更半夜燒起來，打火車從密爾科特趕到以前，整棟房子已經一片火海。那景象可真嚇人，我親眼看見的。」

「三更半夜！」我喃喃自語。沒錯，那正是棘園最致命的時刻。「有沒有人知道火是怎麼起的？」我問道。

「大家只是猜測，小姐，只是猜測。事實上，我敢說一定就是那樣不會錯。妳知不知道，」他把椅子往桌子挪近些，壓低聲音說話，「那屋子裡有個女士，是個……瘋子？」

「這我聽說過。」

「她被看管得很嚴密，這麼多年來沒人知道她的存在，誰也沒見過她。大家只聽過謠傳，說有這麼個女士住在棘園，卻猜不透她姓什名誰。他們說愛德華先生把她從國外帶回來，有人猜她以前是他的情婦。可是一年前發生一件怪事，很古怪的事。」

現在我擔心會聽見自己的故事。我試著把話題拉回正軌。

「這位女士怎麼了？」

「小姐，這位女士，」他說，「原來是羅徹斯特先生的夫人！這個祕密被揭發的方式真是離奇透頂。有個年輕小姐，是棘園的家庭教師，羅徹斯特先生愛……」

「那場火災呢？」我問他。

「我就快說到了，小姐。愛德華少爺愛上了她。那屋子裡的僕人都說他們沒見過誰愛得這麼深的，他時時都在追求她。他們經常觀察他，小姐，僕人都是這樣。他把她看得比什麼都重要，畢竟，除了他，誰也不覺得那位小姐有多好看。聽說她個子很嬌小，簡直像個孩子。我沒見過她，可是我聽那屋子裡的女僕莉雅談過她。莉雅很喜歡她。羅徹斯特先生快四十歲了，這個女教師還不到二十，妳知道的，這個年齡的先生如果愛上年輕女孩，簡直像是著了魔。他決定娶她。」

「你下回再告訴我這段故事，」我說，「現在我有特別理由想知道那場火災的結果。有沒有人懷疑這場火跟這個瘋子——羅徹斯特太太——有關？」

「小姐，妳猜對了。幾乎可以確定是她放的火，絕不會是別人。有個女人負責照顧她，叫普爾太太，是相當能幹的女人，也很可靠，只有一個毛病，很多看護或護士都有這個毛病，她**身邊隨時藏著一瓶琴酒**，偶爾會貪杯多喝一點。這情有可原，她這份差事不好當。但這樣還是很危險，因為普爾太太幾杯酒水下肚、睡死過去之後，那位狡猾得像巫婆的瘋子女士會從她口袋裡偷拿鑰匙，溜出房間，在屋子裡亂逛，做些她那腦袋想得到的壞事。他們說她有一回差點把她丈夫活活燒死在床上，不過那件事我不知情。總之，這天晚上，她先放火燒她隔壁房間的帷幔，再跑到樓下，走到那個女教師住過的房間（她好像知道發生了什麼事，對那個女教師懷恨在心），放火燒那房間的床，幸虧那床上沒有人。那個女教師在那之前兩個月就跑走了。羅徹斯特先生傾全力去找她，好像她是他在這世上最珍貴的東西似的，卻連一點消息都沒有。他變得很狂暴，因失望而狂暴。他向來就不是個溫和的人，失去她以後，他變成得更危險了。他要一個人住，把管家費爾法克司太太打發去很遠的地方跟親人住。不過他做得很仁慈，撥給她一筆終身養老金，這是她應得的，她是個很好的女人。阿黛拉小姐，就是他收養的女孩，進了學校。他斷絕跟上流社會的一切往來，像個隱士一樣把自己關在棘園。」

「什麼！他沒有離開英國？」

「離開英國？老天，沒有！他連大門都不肯踏出去，除了在夜裡，他會像個鬼魂一樣，在果園和庭院裡走來走去，好像失去了理智。我倒覺得他當真失去理智了，因為妳沒見過遇到那個嬌小家庭女教師之前的他，更神采奕奕、更英勇無畏、更精明敏銳。他不像有些人，沉迷於美酒、賭牌或賽馬。他長得不帥，卻有男人該有的勇氣和自我意志。他小時候我就認識他了，我個人經常希望那位愛小姐來到棘園之前就淹死在海裡。」

「那麼火災發生時羅徹斯特先生在家？」

「是啊，他是在家。當時房子樓上樓下都著火了，他衝到閣樓去，把僕人都從床上拉起來，帶他們下樓，再回他太太房間找人。後來有人大聲告訴他她在屋頂上，她站在城垛牆上揮舞雙手，叫聲在兩公里外都能聽見。我看見她了，也親耳聽見她的聲音。她個子很高大，一頭長長的黑髮，我們都看見她的頭髮映襯著背後的火光、在空中飄揚。我親眼目睹，還有其他幾個人也看到了，羅徹斯特先生從天窗爬上屋頂，我們聽見他大喊『貝莎！』我們看見他靠近她，接著，她尖叫一聲，縱身一躍，下一刻她已經粉身碎骨躺在地面上。」

「死了嗎？」

「死了！噯，跟那塊灑了她腦漿和鮮血的石頭一樣，死透了。」

「我的天！」

「妳驚嘆得對，小姐，太恐怖了。」他打起寒顫。

「之後呢？」我催促他。

「小姐，之後整棟房子燒成灰燼，現在只剩下幾片破牆了。」

「還有人死在這場大火裡嗎？」

「沒有，有的話或許還好些。」

「這話什麼意思？」

「可憐的愛德華少爺！」他嘆了一聲，「我想都沒想到會發生這種事！有人說這是他隱瞞第一次婚姻，而且明明還有個妻子，還想再娶一個的報應。就我個人來說，我同情他。」

「你不是說他還活著？」我驚叫道。

「是啊，是啊，他還活著，可是大家都覺得他還不如死掉算了。」

「為什麼？怎麼說？」我的血液又變冷了。「他在哪裡，」我問，「他在英國嗎？」

「對，對，他在英國。我猜他沒辦法離開英國，他哪兒都去不了啦。」

真是折磨人！那人好像下定決心繼續拖延下去。

「他眼睛瞎了，」他終於說出來，「沒錯。他失明了。」

我原本想像得更糟糕，我很擔心他瘋了，我鼓起勇氣問他是怎麼失明的。

「都是因為他太勇敢，從某個角度來看，也可以說他太善良。小姐，他非得等到救出所有人，才肯離開那棟房子。羅徹斯特太太從城垛牆跳下來以後，他才終於從樓梯走下來，當時屋子發生嚴重坍塌，整個垮下來。他是從瓦礫堆底下被救出來的，還活著，卻傷得很重。有根倒下來的柱子正好發揮了一點保護作用，但他一隻眼睛被壓壞了，還有一隻手壓得粉碎，卡特醫生不得不幫他截肢。另一隻眼睛被火燒著，視力也沒了。現在他連自己都照顧不了，是個殘廢的瞎子。」

「他在哪裡？他現在住哪裡？」

「在芬丁莊園，是他一座農場上的宅第，離這裡大約五十公里，很偏僻的地方。」

「有誰跟他住？」

「老約翰夫妻，他誰都不要。聽說他現在一蹶不振了。」

「你這裡有沒有任何交通工具？」

「我們有一部輕便馬車，小姐，很結實的馬車。」

「馬上把馬車備好，如果你的車伕可以在天黑前把我送到芬丁莊園，我付你們兩個平時的雙倍價錢。」

第三十七章

芬丁莊園是一棟十分老舊的宅邸，中等規模，少有花俏的建築裝飾，坐落在樹林深處。以前羅徹斯特先生經常提起那裡，偶爾也會去。當初他父親買下那棟房子是為了方便打獵。羅徹斯特先生原本有意把房子出租，卻因為地點不佳且有礙健康，始終找不到房客。芬丁莊園因此長年無人居住，家具擺設也付之闕如，只有兩、三個房間稍加整理，方便屋主在狩獵季節使用。

在那個天色陰慘、寒風淒愴、細雨紛飛的傍晚，我趕在天黑以前抵達這棟房子。我付了先前承諾過的兩倍車資、打發走馬車與車伕，踏上最後兩公里路程。即使距離莊園已經不遠，仍然看不見它的蹤跡，因為周邊陰暗樹林裡的樹木長得粗壯又幽森。有一道立在花崗岩石柱之間的大鐵門，指引我該從哪裡進去。穿過大門以後，我立即發現自己置身在茂密林木間的陰黯暮色裡。有一條長滿青草的小徑引入林中，兩旁是盤根錯節的灰白樹幹，上方則有拱起的枝葉。我循著小徑前進，以為很快就會到達目的地，但小徑不斷委蛇向前，彷彿永無止境，放眼望去沒有任何房舍或庭園。

我以為自己走錯方向，迷了路。灰暗的天色與漆黑的樹林將我團團包圍。我舉目四顧，試圖尋找另一條路。沒別的路了，到處都是交錯的枝椏、圓柱般的樹幹、濃密的夏季綠蔭，沒有任何空曠處。

我繼續往前走，眼前的路終於變開闊了，樹木也漸漸稀疏。我看見一道柵欄，又看見那棟房子。夜色昏暗，若隱若現的屋舍幾乎隱沒在樹叢中，難以區辨。衰敗的牆面又濕又綠。我走進一道只上了門的小門，站在一處與外界隔絕的庭園中，是砍伐樹木清理出的半圓形空地。裡面沒有花朵、沒有花圃，只有一條寬敞的卵石路環繞一片草地，被周遭的濃密林木包圍。房子正面有兩座凸出的山牆，窄窄的窗子加了格子框。前門也很窄，門前有一級階梯。整體看上去，正如「羅徹斯特旅店」的店主所言，是「很偏僻的地方」。幽靜得有如平常日的教堂，只有雨點啪噠啪噠打在樹葉上的聲音。

「這裡會有人住嗎？」我心想。

嗯，確實有某種人跡，因為我聽到聲音。那道窄小的前門正要打開來，某種身影即將從屋子裡出來。

門開得很慢，有個人影走出來，站在黃昏的台階上。是個沒戴帽子的男人，那人伸出手來，彷彿在測試有沒有下雨。儘管昏天暗地，我還是認出他來。那不是別人，正是我的主人，愛德華．羅徹斯特。

我停住腳步，幾乎連呼吸也停了。我站在那裡窺視他、端詳他，不讓他看見。唉，他已經看不見了。這種不期然的重逢，歡喜往往被痛苦牢牢管束。我輕而易舉就克制住自己，沒發出驚叫，也沒倉促上前。

他的體型仍然跟過去一樣強壯結實，體態依舊挺拔，頭髮還是那麼烏黑，面容也沒有改變、沒有凹陷。不管多麼悲傷，一年的時間還不足以讓他強健的體魄消蝕、讓他充沛的體力衰頹。然而，他的神情變了，變得既絕望又憂悶，讓我聯想到被縛受虐的野獸或禽鳥，因為乖舛的際遇變得危險、難以接近。那隻被囚的老鷹，牠金色雙眼裡的凶猛目光熄滅後，看起來大概就跟這位失明的參孫[1]一樣吧。

讀者呀，你認為我會因為他瞎眼後的狂暴而懼怕他嗎？如果你這麼想，那你並不了解我。

我悲傷之餘，還懷著一股溫柔的期望，希望很快就能大膽親吻那岩石般的額頭，親吻額頭底下那對緊閉的冷峻雙唇。可是時候未到，我還不想上前去。

他踏下那級階梯，慢慢地摸索、往那片草地前進。他英勇的步伐如今何在？他停下腳步，彷彿不知道該轉向哪邊。他舉起手，撥開眼皮，費力地望向天空，卻神情茫然，之後又望向周圍的樹木。旁觀者不難看出，這一切在他眼中只是空洞的黑暗。他伸直右手（他的左手，也就是截掉的那隻，始終藏在懷裡），似乎想藉由碰觸弄清楚身邊的事物。他的手所到之處還是虛無，因為樹木離他站的地方有幾公尺遠。他放棄了，雙手抱胸，不發一語，靜靜站在雨中，雨水快速打在他沒戴帽子的頭上。這時約翰從某個地方出現，向他走去。

「先生，要我扶您嗎？」他說，「馬上要下大雨了，您最好進屋去。」

「別管我。」是他的回答。

約翰離開了，他沒發現我。羅徹斯特先生開始到處走，可惜沒有用，往哪兒走都不穩當。他摸索著回到屋裡，進去以後又把門關上。

我走過去敲門，約翰的妻子來應門。「瑪麗，」我說，「妳好嗎？」

她嚇了一跳，彷彿看見鬼似的。我安撫她。她急忙問我，「真是妳嗎？小姐，這麼晚來到這麼荒涼的地方？」我拉她的手代替回應，再跟隨她走進廚房。約翰坐在廚房的熊熊爐火旁。我簡單告訴他們，說我聽說了我離開棘園後發生的事，還說我來見羅徹斯特先生。我請約翰到我打發馬車離開的那個收費亭去拿我留在那裡的行李箱。我一邊脫帽子和披肩，一邊問瑪麗我能不能在

1. 大力士參孫遭心愛的女子大利拉背叛，被非利士人抓住，挖去雙眼。見《聖經》〈士師記〉第十六章第二十一節。

芬丁莊園過夜。瑪麗說雖然有點困難，但還是有辦法解決。我告訴她我要住下來。這時，客廳的傳喚鈴響了。

「妳進去的時候，」我說，「就跟主人說有個人想見他，不過別說我的名字。」

「我想他不會見妳。」她說，「他誰都不見。」

她回來時，我問她他說了什麼。

「他要妳通報姓名和來意。」她說。她倒了一杯水，放進托盤，托盤上還放了蠟燭。

「他拉鈴是為了這些嗎？」我問。

「對。雖然他看不見，可是一到晚上就會要蠟燭。」

「把托盤給我，我送進去。」

我從她手上接過托盤，她告訴我客廳門在哪裡。托盤在我手上抖得很厲害，水都潑出來了。我的心臟又猛又快地擊打我的肋骨。瑪麗幫我開門，我進去之後她又幫我關上。

客廳很陰暗，爐柵裡疏於照料的火焰奄奄一息，房間裡那位失明主人傾身向著火堆，頭靠在高高的老式壁爐架上。他的老狗派勒特躺在一邊，躲得遠遠的，縮成一團，彷彿擔心一不小心被踩到。我進去的時候，派勒特豎直耳朵，接著，跳起來吠了一聲，又哀叫一聲，朝我奔過來，差點撞翻我手上的托盤。我把托盤放在桌上，拍拍牠，輕聲說，「趴下！」羅徹斯特先生機械性地轉過頭來**看**這是怎麼回事，卻什麼都**看**不到，只得嘆口氣，又轉回去。

「瑪麗，把水給我。」他說。

我拿著只剩半杯的水走向他，派勒特還興奮不已地跟著我。

「怎麼回事？」他問。

「派勒特，趴下！」我又說。他讓送到嘴邊的水杯停在半空中，彷彿在側耳傾聽。他喝了水，放下杯子。「是妳嗎？瑪麗？」

「瑪麗在廚房裡。」我說。

他倏地伸出手來，可是他看不見我站在哪裡，自然也就碰不到我。「是誰？是誰？」他問，似乎想用那雙喪失視力的眼睛去**看**。徒勞無功、平添煩惱的嘗試！「回答我，再出聲！」他強硬又洪亮地下令。

「先生，您想要再喝點水嗎？剛剛那杯被我灑掉了一半。」我說。

「到底是**誰**？到底是**什麼**東西？誰在說話？」他問。

「派勒特認識我，約翰跟瑪麗也知道我來了。我晚上才到的。」我說。

「我的老天！我在幻想什麼？我是不是瘋了？」

「不是幻想，不是發狂。您精神好得很，不會有幻想；您也很健康，不會發瘋。」

「說話的人在哪裡？只是聲音嗎？哦！我**看不見**，可是我一定要摸到，否則我的心跳會停止，我的腦子會爆裂。不管你是什麼東西，或什麼人，最好讓我摸到，否則我活不下去！」

他開始摸索。我抓住他胡亂揮舞的手，用雙手將它握住。

「是她的手指！」他叫道，「她小巧纖細的手指！那麼一定還有更多。」

那隻健壯的手掙脫我的手。我的胳臂被抓住了，再來是我的肩膀、脖子、腰。我被拉過去，跟他緊緊相依。

「是簡嗎？這是**什麼**？這是她的體型，是她的身高……」

「這是她的聲音。」我補了一句，「她全都在這裡，她的心也在。上帝保佑您，先生！我好開心能再次這麼靠近您。」

「簡愛！簡愛！」他只說了這些。

「我親愛的主人，」我說，「我是簡愛。我來找您了，我回到您身邊了。」

「真的嗎？有血有肉嗎？是我活生生的簡嗎？」

「您碰得到我，先生，您還抱著我，抱得那麼緊。我並沒有冰冷如死屍，也沒有虛無得像氣體，不是嗎？」

「我活生生的小寶貝！這些肯定是她的手腳，這些是她的五官。只是，我經歷過那麼多苦難，不可能有這種福氣。這是夢，就跟我夜裡在夢中再度擁她入懷一樣，就像現在；我親吻她，像這樣。我感覺到她愛我，相信她不會離開我。」

「先生，從今天起，我絕不會離開您。」

「絕不會，是那幻影說的嗎？但我醒來後總會發現那只是空洞的笑話，而我卻是淒涼又孤獨。我的生命陷入黑暗、寂寞又絕望。我的靈魂渴了，卻不被允許喝水；我的心餓極了，卻永遠得不到食物。溫馨、輕柔的夢境，此時依偎在我懷裡。妳也會飛走，像妳那些已經飛走的姊妹們一樣。簡，離開之前吻我、抱我。」

「我吻這裡，先生，還有這裡。」

我把嘴唇貼在他那曾經明亮、如今黯淡無光的雙眼。我撥開他額頭的髮絲，親吻他的額頭。他彷彿突然清醒，終於相信這一切是真的。

「簡，是妳，對不對？所以妳回到我身邊了？」

「我回來了。」

「妳沒有溺斃在哪條水溝裡，或沉屍在哪條溪流裡？妳沒有面黃肌瘦地在陌生人群中流浪？」

「不，先生！我已經是個獨立自主的女人了。」

「獨立自主！簡，這話什麼意思？」

「我那個住馬得拉群島的叔叔過世，留給我五千鎊遺產。」

「啊！這很真實。這是真的！」他叫道，「我不可能夢見這種事。再者，她那特殊的腔調，這麼鮮活，這麼乾脆，也非常柔軟，讓我枯萎的心雀躍起來，為它灌注生命力。什麼，簡兒，妳是個獨立自主的女人了？妳有錢了？」

「如果您不讓我跟您住在一起，我就在您門外蓋一棟我自己的房子。假使您晚上想找個人作伴，可以過來我家客廳坐坐。」

「簡，既然妳有錢了，妳一定有朋友可以照顧妳，不需要把時間浪費在像我這樣的廢人身上。」

「先生，我說了。我已經獨立自主，也有錢了，我可以自己作主。」

「而妳會留在我身邊？」

「當然，除非您反對。我要當您的鄰居、您的看護、您的管家。您孤單的時候，我要當您的伴侶，為您讀書、帶您散步、陪你閒坐。我要服侍您，當您的眼和手。別這麼憂鬱了，我親愛的主人，只要我活著，您就不會孤獨無依。」

他沒有回答。他好像很嚴肅，好像出神了。他嘆口氣，嘴唇微啟，像是有話要說，卻又閉起來。我覺得有點難為情。也許我太主動、背離習俗，而他跟聖約翰一樣，覺得我的輕率很失態。我剛剛會說出那些話，確實是認定了他想要、也會要求我當他的妻子，這份雖未明說卻很肯定的期待，讓我信心滿滿，覺得他會立刻要求娶我為妻。但他完全沒有這方面的表示，臉上的表情也愈來愈隱晦不明。我突然意識到自己也許完全猜錯了，也許不知不覺地當了傻瓜。我開始試圖掙脫他的擁抱，他卻心急地把我抓得更緊。

「不，不，簡，妳不准走。不行，我摸到妳了、聽見妳了，體驗到有妳在的幸福感，感受到被妳撫慰的美好滋味，我不能放棄這些歡樂。我自己已經所剩無幾，我一定要擁有妳。讓世人笑話我好了，讓他們罵我荒唐、罵我自私好了，那不重要。我的靈魂要妳，它必須得要滿足，否則它會對它的軀殼施展致命的報復。☆19」

「先生，我會留在您身邊。我說過了。」

「是啊。可是妳所謂的留在我身邊、跟我想的大不相同。妳或許可以下定決心留在我身邊，像個仁慈的小看護般照顧我（因為妳心地善良、心胸寬大，讓妳願意為那些妳所同情的人犧牲），那樣我就心滿意足了。我覺得如今我只能對妳懷著父執輩的情感，妳覺得呢？來，跟我說說。」

「您願意怎麼想，我就怎麼想。先生，我當您的看護就很滿足了，如果您覺得這樣比較好。」

「可是妳不能永遠當我的看護。簡兒，妳還年輕，總有一天要結婚。」

「我才不在乎結不結婚。」

「妳應該要在乎的，簡兒，如果我還是以前的我，我會想辦法讓妳在乎婚姻。可惜我只是個瞎眼的累贅！」

他再度陷入愁思。我恰恰相反，我更加歡喜，有了全新的勇氣。他最後那句話讓我明白問題出在哪，在我眼中那根本不是問題。剛剛的難為情頓時消失無蹤。我用更愉快的口吻對他說：

「也該有人來把您重新變回人類了。」我邊說邊撥開他那需要修剪的濃密長髮，「因為我發現您已經化身成獅子、或某種類似的東西了。您有野地裡的尼布甲尼撒[2]的面貌，這點我很確定。您的頭髮讓我聯想到老鷹的羽毛，至於您的指甲是不是長得像鳥爪，我倒是還沒注意到。」

「在這隻手臂上，我既沒有手掌，也沒有指甲，」他邊說邊把截肢的那隻手臂從懷裡拉出來，伸給我看。「它只剩一小截殘肢，很嚇人吧！妳覺不覺得呢？」

☆19
My very soul demands you: it will be satisfied, or it will take deadly vengeance on its frame.

「看起來很可憐，您的眼睛也是，還有您額頭上的燒傷疤痕。最糟糕的是，這些很危險，會讓人愛您太深，或把你看得太偉大。」

「簡，我以為妳看見我的手臂和我的傷疤，會覺得噁心。」

「您這麼想嗎？別跟我說這種話，否則我會說出貶損您的判斷力的言語。好了，我要暫時離開您一下，好把爐火撥旺些，再把壁爐邊掃乾淨。您分辨得出爐火旺不旺嗎？」

「可以，我的右眼可以看見火光，一團模糊的紅暈。」

「那麼您看得見蠟燭嗎？」

「很朦朧，每一根都像發亮的雲團。」

「您看得見我嗎？」

「不，我的仙子。可是我能聽見妳、能摸著妳，就充滿感恩了。」

「您什麼時間吃晚餐？」

「我從來不吃晚餐。」

「那您今晚一定要吃。我餓了，我敢說您也一樣，您只是忘了。」

我把瑪麗找來，片刻間就讓客廳變得更整齊清爽。我也幫他準備了一份可口的餐點。我心情很振奮，吃晚餐時開心又自在地跟他閒聊，飯後又聊了很久。跟他在一起沒有折磨人的拘束感，也不需要壓抑快樂與朝氣。我跟他相處的時候完全放鬆，因為我知道我適合他，我說的話、做的事好像都能安撫他、能讓他打起精神。多麼可喜的認知！它讓我的天性恢復生機，充滿光明。在他面前，我活得很踏實，在我面前的他也一樣。儘管他雙目失明，笑容依然在他臉龐閃耀、歡

2. 見《聖經》〈但以理書〉第四章第三十三節，被逐的尼布甲尼撒王在野外變得頭髮像鷹毛，指甲像鳥爪。

笑依然讓他額頭發亮。他的面貌軟化了、變溫暖了。

吃晚餐時，他開始問我許多問題，問我去了哪裡，都做了些什麼，又是怎麼找到他的。我只簡略回答，當時夜深了，無法一五一十詳述。再者，我不想聊到那些太震撼的細節，不想在他心裡開挖情緒的新井，現階段我唯一的目標就是鼓舞他。如我所說，他心情很愉快，卻是時好時壞。如果談話之中出現短暫沉默，他會變得浮躁不安，會摸摸我，喊一聲，「簡！」

「妳真的是人吧？這點妳可以確定吧？」

「我發自內心這麼認為，羅徹斯特先生。」

「可是，妳怎麼會在這麼個漆黑又陰慘的夜裡，冷不防出現在我寂寞的壁爐邊。我伸手跟我的僕從拿水，端給我的卻是妳；我問了個問題，以為回答的會是約翰的妻子，耳畔卻響起妳的聲音。」

「因為我代替瑪麗拿托盤進來。」

「我跟妳相處的這段時間好像有某種魔力。誰都看得出來，過去幾個月以來，我熬過多少黑暗、陰鬱又無望的日子？什麼都不做、什麼都不想，黑夜與白天錯亂，唯一感覺得到的，是我任由爐火熄滅後的寒氣，以及我忘記吃飯的飢餓感，再來就是沒完沒了的悲傷，偶爾會發狂似地想要再見到我的簡。是啊，我希望她回來，那股渴望遠比想恢復視力更強烈。簡怎麼可能已經在我身邊，還說她愛我？她會不會來得突然、去得也迅速？到了明天，我怕我就找不到妳了。」

我想我最好跳脫他這一連串不安念頭，給他普通又實際的回應，這樣對他目前的心情才是最好、也最有安撫效果的。我用手指拂過他眉毛，跟他說他的眉毛燒焦了，我要幫他塗抹些東西，好讓它們長得跟以前一樣又粗又黑。

「好心的仙子，把我弄好看又有什麼用，反正到了某個可怕時機，妳又會棄我而去，像影子一樣消失無蹤。上哪兒去、怎麼去的，我不得而知，之後又讓我遍尋不著？」

「先生，您身上有小梳子嗎？」

「要做什麼用？」

「只是要梳理這頭蓬亂的黑色鬃毛。我這樣近距離看您的時候，發現您模樣還挺嚇人的。您一直說我是仙子，在我看來，您自己才更像棕精靈[3]。」

「我的樣子很恐怖嗎？」

「非常恐怖，先生，您向來如此。」

「哼！無論妳之前住哪裡，妳這淘氣的個性還是沒改。」

「但我是跟好人住在一起，他們比您好得多，好上一百倍。他們的想法和見解是您這輩子連想都沒想過的，更文雅、更高尚得多。」

「妳見鬼的都跟什麼人在一起？」

「您再這樣亂動，我可是會把您的頭髮扯下來的，那時您大概就不會再懷疑我到底是不是真人了。」

「簡，妳都跟誰住在一起？」

「今晚您什麼都問不出來的，先生，您得等到明天。嗯，我的故事只說一半[4]，這也算是一種保障，確定明天我會出現在早餐桌上，把故事說完。對了，我得記住到時候別只拿著一杯水從

3. brownie，蘇格蘭傳說中的小精靈，會在夜間幫人做事。

4. 阿拉伯民故事集《一千零一夜》中，聰明的少女為了避免遭國王殺害，每晚說故事吸引國王，到天亮時故事總是說到精彩處，讓國王不忍殺害她。

您的壁爐旁冒出來，我至少還得帶一顆蛋，當然還要有煎火腿。」

「妳這伶牙利嘴的醜丫頭[5]，凡人養大的小仙子！妳讓我覺得過去這十二個月的痛苦經歷都消失了。假使掃羅王有妳來取代他的大衛，那麼不需要豎琴就能驅除令他不安的邪靈[6]。」

「看吧，先生，您氣色紅潤起來，外表也整齊多了。我要跟您道晚安了，我趕了三天的路，已經很累了。晚安！」

「只要一句話就好，簡，妳住的那個地方是不是只有女士？」

我笑著逃開，邊跑上樓邊笑。「多好的點子！」我愉快地想著，「看來我找到刺激他的好辦法，可以慢慢引他走出憂鬱。」

隔天早上，我很早就聽見他起床走動的聲音，從這個房間逛到另一個房間。瑪麗一下樓，我就聽見他問道：「簡愛在這裡嗎？」又說，「妳安排她住哪個房間？房間不潮濕吧？她醒了嗎？去問問她是不是需要什麼東西，問她什麼時候才會下樓。」

我估計早餐時間快到時，就下樓去。我躡手躡腳走進客廳，在他察覺我之前先看見他。看著原本英姿煥發的人屈服於身體上的疾患，確實令人很感傷。他坐在椅子上，一動不動，卻惴惴不安，顯然滿懷期待。他剛毅的五官布滿了長期哀傷的線條，他的神情讓人聯想到熄滅的燈火，等著重新被點燃。唉！如今他自己已經無法重新燃起朝氣蓬勃的光芒，必須仰賴別人！原本我想表現得歡欣自在，無憂無慮，可是目睹硬漢變得如此脆弱，刺痛了我內心最柔軟的部位。不過，我還是強打精神跟他說話。

「先生，今天早晨天氣多麼清新明媚。」我說，「雨停了，也遠離了，有一抹雨後的柔和光線。您等會最好出門散散步。」

我喚醒了光采，他喜形於色。

「喔，原來妳真的在，我的雲雀！過來。妳沒有離開，沒有消失？一小時以前我聽見妳同類的叫聲，在高高的樹梢上鳴唱，可是，牠的歌聲在我聽來一點也不悅耳，如同初升的太陽在我眼中沒有光輝。在我耳中，全世界所有的旋律都集中在我的簡的話語裡（我很慶幸她不是天生沉默那一型），唯有在她身旁，我才感覺得到陽光。」

他如此公開宣稱對我的依賴，聽得我熱淚盈眶。就像一隻被鎖在棲木上的尊貴老鷹，迫不得已要懇求麻雀幫牠覓食。可是我不當愛哭鬼，我迅速抹去淚水，忙著準備早餐。

大半個早晨我們都待在戶外，我帶他走出潮濕荒蕪的樹林，走進讓人心曠神怡的田野。我告訴他田野是多麼鮮明青翠，花朵與樹籬又是多麼清新，天空又如何湛藍透亮。我在一個隱蔽又舒適的地點幫他找到座位，那是一截枯乾的樹幹。等他坐下來，我也沒拒絕讓他把我抱在懷裡。我何必拒絕呢？畢竟我們倆都覺得相依比別離更快樂。派勒特躺在我們旁邊，四周一片靜謐。他抱著我時，突然開口說：

「殘忍，殘忍的逃兵！哦，簡，我發現妳逃離棘園，到處找不著妳。之後，我檢查妳的房間，發現妳沒帶錢，也沒帶任何有價值的東西，我有多心痛！我送妳的珍珠項鍊原封不動躺在小盒子裡，妳的行李箱還是先前準備蜜月旅行時捆綁好、鎖上的模樣。我心想，我的寶貝一貧如洗、身無分文，她要怎麼挨下去？她到底是怎麼熬過來的？說來我聽聽。」

經他這麼一催促，我開始細說從頭，敘述我過去一年來的經歷。關於那三天流浪挨餓的日

5. changeling，英國民間傳說中被妖怪調包後留下的小孩，通常長相醜陋。
6. 典故出自《聖經》〈撒母耳記〉第十六章第二十三節，掃羅王心神不寧時，大衛只要彈奏豎琴，掃羅就覺得平靜舒暢。

子，我只是輕描淡寫帶過。即使照實跟他說，也只是讓他徒增不必要的痛苦。我說出來的那一丁點內容，就已經超乎我預期地令他忠實的心比刀割還痛。

他說，我不該那樣沒帶任何盤纏就離開他，應該對他說出我的打算。我應該跟他老實說，他絕不會逼我當他的情婦。雖然他陷入絕望時顯得非常暴力，他其實太愛我、太心疼我，不可能殘暴待我。他可以給我一半的財產，不會要求任何回報，就連一個吻也不會索討。總比讓我形單影隻地流落到茫茫人海中好得多。他相信我遭遇的困難比我描述的多得多。

「好了，不管我碰到些什麼困難，為時都很短暫。」我說。接著，我告訴他我如何被荒原居收留，如何變成村莊學校的老師等等。再來就是我得到遺產，找到表親。當然，在我的敘述過程中，聖約翰．里弗斯這名字頻頻出現。等我一說完，那個名字馬上被提出來。

「那麼，這個聖約翰是妳表哥？」

「是。」

「妳一直提起他，妳喜歡他嗎？」

「他人很好。先生，我沒辦法不喜歡他。」

「人很好。妳是指他是個舉止合宜、值得尊敬的五十歲男士嗎？或是別的意思？」

「先生，聖約翰才二十九歲。」

「『還挺年輕』，套句法國人的話。」

「他是不是五短身材、呆頭呆腦又其貌不揚。他之所以是好人，只是因為不犯惡行，而不是因為他品德超凡。」

「他是個孜孜不倦的行動派，他活著就是為了做些偉大又崇高的功業。」

「那他的頭腦呢？說不定很簡單吧？他不懷惡意，可是妳聽見他說話就想搖頭吧？」

「先生，他話不多，只要開口就字字珠璣。他的頭腦是一流的，雖然不容易受感動，可是鬥志昂揚。」

「那麼他很有才能？」

「確實很有才能。」

「受過完整的教育？」

「聖約翰是個才華洋溢、學識淵博的人。」

「妳好像說他的舉止不太符合妳的品味？自以為是又太有牧師架子？」

「我沒談過他的舉止，不過，除非我品味很差，不然就一定很符合。他的舉止很文雅、沉著，很風度翩翩。」

「那他的長相——我忘了妳是怎麼形容他的外貌的，是那種粗鄙的堂區牧師，幾乎被白色領圍勒死，穿著厚跟皮靴像踩高蹺似的，對吧？」

「聖約翰衣著很得體。他很英俊，高大、白皙、藍眼珠、希臘式的輪廓。」

（頭轉向一邊）「該死的傢伙！」（再對著我），「簡，妳喜歡他嗎？」

「嗯，羅徹斯特先生，我喜歡他，不過您已經問過我了。」

當然，我注意到他情緒的變化。嫉妒掌控了他，刺傷了他，可是這種刺痛對他有益，讓他暫時脫離憂鬱的磨人毒牙。因此，我不會馬上施法召回毒蛇。

「愛小姐，也許妳不想繼續坐在我腿上？」他說出這句有點突兀的話。

「羅徹斯特先生，為什麼？」

「妳剛剛描繪的肖像是太驚人的對比了。妳的話語恰如其分地勾勒出挺拔的阿波羅，他就在妳腦海裡，高大、白皙、藍眼珠，希臘式的輪廓。而妳的眼睛見到的是火神伏爾甘[7]，真正的鐵匠，皮膚黝黑、肩膀寬闊，還又瞎又跛。」

「先前我想都沒想到，不過您還真像伏爾甘呢，先生。」

「嗯，小姐，妳可以走了。在妳走之前，」他更用力抓住我，「可以再回答我一、兩個問題嗎？」他停下來。

「什麼問題呢？羅徹斯特先生。」

接下來就是這場密集盤問。

「聖約翰安排妳在摩頓當老師，是在他發現妳是他表妹之前？」

「是。」

「妳經常見到他？他偶爾會探訪學校？」

「每天。」

「他贊同妳的教學方法吧？我知道妳的方法一定很優異，因為妳是個有才華的小傢伙！」

「他確實認同我的方法。」

「他在妳身上發現了很多他意想不到的特質？妳的某些才能可一點都不平庸。」

「這我就不知道了。」

「妳說妳住在學校旁的小屋裡。他去那裡拜訪過妳嗎？」

「有時候。」

「晚上嗎？」

「一、兩次。」

停頓下來。

「你們認親以後，妳跟他和他妹妹們住了多久？」

「五個月。」

「他經常跟妳們女孩子相處嗎？」

「嗯，裡間客廳是大家共用的書房。他坐在窗邊，我們坐在書桌旁。」

「他經常讀書嗎？」

「經常。」

「讀什麼？」

「印度斯坦語。」

「那時妳都做些什麼？」

「一開始我學德語。」

「是他教妳嗎？」

「他不會德語。」

「他什麼都沒教妳嗎？」

「教一點印度斯坦語。」

「他教妳印度斯坦語？」

「是的，先生。」

「也教他妹妹們嗎？」

「沒有。」

7. Vulcan，希臘神話中的火神兼金匠，心地善良、個性溫和。他是宙斯的兒子，出生後因長相醜陋，被宙斯踢下凡間，摔斷了一隻腳。宙斯後來將女神維納斯許配給他。

「只教妳？」

「只教我。」

「妳主動說要學的嗎？」

「沒有。」

「他想教妳？」

「是。」

再次停頓。

「他為什麼想教妳？印度斯坦語對妳有什麼用處？」

「他想要我跟他一起去印度。」

「哈！我弄清楚來龍去脈了。他想要妳嫁給他。」

「他要求我跟他結婚。」

「妳在騙人，虛構厚顏無恥的瞎話來惹我生氣。」

「很抱歉，那事千真萬確。他跟我求婚不只一次，表達立場的態度跟您當初一樣強硬。」

「愛小姐，我再說一次，妳可以離開我了。同樣的話要我說多少次？我已經開口要妳走開了，妳為什麼還執意端坐我在膝頭？」

「因為我坐在這裡很舒服呀。」

「不，簡，妳坐在這裡不舒服，因為妳的心沒有跟我在一起，它在妳那個表哥身邊，那個聖約翰。哦！在此之前，我一直以為我的小簡兒完全屬於我！我一直相信，即使她離開了我，也還愛著我，那是我飽受煎熬時僅有的一丁點溫馨慰藉。我們分開了那麼長時間，我為我們的離別流下多少滾燙的淚水，萬萬想不到，我在為她傷痛的同時，她竟然愛著別人！但悲傷何用。

簡，妳走吧，去嫁給聖約翰。」

「那就把我甩掉呀，先生，把我推開，因為我絕不會主動離開您。」

「簡，我多麼喜歡妳的語氣，它還能燃起新希望，聽起來那麼真實。我聽妳說話的時候，彷彿回到一年以前，忘了妳又有了新對象。但我不是傻瓜，走吧。」

「先生，我要走去哪兒呢？」

「走妳自己的路，跟妳挑選的丈夫一起。」

「那是誰呢？」

「妳明知道，就是這個聖約翰。」

「他不是我丈夫，永遠也不會是。他不愛我。他愛的（以他愛的**方式**，他的愛與您不同）是一位名叫蘿莎曼、年輕漂亮小姐。他想娶我，只因為他覺得我會是很稱職的傳教士妻子，蘿莎曼卻不合適。他人很好，很偉大，卻很嚴厲。對我而言，他冷得像冰山。先生，他跟您不一樣。我在他身邊、靠近他，或跟他相處時，一點都不開心。他對我一點也不寬容，也沒有喜愛。他在我身上找不到一絲一毫的吸引力，就連青春也沒用，只有一些精神上的可取特質。那麼，先生，我必須離開您去找他嗎？」

我不自主地打寒顫，本能地靠緊我失明的心愛主人。他笑了。

「什麼？簡！這是真的嗎？妳跟聖約翰之間真是這樣嗎？」

「一點也沒錯，先生！喔，您不需要吃醋！我只是想逗逗您，讓您別那麼傷心。我覺得生氣總比傷心好。如果您真的希望我愛您，如果您能看得出來我**真的**好愛您，您一定會覺得驕傲又滿足。我整顆心都屬於您，先生，就算命運要我的其他部分永遠從您的面前消失，我的心依然與您同在。」

他吻我的時候，痛苦的念頭再次讓他臉色陰鬱。「我驚惶的願景，我癱瘓的氣力！」他懊惱地叨念著。

我擁吻他，設法安撫他。我知道他心裡想的是什麼，想代他說出口，卻又不敢。他別過臉去的那一分鐘，我看見一滴淚水從緊閉的眼皮底下湧出，緩緩流下那陽剛的臉頰。我的情緒高漲。

「我比棘園的果園裡那棵慘遭雷擊的老七葉樹好不到哪兒去。」不久他說，「那堆殘株有什麼資格要求新萌芽的忍冬以鮮嫩覆蓋它的朽敗。」

「您不是殘株，先生，也不是慘遭雷擊的老樹。您鮮綠又健壯。不管您有沒有開口要求，植物都會在您根部生長，因為它們喜歡享受您豐饒的綠蔭。它們生長的時候，會主動靠向您，因為您的力量提供他們安全的依靠。」

他又笑了，我給了他安慰。

「簡，妳指的是朋友吧？」

「對，是朋友。」我答得略有遲疑，因為我知道自己指的不只是朋友，卻又找不到合適的語詞。他助我一臂之力。

「啊，可是簡，我要的是妻子。」

「是嗎，先生？」

「是啊，難道妳不知道？」

「當然不知道，您什麼都沒說。」

「妳不想聽到這種話嗎？」

「那要視情況而定，先生，要看您如何抉擇。」

「簡，妳要幫我選擇哪個，我會聽妳的。」

「先生，那就選**最愛您的她**。」

「至少我會選**我最愛的她**。簡，妳願意嫁給我嗎？」

「先生，我願意。」

「嫁給一個可憐的盲人，得用手領著他到處去？」

「我願意。」

「嫁給一個殘缺男人，大妳二十歲，妳還得侍候他？」

「我願意。」

「真的嗎，簡？」

「千真萬確，先生。」

「喔！我的寶貝！上帝會祝福妳，會獎賞妳！」

「羅徹斯特先生，如果我這一生曾做過好事、曾有過善念、曾做過虔誠無瑕的禱告、或曾懷抱正當的願望，那麼我已經得到獎賞了。對我來說，能做您妻子，就是世上最幸福的事。」

「因為妳喜歡犧牲。」

「犧牲！我犧牲了什麼？飢餓時會為食物而犧牲；有所渴望時會為得到滿足而犧牲。而我有幸能環抱我珍視的人、可以親吻我愛的人、可以依靠我信賴的人，這叫犧牲嗎？如果是，那麼我的確樂於犧牲。☆20」

「還要忍受我的羸弱，簡，要無視我的缺陷。」

「先生，那些對我來說沒什麼。如今我更加愛您了，因為比起您自負又獨立、只願扮演施予者與保護者角色的時候，現在的我對您更有用處了。」

「在此之前我一直痛恨接受幫助，痛恨被人引導。自此之後，我想我不會再有這種心態了。

☆20
Famine for food, expectation for content. To be privileged to put my arms round what I value—to press my lips to what I love—to repose on what I trust: is that to make a sacrifice? If so, then certainly I delight in sacrifice.

我不喜歡把手放到僕從手裡，可是被簡的纖細手指握住是多麼快樂的事。過去我寧可全然孤獨，也不要僕人頻頻服侍，可是簡的溫柔照料會是無盡的幸福。簡適合我，但我適合她嗎？」

「適合得天衣無縫，先生。」

「既然如此，我們還等什麼，我們必須馬上結婚。」

他的表情和語氣都充滿渴望，他急躁的老毛病又犯了。

「簡，我們要立刻合而為一，不再拖延。只等拿到許可，我們就結婚。」

「羅徹斯特先生，我剛發現太陽已經從天頂西沉很遠了，派勒特老早回家吃晚餐了。我來看看您的手錶。」

「簡，把錶綁在妳腰帶上，以後就留在妳身邊，我用不上。」

「已經接近下午四點了，先生，您不餓嗎？」

「今天起的第三天就是我們的大喜之日，簡。別管禮服和首飾了，都是些不足掛齒的東西。」

「先生，陽光已經蒸發掉所有雨滴，風也停了，天氣有點熱。」

「簡，妳知道嗎？妳那條珍珠小項鍊現在就掛在我古銅脖子上，在我領巾底下。從我失去我唯一的寶貝的那天起，我就一直戴著它，藉此懷念她。」

「我們穿過樹林回家好了，那條路最陰涼。」

他沒理我，繼續尋思著。

「簡！我敢說妳一定覺得我是個不虔誠的傢伙，可是剛剛我的心充滿對這個世界的仁慈上帝的感激。祂的見識跟凡人不同，卻更嚴明；祂的判斷跟凡人不同，卻更睿智。我做錯了。我幾乎玷污我純真的花朵，幾乎讓它的純潔蒙上罪惡，所以全能的上帝將它奪走。而我，以我頑固的叛逆，幾乎詛咒這項神意。我沒有服從旨意，反倒違抗它。神的正義自然伸張，讓我遭受重大災殃，我被迫穿越死亡陰影的山谷。祂的懲罰多麼嚴厲，重擊了我，讓我永遠謙卑。妳知道過去我很以自己的能力為傲，可是如今我必須徹底放棄能力，必須依賴外來的指引。正如孩子不能依靠自己的弱小，我的力量又能做什麼用呢？簡，最近以來，只有最近，我開始意識到上帝操控著我的命運，我開始體驗到自責與懺悔，開始想與我的創造者和解。我開始斷斷續續祈禱，我的禱告很簡短，卻很虔誠。

「幾天以前，不，我算得出來，是四天前，星期一晚上，我突然有種特別的情緒，是一股哀傷，取代了平日的瘋狂，覺得很悲慘、很鬱悶。我一直有種預感，覺得我到處找不到妳，妳一定已經不在人世。那天很晚的時候，大約介於十一點到十二點之間，我準備懷著傷悲就寢。我懇求上帝，我說，如果蒙祂允許，我希望儘早離開這個世界，進入到下一個國度，在那裡至少還有希望與簡重逢。

「當時我在臥室，坐在窗子邊，窗子開著，雖然我看不見星星，也只能藉著隱約的模糊光暈知道天上有月亮，輕柔的晚風卻讓我心情很平靜。簡兒，我好想妳！哦，我的靈魂和肉體都渴望著妳！我悲痛又謙遜地詢問上帝，我是不是承受夠多淒涼、苦惱與折磨了？是不是很快就能重新嘗到喜樂與安詳？我說我這一切都是我罪有應得，也坦承我沒辦法再繼續受苦了。我祈求著，我內心所有的願望不自主地從我嘴裡吐露出來，變成，『簡！簡！簡！』」

「您大聲喊出來了嗎？」

「對。如果有誰聽見，一定會以為我瘋了。我喊得十足痴狂。」

「是星期一晚上，接近午夜的時候？」

「對，可是時間不重要，接下來的怪事才是重點。妳八成會說我迷信，我個性上確實有點迷信，向來如此。然而，這是真的，至少我現在說的是我聽見的聲音。

「我喊出『簡！簡！簡！』之後，有個聲音，我說不清那聲音從哪兒來的，卻知道那是誰的聲音，它回答：『我來了，等等我。』再過一會兒，風中又傳來一陣低語：『你在哪裡？』

「如果我辦得到，我會告訴妳這些話在我心中形成的想法和印象，可是，我很難描述我想表達的東西。妳也知道，芬丁莊園藏在濃密的樹林深處，聲音在這裡面會悶悶的，也不會有共鳴。那句『你在哪裡？』卻像在叢山之間喊出來的，因為我聽見一陣山谷回音重複那句話。那時，拂在我額頭上的風似乎更涼爽也更醒神了。我覺得我們倆彷彿在某種離奇又荒涼的場景中相遇了。在我心裡，我相信我們一定相遇過。簡，那個時間妳肯定沉睡在夢鄉，或許妳的靈魂脫離它的軀殼，前來撫慰我的靈魂。因為我非常肯定那是妳的聲音，確實是妳的聲音！」

讀者呀，正是星期一晚上，接近午夜時，我聽見那個神祕召喚，那也正是我回應的字句。我聽著羅徹斯特先生的敘述，卻不作回應。這種巧合實在太驚人、太難以言喻，沒辦法說出來，或加以討論。如果我說出來，我的話就會在羅徹斯特先生內心激盪，他的心靈已經承受太多苦，太容易感傷，不需要再添上更深刻的超自然陰影。所以我把話留在心裡，獨自咀嚼回味。

「現在妳就能明白，」我的主人又說，「那天晚上妳突如其來出現在我的壁爐旁，我為什麼覺得妳只是單純的聲音與影像，只是某種會歸於寂靜、會滅失的事物，就像先前那午夜呢喃和山谷回音也消失了一樣。現在，我感謝上帝！我知道事情不是那樣。沒錯，我感謝上帝！」

他把我從他腿上抱下來，站起來，虔敬地舉起頭上的帽子，讓失明的雙眼朝向地面，默默地祈禱著。我只聽見他禱告的最後幾句話。「感謝我的造物主，祂在審判的同時，還保有慈悲。我謙卑地懇求我的救主賜給我力量，讓我從此過著比以往更純潔的人生！」

他伸出手來接受我引導，我拉起那隻親愛的手，讓它貼在我唇上，之後才擱在我肩上。我個子比他矮很多，既可以當他的支柱，也能當他的嚮導。我們走進樹林，蜿蜒地踏上歸途。

第三十八章 尾聲

讀者，我嫁給了他。我們辦了一場低調的婚禮，只有我、他、牧師和執事在場。我們從教堂回到家後，我走進廚房，瑪麗正在煮晚餐，約翰在整理刀具，我說：「瑪麗，今天早上我跟羅徹斯特先生結婚了。」

瑪麗和她丈夫都是舉止得宜、沉穩從容的人，任何人隨時都可以跟他們宣布天大的消息，不必冒著耳朵被尖叫聲摜破、又被連串滔滔不絕的驚嘆話語震聾的危險。瑪麗倒是抬起頭來，也確實盯著我，她用來給爐子上烤著的兩隻雞澆淋醬汁的長柄杓也確實在空中停頓了大約三分鐘，約翰磨刀的動作也停頓一樣久的時間。

不過，瑪麗重新彎下去看烤雞，只說：「是嗎？嗯，那當然！」

過了一會兒，她又說，「早上我看見妳跟主人一起出去，我不知道你們要去教堂結婚。」她繼續塗醬料。我轉過頭去看約翰時，他笑得咧開了嘴。

「我就跟瑪麗說會這樣，」他說，「我知道愛德華少爺」——約翰是家裡的老僕人，打從他的主人還是這家的次子時，他就認識他了，所以總是喊主人的教名——「會怎麼做，我也很確定他不會拖拖拉拉。他做得很對，這點我敢肯定。小姐，我祝你們幸福！」他禮貌地碰碰額前的頭髮致意。

「謝謝你，約翰。羅徹斯特先生要我拿這個給你跟瑪麗。」

我塞了張五鎊紙幣到他手裡，沒等他回應，就走出廚房。過後不久，我經過廚房門時，聽見這些話：

「她可比那些個有錢人家小姐適合他得多嘍。」還有，「就算她不是頂漂亮的，至少不算醜，心地也很好。任誰都看得出來，她在他眼裡可是個天仙美女。」

我馬上寫信到荒原居和劍橋，通知他們我的近況，也鉅細靡遺地說明我為什麼這麼做。黛安娜和瑪莉毫不保留地贊同我的作法。黛安娜說她要給我時間享受蜜月，之後就會來看我。

「簡，她最好別等到我們蜜月結束才來，因為我們一輩子都沉浸在蜜月光輝底下，這道光芒只會在妳或我的墳墓告終。」

聖約翰如何看待這個消息，我並不清楚，他沒有回覆我那封信。不過，六個月後他寫了一封信來，完全沒有提及羅徹斯特先生，也沒聊到我結婚的事。當時他的信內容很平靜，儘管語氣很嚴肅，卻很友善。自此之後我們一直保持書信往返，只是不算太頻繁。他說希望我過得幸福，他相信我不是那種只在乎世俗瑣事、忘懷上帝的人。

讀者，你還沒忘記小阿黛拉吧？我可沒有，不久後我就向羅徹斯特先生告假，也獲得他許可，到學校去探望她。她見到我時欣喜若狂的模樣讓我深受感動。她看起來白皙又纖瘦，她說她不開心。我發現那所學校的規矩太嚴格，課業對她這個年齡的孩子來說也太繁重，於是帶著她回家。我原本有意再次當她的家教，卻發現不太可行，如今有另一個人佔據了我所有的時間和心思，那就是我的丈夫。所以我另外找了一所管理比較寬鬆的學校，距離也近，方便我經常去探望她，偶爾還能帶她回家。我確保她在生活上不虞匱乏，她很快在新的學校安頓下來，在學習上有長足進步。在她成長過程中，紮實的英國式教育導正很多她那些法國缺點。等她畢業離開學校，就成了很討人喜歡又柔順的伴侶：很受教、好脾氣又端莊有禮。她對我那份感恩的關懷，早已經回報了我能力所及對她付出的一丁點善意。

我的故事接近尾聲了，只要再簡單交代我的婚姻生活，聊聊那些頻頻出現在這篇故事裡的人物後來的發展，我的故事就結束了。

如今我結婚已經十年了，我很能體會全心全意為自己最愛的人而活、全心全意跟他相處是什麼感受。我覺得自己受到極高的祝福，那種祝福遠非言語所能形容，因為我就是我丈夫的生命，正如同他也是我的生命。沒有哪個女人像我這樣親近另一半，像我這樣徹徹底底是他骨中的骨、肉中的肉[1]。我跟我的愛德華相處永遠不嫌煩，他跟我相處也是一樣，就如同跟在我們各自心房裡搏動的心臟相處也不嫌煩一樣，我們理所當然地形影不離。我們在一起的時候，都覺得像獨處時那般自由，像有人陪伴時那般愉快。我們整天都在談話，跟對方談話只是另一種聽得見的動態思想。我把心裡所想的事全都說給他聽，他的心情也都跟我分享，我們的個性完全合適，結果自然是完美和諧。

我們婚後頭兩年，羅徹斯特先生眼睛還是看不見，也許就是這個原因拉近我們的距離，讓我們變得如此親密。因為當時我就是他的視力，正如同我至今仍然是他的最佳助手。事實上，我就是他的眼中珍寶（他常這麼稱呼我）。他透過我觀賞大自然、透過我閱讀書本。我充當他的眼睛從來不覺得累，我把田野、樹木、城鎮、河流、雲朵、陽光的美訴諸語言，把眼前的美景、周邊的氣候轉化為言辭，把光線無法映現在他眼中的一切、用聲音刻劃在他耳中。我為他讀書也從來不覺疲倦，從來不厭煩帶他到任何他想去的地方、幫他完成他想做的事。我做這些事時，儘管有點悲傷，卻得到一種很豐足、很強烈的喜悅，因為他要我幫忙時從來不會因羞愧而難過或因恥辱而消沉。他愛我愛得如此真摯，可以坦然大方地從我的協助中獲益，他意識到我對他的款款深

1. 語出《聖經》〈創世記〉第二章第二十三節，描述上帝取亞當的肋骨，造了一個女人。

情，知道接受我的協助就是滿足了我最甜蜜的心願。

結婚即將屆滿兩年的某一天，我正在聽他口述、為他騰寫一封信，他走過來俯身靠向我，說，「簡，妳脖子戴了亮晶晶的東西嗎？」

我戴著金色錶鍊。我回答他，「是啊。」

「妳穿淡藍色洋裝嗎？」

沒錯。接下來他告訴我，他已經有好一段時間感到右眼的雲團愈來愈淡，現在他可以確定了。

我陪他走一趟倫敦，去看一位權威的眼科醫師，最後他終於恢復了右眼的視力。雖然沒辦法看得很清楚，讀書或寫字也不能太久，但他可以獨力走動，不需要別人帶領。天空在他眼中不再是一片空白，地面不再是一片虛無。當他抱起他第一個孩子，他看得出來兒子遺傳了他的眼睛，跟他以前一樣，是烏黑晶亮的大眼睛。那時，他又滿懷感恩，直說上帝以慈悲代替懲罰。

所以，我跟我的愛德華過得很幸福，而由於我們所愛的人也都幸福快樂，我們更加開心。黛安娜和瑪莉都結婚了，我們每年輪流互訪，她們來看我們，我們也去拜訪她們。黛安娜的先生是海軍上尉，既是英勇的軍士，也是善良的好人。瑪莉的先生是個牧師，是她哥哥的大學同學，以他的學識與理念，跟瑪莉很匹配。菲茨詹士上尉與華爾登先生都很愛他們的太太，他們的太太也很愛他們。

至於聖約翰，他離開英國，去了印度，踏上他為自己選擇的道路，至今還在奮鬥。他在艱難的險境中打拚，再也找不到比他更果敢堅決、更奮鬥不懈的拓荒者了。堅定、忠誠、虔敬、充滿活力、熱忱又真摯，他為自己的族類努力，為他們清理通往至善的路途，像巨人般劈斬阻撓進步的教條與種姓偏見。他或許太嚴峻，或許太苛刻，或許野心勃勃，可是他的嚴峻是偉心戰士[2]那一類的嚴峻，保護他的朝聖者免遭地獄魔王的亞坡倫[3]的毒手。他的苛刻是使徒的苛刻，當他說

「誰想來跟隨我，就該否定自己，揹起他的十字架，隨我來吧[4]。」他是代耶穌發言。他的野心是至高無上的救主精神，一心只想在從獲得救贖的世人之中躋身前排，純潔無瑕地站在上帝的寶座前，分享羔羊的偉大勝利。那些人都是受到召喚、一片赤誠的天選之子。

聖約翰一直沒有結婚，他不會結婚了，他自己就足以承擔重任。他的苦難即將結束，他燦爛的陽光急於西沉。他寄來的最後一封信讓我流下凡俗的淚水，卻讓我的心充滿神聖的喜悅。他預期自己將要得到牢靠的獎賞，得到他不朽的冠冕。我知道下一封信會由陌生人撰寫，通知我那位善良的忠僕終於蒙主寵召，進入祂的樂土。何必為此落淚？聖約翰臨終時絕不會害怕死亡的陰影，他的心靈會一片澄淨，他的心無所畏懼，他的希望穩固可靠，他的信心絕不動搖。他自己的話就是明證：

「我的主，」他說，「已經預先警告我了。祂的宣告一天比一天更明確，『你就快來了！』我每一小時都熱切地回應祂，『阿門！主耶穌，來吧！』」

（全文完）

2. warrior Greatheart，為英國作家約翰・班揚（一六二八～八八）的知名著作《天路歷程》（*The Pilgrim's Progress*）一書中保護朝聖者安全抵達聖城的戰士。

3. Apollyon，見《聖經》〈啓示錄〉第九章第十一節，亞玻倫是無底深淵的天使，統理傷害人類的蝗蟲，亦即毀滅者。

4. 語出《聖經》〈馬可福音〉第八章第三十四節。耶穌號召群眾隨著門徒一起來。

國家圖書館出版品預行編目資料

簡愛（新譯本）/ 夏綠蒂 . 勃朗特（Charlotte Brontë）著；
陳錦慧譯 . -- 三版 . – 臺北市：商周出版：
英屬蓋曼群島商家庭傳媒股份有限公司城邦分公司發行，
2025.09
面；公分 . --（商周經典名著；42）
譯自：Jane Eyre
ISBN 978-626-390-653-2(平裝)

873.57　　114012080

線上版讀者回函卡

商周經典名著42

簡愛JANE EYRE（新譯本）

作　　者 / 夏綠蒂・勃朗特（Charlotte Brontë）
譯　　者 / 陳錦慧
企劃選書 / 黃靖卉
責任編輯 / 彭子宸

版　　權 / 吳亭儀、江欣瑜、游晨瑋
行銷業務 / 周佑潔、賴玉嵐、林詩富、吳淑華
總 編 輯 / 黃靖卉
總 經 理 / 賈俊國
第一事業群總經理 / 黃淑貞
發 行 人 / 何飛鵬
法律顧問 / 元禾法律事務所 王子文律師
出　　版 / 商周出版
台北市115南港區昆陽街16號4樓
電話：(02) 25007008　傳眞：(02)25007759
E-mail：bwp.service@cite.com.tw
Blog：http://bwp25007008.pixnet.net/blog
發　　行 / 英屬蓋曼群島商家庭傳媒股份有限公司 城邦分公司
台北市115南港區昆陽街16號8樓
書虫客服服務專線：02-25007718；25007719
服務時間：週一至週五上午 09:30-12:00；下午 13:30-17:00
24 小時傳眞專線：02-25001990；25001991
劃撥帳號：19863813；戶名：書虫股份有限公司
讀者服務信箱：service@readingclub.com.tw
城邦讀書花園：www.cite.com.tw
香港發行所 / 城邦（香港）出版集團有限公司
香港九龍土瓜彎土瓜彎道86號順聯工業大廈6樓A室；E-mail：hkcite@biznetvigator.com
電話：(852) 25086231　傳眞：(852) 25789337
馬新發行所 / 城邦（馬新）出版集團 Cite (M) Sdn. Bhd.
41, Jalan Radin Anum, Bandar Baru Sri Petaling, 57000 Kuala Lumpur, Malaysia.
Tel: (603) 90578822 Fax: (603) 90576622 Email: cite@cite.com.my

封面設計 / 廖韡
印　　刷 / 韋懋實業有限公司
經 銷 商 / 聯合發行股份有限公司
地址：新北市231新店區寶橋路235巷6弄6號2樓
電話：(02)2917-8022　傳眞：(02)2911-0053

■2013年8月初版一刷
■2025年9月9日三版一刷
定價420元

Printed in Taiwan

ISBN 978-626-390-653-2
eISBN 978-626-390-654-9（EPUB）

城邦讀書花園
www.cite.com.tw